KB021544

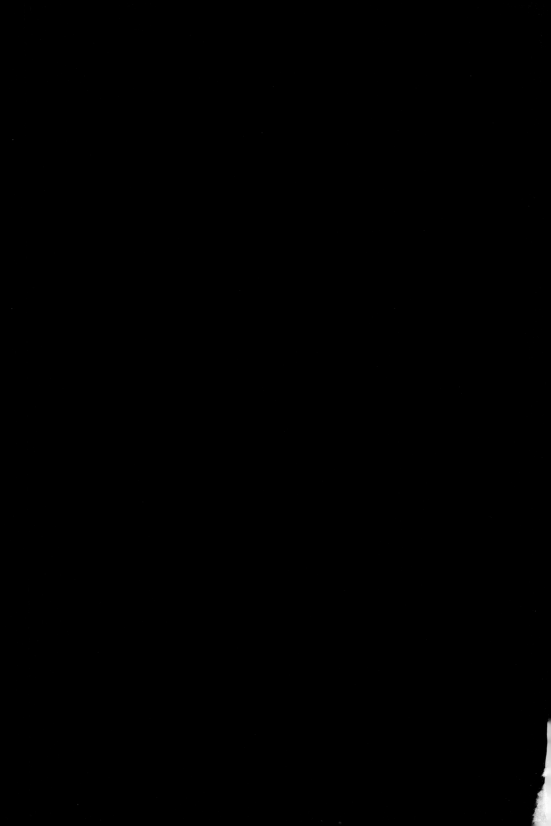

루테치아

Lutezia.

Berichte über Politik, Kunst und Volksleben

Heinrich Heine

대산세계문학총서 130

루테치아

— 정치, 예술 그리고 민중의 삶에 대한 보고서

Lutezia. Berichte über Politik,
Kunst und Volksleben

하인리히 하이네 지음 — 김수용 옮김

문학과지성사
2015

대산세계문학130_산문

루테치아
정치, 예술 그리고 민중의 삶에 대한 보고서

지은이 하인리히 하이네
옮긴이 김수용
펴낸이 주일우
펴낸곳 ㈜문학과지성사
등록번호 제1993-000098호
주소 121-894 서울 마포구 잔다리로7길 18(서교동 377-20)
전화 02) 338-7224
팩스 02) 323-4180(편집) 02) 338-7221(영업)
전자우편 moonji@moonji.com
홈페이지 www.moonji.com

제1판 제1쇄 2015년 3월 31일

ISBN 978-89-320-2715-9
ISBN 978-89-320-1246-9 (세트)

이 도서의 국립중앙도서관 출판예정도서목록(CIP)은 서지정보유통지원시스템 홈페이지(http://seoji.nl.go.kr)와
국가자료공동목록시스템(http://www.nl.go.kr/kolisnet)에서 이용하실 수 있습니다.
(CIP제어번호: CIP2015006152)

이 책은 대산문화재단의 외국문학 번역지원사업을 통해 발간되었습니다.
대산문화재단은 大山 愼鏞虎 선생의 뜻에 따라 교보생명의 출연으로 창립되어
우리 문학의 창달과 세계화를 위해 다양한 공익문화사업을 펼치고 있습니다.

차례

일러두기

1. 이 책은 Heinrich Heine의 *Lutezia. Berichte über Politik, Kunst und Volks-leben*(Hamburg: Hoffmann und Campe, 1988)을 우리말로 옮긴 것이다.
2. 본문의 주는 모두 옮긴이의 것이다. 주석은 각 글마다 새로 시작하는 번호로 달았다.
3. 본문에서 진하게 표기한 것은 하이네가 프랑스어와 라틴어 등의 외국어로 표현한 부분이다. 원서에서는 독일어로 번역하지 않고 프랑스어와 라틴어 등을 그대로 이 탤릭체로 표기했다. 옮긴이는 하이네의 이러한 외국어 사용 자체가 그 단어나 문장을 강조하기 위한 것으로 보았고, 또 하이네의 빈번한 외국어 사용 정도를 독자에게 전달하는 것도 필요하다고 생각한다. 의미 전달을 위해 이 책에서는 하이네가 사용한 독일어 이외의 외국어도 한국어로 번역했으나, 지은이의 모국어인 독일어 번역과 구별하기 위해 다른 서체로 표기했다.
4. 하이네는 독일어 문장 중에서 강조하고자 하는 부분을 알파벳을 띄어 써서 표기했다. 이 책에서는 강조의 의미가 더욱 눈에 띄도록 글자를 띄어 쓰는 동시에 고딕체로 표기했다.
5. 맞춤법과 외래어 표기는 1989년 3월 1일부터 시행된 「한글 맞춤법 규정」과 『문교부 편수자료』『표준국어대사전』(국립국어연구원)을 따랐다.

헌정 서한

퓌클러–무스카우 영주[1] 전하

예술이나 또는 역사적 기념물로 해서 기억할 만한 그 어떤 곳을 여행하는 사람들은 거기에서 성벽이나 담벼락에 그들의 존경스러운 이름을 새기곤 합니다. 그들이 사용할 수 있는 필기구에 따라서 약간 뚜렷하게 아니면 약간 희미하게 말입니다. 감상적인 사람들은 여기에 덧붙여 그들의 감정이 담긴 어설픈 솜씨의 열정적 시행 몇 줄을 추가하기도 합니다. 운(韻)에 맞추거나 아니면 운 없이 말이죠. 이런 무질서하게 새겨진 글들 중 나란히 새겨진 두 개의 이름이 갑자기 우리의 주의를 끕니다. 그 밑에는 연도와 월일이 적혀 있고 이름과 날짜를 타원형의 동그라미가 감싸고 있습니다. 아마 참나무나 월계수 잎으로 된 화환을 나타내려는 듯합니다. 후일 이곳을 찾은 방문객들이 그 두 이름을 가진 사람들을 알고 있다면 그들은 유쾌하게 저기 좀 봐! 하고 외칠 것입니다. 그러면서

---

1) Hermann Fürst von Pückler(1785~1871): 오버라우지츠 북동부에 있는 무스카우의 남작이었고 하이네와는 오랜 기간 친교를 유지했다.

그들은 의미심장하게 이렇게 말할 것입니다. 그 두 사람이 서로 낯선 관계는 아니었노라고, 그들이 최소한 한 번은 같은 곳에서 가까이 서 있었노라고, 그들이 공간적으로나 시간적으로 합일을 이루었노라고, 서로 그렇게 잘 어울리는 그들이.[2] 그러고는 이제 그들을 빈정거리는 말들이 쏟아집니다. 그 빈정거림이 어떤 것일지 우리는 어렵지 않게 짐작할 수 있습니다만, 여기서는 말하지 않겠습니다.

높이 칭송받고 친화력을 가진, 나와 같은 시대를 사는 분이시여, 내가 이 책의 헌사를 통해서 마치 책의 앞면에 우리 두 사람의 이름을 새기듯 하는 것은, 그저 내 마음의 즐거운 나풀거림을 따르는 짓일 뿐입니다. 설혹 어떤 동기가 내 의식에 어른거렸다면, 그건 기껏해야 위에서 말한 여행자들의 습관일 것입니다——그렇지요, 우리 두 사람은 이 지상에서의 여행자였습니다. 그것은 우리의 이 세상에서의 특기였습니다. 우리 뒤에 오는 여행자들이 이 책에서 우리 두 사람의 이름을 감싼 화환을 본다면, 그들은 최소한 지상에서의 우리 만남이 이루어진 날짜에 대한 신빙할 만한 자료를 얻게 되겠지요. 그리고 그들은 『어느 죽은 사람의 편지』[3]의 저자와 『루테치아』의 보도자가 얼마만큼 서로 어울리는지에 대해 수군거릴 것입니다.

내가 이 책을 헌정하는 대가(大家)는 이런 작업을 잘 이해하기에 작가가 집필 중에 처했던 불리한 상황을 알고 있습니다. 그는 내 정신의 자식들이 이 세상의 빛을 처음 본 그 침대를, 여러 번 내 자식들의 아주 긴 다리들을, 심지어는 그들의 머리까지 자르는 일이 다반사였던 그 아우크

---

2) 담벼락에 새겨진 두 이름은 물론 하이네와 헤르만 폰 퓌클러 남작을 가리킨다. 이 글을 통해 하이네는 남작에 대한 호감과 친근감을 비유적으로 표현하고 있다.
3) 폰 퓌클러 남작의 연작 여행기.

스부르크의 프로크루스테스 침대를 알고 있습니다.[4] 구체적으로 말하자면 이 책의 내용은 대부분 꽤 오래전에 내가 『아우크스부르크 알게마이네 차이퉁』에 실었던 일간 보도문으로 구성되어 있습니다. 그중 상당 부분의 초고를 나는 보관해왔고, 이제 새로운 출판에 즈음해 금지되었거나 변형된 부분들을 이 초고에 의거해서 복원하고 있습니다. 그러나 유감스럽게도 내 눈의 상태가 이런 대량의 복원 작업에 몰두하는 것을 허용하지 않는군요. 난 세월의 풍상을 겪은, 무질서하게 흐트러져 있는 종이 더미들 사이에서 헤매야만 했습니다.[5] 그래서 이런 곳에서는, 내가 임시 초안 없이 보낸 다른 보도문에서와 마찬가지로 기억에 따라 가능한 한 빈틈을 메우고 변형된 것들을 바로잡았습니다. 문체가 이상하고 의미는 더욱더 이상하게 보이는 부분에서는 이런 의심스러운 부분을 완전히 제거해버림으로써 최소한 예술적 명예를, 즉 아름다운 형식을 구원해보고자 했습니다. 그러나 제정신이 아닌 붉은 연필[6]이 지나치게 날뛰었던 부분의 삭제는 다만 변두리의 것들에만 해당될 뿐, 사물과 인간에 대한 판단들은 삭제되지 않았습니다. 이런 판단들은 가끔 틀릴 수도 있었을 겁니다. 그러나 항상 있던 그대로 표현되어야 합니다. 그래야만 원래의 시대적 색채가 상실되지 않습니다. 나는 검열을 받지 않은 상당수의 발표되지 않은 보도문을 조금도 변형하지 않고 추가함으로써 모든 보도문을 예술적으로 통합했고, 이 통합을 통해서 하나의 전체를 만들어 내놓았

---

4) 프로크루스테스Prokrustes는 그리스 신화에 등장하는 강도의 이름으로 그는 지나가는 행인을 잡아와 자신의 쇠 침대에 눕혀보고 키가 침대보다 길면 잘라내고 짧으면 잡아 늘여 죽였다 한다. 하이네는 그의 글이 처음 실렸던 『아우크스부르크 알게마이네 차이퉁』이 자신의 글을 자주 변형한 것을 '프로크루스테스의 침대'에 비유하고 있다.
5) 원하는 초고들을 찾아내지 못했다는 뜻.
6) 당시 신문 잡지의 검열관들은 검열 작업에 붉은 연필을 사용했다.

습니다. 이 전체는 매우 중요하고 또 흥미로운 한 시대의 모습입니다.

내가 말하는 시대는 루이 필리프[7] 정부 치하의, 사람들이 "의회 시대"라 부르는 때입니다. "의회 시대"란 명칭은 아주 독특했고, 이 명칭의 의미심장함은 처음부터 내 주의를 끌었습니다. 이 책 제1부에서 읽을 수 있듯이, 나는 1840년 4월 9일 다음과 같은 글을 썼습니다. "얼마 전부터 프랑스 정부가 입헌 정부가 아니라 의회 정부라고 불리는 것은 아주 특징적이다. 3월 1일 출발한 내각은 탄생 세례 때부터 이 명칭을 얻었다." 의회, 즉 국회는 그 당시 이미 왕이 가진 가장 중요한 특권들을 빼앗아 왔고, 전체 국가 권력은 점차 의회의 손에 떨어지고 있었습니다. 왕은 물론 왕대로, 이는 부인할 수 없는 사실입니다. 정권 찬탈의 욕망에 자극되어 있었습니다. 그는 의회나 총리의 기분에 좌지우지되지 않고 자신이 지배하기를 원했습니다. 그러나 이러한 무제한의 통치권을 얻으려는 시도에서 그는 항상 합법적인 형식을 지키려고 했습니다. 따라서 루이 필리프 왕은 당당하게 주장할 수 있을 겁니다. 그가 결코 법을 위반하지 않았노라고, 역사의 법정에서 불법적 행동을 했다는 비난으로부터는 틀림없이 완전한 무죄 판결을 받을 것이라고, 기껏해야 그저 지나친 교활함 정도가 유죄 판결을 받을 것이라고 말입니다. 왕의 특권에 개입하는 데서 왕처럼 영리하게 법적 형식의 외투를 걸치지 못한 의회는 훨씬 더 혹독한 판결을 받을 겁니다. 의회가 절대 권력을 향한 왕의 욕망에 도발되었다는 감형(減刑)의 이유가 제시되지 않는다면 그렇습니다. 의회는 그 사람의 손에 들면 국가와 자유가 위험해질 수 있는 절대 권력을 자신이 취득하고, 그 사람을 무장해제하기 위해 그자와 싸웠다고 말할 수 있을 겁

---

7) 루이 필리프Louis Philippe: 프랑스의 왕(1830~48 재위). "시민왕Bürgerkonig"으로 불리기도 했다.

니다. 왕과 의회 간의 투쟁은 의회 시대의 내용을 형성하고 있습니다. 두 당파는 이 시대의 끝 무렵에는 몹시 지치고 허약해져 있어서, 새로운 권력 요구자가 무대에 등장하자 힘없이 바닥에 주저앉았습니다. 1848년 2월 24일 그들은 거의 동시에 바닥에 쓰러졌습니다. 튈르리 궁에서는 왕권이, 그리고 몇 시간 후 인접한 부르봉 궁에서는 의회가.[8] 승리자들, 그 2월의 영예로운 천민(賤民)은 사실 그들의 영웅적 용기를 발휘할 필요가 없었습니다. 이 천민은 그들의 적을 마주 서서 보았노라고 자랑할 수도 없을 겁니다. 이들은 낡은 정권을 죽인 것이 아닙니다. 그저 이 정권의 허상적 삶에 종지부를 찍었을 따름입니다. 왕과 의회는, 그들이 오래전부터 죽어 있기에, 죽은 것입니다. 의회 시대의 이 두 용사는 내가 언젠가 뮌스터의 시청, 베스트팔렌 조약이 체결되었던[9] 이 시청의 큰 홀에서 본 조각들을 생각나게 합니다. 이 홀에는 일련의 나무의자들이, 마치 성직자들의 좌석처럼, 벽을 따라 서 있습니다. 이 의자들의 팔걸이에는 온갖 우스꽝스러운 조각들을 볼 수 있는데, 이 나무의자들 중 하나에 서로 싸우는 두 인물이 묘사되어 있습니다. 이들은 기사처럼 갑옷을 입고 거창하게 큰 칼을 치켜들고 있습니다. 서로 상대방을 내려치려고 말입니다. 그러나 이상키도 하여라! 그들은 모두 요점, 즉 머리가 없답니다. 그들은 한참 싸우는 와중에 서로 목을 쳐버렸고, 둘 모두 목이 없어진 것을 알지 못한 채 계속 싸우는 것처럼 보입니다.

　　의회 시대의 흥성기는 1840년 3월 1일 발족된 내각이었고,[10] 1840년

---

8) 1848년 2월 24일 루이 필리프가 퇴위하고 이어 의회도 해산되었다. 임시 정부가 세워지고 프랑스는 공화국이 되었다.
9) 1648년 10월 24일에 뮌스터 시청에서 평화 조약이 체결되었고, 이 조약으로 30년에 걸친 신교와 구교 간의 종교전쟁(30년전쟁)이 끝났다.
10) 아돌프 티에르Adolphe Thiers를 수반으로 하는 두번째 내각.

11월 29일 탄생한 내각[11]의 처음 몇 년 동안이었습니다. 처음의 내각은 독일 사람들에게 특별한 관심의 대상일 수도 있겠습니다. 그럴 것이 티에르가 우리의 조국에 커다란 움직임을 불러일으켰고, 이것이 독일의 정치적 삶을 일깨웠기 때문입니다.[12] 말하자면 티에르는 우리를 다시 한 민족으로 만든 것입니다. 독일 역사는 그의 이 공로를 높이 평가할 것입니다. 동방문제에서 에리스의 사과는[13] 이 내각에 이미 그 모습을 보였습니다. 그리고 우리는 영국 과두정치의 에고이즘을 아주 밝은 조명 아래 보았습니다. 우리를 당시 프랑스에 적대하도록 부추긴 그 에고이즘을. 솔직하고 도량이 큰, 허풍을 쳐댈 정도로 도량이 큰 프랑스가 자연스럽고도 정말 가장 확실한 우리의 동맹국이라는 사실은 내 일생에 걸친 확신이었습니다. 내 눈먼 동포들에게 프랑스 적대자들과 라인 노래 시인들의[14] 배신적 어리석음을 제대로 알려주려는 애국적 욕구가 아마도 티에르의 내각에 대한 내 보도에, 특히 영국인들과 관련된 기사에 여러 차례 지나치게 열정적인 색깔을 입혔을 것입니다. 그러나 그때는 아주 위험한 시기였고, 그래서 침묵은 절반의 배신이었습니다.

파리로부터의 내 보도는 2월 24일의 파국에까지 이르지는 못합니다. 그러나 사람들은 이 보도문의 모든 페이지에서 이 파국의 필연성을

---

11) 1840년 10월 29일 발족한 내각. 총리는 니콜라 술트Nicolas-Jean de Dieu Soult였으나 내각을 실질적으로 이끈 사람은 외무장관인 프랑수아 기조François Guizot였다. 하이네는 10월 29일을 11월 29일로 잘못 표기했다.

12) 프랑스의 티에르 총리는 동방문제에서 프랑스가 국제적으로 고립되자 이에 반발해 라인 강변 영역을 프랑스에 합병하려 했고, 이로써 이른바 라인 위기Rheinkrise를 야기했다. 이 위기는 독일 전역에 강한 민족주의적 애국심과 반프랑스 감정을 불러왔다.

13) 그리스 신화에 등장하는 불화의 여신 에리스의 황금 사과는 트로이 전쟁의 원인이 되었다.

14) 프랑스와 독일 사이의 라인 강 유역을 둘러싸고 생성된 이른바 '라인 위기'에 많은 독일 시인이 반프랑스적이며 민족주의적인 시를 썼다.

볼 수 있습니다. 이 필연성은 예언자적 고통으로 예언되었습니다. 우리가 옛 영웅시에서 발견할 수 있는 그 예언자적 고통 말입니다. 불타는 트로이가 이 영웅시의 종결부는 아닙니다. 그러나 모든 시행마다 은밀하게 불길이 타닥거리고 있습니다.[15] 나는 천둥 번개를 동반한 폭우가 아니라 새까만 구름을 묘사했습니다. 이것들을 품에 안고서 음울하게 몰려오는 그 소름 끼치는 구름을. 나는 자주 그리고 확실하게 사회의 밑바닥에 잠복해 있다가 때가 오면 암흑 속에서 뛰쳐나올 그 악령들에 대해 보도했습니다. 이 괴물들을. 미래는 이들의 것이 되겠지요. 당시 사람들은 축소경을 통해 바라보았습니다. 그러자 이들은 정말로 미쳐 날뛰는 벼룩처럼 보였지요. 그러나 나는 이 괴물들을 진짜 실물 크기로 나타냈습니다. 그러자 이들은 오히려 지금껏 진흙에서 기어 나온 어떤 악어들보다 더 무시무시한 놈들 같았습니다.

우울한 보도를 좀 밝게 하려고 나는 예술과 학문의 분야, 좋고 나쁜 소사이어티의 무도회장 등에서 나온 잡다한 것들의 묘사로 기사를 짜깁기하기도 했습니다. 내가 이러한 아라베스크들 가운데 거장들의 아주 우스꽝스러운 우행(愚行)을 많이 그린 것은 이미 오래전에 사람들의 기억에서 사라진 그 어떤 피아노나 구금(口琴)의 우직한 연주자들에게 또 하나의 마음의 고통을 추가해주려는 것은 아닙니다. 나는 아주 미세한 음영에서도 나타난 시대의 그림을 제공하려 했습니다. 정직한 다게르식 사진[16]은 파리 한 마리도 아주 위풍당당한 말과 마찬가지로 있는 그대

---

15) 트로이 전쟁을 소재로 한 호메로스의 서사시 『일리아드』는 헥토르의 죽음과 그 뒷이야기로 끝나며 트로이가 불타서 멸망하는 장면은 서술하지 않는다.

16) 사진술을 처음 발명한 루이 다게르Louis Daguerre의 이름에서 유래한 다게르식 사진은 당시 대상의 객관적이며 사실적인 묘사에 대한 비유로 많이 이용되었다.

로 묘사해야 합니다. 그런 의미에서 내 기사들은 매일매일이 그 자체 내에서 묘사된 다게르식 사진의 역사책입니다. 그뿐 아니라 배열하고 정돈하는 예술가의 정신이 이 그림들을 배합하고 편성함으로써 하나의 작품을 만들었으며, 이 작품 안에서 묘사된 것들은 스스로 그들의 사실적 객관성을 신빙할 수 있게 증명하고 있습니다. 그런 이유로 해서 내 책은 자연의 작품이자 동시에 예술의 작품이기도 합니다. 이 책이 지금은 아마 독서계의 대중적 욕구를 충족시키겠지요. 그러나 후세의 역사가들에게는 틀림없이 역사적 자료로서 소용될 것입니다. 앞에서 말했듯이 일상의 실체적 진실에 대한 보증을 자신 안에 간직한 자료로서 말입니다. 이와 관련해 같은 성격을 가진 내 『프랑스의 상황』[17]은 이미 크게 인정을 받았습니다. 그리고 이 책의 프랑스어 번역본을 프랑스의 역사기술가들은 다양하게 이용했습니다. 내가 이 모든 것을 언급하는 것은, 내 작품의 확고한 공적을 요구하기 위함이며 또 독자들이 이 책에서 그 경박 무례한 재기(才氣)를 다시금 알아차렸을 때, 좀더 관대해주십사 하고 빌기 위함입니다. 핵심 독일적인, 참나무 독일적[18]이라고도 말하고 싶은 내 동포들이 『어느 죽은 사람의 편지』의 저자에게도 똑같이 비난한 바로 그 경박 무례한 재기 말입니다. 내가 바로 이 저자에게 이 책을 바치기에, 이 책에 들어 있는 그 재기와 관련해 나는 오늘 나 자신에 대해 말할 수 있습니다. 아테네로 올빼미를 가져가는 식의 불필요한 일을 하

---

17) 1831년 겨울부터 1832년 6월까지 하이네는 『아우크스부르크 알게마이네 차이퉁』의 특파원 자격으로 이 신문에 파리와 프랑스의 여러 사건과 정치 및 예술 문제에 대한 기사를 실었다. 그는 이 기사들을 취합, 개조해 1832년 12월 『프랑스의 상황Französische Zustände』이라는 책으로 출판했다.

18) 참나무는 고대 게르만족의 상징이자, 많은 독일 민족주의자들에게는 이른바 '독일적인 것'의 표상이었다.

노라고.[19]

그러나 이 순간 매우 존경받고 매우 소중한 그 '죽은 사람'은 어디에 있습니까? 어느 주소로 내 책을 보내야 하나요? 그는 어디 있습니까? 그는 어디에서 유유자적하고 있나요, 아니면 오히려 어디에서 뛰어가고 있는가요, 어디에서 타박타박 걷고 있을지요? 그 사람, 낭만적 아나카르시스,[20] 가장 우아하고 맵시 있는 기인(奇人), 말을 탄 디오게네스, 그 앞에는 품위 있는 하인이 등불을 들고 가겠지요. 그가 '사람'을 찾을 수 있도록 말입니다.[21] 그는 '사람'을 잔도미르에서 찾나요, 아니면 잔도미히에서 찾는지요?[22] 그곳에서는 브란덴부르크 문[23]을 통해 불어오는 바람에 등불이 꺼질 겁니다. 아니면 그는 지금 낙타의 혹 달린 등에 앉아 아라비아의 사막을 터벅터벅 가고 있을까요. 그럼 긴 다리의 후투티 새 한 마리가 그의 머리 위를 지나 날아가겠지요, 독일의 통역사들이 공관(公館) 참사관(參事官) 후투티라고 부른 그 새가. 주인인 시바의 여왕에게 고귀한 손님의 방문을 알리려고 말입니다.[24] 그럴 것이 그 옛 우화 속의

---

19) 올빼미는 지혜의 여신 아테네의 신물이자(미네르바의 올빼미) 지혜의 상징이다. 이러한 맥락에서 여신의 이름을 딴 도시 아테네는 현자들의 도시로 알려졌다. 따라서 '아테네로 올빼미를 가져간다'는 '불필요한 일을 한다'는 뜻이다.

20) 스키타이 사람 아나카르시스는 교양을 쌓기 위해 그리스 전국을 여행하고 '현자'의 명성을 얻었다. 18세기에는 귀족과 영주의 교양 여행의 전범 역할을 했다.

21) 그리스의 철학자 시노페의 디오게네스는 대낮에 등불을 들고 다니면서 "나는 사람을 찾는다"고 외쳤다는 일화가 전해진다.

22) 퓌클러는 『어느 죽은 사람의 편지』에서 베를린 사람들의 발음이 분명하지 못함을 풍자했다. 즉 Sandomierz라는 도시를 이들은 잔도미르Sandomir로도 잔도미히Sandomich로도 발음한다는 것이다.

23) 베를린에 있는 개선문의 이름. 당시 베를린은 프로이센의 수도였다.

24) 페르시아의 전설에 따르면 솔로몬 왕은 연인인 시바 여왕을 방문할 때 여왕에게 후투티 새를 사랑의 전령으로 앞서 보냈다 한다.

인물은 에티오피아에 있는 아름다운 오아시스에서 이 세계적으로 유명한 여행객을 기다리고 있기 때문이지요. 그곳에서 여왕은 바람에 흔들리는 종려나무 잎 아래서 분수의 물 떨어지는 소리를 들으며 그 손님과 같이 아침을 먹고 교태를 부리려 한답니다. 죽은 에스터 스탠호프 부인이 언젠가 그랬던 것처럼[25] 이 부인도 여왕과 마찬가지로 영리한 수수께끼를 많이 알고 있었지요. 참, 내친김에 말합니다만, 이 유명한 사막의 여자 술탄이 죽은 후 한 영국인이 출판한 회상록을 읽고 나는 놀라지 않을 수 없었습니다. 그녀가 나에 대해서도 언급했고, 내가 하나의 새로운 종교의 창시자라는 견해를 가졌다니 말입니다. 하느님 맙소사! 그래 난 알 수 있었지요, 아시아에서 사람들이 나에 대해 얼마나 잘못 알고 있는가를!

하여간에 방랑벽으로 해서 모든 곳에 있고 아무 곳에도 없는 그 사람은 지금은 어디에 있습니까? 어느 몽골 신문의 특파원은 그가 중국으로 가고 있다고 주장합니다. 중국 사람들을 보려고, 너무 늦기 전에, 이 도자기 민족이 붉은 머리 야만인들의 조야한 손에 의해 완전히 깨져버리기 전에.[26] 아! 중국의 머리 흔드는 도자기 황제는[27] 비통한 나머지 가슴이 터져버렸다 합니다!『캘커타 애드버타이즈』는 위에 언급된 몽골 신문 기사를 조금치도 신뢰하지 않는 모양입니다. 이 신문은 반대로 최근에

---

25) 에스터 스탠호프 부인Lady Esther Stanhope은 영국 총리였던 윌리엄 피트의 질녀로 1810년 레바논으로 이주해 예언가로서 명성을 떨쳤으며, 그 지역의 정치에 크게 영향을 미쳤다. 오리엔트를 여행하는 많은 사람들이 그녀를 방문하고 싶어 했고 뷔클러도 아시아 여행 중 그녀를 방문했다.

26) 하이네는 서구 열강, 특히 영국의 중국에 대한 제국주의적 정책을 여러 번 신랄하게 비판했다. "붉은 머리 야만인"은 당시 중국인이 유럽 사람을 지칭하던 적대적 명칭이다.

27) 앉아서 머리를 끄덕이거나 흔드는 '도자기 인형'은 당시 유럽에 널리 퍼진 중국 풍물 중의 하나였다.

히말라야를 오른 영국인들이 퓨클러 뮤스카우[28] 공(公)께서 그리핀[29]의 날개를 타고 하늘을 나는 것을 보았노라고 주장합니다. 이 신문의 진술에 의하면 그 존귀하신 여행자께서는 아마도 카프 산[30]으로 향하고 있는 듯하답니다. 그 산에 사는 새 시무르그[31]를 방문하고, 그 새와 더불어 노아의 홍수 이전의 정치[32]에 대해서 이런저런 이야기를 하려고 말입니다. 그런데 그 늙은 시무르그는, 외교관들의 수석사제이자 모두가 붉은 바지에 흰 상의를 걸쳤던, 아담 이전의 그 많던 술탄들[33]의 옛 현자이신 시무르그는, 여름 동안에는 라인 강변에 있는 그의 성 요하니스베르크에 머물지 않나요?[34] 나는 그곳에서 만든 와인을 항상 최고로 여겼고, 요하니스베르크 성의 성주를 아주 영리한 새로 생각했답니다. 그러나 그가 내 시를 매우 깊이 사랑한다는 것을 안 후에, 또 그가 전하께 내 시를 읽으면서 때로는 눈물을 흘렸다고 이야기한 사실을 알게 된 후 내 존경심은 더 커졌습니다. 내 생각으로는 그분이 기분 전환으로 한 번쯤 내 뮤즈의 동료들, 요즘 의식 시인들의[35] 시를 읽어보았으면 합니다. 물론 그

---

28) '퓌클러 무스카우'의 영국식 발음에 대한 풍자.

29) 그리스 신화에 등장하는 전설의 동물. 머리와 날개는 독수리, 몸통은 사자인 괴수.

30) 지구의 끝에 있다고 알려진 산. 보통 카프카스 산맥과 동일시된다.

31) 페르시아의 신화에 등장하는 새. 하늘까지 솟아오른 높은 산에 산다고 한다. 여기서는 나폴레옹 전쟁 후 유럽의 복고주의 정책을 총괄한 클레멘스 폰 메테르니히Clemens von Metternich 오스트리아 수상에 대한 비유.

32) 메테르니히로 대변되는 복고주의적 시각에서 보면 1848년 2월 혁명 이전의 정치를 의미한다. 새로운 시대에 대한 메테르니히의 둔감함은 잘 알려져 있다.

33) 붉은 바지에 흰 상의는 당시 오스트리아 고급 장교의 유니폼이다.

34) 1848년 3월 혁명의 여파로 실각한 메테르니히는 영국과 벨기에에서의 망명 생활 후 라인가우에 있는 거성 요하니스베르크에 거주하도록 허용되었다.

35) 1848년 독일의 3월 혁명 후 나타난 급진적 참여시인들. 하이네는 이들 이른바 '경향시인'들에 대한 비판적 평가를 숨기지 않았다.

가 그런 시를 읽으면서 울 일은 없지요. 그러나 그만큼 더 배꼽 잡고 웃게 될 것입니다.

그러나 나는 아직도 그 죽은 사람이 머무는 곳을 아주 정확히는 알지 못합니다. 모든 죽은 사람 중 가장 활기찬 그분, 그렇게 많은, 이름만 산 자들보다 더 오래 사시는 분, 그는 지금 어디에 있습니까? 서양에 있나요 아니면 동양에 있나요? 중국인가요 아니면 영국인가요? 남경(南京) 바지를 입었나요 아니면 맨체스터 바지를 입었는지요? 근동에 있습니까 아니면 힌터포메른³⁶⁾에 있습니까? 내 책을 키리츠³⁷⁾로 보내야 하나요 아니면 통북투³⁸⁾로 보내야 합니까, 그것도 포스트 레스탕트³⁹⁾로?—그가 어디에 있든 간에, 내 명랑하고 진심 어린, 슬프도록 요란한 인사는 그를 쫓아갈 것입니다.

파리, 1854년 8월 23일
하인리히 하이네

---

36) 포메른은 독일 동부에 있는 주의 이름이며 오데르 강 동쪽에 있는 포메른 지역을 힌터포메른이라고 부른다.

37) Kyritz, 독일 마르크 브란덴부르크 지방의 한 소도시.

38) Tombouctou, 사하라 사막 남쪽에 있는 유명한 상업도시.

39) poste-restante, 우편 용어로 '우체국 보관'의 표시. 수취인이 우체국에서 찾아가는 형태의 우편물.

1부

1

파리, 1840년 2월 25일

왕의 개인적 인물에 좀더 가깝게 서서 자신의 눈으로 그의 행동거지를 보면, 그럴수록 사람들은 그의 행동 동기에 대해, 그의 은밀한 의도에 대해, 그의 의지와 노력에 대해 더 쉽사리 잘못 생각하게 된다. 혁명가들의 학당에서 그는 현대적 예수회주의를, 자코뱅 당원들이 때로는 젊은 로욜라들을 능가하는 바로 그 현대적 교활함을 배웠다.[1] 이런 성과에는 왕이 유전적으로 물려받은 변장술의 재능도 한몫을 한다. 그의 선조들의 전통, 교회의 큰아들[2]이라는 프랑스 왕들의 전통인 변장술이. 이들은 항상 다른 영주들보다 훨씬 더 랭스[3]의 성스러운 오일로 매끄럽게 되었고, 항상 사자보다는 여우였으며, 그런저런 성직자적 성격을 보여주었다. 이렇게 배우고 전승된 기만적 **변장술**과 의도적 **은폐술**에 루이 필리프의 타고난 성향도 가세함으로써, 그의 호의적인 두꺼운 얼굴 가죽을 뚫고, 그의 미소 짓는 살덩어리를 뚫고서 왕의 은밀한 생각을 살펴보는 것은 거의 불가능하다. 설혹 왕의 마음속 깊은 곳까지 들여다보는 것이 성사된다 할지라도, 그것으로 우리가 얻는 것은 별로 없다. 그럴 것이 사

---

1) 예수회(Jesuit, Society of Jesu의 의미)는 종교개혁 운동에 맞서 가톨릭의 정통 교리를 지키려는 목적으로 1534년 로욜라Ignatius Loyola에 의해 결성된 가톨릭 단체다. 18, 19세기 많은 자유주의자들에게 예수회는 음흉함과 교활함의 상징적 존재였다. 위의 글에서 하이네는 자코뱅당, 즉 급진적 혁명론자들을 예수회 회원들에 비유함으로써 그들에 대한 자신의 비판적 거리를 확실히 한다.

2) 왕이 "교회의 큰아들"이라는 말은 프랑스를 건국한 클로드비히Chlodwig 1세의 어록. 그는 498년에 기독교로 개종했다.

3) Rheims, 프랑스의 왕들이 왕위에 오르는 도시.

람들과의 관계에서 반감이나 호감은 최종적으로는 루이 필리프의 행동을 결정짓는 원인이 결코 아니기 때문이다. 그는 오로지 상황의 힘(**사실의 힘**), 즉 필연성에 복종할 뿐이다. 모든 주관적 마음의 내킴을 그는 거의 잔혹할 정도로 배척한다. 그는 자기 자신에게 엄격하다. 그는 독재적 지배자는 아닐지라도 자기 자신의 지배자이기는 하다. 그는 아주 객관적인 왕인 것이다. 따라서 그가 기조를 티에르보다 더 좋아하는가 아니면 덜 좋아하는가 하는 물음은 정치적 의미를 거의 갖지 못한다. 그는 둘 중 이 사람 아니면 저 사람을 쓸 것이다. 이 사람 아니면 저 사람이 필요한 그때그때의 상황에 따라서 말이다. 더 빠르지도 않고, 더 늦지도 않게. 그래서 나는 정말 확실하게 말할 수 없다. 이 두 사람 중 누가 왕에게 가장 호감이 가는 인물이고 누가 가장 불쾌한 인물인가를. 나는 두 사람 모두, 직업적 질투심으로 해서, 왕의 호감을 받지 못한다고 생각한다. 왜냐하면 왕 자신도 각료이고, 그래서 이들을 항상 경쟁자로 보기 때문이다. 그가 궁극적으로 두려워하는 것은 이 두 사람이 자기보다 더 많은 정치적 역량을 가졌다고 사람들이 생각할 수 있다는 사실이다. 사람들 말로는 그가 티에르보다는 기조를 더 흡족하게 생각한다고 한다. 왜냐하면 기조는 그다지 인기 있는 존재가 아니며, 그 점이 왕의 마음에 든다는 것이다. 그러나 기조의 청교도적 스타일, 잠복한 오만함, 교도적인 교훈 조의 톤, 원만하지 못한 칼뱅주의적 본성이 왕에게 매력적으로 작용할 수는 없다. 티에르에게서 왕은 정반대의 성격들과 부딪친다. 즉 절제되지 않는 경박함, 무모한 변덕, 그리고 왕의 은폐적이며 직선적이지 못하고 비공개적인 성격과는 거의 모욕적일 정도로 대조를 이루는 솔직함과 마주치는 것이다. 따라서 이러한 성격들 역시 마찬가지로 그에게 별로 유쾌한 것일 수는 없다. 여기에 덧붙여 왕은 말하기를 매우 좋아하는 사람이다. 심지어 그는 기꺼이 끝없는 수다에 빠져들기도 한다. 이는 매우 이상한 일인데, 본색을 드러내려 하지 않는 성격들은 일반적으로 과묵하기 때문이다. 따라서 왕에게는 기조같이 결코 토론하지 않고 항상 가르치려 드는 사람이 마음에 들 리가 전혀 없다. 자신의 주장을 설명한 후 왕이 이의를 제기하면 이를 엄숙한 얼굴로 듣고, 심지어는 자기 과제를 잘 외어 온 학생을 대하듯이 왕에게 칭찬하는 듯 고개를 끄덕이는 기조 같은 사람이. 티에르와의 경우 왕은 더 고약한 상황에 처하게 된다. 그럴 것이 티에르는 왕에게 말할 기회조차 주지 않고 자기가 하는 말의 흐름에만 빠져들기 때문이다. 그의 말은 끝없이 졸졸 흐른다. 마치 마개 없는 대롱 달린 통처럼. 그러나 흐르는 것은 언제나 훌륭한 포도주다. 아무도 말할 기회를 얻지 못한다. 오로지 그가 면도를 할 때만 티에르 씨는 조용한 청취자가 될 수 있다. 칼이 목에 닿아 있을 동안에만 그는 침묵하며, 남의 말을 경청하는 것이다.

왕이 의회의 요구에 양보해 티에르 씨에게 새로운 내각의 구성을 위임하고, 평의원의 의장으로서 그에게 대외 업무도 맡기리라는 것은 의심할 여지가 없다. 그것은 어렵지 않게 예측할 수 있다. 그러나 이 새로운 내각이 장수하지는 못할 것이며, 티에르 씨 자신이 어느 이른 아침에 왕에게 그를 다시 해임하고 기조 씨를 그의 자리로 불러올 좋은 기회를 제공하리라는 것도 매우 확실하게 예측할 수 있을 것이다. 티에르 씨는 민첩함과 유연성을 갖춰서, **권력의 깃대** 타고 오르기 경주에서는 언제나 매끄럽게 위로 기어오르는 아주 큰 재주를 보여주곤 한다. 그러나 그는 다시 아래로 미끄러져 내리는 좀더 큰 재주를 증명해 보이기도 한다. 그래서 그가 아주 확고하게 권력의 정점에 있다고 우리가 믿고 있을 때 그는 돌연히 다시 미끄러져 내린다. 아주 능숙하게, 아주 멋지게, 아주 웃음

짓게, 아주 천재적으로, 우리가 이 새로운 곡예에 거의 박수갈채를 보내고 싶을 정도로 말이다. 기조 씨는 미끄러운 깃대를 타고 오르는 데 그렇게 능숙하지 못하다. 답답하게 애를 써가며 그는 느릿느릿 타고 오른다. 그러나 일단 꼭대기에 오르면, 그는 억센 두 손으로 단단히 움켜잡는다. 그는 그의 유연한 경쟁자보다 항상 더 오래 권력의 정점에 머무를 것이다. 심지어는 이렇게도 말하고 싶다. 그가 서툴러서 아래로 내려올 수 없다고, 그래서 그가 아래로 곤두박질하기 쉽게 해주기 위해서는 강하게 깃대를 흔들어야 한다고. 아마 이 순간에 이미 급보가 전달되고 있을 것이다. 루이 필리프가 주변국들의 내각에게 그가 상황의 강요로 인해 불편한 티에르를, 그에게 훨씬 더 편안한 기조 대신에, 총리로 받아들일 수밖에 없노라는 것을 설명하는 급보가.

이제 왕은 주변 외국들이 티에르에게 품은 반감을 달래는 데 아주 애를 먹을 것이다. 그러나 티에르를 위한 이러한 갈채의 구걸은 어리석은 개인적 특이 성향이다. 왕은 외국과의 평화에 국내의 평온이 달려 있다고 생각한다, 그러나 그는 이 국내에 거의 주의를 기울이지 않고 있다. 그의 눈짓 하나에 악바르 대제[4]를 포함해 이 세상의 모든 트라이아누스,[5] 티투스,[6] 마르쿠스 아우렐리우스 안토니우스[7] 등이 벌벌 떨어야 할 것인데, 이런 그가 그들 앞에서 마치 코흘리개 학생처럼 머리를 숙이고 징징 짜고 있는 것이다. "날 좀 봐주세요! 용서해주세요, 내가 그런 식으로 프랑스의 왕위에 오른 것을, 무척 용감하고 지성적인 국민, 내 말

---

4) 1556년부터 1605년까지 인도를 지배한 무굴 제국의 황제.
5) Marcus Ulpius Traianus(53~117): 로마의 황제. 그의 치하 중 로마 제국의 영토는 사상 최대로 확장되었다.
6) Flavius Vespasianus Titus(39~81): 로마의 황제. 서기 70년 예루살렘을 파괴했다.
7) Marcus Aurelius Antonius(121~180): 로마의 황제.

인즉 3천 6백만의 소요 야기자들과 신을 부정하는 자들이 나를 그들의 왕으로 선출한 것을 말예요. 용서해주세요, 반란자들의 흉악한 손으로부터 왕관과 그에 속한 왕관의 보석을 받도록 내가 유혹당한 것을. 난 무경험자였습니다. 어린 시절부터 나쁜 교육을 받았답니다. 젱리 부인[8]이 내게 '인권'을 한자 한자 쓰도록 시켰습니다. 내게 문지기라는 명예직을 맡긴 자코뱅 당원들 틈에서도 나는 좋은 걸 별로 배우지 못했습니다. 나는 나쁜 무리들의 유혹을 받았습니다. 특히 라파예트[9] 후작, 그는 나를 통해 최고의 공화국을 만들어내려고 했답니다. 그러나 그 이후 나는 개과천선했습니다. 젊은 시절의 과오를 후회하고 있습니다. 그래서 당신들에게 부탁합니다. 기독교적 자비심으로 나를 용서해주시기를, 그리고 내게 평화를 주십사 하고!" 물론 아니다, 루이 필리프가 이렇게 자신을 표현하지는 않았다. 그럴 것이 그는 자부심이 강하고 고귀하며 영리하기 때문이다. 그러나 위의 말은 그의 긴 연설과 그보다도 더 긴 편지를 짧게 요약한 것이다. 그런데 최근에 그의 글씨체를 보았는데, 그 글씨체는 아주 독특하게 보였다. 사람들이 어떤 특정한 글씨체를 "파리 앞발체"(**파리의 앞발**)[10]라고 부르듯이 루이 필리프의 글씨는 "거미 다리체"라고 이름 지을 수 있을 것이다. 그의 글씨가 이른바 직조공 거미[11]의 앙상하게 메마르고 그림자처럼 긴 다리와 비슷하기 때문이다. 높이 솟구친, 그러면서

---

8) Comtesse de Genlis(1746~1830): 당대의 유명한 자유주의적 교육가.

9) Marquis de Lafayette(1757~1834): 프랑스의 정치가로서 미국의 독립전쟁에 참여해 영국군에 대항해서 싸웠고, 열렬한 자유주의 신봉자로서 프랑스 혁명 후 인권 선언문의 초안 작성에 참여했다.

10) 괄호 안의 "파리의 앞발pattes de mouche"은 하이네가 프랑스어로 쓴 것을 번역했다.

11) "직조공 거미Schneiderspinne"는 거미와 유사한 벽 진드기의 일종이다. 하이네의 고향에서는 이 말로 '직조공'을 표현하기도 했다.

도 동시에 아주 가느다란 글자들은 참으로 기묘한 인상을 준다.

왕의 최측근에서도 외국에 대한 그의 양보가 비판을 받고 있다. 그러나 아무도 그 어떤 비난을 요란하게 소리 내려고 하지 않는다. 이 부드럽고 마음씨 좋으며 가장 같은 루이 필리프는 자기 사람들에게는, 아주 흉포한 독재자가 언젠가 극도의 잔인함을 통해 얻었을 법한 바로 그런, 맹목적 복종을 요구한다. 경외심과 사랑이 그의 가족과 친구의 혀를 묶어놓고 있는 것이다. 이는 불행한 일이다. 왕의 독단적 의지에 대한 어떤 이의 제기나 심지어는 공공연한 반대가 유익한 경우들이 들어설 수 있기 때문이다. 왕세자까지도, 이 사려 깊은 오를레앙 공작조차도 아버지 앞에서 머리를 숙이고 있다. 왕의 잘못을 알면서도, 그리고 비극적 갈등들을, 심지어는 어떤 끔찍한 파멸을 예감하는 듯하면서도 말이다. 소문에 의하면 그는 언젠가 신뢰하는 친구에게 그가 전쟁을 원하노라고, 파리의 더러운 하수 도랑에서 죽느니보다는 차라리 라인 강의 파도 속에서 생을 마감하고 싶다고 말했다 한다. 이 고귀하고 기사적인 영웅은 멜랑콜리한 눈빛을 하고서 이렇게 이야기했다 한다. 기요틴 형을 모면한 루이 14세의 딸이자 그의 숙모인 앙줄렘 부인[12]이 7월 혁명 와중에 그녀의 마지막 도피 길에 파리 인근에서 귀향하는 왕자를 만나서는 까마귀 울음 같은 목쉰 소리로 왕자의 이른 죽음을 예언했다고. 왕자가 몇 시간 후에 공화주의자들에게 사로잡혀 총살당할 위험에 빠졌으나 정말 기적처럼 이 운명을 모면한 것은 참 기이한 일이다. 왕세자는 전반적으로 사랑을 받고 있으며, 모든 사람의 마음을 사로잡았다. 그래서 그의 상실은

---

12) Marie-Thérè, Duchesse d'Angoulême(1778~1851): 루이 14세의 딸. 프랑스 대혁명, 나폴레옹 전쟁, 7월 혁명의 격동기에 활발히 활동한 여성 정치인. 그녀에 대한 하이네의 평가는 무척 비판적이다.

지금의 왕조에게는 아주 파멸적일 것이다. 그의 인기는 아마도 현 왕조의 유일한 보장일 것이다. 왕자 역시 프랑스의 땅, 이 "아름다운 인간 정원"에서 피어난 아주 고귀하고 귀중한 꽃들 중 하나인 것이다.

2

파리, 1840년 3월 1일

오늘 티에르는 그의 전성기의 찬연한 빛 속에 서 있다. 하지만 나는 오늘이라고 말한다. 내일은 보장하지 않는다. 티에르가 이제 장관인 것은, 유일한, 진정으로 권력을 쥔 장관이라는 사실은 의심의 여지가 없다. 비록 많은 사람들이, 확신이라기보다는 고약한 심보로 해서, 『모니퇴르』지(紙)에 선명하게 인쇄된 서명된 칙령을 보기 전까지는 이 사실을 믿지 않으려 하지만 말이다.[1] 이 사람들은 파비우스[2]의 지연 전술 같은 왕의 머뭇거리는 방식으로 해서 모든 것이 가능하다고 말한다. 지난 5월에도 티에르가 서명하기 위해 펜을 손에 쥔 그 순간에 협상이 결렬되었다는 것이다.[3] 그러나 이번에는 티에르가 장관이 되리라고 나는 확신한다. "난

---

1) 티에르를 수반으로 하는 내각의 명단은 하이네의 기사보다 이틀 후인 3월 3일에 발표되었다.

2) 제2차 포에니 전쟁에서 로마의 군사령관인 파비우스Quintus Fabius Maximus는 그의 지연 전술로 한니발Hannibal이 이끄는 카르타고군을 불리한 상황으로 몰고 갔다..

3) 1839년 3월 22일 술트를 수반으로 하는 내각에 외무장관으로 참여하기로 내정된 티에르는 대(對)스페인 정책에 대한 이견으로 마지막 순간에 장관직 수임을 거부했다.

맹세하겠다. 그러나 내기를 걸지는 않겠다"라고 언젠가 폭스[4]가 비슷한 경우에 말한 적이 있다. 티에르의 인기가 다시 폭락하는 데 시간이 얼마나 걸릴지 궁금하다. 공화주의자들은 이제 그를 왕국의 새로운 방벽으로 보고 있다. 그러니 그를 관대하게 대하지는 않을 것이다. 관용은 이자들의 방식이 아니다. 공화주의적 덕성은 거짓과 동맹을 맺는 것을 부끄러워하지 않는다. 이미 내일이면 케케묵은 모함들이 곰팡이 냄새 요란한 은신처로부터 그들의 뱀 대가리를 높이 세우고는 친한 척 혓바닥을 날름거릴 것이다. 티에르의 불쌍한 동료들도 마찬가지로 심한 꼴을 당할 것이다. 교육장관의 이름이 거명된 어제저녁부터 이미 사람들은 "이건 카니발 내각이다"라고 외치고 있다. 그러나 이 말은 어느 정도 진실을 포함한다. 카니발이 열리는 사흘 동안에 대한 걱정이 없었다면 조각은 아마 그렇게 몹시 서둘러서 이루어지지는 않았을 것이다. 그러나 오늘은 벌써 사육제 일요일이고, 이 순간 이미 **살찐 황소들**의 행렬이 파리의 거리를 굴러가고 있다. 내일과 모레가 공공의 안녕에 대해서 가장 위험한 기간이다. 이때는 사람들이 광적이며 거의 절망적인 환락에 몸을 내던진다. 모든 종류의 미친 짓이 끔찍하게 풀려 나오고, 자유의 열광이 쉽게 싸구려 포도주와 만취의 형제적 우의를 나눈다. 가면에 대한 가면, 아마도 새로운 내각은 카니발에 대한 왕의 가면일 것이다.

---

4) Charles James Fox(1749~1806): 영국의 자유주의적 정치가.

3

파리, 1840년 4월 9일

열정이 어느 정도 식고 생각하는 신중함이 점차 힘을 얻어가자, 이른바 보수주의자들이 지금의 내각을 엎어트리면 프랑스의 안정이 위협을 받아 아주 위험해질 것이라고 모든 사람이 실토한다. 현 내각의 구성원들은 지금 이 순간에는 확실히 국가라는 마차의 아주 적합한 조종자들이다. 왕과 티에르는, 한 명은 마차의 안에 다른 한 명은 마부석에 앉아 있지만, 이제는 한마음이 되어야 한다. 그럴 것이 상이한 위치에 있으면서도 그들은 동일한 전복의 위험성에 노출되어 있기 때문이다. 사람들의 일반적인 생각과는 달리, 왕과 티에르는 전혀 은밀하게 싸우지 않는다. 그들은 인간적으로는 이미 오래전에 화해했다. 그들 간의 불화로서는 오로지 정치적인 것만이 남아 있다. 지금의 모든 화합에도 불구하고, 현 내각을 존속시키려는 왕의 확고한 의지에도 불구하고, 왕의 생각 속에서 이 정치적인 불화가 결코 완전히 사라질 수는 없다. 그럴 것이 왕은 왕권의 대표자인바, 이 왕권의 이해관계와 권능이 의회의 찬탈 욕구와 지속적인 갈등 관계에 있기 때문이다. 실제로 우리는 진실에 비춰 의회의 모든 노력을 찬탈 욕구라고 불러야 할 것이다. 의회는 또한 항상 공격하는 측이었고, 또 기회 있을 때마다 왕권을 축소하며, 왕권의 이익을 침해하려고 시도했다. 그리고 왕은 단지 자연스러운 정당방위만을 해왔다. 예를 들면 헌법은 왕에게 장관들을 선출하는 권리를 부여한다. 그러나 지금 이 특권은 그저 속 빈 허상에 불과하며, 아이러니이자 왕권을 조롱하는 문구일 따름이다. 그럴 것이 장관을 선출하고 해임하는 것은 실질적으로는 의회이기 때문이다. 얼마 전부터 프랑스 정부가 입헌 정부가 아니라 의회 정부라고 불리는 것은 매우 특징적이다. 3월 1일 출발한 내각은 탄생 세례 때부터 이 명칭을 얻었다. 그리고 실제로 말과 행동을 통해 한 건의 왕권 탈취가 의회의 이익을 위해 공개적으로 포고되고 비준되었다.

티에르는 의회의 대표자이다. 그는 의회에서 선출된 장관이며, 이러한 관계로 해서 결코 왕을 완전하게 만족시켜줄 수는 없다. 따라서 왕의 지엄하신 노여움은, 이미 말했듯이, 장관의 인물이 아니라 그의 선출을 통해 자신의 타당성을 관철한 원칙을 향한 것이다. 그러나 우리 생각으로는 의회가 이 원칙의 승리를 더 추구하지는 않을 것 같다. 그럴 것이 이 원칙은 그 최종적 귀결로서 공화국이 생겨나는 선거의 원칙과 본질적으로 동일한 것이기 때문이다. 의회 투쟁에서의 승리가 어디로 향할지는 왕조에 반대하는 야당의 영웅들은 물론 보수주의자들도 잘 알고 있는 것이다. 개인적 열정으로 인해 결혼 지참금 문제[1]의 안건에서 더할 수 없이 우스꽝스러운 실책을 범하는 과오를 저지른 그 보수주의자들도 말이다.

지참금 요구의 부결, 더욱이 지참금을 거부하는 암묵적인 조롱은 왕권에 대한 모욕일 뿐 아니라 또한 부당한 바보짓이었다. 그럴 것이 이들은 왕으로부터 모든 실질적 권력을 야금야금 빼앗았는데, 그러면 최소한 외적 광휘를 통해서라도 이를 보상해주어야 했다. 국민의 눈에 비

---

1) 루이 필리프 왕은 아들인 느무르 공작 루이Louis, Duc de Nemours의 혼수 지참금으로 의회에 50만 프랑을 승인해줄 것을 요구했다. 그러나 비등하는 반대 여론으로 이 요청은 부결되었고 내각은 총사퇴했다. 이 사건은 왕의 정치적 패배, 그리고 공화주의자들의 승리로 받아들여졌다.

친 왕의 도덕적 명망을 떨어트릴 것이 아니라 오히려 높여주어야 했다. 이 무슨 자가당착인가! 그대들은 왕정을 갖기를 원한다. 그러면서도 담비 모피[2]와 금장식의 경비에서는 인색하게 굴다니! 그대들은 공화정을 두려워한다. 그러면서도, 지참금 문제 표결에서 그랬듯이 그대들의 왕을 공공연히 모욕하다니! 사실 이들은 정말로 공화정을 원하지 않는다. 돈의 기사들, 산업계의 남작들, 사유 재산의 선출된 자들, 안정적 소유를 열광적으로 원하는 자들은.[3] 그리고 이자들이 프랑스 의회에서 다수를 차지한다. 이자들은 공화정에 대해 왕 자신보다 훨씬 더 끔찍한 공포심을 갖고 있다. 이자들은 루이 필리프보다, 청년 시절에 이미 공화정에 익숙해진 왕보다 훨씬 더 공화정에 대한 두려움으로 떨고 있는 것이다.

티에르 내각은 오래 유지될 것인가? 이것이 지금의 문제다. 티에르는 소름 끼치는 역할을 하고 있다. 그는 아주 강력한 제국의 모든 군사력뿐 아니라 혁명의 모든 병력, 시대의 모든 불과 광기를 사용할 권한을 갖고 있는 것이다. 그가 자극을 받아 현명한 쾌활함을 벗어나서 열정의 파멸적인 미로에 빠져드는 일이 없기를, 그 어느 것도 그가 가는 길을 방해하지 않기를, 황금의 사과[4]도 검붉은 말똥[5]도!…… 왕정을 지지하는 모든 당파는 의회가 티에르를 선출하는 행운을 얻기를 바라야 할 것이다. 최근 토의에서 그의 모든 정치적 위대함을 보여준 바로 그 정치가를. 그렇

---

2) 족제빗과에 속하는 동물의 모피. 왕이나 귀족만이 입을 수 있었다.

3) 당시의 프랑스 헌법은 일정 수준 이상의 재산을 가진 사람들에게만 선거권을 인정했다.

4) 그리스 신화에 따르면 미녀 아틀란테는 모든 구혼자에게 달리기 시합을 요구했고, 시합에서 승리한 후 패한 구혼자들을 죽였다. 이에 히포메네스는 아프로디테 여신에게서 받은 황금의 사과를 경주가 시작되기 전에 길에 떨어트려놓았다. 아틀란테가 이 사과를 주우려고 하는 동안 히포메네스는 달려서 경주에서 승리했다.

5) 『독일. 어느 겨울 동화』에서 하이네는 "우편마차를 끄는 말들의 똥 덩어리가 내게는/아틀란테의 사과처럼 아름답게 생각되었다"라고 쓴다.

다, 다른 사람들이 그저 연사거나, 아니면 행정 관리자거나, 아니면 학자 거나, 아니면 외교관이거나, 아니면 덕성의 영웅인 반면에 티에르에게는 이 모든 것이 종합되어 있다. 그렇다, 그는 심지어 덕성의 영웅이기도 하다. 다만 이 능력이 그에게는 돌출한 특성으로 나타나는 것이 아니라 그의 정치적 천재성에 압도되고 흡수되었을 뿐이다. 티에르는 정치가이다. 그는 통치의 재능을 타고난 정신들 중의 하나다. 자연은 시인을 창조하는 것과 마찬가지로 정치가를 창조한다. 이들은 매우 이질적인 피조물들이나, 똑같이 없어서는 안 될 존재들이다. 그럴 것이 인간은 열광으로 이끌리기도 하고 통치되기도 해야 하기 때문이다. 시나 정치 능력을 타고난 사람들은 또한 그들의 재능을 실행하고 관철하려는 자연적 본성을 갖고 있는바, 우리는 이 본성을 소인배적 허영심과 혼동해서는 안 된다. 저능력자들을 자극해 그들의 너절한 시구 아니면 산문적 장광설로 세상을 지루하게 만드는 그런 허영심과 말이다.

나는 티에르가 바로 최근의 연설을 통해 그의 정치가적 위대함을 보여주었다고 언뜻 언급한 바 있다. 베리어[6]는 아마 그의 낭랑한 말솜씨로 대중의 귀에 화려하게 작용했을 것이다. 그러나 이 연설가와 정치가 티에르의 관계는 키케로와 데모스테네스의 관계와 마찬가지다.[7] 키케로가 광

---

6) Philippe-Antoine Berryer(1790~1868): 당대의 유명한 변호사이자 웅변술이 뛰어난 정치가.

7) 그리스의 웅변가 데모스테네스(Demosthenes, 기원전 384~324)는 열정적 연설을 통해 아테네 사람들을 마케도니아의 필리포스 왕에 대항해 싸우도록 격려했으며, 로마의 집정관 키케로(Marcus Tullius Cicero, 기원전 106~43) 역시 웅변가로 명성을 얻었다. 계몽주의자 페펠G. K. Pfeffel의 경구(警句)는 두 사람의 웅변술을 이렇게 비교한다. "키케로가 연단에서 내려오면,/모든 사람이 환호했다, 그 어떤 사람도 더 아름답게 말할 수 없노라고!/데모스테네스가 연단에서 내려오면, 아테네 사람들은 외쳤다, 필리포스에 대항해서 싸우자, 싸우자고!" 하이네는 이 페펠의 경구를 원용한다.

장에서 변론을 펼치면[8] 청중은 그 누구도 마르쿠스 툴리우스보다 더 아름답게 연설하지 못하노라고 말했다. 그러나 데모스테네스가 연설하면 아테네 사람들은 외쳤다, 필리프에 대항해 싸우자! 티에르가 연설한 후 의원들은 모든 찬사 대신에 그들의 돈주머니를 열고 요구된 돈을 그에게 주었다.[9]

　티에르 연설의 정점은 '트랜스액션Transaktion'이라는 말이었다. 우리의 일상 정치가들이야 거의 이해하지 못하는 이 말은, 내 견해로는, 아주 의미심장하다. 예전부터 위대한 정치가들의 과업이 트랜스액션, 즉 원칙과 당파들 사이의 중재 말고 다른 것이 있었던가? 통치하려는 사람이 서로 다투는 두 당파 사이에 끼어 있으면 그는 트랜스액션을 시도해야 한다. 세계는 어떻게 앞으로 나아갈 수 있을까, 세계는 어떻게 평온하게 서 있을 수 있을까, 만일 거친 혁명들 후에 통치하는 사람들이 와서, 사상(思想)의 세계에서도 그리고 현상의 세계에서도, 지치고 고통 받는 투사들 사이에 신의 평화를 다시 회복시키지 않는다면? 그렇다, 사상의 세계에도 트랜스액션은 필요하다. 3백 년 전 독일에 종교개혁으로서 그리고 프로테스탄트 교회로서 태어난 것이 로마 가톨릭적 전통과 인간적-신적 이성 사이의 트랜스액션이 아니면 무엇이었나? 나폴레옹이 프랑스에서 낡은 체제의 사람들과 이해관계를 혁명의 새로운 사람들 및 새로운 이해관계와 화해시키려고 했을 때 그가 시도한 것도 트랜스액션이 아니었던가? 그는 이 트랜스액션에 '퓨전Fusion'이라는 이름을 주었는바, 이 이름 역시 하나의 체제 전체를 나타내는 의미심장한 단어다. 나폴레옹보다 2천 년 전에 마케도니아의 알렉산드로스라는 또 다른 위대한 정치가

---

8) 고대 로마에서는 광장이 민중의 집회장이자 법정으로 이용되었다.
9) 1840년 3월 24일 의회는 비밀 펀드를 지원하기 위해 1백만 프랑의 비상 예산을 승인했다.

가 비슷한 퓨전 체제를 고안해냈다. 그가 승자와 패자 사이의 교체 결혼과 관습의 교환 및 생각의 융합을 통해 서양과 동양을 중재하려고 했을 때 말이다. 아니, 나폴레옹은 그런 높이의 퓨전 체제에 이르지는 못했다, 그는 단지 사람과 이해관계만을 중재할 수 있었을 뿐, 이념들은 아니었다. 이는 그의 커다란 잘못이며 그가 몰락한 원인이기도 했다. 티에르 씨가 같은 실수를 범할까? 우리는 그럴 것 같아 걱정이다. 티에르 씨는 아침부터 정오까지 연설할 수 있다. 지치지 않고, 항상 새로운 빛나는 생각들을, 항상 새로운 정신적 번득임을 내뿜으면서, 청중을 즐겁게 하고, 가르치고, 눈부시게 하면서 말이다. 그의 연설은 말의 불꽃놀이라고 말하고 싶을 지경이다. 그러나 그럼에도 불구하고 그는 인간의 정신적 욕구보다는 물질적 욕구를 더 많이 이해하고 있다. 그는 세속적 현상을 하늘에 연결하는 마지막 고리를 알지 못한다. 그는 위대한 사회적 제도들에 대해 전혀 감이 없는 것이다.

4

파리, 1840년 4월 30일

"오늘 네가 무슨 씨를 뿌렸는지 내게 말해라, 그럼 나는 네가 내일 무엇을 수확할지 미리 말해주겠다!" 야무진 산초[1]의 이 격언을 요즘 난

---

1) 세르반테스의 소설 『돈키호테Don Quijote』에서 주인공 돈키호테의 하인으로 등장하는 산초는 무르고 몽상적인 주인과는 달리 매우 실질적이고 야무진 인물로 그려진다.

생각하고 있다. 생마르쿠 구역의 몇몇 작업장을 방문해서 어떤 책들이 하층 계급의 가장 강력한 부분을 형성하는 산업 노동자들 사이에 널리 퍼져 있는지를 알고 나서 말이다. 그곳에서 나는 새로 출판된 옛 로베스피에르[2]의 연설문들, 2수[3]에 판매되는 마라[4]의 팸플릿 신간들, 카베[5]의 혁명사, 코르메냉[6]의 독설(毒舌)들, 바뵈프의 이론서와 부나로티의 모반(謀反) 이야기[7] 등 마치 피 냄새를 풍기는 듯한 책들을 발견했다. 또 나는 노래 부르는 것도 들었는데, 이 노래들은 지옥에서 작사된 듯이 보였고, 이 노래들의 후렴은 더할 수 없이 거친 감정적 격앙을 보여주는 것들이었다. 아니, 그 노래들에 들어 있는 악마적 음색을 사람들은 우리의 온건한 영역 안에서는 도저히 이해할 수 없다. 그런 것들은 자신의 귀로 직접 들어야 한다. 예를 들면 금속이 가공되는 거대한 작업장에서, 상반신을 벗어젖힌 반항적 모습의 노동자들이 노래 부르는 동안 큰 쇠망치로 쿵쿵 울리는 쇠받침대를 내리치며 박자를 맞추는 작업장에서. 그런 반주는 아주 큰 효과를 발휘한다. 성난 불꽃이 노(爐)에서 튀어 오를 때의 그 불빛과 마찬가지로. 오로지 열정과 화염만이 있을 뿐이다!

2) Maximilien Robespierre(1758~1794): 프랑스 혁명 당시 가장 과격한 혁명 지도자로서 이른바 공포정치의 주역.

3) Sous, 당시의 동전.

4) Jean-Paul Marat(1743~1793): 프랑스 혁명 당시 과격한 혁명 지도자. 자코뱅당의 당수로서 온건한 지롱드당의 몰락에 주도적 역할을 했다.

5) Étienne Cabet(1788~1850): 변호사이자 의회 의원. 유토피아적 사회주의자.

6) Louis Marie de Lahaye, Vicomte de Cormenin(1788~1868): 당시 프랑스의 법률가이자 정치적 저술가. 1840년 한 책자에서 대중적 궁핍에 대한 왕의 무지를 신랄하게 비난했다.

7) François N. Babeuf(1764~1797): 초기 공산주의자. 1796년 혁명 집정위원회에 대한 모반 혐의로 처형되었다. 그의 동료인 부나로티(Filippo Michele Buonarotti, 1761~1837)는 탈출해서 1828년 이 모반에 대한 책을 발표했다.

이러한 씨앗의 결실 중 하나로서 프랑스의 땅에서 조만간에 공화국이 불쑥 솟아 나올 기세가 보인다. 사실 우리는 이러한 두려움에 여지를 두어야 한다. 그러나 우리는 동시에 그런 공화국의 지배가 이 교태와 허영의 본고장에서 결코 오래 지속되지는 못하리라고 확신한다. 프랑스인들의 민족성이 공화주의와 전적인 합일을 이룰 수 있다고 가정하더라도, 우리의 급진주의자들이 꿈꾸는 그런 공화국은 오래 지속될 수 없다. 그런 공화국의 삶의 원칙에 이미 이른 죽음의 싹이 들어 있으며, 그런 공화국은 활짝 핀 번영 속에서 죽어야 하는 것이다. 한 국가의 기본 상태가 여하하든 간에 이 국가는, 사람들이 보통 생각하듯이, 오로지 국민의 공동체의식이나 애국심만으로 유지되지는 않는다. 국가는 국가를 이끄는 위대한 개인들의 정신적 힘에 의해서 유지되는 것이다. 그러나 우리는 알고 있다. 언급된 유형의 공화국에서는 시기심에서 발원한 평등의식이 지배할 것이며, 이 평등의식은 모든 뛰어난 개인을 항상 배척하고, 아예 불가능하게 만들 것임을. 그래서 위급할 때는 그저 이웃사촌 제혁공과 소시지 장사꾼만이 공동체의 선두에 서리라는 것을.[8] 이 같은 본성의 근본 악(惡)으로 인해 그런 공화국은 역동적이며 위대한 개인들로 대표되는 과두정치나 독재국가와 결정적 투쟁에 들어서면 필연적으로 멸망할 수밖에 없다. 그리고 프랑스에 공화국이 선언되기만 하면 이런 투쟁이 일어나리라는 것은 의심의 여지가 없다.

　우리가 지금 누리는 평화 시기가 공화국 이론의 파급에 매우 유리함에도 불구하고, 이 평화는 공화주의자들 사이의 모든 단합의 끈을 풀어놓고 있다. 이 사람들의 불신 정신은 행동에 몰두하고 있어야 한다. 그

---

8) 고대 그리스의 극작가 아리스토파네스의 희극 「기사」에서 제혁공 클레온과 소시지 장사꾼 아고라크리토스는 선동꾼으로 등장한다.

렇지 않으면 이 정신은 트집 잡기 토론이나 언쟁에 빠지기 십상이며, 이런 것들은 격한 적개심으로 변질되기 때문이다. 이들은 자기 친구들도 별로 좋아하지 않으며 진취적인 사색의 힘을 통해 그들과 반대되는 견해로 기우는 친구들을 매우 증오한다. 그러할 경우 이들은 명예욕이니, 심지어는 매수되었느니 하는 비난을 전혀 아끼지 않는다. 그들의 좁은 한계에 갇혀서 이들은 이전의 동지들이 자주 의견 차이로 해서 그들과 멀어질 수밖에 없게 됨을 이해하지 못한다. 그런 멀어짐의 합리적 이유를 전혀 감지할 수 없기에, 이들은 곧바로 금전적 동기가 있다고 외치는 것이다. 이런 외침은 이들의 본성을 잘 보여준다. 공화주의자들은 이미 돈과 아주 적대적 불화 관계에 있기에, 그들에게 좋지 않은 것을 가져오는 모든 것을 돈의 영향이라고 치부한다. 그리고 사실 돈은 그들의 적들에게는 바리케이드로서, 보호와 방어 수단으로서 기여한다. 그렇다, 돈은 아마도 공화주의자들의 실질적인 적이며, 오늘의 피트, 오늘의 코부르크일 것이다.[9] 그러기에 이들은 돈에 대해 예전 프랑스 혁명 때 과격파 공화주의자들이 했던 식으로 욕설을 퍼붓는다. 근본적으로는 올바른 본능이 그들을 이끌고 있는 것이다. 모든 사회적 문제를 더 높은 관점에서 바라보며, 마치 황제의 진홍색 외투가 회색빛 평등의 작업복 윗도리와 구별되듯, 진부한 공화주의와는 찬연히 구별되는 새로운 독트린, 이 독트린에 대해서 우리의 공화주의자들은 별로 두려워할 필요가 없다. 그럴 것이 그들과 마찬가지로 대다수 대중은 아직 이 독트린에 멀리 있기 때문이다. 대다수 대중, 높고 낮은 천민, 고귀한 시민 계층, 시민적 귀족, 사랑

---

9) 윌리엄 피트(William Pitt, 1759~1806)는 영국 총리로서 프랑스 혁명에 대항하는 범유럽 전선을 조직했다. 작센-코부르크 공작Herzog von Sachsen-Coburg인 프리드리히 요시아스(Friedrich Josias, 1737~1815)는 오스트리아군의 사령관으로서 프랑스 혁명군과 싸웠다.

스러운 평범함에 거주하는 모든 명망 있는 주민, 이들은 공화주의를 아주 잘 알고 있다. 공화주의 이론을 알기 위해서는 예비지식이 별로 필요 없으며, 또 이 이론이 그들 모두의 소인배 근성과 천박한 생각에 상응하기 때문이다. 이들은 또한 공화주의 이론을 공공연히 신봉할 것이다. 그로 인해서—돈과—갈등 관계에 빠지지 않으면 말이다. 모든 탈러가 공화주의와 싸우는 용감한 투사이며, 모든 두카텐이 아킬레우스인 것이다.[10] 그래서 공화주의자는 돈을 증오하는 큰 권리를 갖고 있다. 그런데 그가 이 적을 붙잡아 손에 넣는다면, 아! 그렇게 되면 승리가 패배보다 훨씬 더 좋지 않은 것이 된다. 돈을 점령한 공화주의자는 공화주의자이기를 그만두기 때문이다.

공화주의가 일으키는 호감이 돈의 이해관계에 의해서 어떻게 지속적으로 억눌리는지를 나는 최근 계몽된 어느 은행가와의 대담에서 알아차렸다. 그는 내게 아주 열성적으로 말했다. "그 누가 공화주의 헌법의 우월함에 대해 이의를 제기하겠소? 나도 때론 완전히 공화주의자요. 아시오, 돈이 들어 있는 오른편 바지 주머니에 손을 넣으면 차가운 금속과의 접촉이 나를 떨게 합니다. 나는 재산을 잃을까 두려워하게 되고, 그러면 내 의식은 군주주의적이 됩니다. 반대로 텅 빈 왼편 바지 주머니에 손을 넣으면 곧바로 모든 두려움이 사라지지요. 그럼 나는 즐겁게 마르세예즈[11]를 휘파람 불고 공화주의를 찬양합니다."

공화주의자들과 마찬가지로 정통 왕당파도 작금의 평화기를 씨 뿌리기에 이용하고 있다. 특히 이들은 지방의 조용한 땅에 씨를 뿌리고 있

---

10) 탈러Taler와 두카텐Dukaten은 16세기부터 통용된 신성로마제국의 금화와 은화. 아킬레우스는 트로이 전쟁에 참전한 그리스 용사.
11) La Marseillaise, 프랑스 혁명 때 혁명군이 부른 노래, 후일 프랑스의 국가가 되었다.

다. 이 땅에서 그들의 행운이 피어나기를 빌면서. 가장 큰 행운을 이들은 프로파간다에서 기대하는데, 이 선전 활동은 교육 기관들과 지방 주민의 개조를 통해서 교회의 권위를 다시 세우는 것을 목적으로 한다. 아버지들의 신앙과 더불어 아버지들의 권리도 다시금 존중받아야 한다는 것이다. 그래서 사람들은 아주 고귀한 귀족 가문 출신의 여인들이 마치 종교 수호 귀부인인 양 그녀들의 경건한 의식을 과시하며 도처에서 천국을 위해 영혼을 모집하고, 그녀들의 우아한 모범을 통해 고귀한 세계를 전부 교회 안으로 유혹하는 것을 볼 수 있다. 교회들 또한 지난번 부활절 때보다 더 가득 찬 적이 결코 없었다. 특히 생로시와 노트르담드로레트에는 치장한 신앙심이 몰려들었다. 여기서는 열광적 믿음의 아름다운 의상들이 번쩍번쩍했고, 여기서는 경건한 멋쟁이 신사가 하얀 가죽장갑 긴 손으로 성수를 건네주었다. 여기서는 우아함이 기도했다. 이것은 오래 지속될 것인가? 이 종교심이 만일 유행의 총애를 얻은 것이라면 종교심 역시 재빠른 유행의 변화에 예속된 것이 아닐까? 이 홍조(紅潮)가 건강함의 표시일까?…… 지난 일요일 교회로 몰려드는 사람들을 보고 나는 한 친구에게 "하나님께서는 오늘 방문객이 많군요"라고 말했다. 그러자 이 무신론자는 "그건 고별 방문객들이라오"라고 응답했다.

공화주의자와 정통 왕당파가 파종한 용의 이빨들을 지금 우리는 알고 있다. 그러니 언젠가 이 이빨들이 무장한 전사로서 땅에서 솟아올라 서로 목 졸라 죽이거나, 또는 형제의 우의를 나누더라도 우린 놀라지 않을 것이다. 그렇다, 이들이 형제처럼 친해지는 것은 가능하다. 그럴 것이 이곳에 끔찍한 신부[12]가 하나 있지 않은가. 그는 피에 굶주린 신앙의 말

---

12) 브레통의 신부인 라므네(Felicite Robert de Lamennais, 1782~1854)를 가리킨다. 하이네는 이 성직자에게서 카톨리시즘과 급진 혁명주의가 결합한 한 전형을 보았다.

들을 통해 화형(火刑) 장작더미의 사람들과[13] 기요틴의 사람들을 결맹시키는 것을 바라고 있다.

그 사이에 모든 눈이 프랑스의 표면에서, 다소간에 표면적인 배우들에 의해 상연되는 연극을 향해 있다. 내가 말하는 것은 의회와 내각이다. 의회의 분위기와 내각의 유지는 물론 아주 중요하다. 그럴 것이 의회에서의 싸움이 때로는 가까운, 때로는 먼 훗날에 닥칠 것으로 보이는 파국을 촉진할 수 있기 때문이다. 그런 파국의 돌발을 되도록 오래 방지하는 것이 작금의 우리 국가 경영자들의 과업이다. 그런데 이들이 파국 이외의 그 어떤 다른 것도 원하지 않는다는 것이, 이들이 그 어떤 다른 것도 바라지 않는다는 것이, 이들이 드디어 "신(神)들의 황혼"[14]을 예감한다는 것이, 그들의 모든 행동에서, 그들의 모든 말에서 드러나고 있다. 거의 순진하다 할 정도로 솔직하게 티에르는 최근의 한 연설에서 그가 가까운 미래에 대한 믿음을 거의 갖고 있지 않다고, 그저 하루하루 연명해가야만 한다고 털어놓았다. 그는 예민한 귀를 갖고 있고, 그래서 이미 헬라[15]의 제국을 예고하는 늑대 펜리[16]의 울부짖는 소리를 듣고 있는 것이다. 피할 수 없는 것에 대한 절망이 혹 갑자기 그를 아주 과격한 행동으로 이끌지는 않을까?

---

13) 중세에 가톨릭교회가 이단자들을 화형한 것을 비유한다.

14) "신들의 황혼Götterdämmerung"은 (낡은) 세계의 몰락을 의미하는데, 이 말로 하이네는 닥쳐올 혁명을 비유한다. 하이네는 이 말을 야코프 그림Jacob Grimm의 『독일 신화』에서 빌려 왔다.

15) 헬라(Hela, 정확하게는 헬Hel)는 게르만 신화에서 하계(下界)와 죽음의 신이다.

16) 게르만 신화에 따르면 늑대 펜리Fenri는 세계의 몰락 때 신들의 아버지인 오딘을 삼켜버린다.

5

파리, 1840년 4월 30일

어젯밤에, 매일매일의 긴 기다림 후에, 관중의 호기심과 인내심을
극도로 자극한 거의 두 달에 걸친 지연 후에——드디어 어젯밤에, 「코지
마」[1]가, 조르주 상드의 드라마가, 테아트르 프랑세즈에서 상연되었다. 몇
주 전부터 이 수도의 모든 저명인사가, 이곳에서 지위, 출생, 재능, 악덕,
재산 등, 요컨대 모든 종류의 특기에서 뛰어남을 과시한 모든 것이 이 상
연을 볼 수 있기 위해 얼마나 애를 썼는지, 사람들은 상상하지 못할 것이
다. 작가의 명성은 아주 대단해서 호기심은 극도로 치솟았다. 그러나
호기심뿐 아니라 전혀 다른 종류의 관심과 열정도 같이 끼어들었다. 사
람들은 이 작품에 반대해서 작당해 아주 천박한 직업적 질투심을 갖고
공동 작업을 한 음모, 간계, 악의(惡意) 들을 미리 알고 있었다. 그의 소설
들로 귀족과 시민 계층에서 모두 똑같이 크게 반감을 일으킨 이 대담한
작가는 그의 "비종교적이고 비도덕적인 원칙들"로 해서 연극에 데뷔하는
기회에 공개적으로 죗값을 치러야 하는 것이다. 내가 최근 당신들에게
쓴 것처럼[2] 프랑스의 귀족들은 종교를 위협적으로 닥쳐오는 공화주의
의 공포에 대항하는 하나의 방어 수단으로 간주하며, 그들의 명망을 높

---

1) 조르주 상드(George Sand, 1804~1876; 본명 Lucile-Aurore Dudevant)의 첫번째 드
   라마로 정식 명칭은 「코지마, 또는 사랑 속의 증오Cosima, ou la haine dans l'amour」.
   이 작품은 1840년 4월 29일 파리의 테아트르 프랑세즈에서 초연되었고, 격렬한 비난을
   불러일으켰다. 상드는 당대 가장 유명한 여성 작가로서 사회 문제와 여성 해방 운동에
   깊이 관여했다.
2) 앞의 기사(4장) 끝부분 참조.

이고 그들의 머리통을 지키기 위해 종교를 보호한다. 반면에 부르주아지는 조르주 상드의 반혼인(反婚姻)적 독트린으로 해서 마찬가지로 그들의 머리통이 위협받는다고, 자세히 말하면 하나의 특정한 뿔 장식의 위협을 받는다고 생각한다.[3] 결혼한 시민 계급의 남편은 이 뿔 장식 받기를 아주 싫어한다. 그가 레종 도뇌르 훈장으로 치장되기를 바라는 그만큼 말이다.

이 작가는 자신의 곤란한 처지를 매우 잘 알고 있었고, 그래서 그의 드라마에 종교 수호의 귀족 기사와 도덕 수호의 시민 시종, 이들 정치와 결혼의 정통주의자를 화나게 만들 수 있는 모든 것을 피했다. 그의 다른 저술에서 극도의 거친 짓을 감행하는 사회 혁명의 옹호자는 무대에서는 아주 온건한 한계 안에 머물렀다. 작가의 우선 목표는 자신의 원칙들을 극장에서 공표하는 것이 아니라 극장을 점취(占取)하는 것이다. 그가 이 일을 성공적으로 이루어낼 수도 있다는 생각이 특정한 소인배들 사이에서 커다란 두려움을 야기했다. 이 소인배들에게는 앞서 말한 종교적, 정치적, 도덕적 차이는 아무런 상관이 없다. 그들에게는 오로지 아주 천박한 직업적 이해관계만이 중요한 것이다. 이들은 이른바 극작가인바, 이들은 우리 독일에서와 마찬가지로 프랑스에서 아주 폐쇄적인 부류를 형성한다. 이자들은 문학 그 자체와 또한 나라가 자랑하는 뛰어난 작가들과는 아무런 공통점도 갖고 있지 않다. 뛰어난 작가들은, 몇몇 예외를 제외하고는, 연극계에서 아주 멀리 있다. 그러나 우리 독일에서는 위대한 작가들이 고상한 경멸감으로 자신의 뜻에 따라 무대의 세계를 회피하는 반면에, 이들은 프랑스에서는 아주 기꺼이 무대 작품을 생

---

3) '뿔 장식'은 다른 남자와 불륜 행위를 한 여자의 남편을 조롱하는 표현.

산해내고 싶어 한다. 그러나 앞서 언급된 극작가들의 음모로 해서 이 영역에서 밀려나고 있는 것이다. 그런데 이 작은 인간들이 큰 사람들의 침입을 가능한 한 막으려고 하는 것을 근본적으로는 나쁘게 생각할 수 없다. 당신들 우리 땅에 들어와서 무엇하려는 거요, 하고 이들은 외친다. 당신들의 문학에 머무르시오, 그리고 우리의 밥그릇에 달려들지 마시오! 당신들에게는 명예, 우리에게는 돈! 당신들에게는 장문의 찬탄 기사가, 저명인사들의 칭찬이, 그리고 우리 같은 불쌍한 작자들은 완전히 무시해버리는 고상한 비평이 있지 않소! 당신들에게 월계관이 있으니 우리에게는 구운 고기라도 있어야 하오! 당신들에게 시적 도취가 있다면 우리에게는 샴페인의 거품이 있소. 이 샴페인을 우린 박수부대의 우두머리들, 그리고 품위 있는 부인들과 함께 어울려 홀짝거린다오!⁴⁾ 우린 먹고 마시고 갈채 받고 조롱받고, 그리고 잊힐 것이오. 반면에 당신들은 『르뷔 드 되 몽드』⁵⁾에서 칭송받고 지고의 숭고한 불멸을 향해 굶어 죽어갈 것이오!

실제로 극장은 이들 극작가에게 휘황찬란한 복지를 부여하고 있다. 이들 중 대부분은 부유해져서 풍요롭게 살고 있다. 반면에 프랑스의 위대한 작가들은 벨기에의 해적판⁶⁾과 파산 지경의 출판업 현황으로 해서 몰락했고, 그래서 절망적 가난 속에서 굶주려 죽어간다. 그러니 이들이 때로는 무대 조명등의 뒤편에서 익어가는 황금의 과일을 동경해 그쪽으로 손을 뻗는 것은 자연스러운 일이다. 최근에 발자크가 그랬듯 말이다.

---

4) "박수부대"나 "품위 있는 부인들"은 당시 연극이나 음악회의 관객 대부분을 이루는 부유한 시민 계급을 비유하는 말이다. 하이네는 이들이 예술을 이해하는 척하며 자기를 과시하는 속물이라고 비판한다.

5) *Revue des deux Mondes*, 당시 프랑스에서 가장 명망 있던 문학 잡지.

6) 당시 벨기에는 많은 프랑스 작가의 작품들이 불법으로 복사되어 팔렸다.

그러나 이 욕망은 발자크에게 아주 나쁜 결과를 가져오고 말았다![7] 독일에서 극장을 뜯어먹고 사는 그저 그런 극작가들 간의 은밀한 공수(攻守) 동맹이 이미 성업 중이라면, 이 모든 악습이 집중된 파리에서는 이 동맹이 훨씬 더 야비한 방식으로 횡행하고 있다. 이 과정에서 이곳의 소인배들은 위대한 작가들에 대한, 특히 천재들에 대한 싸움에서 아주 능동적이고, 아주 능숙하고, 아주 끈질기다. 그런데 천재란 항상 고립되어 있고, 또한 약간 서투르며, 우리끼리 하는 말이지만 몽상적이며 게으른 존재이기도 하다.

새로운 프랑스가 배출한 이 위대한 작가, 우리 독일에서도 높이 평가받는 이 지독하게 고독한 천재 조르주 상드의 극작품은 어떻게 받아들여졌나? 이 작품의 수용은 결정적으로 형편없는 것이었나, 아니면 의심스럽게 호의적인 것이었나? 솔직히 말하자면 나는 이 물음에 답할 수 없다. 위대한 이름에 대한 경외심이 아마도 많은 사악한 의도를 마비시켰을 것이다. 나는 아주 나쁜 결과를 예상했었다. 작가의 모든 적대자가 2천 명 이상을 수용할 수 있는 테아트르 프랑세즈의 거대한 홀에 모였기 때문이다. 극장 사무국은 친구들에게 나누어 주라고 작가에게 약 140장의 입장권을 제공했다. 그러나 이 입장권들은 여자의 변덕스러운 기분으로 인해 뿔뿔이 흩어져서 올바른, 박수를 칠 손에 들어간 것은 몇 장 되지 않았다. 조직된 박수부대에 대한 말은 없었다. 박수부대의 통상적인 우두머리가 봉사해주겠노라고 제안했으나, 이 자존심 강한 『렐리아』[8]의 저자는 들은 체도 하지 않았다. 이들 이른바 로마인들, 일층 객석 가운

7) 발자크Honoré de Balzac의 드라마 Vautrin은 1840년 초연 후 검열로 금지되었다.
8) 1833년 발표된 상드의 소설로 상드를 일약 유명한 작가로 만들었다.

데 큰 샹들리에 밑에 앉아서 스크리브[9]나 앙슬롯[10]의 작품이 상연되면 아주 용감하게 박수를 쳐대곤 하던 로마인들은 어제 테아트르 프랑세즈에서는 보이지 않았다.

이 말썽 많은 드라마의 무대 연기에 대해서는 유감스럽게도 아주 나쁜 평을 할 수밖에 없다. 어제 평시보다 더 나쁘게도 그렇다고 더 좋게도 연기하지 않은 그 유명한 도르발[11]을 제외하면, 모든 배우가 그들의 단조로운 평범함을 보여주었다. 작품의 주인공 보발렛 씨[12]는, 성서의 표현을 빌리면 "황금 코걸이를 걸친 돼지처럼"[13] 연기했다. 조르주 상드는, 그녀의 극작품이 배우들의 변덕스러운 고집 때문에 취한 모든 양보에도 불구하고 그들의 연기에 대해 별로 기대할 수 없음을 미리 알아차린 듯하다. 그러기에 그녀는 어느 독일 친구와의 대담에서 농담 삼아 말했다. "아세요? 프랑스인은 모두 타고난 희극배우입니다. 그래서 모두 이 세상에서 그들의 역을 다소간에 멋지게 연기하지요. 그러나 내 나라 사람들 중 고귀한 연극 예술에 대해 가장 재능이 없는 사람들이 연극에 헌신해서 배우가 된답니다."

프랑스에서의 공적인 삶, 즉 의회 제도와 정치적 활동이 프랑스인들이 지닌 최상의 연극배우적 재능을 빨아들인다는 것을, 그래서 본래의 연극에 대해서는 오로지 평범함만을 찾아볼 수 있다는 사실은 나 자신도 일찍이 알아차렸다. 그러나 이 사실은 단지 남자에게만 해당된다. 여

---

9) Eugène Scribe(1791~1861): 당시 프랑스의 저명한 희극작가.
10) Jacques Ancelot(1794~1854): 연극, 오페라 등 다양한 분야에서 많은 작품을 쓴 극작가.
11) Marie Dorval: 당시의 유명한 연극배우.
12) Pierre Beauvallet: 당시의 유명한 연극배우.
13) 솔로몬의 「잠언」 11장 22절("예쁜 여자가 삼가지 않는 것은 돼지 코에 금 고리를 한 것과 같다")을 원용한 풍자.

자에게는 아니다. 프랑스의 무대는 아주 높은 가치를 지닌 여배우들로 풍성하다. 그리고 지금 세대는 아마도 앞 세대를 능가했을 것이다. 위대하고 비범한 재능은 우리를 경탄하게 한다. 이런 재능은 이곳에서 더욱더 풍요롭게 펼쳐질 수 있는바, 그 이유는 여자들이 부당한 법률에 의해, 남자들의 찬탈에 의해, 모든 정치적 고위직에서 배제되었고 그래서 그들의 재능을 부르봉 궁과 뤽상부르 궁의 무대에서는 발휘할 수 없기 때문이다.[14] 공적 영역을 향한 여자들의 열망에는 그저 공적인 예술의 전당들과 향락업소만이 개방되어 있고, 그래서 여자들은 여배우가 되거나 로레트[15]가 되곤 한다. 아니면 동시에 둘 다가 되기도 한다. 그럴 것이 이 두 업종은 프랑스에서는 독일과는 달리 엄격하게 구분되지 않기 때문이다. 독일에서야 희극배우가 자주 평판이 가장 좋은 사람에 속하며 착실한 시민적 행동거지를 통해 명망을 얻는 일이 드물지 않다. 우리 독일에서는 여배우가 불가촉천민처럼 사회에서 배척되지 않는다. 오히려 그녀들은 귀족 가문과 관대한 유대인 은행가의 저녁 무도회에서, 그리고 심지어는 몇몇 명망 있는 시민의 가족들에게 친절한 접대를 받기도 한다. 이곳 프랑스에서는 그 반대이다. 그렇게 많은 편견이 근절되었건만 교회의 저주는 배우에 관한 한 아직도 효력을 상실하지 않았다. 배우는 아직도 방탕아로 간주된다. 그리고 인간이란 나쁜 취급을 당하면 점점 더 나빠지는 법인지라, 이곳에서 배우는 소수의 예외를 제외하고는 기막히게 더러운 집시족 상태에 뿌리를 깊이 박고 있는 것이다. 탈리아[16]와 덕성은 이곳에서 같은

---

14) 부르봉 궁에는 하원이, 뤽상부르 궁에는 상원이 위치해 있었다.

15) Lorette, 상류 사회의 향락업소에 종사하는 여자들에 대한 별칭. 고급 매춘부와 거의 같은 의미.

16) Thalia, 희극의 뮤즈.

침대에서 자는 일이 거의 없다. 그리고 심지어는 우리의 가장 유명한 멜포메네[17]도 자주 그녀의 굽 높은 신발[18]을 벗어야 한다. 필리네[19] 같은 변덕스럽고 경박한 여자의 방탕한 슬리퍼와 바꿔 신기 위해서 말이다.

여기서는 아름다운 여배우들이 모두 값이 정해져 있다. 그러나 정해진 값이 없는 여배우는 아마도 가장 비싼 배우일 것이다. 대부분의 젊은 여배우는 돈을 마구 쓰는 자나 부유한 벼락부자에 의해 부양된다. 반면에 이른바 팜 앙트레트뉘[20]라 불리는 본업 창부(娼婦)들은 극장에서 자신을 과시하고 싶은 강력한 욕망을 갖고 있다. 허영심과 계산이 하나로 합쳐진 욕망 말이다. 그럴 것이 이들은 연극에서 자기 몸매를 가장 잘 과시할 수 있으며, 상류층 탕아들의 관심을 끌고 동시에 많은 관객의 찬탄을 받을 수 있기 때문이다. 특히 작은 극장에서 연기하는 이 여자들은 보통 출연료를 받지 않는다. 오히려 반대로 극장 감독에게 매달 일정한 액수를 지불한다. 무대에 등장할 수 있도록 특전을 베풀어준 대가로 말이다. 그래서 이곳에서는 어디서 여배우와 창녀가 역할을 바꾸는지를, 어디서 희극이 끝나고 사랑스러운 자연이 다시 시작되는지를, 어디서 약강격(弱強格)의 오각운(伍脚韻)이 네 다리(四脚)가 얽히는 음탕으로 넘어가는지를 거의 알 수 없다. 이들 예술과 악덕의 양생류(兩生類), 이들 삶의 해안의 요정들은 그처럼 많은 귀여운 요귀가 설치는 파리의 환락가에서도 확실히 가장 위험한 부분을 형성한다. 그녀들의 그물에 걸려드는 무경험자들 참으로 불행하도다! 이 사랑스러운 괴물들의 몸이 보기 싫은 물고기 꼬

---

17) Melpomene, 비극의 뮤즈.
18) 고대 그리스의 비극에서는 배우들이 굽이 높은 구두를 신고 등장했다.
19) Philine, 괴테의 소설 『빌헬름 마이스터의 수업시대』에 등장하는 예쁘고 사랑스러우나 경박하고 변덕스러운 여자의 이름.
20) femmes entretenues, 정부(情婦), 첩을 뜻한다.

리로 끝나는 것을 잘 알면서도 그 매력에 항거하지 못하는, 그리고 아마도 바로 이 심적 두려움의 쾌락을 통해, 사랑스러운 파멸과 달콤한 나락의 불길한 매력을 통해 더욱더 확실하게 사로잡히는 유경험자들도 참으로 불행하도다!

여기서 언급되는 여자들은 사악하거나 속임수가 많은 사람들은 아니다. 일반적으로 이들은 아주 고운 마음씨를 갖고 있기도 하다. 그녀들은 사람들이 생각하듯 그렇게 잘 속이거나 탐욕스럽지 않다. 오히려 가끔은 아주 성실하고 관대한 사람이기도 하다. 그녀들의 모든 불순한 행동은 순간적 욕구, 궁핍과 허영심에서 생겨난다. 그녀들은 어려서부터 부유함과 가족의 보살핌을 통해, 또는 운명의 총애를 통해 몰락과 더 깊은 몰락으로부터 보호를 받는 이브의 다른 딸들보다 절대로 더 사악하지 않다. 이 여자들에게 특징적인 것은 이들을 사로잡은 그 어떤 병적 파괴욕이다. 이 파괴욕은 그들의 정부(情夫)뿐 아니라 그들이 정말로 사랑하는 남자들과, 그리고 특히 그들 자신을 해친다. 이 파괴욕은 다른 하나의 욕망, 즉 광기, 쾌락을 향한, 극히 순간적 쾌락을 향한 광기와 깊숙이 엮여 있다. 이 광기는 단 하루의 유예도 허용하지 않으며, 그 어떤 아침도 생각하지 않고, 모든 의구심을 철저하게 조롱한다. 그녀들은 연인에게서 마지막 한 푼까지 짜내고, 오로지 그 시간의 향락을 즐기기 위해서 연인이 그의 장래까지 저당 잡히도록 만든다. 이 여자들은 연인으로 하여금 그녀 자신에게도 도움이 될 수 있는 자원까지 허비하도록 몰아친다. 심지어 이 여자들은 연인이 그의 명예까지 도박에 거는 행위를 하는 데 대해서도 많은 경우 책임이 있다. 요약하자면 이 여자들은 사랑하는 남자를 소름 끼치도록 다급하고 몸서리쳐지도록 철저하게 파괴하는 것이다. 몽테스키외는 그의 『법의 정신』 어딘가에서 독재자를 다음과 같이 야만인에 비유함으로써 독재의 본성을 특징지으려 했다.[21] 이 야만인들은 어느 나무의 열매를 먹고 싶으면 즉시 도끼를 들고 나무 자체를 베어 쓰러트린다. 그러고는 줄기 옆에 편안히 앉아서는 맛을 즐기며 성급하게 열매를 먹어치운다. 나는 이 비유를 위에 언급한 여인들에게 적용하고 싶다. 셰익스피어가 그의 '클레오파트라'라는 인물에서——그녀를 나는 언젠가 **순수한 창부**[22]라고 부른 바 있다——그런 여자들의 의미심장한 실례를 보여주었다면, 우리의 친구인 오노레 드 발자크는 틀림없이 이 여자들을 아주 충실하게 묘사한 작가이다.[23] 발자크는 이 여자들을 자연 탐구자가 어떤 동물 종을 묘사하듯, 또는 병리학자가 어느 병을 표현하듯 그렇게 서술했다. 그 어떤 도덕적 목적도 없이, 편애도 혐오감도 없이. 그에게는 그런 현상을 미화하거나 명예를 회복시키려는 생각은 아예 없었다. 그런 짓은 도덕에서와 마찬가지로 예술에서도 금기 사항일 것이다.

추후 기록

어느 드라마의 초연에 관한 기사는, 특히 작가의 명성만으로 이미 호기심이 자극되는 경우에는, 아주 화급하게 작성되고 송달되어야 한다.

---

21) 『법의 정신』, 5권 13장.
22) 『셰익스피어의 처녀와 여인들』에서 하이네는 클레오파트라를 "창부적 여왕"이라 불렀다.
23) 하이네는 1832년에 출판된 발자크의 소설 『서른 살의 여자 *La femme de trente ans*』를 염두에 둔 것으로 보인다.

그래야 악의적 오판이나 모욕적 요설이 심각한 수준으로 앞서 나갈 수 없다. 그런 이유로 해서 앞 페이지들의 글에는 작가, 정확히 말하면 첫번째 연극 시도를 감행한 여류 작가에 대한 좀더 자세한 설명이 전혀 들어 있지 않다. 이 첫번째 시도는 완전한 실패로 끝났고, 그래서 월계관에 익숙한 이마에는 이번엔 아주 불행한 가시 왕관이 씌워졌다. 앞서 말한 위의 기사에 결여된 것에 대해 오늘 우리는 임시변통의 보완을 제공하려 한다. 몇 년 전에 집필된 전기로부터[1] 조르주 상드의 인간에 대한, 더 정확히는 그녀의 인간적 현상에 대한 진술을 몇 가지 여기서 이야기함으로써 말이다. 그것은 다음과 같다.

　"모든 사람이 알고 있는 바와 같이 조르주 상드는 가명(假名)이다. 한 아름다운 여전사(女戰士)의 **전사명**(戰士名)[2]인 것이다. 이 가명을 선택할 때 상드가 독일인들의 유일한 희극작가인 코체뷰를 암살한 그 불행한 상드를 기억해서 한 것은 아니다.[3] 우리의 여주인공은 '상드Sand'라는 이름이 그녀의 연인 이름인 상도Sandeau[4]의 첫 음절과 같기 때문에 이 이름을 선택한 것이다. 이 연인은 존경할 만한 작가였으나, '상도'라는 그의 전체 이름은 이 이름의 절반만 가진 그의 연인만큼 그렇게 유명해지지는 못했다. 상드는 이 절반 이름을 그녀가 이 연인을 떠날 때 웃으면서 가져갔다

---

1) 하이네가 상드의 어떤 전기를 말하는지는 확인되지 않는다.
2) 원문은 nom de guerre. 이 말은 원래는 군에 처음 입대하는 사람들이 받는 이름이었으나 후에는 가명과 동의어가 되었다.
3) 코체뷰(August von Kotzebue, 1761~1819)는 18세기 말과 19세기 전반기에 활약한 독일의 희극작가이며, 그의 작품은 많은 대중적 인기를 얻었다. 신학 전공 학생이자 민족주의적 경향의 학생 결사 회원인 상드Karl Ludwig Sand는 코체뷰를 러시아의 스파이로 의심해 살해했다.
4) Jules Sandeau, 당시 명망 있던 소설가이자 극작가.

한다. 조르주 상드의 실제 이름은 오로라 뒤데방이다.[5] 뒤데방은 그녀의 법적 남편의 이름인데, 그는 사람들이 믿는 것처럼 신화가 아니라 육신을 가진 베리 주 출신의 귀족이다. 나도 한 번 내 눈으로 그 남자를 보는 즐거움을 누렸다. 게다가 나는 그를 당시 이미 **실질적으로** 헤어진 그의 부인의 집, 케 볼테르가(街)에 있는 작은 집에서 보았는바, 내가 그를 바로 그곳에서 보았다는 것은 그 자체로서 정말로 기이한 사건이었다. 그 기이함으로 해서, 샤미소[6] 같으면 그 자리에 내가 있었다고 과시함으로써 돈을 벌 수도 있을 것이라고 말할지도 모르겠다. 뒤데방은 아무 특색 없는 속물의 얼굴을 하고 있었으며 악하거나 거칠게 보이지는 않았다. 그러나 난 바로 알 수 있었다. 이 축축하고 차가운 일상적 평범함이, 이 도자기 같은 시선이, 단조롭게 고개를 꺼덕이는 이 중국 도자기 인형 같은 움직임이 평범한 여자에게는 매우 재미있을 수 있으나, 장기간 계속되면 여인의 마음 깊숙한 곳에 섬뜩한 느낌을 주고 마침내는 이 마음을 소름 끼침과 끔찍함으로 가득 채워서 도망치도록 만들 수밖에 없을 것이라는 사실을 말이다.

상드의 성(姓)은 뒤팽이다. 아버지는 신분이 낮은 남자였으나[7] 그의 어머니는 유명한, 그러나 지금은 잊힌 무희(舞姬) 뒤팽이다. 소문에 따르면 이 외할머니 뒤팽은 모리츠 폰 작센 원수(元帥)의 사생아라 하는데, 모

---

5) 상드의 결혼 전 이름은 Adamine Aurore Luice Dupin인데 결혼 후에 남편(François Dudevant 남작)의 성을 따라 뒤데방 남작 부인으로 불렸다. 하이네는 오로르Aurore를 오로라Aurora로 잘못 표기했다.

6) Adalbert von Chamisso(1781~1838): 독일 낭만주의 시인. 하이네는 청년 시절 그와 좋은 관계였다.

7) 상드의 아버지인 모리스 뒤팽Maurice Dupin은 하이네의 서술과는 달리 낮은 신분 출신이 아니라 프랑스군의 고급 장교였다. 후일 출간된 『루테치아』의 프랑스어판에서는 이 구절이 수정되었다.

리츠 자신도 선제후(選帝侯)인 아우구스트 데르 스타르케[8]가 남긴 사생아 수백 명 중 하나이다. 모리츠 폰 작센의 어머니는 아우로라 폰 쾨니히스마르크이다. 어머니 쪽의 성을 따서 오로라 뒤팽이라 불린 상드는 그녀의 아들에게도 모리츠라는 이름을 지어주었다. 이 아들 모리츠 그리고 조각가 클레생제와 결혼한 솔랑주라는 이름의 딸이 조르주 상드의 유일한 두 아이다. 상드는 항상 훌륭한 어머니였다. 나는 자주 그녀가 아이들에게 프랑스어를 가르치는 것을 장시간 옆에서 지켜보기도 했다. 아카데미 프랑세즈[9]의 모든 회원이 이 강의를 보지 못한 것은 정말 유감이다. 이들은 이 강의에서 틀림없이 많은 것을 얻었을 테니 말이다.

조르주 상드는 위대한 여류 작가이자 동시에 아름다운 여인이다. 그저 그런 아름다움이 아니라 심지어 아주 빼어난 미모의 소유자이다. 그녀의 작품들 안에서 발언하는 창조적 정신과 마찬가지로 그녀의 얼굴은 흥미롭다기보다는 아름답다고 칭할 수 있다. 흥미로움은 항상 아름다움이라는 유형의 우아한 또는 재기 넘치는 변형이다. 조르주 상드의 용모에는 그리스적 규칙성이 깊이 각인되어 있다. 그러나 얼굴의 선은 가파르지 않다. 마치 고통스러운 베일인 양 얼굴 위에 쏟아져 내린 감상적 정감에 의해 부드러워졌다. 이마는 높지 않으며, 가르마를 탄 밤색의 더없이 아름다운 곱슬머리는 어깨까지 내려와 있다. 그녀의 두 눈은 흐릿하다. 최소한 반짝이지는 않는다. 아마 두 눈의 불길은 많은 눈물로 꺼졌거나 아니면 그녀의 작품들로 넘어간 모양이다. 화염과 불길을 온 세상에 퍼트리며 많은 절망적인 감옥을 비추고, 그리고 아마도 많은 순결의 사

8) 작센의 선제후인 프리드리히 아우구스트Friedrich August 1세.
9) Académie française, 프랑스어 교육과 사전 편찬 등의 활동을 하는 최고 권위의 기구. 모두 40명의 회원으로 구성되어 있다.

원에 파멸적 방화를 한 그녀의 작품 속으로. 『렐리아』의 작가는 소돔도 그리고 고모라도 연상시키지 않는 조용하고 부드러운 눈을 갖고 있다.[10] 그녀는 해방된 독수리 코도, 재기 넘치는 납작코도 갖고 있지 않다. 그저 보통의 똑바른 코를 가졌을 뿐이다. 사람 좋은 미소가 그녀의 입 주변을 감싸고 있다. 그러나 그 미소는 아주 매력적이지는 않다. 약간 비스듬히 처진 아랫입술은 지친 감성을 내비친다. 턱은 포동포동하나 예쁜 크기이다. 그녀의 두 어깨도 아름답다. 현란하기까지 하다. 팔과, 그녀의 발처럼 아주 작은 두 손도 마찬가지로 아름답다. 가슴의 매력에 대해서는 다른 동시대인이 묘사해주었으면 한다. 나는 내가 그럴 자격이 없다는 것을 고백한다.[11] 그녀의 그 외의 몸매는 약간 좀 뚱뚱해 보인다. 최소한 땅딸막하게 보인다고는 해야겠다. 오로지 머리만이 이상적이며, 고대 그리스 예술의 아주 고귀한 유물들을 연상시킨다. 이러한 관점에서 우리 친구들 중의 하나가 이 아름다운 여인을 루브르의 아래층 홀에 전시된 밀로의 비너스 대리석 조각상과 비교할 수 있었다.[12] 그렇다, 조르주 상드는 밀로의 비너스처럼 아름답다. 그녀는 몇몇 특성에서는 이 조각상보다 우월하기까지 하다. 예를 들면 훨씬 더 젊다. 인간의 음성이 그 사람의 성격을 전혀 거짓 없이 말해준다고 주장하는 관상학자들은 조르주 상드의 비상한 내적 본성을 그녀의 음성으로부터 밝혀내야 할 경우가 되면 매우 당혹스러워할 것이다. 그녀의 목소리는 흐릿하고 메말랐다. 금속적인 울림은 전혀 없다. 그러나 부드럽고 기분 좋은 음성이다. 그녀

---

10) 소돔과 고모라는 구약 성서에 나오는 죄악의 도시다. 하이네는 상드 작품에 나타난, 당시의 도덕적 기준으로는 파격적인 성 해방 요구를 두 도시의 이름을 통해 암시한다.

11) 이 표현으로 하이네는 그가 상드의 수많은 연인에 속하지 않음을 분명히 한다.

12) 밀로의 비너스(아프로디테)상은 1820년 그리스의 밀로스 섬에서 발견된 후 바로 파리로 이송되어 루브르에 전시되었다.

말의 자연스러움은 그 말에 독특한 매력을 부여한다. 그녀에게서 노래 재능은 찾아볼 수 없다. 조르주 상드는 기껏해야 아직 아침을 먹지 못했거나 아니면 그 밖의 다른 이유로 해서 지금 음성이 정상적이지 않은 여직공 수준으로나 노래한다. 조르주 상드의 음성은 그녀의 발언 내용과 마찬가지로 멋지지 않다. 그녀는 프랑스 여성들의 넘쳐흐르는 기지를 전혀 갖지 못했다. 그러나 그녀들 특유의 수다 떨기와도 아주 거리가 멀다. 이 과묵함의 근거는 겸손함이 아니다. 그렇다고 다른 사람들의 말에 호감을 느껴 빠져들기 때문에 그런 것도 아니다. 이 과묵은 한마디로 거만함에서 연유한다. 그녀는 네 말에 심력(心力)을 허비할 정도로 너를 가치 있게 여기지 않는 것이다. 아니면 이기심이 원인이기도 하다. 그녀는 네 말의 가장 좋은 것을 받아들이려고 하는 것이다. 후에 이것을 그녀의 책에서 가공해서 써먹으려고 말이다. 조르주 상드가 욕심으로 해서 대화에서 아무것도 주지 않고 항상 무엇을 얻어내는 법을 알고 있다는 것, 이것은 알프레드 드 뮈세[13]가 언젠가 내게 알려준 그녀의 한 특성이다. 뮈세의 말로는 이 특성 때문에 그녀가 우리 다른 사람들보다 커다란 이점을 갖고 있다 한다. 뮈세는 여러 해 동안 상드의 이른바 '시종 기사' 위치에 있었던지라 그녀를 철저하게 알게 되는 최상의 기회를 가졌다.

조르주 상드는 결단코 재담 같은 것은 말하지 않는다. 아무튼 그녀는 내가 아는 가장 재치가 없는 프랑스 여인들 중 한 명이다. 다른 사람들이 말할 때 그녀는 사랑스러운, 가끔은 기이한 미소를 지으며 듣는다. 그녀가 받아들여 가공한 다른 사람들의 생각은 그녀 정신의 증류기(蒸溜器)를 통해 훨씬 더 가치 있는 것으로 방출된다. 그녀는 주의 깊게 듣는

---

13) Alfred de Musset(1810~1857): 프랑스의 시인, 소설가이자 극작가.

사람이다. 또 친구들의 충고도 기꺼이 듣는다. 교회법을 우습게 아는 정신적 성향으로 해서 그녀가 고해신부를 갖지 않은 사실은 이해할 수 있다. 그러나 여자란, 가장 해방 욕구가 강한 여자라 해도, 항상 한 명의 남자 지도자를, 하나의 남성적 권위를 필요로 한다. 그래서 조르주 상드역시 한 명의 '문학적 **고해신부**'를 갖고 있다. 카푸친 교단의 철학적 승려 피에르 르루[14]를. 그러나 르루는 유감스럽게도 상드의 재능에 매우 해로운 영향을 끼쳤다. 그럴 것이 르루는 그녀가 현란하며 확정된 형상화의 유쾌한 즐거움에 몰입하는 것 대신에, 즉 예술을 위한 예술을 행하는 것 대신에, 불분명한 잡생각과 설익은 이념과 교류하도록 그녀를 유혹했기 때문이다. 훨씬 더 세속적인 임무로서[15] 조르주 상드는 우리의 많은 사랑을 받는 프레데리크 쇼팽을 돌보고 있다.[16] 이 위대한 음악가이자 피아니스트는 오랫동안 그녀의 시종 기사였다. 그의 죽음에 앞서 상드는 그를 해임했다. 그러나 시종 기사로서 쇼팽의 직책은 물론 마지막 기간에는 그저 명목상의 것이었다.

어떻게 해서 내 친구 하인리히 라우베[17]가 언젠가 『알게마이네 차이퉁』에 당시 상드의 연인이 천재적인 프란츠 리스트라는 듯이 암시하는 말을 내가 한 것으로 썼는지 나는 알지 못한다. 라우베의 실수는 아마도

---

14) Pierre Leroux(1797~1871): 카푸친 교단의 승려이자 초기 사회주의 이론가로서 상드에게 많은 영향을 끼쳤다. 독일의 이상주의적 관념철학과 프랑스의 사회주의를 접목했고, 사회주의라는 용어를 처음으로 문헌에 사용했다.

15) 추상적이며 이념적인 사회주의적 개혁 의지와 비교하면 쇼팽과의 관계는 더 세속적인 일이라는 의미로 해석된다.

16) 쇼팽은 1838년 상드의 연인이 된 후 1846년까지 그녀와 동거했다.

17) Heinrich Laube(1806~1884): '청년 독일파'에 속하는 작가이자 비평가. 『우아한 세계를 위한 신문』의 편집장으로서 많은 작가에게 작품을 발표할 기회를 주었다. 하이네와는 오랫동안 친교를 유지했다.

똑같이 유명한 두 피아니스트의 이름을 혼동하는 잘못된 연상에서 생겨났을 것이다. 나는 이 기회를 이용해 조르주 상드의 좋은 평판, 더 정확하게는 미적 평판을 위해 실질적으로 봉사하고자 한다. 빈과 프라하의 내 독일 동포들에게 확실하게 말하거니와, 그곳의 정말 보잘것없는 가요 작곡가 하나가, 덜 떨어진 사투리로 곡을 쓰는 자가, 이름도 없는 기어가는 곤충 한 마리가, 조르주 상드와 은밀한 관계를 가졌다고 자랑한다면, 그건 정말 비참하기 짝이 없는 비방이다.[18] 여자들은 온갖 종류의 특이한 병적 성벽을 갖기도 한다, 그래서 심지어는 거미를 먹는 여자도 있다. 그러나 나는 아직 빈대를 삼켰다는 여자를 만나보지 못했다. 아니다, 렐리아[19]는 이 허풍쟁이 빈대에 아무런 취향도 갖지 않았다. 이따금 이 빈대가 그녀의 근처에 있도록 관용을 베푼 것은 빈대가 아주 집요하게 달라붙었기 때문이다.

내가 앞에서 언급한 바와 같이 알프레드 뮈세는 오랫동안 조르주 상드의 친밀한 친구였다. 프랑스 사람들이 가진 가장 위대한 산문작가와 그들의 현존하는 가장 위대한 운문작가(여하튼 베랑제[20] 이후의 가장 위대한 운문작가)가 언젠가 오랫동안 서로를 향한 열정적 사랑을 불태웠다는 것은, 그래서 월계관을 쓴 쌍을 형성했다는 것은 특이한 우연이다. 산문에서의 조르주 상드와 운문에서의 알프레드 뮈세는 사실 그토록 칭송받는 빅토르 위고를 능가한다. 끔찍하도록 끈질긴, 거의 망령에 가까운 고집으로 프랑스 사람들에게 그리고 끝으로 자기 자신에게 그가 프랑스의 가장 위대한 작가라고 깨우쳐주었던 그 위고를 말이다. 이것은 위고 자신

---

18) 하이네가 암시하는 사람은 빈Wien의 작곡가 요제프 데사우어Joseph Dessauer다.
19) 1833년 발표된 상드의 소설 제목이자 주인공의 이름.
20) Pierre-Jean Béranger(1780~1857): 프랑스의 시인이자 정치가.

만의 고정관념일까? 여하튼 그것은 우리의 생각은 아니다. 이상도 하다! 위고에게 아주 심하게 결여된 특성들은 프랑스 사람들이 가장 중요하게 여기는 것으로서, 그들의 가장 아름다운 고유 본성에 속하는 것이다. 그것은 바로 미적 취향이다. 그들이 이 취향을 모든 프랑스 작가에게서 만날 수 있었기에, 위고에게 이 취향이 전적으로 결여된 것이 그들에게는 아마 위고의 독창성으로 보일 수도 있을 것이다. 우리가 위고에게서 가장 아쉬워하는 것은 우리 독일 사람들이 자연이라고 부르는 것이 그에게 없다는 사실이다. 그의 작품은 조작된 것이고 거짓이다. 한 시행 안에서도 절반이 다른 절반을 속이려고 한다. 그의 작품은 철저하게 냉혹하다. 마치 악마를 모시는 마녀의 발언처럼. 심지어는 아주 열정적인 감정의 토로(吐露)에서도 그는 얼음처럼 차갑다. 그의 열광은 그저 하나의 현혹이며 사랑이 없는 계산일 따름이다. 더 정확하게 말하자면 그는 오로지 자신만을 사랑한다. 그는 에고이스트다. 더 나쁘게 말하자면 그는 위고이스트다. 그에게서 우리는 힘보다는 냉혹함을, 뻔뻔스러운 무쇠 이마를 본다. 그리고 넘쳐흐르는 환상과 기지에도 불구하고 벼락부자나 야만인의 졸렬함을 본다. 금이나 보석을 영 어색하게 주렁주렁 매달아 우스꽝스럽게 보이는 야만인 말이다. 요컨대 바로크적 야만이고, 째지는 소리로 외치는 불협화음이며 소름 끼치게 일그러진 형상이다. 누군가가 빅토르 위고의 천재성에 대해서 **"그는 아름다운 꼽추다"**[21]라고 말했다 한다. 이 말은 위고의 탁월함을 칭송하는 자들이 예감하는 것보다 훨씬 더 깊은 의미를 지닌다.

　나는 여기서 위고의 소설과 드라마의 주인공들에게만 혹이 달린 것이 아니라 그의 정신도 꼽추라는 사실을 지적하고자 한다. 우리의 현대

---

21) 위고의 『노트르담의 꼽추』를 암시하는 비유.

적 동일성 이론에 따르면 인간의 내적, 정신적 특징과 그의 외적, 육체적 특징이 상응하는 것은 자연의 법칙이다. 프랑스로 왔을 때 나는 이 이론을 아직 머릿속에 지니고 있었고, 그래서 언젠가 내 출판인인 유진 랑두엘에게, 그는 위고의 출판인이기도 한바, 다음과 같이 고백했다. 위고 씨가 혹이 달린 사람이 아니라는 것을 보자 위고에 대해 갖고 있던 생각으로 해서 아주 놀랐다고. "그래요, 그의 기형은 보이지 않아요"라고 랑두엘 씨가 무심결에 말했다. "뭐라고요", 나는 외쳤다. "그렇다면 그는 역시 불구에서 완전히 자유롭지는 않다는 것입니까?" "완전히 그렇지는 않습니다"는 것이 당황한 그의 답변이었다. 여러 차례 내가 끈덕지게 조르자 랑두엘이 털어놓았다. 그가 어느 날 아침 위고가 마침 내복을 갈아입는 순간 불시에 방문했을 때, 그의 엉덩이 한쪽이, 아마 오른쪽 엉덩이로 기억하는데, 기형적으로 솟아나와 있음을 보았다고. 혹이 달려는 있으나 어디에 달렸는지는 알 수가 없다고 민중이 수군대는 바로 그런 사람들 같았다고. 민중은 그들의 소박하나 명민한 예지로써 이런 인간들을 빗나간 꼽추, 사이비 곱사등이라고 부른다. 그들이 백피병(白皮病)[22] 환자를 하얀 홍당무라고 부르듯이 말이다. 위고의 이런 기형이 하필이면 그의 출판인에게 발각되었다는 것은 의미심장한 일이다. "그 누구도 시종에게는 영웅이 될 수 없다"고 속담은 말한다. 그의 출판인에게, 즉 그의 정신을 숨어서 엿보는 시종에게는, 아주 위대한 작가라 해도 항상 영웅으로 보이지는 못할 것이다. 출판인들은 매우 자주 우리의 인간적 속옷을 보기 때문이다. 여하튼 랑두엘의 발견은 나를 기쁘게 했다. 그럴 것이 이 발견은 내 조국 독일 철학의 이론을 구해주었기 때문이다. 즉 육체란 눈

---

22) 색소 결핍으로 피부가 하얗게 변색되는 병.

에 보이는 정신이며, 그래서 정신적 결함은 육체적으로도 나타난다고 하는 이론 말이다. 그러나 나는 그 반대의 경우도 성립되어야 하지 않을까 하는 잘못된 가정에 대해서는 단호하게 항의하는 바이다. 즉 인간의 육체가 항상 그 사람의 눈에 보이는 정신이며, 그래서 외적 기형이 마찬가지로 내적 기형을 추론하게 해줄 수 있다는 가정 말이다. 아니다, 우리는 불구의 육체 안에서 아주 곧바르고 더할 수 없이 아름다운 영혼을 흔히 발견하곤 했다. 이는 어렵지 않게 설명할 수 있는바, 육체적 기형이 보통 물리적 사고로 해서 생겨나며, 태어난 후 무언가를 소홀히 했거나 아니면 질병의 결과인 경우가 허다하기 때문이다. 그러나 이와는 반대로 영혼의 기형은 태어날 때 갖고 오는 것이다. 그래서 모든 것이 허위인 이 프랑스 시인은 또한 사이비 꼽추인 것이다.

조르주 상드의 작품은 빅토르 위고의 작품에 대해 결정적인 대치를 이룬다는 말로써 우리는 상드의 작품에 대한 평가를 쉽게 하고자 한다. 상드는 위고에게 결여된 모든 것을 갖고 있다. 그녀는 진실, 자연, 미적 취향, 아름다움 그리고 열광을 갖고 있는 것이다. 그리고 이 모든 특성은 아주 엄격한 조화와 연결되어 있다. 조르주 상드의 천재성은 잘 마무리된 최고로 아름다운 엉덩이를 갖고 있다. 그래서인지 그녀가 느끼고 생각하는 것은 깊은 의미와 우아함을 풍긴다. 그녀의 문체는 형식의 화음 및 순수함의 현현(顯現)이다. 그러나 그녀 표현의 소재에 대해서 말하자면, 그녀의 주제는 형편없는 주제라고 해도 될 경우가 허다하다. 그래서 나는 여기서는 어떤 언급도 하지 않으련다. 이 테마를 나는 그녀의 적들에게 넘겨주고자 한다.

6

파리, 1840년 5월 7일

　오늘 파리의 신문들은 다마스쿠스 주재 오스트리아 제국의 영사가 자국의 알렉산드리아 주재 총영사에게 보낸 다마스쿠스의 유대인들에 관련된 보고서를 기사화하고 있는바, 이 유대인들의 종교적 수난은 중세의 가장 어두운 시대를 연상시키는 것이다.[1] 우리가 유럽에서 중세의 민담을 그저 시적 소재로서 다루고, 우리의 조상을 무서워 떨게 했던 그 소름 끼치도록 소박하고도 무지한 설화를 그저 읽고 즐기는 반면에, 이곳 유럽에서는 시와 소설에서나 마녀와 늑대인간 그리고 그들의 악마 숭배 예식에 경건한 기독교도 아이들의 피가 필요했던 유대인들에 대해 이야기하는 반면에, 우리가 그런 것들에 대해 깔깔 웃고 잊어버린 반면에, 근동에서는 매우 슬프게도 사람들이 옛 미신들을 기억하고 아주 진지한 표정을 짓기 시작했다. 더없이 음울한 분노와 죽음의 고통으로 일그러진 절망적인 표정을! 그동안에 형리들은 고문을 했고, 고문대에 묶인 유대인은 자백을 했다. 그가 임박한 유월절[2] 축제 때 메마른 유월절 빵을 먹고 난 다음 갈증을 해소하기 위해서 기독교인의 피가 필요했고, 그래서 이 목적으로 늙은 카푸친 교단의 신부[3] 하나를 살해했노라고 말이다!

---

1) 1840년 2월 5일에 다마스쿠스의 한 호스피스에서 일하던 카푸친 교단의 승려가 살해되는 사건이 일어났다. 사건이 오랫동안 해결되지 않자 유대인이 그들의 종교적 예식을 수행하기 위해 기독교인을 살해했다는 소문이 돌았고, 그 결과로 대대적인 유대인 박해가 시작되었다. 이 과정에서 다마스쿠스 주재 프랑스 영사가 이 유대인 박해를 조장한 것으로 알려졌다.
2) 유대력(曆) 1월 14일에 행하는 유대인의 종교적 축제.
3) 카푸친 교단의 신부 토마스. 그는 1840년 2월 5일에 행방불명되었다.

그 터키 녀석은[4] 어리석고 무례한 자인데 고발된 유대인을 심문하기 위한 터키식 발바닥 매질 도구와 고문 도구를 기독교도에게 기꺼이 제공했다. 그럴 것이 그는 이 두 종파를 모두 증오하기 때문이다. 그는 기독교도와 유대인을 모두 개같이 여기며, 또한 이들을 이 명예로운 이름으로 부르기도 한다. 기독교 이교도가 그에게 유대교 이교도를 학대할 기회를, 그것도 외관상으로는 정당하게 보이는 기회를 준 것을 그는 틀림없이 기뻐하고 있을 것이다. 그래, 기다려라, 나 파샤[5]에게 이익이 되고, 내가 유럽의 무장 개입을 더는 두려워할 필요가 없어지면, 나는 유대인 이 거세된 개의 말도 들어줄 것이다. 그러면 그는 우리의 기독교 형제를 고발할 것이다. 누가 당할지는 신만이 안다! 오늘은 이놈이, 내일은 저놈이!

그러나 인도주의자에게 이러한 것들은 항상 큰 고통일 것이다. 이러한 유형의 현상은 항상 불행이며, 그 결과는 측량할 수 없다. 광신은 전염병 같은 것이며, 아주 다양한 형태로 퍼져나가고, 결국에는 우리 모두에게 재해를 가져온다. 다마스쿠스 주재 프랑스 영사 라티 망통 백작은 이곳에서 전반적인 경악의 외침을 야기한 몇 가지 짓거리를 했다. 그는 서양의 미신을 동양에 접종했고, 다마스쿠스의 천민 사이에 기독교인의 살해를 유대인의 짓으로 돌리는 문서를 유포했다. 망통 백작이 널리 유포할 목적으로 그의 종교적 친구들에게 받은 이 증오를 내뿜는 문서는 원래는 『루치우스 페라리스 법전』[6]에서 차용된 것인바, 그 안에는 유대인이 유월절 축제에 기독교인의 피를 필요로 한다고 확실하게 주장하는

---

4) 터키의 시리아 총독 이브라힘 파샤Ibrahim Pascha를 가리킨다(당시 시리아는 터키 지배하에 있었다). 1820년대 말 그리스 해방 전쟁이 발발한 이후 터키인에 대한 하이네의 평가는 매우 부정적이었다.
5) 앞의 각주 참조.
6) 루치우스 페라리스Lucius Ferraris가 편찬한 가톨릭교회의 법전.

글이 들어 있다. 그런데 이 고귀하신 백작님께서는 이 주장과 연관된 또 다른 중세의 설화는 다시 풀어놓지 않았다. 이 설화에 따르면 유대인은 유월절 축제를 위해 축성(祝聖)된 성체(聖體)[7]를 훔쳐내 피가 흘러나올 때까지 바늘로 찌른다 한다. 이 흉악한 행위는 중세에 선서를 한 증인들의 증언을 통해서뿐 아니라, 이 훔친 성체 중 하나를 십자가에 매달아놓은 유대인의 집 위로 선명한 광채가 펼쳐짐으로 해서도 드러났다고 한다. 그러나 천만에, 이 신을 믿지 않는 자들, 이들 회교도는 그따위 이야기를 결코 믿지 않을 것이고, 그래서 망통 백작은 그의 소명의 이익을 위해 덜 신화적인 이야기로 도피해야만 했던 것이다. '그의 소명의 이익을 위해'라는 말을 나는 아주 광범위한 심사숙고에 내맡기는 바이다. 백작께서는 극히 최근에야 다마스쿠스에 부임했다. 이 백작님을 우리는 6개월 전에는 이곳 파리에서 볼 수 있었다. 모든 진보적인, 그러나 또한 모든 퇴행적 결합의 작업장인 이곳 파리에서. 이곳의 외무장관인 티에르는, 최근에 자신을 인도주의자로, 심지어는 혁명[8]의 아들로 인정받으려고 한 그 티에르는, 다마스쿠스 사건의 전개 과정에서는 의아스러울 정도의 미적지근함을 보여준다. 오늘 자 『모니퇴르』의 보도에 의하면 다마스쿠스에서의 프랑스 **영 사**의 행동을 조사하기 위해 이미 **부 영 사** 한 명이 그곳으로 파견되었다고 한다. 부영사라니! 틀림없이 인근 국가에서 근무하는 하급 관리일 것이다, 이름도 없고 초당파적 독립성의 보장도 없는 하급 관리 말이다!

---

7) 성찬용 빵. 가톨릭교회에서는 그리스도의 몸으로 간주된다.
8) 자유, 평등, 박애를 기치로 내세운 프랑스 혁명.

파리, 1840년 5월 14일

나폴레옹의 유해에 관한 공식 발표는[1] 이곳에서 내각의 모든 예상을 뛰어넘는 반응을 불러일으켰다. 민족감정은 깊숙한 심연에 이르기까지 격동했고, 이 위대한 정의로운 행동은, 지구 상의 모든 고귀한 마음씨의 소유자들이 기뻐해 마지않을 우리 세기의 거인에게 주어지는 명예회복의 보상은, 프랑스 사람들에게는 그들의 상처받은 민족적 명예가 회복되는 출발점으로 생각된다. 나폴레옹은 그들의 명예가 걸린 문제인 것이다.

영리한 내각 수반은 우리의 사랑스러운 구경꾼들, 센 강변에서 입벌리고 멍하니 바라보는 구경꾼들의 민족적 허영심을 효과적으로 자극하고 또 이용할 줄 알 것이다. 그런데도 그는 이 일을 매우 무관심하게, 아니면 무관심 이상이라고 표현할 수 있을 정도의 냉담함으로 대하고 있다. 이 일에 한 국가나 한 민족의 이해관계뿐 아니라 전 인류의 이해관계까지 걸려 있는데도 말이다. 그로 하여금 다마스쿠스의 비극[2]에서 아주 치욕스러운 역할을 한 것으로 치부되는 프랑스 영사를 공공연히 옹호하도록 유혹한 것은 자유주의적 감정의 결핍일까, 아니면 통찰력의 결핍일까? 아니다, 티에르는 식견과 인간성이 뛰어난 사람이다. 그러나 그는 또한 정치가이기도 하다. 그는 혁명파의 호감뿐 아니라 모든 종류의 조력

---

1) 1840년 5월 12일 프랑스 정부는 세인트헬레나 섬에 있는 나폴레옹의 유해를 파리로 옮기겠다고 발표했다.
2) 앞의 6장 참조.

자가 필요하다. 그는 타협해야 한다. 그는 상원에서 다수의 지지를 필요로 하며, 성직자들을 통치 수단으로서 이용할 수도 있다. 정확히 말하자면 옛 부르봉 왕조의 라인에 더는 아무런 기대도 하지 않고 지금의 정부에 합류한 성직자들의 분파를 말이다. 사람들이 **합류파 성직자**라고 부르는 이 성직자 분파에는 열렬한 교황의 추종자들이 매우 많이 속해 있으며 이들의 기관지는 『위니베르』3)라는 이름의 신문이다. 이들은 교회의 안녕을 티에르에게 기대하고, 티에르는 다시금 이들에게서 지지자를 찾고 있다. 이 신성한 단체의 가장 활동적인 조직원이자 3월 1일 이후부터는 티에르 씨의 맹목적 추종자가 된 몽탈랑베르 백작4)은 혁명의 아들과 신앙의 성직자들 사이의, 『나쇼날』의 전 편집자5)와 『위니베르』의 현 편집자들 사이의 가시적인 중재자이다. 그런데 『위니베르』의 현 편집자들은 유대인들이 카푸친 교단의 늙은 성직자들을 잡아먹었으며, 라티 망통 백작은 정직한 사람이라고 세상이 믿도록 하기 위해서 가능한 모든 것을 끌어모은 사설들을 써내고 있다. 몽탈랑베르 백작의 친구인, 아니면 그저 그의 도구일 따름인 라티 망통 백작은 전에는 시칠리아 주재 프랑스 영사였다. 그곳에서 그는 두 번 파산했고6) 추방되었다. 후에 그는 티플리스의 영사가 되었는데, 별로 명예스럽지 못한 일들로 해서 마찬가지로 그곳을 떠나야 했다. 나는 단지 당시 파리 주재 러시아 대사인 팔

---

3) *L' Univers*(우주), 1833년 10월에 창간되어 1860년까지 발행된 가톨릭교회의 기관지.

4) Charles Forbes Comte de Montalembert(1810~1870): 청년 시절부터 가톨릭교회의 개혁에 큰 관심을 보인 언론인이자 정치가, 아카데미 프랑세즈의 회원.

5) 티에르를 가리킨다. 티에르는 1830년 1월에 자유주의적 성향의 『나쇼날』을 공동 창간했고 이 신문의 초대 발행인직을 맡았다.

6) 라티 망통 백작이 시칠리아에서 두 번 파산했다는 기록은 없다. 하이네는 '파산'이라는 말로 외교관으로서 망통 백작의 무능을 암시하는 것으로 보인다.

렌 백작이 이곳의 외무장관인 몰레 백작에게 라티 망통 백작이 티플리스를 떠나지 않을 경우 러시아 제국 정부는 그를 모욕적으로 추방할 방법을 알고 있다고 분명하게 통고했다는 사실만을 언급하려 한다. 불씨를 지피려는 목재로 그따위 썩은 나무를 택해서는 안 된다는 것이 그의 말이었다 한다.

8

파리, 1840년 5월 20일

티에르는 의회에서 아주 지루하고 아주 혼란스러운 대상들을 다루는 그의 설득력 있는 명확함을 통해 다시 월계관을 쟁취했다. 은행의 상황[1]은 그의 연설을 통해 우리에게 분명해졌으며, 이는 알제리 안건들[2]과 설탕 문제[3]에서도 마찬가지였다. 이 남자는 모든 것을 이해하고 있다. 그가 독일 철학에 몰두하지 않은 것은 그래서 참 유감스러운 일이다. 그는 독일 철학도 명백하게 만들어놓을 수 있었을 텐데.[4] 그러나 누가 알

---

1) 1840년 5월 20일 티에르는 하원에서 '프랑스 은행의 특권 연장'을 위한 법률의 기본 원칙을 발표했고, 이 법안은 다음 날 은행의 재정 안정화 방안과 연계되어 승인되었다.

2) 1840년 5월 13/14일에 티에르는 의회에 대해 알제리에서의 식민지 정책을 계속하기 위해 필요한 재정적 지원을 요구했고, 그의 요구는 의회의 승인을 받았다.

3) 프랑스 의회의 일부 의원들은 설탕의 공급을 안정적으로 확보하기 위해 식민지에서 대량의 '사탕수수' 경작지를 만들 것을 요구했다. 이에 대해 티에르는 국내의 '사탕무' 경작자들을 보호하는 조처가 필요하다고 맞섰다.

4) 독일 철학이 지극히 추상적-관념적이며 복잡한 체계의 학문이라는 하이네의 풍자적 암시.

리오! 사건들이 그를 그쪽으로 몰아대서 그가 독일에도 관심을 집중해야만 하게 되면, 그는 헤겔[5]과 셸링[6]에 대해서도 사탕수수와 사탕무에 관해서 가르치듯 연설할 것이다.

그러나 의회에서 토론된 상업적, 재정적 문제, 그리고 식민지 문제보다 유럽의 이해관계를 위해 더 중요한 것은 나폴레옹 유해의 성대한 귀환이다. 이 안건은 이곳에서 아직도 모든 사람의 관심을 끌고 있다, 가장 높은 사람들이나 가장 낮은 사람들 모두의 관심을. 저 아래 민중 사이에서는 모두가 기뻐하고 환호하고 달구어지고 불타오르는 반면에 저 위편 사회의 차가운 영역에서는 세인트헬레나에서 날마다 더 가깝게 다가오는, 그리고 파리를 아주 염려스러운 장례식으로 위협하는 위험에 대해 이리저리 따져보고 있다. 물론 내일 아침에 이미 황제의 재를 앵발리드 궁의 둥근 지붕 아래 안치할 수만 있다면, 현 내각에 장례식에서 거친 열정의 폭발을 모두 방지할 힘이 충분히 있다고 믿어도 좋을 것이다. 그러나 현 내각이 여섯 달 후에도, 승리의 행진을 해오는 황제의 관이 센 강에서 헤엄칠 그때도, 여전히 이 힘을 갖고 있을까? 프랑스에는, 이 요동치는 움직임의 나라에서는, 여섯 달 안에 아주아주 기이한 일들도 생겨날 수 있다. 티에르는 그 사이에 아마 다시 관직 없는 사인(私人)이 되었을 것이다(우린 그걸 매우 원한다). 아니면 그는 그 사이에 매우 인기 없는 장관이 되었을 것이다(우린 그걸 매우 염려한다). 아니면 프랑스는 그 사이에 전쟁에 휩쓸려들었을 것이다. 그렇다면 나폴레옹의 재에서 불

---

5) Georg Wilhelm Friedrich Hegel(1770~1831): 독일의 이상주의 철학을 대표하는 철학자.
6) Friedrich Wilhelm Joseph Schelling(1775~1854): 독일 낭만주의의 대표적인 자연철학자.

똥들이 튀어 오를 수 있을 것이다. 붉은 부싯깃으로 덮인 의자[7]의 아주 가까이로 말이다.

티에르는 자신을 없어서는 안 될 사람으로 부각하기 위해 이 위험을 일부러 조장한 것일까? 사람들은 그가 스스로 만든 위험을 모두 성공적으로 극복할 재주를 갖고 있다고 믿는다. 아니면 그는 언젠가 오를레앙주의[8]와 완전히 관계를 끊어버려야 될 경우를 위해 보나파르트주의[9]에서 영예로운 피난처를 찾는 것일까? 티에르는 잘 알고 있다. 그가 야당으로 되돌아가서 현 왕좌의 전복을 돕는다면 공화주의자들이 국정을 장악할 것이라는 사실을, 그리고 그가 행한 '최상의 봉사'에 대해서 '최악의 감사'가 주어질 것이라는 사실을 말이다. 그가 서서히 주변으로 밀려나는 것은 가장 운이 좋은 경우에 속할 것이다. 공화주의자들이라는 거친 도덕성의 그루터기에 발이 걸려 넘어졌다가는 쉽사리 목이 부러질 수도 있을 것이며, 게다가 조롱까지 당할 것이다. 보나파르트주의에서는, 그가 그들의 재집권을 촉진해준다면, 그런 위험은 두려워하지 않아도 될 것이다. 그리고 프랑스에서는 공화국을 다시 세우는 것보다는 보나파르트주의자 정권을 세우는 것이 더 용이할 것이다.

공화주의적 특성이라곤 전혀 갖지 않은 프랑스인들은 천성적으로 완전히 보나파르트주의자들이다. 그들에게는 소박함, 자족심(自足心), 그리고 내적 및 외적 평정심이 결여되어 있다. 그들은 전쟁을 위한 전쟁을 좋아하며, 평화 시에도 그들의 삶은 온통 투쟁과 소음이다. 노인이나 젊은

---

7) 프랑스 왕의 옥좌를 의미한다. '부싯깃으로 덮이다'는 말은 아주 쉽게 불에 타버릴 수 있음을, 즉 프랑스의 왕위가 몹시 불안정함을 암시한다.

8) 부르봉Bourbon 왕가를 추종하는 정치 세력.

9) 나폴레옹 보나파르트로 상징되는 제정(帝政)을 복구하려는 정치 세력.

이 모두 북이 울리는 소리와 화약 연기를, 그리고 모든 종류의 요란한 폭발음을 즐긴다.

티에르는 프랑스 사람들의 타고난 보나파르트주의의 비위를 맞춤으로써 그들 사이에서 비상한 인기를 획득했다. 아니면 최근 한 독일 특파원이 명명한 것처럼, 그 자신이 작은 나폴레옹이기에 인기가 있는 것일까? 작은 나폴레옹이라고! 작은 고딕 성당이라는 말과 같도다! 고딕 성당은 그것이 아주 웅장하고 아주 거대하기 때문에 우리의 경탄을 일으키는 것이다. 축약(縮約)된 척도(尺度)로 보면 고딕 성당들은 모든 의미를 상실할 것이다. 티에르는 분명 그렇게 축약된 난쟁이 성당보다는 더 큰 존재이다. 그의 정신은 그 주변의 모든 인텔리겐치아를 능가한다. 비록 그들 중에는 무시할 수 없는 지적 수준을 지닌 사람들이 적지 않지만. 아무도 그와 겨룰 수 없다. 그와 싸움을 벌이면 교활함 그 자체라도 패할 것이다. 그는 프랑스에서 가장 영리한 사람이다. 사람들이 주장하는 바로는, 비록 그 자신이 그렇다고 말했다지만 말이다. 작년, 내각이 위기에 처했을 때, 그는 특유의 재빠른 어투로 왕에게 말했다 한다. 전하께서는 당신이 이 나라에서 가장 영리한 사람이라고 믿습니다. 그러나 나는 이곳에서 더 영리한 사람을 알고 있습니다. 그리고 그것은 바로 저입니다! 교활한 필리프 왕은 이에 대해 이렇게 답했다 한다. 티에르 공, 당신은 잘못 생각하고 있소. 만일 당신이 그 사람이라면, 당신은 그 말을 하지 않았을 것이오. 여하간에 티에르는 이 시간에 오를레앙 왕조의 궁정 집사로서[10] 튈르리 궁의 방들을 활보하고 있다. 자신의 크기를 의식하면서.

그가 이 절대 권력을 오랫동안 유지할 수 있을까? 그는 이미 지금,

---

10) 메로빙거 왕조에서 궁정 집사는 왕실의 최고위 관리로서 왕보다도 더 권력이 컸다 한다. 하이네는 이 비유를 통해 티에르의 권력이 왕의 권력을 능가함을 암시한다.

엄청난 긴장과 격무의 결과로 드러나지 않게 피폐해진 것이 아닐까? 그의 머리는 너무 일찍이 퇴색했고, 그 위에서는 검은 머리카락이라곤 분명 한 올도 찾아볼 수 없다. 그가 더 오래 지배할수록, 그의 본성의 씩씩한 건강은 더 많이 상실될 것이다. 그의 경쾌한 움직임은 이젠 심지어 뭔가 섬뜩한 것이기도 하다. 그러나 아직도 비상하고 경탄스럽기만 하다, 이 경쾌함은 말이다. 다른 프랑스인이 아무리 경쾌하고 활발하다 해도, 티에르와 비교하면 그들은 온통 둔한 독일인처럼 보이는 것을.

9

파리, 1840년 5월 27일

북독일의 신문들은 다마스쿠스의 유혈극[1]에 대해, 일부는 파리에서 일부는 라이프치히에서 발송된, 그러나 아마 틀림없이 같은 펜에서 흘러나온 다수의 보도문을 실었다. 그리고 이 보도문들은 어떤 특정 당파의 이익을 위해 독일 독자들의 판단을 오도하려는 것이었다. 우리는 보도문 작성자의 신원이나 동기는 밝히지 않으려 한다. 그리고 다마스쿠스 사건에 대한 여하한 조사도 삼가려 한다. 다만 이곳의 유대인들과 이곳의 신문들에 대해 보도된 것과 관련해서 정정하는 언급을 몇 가지 하려고 한다. 그러나 이 일을 수행할 때도 개인의 이익보다는 진실의 이익이 더 우

---

1) 앞의 6장 참조.

리를 이끌 것이다. 이곳의 유대인들에 관해 말하자면, 우리의 증언은 그들을 옹호하기보다는 오히려 비판하는 것이 될 것이다. 정말로 만일 파리의 유대인들이 위에서 언급한 북독일의 신문들이 보도한 것처럼 다마스쿠스의 불행한 신앙의 형제들을 위해 그처럼 큰 열성을 보였고, 비방받은 그들의 종교의 명예를 구하기 위해 어떤 금전적 희생도 마다하지 않았다면, 우린 파리의 유대인들을 탓하기보다는 칭송할 것이다. 그러나 그건 사실이 아니다. 프랑스의 유대인들은 이미 아주 오랫동안 해방되어 있기에,[2] 그들의 종족적 유대감은 많이 느슨해져 있다. 그들은 프랑스의 국민성 안에 거의 완전히 가라앉았거나 더 정확히 말하자면 부상했다. 즉 그들은 다른 프랑스 사람들만큼 프랑스 사람인 것이고, 마찬가지로 열광에 사로잡히기도 한다. 스물네 시간 동안, 해가 뜨거울 때는 심지어 사흘 동안이나 지속되는 열광에![3] 이것은 상류층에 해당된다. 아래에 있는 많은 유대인은 아직도 유대교적 제례 의식을 치른다. 외적 예배 말이다. 기계적으로, 왜 그런지 알지도 못하고, 오래된 습관으로 그저. 내적 믿음의 흔적은 찾아볼 수 없다. 그럴 것이 시나고그[4]에는, 그리고 마찬가지로 기독교회에도 볼테르적 비판[5]의 기지 넘치는 산(酸)은 아주 파괴적으로 작용했기 때문이다. 프랑스 유대인에게는, 다른 프랑스인과 마찬가지로, 황금이 당대의 신이고 산업이 지배적 종교이다. 이와 관련해서 사람들은 이곳의 유대인을 **오른쪽 강변 파**와 **왼쪽 강변 파**로 나눌 수 있다. 이들 명

---

2) 프랑스 유대인들은 1791년 완전한 시민권을 획득했다.

3) 1830년 7월 27일부터 29일까지 지속된 7월 혁명에 대한 비유. 혁명적 열기가 날씨에 좌우된다는 것은 오래전부터 알려져온 사실이다.

4) 유대인 교회.

5) 프랑스의 계몽주의 철학자 볼테르(Voltaire, 1694~1778)는 종교 비판적인 저술을 많이 남겼다.

칭은 하나는 센 강변 오른쪽을 다른 하나는 왼쪽을 따라 베르사유로 달리는 기차와 관련이 있다. 이 기차들은 유명한 재력가 랍비[6] 두 사람에 의해 운영되는데, 이들은 언젠가 옛 도시 바빌론에서 랍비 사마이와 랍비 힐렐이 그랬던 것처럼 서로 갈라져서 다투고 있다.[7]

우리는 이스라엘 민족에게 더 고귀한 연민을 보인 **오른쪽 강변 파**의 대(大)랍비인 로스차일드[8] 남작을, 그의 율법 해석의 반대자이자 **왼쪽 강변 파**의 대랍비인 베누아 풀드[9]보다 더 공정하게 평가해야 한다. 시리아에서 프랑스 영사의 사주로 그의 신앙의 형제들이 고문당하고 학살당하는 동안, 힐렐이 보여주었던 것 같은 흔들리지 않는 평정심을 갖고 프랑스 의회에서 연금의 변환(變換)과 은행의 어음 할인에 대해 멋진 연설을 한 그 풀드보다는.

이곳의 유대인들이 다마스쿠스의 비극에 대해 가진 관심은 별 의미 없는 선언문 몇 개에 국한된다. '유대인 중앙회의'[10]는 모든 단체가 갖는 그런 미지근한 방식으로 모여서 의논했다. 그리고 이 의논의 유일한 결과는 재판의 모든 서류를 일반에 공개해야 한다는 의견이었다. 크레미오 씨[11]가 이 의견의 발표를 담당했다. 그는 유대인뿐 아니라 모든 종파

---

6) Rabbi, 유대교의 율법학자나 목사를 칭하는 말.

7) 랍비 사마이(Samai, 혹은 Schammai)와 랍비 힐렐Hillel은 예수 탄생 시기에 살았던 유명한 유대교 율법학자들이다. 전자는 유대교 율법의 엄격한 해석을, 후자는 온건한 해석을 옹호했다.

8) Rothschild, 유대인 계열의 부유한 은행가 가문. 막대한 재력을 바탕으로 당시 유럽의 정치에 큰 영향력을 행사했다.

9) Benoît Fould(1792~1858): 프랑스의 금융가이자 정치가.

10) Consistoire Central, 유대인 문화와 그들의 제례 의식을 보호하기 위해 1808년 나폴레옹에 의해 설립된 기구.

11) Adolphe Cremieux(1796~1856): 유대계 프랑스 법률가이자 정치가. 특히 프랑스 내의 유대인 인권을 위해 많은 노력을 기울였다.

와 모든 사상의 억압받는 자들을 위해 항상 고매한 능변을 제공하는 유명한 변호사이다. 사실 그는 한 아름다운 부인[12]과 몇몇 젊은 학자들을 제외하고는 유일하게 파리에서 유대인 문제를 위해 행동한 사람이다. 개인적 이익을 아주 크게 희생해가면서, 그리고 숨어서 기회를 엿보는 간계를 모두 무시하면서, 그는 악의로 가득 찬 은밀한 암시에 대해 결연히 마주 섰다. 심지어 그는 다마스쿠스 유대인들의 재판이 이집트의 부왕(副王) 무함마드 알리[13] 법정에서 진행된다면 그곳으로 가겠다고 자원하기도 했다. 위에서 언급된 북독일 신문들과 『라이프치히 알게마이네 차이퉁』의 진실하지 못한 보도자는 악의에 찬 곁두리 언급을 통해 크레미오 씨가 이곳의 신문에 실린 잘못된 외교관의 보고서[14]를 무력화할 수 있는 그의 반박문을 광고로 실리게 하고 통례적인 보수를 받았다고 암시했다. 그러나 우리는 확실한 소식통으로 알고 있다. 이곳 일간지 편집자들이, 며칠만 기다려줄 수 있다면, 이 반박문을 기꺼이 무보수로 게재하겠노라고 언명했음을, 그리고 단지 시급한 인쇄의 요구로 해서 몇몇 편집부가 증보판의 대금을 계산했다는 것을 말이다. 그리고 이 대금도 유대인 중앙회의의 재력을 감안하면 별로 큰 의미를 갖지 못한다. 유대인의 재력은 사실 막강하다. 그러나 그들의 인색함이 이 재력보다 더욱더 강함을 경험은 우리에게 가르쳐준다. 아주 부유하다고 추정되는 이곳 유대인 중앙회의의 한 위원——사람들은 그의 재산을 3천만여 프랑으로 추

---

12) 로스차일드 남작의 부인인 베티 폰 로스차일드Betty von Rothschild.
13) Muhammad Ali(1769~1849): 오스만 제국의 이집트 부왕(副王, Vizekönig, Viceroy: 왕을 대리해 한 지역을 통치하는 직책). 1831년부터 1833년까지 당시 터키가 지배하던 시리아를 정복했다.
14) 다마스쿠스 주재 프랑스 영사인 라티 망통 백작의 보고서를 가리킨다.

정한다——즉 드 로밀리[15) 씨라면, 사람들이 전체 유대 민족의 구원을 위한 모금 행위차 온다 해도 아마 백 프랑도 내놓지 않을 것이다! 유대인을 옹호하기 위해 목소리를 높이는 사람들에게 불순한 금전적 동기를 전가하는 것은 오래된, 비참한, 그러나 아직도 여전히 쓸모가 있는 날조이다. 유대인은, 발로아 왕조[16) 때 그랬던 것처럼, 이빨을 강제로 뽑지 않으면 돈을 내놓은 적이 결코 없었다고 나는 확신한다. 얼마 전에 바나주가 쓴 『유대 민족의 역사』[17)를 훑어보다가 나는 저자의 어린애 같은 순진함에 배를 잡고 웃어야 했다. 저자는 그가 유대인에게서 돈을 받았다고 그의 적대자가 비난하자 바로 이 순진함으로 자신을 변호했다. 나는 저자가 비탄에 차 덧붙인 말을 글자 그대로 믿는 바이다. **유대 민족은 이 세상에서 가장 배은망덕한 민족이다!** 물론 이따금씩 허영심이 유대인의 완고한 주머니를 열리게도 했다. 그러나 이 경우 그들의 관대함은 그들의 인색함보다 더 역겨운 것이었다. 프로이센의 전직 상인 한 명은, 그의 히브리 이름인 모제스(모제스Moses는 독일어로는 "물에서 건져낸 사람"을 뜻하며 이탈리아어로 옮기면 "델 마레del Mare"다)[18)를 의식해, 이 이름의 뜻에 상응하면서도 유려하게 울리는 델 마레 남작[19)으로 개명했는바, 그가 얼마 전 이곳에서 가난한 젊은 귀족들을 위해 교육시설을 하나 건립했고, 여기에 150만 프랑이 넘는 돈을 기증했다. 이 고귀한 행위로 그의 이름은

---

15) Worms de Romilly, 부유한 유대인 은행가로 1824년부터 1843년까지 파리의 유대인 중앙회의 의장을 지냈다. 그는 매우 인색한 사람으로 정평이 났다.

16) 1328년부터 1498년까지 프랑스를 지배한 왕가.

17) Basnage de Beauval의 『예수 그리스도 이래 유대 민족의 역사』는 1707년 발간되었다.

18) 괄호 안은 하이네의 번역이다.

19) 프로이센의 은행가 페르디난트 모리츠 폰 델마르Ferdinand Moritz von Delmar의 원래 이름은 잘로몬 모제스 레비Salomon Moses Levy였다.

포부르 생제르맹[20]에서 높은 평가를 받게 되었고, 아주 거만하고 신분이 높은 미망인들과 건방진 젊은 처녀들도 더는 큰 소리로 그를 비웃지 않게 되었다. 그런데 다윗 왕 종족 출신의 이 귀족이 유대인의 이익을 위한 모금 행사에 단돈 1페니라도 내놓았을까? 또 다른 한 명의 '물에서 건져낸 남작', 그는 이 고귀한 지역에서 **가톨릭 귀족**으로서 그리고 위대한 저술가로서 역할을 하고 있는바,[21] 그가 돈으로도 펜으로도 동족을 위해 아무런 행동도 하지 않았다는 것을 나는 보증하겠다. 여기서 나는 아주 쓰디쓴 언급을 해야겠다. 세례를 받은 유대인 중 많은 사람이 이스라엘 민족에 대해 다른 민족 출신의 적보다 더 나쁘게 말하는 비겁한 위선을 저지르고 있다. 같은 방식으로 어떤 저술가들은 그들의 출생을 기억하지 않으려고 유대인에 대해서 아주 부정적으로 말하거나 아무런 발언도 하지 않곤 한다. 이는 잘 알려진 음울하고 가소로운 현상이다. 그러나 독자들이 이제 다음 사실에 특별히 주목하는 것은 유익할 것이다. 즉 위에서 언급된 북독일의 신문들뿐 아니라 훨씬 더 비중 있는 한 신문에도 다마스쿠스 유대인을 위해 집필된 모든 것이 유대인의 원천에서 흘러나왔다는 은밀한 암시가, 마치 다마스쿠스 주재 오스트리아 영사가 유대인인 것처럼 암시하는, 마치 그곳에 주재하는 모든 영사가, 프랑스 영사를 제외하고는 온통 유대인인 것처럼 암시하는 곁다리 글이 실려 있다는 사실 말이다. 우리는 이 전술을 잘 알고, 이것을 청년 독일파 사건[22] 때 이미 경험해

---

20) 당시 파리의 귀족 거주 지역.

21) 하이네가 암시한 인물은 페르디난트 폰 에크슈타인Ferdinand von Eckstein이다. 그는 1826년부터 『가톨릭Le Catholique』이라는 잡지를 발행했다.

22) '청년 독일파'는 하이네를 위시해 당시 독일의 현실 문제에 비판적으로 참여하려는 일단의 청년 작가들을 말하는데, 하이네는 청년 독일파 비판의 선봉에 섰던 볼프강 멘첼Wolfgang Menzel이 특히 반유대적 성향이 강했음을 암시한다.

보았다. 아니다, 다마스쿠스에 주재하는 모든 영사는 크리스천이다. 그곳의 오스트리아 영사가 결코 유대인 출신이 아니라는 사실은 그가 프랑스 영사에 맞서서 유대인을 보호하는 바로 그 결연하고도 공개된 방식이 보증한다. 프랑스 영사가 어떤 사람인지는 시간이 알려줄 것이다.

10

파리, 1840년 5월 30일

언제나, 오로지 그 사람! 나폴레옹 그리고 또 나폴레옹! 그의 사후(死後) 귀환이 공포된 이래로, 그리고 특히 의회가 필요한 경비와 관련해서 그처럼 졸렬한 결의를 한 이래로,[1] 나폴레옹은 끊임없는 일상적 화제의 중심 대상이 되었다. 이 결의는 사려 깊지 못한 것이었고, 느무르 공작 혼수 비용 의결[2]에 대한 비난과 비교될 만한 것이었다. 의회는 이 의결로 해서 프랑스 민중의 호감과는 심각한 적대 상황에 처하게 되었다. 물론 이 의결은 악의보다는 소심함에서 이루어진 것이다. 의회의 대다수 의원들도 나폴레옹의 유해 송환에 대해 처음에는 다른 사람들과 마찬가지로 열광했다. 그러나 있을 수 있는 위험을 계산해보고, 또 보나파르트주의자들의 위협적인 환호를 듣자, 그들은 점차 상반되는 생각으로 돌아

---

1) 당시 프랑스 하원은 나폴레옹 유해의 송환에 필요한 경비로 요구된 2백만 프랑을 절반으로 삭감하는 결의를 했다.
2) 앞의 3장 주석1 참조.

서게 되었다. 사실 보나파르트주의자들의 환호는 매우 불안하게 울리기도 했다. 이제 이들은 황제의 적들의 소리에 더 편향적으로 귀를 기울이게 되었다. 그리고 원래의 정통주의자[3]뿐 아니라 느슨한 규율의 왕당파[4]도 이러한 불편한 심기를 이용했고, 나폴레옹에 대한 오래 묵은 원한을 혹은 능숙하게, 혹은 서툴게 표출했다. 예를 들면 『가제트 드 프랑스』[5]는 나폴레옹을 비방하는 시선집(詩選集)을 우리에게 내놓았는데, 이 시집에는 샤토브리앙,[6] 스탈 부인,[7] 뱅자맹 콩스탕,[8] 기타 등등의 작품에서 선별된 시들이 실려 있다. 독일에서 더 거친 음식에 익숙해진 우리 같은 사람들은 이 비방 시집에 대해 그저 싱긋 웃을 수밖에 없다. 세련됨을 조야함으로 패러디하면서 이 프랑스 발췌문 옆에 거친 시대의[9] 독일 작가들 작품 중에서 그 많은 비슷한 구절들을 나란히 놓고 비교해 보면 재미있을 것이다. "아버지 얀"[10]은 퇴비 쇠스랑을 휘두르며 훨씬 더 사납게

---

3) 프랑스 혁명으로 몰락한 부르봉 왕조 지지자.

4) 1830년 7월 혁명으로 등극한 루이 필리프 왕의 지지자. 하이네는 "느슨한 규율"이라는 말로 이들의 결속력이 느슨함을 빗대어 표현한다.

5) *Gazette de France*, 1631년부터 1914년까지 발간된 정통주의자(왕당파)의 신문.

6) François René Vicomte de Chateaubriand(1768~1848): 프랑스의 작가, 정치가. 프랑스 낭만주의 문학의 대표적 작가로서 계몽주의에 대해 강한 반감을 표시했다.

7) Anne Louise Germaine de Staël(1766~1817): 프랑스의 여류 작가로서 독일의 낭만주의 문학에 큰 관심을 표명했다. 1814년에 『독일에 대하여』를 출판하기도 했다.

8) Benjamin Constant(1767~1830): 스위스 출신의 프랑스 작가이며 정치가로서도 많은 활동을 했다.

9) 1813년에서 1815년 사이 집중적으로 발표된 강한 게르만 민족주의 성향의 독일 문학. 이 문학은 반프랑스적이며 반나폴레옹적 성향을 강하게 나타내기도 했다.

10) Friedrich Ludwig Jahn(1778~1852): 독일 체조 운동의 대부. 체조를 통해 독일인의 심신을 건강하게 만들어서 나폴레옹의 프랑스군에게 점령된 독일을 해방해야 한다는 취지의 운동을 창시했다.

그 코르시카 사람[11])을 찔러댄다. 샤토브리앙이 그의 가볍고 번쩍이는 예복 장식용 대검으로 그러는 것처럼. 샤토브리앙과 아버지 얀이라니! 이 무슨 대조이자 비슷함인가!

샤토브리앙이 황제에 대한 평가에서 매우 당파적이라면, 황제는 샤토브리앙에 대한 평가에서 훨씬 더 당파적이다. 그것도 모욕적인 방식으로. 바로 그 모욕적인 방식으로 나폴레옹은 세인트헬레나에서 샤토브리앙의 『예루살렘 순례』[12])에 대해 언급했다. 그는 **이자는 책을 쓰려는 병적 욕망을 가진 비굴한 녀석이다**라고 말했다 한다. 그건 아니다, 샤토브리앙은 비천한 사람은 아니다. 그는 단지 바보, 그것도 슬픈 바보일 따름이다, 다른 자들이[13]) 경쾌하고 재미있는 반면에. 그는 항상 루이 18세의 우울한 익살꾼[14])을 연상시킨다. 내가 알기로는 이 익살꾼 이름은 앙젤리이고 검은색 재킷을 입고 있었으며, 또한 검은색 방울이 달린 검은색 벙거지를 쓰고서는 음울한 익살을 쏟아냈다. 샤토브리앙의 열정은 내게는 항상 뭔가 희극적인 것이고, 사이사이로 나는 항상 검은 방울의 울림을 듣곤 한다. 다만 인위적으로 가장된 우울, 억지로 꾸며댄 죽음의 생각 등은, 길게 계속되면 단조롭고도 거부감이 든다. 소문으로는 그가 요즘 나폴레옹의 장례식에 대한 글을 쓰는 데 몰두하고 있다 한다. 그것은 사실 그의 웅변술의 만발한 꽃과 불사초를, 그의 장례식 판타지의 온갖 화려함을 전시할 좋은 기회가 될 것이다. 그의 팸플릿은 문자화된 상여일 것이고, 그는 은빛 눈물과 애도의 촛불도 빠트리지 않을 것이다. 그럴 것

---

11) 나폴레옹은 코르시카 섬에서 태어났다.
12) 1811년 발표된 샤토브리앙의 여행기 『파리에서 예루살렘까지의 여행』을 의미한다.
13) 나폴레옹을 비방하는 시선집에 작품을 올린 시인들.
14) 루이 18세의 궁중 익살꾼인 루이 앙젤리Louis Angely.

이 그는 황제를 존중하니까, 황제가 죽은 다음부터는 말이다.

　스탈 부인도, 그녀가 살아 있는 자들의 살롱을 아직도 거닐고 있다면[15] 이제는 황제를 칭송할 것이다. 황제가 엘바 섬에서 귀환했을 때, 그 100일 동안에 이미 그녀는 그 독재자의 찬가를 부를 의향이 있었다. 다만 그녀의 주장에 따르면 그녀는 황제가 그녀의 고인이 된 아버지[16]에게 빚진 200만 프랑을 먼저 지불하라는 조건을 내걸었다. 황제가 이 돈을 주지 않자 그녀에게는 제의한 찬가를 부르기 위해 필요한 영감이 사라져버렸다. 그리고 코리나[17]는 요즘 『가제트 드 프랑스』에 아주 기쁘게 반복되어 실리는 그 장광설을 급조했다. **돈이 없으면 스위스인도 없는 것이다!**[18] 이 말이 그녀의 동향인인 뱅자맹 콩스탕에게도 적용된다는 것은 유감스럽게도 우리에게 너무나 잘 알려져 있다. 그러나 황제를 비방하는 사람들을 밝혀내는 일은 하지 말자. 이젠 됐다. 스탈 부인은 죽었다. 뱅자맹 콩스탕도 죽었다. 그리고 샤토브리앙 또한 이른바 죽은 셈이다. 최소한 그는 오로지 그의 장례에 몰두하고 있노라고 몇 년 전부터 우리에게 확언해왔다. 그의 『무덤 저편에서의 회상』은 단편적으로 발행되고 있는바, 이 회상은 그가 궁극적인 죽음에 앞서서 스스로 마련한 그의 장례 의식이나 다름없다. 예전에 황제 카를 5세가 그랬던 것처럼 말이다.[19] 이것으로 충분하다. 샤토브리앙은 죽은 것으로 간주되어야 한다. 그러니

---

15) 스탈 부인은 1817년 7월 14일에 죽었다.

16) 스탈 부인의 아버지 자크 네케르Jacques Necker는 루이 16세의 재무장관이었다.

17) 그녀의 소설 『이탈리아에서 온 코린Corinne ou l'Italie』에서 연유한 스탈 부인의 애칭.

18) 스탈 부인의 출생지가 스위스임을 풍자적으로 암시한다. 당시 유럽에는 도처에 돈에 몸을 판 스위스 출신 용병들이 활동했다.

19) 신성로마제국의 황제 카를 5세는 퇴위 후에 승려로서 사원에서 살았으며, 전설에 따르면 자신의 장례식을 스스로 치렀다 한다.

그는 자기의 글에서 나폴레옹을 자신과 비슷한 사람으로 취급할 권리가 있는 것이다.

그러나 앞서 언급된 예전 작가들의 발췌문뿐 아니라 라마르틴[20] 씨가 하원에서 나폴레옹에 대해서, 아니 더 정확하게는 나폴레옹에 적대해서 행한 연설도[21] 내 마음을 불쾌하게 자극했다. 비록 이 연설은 오로지 진실을 내포하지만 말이다. 그 속심은 비열했고, 연사는 거짓의 이익을 위해 진실을 말한 것이다. 나폴레옹이 자유의 적이며 독재자이고, 왕관을 쓴 이기심이라는 사실은, 그리고 그를 숭배하는 것이 나쁘고 위험한 선례가 되리라는 것은 진실이다. 백배 천배 진실이다. 나폴레옹에게는 바이에[22]나 라파예트 같은 사람들이 지녔던 시민적 덕성이 결여되었다는 것은 진실이다. 그는 법률을, 심지어는 법률 제정자들을 발로 짓밟았다. 그리고 이 사실에 대해서는 뤽상부르 병원에 아직도 살아 있는 증인들이 있다. 그러나 그대들이 휘황찬란한 장례식 놀이와 기념비를 바쳐야 하는 사람은 이 자유 파괴자 나폴레옹이, 공화력 2월 18일의 주인공이,[23] 이 명예욕의 제우스 신이 아니다. 천만에, 이것들을 받아야 하는 사람은 그것의 예찬이 문제시되고 의문시되는 낡은 유럽에 대항해서 젊은 프랑스를 대표했던 그 남자다. 나폴레옹이라는 인물 안에서 프랑스 국민은 승리를 했고, 나폴레옹이라는 인물 안에서 그들은 굴욕을 당했

---

20) Alphonse de Lamartine(1790~1869): 프랑스의 작가, 시인, 정치가. 아카데미 프랑세즈 회원이며, 정치가로서는 프랑스 제2공화국 건설에 큰 역할을 했다.
21) 나폴레옹의 유해 송구 비용에 관한 1840년 5월 26일의 하원 논의에서 라마르틴은 보나파르트주의자들에 의한 나폴레옹의 우상화를 비판하고 그 위험성을 지적했다.
22) Jean Sylvain Bailly(1736~1793): 국민의회의 초대 의장이었으며, 파리 시장을 역임한 당시의 명망 있는 정치가.
23) 1799년 11월 9일(공화력 2월 18일) 나폴레옹은 쿠데타를 일으켜 프랑스 혁명 정부를 전복했다.

다. 나폴레옹이라는 인물 안에서 프랑스 국민은 자신을 존중하고 찬양하는 것이다. 프랑스 사람은 모두 이것을 느끼고 있다. 그러기에 그들은 고인의 어두운 측면을 다 잊었으며, **그 모든 것에도 불구하고** 그에게 경의를 표하는 것이다. 그런데도 의회는 때아닌 인색함으로 해서 큰 실수를 저질렀다. 라마르틴 씨의 연설은 악의적인 꽃으로 가득 찬 걸작이었고, 이 꽃들의 우아한 독은 많은 허약한 머리들을 마비시켰다. 그러나 부족한 정직함은 아름다운 말들로도 제대로 감춰지지 못했다. 내각은 적들이 그들의 반민족주의적 감정을 그처럼 서투르게 드러낸 것에 대해 탄식할 것이 아니라 오히려 기뻐해야 할 것이다.

11

파리, 1840년 6월 3일

파리의 일간 신문들은, 전 세계 어디서나 그렇듯이, 라인 강 저편에서도 읽히고 있다. 라인의 저편에서 사람들은 자국 신문을 프랑스 신문과 비교해 후자의 가치를 과대평가하며 독일 신문의 모든 공적을 인정하지 않으려 한다. 이곳의 신문에는 독일에서라면 아주 관대한 검열관이라 해도 가위질을 할 구절들이 우글우글한 것은 사실이다. 프랑스 신문의 기사가 독일 신문보다 더 잘 써지고 더 논리적으로 작성되는 것은 사실이다. 반면에 독일 신문에서는 집필자가 그의 정치적 용어를 이제야 비로소 만들어내야 하며 이념들의 정글을 힘들게 헤쳐나가야 하는 상황이다. 프랑스 언론인이 자신의 생각을 더 잘 정리하고, 이 생각들의 옷을 독자들의 눈앞에 그 완전한 나신(裸身)이 드러날 때까지 벗겨내는 반면에, 독일의 저널리스트는 치명적인 붉은 연필에[1] 대한 두려움보다는 내적 과단성의 결여로 그의 생각들을 가능하면 신중함의 베일로 모두 덮어 싸서 감추려고 하는 것 또한 사실이다. 그럼에도 불구하고 프랑스 신문을 겉모습으로 판단하지 않고, 그 내부를, 그들의 사무실 안을 엿보면, 프랑스 신문이 특이한 유형의 부자유를 감내하고 있다는 것을 시인해야만 한다. 이 부자유는 독일 신문이 전혀 모르는 것이고, 아마도 라인 강 저편의 우리 검열보다 더 해로울 것이다. 사람들은 또한 다음 사실도 인정해야 할 것이다. 즉 프랑스 언론인이 그의 생각을 정리하고 다루는 명확함과 경쾌함이 메마른 편파성과 기계적인 제한에서 연유한다는 사실을, 그리고 이것이 독일 저널리스트의 활짝 핀 혼란과 서투른 풍요로움보다 훨씬 더 위험하다는 사실을 말이다. 이에 대해서 짤막하게 설명하겠다.

프랑스 일간지들은 민주주의가 아니라 어느 정도 과두(寡頭)정치적 체제이다. 왜냐하면 프랑스에서 일간 신문을 창간하는 일은 큰 경비와 많은 어려움과 결부되어 있어서 엄청난 돈을 낼 능력이 있는 사람들만이 신문사를 세울 수 있기 때문이다. 그러기에 신문사 설립을 위해 돈을 내놓는 사람들은 보통 자본가 아니면 그 밖의 실업가들이다. 이러한 투자에서 이들은 자신들의 신문이 어느 특정한 당파의 대변지로서 인정받을 수 있게 되면 팔릴 수 있는 부수를 미리 계산한다. 심지어 이들은 신문이 충분할 만큼 구독자를 얻게 되면 훗날 이 신문을 큰 이익을 남기고 정부에다 팔아치울 속셈을 하기도 한다. 이러한 방식으로 현존하는 정당

---

1) 검열을 뜻한다. 당시 검열관들은 붉은 연필로 삭제할 부분을 표시했다.

또는 내각의 착취에 의존하기에 신문은 제한적으로 작용하는 예속 상태에 빠지거나, 또는 더욱더 좋지 않게, 모든 보도에서 배타적이거나 일방적이 된다. 이에 비하면 독일 검열의 장애는 유쾌한 장미의 사슬로 보일 지경이다. 프랑스 신문의 **수석 편집인**은 용병 대장이며, 그는 휘하 부대를 시켜 신문 판매나 보조금으로 자기를 고용한 정당의 이익과 집착을 위해 싸우고 지켜준다. 그의 부하 편집인들, 그의 장교와 사병들은 군사적 복종심으로 명령에 따르며, 그들의 기사에 요구된 방향과 색깔을 준다. 그렇게 해서 그 신문은 우리가 먼 곳에서 경탄해 마지않는 통일성과 정밀함을 갖추는 것이다. 이곳에는 아주 엄격한 사상적 규율, 심지어는 표현의 규율이 지배하고 있다. 어떤 부주의한 기고자가 명령을 흘려듣고는 위탁된 그대로 쓰지 않는다면, **수석 편집인**은 이 기고문의 살을 어떤 독일 검열관에게서도 찾아볼 수 없는 군사적 무자비함으로 깊이 베어낸다. 독일 검열관이야 물론 독일 사람이고, 그래서 다양한 기질과 성향을 갖고 있는지라 합리적인 이유에 대해서는 기꺼이 귀를 기울이기도 한다. 그러나 프랑스 신문의 **수석 편집인**은 실질적으로 일방적인 프랑스 사람이고, 절대적으로 특정한 언어로 표현하는 특정한 견해를 갖고 있다. 아니면 그는 그의 위탁자에 의해 멋지게 표현된 견해를 넘겨받기도 한다. 누군가가 앞서 언급된 신문의 목적과 하등의 발전적 관계가 없는 논설을 수석 편집인에게 가져오면, 이 신문이 대변인으로서 봉사하는 독자들에 대해 이 논설이 어떤 직접적 이해관계도 없는 주제를 다룬 것이라면, 이 논설문은 엄중하게 거부될 것이다. **이 글은 우리 신문의 이념적 영역에 부합하지 않습니다**라는 장중한 말과 함께. 이런 방식으로 이곳의 모든 신문이 자신만의 특정한 정치적 색채와 특정한 이념적 영역을 갖고 있기에 이 이념적 영역을 벗어난, 그리고 어떤 당파적 색채도 띠지 않은 그 어떤 것을 말하려고 하는 사람은 그의 발언을 실어줄 어떤 신문도 찾을 수 없다는 사실은 쉽사리 이해할 수 있다. 그렇다, 시사(時事) 문제에 대한 논의에서, 이른바 현실성이라는 것에서 멀어지면, 진부한 당파 문제와는 관계가 없는 이념들을 피력하면, 인류의 문제를 그저 논의하려고만 해도, 이곳 일간지 편집인들은 그런 기사들을 냉소적 예의를 갖춰 거부할 것이다. 그리고 이곳에서는 오로지 신문을 통해서나 또는 광고의 매개(媒介)를 통해서만 독자들과 대화할 수 있기에, 모든 프랑스 사람에게 그들의 생각을 지면을 통해 발표할 것을 허용한 헌법은 창조적 사상가나 세계시민에게는 쓰디쓴 조소일 따름이다. 사실상 이들에게는 어떤 언론의 자유도 존재하지 않는 것이다——**이 글은 우리 신문의 이념적 영역에 부합하지 않습니다.**

위의 설명은 아마도 이해할 수 없는 많은 현상들을 알 수 있도록 도울 것이다. 그리고 나는 독일 독자들에게 이런저런 유익한 교훈을 스스로 이 설명에서 얻으라고 내맡기련다. 그러나 이 설명은 우선 왜 프랑스 신문이 다마스쿠스 유대인과 관련해 이들에게, 독일에서 사람들이 기대한 것과는 달리, 절대적으로는 호의적이지 않게 보도했는지를 밝히는 데 기여할 수 있을 것이다. 그렇다, 라이프치히 신문과 북독일의 작은 신문들의 보도자에게, 그가 프랑스의 언론이 이 사건에서 유대인에 대한 무슨 특별한 동정심을 보여주지 않은 사실을 신이 나서 언급했다고 해서, 직접적인 거짓의 책임을 씌울 수는 없다. 그러나 이 정직하신 분은 아주 현명하게도 이 현상의 원인을 밝히지 않도록 조심했다. 이 원인은 아주 간단한 사실에, 즉 내각 수반인 티에르가 처음부터 다마스쿠스 주재 프랑스 영사인 라티 망통 백작 편을 들었고, 그의 지배하에 있는 모든 신문의 편집인들이 이 사건에서 티에르의 의견을 공포했다는 사실에 있다.

이 저널리스트들 중에는 물론 정직한, 그리고 아주 정직한 사람들도 많이 있다. 그러나 그들은 군사적 규율에 따르듯 이분 여론 총통의 명령에 복종한다. 이 총통의 앞방에서 그들은 매일 아침 그날의 지시를 수령하기 위해 모이는바, 서로를 바라보면 아마 웃지 않을 수 없을 것이다. 프랑스의 예언가들은, 키케로가 말한 로마의 예언가들과 마찬가지로 그들의 웃음 근육을 지배할 수 없는 것이다.[2] 아침의 공식 회견에서 티에르는 아주 확신하는 표정으로 유대인들이 유월절 축제 때, **각자 자신의 취향에 따라** 기독교인의 피를 마신 것은 의심할 여지가 없는 사실이라고 확언했다. 모든 증언이 다마스쿠스의 랍비가 토마스 신부를 살해하고 그의 피를 마신 사실을 확인했다고, 살은 아마 시나고그의 하급 관리들이 먹어치웠을 것이라고. 우리는 이 사건에서 비극적 미신을, 오리엔트에서는 아직도 지배적인 종교적 광신을 본다고. 그 반면에 유대인은 서양에서는 훨씬 더 인간다워지고 계몽되었으며 그들 중에는 편견 없음과 고아한 취향을 통해 훌륭해진 사람들이 많이 있다고, 예를 들면 로스차일드 씨는 기독교 교회로 넘어오지는 않았으나 그만큼 더 열성적으로 기독교 요리로 넘어왔다고, 그래서 오툉의 전 주교인 탈레르앙[3]이 총애한 기독교 세계의 가장 위대한 요리사를 고용했다고.[4] 혁명의 아들이 대충 이렇

---

2) 로마의 철학자 키케로(Marcus Tullius Cicero, 기원전 106~43)는 『예언에 대하여*De Divinatione*』에서 제물로 바쳐진 짐승의 내장을 보고 앞일을 예언하는 로마의 예언자들은 스스로도 자신의 예언을 믿지 못하기에 서로를 바라보면 웃지 않을 수 없다고 썼다.

3) Charles Maurice de Talleyrand(1754~1838): 프랑스의 옛 귀족 가문 출신의 정치가. 1815년 디노 공작에 임명되었다. 1788년 오툉 주교로 임명되었으나 1791년 교황에 의해 파문당했다.

4) 당시 프랑스에서 가장 유명한 요리사인 카렘Marie Antoine Carême은 탈레르앙과 러시아 및 오스트리아의 황제, 그리고 제임스 로스차일드James Rothschild의 요리사를 지냈다.

게 말하는 것을 사람들은 들었다. 그의 어머니는 이런 말에 크게 분개했다. 그녀는 버릇없는 아들이 그런 말을 하는 것을 들어야 할 때면, 또는 심지어 이 아들이, 예를 들면 몽탈랑베르 백작[5] 같은, 그녀의 가장 사악한 적들과 교류하는 것을 보면, 자주 얼굴이 새빨개질 정도로 화를 냈다. 이 백작은 청년 예수회 회원이자 교황파 도당의 가장 활동적인 도구로 유명한 자다. 이른바 네오 가톨릭의 리더인 이 백작은 광신자 신문인 『위니베르』를 지휘하고 있는바, 『위니베르』는 많은 재능과 또 그만큼의 악의로 집필되는 신문이다. 백작은 총기와 재능을 겸비했다. 그러나 귀족적 교만과 낭만적 맹신 사이의 기이한 잡종이다. 그의 혼합적 성격은 그가 쓴 성(聖) 엘리자베트의 전설[6]에서 아주 직설적으로 나타난다. 엘리자베트는 헝가리의 공주인바, 백작은 **여담으로** 그녀를 자신의 친척이라고 선언했다. 그녀는 끔찍한 피부병에 걸린 거지의 고름과 딱지를 그 경건한 혀로 핥아줄 정도로 지독하게 신앙심이 깊었다 한다. 그렇단다, 심지어 그녀는 오로지 경건한 신앙심으로 해서 자신의 오줌까지도 마셨다 한다.

이상의 암시로 해서 사람들은 이젠 이들 야당 신문의 비자유주의적 언어를 아주 쉽게 이해할 수 있을 것이다. 이 신문들은 다른 때 같았으면 오리엔트에 새로이 불붙은 광신에 대해, 그리고 그곳의 프랑스 영사로서 프랑스의 이름을 더럽힌 그 비참한 자에 대해 소리소리 질렀을 것이다.

며칠 전에 베누아 풀드 씨는 의회에서 다마스쿠스 주재 프랑스 영사의 행동거지에 대해 언급했다.[7] 그래서 우선 최근의 내 기사 중 하나에

---

5) 7장, 각주 5 참조.
6) 1836년에 발표된 몽탈랑베르의 『헝가리의 성 엘리자베트 이야기』.
7) 1834년 최초로 유대인 의원이 된 풀드는 1840년 6월 2일 의회에서 다마스쿠스의 유대인 박해 사건과 이와 관련된 그곳 주재 프랑스 영사의 행동을 비판하는 연설을 했다.

서 이 의원을 향해 흘러나온 비난을 거둬들여야 하겠다.[8] 나는 결코 풀드 씨의 정신과 이지적 능력에 대해 의심한 적은 없다. 나는 또한 그를 프랑스 의회에서 가장 큰 역량을 갖춘 의원들 중 하나로 생각한다. 나는 그저 그의 심정적 성향에 대해서 의심한 것이다. 난 아주 기꺼이 나 자신에 대해 부끄러워할 것이다. 내가 다른 사람들에게 부당한 짓을 했다면, 그리고 그들이 행동을 통해 내 비난을 반박한다면 말이다. 풀드 씨의 의회 연설은 큰 현명함과 존엄함을 보여준 것이었다. 그러나 단지 몇 안 되는 신문들만이 그 연설의 발췌문을 실었다. 친내각적 신문들도 이 연설을 보도하지 않았고, 이 연설에 대한 티에르의 답변만 더 장황하게 실었다. 나는 『모니퇴르』에서 이 연설의 전문을 읽었다. **"내가 명예롭게도 속한 그 종교"** 같은 말은 나 같은 독일인에게는 감동적인 것이었다. 티에르의 답변은 기만과 불성실의 걸작이었다. 이리저리 회피하고, 알고 있는 것을 침묵하며, 겉으로 보아서는 소심한 듯한 자제를 통해 티에르는 자신의 정적을 아주 멋지게 의심스러운 존재로 만들었다. 그의 말을 듣고 있노라면 종국에는 유대인이 좋아하는 음식이 카푸친 교단 신부의 살이라고 정말로 믿게 될 지경이다──그러나 그렇지 않다오, 위대한 역사기술가이자 조그만 신학자 분이시여, 동양에서도 서양에서도 구약 성서는 신도들에게 그런 추악한 먹이를 허용하지 않는다오. 모든 형태의 흡혈에 대한 유대인의 혐오감은 아주 독특한 것이라오. 이것은 그들 종교의 첫 번째 교리에서, 그들의 모든 위생 법칙에서, 그들의 정화(淨化) 예식에서, 그들의 순수함과 불순함에 대한 기초적 견해에서 드러나고 있다오. 이 견해는 동물 세계에서의 질료적(質料的) 순수함에 대한 깊은 의미의 우주

---

8) 9장 후반부 참조.

진화론적 계시인바, 이는 동시에 물질적 윤리를 형성하고 있지요. 그러나 이것을 이해하지 못한 바울은 이 계시를 설화라고 배척했다오.[9]——아니다, 이스라엘의 후손,[10] 이 선택된 순수한 사제(司祭) 민족, 이들은 돼지고기를 먹지 않으며 또한 늙은 프란체스코회 신부의 고기도 먹지 않는다. 그들은 어떤 피도 마시지 않으며 또한 몽탈랑베르 백작의 조상 할머니인 성 엘리자베트와는 달리 자신의 소변도 마시지 않는다.

다마스쿠스의 유혈 문제에서 드러난 사실 중 우리의 마음을 가장 어둡게 하는 것은, 우리가 현 내각 수반에서도 인지할 수 있는 동방의 상황에 대한 무지이다. 이 화려하게 빛나는 무지는, 더 이상 그 작은 시리아의 유혈 문제가 아니라 훨씬 더 큰 세계의 유혈 문제가, 우리가 동방 문제라고 부르는 그 불길하고도 치명적인 문제가[11] 해결을 그리고 해결을 위한 준비를 요구할 그 언젠가에 티에르를 아주 심각한 오류로 이끌수 있다. 티에르의 판단은 일반적으로 옳다. 그러나 그의 가정들은 흔히 완전히 틀린 것이다. 전혀 근거가 없고, 환상이며, 레바논 사원들의 작열하는 환상적 태양 별 아래서, 또는 비슷한 미신의 초라한 거실에서 부화된 것들이다. 과격한 교황 파당은 그에게 밀정들을 제공하고 이 밀정들은 동방에서 로마 가톨릭 신자들의 힘에 대한 기적 같은 일들을 보고한다. 그러나 실제로는 이 보잘것없는 가톨릭 신자들의 봉기는 터키인들을 몰아내는 데 아무런 쓸모가 없을 것이다. 티에르는 동방의 가톨릭 신자들의 전통적 보호관인 프랑스가 언젠가는 이 신자들을 통해 동방에서

---

9) 「고린도전서」 10장 25절 이하 참조.

10) Israel은 야콥Jacob의 별명으로서 "이스라엘의 후손"은 유대 민족을 의미한다.

11) 당시 중동에서는 오스만 제국의 몰락이 가시화되고 있었으며, 이 틈을 노린 영국, 프랑스, 러시아가 각기 세력을 확대하는 과정에서 삼국의 이해관계가 첨예하게 대치했다. 이 위기는 1854년의 크림 반도 전쟁에서 정점에 달했다.

우월한 지위를 차지할 수 있을 것이라고 생각한다. 이 문제에 대해서는 영국인들이 훨씬 더 잘 알고 있다. 그들은 이 하찮은 중세의 낙오병들이, 문명화에서 몇 세기 뒤떨어진 자들이, 그들의 지배자인 터키인들보다도 더 영락한 상태에 있음을 안다. 영국인들은 또한 알고 있다. 오스만 제국의 몰락 시에는, 아니 그보다도 더 앞서서, 오히려 그리스 정교의 신도들이 결정권을 쥐게 되리라는 것을. 이 그리스 정교의 수장은 콘스탄티노플의 총대주교라는 직책을 가진 그 불쌍한 작자가 아니다. 이자의 전임자는 두 개의 개 조각상 사이에서 치욕스럽게 교수형을 당했다.[12] 아니다, 그리스 정교의 수장은 절대적 권한을 가진 러시아의 차르이다. 그는 황제이자 동시에 유일하게 신성한, 정통적인 그리스 교회의 교황이기도 하다. 차르는 그리스 정교도들의 갑옷 입은 메시아이며 그들을 무신론자들의 압제에서 해방해줄 사람이다. 언젠가는 비잔틴에 있는 그 커다란 모스크[13]의 탑에 승리의 깃발을 꽂을 대포 천둥의 신인 것이다.——그렇다, 이것이 그들의 정치적이자 종교적인 믿음이다. 이들은 러시아-그리스 정교의 세계 지배를 꿈꾼다. 보스포루스에서 시작해 유럽과 아시아를 넘어서 아프리카까지 손을 뻗칠 세계 지배를.——그런데 정말로 끔찍한 것은 이 꿈이 바람이 불면 날려 없어질 비누 거품이 아니라는 사실이다. 그 안에는 하나의 가능성이 잠복하고 있다. 마치 메두사의 머리처럼[14] 우릴 보고 웃으면서 우리를 돌로 만들어버릴 가능성이!

---

12) 콘스탄티노플(현재 이스탄불)의 총대주교인 그레고리우스는 1821년 4월 22일 그리스 독립전쟁이 발발하자 그의 교회 정문에서 교수형을 당했다.
13) 비잔틴(후의 콘스탄티노플, 현재의 이스탄불)에 있는 하기아 소피아Hagia Sophia 성당은 1453년 콘스탄티노플이 이슬람교도에게 함락된 후 이슬람 성원(모스크)으로 개조되었다.
14) 메두사는 그리스 신화에 등장하는 괴물. 이 괴물을 보는 사람은 모두 돌이 된다고 한다.

세인트헬레나에서 나폴레옹이 한 말, 가까운 장래에 세계가 미국 공화국이 되거나 러시아의 세계 왕국이 될 것이라는 말은 매우 낙담스러운 예언이다. 이 무슨 전망이란 말인가! 최상의 경우라 해도 공화국 국민으로서 단조로운 지루함 속에서 죽어갈 테니! 불쌍한 후손들!

위에서 나는 영국인이 프랑스인보다 훨씬 더 동방의 상황에 대해 정통하다고 언급했다. 근동 지방에는 어느 때보다도 더 영국의 밀정들이 들끓고 있다. 이들은 모든 베두인족 사람들에 대해서, 심지어는 사막을 지나는 모든 낙타에 대해서도 정보를 수집한다. 무함마드 알리의 주머니에 금화가 얼마나 들었는지, 이 이집트 부왕이 뱃속에 창자가 얼마나 많은지를 다우닝가[15]의 사무실에 있는 사람들은 아주 정확히 알고 있다. 이곳 사람들은 종교적 광신자들이 지어낸 기적 이야기 따위는 믿지 않는다. 이들은 오직 사실과 숫자만을 믿는다. 그러나 동양뿐 아니라 서양에도 영국은 믿을 만한 밀정들이 있다. 이곳에서도 우리는 런던의 귀족주의적 신문이나 내각의 신문에 보내는 기사를 그들의 은밀한 임무와 결합한 사람들을 드물지 않게 만날 수 있다. 그렇다고 해서 신문들이 상황을 덜 정확하게 인지하는 것은 아니다. 영국 사람들의 과묵함으로 해서 독자들은 이 비밀스러운 보고자들의 임무를 거의 알지 못한다. 사실 이들은 영국의 최고 관리들에게조차도 알려지지 않았다. 단지 그때그때의 외무장관만이 그들을 알고 있고, 이 지식을 후임자에게 인계한다. 영국의 밀정에게 어떤 형태의 지불을 해야 하는 외국의 은행가는 밀정의 이름을 결코 알 수가 없다. 그는 단지 주어진 액수의 돈을 지불하라는 지시만 받을 따름이다. 번호만 적힌 카드를 보여줌으로써 자신의 신분을

15) Downingstreet, 영국의 주요 부처와 외무부가 위치한 거리.

증명하는 그 어떤 인물에게 말이다.

추후 기록(1854년 5월)

    앞 장의 보도문을 『알게마이네 차이퉁』 편집자는 받아들이지 않았
다. 그런 이 보도문을 나는 우연하게 보존된 초고에 따라 인쇄하련다.
이 보도문은 내가 전에 베누아 풀드 의원에 대해 쓴 비난의 기사가 아주
부당하다는 것을 밝히고 있다. 그러나 나는 그때에도 그 기사 안에서 어
떤 부당한 짓을 하려고 생각하지 않았다는 것은 밝히고자 한다. 마찬가
지로 당시에 내게는 풀드 의원의 개인적 외관을 모욕하려는, 그리고 이
목적을 위해 『나쇼날』에 실린 조롱의 글을 인용하려는 생각은 전혀 없었
다. 베누아 풀드 씨의 열광적 친구들은(어떤 부유한 사람이 그를 위해 열
광하는 한 무리의 친구들이 없겠는가!) 당시 내 모노그램이 달린, 그래서
내가 쓴 것으로 생각될 수밖에 없는 『알게마이네 차이퉁』의 기사 끝부
분에 『나쇼날』에서 베껴 온 악의적 인용문이 실렸다고 주장했다. 이 인
용문은 검찰총장 에베르 씨[1]와 베누아 풀드 씨에 관한 것이었는데, 이런
내용이었다. "풀드 씨가 의회에서 검찰총장과 악수한 유일한 사람이었는
바, 그의 꼬락서니는 마치 **검사**의 논고처럼 보이더라!" 정말이지 그 착한
분들, 내 정신과 이성을 아주 형편없는 것으로 평가했다. 내가 베누아 풀
드 같은 사람을 감히 공격하려고 하는데 그 화살을 『나쇼날』의 바보 같

---

1) Michel-Pierre-Alexis Hébert(1799~1887): 변호사. 1834년부터 1848년까지 하원의원,
  1789년 검찰총장에 임명된 그는 강력한 권한의 소유자였다.

은 화실집에서 빌려 와야 한다는 생각을 할 수 있다니! 그런 가정은 여행 화첩[2] 저자에게는 진실로 모욕적인 것이다! 아니다, 그 인용문은, 그 보잘것없는 글은 내 펜에서 흘러나오지 않았다. 더욱이 나는 당시 에베르 씨와 관련해서 그 어떤 버릇없는 짓도 할 형편이 아니었다. 물론 아주 쉽사리 이해할 수 있는 이유로 해서 말이다. 나는 검찰총장과 같은 무시무시한 인물과는, 임의적 재량권이 장관을 능가하는 인물과 관련되는 짓은 결코 하려고 하지 않았다. 사람들이 특별히 민중선동가 업을 행하지 않는다면, 그리고 감금의 명예를 갈망하지 않는다면, 절대로 언급해서는 안 되는 인물들이 있는 법이다. 내가 지금 이 말을 하는 것은 이런 설명이 이제는 내 용감하고 투쟁적인 동지들에 의해 잘못 해석될 일이 없기 때문이다. 『나쇼날』에서 가져온 그 어리석은 인용문이 발표되었을 때 나는 어떤 형태의 해명도 하지 않았다. 나는 그 누구에게도 기사 하나로 해서 내게 답변을 요구하는 권리를 인정할 수 없었다. 더욱이 익명으로 발표되었고, 단지 이마에 내 모노그램만을 붙인 기사 때문에 말이다. 이 모노그램은 내가 아니라 편집하는 사람들이 내 기사를 표시하는 데 흔히 사용하곤 했다. 행정적 필요에 따라서, 예를 들면 회계의 편의를 위해서. 그러나 존경하는 독자들에게, 쉽게 풀 수 있는 그림 퀴즈처럼 내 이름을 은밀하게 속삭여주기 위해서는 결단코 아니었다. 집필자가 아니라 편집자가 익명으로 발표된 기사 전체에 책임을 지고 있기에, 편집자는 신문을 수천의 머리를 가진 독자 세계에 대해서뿐 아니라 머리 없는 관청들에 대해서도 대변해야 하기에, 편집하는 사람들이 수많은 난관, 물질적이고 도덕적인 난관과 매일 싸워야 하기에, 나는 그들이 받은 모든 기사를 매번 그날그

---

2) 하이네 초기의 여행기로서 하이네를 일약 유명하게 만들었다.

날의 필요에 따라 변형하는 것을 허용할 수밖에 없다. 그들의 판단에 따라 지우고 잘라내고 붙이고 등등 모든 종류의 변형을 통해 기사가 실릴 수 있도록 만드는 것을. 비록 그 과정을 통해 집필자의 좋은 뜻과 그보다 더 좋은 문체가 매우 심각하게 찌그러들지만 말이다. 모든 관점에서 정치적인 저술가는 그가 싸워 옹호하는 것 때문에 거친 필연성에 양보를 많이 해야 하는 것이다. 물론 우리가 가슴을, 그 속에 담긴 모든 분노의 불길과 함께 온통 쏟아내도 좋은 이름 없는 작은 신문들도 충분히 있기는 하다. 그러나 이런 신문들은 그저 몹시 옹색하고 영향력 없는 독자들을 갖고 있을 따름이다. 이런 신문들에 글을 쓴다는 것은, 다른 많은 위대한 애국자들이 그러는 것처럼, 맥줏집에서 아니면 카페에서 '존경스러운' 단골손님들 앞에서 허풍 떠는 것이나 마찬가지다. 우리가 우리의 불길을 자제하고 마스크를 쓰지는 않는다 할지라도, 냉정히 말해, 당연히 세계적 신문이라고 불릴 만하며, 모든 나라의 수십만 독자의 손에 그들의 지식의 지평을 넓혀주며 배달되는 『알게마이네 차이퉁』 같은 신문에 우리 의견을 밝히는 것이 훨씬 더 현명한 행동이다.[3] 형편없이 훼손된 상태라도 글은 이런 신문에서는 효능을 발휘한다. 달리 어찌할 수 없는 임시변통의 암시도 때로는 미지의 땅에서 유익한 씨앗이 되기도 한다. 이런 생각에 고무되지 않았다면, 나는 『알게마이네 차이퉁』에 글을 쓰는 그런 자학 행위는 참말로 결코 하지 않았을 것이다. 이 신문의 편집을 책임지고 있는 사람은 내가 지극히 사랑하는 젊은 시절의 친구이자 전우이다.[4] 그의 충실함과 곧은 성격을 항상 절대적으로 확신하고 있었기에 나는 내 기사의 수정

---

[3] 『아우크스부르크 알게마이네 차이퉁』의 당시 독자는 약 5만 명 정도였다. 하이네는 이 숫자를 크게 과장한 것이다.

[4] 당시 『아우크스부르크 알게마이네 차이퉁』의 편집인인 구스타프 콜프Gustav Kolb.

과 개악(改惡)이라는 수많은 끔찍스러운 추후 작업의 고통을 감내할 수 있었다. 난 이 친구의 정직한 눈을 항상 바라보지 않았던가? 그 눈은 상처 받은 내게 '그렇다면 난 장미꽃 위에 누워 있는가?'라고 말하는 듯 보였다. 독일 언론의 이 용감한 투사, 젊은 시절에 이미 그의 자유주의적 신념을 위해 고난과 감옥을 견뎌낸 사람, 사회에 유익한 지식의, 이 최고의 해방 수단의 전파를 위해, 요컨대 그의 동포들의 정치적 행복을 위해 그렇게 많이, 허풍이나 떠는 주둥아리 영웅 수천 명보다 훨씬 더 많이 행동한 사람——그런데 이자들은 그를 굴종적이라고 비방했다. "아우크스부르크의 창부", 이 말은 과격파의 천한 인간들이 『알게마이네 차이퉁』을 부르는 욕설 이름이었다.

　　그러나 이 문제를 계속 언급하면 나는 너무 멀리 흘러갈 수 있는 흐름에 빠지게 된다. 여기서는 조국에 대한 드높은 배려 때문에 내가 『알게마이네 차이퉁』에 글을 쓸 때 어떤 유형의 부자유를 견뎌냈는지를 간단히 암시하는 것으로 만족하려 한다. 이와 관련해서 나는 많은 오해를 받았다, 보통은 지성이 지배하는 영역에서까지도. 이런 오해 중의 하나가 예를 들면 앞에서 언급한, 그리고 내가 베껴 온 것으로 잘못 알려진 『나쇼날』의 인용문이다. 죄 없이 고통을 받는 것을 좋아하지 않는지라, 난 마침내 사람들이 날 비방하는 불경죄를 정말 한번 저질러보자는 불행한 생각에 빠져들었다. 그래서 오트피레네 주의 타르브[5] 시 하원의원 선거 때 여기서 당선된 의원이 내 불만의 속죄양이 되어야 했다.[6] 마침내 모든

---

5) Tarbes, 프랑스 남서부 오트피레네Hautes-Pyrénées 주 수도(首都).

6) 『아우크스부르크 알게마이네 차이퉁』에 실린 1846년 8월 20일 자 기사에서 하이네는 베누아 풀드와 형제간인 아실 풀드가 하원의원으로 당선된 사실은 의원의 자리를 돈으로 살 수 있음을 보여준다고 썼다. 이 기사는 책으로 편집된 『루테치아』에는 채택되지 않았다. 아실 풀드는 나폴레옹 3세 때 재무장관을 역임하는 등 중요한 정치적 역할을 했다.

부당한 행위를 스스로 시인하기에 이르렀으니, 부끄러움을 무릅쓰고서 말해야겠다. 내가 아무런 역량도 인정하지 않은 이 남자가 그 이후 곧 아주 중요한 의미를 가진 정치가로 치솟아 올랐다는 사실을 말이다. 나는 이 사실을 기뻐한다.

12

파리, 1840년 6월 12일

스폰티니 기사(騎士)님1)께서는 이 순간 불쌍한 파리 사람들에게 편지 폭탄을 퍼붓고 계신다, 무슨 대가를 치르더라도 세상에 그라는 이미 잊힌 인물을 다시 상기시키기 위해서. 지금 내 앞에는 그가 모든 신문의 편집인에게 보낸 회람 광고가 놓여 있다. 그러나 건강한 인간 이성과 스폰티니 자신의 옛 명성에 대한 외경심으로 해서 그들 중 누구도 이 광고를 인쇄하려고 하지 않는다. 이 광고에서는 우스꽝스러운 것이 거의 광기(狂氣)에 이를 지경이다. 그 안에서 바로크적2) 스타일로 표현된, 더 정확하게는 화를 내고 있는 볼썽사나운 허약함은 의사에게도 그리고 언어연구가에게도 마찬가지로 주목할 만한 대상일 것이다. 의사는 고귀한 정신

---

1) Gaspare Spontini(1774~1851): 이탈리아 출신의 작곡가. 베를린과 파리에서 오페라 작곡가, 지휘자로서 활동했다. '기사'라는 비판적이자 희롱조의 칭호를 하이네는 종종 그의 이름 앞에 붙이곤 했다.
2) "바로크적"이란 말은 하이네에게 항상 '기괴한' '그로테스크한' '우스꽝스러운' '모험적인' 등의 의미이다.

의 힘이 사그라질수록 마음속에서 점점 더 광폭하게 불타오르는 허영심의 한 비참한 현상을 인지할 수 있다. 다른 사람, 즉 언어연구가는 뻣뻣한 이탈리아인이 프랑스에서 임시변통으로 프랑스말을 약간 배우고, 이이른바 이탈리아식 프랑스어를 베를린에서 25년 동안 체류하면서 갈고닦아서, 그 결과로 그 늙은 이탈리아 행상의 뒤죽박죽 언어가 슬라브적파격(破格)으로 기이하게 채워지면, 그 어떤 재미있는 은어(隱語)가 생겨나는가를 볼 수 있다. 회람 광고는 2월로 날짜가 적혀 있으나 최근에 다시발송되었다. 그 이유인즉 시뇨르 스폰티니가 사람들이 이곳에서 그의 가장 유명한 작품을 다시 공연하려는 소식을 들었기 때문인데, 그의 생각으로는 이 공연 계획이 오로지 함정일 따름이라는 것이다.[3] 그런데 그는이 '함정'을 이용해 파리로 초빙되고자 한다.[4] 그럴 것이 그의 적들에 대항하는 열변을 토한 후 그는 다음의 말을 추가하고 있다. **이것이야말로내가 알아냈다고 믿는 새로운 함정이고, 이 함정으로 해서 내게는 파리의 대극장에서 내 오페라들이 내 부재중에 다시 공연되는 것을 반대하는 것이 피할 수 없는 의무가 되었다. 만약 함정이 아니라면 나는 공식적으로, 내무부의 보증하에, 극장의 관리부와 계약을 맺고 파리로 갈 것이다. 공연에 참여하는 예술가들에게(내 오페라의 전통이 상실되었으므로) 작곡가로서 내 충고로 도움을 주고, 시연(試演)에 배석하며, 그럼으로써 「베스타의 무녀」의 성공적인 공연에 기여하기 위해서 말이다. 그럴 것이 여기서 중요한 것은 공연의 성공이기 때문이다.** 위의 말은 스폰티니적 늪의 유일하게 단단한 바닥

---

3) 열렬한 나폴레옹 추종자인 스폰티니는 그의 보나파르트주의로 인해 루이 필리프 치하의 프랑스에서 정치적 박해를 받을 수 있다고 생각한 듯하다.

4) 1840년 초 스폰티니의 오페라 「페르디낭 코르테츠Ferdinand Cortez」의 공연이 계획되자 스폰티니는 그가 이 공연에 작곡가로서 동참하지 않으면 이를 허용할 수 없다고 프랑스 법정에 고소했으나 최종심에서 패소했다.

이다. 여기에는 간교함이 아주 긴 귀를 내밀고 있다. 이자는 단연코 베를린을 떠나려고 한다.[5] 마이어베어[6]의 오페라들이 거기에서 공연되기 시작한 이후 그는 더 배겨낼 수 없게 된 것이다. 그는 1년 전에 파리로 와서 몇 주간 머물렀으며, 그를 파리로 초빙하는 것을 촉진하기 위해 아침부터 자정까지 영향력이 있는 사람들을 쫓아다녔다. 여기서는 대부분의 사람들이 그가 오래전에 죽은 것으로 여기고 있었기에, 그들은 스폰티니의 갑작스러운 유령 같은 출현에 적잖이 놀랐다. 이 죽은 해골의 교활한 민첩함에는 사실 무언가 섬뜩한 것이 들어 있다. 그랑 오페라의 단장인 뒤퐁셸[7] 씨는 그를 보려고도 하지 않았으며, 깜짝 놀라 외쳤다. "이 간교한 미라가 제발 내게 가까이 오지 않았으면, 나는 이미 살아 있는 사람들의 간교함으로도 충분히 고통을 받았다!" 그러나 마이어베어 오페라의 출판인인 모리스 슐레징어 씨는——이 착하고 정직한 사람을 통해 스폰티니는 뒤퐁셸 씨를 방문하겠다고 미리 통보한바——그가 추천한 인물을 아주 잘 보이게 하려고 그의 신뢰할 만한 웅변술을 모조리 동원했다. 이 추천하는 중개인의 선정은 스폰티니 씨의 통찰력을 모조리 보여주는 것이었다. 다른 사건들에서도 그는 이 통찰력을 보였는바, 예를 들어 어떤 사람을 헐뜯을 때면 그는 보통 그 사람의 가장 '가까운' 친구들에게 그 비방의 말을 했다. 프랑스의 작가들에게 그는 그가 베를린에서 자신을 적대하는 글을 쓴 독일 작가 한 명을 구금시켰다고 이야기했다. 프랑스의 여자 가수들에게 그는 독일 여자 가수들에 대한 불평을 쏟아냈다,

---

5) 스폰티니는 1820년부터 1842년까지 베를린에서 음악 총감독으로 활동했다.

6) Giacomo Meyerbeer(1791~1864): 유대인 혈통의 독일 오페라 작곡가. 1842년에 베를린 오페라의 음악 총감독으로 임명되었다. 19세기 가장 성공적인 무대 작곡가로 인정받는다. 그러나 하이네는 마이어베어의 명성과 인기를 '구매된 것' '조작된 것' 등으로 폄하했다.

7) Edmond Duponchel(1795~1868): 여러 차례 파리 오페라단의 단장직을 역임했다.

스폰티니의 어떤 오페라에서도 노래하지 않아도 된다고 계약을 통해 양
보하지 않으면 베를린 오페라와 협력하지 않겠다는 독일 여가수들에 대
해서!

그러나 그는 단연코 이곳으로 오려고 한다. 그는 베를린에서 더는 견
뎌낼 수 없는 것이다. 그의 주장에 따르면 그의 적들의 증오로 해서 그
는 베를린으로 추방되었으며, 그런데도 사람들은 그곳에서도 그를 편안
히 놓아두지 않았다고 한다. 일전에 그는 『프랑스 뮈지칼』의 편집인에게
이렇게 편지를 써 보냈다. 그의 적들은 그를 라인 강 저편으로, 베제르
강[8] 저편으로, 엘베 강 저편으로 몰아낸 것으로 만족하지 않노라고. 그
들은 그를 더 멀리, 바익셀 강[9] 너머로, 메멜 강[10] 너머로 쫓아내려고 하
노라고! 그가 자신의 운명과 나폴레옹의 운명 사이에 아주 큰 유사점을
찾았노라고. 그가 생각하기에 자신은 음악의 모든 세력이 작당해 적대시
하는 천재라고. 베를린은 그의 세인트헬레나 섬이며, 렐스타프는 그의 허
드슨 로라고.[11] 그러나 사람들은 그의 유해를 다시 파리로 가져와야 하
노라고. 그래서 음악 예술의 앵발리드에, 즉 아카데미 로얄 드 뮈지크에
장중하게 매장해야 하노라고.[12]

---

8) 뮌덴Münden에서 시작해 브레머하펜Bremerhaven에서 북해로 흘러드는 독일의 강 이름.

9) Weichsel(폴란드어로는 Wista), 폴란드의 가장 큰 강 이름.

10) Memel(Neman, Niemen 또는 Nemunas라고도 불림), 벨라루스에서 시작되어 리투아
   니아를 거쳐 발트 해로 흘러들어가는 강.

11) 세인트헬레나는 나폴레옹이 추방된 섬이며, 허드슨 로Hudson Lowe는 이 섬에서 나폴
   레옹을 감시한 영국인이다. 렐스타프(Ludwig Rellsab, 1799~1860)는 독일의 음악비평
   가로서 스폰티니에 적대적인 비판문을 발표했고, 이로 인해 감옥 형을 받았다.

12) 세인트헬레나 섬에서 이송된 나폴레옹의 유해는 앵발리드 기념관에 묻혔다. 아카데미
   로얄 드 뮈지크Académie royale de Musique는 절대 왕정 시대, 복고주의 시대, 그리
   고 7월 혁명 후 수립된 왕정 시기 파리의 그랑 오페라의 정식 명칭.

스폰티니가 하는 하소연의 처음과 끝은 모두 마이어베어다. 이 기사님이 이곳 파리에서 영광스럽게도 나를 방문하셨을 때, 그는 독과 증오로 부풀려진 이야기들을 끝없이 쏟아냈다. 그는 프로이센의 왕이 우리의 위대한 자코모에게 많은 경의를 표했으며, 그를 높은 관직에 임명하려고 하는 사실을 부인하지는 못했다. 그러나 그는 왕의 이러한 총애에 대해 아주 모욕적인 동기를 꾸며냈다. 마침내는 자기가 꾸며낸 말을 스스로 믿게 되었는지 그는 아주 깊은 확신의 표정을 하고 내게 다음과 같이 확언했다. 그가 언젠가 왕 전하와 함께 식사를 했을 때, 전하께서는 식후 쾌활하게 열린 마음으로 그에게 털어놓으셨단다. 전하는 어떤 수단을 써서라도 마이어베어를 베를린에 묶어놓으려 하노라고, 그래서 이 백만장자가 그의 재산을 외국에서 써버리지 않도록 하겠노라고. 음악이, 오페라 작곡가로서 이름을 빛내려는 것이 이 부유한 자의 잘 알려진 약점이기에, 그는, 즉 왕께서는, 이 약점을 이용할 생각이라고, 그래서 이 명예욕에 불타는 자를 훈장들로 유혹하려 하노라고.──왕은 다음과 같이 덧붙이셨다 한다. 그처럼 거대한, 거의 천재적인 재산을 소유한 조국의 탈렌트가[13] 작곡가로서 명성을 얻기 위해 이탈리아와 프랑스에서 그 좋은 프로이센의 경화인 탈러를 허비해야만 한다는 것은 슬픈 일이라고.──"돈으로 얻을 수 있는 것, 그런 것은 우리 베를린에서도 얻을 수 있소. 우리의 온실에서도 돈으로 영광을 사려는 바보들을 위한 월계수가 자라고 있소. 우리의 저널리스트들도 재치가 있고, 풍성한 아침 식사뿐 아니라 풍성한 점심 식사도 좋아하오. 우리의 빈둥거리는 게으름뱅이들과 식초에 절인 오이를 파는 자들도 파리의 매수된 박수부대와 마

---

13) 마이어베어는 베를린에서 태어났다.

찬가지로 박수를 칠 거친 손을 갖고 있소. 그렇소, 우리의 소매치기들이 「위그노 교도들」[14]에 박수갈채를 퍼붓기 위해 담배 연기 자욱한 식당 대신 오페라하우스에서 저녁을 보낸다면, 그자들은 교양까지도 얻을 수 있을 것이오. 낮은 계층의 사람들은 도덕적으로 그리고 예술적으로 고양되어야 하오. 그리고 중요한 일은 돈이 유통되는 것이오. 특히 수도에서 말이오."──이런 식으로 전하께서는 말씀하셨다고 스폰티니는 확언했다. 그러고 나서 왕은 곧바로 그에게 사과했단다. 마이어베어에게 그를 제물(祭物)로 바치는 일을. "어느 영주가 그의 수도의 번영을 촉진하기 위해 그런 제물을 바치는 것은 기본적으로 매우 칭송할 만한 일이오"라고 내가 말하자 스폰티니가 내 말을 가로막고 나섰다. 오, 당신은 잘못 생각하는 것이오. 프로이센의 왕은 국가 경제적 이유로 해서 저질 음악을 장려하려는 것이 아니라 오히려 음악을 증오하기 때문이오. 그는 잘 알고 있다오. 진실에 대한 아무런 의식도 없이 오로지 거친 대중에게 아부하려는 남자의 지도하에서는 음악이 몰락할 수밖에 없다는 것을 말이오.

나는 이 음흉한 이탈리아인에게 그가 경쟁자의 공적을 모두 부정하는 것은 현명한 일이 아니라고 터놓고 말하지 않을 수 없었다.──경쟁자라고요! 그가 격분해서 외쳤다. 그의 안색은, 마침내 누런색이 다시 우세를 점하기까지, 열 번이나 바뀌었다. 그러나 마음을 가다듬고는 그는 조롱하듯이 이를 드러내며 물었다. 마이어베어가 그의 이름으로 연주되는 음악의 진짜 작곡가라고 당신은 아주 확실히 알고 있소? 나는 이 정신병원 같은 질문에 아주 깜짝 놀랐다. 그리고 놀란 채로 나는 들었다. 마이어베어가 이탈리아에서 몇몇 가난한 작곡가들에게서 작품을 사들여서

---

14) 1836년 초연된 「위그노 교도들Die Hugenotten」은 자코모 마이어베어의 대표적 오페라다.

그것으로 오페라들을 만들어 내놓았다는 것을. 그러나 그에게 제공된 응유(凝乳)[15]가 너무 비참한 것들이었기에, 이 오페라들이 형편없는 평을 받았다는 것을. 후에 마이어베어는 베네치아의 한 재능 있는 승려에게서 좀더 나은 것을 구입했고, 그것을 「이집트의 십자군 기사」[16]에 섞어놓았다는 것을. 마이어베어는 또한 혓바닥을 매끄럽게 놀려 베버의 미망인에게서 편취한 그의 유작 원고를 갖고 있고, 틀림없이 그 원고로 후에 작품을 만들리라는 것을.[17] 「악마 로베르」[18]와 「위그노 교도들」은 대부분이 프랑스 사람의 작품이라는 것을. 이 프랑스 사람의 이름은 구앵[19]이며, 그는 아주 기꺼이 그의 오페라가 마이어베어의 이름으로 공연되게 했다는 것을. 그 이유인즉 체신부 **사무국장**의 직위를 잃지 않기 위해서란다. 그의 상관들이 그가 몽상적인 작곡가라는 것을 알게 되면 틀림없이 행정 관리자로서 자신의 열성을 의심하게 될 것이기 때문에 그랬단다. 속물들이야 사실적 기능이 예술적 재능과 일치될 수 없다고 생각하기 마련이고, 그래서 체신부 관리인 구앵은 영리하게도 자기가 작곡가라는 사실을 말하지 않고 세계적 명성을 그의 명예욕에 불타는 친구 마이어베어에게 모두 양도했단다. 그러기에 서로 이해관계가 밀접하게 상호 보완적인

---

15) 응유를 의미하는 독일어 Quark는 부차적으로 '잡동사니' '쓰레기' 등을 의미하기도 한다. 하이네는 유제품(즉 음악 작품)의 원료로서 '응유'와 '쓰레기'의 의미를 동시에 나타내는 듯하다.

16) Il crociato in Egitto, 1842년 베네치아에서 초연된 마이어베어의 오페라.

17) Carl Maria Weber(1786~1826): 독일의 작곡가. 생전에 마이어베어와 친교를 맺었고, 그가 초안한 「얼룩 조랑말 세 마리」를 마이어베어가 완성할 것을 원했다. 그러나 이 작업은 마이어베어가 아니라 구스타프 말러Gustav Mahler에 의해 이루어졌다.

18) 「악마 로베르Robert le Diable」는 1831년 파리의 그랑 오페라 극장에서 공연되었으며, 오페라 작곡가로서 마이어베어를 일약 유명하게 만든 작품이다.

19) Alexander Gouin은 체신부 관리였으며 후에 마이어베어의 에이전트가 되었다.

두 사람 사이에 절친한 친교가 맺어졌단다. 그러나 아버지는 그래도 항상 아버지인 법, 그래서 친구인 구앵은 그의 정신적 자식들의 운명이 마음에 걸린단다. 그래서 공연의 세부 사항과 「악마 로베르」와 「위그노 교도들」의 공연 성과에 모든 활동을 집중하고, 모든 사전 연습에 배석하며, 끊임없이 오페라 단장과 가수들과 춤추는 사람들과 박수부대의 우두머리와 기자들과 교섭한단다. 그는 아침부터 저녁까지 가죽 끈이 달리지 않은 장화를 신고 모든 신문의 편집부로 뛰어다닌단다. 이른바 마이어베어의 오페라에 유익한 선전 기사를 실어줍소사 하소연하기 위해서. 그런 그의 끈기는 모든 사람을 놀라게 한단다.

스폰티니가 내게 이런 가설들을 쏟아놓았을 때, 난 그에게 고백했다. 이런 가설들이 전혀 개연성이 없는 것은 아니라고, 그리고 언급된 구앵 씨의 조야한 외모가, 벽돌처럼 붉은 얼굴이, 좁은 이마가, 기름 질질 흐르는 검은 머리가 음악가보다는 소 키우는 사람이나 가축 기르는 사람을 연상시키지만, 그래도 그의 행동거지에는 그가 마이어베어 오페라의 작곡가라는 의심을 살 만한 것이 많이 있다는 것을. 그가 「악마 로베르」와 「위그노 교도들」을 "우리의 오페라"라고 부르는 일이 여러 번 일어났다는 것을. 그에게서 "우리는 오늘 반복 연습을 했다"——"우리는 아리아 하나를 줄여야 한다" 같은 말투가 흘러나온다는 것을. 이들 오페라가 공연될 때마다 구앵 씨가 빠지지 않으며, 화려하고 어려운 아리아에 갈채가 쏟아지면, 그가 흥분해서는 마치 청중에게 감사를 표하듯 사방을 향해서 허리를 굽히는 것도 이상하다는 것을. 나는 이러한 모든 것을 이 성난 이탈리아 사람에게 고백했다. 그러나 그 고백 끝에 덧붙여 말했다. 내 눈으로 그런 것들을 보았음에도 불구하고 나는 구앵 씨를 마이어베어 오페라들의 작곡가로 생각하지는 않는다고. 나는 구앵 씨가 「위그노 교도들」과 「악마 로베르」를 썼다고 믿을 수 없다고. 만약 그것이 정말 사실이라면 예술가의 명예심이 마침내는 다른 것들을 압도하게 될 것이고, 그러면 구앵 씨는 이 오페라들의 원작자 자격의 반환을 공공연하게 요구할 것이라고.

아니오, 하고 이 이탈리아인은 마치 비수처럼 찌르는 듯한 기분 나쁜 눈길로 바라보며 응답했다. 이 구앵이란 자는 그의 마이어베어를 너무 잘 알고 있소. 그래서 그는 그의 무시무시한 친구가 위험한 사람을 제거하기 위한 굉장한 수단들을 갖고 있다는 것을 잘 알고 있다오. 마이어베어는 불쌍한 구앵이 미쳤다는 핑계로 그를 영원히 샤랑통[20]에 가두어둘 수도 있소. 그 불쌍한 녀석은 그저 목숨을 부지해서 그곳을 빠져나오게 되면 아주 기뻐할 것이오. 이 명예욕의 화신에게 방해가 되는 사람은 모두 물러서야 하오. 베버가 지금 어디에 있소? 벨리니는?[21] 흠! 흠!

이 흠! 흠!은 모든 파렴치한 사악함에도 불구하고 아주 우스꽝스러워서 나는 웃으면서 이렇게 말했다. 그러나, 마에스트로 선생이시여, 당신은 아직 치워지지 않았소. 도니체티[22]도 그렇고 멘델스존[23]도 그렇고, 로시니,[24] 알레비[25]도 그렇소. 흠! 흠! 이 대답이었다. 흠! 흠! 알레비는

---

20) 당시 파리에 있던 유명한 정신병원.

21) 베버는 1826년 런던에서, 그리고 벨리니(Vincenzo Bellini, 1801~1835)는 파리 근교에서 사망했다. 두 작곡가 모두 그들의 오페라가 큰 성공을 거두고 있을 무렵에 타계했다.

22) Gaetano Donizetti(1797~1848): 이탈리아의 오페라 작곡가. 「람메르무어의 루치아」로 명성을 얻기 시작했다.

23) Felix Mendelssohn-Bartholdy(1809~1847): 독일의 유명한 작곡가. 1840년대에는 주로 관현악곡을 작곡했다.

24) Gioacchino Rossini(1792~1868): 이탈리아 출신의 오페라 작곡가. 「빌헬름 텔」 「세비야의 이발사」 등으로 당대에 가장 유명한 작곡가로 인정받았다.

25) Jacques-Fromental Halévy(1799~1862): 프랑스의 오페라 작곡가. 주로 비극 작품을 작곡했다.

아직 그의 동료 마이어베어를 성가시게 굴지 않소. 그리고 이자는 알레비가 위험하지 않은 그저 표면상의 경쟁자로서 존재하면, 이에 대한 대가라도 지불할 것이오. 그리고 로시니에 대해서는 이자는, 스파이를 통해서, 그가 더는 아무런 악보도 작곡하지 않는다는 것을 알고 있소.[26] 또한 로시니의 위(胃)는 이미 충분히 고통을 겪었다오. 그는 마이어베어의 의심을 사지 않으려고 피아노를 만지지도 않는다오. 흠! 흠! 그러나 다행스럽게도 단지 우리의 육체만이 죽임을 당할 수 있소. 우리의 정신적 작품들은 그렇지 않다오. 이 작품들은 영원히 싱싱하게 꽃피어갈 것이오. 반면에 저 음악계의 카르투슈[27]는 그의 죽음과 함께 영혼도 끝장을 볼 것이오. 그의 오페라들은 망각의 저 말 없는 나라로 그를 따라갈 것이오!

이 이탈리아의 시샘꾼이 위대하며 높이 찬양되는 마이스터에 대해, 독일의 자랑이자 동방의 기쁨인 이 마이스터에 대해, 분명히 「악마 로베르」와 「위그노 교도들」의 진정한 창조자로서 간주되고 또 경탄을 받아야 할 이 마이스터에 대해서, 뻔뻔하게 경멸 조로 말하는 것을 들었을 때 나는 간신히 화를 억눌렀다. 아니다, 이처럼 장려한 것들을 어떤 구앵도 작곡하지 않았다. 마이어베어의 뛰어난 천재성에 대한 모든 경탄에도 불구하고, 때때로 내게는 마이스터가 죽은 후 이 명곡들의 불멸성과 관련해 심각한 의문이 생기기도 한다. 그러나 스폰티니와의 대화에서 나는 이 곡들이 그가 죽은 후에도 계속 살아가리라고 확신하는 듯한 표정을 지었다. 그리고 이 사악한 이탈리아 놈의 화를 돋우려고 나는 그에게 은밀히 말해주었다. 마이어베어가 그의 정신적 자식들이 자신의 무덤을

---

26) 로시니는 1832년 이후에는 새로운 작품을 작곡하지 않았다.
27) Cartouche, 파리와 근교에서 활동한 당시의 유명한 강도단 두목. 1721년 처형되었다.

넘어서 계속 번영하게끔 아주 장기적으로 배려를 했다는 것을 그가 알아차릴 수 있게 해주는 이야기를. 이 배려는, 하고 나는 말했다, 구엥 씨가 아니라 위대한 자코모가 진짜 아버지라는 심리적인 증거요. 말하자면 그는 유언장에서 음악의 정신적 자식들을 위해 신탁유증(信託遺贈)[28]을 만든 것이오. 그는 불쌍한 고아들의 장래를 안전하게 하기 위해 자식들 모두에게 기금(基金)을 유산으로 남겨 주게 했다오. 그래서 아버지가 타계한 후에도 인기 유지를 위해 필요한 지출, 번지르르한 겉 장식에 소요될 수 있는 경비, 박수부대, 신문에서의 칭찬 기사 등을 위한 비용을 지불할 수 있게 했다오. 아직 태어나지도 않은 「예언자」를 위해서도 애정 깊은 아버지는 프로이센 화폐로 15만 탈러를 내정했다 하오.[29] 아마 이렇게 큰 재산을 갖고 태어난 예언자는 결코 없었을 것이오. 베들레헴의 목수 아들과 메카의 낙타 모는 사람[30]은 이렇게 유복하지 못했지요. 「악마 로베르」와 「위그노 교도들」에게는 조금 적은 기금이 주어졌다고 합니다. 이들이야 아마도 얼마 동안은 제 자양분을 먹고살 수 있겠지요. 화려한 장식과 풍만한 무희들의 다리가 걱정 없도록 배려되는 동안에는 말입니다. 후에는 이들도 보조금이 필요할 것이오. 십자군 기사[31]에게는 기금이 그렇게 풍요롭게 배정되지 않았다고 합니다. 아버지가 여기서는 정말 좀 인색하게 구는군요. 그는 이 방종한 멋쟁이 젊은이가 전에 이탈리아에서 그에게 너무 많은 돈을 쓰게 했다고 한탄합니다. 그가 탕아라고 합

---

28) 유산을 상속하는 사람이 상속인이나 상속 집행인에게 유산의 전부 또는 일부를 특정 목적을 위해 사용하도록 의무를 부여하는 것.

29) 마이어베어는 오페라 「예언자Der Prophet」를 1836년부터 작곡하기 시작했으나 이 오페라는 1849년에야 초연되었다.

30) 이슬람교의 창시자 마호메트.

31) 마이어베어의 초기 오페라인 「이집트의 십자군 기사」를 가리킨다.

디다. 그러나 그만큼 더 그는 불행하고 실패한 딸 「로즈뷔르고의 에마」[32] 에 대해서는 관대하게 생각하고 있다오. 이 오페라는 해마다 신문에 다시 공고될 예정이랍니다. 그리고 새로운 무대 장식을 얻게 되고, 비단 가죽의 화려한 판본으로 나온답니다. 불구가 된 기형아에게는 부모의 애정 어린 가슴이 항상 아주 헌신적으로 뛰게 마련이지요. 이런 식으로 마이어베어의 정신적 자식들은 보호가 잘되었다오. 그들의 장래는 모든 시대에 걸쳐 보장되었지요.

증오는 아주 현명한 사람들까지도 눈을 멀게 한다. 그러니 스폰티니 같은 열정적인 바보가 내 말을 의심하지 않는 것은 놀랄 만한 일이 아니다. 그는 외쳤다. 오! 그자는 무엇이든 할 수 있지요! 불행한 시대! 불행한 세상!

난 여기서 끝내야겠다. 그렇지 않아도 오늘따라 매우 슬픈 기분이고, 흐릿한 죽음의 생각이 내 정신에 그림자를 드리우고 있기 때문이다. 오늘 내 가여운 자코스키[33]가 매장되었다. 이 유명한 가죽의 예술가가. 자코스키 같은 사람을 구두장이라고 부르는 것은 지나친 평가절하다. 파리의 모든 **장화 장수**와 **제화공**이 그의 상여를 따랐다. 그는 여든여덟 살이 되었고, 소화불량으로 죽었다. 그는 현명하고 행복하게 살았다. 그는 머리에 대해서는 별걱정을 하지 않았으나, 그만큼 더 그와 같은 시기를 살아가는 사람들의 발에 대해서는 심려를 기울였다. 그대가 만든 장화가 내 발을 억누르지 않듯이, 흙이 그대 몸을 억누르지 않기를!

---

32) 마이어베어의 오페라 「로즈뷔르고의 에마Emma de Rosburgo」는 1820년 베네치아에서 초연되었다.
33) 당시 파리의 유명한 제화공(製靴工).

13

파리, 1840년 7월 3일

얼마 동안은 평온하게 지나갈 것이다. 최소한 국회의원들과 피아노 연주자들이 우리를 괴롭힐 일은 없을 것이다. 이 둘은 우리가 신년 초까지 겨울 내내 견뎌내야 하는 끔찍한 국가적 귀찮음이다. 부르봉 궁, 그리고 에라르 씨와 에르츠 씨의 살롱은 삼중 자물쇠로 폐쇄되었다.[1] 신에게 찬미를, 정치의 대가들과 피아노의 대가들이 침묵하는 것이다! 뤽상부르 궁에 있는 몇몇 늙은이들은 점점 더 조용히 중얼거리거나,[2] 아니면 하원의 결의에 졸린 머리를 끄덕여 동의를 표시한다. 몇 주 전에 이 늙은 양반들이 거부하는 머리 동작을 취했는바, 이는 내각에 위협적인 것으로 해석되었다. 그러나 그들의 거부는 그렇게 심각한 것은 아니었다. 티에르는 상원으로부터의 중요한 반론을 예상하지 않아도 된다. 상원을 하원에 있는 그의 '시동들'보다 더 믿을 수 있기 때문이다. 비록 그가 이 시동들을 아주 강한 굵은 끈과 가는 끈으로, 수사적 꽃 사슬과 아주 무거운 금 사슬로 자기 자신에게 묶어두었지만 말이다!

그러나 큰 싸움은 다음 겨울에 일어날 것이다. 즉 기조가 대사(大使)직을 포기하고 런던에서 돌아와서는 티에르에 반대하는 활동을 재개할 오는 겨울에 말이다. 이 두 경쟁자는 짧은 기간 휴전은 할 수 있으나, 그

---

1) 부르봉Bourbon 궁은 하원이 위치한 곳이다. 프랑스 의회의 회기는 당시 7월 15일로 종결된다. 에라르Erard와 에르츠Herz는 모두 유명한 피아노 제조업자의 이름인데, 그들의 홀은 파리의 유명한 피아노 연주 홀이었다.
2) 뤽상부르Luxembourg 궁에는 당시 귀족 대표로 이루어진 상원이 위치했다.

들의 결투를 결단코 완전히 포기할 수는 없음을 이미 일찍이 알아차렸다. 이 휴전의 종식과 더불어 프랑스의 전체 의회 정부도 종말을 고할 것이다.

기조는 야당 연합에 참여함으로써 큰 실수를 범했다.[3] 후에 그는 그 연합이 잘못이었다고 스스로 고백했다. 그리고 아마도 명예를 회복하기 위해서 런던으로 갔다. 그는 야당 정치가 위치에서 잃어버린 외국의 신뢰를 외교관으로서 활동해 다시 얻으려고 했다. 그는 프랑스의 내각 수반을 선출하는 과정에서 결국에는 외국의 영향이 다시 승리할 것이라고 계산한 것이다. 아마 그는 동시에 국내에서도 어느 정도 호감을 얻을 수 있으리라고 계산했을 것이다. 티에르에게서 멀어지는, 그리고 그에게, 사랑을 받는 기조에게 흘러들어올 호감을. 고약한 혓바닥들이 내게 확언한 바로는 원칙주의자들은[4] 그들이 지금 이미 사람들의 사랑을 받고 있다는 망상을 하고 있단다. 가장 기피되는 사람들에게서조차도 자기기만이 이러한 지경에 이른 것이다! 아니요, 기조 씨, 우리는 아직 당신을 사랑하는 단계에 오지는 않았다오. 그러나 우리는 당신을 존경하는 것은 아직 그만두지 않았소. 경쾌하고 현란한 그의 경쟁자에 대한 우리의 모든 애호에도 불구하고 우린 무겁고 흐릿한 기조의 가치를 인정하는 것을 거부하지 않았다. 이 남자에게는 무언가 확실한 것, 견고한 것, 근원적인 것이 들어 있다. 난 믿는다. 그가 인류의 이익을 가슴에 두고 있음을.

나폴레옹에 대해서는 이 순간 어떤 말도 없다. 여기서는 아무도 그

---

3) 기조는 몰레Molé 내각 반대 투쟁에서 티에르와 동맹을 맺었다. 그 결과 몰레 내각은 1839년 3월 와해되었다.
4) 헌법에 의거한 정부 체제의 형성을 주장하며 절대주의적 지배 반대를 기치로 내건 당시의 야당 정치가들. 이들 중 상당수가 7월 혁명 이후의 왕정에 참여했다.

의 유해에 대해 생각하지 않는다, 그러나 이것은 정말이지 매우 심상찮은 일이다. 그럴 것이 끊이지 않는 소문으로 해서 마침내는 그저 미미한 온탕(溫湯)으로 변한 열광은, 다섯 달 후에 황제의 장례 행렬이 도착하면 다시 새로운 불길로 타오를 것이기 때문이다. 그렇게 되면 튀어 오르는 불똥이 커다란 손실을 야기할까? 모든 것이 날씨에 달려 있다. 겨울 추위가 일찍 시작된다면, 그리고 눈이 많이 내린다면, 죽은 자는 아마도 매우 싸늘하게 매장될 것이다.

14

파리, 1840년 7월 25일

이곳 대로변의 소극장들에서는 지금 독일 시인 뷔르거의 이야기가 비극으로 번안되어 공연되고 있다.[1] 무대에서 우리는 본다, 그가, 레오노레의 시를 쓰면서, 달빛을 받으며 앉아서 노래하는 모습을. **만세! 죽은 자들이 말을 타고 달린다── 나의 사랑하는 처녀여, 그대도 죽은 사람을 두려워하오?** 이것은 정말로 멋진 후렴이다, 그리고 우리는 이 후렴을 오늘의 기사 앞에 내세우련다, 그것도 프랑스의 내각과 아주 긴밀한 연관 관계

---

1) 독일 '슈투름 운트 드랑' 시대의 작가 고트프리트 뷔르거(Gottfried August Bürger, 1747~1794)의 발라드 「레노레Lenore」가 1840년 멜로드라마로 개작되어 파리에서 공연되었다. 이 발라드는 죽은 사람이 생전에 사랑했던 여인을 죽음의 세계로 데려간다는 민속 설화를 내용으로 한다.

하에서. 저 멀리에서는 세인트헬레나에서 출발한 거인의 시체가 점점 더 위협적으로 다가오고 있다. 그리고 며칠 후에는 이곳 파리에서도 7월 혁명 영웅들의 불만에 찬 시체들이 무덤에서 솟아나와 바스티유 광장으로 향할 것이다. 89년의 유령들이 아직도 배회하고 있는 그 끔찍한 장소로 말이다.[2]──죽은 자들이 말을 타고 달린다──나의 사랑하는 처녀여, 그대도 죽은 사람을 두려워하오?

실제로 우리는 앞으로 올 7월의 기념일들 때문에 매우 불안해하고 있다. 이 혁명 기념일들은 금년에는 특히 화려하게, 그러나 사람들이 생각하듯, 마지막으로 경축될 것이다. 그럴 것이 정부가 해마다 그런 끔찍한 짐을 감내할 수는 없기 때문이다. 이 기념일들 때의 흥분은 스페인에서 울려오는 소리들의 친화력이 더 클수록, 그리고 바르셀로나 봉기의 상세한 내용이 더 강렬하고 소란스러울수록, 더 커질 것이다.[3] 바르셀로나 봉기에서는 이른바 천민들이 왕을 아주 거칠게 모욕할 정도로 제정신이 아닌 채 날뛰었다 한다.

서쪽에서는 왕위 계승 전쟁이 끝나고 참된 혁명 전쟁이 시작되는 동안 동방의 사건들은 풀 수 없는 뒤엉킴으로 휩쓸려들고 있다. 시리아에서의 봉기는 프랑스 내각을 아주 당황스럽게 만들었다.[4] 프랑스 정부는 일면으로는 모든 영향력을 동원해서 이집트 부왕의 권력을 지지하려고

---

2) 1831년 7월 혁명 때에 죽은 혁명 영웅들의 시체는 1840년 7월 27~29일에 바스티유 광장으로 장중하게 이송되었다. 바스티유 광장은 1789년 프랑스 대혁명이 시작된 곳이다.

3) 1833년 스페인의 페르난도 7세가 죽자 왕위 계승을 둘러싸고 이른바 왕위 계승 전쟁이 발발했다. 이 전쟁의 결과로 스페인 북부 카탈루냐 지방의 자치권이 제한되자 1840년 7월 21일 바르셀로나에서 민중 봉기가 일어났다.

4) 1840년 여름 기독교도인 드루센족과 마로니트족은 이집트 부왕 무함마드 알리에게 항거해서 봉기를 일으켰다.

한다. 그러나 타면으로는 이번 반란의 깃발을 높이 세운 레바논 산악 지역의 기독교도 마로니트족을 완전히 내버려둘 수는 없다. 그럴 것이 이 깃발은 프랑스의 삼색기이기 때문이다. 반란군은 이 깃발을 통해 그들이 프랑스에 소속되어 있음을 표명하려고 한다. 이들은 프랑스가 단지 겉으로만 무함마드 알리를 지지하며, 이집트의 지배에 반하도록 시리아의 기독교도를 은밀히 선동하고 있다고 믿는다. 그들의 이러한 가정은 얼마나 올바른 것일까? 사람들이 주장하는 바와 같이 가톨릭 정당의 몇몇 지도자들이 정말로 프랑스 정부의 사전 인지 없이 마로니트족을 총독에게 대항해 봉기하도록 계략을 꾸며낸 것일까? 터키가 쇠약해진 틈을 타서 지금 이집트인을 몰아내고 시리아에 기독교 국가를 세우려는 희망으로? 이러한 참으로 시대에 맞지 않는 '경건한' 시도는 그곳에 많은 불행을 심을 것이다. 무함마드 알리는 시리아에서의 반란 발발에 매우 격분해 마치 거친 짐승처럼 미쳐 날뛰었고, 레바논 산악 지역에서 모든 기독교인을 말살해버리려는 생각까지 하게 되었다. 오로지 오스트리아 총영사[5]의 간절한 설득을 통해 그는 이런 비인간적 의도를 버리게 되었다. 그러니 이 가슴 따뜻한 사람으로 해서 수천 명의 기독교인이 생명을 잃지 않게 된 것이다. 반면에 부왕은 이 사람에게서 더 많은 혜택을 받았다. 즉 그는 영원한 치욕에서 자신의 이름을 구한 것이다. 무함마드 알리는 문명한 세계에서 그가 누리는 명망에 대해 둔감하지 않다. 그래서 폰 라우린 총영사는 특히 무함마드 알리가 마로니트족을 살해할 경우 그가 얻게 될 전 유럽적 반감을 묘사함으로써, 그리고 이 반감이 그의 권력과 명성에 더없이 큰 손실을 입힐 것이라고 설명해 그의 분노를 진정시켰다.

---

5) 당시 다마스쿠스 주재 오스트리아 총영사인 폰 라우린von Laurin.

민족 말살의 옛 시스템은 이런 식으로 유럽의 영향을 통해 동양에서 점차 밀려나고 있다. 개인의 생존권 또한 동양에서 좀더 높은 인정을 받기에 이르렀다. 특히 잔인한 고문은 더 온화한 형사 소송 절차로 대체되고 있다. 다마스쿠스의 유혈 사태는 이러한 것들의 결과를 내보일 것이다. 그리고 이와 관련해 크레미오 씨의 알렉산드리아 여행은 휴머니티의 연대기에서 하나의 중요한 사건으로 기록될 것이다. 이 유명한 법학자는, 그는 프랑스에서 가장 칭송되는 사람들 중 한 명이며 내가 이 책에서 이미 언급한 사람이기도 한바,[6] 그는 이미 진실로 경건한 순례 길에 들어섰다. 그의 부인을 동반하여. 부인은 남편을 위협하는 모든 위험을 나누어 가지려고 했다. 이 위험들이, 그를 위협해 고귀한 출발을 못하게 하려는 이 위험들이, 이를 준비하는 인간들과 마찬가지로 크지 않기를! 이 유대인들의 변호사는 사실상 전 인류적 소송 사건의 변호를 동시에 맡고 있는 것이다. 동방에도 유럽적 형사 소송 절차를 도입하는 것이 주 안건이기 때문이다. 다마스쿠스 유대인들에 대한 소송은 고문으로 시작되었다. 그리고 이 소송은 오스트리아 신민(臣民) 한 사람이 피소되었고, 오스트리아 영사가 개입해 고문에 항의함으로써 종결되지 못했다. 이제 소송에 대해 새로이 심리가 이루어져야 한다. 이번에는 그 통례적인 고문 없이, 또 피고로 하여금 정말로 어처구니없는 자백을 하도록 강요하고 증인을 주눅 들게 하는 고문 기구 없이 말이다. 알렉산드리아 주재 프랑스 총영사는 새로이 시작된 이 소송의 심리를 방해하기 위해 천지를 요동치게 했다. 그럴 것이 새로운 심리를 통해서 다마스쿠스 주재 프랑스 영사의 당시 행동이 아주 강하게 조명될 수 있고, 프랑

---

6) 9장(1840년 5월 27일 자) 각주 11 참조.

스 대변인의 이 치욕은 시리아에서 프랑스의 명망을 뒤흔들어놓을 수 있기 때문이다. 그런데 프랑스는 이 나라에서 아주 원대한 계획을 갖고 있다. 이 계획은 십자군 원정 때부터 유래한 것이고, 프랑스 혁명으로 인해서도 포기되지 않았으며, 후에는 나폴레옹도 주시했고, 이제는 티에르까지도 이에 대해 심사숙고하고 있다. 시리아의 기독교도는 프랑스인이 그들을 해방해줄 것으로 기대한다. 그러나 프랑스인은 집에서는 자유주의적 정신의 소유자이면서도 동방에서는 가톨릭 신앙의 경건한 수호자로서 인정받기를 원하며, 그래서 그곳 가톨릭의 광신적 승려들에게 아부하고 있다. 왜 알렉산드리아 주재 프랑스 영사인 코슐레 씨뿐 아니라 우리의 내각 수반, 파리의 이 혁명의 아들까지도 다마스쿠스의 영사를 보호하는지를 우리는 이를 통해 설명할 수 있다. 이제는 참으로 라티 망통의 드높으신 덕성 또는 다마스쿠스 유대인의 사악함이 문제가 아니다. 이 둘 사이에는 아마 그리 큰 차이도 없을 것이다. 우리가 증오하기에는 망통의 '덕성'은 너무나 미미한 것이며 우리의 호감을 받기에는 다마스쿠스 유대인의 '사악함' 역시 마찬가지로 너무 미약할 수도 있다. 중요한 문제는 따로 있다. 그것은 하나의 명백한 실례를 통해 동방에서 고문의 폐지를 확실히 하는 것이다. 그러기에 유럽 강대국의 영사, 즉 오스트리아와 영국의 영사는 다마스쿠스 유대인에 대한 소송의 심리를 고문 허가 없이 새로이 할 것을 이집트 부왕에게 신청했다. 프랑스 영사이며 혁명과 혁명의 아들을 대표하는 바로 그 코슐레 씨가 이 새로운 심리를 반대하고 고문을 옹호하는 사실은 그들에게 아마 하나의 즐거움을 부차적으로 선사할 것이다, 남의 불행을 고소해하는 짓궂은 즐거움을.

15

파리, 1840년 7월 27일

좋지 않은 소식들이 잇달아 날아오고 있다. 그러나 그중 가장 불쾌한 마지막 소식, 영국·러시아·오스트리아·프로이센 간에 이집트의 부왕에게 적대적인 협약[1]이 맺어졌다는 소식은, 정부와 국민에게서 모두 당혹감보다는 훨씬 더 소리 높여 외치는 전의(戰意)를 일깨웠다. 어제 날짜 『콩스티튀시오넬』[2]은 단도직입적으로 프랑스가 아주 비열한 방식으로 속았고 모욕을 당했다고, 프랑스의 비겁한 굴종이 전제되는 정도로까지 모욕을 당했다고 고백했다. 런던에서 부화한 배신에 대한 이 같은 내각의 공고는 진군의 나팔 소리 같은 작용을 했다. 사람들은 아킬레우스의 거대한 분노의 외침 소리를 듣는 듯했다.[3] 상처 받은 민족감정과 국가이익은 서로 싸우는 당파들 간에 휴전이 이루어지도록 만들었다. 그들의 안녕을 오로지 외국에 기대하는 정통 왕당파를 제외하고는 모든 프랑스인이 삼색기[4]를 중심으로 모였다. "사악한 앨비언[5]과 전쟁을"이 이들의 공동 표어다.

---

1) 1840년 7월 15일 프랑스가 불참한 채 이루어진 런던 협약은 이집트 부왕 무함마드 알리가 터키의 지배 지역으로 더 진출하지 못하게 할 목적으로 맺어졌다.

2) 내각 수반인 티에르에게 우호적인 신문으로 사실상 정부의 기관지 역할을 했다.

3) 호메로스의 서사시 『일리아드』에서 아킬레우스는 트로이의 왕자 헥토르가 자신의 친구인 파트로클로스에게 준 갑옷을 입은 것을 보고 격분해 고함지른다. 헥토르는 아킬레우스로 변장한 파트로클로스를 죽이고 이 갑옷을 빼앗았다.

4) 프랑스의 국기.

5) "앨비언Albion"은 영국의 별칭인데, 이 단어는 당시 1793년 영국을 중심으로 결성된 반프랑스 동맹을 뜻하기도 한다.

나는 앞에서 정부에서도 전의가 불타오르고 있다고 말한바, 이는 이곳의 내각과 특히 우리의 용감한 내각 수반을 가리키는 말이다. 우리의 총리는 이미 집정관직이 끝날 때까지 나폴레옹의 삶을 서술했으며, 불타오르는 남국적 상상력으로 그의 영웅을 따라 그 많은 승리의 행군과 격전지를 쫓아다녔다. 그가 러시아 원정과 그 거대한 후퇴를 생각 속에서 같이 해보지 않은 것은 아마도 불행한 일일 것이다.[6] 티에르가 그의 나폴레옹 전기에서 워털루까지 도달했다면,[7] 그의 전쟁 의욕은 아마도 약간은 식었을 것이다. 그러나 총리의 전쟁 욕구보다 훨씬 더 중요하고 훨씬 더 주의해야 할 것은 그가 자신의 군사적 재능을 무한히 신뢰한다는 사실이다. 그렇다, 이것은 내가 수년간의 관찰을 통해서 그 확실함을 보증할 수 있는 사실이다. 의회에서의 말싸움이 아니라 진짜 전쟁, 덜거덕거리는 무기의 유희가 그의 타고난 천직이라고 티에르는 아주 굳게 믿고 있는 것이다. 우리는 여기서 그의 내면의 소리가 진실을 말하는지, 아니면 그저 허황된 자아도취에 대한 아부인지를 조사할 수는 없다. 다만 이 상상 속의 최고 사령관 천직이 가져올 최소한의 결과에 대해서 주목하고자 한다. 티에르는 새로운 영주 회합[8]의 대포 앞에서도 별로 놀라지 않을 것이다. 그리고 그는 극한적 필연성으로 해서 어쩔 수 없이 그의 군사적 재능을 깜짝 놀란 세상에 보여주게 될 것을, 그리고 이미 이 순간에 프랑스의 제독들이 틀림없이 이집트 함대를 어떤 기습에도 보호하라는

---

6) 하이네는 호전적인 총리 티에르가 나폴레옹의 승리만을 생각하고, 그가 대패한 러시아 원정과 이에 따른 참혹한 후퇴에 대해서는 보지 않으려 함으로써, 패배의 가능성과 위험성을 의식하지 않음을 경고하고 있다.
7) 워털루 전투에서 나폴레옹은 결정적으로 패배했다.
8) 프랑스 혁명 발발 후 프랑스에 대항해 결성된 유럽 군주들(영국, 오스트리아, 독일, 러시아 등)의 동맹을 의미한다.

아주 확고한 명령을 받은 사실을 은밀히 기뻐하고 있을 것이다.

나는 이 보호의 결과에 대해서, 영국의 해군력이 아무리 두렵다 할지라도, 아무런 의구심도 갖지 않는다. 나는 최근에 툴롱[9]을 보았고, 프랑스의 해상 전력에 대해서 큰 경외심을 가지게 되었다. 프랑스의 해상 전력은 유럽의 다른 곳에서 알고 있는 것보다 더 대단하다. 그럴 것이 잘 알려진 현황 집계로 파악된, 말하자면 프랑스가 공식적으로 보유한 군함들 외에도 1814년 이래로 거의 갑절에 이르는 많은 함선이 툴롱의 병기창에서 점차 건조되었고, 이 배들은 6주 안에 완전히 선원들이 탑승할 수 있도록 장비를 갖추었기 때문이다. 그러나 지중해에서 프랑스 함대와 영국 함대가 만나 포격전을 벌임으로써 유럽의 평화가 어지럽혀질까, 그리고 전면전이 발발할까? 절대로 그렇지 않다. 나는 그렇게 믿지 않는다. 대륙의 세력들은 그들이 다시금 프랑스와 죽음의 유희를 벌이기 전에 아주 오랫동안 고심할 것이다. 그리고 존 불[10]에 관해 말하자면, 이 뚱뚱한 남자는, 프랑스가 완전히 고립된 상황이라 할지라도 프랑스와의 전쟁이 얼마나 많은 돈을 그의 주머니에서 빠져나가게 할지를 아주 잘 알고 있다. 한마디로 영국 하원은 절대로 전쟁 경비를 승인하지 않을 것이며, 이것이 요점인 것이다. 그럼에도 불구하고 두 민족 사이에 전쟁이 일어난다면, 이는 신화적으로 말하면 옛 신들의 원한 때문일 것이다. 신들은 그들의 현재 동료인 나폴레옹의 복수를 하기 위해 웰링턴을 다시 전장으로 보내고, 티에르 원수로 하여금 그를 패퇴시킬 의도를 아마도 갖고 있을 것이다.[11]

---

9) 툴롱Toulon은 당시 프랑스 지중해 함대의 모항이었다.
10) John Bull, 전형적인 영국인을 의미한다.
11) 1815년 6월 18일 나폴레옹은 워털루 전투에서 웰링턴 장군 휘하의 영국-네덜란드 연합군과 블뤼허 원수 휘하의 프로이센 동맹군에 의해 결정적 패배를 당했다.

16

파리, 1840년 7월 29일

　기조 씨는 그가 정직한 사람이라는 것을 증명해 보였다. 그는 영국 인들의 은밀한 배신을 꿰뚫어 보지 못했고, 이 배신을 상대적 계략으로 무산시키지도 못했다.[1] 그는 정직한 사람으로 돌아왔고, 올해의 도덕상 (道德賞), 즉 **몽튀옹 상**[2]은 아무도 그와 경쟁하지 못할 것이다. 진정하시 오, 청교도적 고집통 양반. 양심 없는 '기사(騎士)'들이 그대를 기만했고 바보로 만들었소. 그러나 그대에게는 아주 자랑스러운 자부심이 남아 있소. 즉 당신이 아직도 항상 자기 자신이라는 의식 말이오. 기독교도로 서 그리고 원칙주의자로서 당신은 당신의 불운을 인내심을 갖고 견뎌낼 것이오. 그리고 당신에 대해서 실컷 웃을 수 있게 된 이후, 우리는 당신 에게 마음도 열었다오. 당신은 다시 우리의 사랑스러운 노(老)선생이오.[3] 우리는 기뻐한다오. 세속적 영광이 당신의 경건하고 학자적인 순진함을 빼앗아 가지 않은 것을, 당신이 빙빙 돌려지고 속임수를 당했어도 정직 한 사람으로 남아 있는 것을 말이오! 우리는 당신을 사랑하기 시작했다 오. 그러나 런던 주재 대사직만은 당신에게 다시 맡기고 싶지 않소. 그 직책에는 음험한 영국인들의 계략을 제때에 염탐해낼 수 있는 독수리의

---

1) 영국 주재 프랑스 대사 기조는 1840년 7월 15일 체결된 런던 협약을 7월 17일에야 비로 소 알게 되었다. 15장 첫 부분 참조.
2) 장-바티스트 앙투안 드 몽튀옹Jean-Baptiste Antoine Montyon 남작에 의해 제정된 상. 도덕적 행동과 도덕적으로 유익한 저술에 수여되었다.
3) 기조는 1812년 이후 소르본 대학의 교수직을 역임했다.

시선이 필요하다오. 아니면 아주 비학문적이고 거친 친구, 영국의 정부 형태에 대해 어떤 학자적 호감도 갖고 있지 않으며 영어로 된 예의 바른 스피치를 전혀 할 줄 모르는, 그러나 사람들이 이중적인 말로 그에게 헛된 기대를 갖게 할 때는 프랑스말로 답변하는 그런 친구가 제격이오. 내 프랑스인들에게 충고하건대, 옛 근위대의 척탄병이면 아무나 대사로 런던으로 보내시오. 그러나 어찌 되었든 비독[4]을 실질적인 비밀 참사관으로 같이 딸려 보내시오.

그러나 영국인들이 정치에서 정말 그렇게 뛰어난 사람들인가? 이 분야에서 그들의 우월성은 어디에 있는 것인가? 내 생각에는 이 우월성은 그들이 철저하게 산문적인[5] 존재들이라는 사실에, 어떤 시적 환상도 그들을 잘못 이끌지 않는다는 사실에, 어떤 불타오르는 열광도 그들을 눈멀게 하지 않는다는 사실에, 그들이 사물을 언제나 아주 냉정한 시선으로 보며 상황을 있는 그대로 파악한다는 사실에, 때와 장소의 조건들을 정확하게 계산하며, 이 계산에서 가슴의 고동으로도, 고매한 사유의 비상하는 날갯짓으로도 방해받지 않는다는 사실에 있다. 그렇다, 그들의 우월성은 상상력을 갖지 않는 데에 존재하는 것이다. 이 상상력의 결여가 영국인들의 힘의 전부이다. 정치에서의 성공 그리고 다른 모든 사실적인 시도에서, 산업에서, 기계 제작 등에서 그들이 거둔 성공의 궁극적 원인은 바로 이 상상력의 결여다. 그들은 상상력을 갖지 않았고, 이것이 비밀의 전부인 것이다. 영국의 시인들은 그저 빛나는 예외일 따름이고, 그래서 그들 민족의 반대편에 서 있다. 이 짧은 코에 이마가 좁고 후두부가

---

4) Eugène-François Vidocq. 비독은 범죄자로서 프랑스 비밀경찰의 스파이 노릇을 했다.
5) '산문적(散文的)'은 이 경우 '시적(詩的)'의 반대말로 쓰였다.

없는 민족, 산문의 선택받은 민족, 인도와 이탈리아에서도 스레드니들가[6]
에서와 마찬가지로 그처럼 산문적이고 냉정하고 계산하는 민족 말이다.
연꽃의 향기도 그들을 도취시키지 못하고 베수비오 화산의 불길도 그들
을 따뜻하게 해주지 못한다. 이 화산의 언저리까지 이들은 차 주전자를
끌고 가서는 그곳에서 차를 마신다.[7] **위선적인 말투**의 대화로 양념을 한
차를!

내가 듣기로는 지난해에 탈리오니[8]가 런던에서 갈채를 받지 못했다
고 한다. 이 사실이야말로 그녀의 가장 위대한 명성이다. 만약 그녀가 그
곳 관객의 호감을 샀다면, 나는 그녀 발의 시(詩)에 대해 의구심을 갖기
시작했을 것이다. 그들 자신은, 이 앨비언의 자식들은, 모든 무용가 중
가장 끔찍한 자들이다. 요한 슈트라우스[9]는 영국인들 중 박자를 맞출
수 있는 사람이 하나도 없다고 확언했다. 그 또한 미들섹스의 백작령(伯
爵領)에서 아주 심한 병을 앓았다. 그 올드 잉글랜드가 춤추는 것을 보았
을 때 말이다. 이 인간들은 박자나 음악에 대한 귀를 도대체 갖고 있지
않다. 그래서 이들의 피아노 연주나 성악에 대한 부자연스러운 열정은 더
욱더 거부감이 든다. 이 지상에서 영국의 음향 예술처럼 끔찍한 것은 없
다. 있다면 그것은 영국의 미술이다. 그들은 청각도 색감(色感)도 갖고 있
지 않다. 때로는 내겐 그들의 후각(嗅覺) 역시 마찬가지로 무디고 감기 걸

---

6) Threadneedle Street, 영란은행(BOE: Bank of England)이 있는 곳.

7) "여행하는 영국인"은 당시 대륙에서는 하나의 일반적 현상이었다.

8) Marie Taglioni(1804~1884): 당대의 유명한 무희(舞姬). 1827년부터 파리의 그랑 오
페라에 전속되었으며 큰 찬사를 받았고, "위대한 탈리오니La grande Taglioni"라는 애
칭으로 불렸다.

9) Johann Strauß(1804~1849): 아버지 요한 슈트라우스, 오스트리아의 유명한 왈츠 작곡가.

린 듯 막히지 않았는가 하는 의심이 든다. 그들이 말똥과 오렌지를 냄새로는 구분할 수 없을 가능성은 그래서 매우 크다.

그러나 영국인들은 용기 있는 사람들인가? 이것이 가장 중요한 것이다. 영국인들은 대륙에서 늘 그들을 묘사하는 것처럼 그렇게 용감한가? 영국 귀족님들의 높이 칭송되는 고매하심은 이제는 그저 우리의 연극 속에만 존재한다. 그래서 영국인들의 냉정한 용기에 대한 미신이 시간의 흐름과 함께 사라져버릴 가능성은 매우 크다. 경기병 몇 명이 영국인 10여만 명이 모인 광포한 회합을 흩트린 것을[10] 보면 기이한 의심이 우리를 사로잡는다. 비록 영국인들이 개인으로서는 큰 용기를 가졌다 할지라도 단체로서는 백 년 이상 지속된 평화에 익숙해지고 또 이 평화가 주는 안락함으로 해서 그들의 용기는 허약해졌다. 오랫동안 그들은 국내에서 전쟁을 하지 않았다. 그리고 그들이 외국에서 치른 전쟁에 관해 말하자면, 그들은 이 전쟁을 자신이 아니라 돈으로 산 용병을 통해서 수행했다. 고용된 도둑 기사와 임차된 병졸 말이다. 국가의 이익을 지키기 위해 총구의 과녁이 될 생각은 도시의 시민에게는, 심지어는 시장님에게도 떠오르지 않을 것이다. 그 일을 할 돈 주고 산 사람들이 있으니까. 이렇게 너무 오래 지속된 평화 상태로 해서, 엄청난 부(富)와 엄청난 가난으로 해서,[11] 대의제(代議制) 헌법의 결과인 정치적 타락으로 해서,[12]

---

10) 이른바 '페털루Peterloo 학살'의 비유. 1816년 8월 16일 맨체스터 인근의 페털루에서 열린 노동자들의 항의 시위가 일단의 용기병들에 의해 진압되었고, 이 과정에서 12명이 목숨을 잃었다.
11) 당시 영국 사회는 산업혁명과 자본주의 경제의 결과로 부익부 빈익빈의 현상이 가속화하고 있었다.
12) 하이네는 여러 번 영국의 의회 민주주의가 거짓 민주주의라고 비난했다. 당시 영국 국민 중 오로지 4퍼센트 정도만 투표권이 있었기 때문이다.

신경 쇠약을 야기하는 공장들로 해서, 숙련된 상업 정신으로 해서, 종교적 위선으로 해서, 경건주의라는 가장 사악한 마약으로 해서,[13] 영국인들은 민족으로서는 중국인들과 마찬가지로 전쟁을 기피하게 되었다. 영국인들이 중국인들과 싸워 이기기 전에,[14] 프랑스인들은, 영국에 상륙할 수만 있으면 아마도 10만 명 이내의 병력으로 전 영국을 정복할 수 있을 것이다. 나폴레옹 시대에 영국인들은 끊임없이 이 위험 속에서 헤매었다. 이 나라를 보호해준 것은 국민이 아니라 바다였다. 당시 프랑스가 지금 갖고 있는 만큼의 해군력을 소유하고 있었다면, 또는 증기선의 발명을 지금처럼 유효하게 이용할 줄 알았더라면, 나폴레옹은 틀림없이 영국 해안에 상륙했을 것이다. 언젠가 정복왕 윌리엄이 그랬던 것처럼.[15] 그리고 나폴레옹은 영국에서 큰 저항을 받지 않았을 것이다. 그럴 것이 그는 노르망디 귀족의 약탈 권리를 없애버렸을 것이고, 시민의 재산을 보호했을 것이며 영국의 자유와 프랑스의 평등을 합일했을 것이기에!

7월 혁명 영웅들의 운구를 뒤따르는 행렬을 보았을 때 내겐 앞의 생각들이 떠올랐다. 내가 말한 것보다 훨씬 더 뚜렷하게. 엄청난 수의 군중이 모여 진지하고 자랑스럽게 장례식을 지켜보았다. 장엄하고도, 특히 이 순간에는 아주 의미 있는 광경이었다. 프랑스인들은 새로운 동맹[16]을

---

13) 하이네는 마르크스에 앞서서 종교를 민중의 비판 정신을 잠들게 하는 마약으로 단정했다.
14) 당시 영국은 중국과 아편 전쟁 중이었다.
15) 프랑스의 노르망디에서 출정한 정복왕 윌리엄은 1066년 헤이스팅스Hastings 전투에서 대승해 영국을 정복했다.
16) 런던 협약에 참여한 영국, 러시아, 오스트리아, 프로이센의 동맹.

두려워하는가? 최소한 7월의 사흘[17] 동안은 그들은 결코 두려움의 발작을 감지하지 못했다. 오히려 나는 확실히 말할 수 있다. 아직 파리에 남아 있던 약 150명의 하원의원들이 모욕당한 국가적 명예가 이러한 희생을 요구할 경우에는 전쟁을 해야 한다고 단호하게 외쳤다는 것을. 그러나 가장 중요한 것은 루이 필리프 왕이 모든 불의를 묵묵히 참아내는 것에 대해 작별을 고했고, 불가피한 경우를 위해 단호한 결정을 내린 것으로 보인다는 사실이다. 최소한 그는 그렇게 말하고 있다. 티에르의 확언인즉 그는 왕의 끓어오르는 분노를 진정시키느라고 때로는 매우 힘들어하고 있다 한다. 아니면 그런 왕의 전쟁 욕구는 이 신적(神的) 인내자 오디세우스의 그저 하나의 전쟁 책략일까?[18]

17

파리, 1840년 7월 30일

어제는 증권 거래가 없다시피 했다. 그저께처럼 매우 적었다. 그래서 거래 시세는 여유를 갖고 격심한 흥분 상태에서 어느 정도 회복되었다.

---

17) 7월 혁명 영웅들의 장례식이 거행된 1840년 7월 27~29일.
18) 하이네는 심기가 깊고 참을성이 강한 루이 필리프 왕을 트로이 전쟁의 영웅 오디세우스와 비교하고 있다. 호메로스의 서사시에서 오디세우스는 책략에 능하고 인내심이 강한 인물로 묘사된다.

파리는 스파르타와 마찬가지로 공포의 신전(神殿)을 갖고 있는바,[1] 그것이 바로 증권 거래소이다. 문밖에서 요동치는 감정의 격랑이 더 격렬해질수록, 사람들은 거래소의 홀에서 점점 더 불안하게 몸을 떤다.

나는 어제 영국인들에게 아주 심한 말을 했다. 그러나 좀더 가까이서 살펴보니 그들의 죄는, 내가 처음에 믿었던 것처럼 그렇게 크지는 않아 보인다. 최소한 영국 국민은 그들의 전권 위임자의 행위를 승인하지 않고 있다. 해마다 7월 29일 딸들에게 콩코르드 다리에서 불꽃놀이 광경을 보여주기 위해 파리로 오는 한 뚱뚱한 영국인의 확언인즉, 영국에는 멋만 부리는 파머스턴[2]에 대한 불만이 팽배하다고 한다. 이집트 때문에 맺어진 협약이[3] 프랑스인들을 극도로 모욕할 수밖에 없음을 예견할 수 있었는데도 이것을 강행했기 때문이란다. 영국인들은 이 협약이 사실 영국이 행한 모욕이기는 하나 배신은 아니라고 실토한다.[4] 그럴 것이 프랑스는 사람들이 오래전부터 무함마드 알리를 시리아에서 강제로 쫓아내려고 하는 것을 알았으며, 프랑스 내각도 이에 동의했기 때문이란다. 프랑스도 그 식민지에서 매우 석연치 않은 역할을 수행했으며, 시리아 반란의 은밀한 조종자는 프랑스인들이란다. 반란 조종자들의 맹목적 가톨릭 신앙은 다우닝가가 아니라 카퓌신가에서 온갖 종류의 고무적 연대감을 찾아냈던

---

1) 고대 그리스의 스파르타에는 공포의 신 포보스(Phobos, '공포'를 의미함)를 위한 신전이 있었다고 한다. 포보스는 전쟁의 신 아레스와 미의 여신 아프로디테 사이에서 태어난 아들이다.
2) Henry John Temple, 3rd Viscount Palmerstone(1784~1865): 영국 외무장관으로서 '런던 협약'의 성사에 주도적 역할을 했다.
3) 15장 각주 1 참조.
4) 당시 영국의 유력 일간지들은 자국의 외교 정책을 비난하고 프랑스의 입장에 동정을 표했다.

다.[5] 다마스쿠스 유대인 고문 사건에서 이미 프랑스 내각은 가톨릭 당파를 위해 지나치게 타협적인 자세를 취했단다. 그리고 이 사건에서 이미 파머스턴 경은 프랑스 총리의 주장들을 공개적으로 반박함으로써 그에 대한 자신의 경멸을 충분하게 증명해 보였단다. 기타 등등. 여하간에 파머스턴 경은 런던 협약이 실행될 수 없다는 것을, 그래서 프랑스인들이 쓸모없이 격분하게 되리라는 것을, 그리고 이 격분이 위험한 결과를 초래할 수도 있다는 것을 예견할 수 있었을 것이다. 이것들에 대해 더 오래 생각할수록 우리는 더욱더 이 전체 사건에 놀라움을 금할 수 없게 된다. 이 사건에는 우리에게는 아직 감춰진 동기가 있다. 아마도 매우 섬세하고 정략적인 동기가──아마 매우 단순하기도 한 동기가.

나는 위에서 다마스쿠스의 사건에 대해서 언급했다. 이 사건은 아직도 이곳에서 많이 논의되고 있으며, 특히 과격한 교황 추종 성직자 당파의 기관지인 『위니베르』에서는 빠지지 않는 논설의 대상이다. 오랫동안 이 저널은 '날마다' 오리엔트로부터의 편지를 실었다. 그런데 레반테[6]에서 오는 증기선이 '여드레 만에' 한 척씩 도착하는지라, 가뜩이나 다마스쿠스에서의 사건들로 해서 중세라는 기적의 시대로 되돌려진 우리는 더욱더 기적을 믿게끔 되어가고 있다. 『위니베르』의 허공에서 꾸며낸 기사들이 프랑스에서 어느 정도 반향을 일으킨다는 사실 자체가 이미 하나의 기적이다! 그렇다, 이것은 부정할 수 없는 사실이다. 대부분의 프랑스인들은 그 피비린내 나는 가혹 행위가 정당한 것이라고 믿고 있으며, 성직자들의

---

5) 런던 다우닝가Downing-Street에는 영국 외무부가, 파리 카퓌신가Boulevard des Capucines에는 프랑스 외무부가 있다.

6) Levante, 이탈리아말로 '동방의 나라'를 뜻한다. 보통 지중해 동쪽 지역(유프라테스 강에서 나일 강 사이)을 가리킨다.

간계가 꾸며낸 의심스럽기 짝이 없는 것들에 대한 반론은 이곳에서 아주 미미하다. 어이가 없어 우리는 스스로에게 묻는다. 여기가 프랑스인가, 계몽의 고향이자 볼테르가 웃고 루소가 울었던 그 나라인가?[7] 이들이 프랑스인이란 말인가, 언젠가 노트르담에서 이성의 여신에게 충성을 맹세했으며,[8] 모든 성직자 나부랭이의 기만을 부정하고 자신을 광신의 숙적(宿敵)이라고 전 세계에 선언한 그 프랑스인이란 말인가? 그러나 우리는 그들을 부당하게 비방하지 않으련다. 모든 미신에 대한 맹목적 분노가 아직도 그들의 영혼 속에 충만하기에, 그들, 18세기의 옛 자식들이 모든 종교가 더할 수 없이 파렴치한 불법 행위를 할 수 있다고 믿으며, 유대교의 신봉자들 역시 그런 짓을 할 수 있다고 여기기에, 그리고 다마스쿠스 사건들에 대한 그들의 경솔한 견해가 유대인을 증오하는 광신에서가 아니라 광신 그 자체에 대한 증오에서 생겨난 것이기에 말이다. 다마스쿠스의 사건들에 대해서 독일에서 어떤 편협한 견해도 대두할 수 없었던 사실은 분명히 우리의 배움이 크다는 것을 증명한다. 역사적 지식은 독일 국민 사이에 아주 광범위하게 전파되었는지라 더할 수 없이 극렬한 증오도 그 옛날의 잔인한 설화(說話)를 수단으로 이용할 수가 없는 것이다.

프랑스의 평범한 대중에게서 경솔한 믿음과 커다란 회의가 얼마나 기이하게 서로 묶여 있는지를 나는 며칠 전 저녁에 증권 거래소 광장에서 확인했다. 그곳에서 어떤 작자 하나가 커다란 망원경 앞에 앉아서는

---

7) 볼테르François Marie Arouet de Voltaire와 루소Jean Jacques Rousseau는 모두 프랑스의 저명한 계몽주의 철학자다.

8) 제1차 이성 축제fête de la Raison는 1793년 11월 10일 노트르담 성당에서 개최되었다. 그 이전에 이미 이 성당은 '이성의 성당temple de la Raison'으로 개명되었다.

2수를 받고 달을 보여주고 있었다. 그는 주변의 구경꾼들에게 달이 얼마나 큰지를, 수천 제곱마일이라는 것을, 어떻게 그 위에 산과 하천이 자리하는지를, 달이 지구에서 수천 마일 떨어져 있다는 것을, 기타 등등 그런 진기한 것들을 이야기했다. 이 이야기는 부인과 함께 그곳을 지나가던 늙은 문지기 한 명을 거역할 수 없게 자극했고, 그래서 그는 달을 보기 위해서 2수를 내놓으려 했다. 그러나 그의 충실한 부인은 열을 올리며 아주 합리적으로 이를 반대했다. 부인은 남편에게 2수를 차라리 담배 사는 데 쓰라고 충고했다. 부인의 항변인즉 저자가 달에 대해 말하는 것은, 달의 산과 강과 엄청난 크기 등은 모두 미신이며, 사람들의 주머니에서 돈을 끌어내기 위해 꾸며낸 것이라 한다.

18

그랑빌(들라망슈 현), 1840년 8월 25일

3주 전부터 나는 노르망디 지방을 이리저리 돌아다니고 있다. 그래서 최근의 사건들로 인해 나타난 이곳의 분위기에 대해 직접 관찰한 것을 당신들에게 보고할 수 있게 되었다. 이곳 사람들의 기분은 프랑스 언론의 호전적인 논조로 해서 상당히 격앙되어 있었다. 그런 상황에서 감행된 루이 왕자의 상륙은 온갖 두려움을 활성화하는 기폭제가 되었다.[1]

---

1) 1840년 8월 5일 나폴레옹의 조카인 루이 보나파르트(Louis Bonaparte, 후일 나폴레옹 3세)는 소수의 휘하 군대를 이끌고 불로뉴Boulogne 인근의 해안가에 상륙했다. 그는

사람들은 몹시 절망적인 가정을 하고 이를 걱정했다. 이 시간까지도 이곳의 시골 사람들은 왕자가 광범위한 봉기를 예측했다고 믿고 있다. 그들은 왕자가 불로뉴의 기념비에서 오래 버틴 사실은[2] 어떤 랑데부가 계획되어 있었음을 증명하는 것인바, 이 랑데부는 우연이나 배신으로 해서 이루어지지 않았다고 믿고 있다. 불로뉴에 사는 수많은 영국인 가족의 3분의 2는 이 조용한 소도시에서 위험한 소총 소리가 몇 발 울리는 것을 듣자, 그리고 집 밖에서 벌어진 전쟁을 보자 엄청난 공포에 사로잡혀 줄행랑을 쳤다. 이 피난민들은 자신들의 두려움을 정당화하려고 끔찍한 소문들을 영국 해안으로 가져갔고, 그래서 영국의 석회석 섬은 두려움으로 인해 더욱더 창백하게 되었다. 이러한 교차적 상승 작용으로 해서 노르망디에 거주하는 영국인은 고향에 사는 가족에게서 돌아오라는, 전쟁의 파괴로부터 아직은 오랫동안 보호될 이 행복한 섬으로 돌아오라는 소환령을 받았다. 프랑스인들이 충분한 수의 증기선으로 무장될 때까지는, 그리고 이들이 이 함선으로 영국 상륙을 실행에 옮길 수 있을 그때까지는 전쟁이 없을 이 섬으로.

불로뉴라면 이런 증기선 함대가 출항 때까지 수많은 작은 요새에서 보호될 수 있을 것이다. 이 요새들은 뒤노르 현(縣)과 들라망슈 현의 해안 전체로 둘러싸인바, 바다로부터 솟아 나온 바위들 위에 지어져 있어서 마치 닻을 내린 돌로 된 전함처럼 보인다. 이 요새들은 오랜 평화기를 거치는 동안 약간 황폐해졌으나, 지금은 열심히 무장을 갖추고 있다. 이

나폴레옹을 흠모하는 군대의 지지를 기대했으나 이 기대는 이루어지지 않았다. 그는 체포되었고 종신형을 선고받았다. 1846년 그는 영국으로 탈주했다.

2) 루이 보나파르트는 불로뉴에 있는 그랑 아르메Grand Armée의 기념비에 나폴레옹 황제의 독수리 군기를 꽂고 프랑스군의 합류를 고대했다.

목적을 위해 모든 방향에서 번쩍이는 대포들이 많이 운반되는 것을 나는 보았다. 대포들은 나를 보고 매우 우호적으로 웃었다. 그럴 것이 이 영리한 녀석들과 나는 영국인에 대한 반감을 공유하기 때문이다. 그들은 틀림없이 이 반감을 훨씬 더 '천둥 치듯이', 훨씬 더 '명중적(命中的)으로' 발언할 것이다. 덧붙여서 말하건대, 프랑스 해안 요새의 대포는 영국 함포보다 3분의 1 더 멀리 쏠 수 있다. 영국 함포는 요새의 대포보다 구경은 크지만 포신의 길이가 같을 수는 없기 때문이다.

이곳 노르망디에는 전쟁의 소문이 모든 민족감정을 자극했고 민족적 기억을 불러냈다. 나는 생발레리의 한 주점에서 사람들이 식탁의 대화 중 영국 상륙의 계획을 토론하는 것을 들었다. 그런데 생각해보니 이 일은 웃어넘길 일이 전혀 아니었다. 그럴 것이 과거 바로 이 장소에서 정복왕 윌리엄이 배에 올랐으며, 당시 그의 동료들은 지금 비슷한 계획을 논의하고 있는 이 좋은 사람들, 지금 내가 듣고 있는 이 논의를 하는 사람들과 마찬가지로 노르만인이기 때문이다. 거만한 영국 귀족들이 결코 잊지 말기를, 영국의 아주 고귀한 가문들과의 혈족 관계를 문서 기록에 근거해 증명할 수 있는 시민과 농민이 노르망디에 있다는 사실을.[3] 그리고 이들이 친애하는 숙모와 사촌을 기꺼이 방문하려고 한다는 것을.

영국의 귀족은, 그 쩡쩡 울리는 이름에도 불구하고, 기본적으로는 유럽에서 제일 나이가 어린 귀족이다. 이들의 이름은 거의 혈통의 표시가 아니며, 보통은 물려받은 작위명(爵位名)일 따름이다. 이들 귀족 남녀의 도를 넘어선 오만함은 아마도 벼락출세한 젊음의 들뜬 기분일 것이

---

3) 정복왕 윌리엄은 영국을 정복한 후 앵글로색슨족 영주들의 영지를 빼앗아 작위와 함께 휘하 군대의 지휘관들에게 나누어 주고 그들을 새로운 영주로 만들었다.

다. 나무줄기가 어리면 어릴수록 열매는 항상 푸르뎅뎅하고 더 쓴 법이니까. 이 오만함은 일찍이 영국 기사들을 프랑스의 민주주의적 방향 및 민주주의적 요구와의 파멸적인 싸움으로 몰고 갔다. 그런고로 최근 그들의 방자함도 비슷한 원인에서 생성되었을 가능성이 매우 크다. 그럴 것이 정말 정말 놀랍게도 우리는 작금의 사건에서 토리가 휘그와 의견의 일치를 이룬 것을 보았기 때문이다.[4]

귀족적 이해관계에서 연유된 모든 반란이 항상 영국 국민에게 그처럼 큰 동감을 얻는 것은 무엇 때문일까? 그 이유는 다음과 같다. 첫째로 모든 영국 국민이, 신분이 낮은 귀족이나 높은 귀족이나 가릴 것 없이, 또 천민도 귀족이나 마찬가지로, 매우 **귀족적인 의식**을 갖고 있다. 둘째로는 프랑스에서 안락한 복지가 피어나기만 하면, 그리고 프랑스 산업이 평화 속에서 번창하기만 하면, 또 프랑스 함대가 의미 있는 발전을 보여주기만 하면, 영국인의 마음속에는 은밀한 질투심이, 나쁜 궤양처럼, 근질거리고 곪아 터지는 것이다.

특히 해군과 관련해서는 영국인들이 악의에 찬 시기심을 가진 것으로 여겨진다. 그런데 프랑스의 항구들에는 실질적으로 괄목할 만한 해군력의 발전이 나타나고 있고, 또 이를 보면 영국의 해군력이 조만간에 프랑스 해군에 추월당할 것이라는 생각이 쉽게 일어난다. 영국 해군력이 20년 이래 정체된 반면[5] 프랑스 해군력은 아주 활발한 발전 과정에 있는 것이다. 이전의 한 편지에서 나는 툴롱의 병기창에서 군함의 건

---

4) 토리와 휘그는 영국의 보수당과 민권당으로서 후일 자유당이 되었다. 하이네가 놀라움을 표시한 이유는 1830년대 영국을 지배한 휘그당 정부는 프랑스와 협력 관계를 중시해왔는데, 런던 협약 사건으로 촉발된 위기에서 강경 노선으로 선회했기 때문이다.

5) 영국의 해군력에 관한 하이네의 판단은 잘못된 것이다. 당시 영국의 해군력은 계속 증강되고 있었으며, 프랑스보다는 훨씬 우위에 있었다.

조가 활발히 진행되는 모습에 대해, 그리고 전쟁이 발발할 경우 프랑스가 1814년에 가질 수 있었던 것보다 갑절의 함선들을 짧은 기간 내에 바다로 내보낼 수 있다는 사실을 말한 바 있다. 라이프치히의 한 일간지가 이 주장을 상당히 거친 방법으로 반박했다. 이에 대해 난 그저 어깨를 으쓱할 수밖에 없다. 그럴 것이 그런 진술을 나는 그저 귀로 듣고 하지는 않았다. 내 눈으로 직접 보고 한 것이다. 내가 여드레 전에 머무른 셰르부르에서(프랑스 함정의 상당수가 그곳 항구에서 뱃전을 철썩이고 있다) 사람들이 내게 확언해주었다. 브레스트에도 마찬가지로 이전보다 갑절이나 많은 군함들이 있다고, 즉 15척이 넘는 전투함, 프리깃함, 쌍돛대 범선이, 일부는 완전히, 몇 척은 20분의 몇 정도까지 건조되었으며, 어마어마한 숫자의 대포들로 무장되었다고. 4주 후에 나는 이것들을 몸소 알게 될 기회가 있을 것이다. 그때까지는 다음과 같이 보고하는 것으로 만족하겠다. 여기와 마찬가지로 **노르망디 아래쪽**에서도, 브르타뉴에서도 역시 선원들 사이에 호전적인 흥분이 지배하고 있다는 것을, 그리고 전쟁이 아주 진지하게 준비되고 있다는 것을.

오, 신이시여! 제발 전쟁이 없었으면! 나는 두렵다. 프랑스 국민이 심하게 압박을 당하면 그 붉은 모자[6]를 다시 꺼내 들 것이. 이 모자는 삼각형의 나폴레옹 모자보다도 훨씬 더 그들의 머리를 뜨겁게 달아오르도록 할 수 있을 터이니! 나는 여기서 정말로 묻고 싶다. 프랑스에서 그 옛 부적(符籍)에 복종하는 악마적 파괴력이[7] 얼마만큼 외국에서도 통용될 수 있을까? 마법의 주술이 갖고 있다고 치부되는 힘이 어떤 의미를 갖고 있는지를 연구하는 일은 중요할 것이다. 이 마법의 주술에 대해 최

---

6) 프랑스 혁명 당시 가장 과격한 혁명 세력인 자코뱅 당원들이 쓴 모자.
7) "옛 부적", 즉 자코뱅 당원들의 "붉은 모자"는 모든 것을 '파괴하는' 혁명에 대한 비유다.

근 프랑스 언론은 "프로파간다"라는 이름하에 아주 신비롭게 그리고 위협적으로 속삭이고 속닥거리고 있다.[8] 어렵지 않게 이해할 수 있는 이유로 해서 나는 그런 연구는 모두 삼가야만 한다. 많이 논의되는 프로파간다에 대해서 나는 그저 하나의 비유적 암시만 하겠다. 당신들도 잘 알듯이 라플란드[9]에는 아직도 많은 이교도의 미신이 지배하고, 그래서 바다로 나가려는 라플란드 사람들은 출발 전에 항해에 필요한 바람을 사기 위해 마술사를 방문한다. 이 마술사는 그들에게 매듭이 세 개 달린 보자기를 건네준다. 이들이 바다에서 첫째 매듭을 풀면 즉시 공기가 움직이고 순풍이 분다. 둘째 매듭을 풀면 훨씬 더 강력한 공기의 진동이 생성되고 광포한 폭풍이 울부짖는다. 그러나 셋째 매듭을 풀면 더할 수 없이 거친 폭풍우가 생겨나며 파도가 몰아치고 바다는 광란한다. 배는 우지끈 부서지고 사람도 쥐도 모두 가라앉는다. 그래서 불쌍한 라플란드 사람은 마술사에게 오면, 하나의 매듭만으로, 순풍만으로 충분하며, 더 강한 바람은 물론 위험한 폭풍우는 절대로 필요하지 않노라고 단언한다. 그러나 소용없다. 마술사가 바람을 오로지 **통째로만** 파니 말이다. 라플란드 사람은 세 종류의 바람 값을 모두 지불해야 한다. 이후 그가 망망대해에서 화주(火酒)를 너무 많이 들이켜고 술김에 그 위험한 매듭들을 풀어버리면, 그에겐 재앙이 닥치는 것이다! 프랑스인들은 라플란드 사람

---

8) Propaganda, 여기서는 혁명 이념의 선전과 선동을 의미한다. 즉 '프로파간다'는 혁명을 불러일으키는 "마법의 주술"이라는 의미이다. 1840년대 초 런던 협약으로 인해 프랑스와 영국을 주축으로 하는 유럽 국가들 사이에 위기가 조성되자, 프랑스의 언론, 특히 공화주의 성향의 신문들은 프랑스 혁명의 이념을 '설파'함으로써, 즉 '프로파간다'를 통해 외국에 친프랑스적이자 혁명적 분위기를 조성할 수 있다고 주장했다. 그러나 이어진 글에서 하이네는 일단 범유럽적 혁명이 일어나면 그 혁명의 조종자인 프랑스 역시 파괴의 광란을 피해 갈 수 없다고 말한다.

9) 유럽 최북부 지역.

들처럼 어리석지는 않다. 비록 그들이 자신을 파멸로 몰고 갈 폭풍우를
풀어놓을 수 있을 만큼 충분히 경박하다 할지라도 말이다. 지금까지는
그들은 그런 일로부터 아주 멀리 떨어져 있다. 누군가가 내게 슬픔에 겨
워 확언했다. 몇몇 프로이센과 폴란드의 바람 일으키는 사람들이(그러나
그들은 마법사가 아니다!) 그들의 바람을 팔려고 내놓았지만 프랑스 정부
는 별로 구입할 의사가 없었다고.[10]

19

파리, 1840년 9월 21일

특별하게 얻은 것 없이 나는 얼마 전에 브르타뉴를 이리저리 배회
하다 돌아왔다. 궁색하고 황량한 지방이며, 사람들은 어리석고 추레하
다. 그곳에서 수집하려고 생각했던 아름다운 민요들은 음(音) 하나도 듣
지 못했다. 그런 것은 그저 내가 몇 권 구입한 옛 노래책에나 존재한다.
그러나 민요들이 브르타뉴의 사투리로 쓰여 있기에 이들에 대해 무슨
언급을 할 수 있으려면 우선 프랑스어로 번역해야 한다. 내가 여행 중에
들은 유일한 노래는 독일 노래였다. 내가 르네에서 이발을 하는 동안 누
군가 「자유의 사수」에 나오는 「순결한 신부의 화관」을 독일어로 흥얼거

---

10) 파리에 망명 중인 독일과 폴란드 사람 몇몇이 당시 프랑스 정부에 협력해 그들 나라에
   서 반정부 활동을 하겠다는 의사를 밝혔다 한다.

렸다.[1] 노래 부르는 사람을 나는 보지 못했다. 그러나 그가 부른 "오랑 캐꽃처럼 파란 비단"이라는 노래 가사는 하루 종일 내 기억 속에서 울 렸다. 지금 프랑스에는 노래를 불러 먹고사는 독일 거지들이 우글거리고 있다. 그러나 이자들로 해서 독일 음악의 명성이 높아지는 일은 별로 없 는 것 같다.

브르타뉴의 정치적 분위기에 대해서는 보고할 것이 별로 없다. 이곳 사람들은 노르망디 사람들과는 달리 가볍게 말을 내뱉지 않는다. 이곳 의 열정은 말이 없고 깊숙하다. 그때그때 정부의 친구나 적은 이곳에서 는 말 없는 원한의 알을 품고 있는 것이다. 브르타뉴에는 지금도 혁명의 초창기 때와 마찬가지로 혁명을 위해 열광적으로 불타오르는 사람들이 있다. 그들의 혁명열은 반대파에 대한 끔찍한 위협을 통해서 피에 굶주 린 광기로까지 상승한다. 브르타뉴의 농부들이 예전의 귀족 지배에 대 한 호감으로 해서 정통 왕당파가 부를 때마다 무기를 잡았다고 믿는다 면 이는 잘못이다. 그 반대이다. 옛 정권의 만행은 아직도 선명하게 기억 되고 있다. 고귀하신 분들이 브르타뉴에서 충분히 잔인하게 만행을 저 질렀으니까. 당신들은 아마도 세비녜 부인[2]의 편지 한 구절을, 불만에 찬 시민과 농민이 총독의 창문에 돌을 던져 깨트리고 아주 잔인하게 처 형되었음을 이야기한 그 구절을 기억할 것이다. 사지가 절단된 후 수레 바퀴에 매달려 처형된 사람들의 수가 무척 많았음이 틀림없다. 그럴 것 이 후에 교수형이 도입되자 세비녜 부인이 그 많은 수레바퀴 처형이 시

---

1) 「순결한 신부의 화관Jungfernkranz」은 베버의 오페라 「자유의 사수Der Freischütz」('마 탄의 사수'로도 알려짐)에 나오는 합창곡이다.

2) 세비녜 후작 부인Marquise de Sévigne. 1726년 발표된 세비녜 후작 부인의 딸에게 보 낸 편지는 수많은 시대적 사건에 대한 주의 깊은 묘사로 인해 일약 유명해졌다.

행된 후의 교수형은 당하는 사람들에게는 정말 하나의 청량제라고 순박하게 말했으니까 말이다. 백성에 대한 부족한 사랑은 약속으로 대체되었다. 어느 불쌍한 브르타뉴 사람 하나가, 그는 정통 왕당파가 봉기할 때마다 참여했으나 부상과 가난밖에 얻은 것이 없는 사람인데, 그가 내게 털어놓았다. 앙리 5세[3]가 왕위 복귀를 시도하면서 그의 일을 위해 싸우는 모든 사람들에게 5백 프랑을 평생 지불할 것을 약속했으니, 이번에는 확실히 보수를 받을 수 있을 것이라고.

브르타뉴 사람들은 옛 귀족들에게 그저 매우 밋밋하고 이기적인 호감을 갖고 있는 반면에, 성직자들의 교시는 더더욱 무조건적으로 따른다. 이들은 성직자들의 정신적, 육체적 지배하에 태어나고 살아가고 죽는다. 브르타뉴 사람들은 옛 켈트족 시절 드루이드교의 사제(司祭)들에게 그랬던 것과 같이, 이제는 그들의 신부(神父)에게 복종한다. 그리고 신부의 중재를 통해서만 그들은 귀족에게 봉사하는 것이다. 조르주 카두달은 진실로 노예근성을 가진 귀족 추종자는 아니었다. 샤레트도 마찬가지이다. 그는 귀족에게 아주 지독한 경멸의 말을 뱉어냈으며, 루이 18세에게는 **"폐하 귀족들의 비겁함은 폐하의 일을 파국으로 이끌고 있습니다"**라고 솔직한 글을 보내기도 했다.[4] 그런데도 이들은 가톨릭 성직자의 삭발 머리 앞에서는 겸손하게 무릎을 꿇었다. 브르타뉴의 자코뱅 당원들조차도 교회의 의도를 결코 벗어나지 못했다. 그래서 자유가 신앙과 갈등 관계에 빠지면 그들의 마음속에는 항상 분열이 생겨났다.

---

3) 샹보르 백작Henri-Charles. 1830년 7월 혁명 때 왕위에서 물러난 샤를 10세의 손자. 프랑스의 정통 왕당파는 7월 혁명 후에 왕위에 오른 루이 필리프를 왕으로 인정하기를 거부하고 앙리가 부르봉 왕조의 적통을 이어받은 진정한 프랑스 왕이라고 주장했다.

4) 카두달Georges Cadoudal과 샤레트François A. Charette de la Contrie는 혁명 후에 수립된 공화국 정부에 반기를 든 정통 왕당파의 지도자다.

정말 전쟁이 일어날 것인가? 지금은 아니다. 그러나 이 사악한 악마는 다시 사슬에서 풀려났으며, 사람들의 마음속을 떠돌고 있다. 프랑스의 내각이 곧바로 입을 잔뜩 불려 전쟁의 나팔을 불어대고, 북을 쳐서 온 유럽을 일깨운 짓은 매우 경솔한 행동이었다. 아라비아 동화 속의 어부처럼 티에르는 병을 열었고, 병 속에서 무시무시한 마귀가 솟구쳐 오른 것이다——그도 이 마귀의 거대한 형상에 깜짝 놀랐고, 그래서 이제는 교활한 말들로 마귀를 다시 추방하려 한다. "네가 정말로 저렇게 작은 병에서 나왔단 말이냐?" 어부는 거인에게 물었다. 어부는 이를 증명하려면 다시 이 병 속으로 들어가보라고 요구했다. 그리고 이 거대한 바보가 이를 실행에 옮기자 어부는 단단한 코르크 마개로 병을 막았다[5]——우편마차가 출발합니다. 그래서 우리는 셰에라자드 왕비처럼 우리의 이야기를 중단하렵니다. 내일 계속할 것을 기약하면서. 그러나 내일도 우리는 끼워 넣은 수많은 에피소드로 인해 우리 이야기를 끝내지 않을 것입니다.[6]

---

5) 『아라비안나이트』 중 「어부와 마귀 이야기」. 그물에 걸린 병의 마개를 어부가 열자 연기가 솟아오르고 이 연기는 거대한 형상의 마귀가 된다. 마귀가 어부를 죽이려 하자 어부는 어떻게 이 작은 병에 너 같은 거인이 들어 있을 수 있느냐고 물으면서 그것이 사실이라면 다시 이 병으로 들어가보라고 말한다. 마귀가 다시 연기로 변해 병 속에 들어가자 어부는 재빨리 병마개를 닫아 위기를 모면한다.

6) 첫날밤을 보낸 신부를 다음 날 아침에 죽이는 왕과 결혼한 영리한 셰에라자드는 왕에게 재미있는 이야기를 들려주다가 아침이 오면 이야기를 중단하고, 왕은 다음 이야기가 궁금해서 그녀를 살려준다. 이런 식으로 천하루 밤 동안 이야기가 지속되자 마침내 왕은 자신의 잘못을 깨닫고 그녀를 진실한 왕비로 맞아들인다. 이 이야기들의 모음집이 『아라비안나이트』다.

20

파리, 1840년 10월 1일

  "당신은 바루크서[1]를 읽어보았습니까?" 언젠가 라퐁텐[2]은 이 물음을 갖고 파리의 모든 거리를 헤집고 다니며 아는 사람들을 모두 붙들었다. 이들에게 바루크서가 아주 아름다우며 지금까지 글로 쓰인 가장 훌륭한 것들 중 하나라는 중요한 소식을 알리기 위해서. 사람들은 놀라서 그를 바라보다가는 웃음을 지었다. 내가 오늘 우편마차로 다음과 같은 중요한 소식을 전하면 아마 당신들도 비슷하게 웃을 것이다. 『아라비안나이트』는 가장 좋은 책들 중 하나이며, 요즘 같은 시기에 매우 교훈적이고 유익하다고, 그럴 것이 우리는 라마르틴, 푸줄라 그리고 그들과 동류의 사람들이 쓴 보고서보다도 이 책을 통해서 오리엔트를 더 잘 알 수 있기 때문이라고.[3] 비록 이 지식이 동방문제를 해결하는 데는 충분하지 못해도, 서양의 궁핍 속에 처한 우리를 약간은 명랑하게 만들어줄 것이라고! 이 책을 읽는 동안 사람들은 아주 행복한 느낌을 얻는다고! 이야기의 틀이 벌써 서양의 가장 훌륭한 회화보다도 더 값지다고. 술탄 샤리아는 얼마나 멋진 남자인가, 첫날밤을 보낸 후 다음 날 아침 왕비들

---

1) 예언자 예레미아의 제자인 바루크Baruch가 쓴 책. 이 책은 구약 성서에 딸린 외경전(外經傳) 중의 하나다.

2) Jean de La Fontaine(1621~1695): 프랑스의 유명한 우화 작가.

3) 당시 프랑스에는 오리엔트 여행기가 유행했다. 라마르틴의 여행기 『동방 여행의 회상』은 1832/34년에, 푸줄라(Jean Joseph Poujoulat, 1808~1880)의 『예루살렘의 역사』는 1830/31년에 출판되었다.

을 지체 없이 죽이다니![4] 이 사랑의 행위에는 더없이 깊숙한 감정이, 전율할 만한 영혼의 순결함이, 더없이 다정한 부부의 의식이 나타나 있지 않은가! 사람들은 이 사랑의 행위를 지금껏 잔인하고 야만적이며 독재적이라고 비방해왔다. 그러나 술탄 샤리아는 그의 감정의 어떤 더럽혀짐도 증오한 것이다. 그리고 그는 오늘 그의 드높은 가슴에 안겨 있는 아내가 내일에는 혹시 다른 사람, 어떤 더러운 건달의 팔에 매달릴 수도 있을 것이라는 생각만으로 이미 그의 감정이 더럽혀진다고 믿었다. 그래서 그는 첫날밤을 보낸 후 아내를 즉시 죽여버린 것이다! 지금까지 오해를 받아온 수많은 고귀한 사람들이, 어리석은 독자들이 오랫동안 비방하고 욕해온 고귀한 사람들이 이제 다시 그들의 명예를 되찾고 있기에, 우리는 이 용감한 술탄 샤리아의 명예도 공공의 의견에서 회복시켜주도록 노력해야 할 것이다. 그러나 나 자신은 이 순간 그런 칭찬할 만한 작업을 떠맡을 수 없다. 내가 지금 고인이 된 프로크루스테스[5] 왕의 명예를 회복하는 일에 몰두하고 있기 때문이다. 다시 말하면 나는 프로크루스테스가 지금까지 잘못 판단되어 왔다는 것을, 그가 시대를 앞질러 갔고 영웅주의적 귀족 정치의 시대에서 가장 현대적인 평민(平民) 이념을 실현하려고 했기에 잘못 판단되어 왔다는 것을 증명하려고 한다. 그가 큰 자들을 작게 만들고 작은 자들을 길게 늘여서 쇠로 된 평등 침대에 맞게끔 만들 때 그를 이해한 사람은 아무도 없었다.

공화주의는 프랑스에서 날마다 더 의미 있는 발전을 하고 있고, 로베스피에르와 마라는 완전히 명예를 회복했다. 오, 고귀한 샤리아와 진

---

4) 19장 각주 6 참조.
5) 「헌정 서한」의 각주 4 참조.

짜 민주주의적인 프로크루스테스여! 그대들도 그리 오래지 않아 오해에서 벗어날 것이다. 사람들은 이제야 비로소 그대들을 이해하게 되었다. 진실은 마침내 승리하는 것이다.

라파르주 부인 사건[6]은 판결 이후에 이전보다 더 격렬한 논쟁의 대상이 되었다. 라스파이[7] 씨가 감정서를 저울판에 던진 후 여론은 그녀에게 전적으로 유리하게 기울었다. 이 문제에서 한 엄격한 공화주의자가 자신의 당파 이익에 반해 행동했고, 그의 주장을 통해 새로운 프랑스의 가장 민중적인 제도 중의 하나인 배심원[8]에 대한 믿음을 직접적으로 위험에 빠트렸다는 사실을 일면 생각해보면, 그리고 또 다른 면으로는 배심원들의 유죄 판결에 근거를 제시한 발언을 한 사람이 아주 평이 나쁜 음모가이자 협잡꾼이라는 사실을 생각해보면, 이자가 힘센 자들에게는 옷에 붙은 가시털이지만 억압받는 사람들에게는 육신을 찌르는 가시이며, 위를 향해서는 아첨하고 아래를 향해서는 헐뜯기 좋아하고, 연설이나 노래가 엉망이라는 사실을 생각해보면, 오, 하늘이여! 사람들은 마리 카펠[9]이 무죄라는 사실을, 그리고 그녀 대신에 유명한 독물학자이자 파리 의과대학의 학장, 즉 오르필라[10] 씨를 툴의 시장 광장에 목매달아놓아야 함

---

6) 라파르주Marie Lafarge 부인은 남편을 독살한 혐의로 체포되었고, 종신 강제노역 형을 선고받았다. 그러나 그녀가 남편에게서 부당한 학대를 당했고, 또 독살의 증거가 확실하지도 않다는 사실들이 드러남으로써 이 판결은 여성 차별로 인식되어 격렬한 논쟁의 출발점이 되었다.

7) François-Vincent Raspail(1794~1878): 프랑스의 독물학자. 그는 독살되었다는 라파르주의 시체에서 검출된 비소가 사람을 죽일 수 있을 정도가 아니라는 감정서를 제출했고, 라파르주 부인에 대한 판결은 부당하다고 주장했다. 라스파이는 또한 열렬한 공화주의자로서 정치에 참여했고, 이로 인해 투옥되기도 했다.

8) 하이네는 배심원 제도를 프랑스 혁명이 가져온 가장 민주적인 제도 중 하나로 평가했다.

9) Marie Capelle, 라파르주 부인의 결혼 전 이름.

10) Mathieu Orfila, 법의학자이자 루이 18세의 시의(侍醫). 오르필라의 감정서는 라파르

을 의심하지 않는다! 근접 관찰을 통해서 이 허영에 찬 이기주의자의 준동을 약간이라도 알고 있는 사람은 마음속 깊이 확신한다. 이자에게는 그의 학문적 전문 분야에서 자신을 중요하게 만드는 기회를 잡는 데는, 그리고 일반적으로 그의 명성을 더 빛나게 할 기회를 잡는 데는 어떤 수단도 정당하다는 사실을 말이다! 실제로 이 형편없는 가수는 파리의 야간 파티에서 그의 형편없는 로망스를 형편없이 노래할 때 듣는 사람들의 귀를 전혀 배려하지 않는다. 그는 자신을 조소하는 사람을 죽이고 싶어 할 것이다. 그는 또한 운집한 관객으로 하여금 숨은 독을 모두 들추어내는 데서 아무도 그만큼 능숙하지 못하다고 믿게 하기 위해서라면 한 사람의 생명을 희생시키는 일에도 아무런 의구심을 갖지 않을 것이다! 여론은 라파르주의 시신에는 독이란 없었으며, 그 대신 오르필라 씨의 가슴 속에는 그에 반비례해서 많은 독이 있었다는 믿음으로 기울고 있다. 툴르 배심원들의 판결에 동의하는 사람들은 극소수이며, 이들도 이전처럼 자신 있게 행동하지 않는다. 그들 중에는 독살의 사실은 믿지만, 이 범죄를 일종의 정당방위로 간주해서 어느 정도 정당화하는 사람들도 있다. 이들은 라파르주가 고발당할 만한 큰 비행을 저질렀다고 말한다. 이들의 말인즉 라파르주는 결혼 지참금을 이용해서 파산을 벗어나려고 기만과 현혹으로 고귀한 부인을 글자 그대로 훔쳤으며, 그녀를 그의 황량한 도적 소굴로 끌고 갔단다. 그곳에서 이 귀하게 자란 불쌍한 여인은, 수천 가지 정신적 욕구 충족에 익숙한 이 파리 여성은, 거친 일가족에 둘러싸여 정신적 고문을 당하고 살인적인 금욕을 강요당하며 서서히 죽어가고 썩어가야만 했단다. 물 밖으로 끌려 나온 생선처럼, 박쥐들 틈에

주 부인의 유죄 판결에 결정적 영향을 끼쳤다.

긴 새처럼, 리무쟁[11]의 짐승들에 둘러싸인 꽃처럼 비참하게! 이것이 암살이 아니고 무엇이란 말인가, 그러니 이 사건은 정당방위로 용서되어야 하지 않는가? 하고 변호인들은 말한다. 그리고 이들은 다음 사실을 덧붙여 말한다. 이 불행한 여인이 그녀가 사로잡혔으며, 글랑디에르[12]라고 불리는 황량한 수도원에 감금되었음을 알아차렸을 때, 도둑의 늙은 어미에게 감시당하며 아무런 법률적 도움도 찾을 수 없다는 것을, 오히려 법 자체에 의해 결박당하고 있음을 알아차렸을 때, 그녀는 이성을 잃어버렸다. 그래서 그녀가 우선 취한 엉뚱한 해방 수단에는 그 유명한 편지도 들어 있다. 이 편지에서 라파르주 부인은 그녀가 다른 남자를 사랑한다고, 그러니 남편을 사랑할 수 없다고, 그러니 그녀를 놓아달라고, 아시아로 도망칠 테니 지참금은 그대로 가지라고 그녀의 거친 남편에게 거짓말을 했다. 사랑스러운 바보 같으니! 미친 것 같은 상태에서 그녀는 남자란 자신을 사랑하지 않는 부인과는 살 수 없다고, 그 때문에 죽을 것이라고, 그것은 죽음이라고 믿은 것이다. 그러나 남자란 사랑 없이도 살 수 있다는 것을, 사랑의 부재가 그를 죽이지 않는다는 것을 알게 되자 그녀는 순수한 비소를 움켜잡았다—쥐를 잡으려는 쥐약을! 튈르의 배심원들도 비슷한 감정을 느낀 것으로 보인다. 그렇지 않으면 이들이 판결문에서 정상 참작의 근거를 말한 이유가 설명되지 않는다. 여하간에 글랑디에르에서의 라파르주 부인 재판이 중요한 소송 기록이라는 사실은 확실하다. 우리가 이 중대한 여성 문제에 몰두하고 있다면 말이다. 그럴 것이 이 문제의 해결 여부에 프랑스의 모든 사회적 삶의 미래가 걸려 있기

---

11) 라파르주가 결혼 후 부인을 데리고 간 튈르는 예전의 리무쟁Limousin 백작령의 일부다.
12) 라파르주는 Le Glandier에 살았다.

때문이다. 이 재판이 일으킨 비상한 관심은 자기 자신의 고통에 대한 의식에서 생성된 것이다. 그대들 불쌍한 여인들이여, 그대들은 정말 비참한 처지에 있도다. 유대인들은 날마다 기도 속에서 여자로 태어나지 않게 해주셨음을 신에게 감사드린다. 출생 때문에 행복하지 못한,[13] 그러나 여성으로 태어남을 가장 끔찍한 불행으로 여기는 단순한 사람들의 기도로다! 그러나 프랑스에서조차도 이들의 기도는 틀린 것이 아니다. 그럴 것이 여기에서도 여성의 비참함은 많은 장미로 덮여서 감춰져 있으니!

21

파리, 1840년 10월 3일

어젯밤부터 이곳에는 모든 상상을 초월할 정도의 감정적 격앙이 지배하고 있다. 베이루트에서의 포성(砲聲)은[1] 모든 프랑스인의 가슴속에 반향을 일으켰다. 나 자신은 마치 마비된 느낌이었다. 끔찍한 두려움이 마음속으로 파고들었다. 전쟁은 내가 두려워하는 불행 중 가장 경미한 것이다. 파리에는 앞선 혁명의 장면들을 마치 밝고 명랑한 여름밤의 꿈

---

13) 자신도 유대인 출신인 하이네는 유대인이 태생적 불행을 걸머진 사람이라고 생각한다.
 1) 이집트 부왕 무함마드 알리의 세력 확장을 견제할 목적으로 체결된 런던 협약(15장 참조)의 당사국들은 알리가 시리아를 침공하자 영국·오스트리아·터키 군을 중심으로 한 원정군을 결성하고 1840년 9월 11일 베이루트에 함포 사격을 감행했다. 베이루트는 10월 14일 함락되었다. 이 사건은 알리의 후견인을 자처한 프랑스에는 큰 외교적 타격이었다.

처럼 보이게 할 수도 있는 광경이 발생할 수 있다! **앞 선** 혁명이라고? 아니다, 이 혁명은 하나의 동일한 것이다. 우리는 이제야 그 시작을 보았는바, 우리 중 많은 사람은 이 혁명의 중간 부분을 살아서 넘지 못할 것이다![2] 이 문제에서[3] 총검(銃劍)의 많고 적음이 상황을 결정하는 것이라면 프랑스인들은 불리한 처지에 처하게 된다. 그러나 쇠가 죽이는 것이 아니라 손이 죽인다. 그리고 손은 마음에 복종한다. 그러니 중요한 것은 얼마나 많은 용감한 마음이 양편에 더 많은가 하는 것이다.[4] 오늘 **징병 사무소** 앞에는 사람들이 대열을 이루고 서 있다. 좋은 작품을 상연하는 극장 앞에서 그러하듯. 수없이 많은 청년이 지원병(志願兵)으로 등록하고 있는 것이다. 왕궁 앞에는 노동자들이 운집해 있다. 신문을 읽으면서 아주 심각한 얼굴을 한 노동자들이. 이 순간에 말없이 표현되는 심각함은 두 달 전의 수다스럽던 분노보다 무한히 더 위협적이다. 의회가 소집되었다는 소문인데, 이는 아마도 새로운 불행일 것이다. 협의체란 정부의 모든 행동력을 마비시키게 마련이다. 이 협의체 자신이, 예를 들면 1792년의 국민의회처럼, 정부의 권력을 갖고 있지 않다면 말이다. 그해에는 프랑스인들이 지금보다 훨씬 더 불리한 상황에 놓여 있었다.[5]

---

2) 하이네는 전쟁으로 인한 소란스러운 분위기를 틈타서 혁명이 일어날 것을 걱정하고 있다. 그는 프랑스 대혁명으로 유럽의 사회적 변혁이 종결된 것으로 생각하지 않았다. 그는 자본주의 사회의 모순이 존재하는 한 프롤레타리아트에 의한 사회적 혁명(공산주의 혁명)의 발발은 필연적이라고 생각했고, 이 혁명은 앞선 혁명들의 과격함과 끔찍함을 모두 능가할 것이라고 예언했다.

3) 런던 협약 당사국들의 베이루트 침공.

4) 전쟁은 병력이 많은 쪽이 아니라 용기 있는 병사들이 많은 쪽이 이긴다는 의미.

5) 혁명의 결과로 1792년 9월 21일 구성된 국민의회는 곧바로 왕정을 폐지하고 혁명력을 통용시켰다. 그해 가을에 프랑스 혁명군은 불리한 전황을 뒤엎고 프랑크푸르트를 점령했으며, 브뤼셀로 진군했다.

22

파리, 1840년 10월 7일

흥분 상태는 매시간 상승하고 있다. 프랑스인들의 격한 성급함을 감안해 보면 어떻게 이들이 이러한 불확실한 상태에서 견뎌내는지 거의 이해가 되지 않는다. 결단을! 어떤 대가를 치르더라도 결단을! 전 국민이 외치고 있다. 이들은 자신들의 명예가 모독당했다고 믿고 있는 것이다. 이 모독이 사실인지 아니면 그저 상상된 것인지를 나는 결정할 수 없다. 영국인들과 러시아인들의 선언인즉, 그들에게는 단지 평화의 확보가 관건이라고 한다. 그러나 어쨌든 이 선언은, 같은 시간 베이루트에서는 대포 소리가 그 반대를 주장하고 있는 한, 매우 역설적으로 들린다. 이들이 베이루트 주재 프랑스 영사관의 삼색기를 특히 집중적으로 포격한 사실은 가장 큰 분노를 유발했다. 그제 저녁 그랑 오페라 극장에서는 일층 객석 청중이 오케스트라에게 라 마르세예즈[1]의 연주를 요구했다. 경찰 간부 한 명이 이 요구를 거부하자 사람들은 반주 없이 이 노래를 불렀다. 분노로 숨을 헐떡이며. 그래서 말들은 목구멍에 걸려 전혀 알아들을 수 없는 울부짖음이 되었다. 프랑스인들은 이 끔찍한 노래의 가사는 잊어버리고 오로지 그 옛 멜로디만을 기억하는 것일까? 청중에게 반론을 제기하기 위해 무대에 오른 그 경찰 간부는 여러 번 허리를 굽히며 더듬거리는 소리로 말했다. 오케스트라가 라 마르세예즈를 연주할 수

---

1) La Marseillaise, 프랑스의 국가. 원래는 프랑스 혁명 당시 혁명군이 부르던 노래였으나 1795년 국가로 지정되었다. 나폴레옹이 황제로 등극한 후 이 노래는 과격한 혁명을 조장한다는 이유로 금지되었고, 1870년에야 비로소 다시 국가로 지정되어 현재에 이르렀다.

없다고, 그 이유인즉 이 작품이 연주 공고문에 들어 있지 않기 때문이라고. 일층 객석에서 누군가가 이에 응답했다. "여보시오, 그건 이유가 될 수 없소. 그럴 것이 당신 또한 연주 공고문에 들어 있지 않기 때문이오."

경찰국장은 오늘 부로 모든 극장에 대해 마르세유 송가의 연주를 허용했다. 나는 이 상황을 중요하게 생각한다. 이러한 상황에서 내각 신문들의 모든 호전적 장광설보다도 더 믿음이 가는 징조를 보기 때문이다. 실제로 내각 신문들은 며칠 전부터 아주 대단하게 전쟁 나팔을 불어대고 있어서, 사람들은 이제 전쟁을 피할 수 없는 것으로 생각하는 듯이 보인다. 가장 강력한 평화론자는 국방장관과 해군장관이고, 교육장관이 가장 호전적이다. 그는 용기 있는 사람이고, 장관직을 맡은 후에는 적대자들의 존경도 받고 있다. 그리고 지금은 강력한 행동력과 열광을 펼쳐 보이고 있다. 그러나 그는 아마도 해군장관이나 국방장관만큼 프랑스의 전쟁 수행 능력을 제대로 판단할 수는 없을 것이다. 티에르는 모두에게 균형을 취하고 있는바, 그는 정말로 내셔널리즘의 사람이다. 이 내셔널리즘은 그의 손안에 있는 커다란 지렛대이다. 그는 나폴레옹에게서 이념보다는 이 내셔널리즘의 지렛대로 프랑스인들을 훨씬 더 세차게 격동시킬 수 있다는 것을 배웠다. 그러나 프랑스는, 자신의 내셔널리즘에도 불구하고 여전히 혁명의 대표자로 남아 있다. 그리고 프랑스인들은 그들이 허영심과 이기심 그리고 어리석음으로 인해서 싸울 때조차도, 오로지 혁명을 위해서 싸우는 것이다.[2] 티에르는 제국주의적 욕망을 갖고 있으며, 내가

---

2) 하이네는 철학자 헤겔의 역사철학적 개념인 "이성의 책략List der Vernunft"을 프랑스인들에게 적용하는 것으로 생각된다. 프랑스인들이 이기적인 동기로 전쟁을 한다고 해도 이 전쟁은, 그들이 의식하지 못하지만, 역사의 발전에 공헌한다는 것이다. 즉 프랑스인들은 역사를 지배하는 '이성' 혹은 '절대정신'의 선택된 도구라는 것이다.

7월 말에 당신들에게 쓴 것처럼, 전쟁은 그의 마음속 즐거움이다. 지금 그의 집무실 바닥은 온통 지도로 뒤덮여 있다. 그는 그 위에 배를 깔고 엎드려서는 검고 초록색인 바늘을 종이에 꽂고 있다. 나폴레옹이 그랬던 것과 똑같이. 그가 주식 투기를 했다는 말은 야비한 비방이다. 사람이란 오직 하나의 열정에만 복종하게 마련이다. 그리고 이 야심만만한 사람은 돈에 대해서는 거의 생각하지 않는다. 의식 없는 투기꾼들과의 친밀한 관계로 해서 티에르는 그의 명성을 깎아먹는 모든 악의적 소문을 자초했다. 이 투기꾼들은, 티에르가 그들에게 등을 돌리자 그의 정적들보다도 더 그에게 악담을 퍼붓고 있다. 그러나 왜 그는 이런 비천한 무리들과 교류를 했을까? 개들과 함께 뒹구는 자에게는 벼룩이 들러붙기 마련인데.

나는 왕의 용기에 경탄을 금하지 못한다. 그럴 것이 상처 받은 민족 감정을 보상해주지 못하는 매시간, 동맹군의 모든 대포보다도 더 무섭게, 왕좌를 위협하는 위험이 커지고 있기 때문이다. 소문에 의하면 내일 의회를 소집하고 프랑스에 **전시 상태**를 선포하는 칙령이 발표될 것이라 한다. 어젯밤 토르토니의 야간 주식시장[3]에 나돈 소문에 의하면 랄랑드 제독[4]이 지브롤터 해협으로 급히 가서, 러시아 함대가 영국 함대와 합류하려고 할 경우 이 함대의 지중해 진입을 저지하라는 명령을 받았다 한다. 낮에 이미 2퍼센트 떨어진 이자는 추가로 2퍼센트 더 곤두박질쳤다. 폰 로스차일드 씨가 어제 치통을 앓았다고 사람들은 주장한다. 또 다른 사람들은 산통(疝痛)이라고도 한다.[5] 이런 것들이 어떤 결과를 가져올

---

3) 토르토니Tortoni는 파리의 유명한 고급 카페이다. 이 카페는 증권 거래소에 인접해 있어 이 카페에서 거래가 많이 이루어졌다 한다. 토르토니의 "야간 주식시장"은 이러한 맥락에서 이해할 수 있다.

4) Julien Pierre Anne Lalande(1787~1844): 해군 소장이며 당시 프랑스 지중해 함대 사령관.

5) 로스차일드에 대해서는 9장 참조. 로스차일드의 몸 상태는 증권 시장의 바로미터 역할을 한다.

까? 폭풍우가 점차 가까이 오고 있다. 사람들은 이미 허공에서 발퀴레[6]의 날개 치는 소리를 듣고 있다.

23

파리, 1840년 10월 29일

티에르는 퇴장하고 기조가 다시 등장한다. 그러나 똑같은 연극이며 그저 배우들만 바뀔 뿐이다.[1] 이 배역 교체는 첫번째 주인공의 연기에 매우 만족한 보통 관객의 요구가 아니라 많은 높으신 분들과 가장 지고하신 분[2]의 요청으로 이루어졌다. 첫번째 주인공은 아마도 좀 지나치게 일층 객석의 갈채를 얻으려고 애를 썼을 것이다. 그의 후계자는 더 높은 위치의 관람석들을 안중에 두고 있다. 대사님들의 특별 관람석을.

이 순간 우리는 지금과 같은 상황에서 카퓌신가(街)의 관저[3]로 들어오는 그 남자에게 동정을 금할 수 없다. 그는 이 수난의 집 또는 죄수 우리를 떠나는 사람보다 훨씬 더 안쓰럽다. 그는 거의 왕만큼이나 불쌍한

---

6) Walküre, 북구 신화에 등장하는 전쟁의 여신. 오딘의 시녀로서 전쟁에서 죽은 영웅들을 선별해서 발할라의 신전으로 안내한다. 바그너의 오페라 「발퀴레Die Walküre」는 이들을 소재로 한 것이다.
1) 티에르의 사직으로 1840년 10월 29일 술트를 수반으로 하는 새 내각이 발족했다. 이 내각을 실질적으로 이끈 사람은 새로이 외무장관에 임명된 기조였다.
2) 일반적으로 왕에 대한 우회적 표현.
3) 프랑스 외무부의 건물.

사람이다. 사람들은 왕에게는 총을 쏘고,[4] 이 장관에게는 비방을 한다. 티에르가 장관직을 수행하는 동안 사람들은 그에게 얼마나 많은 오물을 집어 던졌던가! 오늘 그는 다시 생조르주 플라스에 있는 그의 작은 집으로 거처를 옮긴다. 나는 그에게 즉시 목욕을 하라고 권유하겠다. 이곳에서 그는 친구들에게 그의 얼룩지지 않은 위대함을 다시 보여줄 것이다. 그리고 그가 4년 전 똑같이 급작스럽게 장관직을 떠났을 때와 마찬가지로[5] 두 손이 더럽혀지지 않았고, 가슴이 움츠러들지 않았다는 것을 모든 사람이 보게 될 것이다. 단지 그는 약간 더 진지해졌을 따름이다. 그러나 그에게 진정한 진지함이 부족했던 적은 결코 없었다, 단지 이 진지함은, 카이사르[6]도 그랬던 것처럼, 가벼운 삶의 방식 뒤에 숨어 있을 뿐이다. 최근 그에게 가장 자주 쏟아진 허풍선이라는 비난을 그는 장관직을 사임함으로써 반박했다. 그가 그저 입으로만 떠드는 허풍선이가 아니기 때문에, 그가 실질적으로 거창한 군비 확장을 시작했기 때문에, 바로 그 까닭으로 그는 퇴임해야만 했던 것이다. 모든 사람이 이제는 볼 수 있다. '무기를 들라'는 외침이 허풍뿐인 거짓 전쟁놀이가 아니라는 것을 말이다. 육군과 해군, 그리고 요새 작업에 사용된 액수가 이미 4억을 상회하고, 몇 달 안에 60만 명의 병력이 모일 것이다. 그리고 이보다도 더 강력한 전쟁 준비가 제의되었고, 그것이 왕으로 하여금, 어떤 대가를 치르더라도, 이 거대한 군비 확충가를 의회가 개회하기 이전이라도 떠나보내야만 했던 이유이다. 몇몇 모자란 의원들은 이제 틀림없이 무익한 지출

---

4) 루이 필리프 왕을 암살하려는 시도가 여러 차례 있었다.
5) 티에르는 4년 전 1836년 8월 25일에도 대외 정책을 놓고 왕과의 견해 차이로 장관직에서 물러났다.
6) Gaius Julius Caesar(기원전 100~44): 로마의 정치가, 황제.

이라고 고함칠 것이다. 이들은 우리에게 평화를 유지시켜준 것이 어쩌면 바로 이 전쟁 준비라는 것을 생각하지 못할 것이다. 칼은 다른 사람들로 하여금 경계선을 넘지 못하도록 견제한다. 프랑스는 런던 협약으로 해서 모욕을 당했는가, 그렇지 않은가? 이 큰 의문은 이제 의회에서 논의될 것이다. 이것은 복잡하게 얽힌 물음이며, 이에 대한 답을 찾을 때 사람들은 상이한 민족성을 고려해야만 한다. 그러나 우선은 우린 평화를 갖고 있고, 루이 필리프 왕은, 평화를 유지하기 위해 했던 많은 용기 있는 행동에 대해, 나폴레옹이 전쟁에서 보여준 용맹성에 필적할 만한 용기 있는 행동을 한 데 대해 칭송받아 마땅하다. 그렇다, 웃지 마라, 그는 평화의 나폴레옹인 것이다!

24

파리, 1840년 11월 4일

술트 원수가, 이 칼의 사나이가, 프랑스의 내적 안정을 담당하고 있다. 이는 그의 유일한 임무이다. 그동안 외적 안정은 루이 필리프, 이 현명한 왕이 보증한다. 그는 칼이 아니라 참을성 많은 손으로 뒤얽힌 외교 문제를, 이 고르디우스의 매듭[1]을 풀려고 시도하고 있다. 그는 이 일을

---

1) 고대 프리기아 왕 고르디우스가 엮어놓은 매듭. 이 매듭을 푸는 사람은 아시아를 지배하 게 될 것이라는 예언이 전해졌다. 페르시아 원정 길에 오른 알렉산드로스 대왕은 이 매 듭을 칼로 내리쳐 단번에 풀었다.

해낼 수 있을까? 우리는 그러기를 갈망한다. 진실로 유럽의 영주들과 민중의 이익을 위해서 말이다. 민중은 전쟁으로 인해서 죽음과 궁핍을 얻게 될 것이다. 전자는, 즉 영주들은 가장 유리한 경우에조차도, 프랑스에 승리함으로써 지금은 아마도 몇몇 정치가들의 상상 속에서만 염려스러운 생각으로 존재하는 위험을 현실화시킬 것이다. 50년 전부터 프랑스에서 일어난 거대한 변혁은 비록 종결되지는 않더라도 틀림없이 지연되기는 할 것이다. 외부로부터 그 끔찍한 변혁의 바퀴가 다시 움직여지지 않는다면 말이다. 새로운 동맹2)과의 전쟁 위협을 통해서 왕의 옥좌뿐 아니라 루이 필리프가 적법하게, 여하튼 실질적으로 대변하는 부르주아지의 지배도 위협받게 될 것이다. 민중이 아니라 부르주아지가 1789년의 혁명을 시작했고 1830년에 완결했다. 지금 지배하고 있는 것도 이 부르주아지다. 비록 그들의 위임을 받은 자들3) 중 상당수가 고귀한 혈통 출신이지만 말이다. 단순히 법률적 평등뿐 아니라 향락의 평등도 요구하며 밀어닥치는 민중을 지금까지 억눌러온 자들도 바로 이 부르주아지다. 새로운 국가의 건설이라는 힘든 작업을 사회의 근원적 개혁을 요구하는 민중의 쇄도에 맞서 지켜내야 하는 부르주아지는, 외국까지도 네 배나 강한 힘으로 그들을 엄습한다면, 이를 막기에는 의심할 나위 없이 너무 허약하다. 그래서 외국의 침공이 시작되기도 전에 부르주아지는 물러날 것이고, 하층 계급이 그 자리에 들어설 것이다. 그 끔찍했던 90년대처럼. 그러나 이번에는 더 잘 조직되고, 더 뚜렷한 의식과 새로운 독트린, 새로운 신(神)들, 새로운 땅과 하늘의 힘을 지니고서 말이다. 외국은 정치적 혁명

---

2) 유럽의 봉건 제후들은 프랑스 혁명과 나폴레옹에 대항해 동맹을 맺고 싸웠다. "새로운 동맹"이란 런던 협약에 가입한 국가들의 대프랑스 공동 전선을 의미한다.
3) 부르주아지에 의해 프랑스 의회의 의원으로 당선된 사람들을 의미한다.

이 아니라 하나의 사회적 혁명과 싸우게 되는 것이다. 그러기에 현명함이 동맹국들에게 프랑스의 현 정권을 지원하라고 충고해주었으면 한다. 훨씬 더 위험하고 훨씬 더 전염성이 강한 요소들이 고삐가 풀리고 세력을 얻게 되지 않도록 말이다. 신도 그의 대리인[4]들에게 하나의 교훈적 실례를 내려주었다. 최근의 암살 시도는 루이 필리프의 머리 위에 섭리의 아주 특별한 보호가 주어졌음을 보여준다.[5] 신은 불길을 잡고 세계의 전반적인 화재를 예방하는 이 위대한 소방관을 보호하고 있는 것이다.

술트 원수가 국내의 안정을 확보하는 데 성공할 수 있으리라고 나는 믿어 의심하지 않는다. 티에르의 군비 증강으로 인해 술트는 충분한 병력을 넘겨받았다. 군인들은 물론 바뀐 임무 때문에 불만에 차 있다. 민중이 무장을 하고 광포하게 전쟁을 요구할 경우, 술트는 이 군대를 그의 편이라고 믿을 수 있을까? 병사들이 그들 가슴속의 전쟁 욕구를 억누를 수 있게 되어 외국군이 아니라 오히려 그들의 형제와 싸우려고 할까? 그들은 비겁자라는 비난을 태연하게 들어 넘길 수 있을까? 갑자기 죽은 사령관[6]이 세인트헬레나에서 이리로 오면 병사들이 완전히 이성을 잃어버리지 않을까? 이 남자가 이미 앵발리드 성당 아래 조용히 묻혀 있다면, 그의 장례식을 우리가 무사히 넘겼더라면 참 좋았을 텐데!

기조가 위에서 말한 국가의 두 동량(棟梁)과 어떤 관계였는지는 후에 이야기할 것이다. 또한 그가 어디까지 이들을 그의 말의 방패로써 보호하려고 생각하는지는 아직 결정되지 않았다. 몇 주 안에 그의 연설 재

---

4) 절대 왕정에서 왕은 신의 대리인으로 간주되었다.

5) 1840년 10월 15일 저녁 공화주의자인 다르메Marius Darmès가 루이 필리프가 탄 마차에 총을 쏘았다. 왕은 무사했고 범인은 얼마 후 처형되었다.

6) 나폴레옹을 가리킨다. 나폴레옹의 유해는 1840년 11월 30일 셰르부르에 도착했고, 그해 12월 15일 파리에서 매장되었다.

능은 강력하게 요구될 것이다. 의회가 소문대로 **전쟁을 시작하는 이유**에 대해 하나의 원칙을 정하려고 한다면, 이 박학한 남자는 그의 지식을 그야말로 빛나게 펼칠 수 있을 것이다. 이 말인즉 의회는 동맹국들의 선언, 즉 그들이 오리엔트에서의 평화 회복 과정에서 어떤 영토 확장이나 그 밖의 사적 이익을 목적으로 하지 않는다는 선언을 특별히 정밀 검토하고, 그 어떤 것이라도 이 선언과 실질적 불일치가 보이면 **전쟁을 시작하는 이유**로서 확정하려는 것이다. 이 기회에 티에르가 할 역할에 대해서, 그리고 그가 그의 모든 말의 힘을 동원해 옛 경쟁자인 기조에 맞서려고 생각하는지의 여부에 대해서도 마찬가지로 나는 훗날에야 비로소 당신들에게 보고할 수 있을 것이다.

기조는 어려운 처지에 있다. 나는 이미 당신들에게 여러 번 내가 그에게 큰 동정심을 느낀다고 말한 바 있다. 그는 용기 있는, 굳건한 의식의 소유자이다. 칼라마타[7]는 그의 고귀한 외모를 멋진 초상화로 잘 모사해냈다. 석벽에 기댄 고집스러운 청교도적 머리——머리를 급히 뒤로 움직이면 그는 상당히 상처를 받을 것 같다. 이 초상화는 구피 에 리트너[8] 출판사의 창문에 전시되어 있다. 많은 사람이 이 초상화를 보았고 그래서 기조는 악의에 찬 혓바닥들이 행하는 **초상화** 처형의 고통을 이미 수없이 감내해야만 했다.

---

7) Luigi Calamatta(1801~1869): 이탈리아 출신의 동판화가. 폴 들라로슈Paul Delaroche 가 그린 기조의 흉상화를 바탕으로 그의 동판화를 제작했다.
8) Goupil et Rittner, 파리의 미술 출판사.

25

파리, 1840년 11월 6일[1]

　7월 혁명과 이 혁명에 대한 루이 필리프의 관여에 대해 이제 책이
한 권 발간되었다. 이 책은 전반적인 관심을 불러일으켰고 도처에서 논
의의 대상이 되었다. 이 책은 루이 블랑의 『10년의 역사』[2]의 제1부인바,
나는 아직 보지 못했다. 이 책을 읽게 되면 책에 대해 독자적인 판단을
내려보겠다. 오늘은 당신들에게 처음부터 저자와 그의 상황에 대해서 내
가 말할 수 있는 것만을 보고하는 바이다. 이 책에 당파 정신이 얼마나
많은 부분을 차지하는지, 책의 내용에 얼마나 많은 믿음을 보내거나 거
부할지 정확하게 판단하는 올바른 관점을 당신들이 얻을 수 있도록 하
기 위해서.
　저자인 루이 블랑은 아직 젊은 사람이다. 기껏해야 서른몇 살일 것
이다. 그런데도 그는 외모로는 열세 살짜리 어린 소년처럼 보인다. 실제
로 그의 아주 왜소한 몸집, 뺨이 붉고 수염이 없는 얼굴, 그리고 또 연하
게 부드러운, 아직 변성기를 거치지 않은 음성은 그의 겉모습을 아주 사
랑스러운 남자아이처럼 보이게 한다. 이제 막 3학년을 마치고 난생처음
연미복을 걸친 남자아이처럼. 그럼에도 불구하고 그는 공화주의 정당의
저명인사이며, 그의 사유는 노인네들에게서나 찾아볼 수 있는 절제가 지

---

1) 이 글은 실질적으로는 1842년 1월에 집필되었다.
2) 루이 블랑(Louis Blanc, 1811~1882)은 19세기 프랑스의 급진적 사회주의 정치가이자
　역사학자이다. 그는 프랑스 7월 왕조에 대해 다섯 권으로 된 역사책을 썼다. 7월 혁명
　후 처음 10년간의 역사를 다룬 제1권의 부제가 『10년의 역사, 1830~1840』이다.

배하고 있다. 그의 용모, 특히 쾌활한 두 눈은 그가 남부 프랑스 출신임을 말해준다. 루이 블랑은 마드리드에서 태어났으며, 부모는 프랑스 사람이다. 그의 어머니는 코르시카에서 태어났으며 포초 디 보르고 가문 출신이다. 루이 블랑은 로데즈에서 교육을 받았다. 그가 이미 얼마나 오래 파리에 머물고 있는지를 나는 알지 못한다. 그러나 6년 전에 벌써 나는 그를 『르 몽드』라는 공화주의 신문의 편집인으로서 이곳에서 만났다.[3] 그 후 그는 『르뷔 뒤 프로그레』라는 가장 중요한 공화주의 기관지를 창간했다. 전임(前任) 러시아 대사인 그의 사촌 포초 디 보르고[4]는 이 젊은 이의 경향에 썩 만족하지 못했고, 그래서 그에 대해 자주 불편한 심기를 드러냈다 한다. (곁들여 말하는데, 이 유명한 외교관에 대해서 매우 불행한 소식이 이곳에 전해졌다. 그의 정신병이 치유가 불가능한 것으로 보인다고 한다. 때때로 그는 광기에 사로잡히고, 그럴 때에는 나폴레옹 황제가 그를 총살하려 한다고 생각한다 한다.) 루이 블랑의 어머니와 그의 외가 쪽 일가는 모두 아직 코르시카에 살고 있다. 그러나 이는 혈통에 따른 육체적 친족 관계이다. 루이 블랑은 정신적으로는 우선 장 자크 루소[5]와 친족 관계이다. 루소의 저술은 그의 모든 생각과 저술 방식의 출발점을 이룬다. 루이 블랑의 따뜻하고 남을 배려하며 진실을 추구하는 산문은 루소라는 혁명의 최초 교회 장로를 연상시킨다. 『노동의 조직』[6]은 이미 얼마

---

3) 하이네는 공화주의 신문을 혼동하고 있다. 『르 몽드*Le Monde*』의 편집장은 뒤랑Durand이고 루이 블랑은 『봉 상스*Bon Sens*』의 편집장을 지냈다.

4) 포초 디 보르고 백작Comte Pozzo di Borgo은 루이 블랑 어머니의 남자 형제이기에, 루이 블랑의 사촌이 아니라 외숙부이다. 그는 러시아의 외교관으로서 여러 가지 중요한 임무를 수행했다. 1813년부터 1814년까지 프랑스 주재 러시아 대사였고, 1834년부터 1839년까지는 영국 주재 대사였다.

5) Jean Jacques Rousseau(1712~1778): 프랑스의 유명한 계몽주의 철학자.

6) *L'organisation du travail*. 1840년 출간되었다.

전에 루이 블랑을 주목하게 만든 그의 첫 저술이다. 이 작은 작품의 구절마다, 비록 심원한 지식은 아니지만, 민중의 고통에 대한 그의 뜨거운 연민의 감정이 나타나 있다. 동시에 이 글에는 집단의 절대적 지배에 대한 그의 호감과 천재적 개인주의에 대한 철저한 반감도 드러난다.[7] 이를 통해서 루이 블랑은 몇몇 그의 공화주의적 동지들, 예를 들면 재주 많은 피아[8]와 확연히 구분된다. 이러한 차이로 인해 얼마 전에, 루이 블랑이 이 공화주의자가 요구하는 절대적인 언론의 자유를 인정할 수 없다고 주장했을 때, 하마터면 충돌이 일어날 뻔했다. 이러한 상황을 통해서 피아가 오로지 자유를 위한 자유를 사랑하는 반면에 루이 블랑은 자유를 박애적 목적을 촉진하기 위한 하나의 수단으로 간주한다는 것이 분명해졌다. 이러한 관점에서 루이 블랑에게는 통치적 권위가 개인적 힘과 위대함의 모든 권한과 권리보다도 훨씬 더 중요하다. 그는 어떤 정권도 통치적 권위 없이는 국민의 안녕을 촉진할 수 없다고 생각하는 것이다. 그렇다. 아마 그의 키 때문에라도 벌써 그에게는 모든 위대한 개인이 혐오스러우리라. 그래서 그는 루소의 또 다른 제자이자 이제 고인이 된 막시밀리앙 로베스피에르와 그가 공유하는 불신을 갖고 위대한 개인을 배척한다. 내 생각에 이 난쟁이는 규정된 신병(新兵)의 신장 기준을 넘어서는 모든 머리통을 잘라버리고 싶어 한다. 물론 당연히 공공의 안녕을 위해서, 보편적 평등을 위해서, 민중의 사회적 행복을 위해서 말이다. 그 자신은 절제하고 있고, 자신의 자그마한 육체에 어떤 향락도 베풀지 않는 것 같

---

7) 루이 블랑은 단체, 특히 국가의 역할에 큰 비중을 두었고, 개개인의 자유를 중시하는 개인주의를 배격했다. 그는 단체의 이익을 위해서라면 개인의 자유는 제한될 수 있다고 생각했으며, 이러한 관점에서 국가에 의한 어느 정도의 검열은 필요하다고 보았다.
8) Félix Pyat(1810~1889): 프랑스의 사회주의적 언론인이자 정치가.

다. 그래서인지 그는 국가에 보편적인 음식 평등을 도입하려고 한다. 우리에게 모두 똑같이 스파르타식으로 끓인 검은 수프가 주어져야 하는 것이다. 더욱더 끔찍스러운 일은 거인도 난쟁이 형제가 먹는 것과 같은 양을 배분받아야 할 수도 있다는 것이다. 아니오, 난 사양하겠소, 새로운 리쿠르고스여![9] 물론 우리가 모두 형제라는 것은 사실이오. 그러나 난 큰 형제고 그대들은 작은 형제들이오. 그러기에 내게는 훨씬 더 큰 몫이 주어지는 것이 합당하다오. 루이 블랑은 릴리퍼트인[10]과 스파르타인의 해학적 혼합체이다. 그러나 여하간에 나는 그가 커다란 미래를 갖고 있다고 믿는다. 그는, 비록 짧은 기간이지만, 하나의 역할을 수행할 것이다. 그는 작은 사람들의 큰 사람이 되도록 완전히 그렇게 만들어져 있는 것이다. 작은 사람들은 루이 블랑 같은 사람을 아주 가볍게 그들의 어깨 위에 메고 다닐 수 있다. 반면에 이들에게는 거대한 사람들, 차라리 아주 풍만한 정신의 소유자들이라 말하고 싶기도 한데, 이런 사람들은 너무 무거운 짐이 될 수 있을 것이다.

　　루이 블랑의 새 책은 탁월한 저서임이 틀림없다. 그리고 이 책은 아직 알려지지 않은 고약한 일화들을 많이 포함하기에, 남의 불행을 고소히 여기는 대중에게는 소재만으로도 흥미의 대상이 될 것이다. 공화주의자들은 이 책에서 주체할 수 없는 기쁨을 탐닉하고 있다. 그자들의 비천함이, 지금 지배하고 있으나 그들이 무너트리려 하는 부르주아지의 천박

---

9) Lykurg(혹은 Lykurgos), 고대 그리스의 신화적 인물로 스파르타의 입법자(立法者)로 전해진다. 그는 스파르타 청년들을 강한 전사로 키울 목적으로 단체 급식을 시켰으며, 이 단체 급식의 주성분은 쇠고기 국물과 선지로 이루어진 "검은 스프"였다 한다. 하이네는 단체 급식에 제공된 이 "검은 스프"로 '획일적인 평등사상'을 비유하고 있다.

10) 『걸리버 여행기』에 나오는 소인국 릴리퍼트Lyliput 사람.

함이, 여기에서 아주 재미있게 폭로되어 있기 때문이다. 그러나 정통 왕당파에게 이 책은 정말 진수성찬이다. 그럴 것이 저자가 왕당파는 봐주면서도 그들에게 승리를 거둔 부르주아지를 조롱하고 루이 필리프 왕의 외투에 독이 든 오물을 던지고 있기 때문이다.[11] 루이 블랑이 루이 필리프에 대해서 말하는 이야기들이 거짓일까 참말일까? 참말이라면 프랑스인들의 위대한 국가는, 자신의 명예에 대해서 그토록 많이 말하는 국가는, 10년 전부터 한 평범한 사기꾼, 왕관을 쓴 요술쟁이 사기꾼 한 명에 의해 지배되고 대표되는 셈이다. 그럴 것이 이 책에는 다음과 같은 이야기도 들어 있다. 8월 1일, 샤를 10세[12]가 오를레앙 공작[13]을 육군 중장으로 임명했을 때, 뒤팽[14]이 그를 찾아서 뇌이로 향했다. 뒤팽은 공작에게 이중적 인물이라는 위험한 의심을 벗어나기 위해서 결정적인 방법으로 샤를 10세와 결별하고 그에게 확실한 절교장을 보내야 한다고 건의했다. 루이 필리프는 뒤팽의 충고를 전적으로 찬양하고 그에게 그런 절교 편지를 편집해줄 것을 부탁했다. 부탁은 이루어졌고 더할 수 없이 거친 표현의 절교장이 완성되었다. 루이 필리프는 이미 주소가 쓰인 봉투에 든 편지를 밀봉하고자 봉랍(封蠟)을 촛불에 갖다 대려고 하다가, 갑자기 뒤팽에게 몸을 돌리고 이렇게 말했다. 중요한 사건들에 대해 난 늘 아

---

11) 당시 정통 왕당파는 루이 필리프 왕이 부르봉 왕가의 적통을 이어받지 못했다는 이유로 그를 배척했다.

12) Charles X(1757~1836), 루이 18세의 동생으로 그의 사후 왕위를 물려받았다가 1830년 7월 혁명으로 추방되었다. 그의 후임이 오를레앙 공작이었던 루이 필리프 왕이다. 루이 필리프는 부르주아지의 지원을 받고 왕위에 올랐기에 '시민왕'이라고도 불린다.

13) 후일의 루이 필리프 왕. 앞의 각주 참조.

14) 조르주 상드의 아버지인 모리스 뒤팽Maurice Dupin. 프랑스군의 고급 장교였다. 5장 '추후 기록' 참조.

내하고 상의한다네. 우선 이 편지를 그녀에게 읽어주려네. 그녀가 찬성하면 즉시 그 편지를 발송하기로 하세. 이렇게 말하고 그는 방에서 나갔고 잠시 후에 다시 편지를 갖고 돌아와서는 재빨리 봉인하고 지체 없이 샤를 10세에게 발송했다. 그러나 단지 주소가 쓰인 봉투만이 전과 같은 것이었다. 이 능숙한 마술사는 뒤팽의 조야한 편지를 아주 겸허한 상서(上書)로 바꿔치기했다. 이 편지에서 그는 신하로서 충성을 맹세하면서 육군 중장 임명을 받아들였고, 왕의 손자를 위해 자신은 물러나겠노라고 샤를 10세에게 맹세했다. 맨 처음의 의문은 이 속임수가 어떻게 발각되었느냐는 것이다. 이 물음에 대해서 루이 블랑은 내 친지 중의 한 명에게 구두로 답을 해주었다. 베리어[15]는 프라하로 샤를 10세를 찾아갔을 때,[16] 그에게 아주 공손히 "폐하께서 과거 좀 지나치게 퇴위(退位)를 서두르지 않으셨냐"고 자신의 의문을 개진했다. 이에 대해 '폐하'께서는 자신의 행위를 정당화하기 위해 당시 오를레앙 공작이 그에게 보낸 편지를 보여주었다. 샤를 10세는 공작을 왕국의 육군 중장으로 인정하고 있었기에 그의 충고를[17] 더 열심히 따랐다고 답했다. 그러니 이 편지를 본 사람은 베리어 씨고, 이 일화는 모두 이것이 사실이라는 그의 보증에 근거한다. 정통 왕당파에게 그의 보증은 물론 충분한 것이다. 공화주의자들에게도 역시 그러하다. 이들은 루이 필리프에 대한 정통 왕당파의 증오가 꾸며낸 것들을 모두 그대로 믿고 있다. 우리는 이 사실을 극히 최근

---

15) Philippe-Antoine Berryer(1790~1868): 당대의 유명한 변호사이자 웅변술이 뛰어난 대표적 정통 왕당파 정치가.
16) 1832년 프랑스에서 추방된 샤를 10세는 가족과 함께 프라하로 망명했다.
17) 즉시 퇴위하고 왕위를 손자에게 물려주라는 충고.

에, 평판이 나쁜 악덕 할멈[18] 하나가 이 유명한 가짜 편지들을 우려먹었을 때도 확인했다. 이 사건에서도 베리어는 날조의 변호사로서 빛나는 광휘 속에 본모습을 보였다. 정통 왕당파도 아니고 공화주의자도 아닌 우리는 오로지 베리어 씨의 재주만을, 낭랑하게 소리를 내는 그의 신체 조직을, 연극과 음악에 대한 그의 감각을 믿을 따름이다. 우리는 특히 정통 왕당파가 그들의 위대한 대리인에게 지불한 엄청난 액수의 돈을 믿는다.

루이 필리프에 관해서라면 우리는 이 책에서 충분할 정도로 자주 그에 대한 견해를 표명한 바 있다. 그는 비록 아이아스보다는 오디세우스와 더 비슷하지만, 위대한 왕이다.[19] 아이아스 이 광포한 독재 군주는 꾀 많고 참을성 많은 오디세우스와의 싸움에서 아주 비참하게 패배해야만 했다.[20] 루이 필리프는 그러나 비열한 사기꾼처럼 프랑스의 왕관을 도둑질하지는 않았다. 더할 수 없이 혹독한 필연성이, 신의 노여움이라고도 말하고 싶은 필연성이 운명적인 공포의 순간에 그의 머리 위에 왕관을 눌러씌운 것이다. 물론 이 일에서 그는 약간의 코미디를 연출했다. 그는 자신을 왕으로 위임한 사람들, 즉 그를 추대한 7월의 영웅들[21]을 전적으로 진정하게 대하지는 않았다. 그러나 이들도 그에게, 오를레앙 공작에

---

18) 이다 드 생텔름Ida de Saint-Elme을 가리킨다. 작가인 그녀는 가톨릭 승려들의 신문인 『라 프랑스*La France*』에 루이 필리프가 썼다는 편지를 팔아넘겼다.

19) 아이아스Ajax와 오디세우스Odysseus는 모두 호메로스의 서사시 『일리아드』와 『오디세이아』의 등장인물이다. 전사한 아킬레우스의 무기를 차지하기 위한 경쟁에서 지자 아이아스는 스스로 목숨을 끊었다.

20) 하이네는 루이 필리프가 오디세우스처럼 영리하게 머리를 굴려서, 그리고 참을성 있게 기다려서 오디세우스가 '아킬레우스의 남겨진 무기'를 차지한 것처럼 왕좌를 차지하는 싸움에서 승리했다고 비유하고 있다.

21) 1830년 7월 혁명을 이끈 부르주아지 지도자들.

게, 아주 완전히 진정으로 대했던가? 그들은 루이 필리프를 그저 꼭두각시로 간주했다. 그들은 그를 즐겁게 붉은 의자 위에 앉혔다. 만일 그가 실을 잡아당기는 대로 원활하게 조종되지 않으면, 또는 그가 그 옛 작품인 공화국[22]을 다시 도입하려는 생각이라도 한다면, 어렵지 않게 그를 다시 끌어내릴 수 있다고 굳게 믿으면서. 그러나 내가 이미 말한 것처럼, 이번에는 공화주의자들을 속이기 위해 유니우스 브루투스의 역을 맡아 한 것은 왕 자신이었다.[23] 루이 필리프는 영리했고, 그래서 아주 온순한 양 같은 겸허함의 가면을 썼다. 그는 커다란 감상적 우산을 팔 아래 끼고는 슈타베를레[24]처럼 파리의 뒷골목을 어슬렁거렸으며, 이 사람 저 사람을 만나서 그들의 씻지 않은 손을 붙잡고 흔들어댔다. 그는 미소 짓고 매우 감동한 척하기도 했다. 내가 7월 혁명 얼마 후에 이곳으로 왔을 때[25] 그는 정말로 코미디언 같은 역을 맡아 했고, 그래서 나는 여러 번 이것을 보고 웃을 기회가 있었다. 내가 도착 직후 루이 필리프를 보기 위해 왕궁으로 서둘러 갔던 것을 나는 아직도 뚜렷하게 기억하고 있다. 나를 안내한 친구는 왕이 이제는 특정한 시간에만 테라스에 나온다고 말해주었다. 그러나 이전에는, 몇 주일 전만 해도, 사람들은 5프랑만 내면 언제나 그를 볼 수 있었다 한다. 5프랑이라고! 나는 놀라서 외쳤다. 그렇다면 왕이 돈을 받고 자신을 보여준단 말인가? 그렇지는 않다. 그러나 돈을 내면

---

22) 1789년 프랑스 대혁명 후 세워진 제1공화국(1792~1804)을 의미한다.

23) 루키우스 유니우스 브루투스Lucius Junius Brutus는 기원전 510년에 로마 왕국을 무너트리고 공화국을 세운 인물로 알려져 있다. 브루투스는 겸허하고 소박한 사람으로 자신을 위장하고 있어서 당시 로마 왕 타르퀴니우스 수페르부스Tarquinius Superbus는 그를 전혀 의심하지 않았다 한다.

24) Staberle, 빈의 민중 코미디에 등장하는 희극적 인물.

25) 하이네는 7월 혁명 일곱 달 후 1831년 5월에 파리로 망명했다.

그는 모습을 드러낸다. 그 사정은 다음과 같다. 이곳에는 동원된 박수부대, 불법 암표상 그리고 그런저런 불량배 무리가 있다. 이들은 모든 외국인에게 5프랑만 내면 왕을 보여주겠다고 제안한다. 10프랑을 주면 왕이두 눈을 하늘로 향한 채 손을 맹세하듯 가슴에 올려놓는 모습을 보여주겠다고 한다. 그러나 20프랑을 주면 왕으로 하여금 라 마르세예즈도부르게 하겠다고 한다. 사람들이 이 작자들에게 5프랑짜리 동전 하나를 주자, 이자들은 왕의 창문 아래서 소리 높여 환호하며 만세를 외쳤다. 그러자 지고하신 전하께서 테라스에 모습을 드러내고는 몸을 굽혀인사를 하고는 다시 퇴장했다. 사람들이 이 작자들에게 10프랑을 주자, 이들은 더욱더 요란하게 환호했고, 왕이 모습을 드러낸 동안 마치 신들린 사람처럼 행동했다. 그러자 왕은 말 없는 감동의 표현으로 두 눈을하늘로 향하고 맹세하듯이 가슴에 손을 얹었다. 그러나 영국인들은 가끔씩 20프랑을 지불했고, 그러면 열광은 최고도로 상승했다. 그리고 왕이 테라스에 나타나자마자 사람들은 라 마르세예즈를 불렀다. 정말 끔찍하게 고래고래 소리 지르며 노래했다. 마침내 루이 필리프가, 아마도 오로지 군중의 노래를 끝내기 위해서 몸을 숙여 인사하고, 두 눈을 하늘로 향하고, 라 마르세예즈를 같이 부를 때까지. 사람들이 주장하는 것처럼 그가 발로 박자도 맞추었는지는 알지 못한다. 여하간에 나는 이 일화의 진위를 보증할 수 없다. 내게 이 일화를 말해준 친구는 7년 전에 죽었다. 말하자면 지난 7년 동안 그는 내게 거짓말을 하지 않은 것이다. 따라서 내게 이 사실의 진위를 보증해준 사람은 베리어 씨가 아니다.

26

파리, 1840년 11월 7일

왕이 울었다.[1] 왕이 울었다, 공개리에, 옥좌에 앉아서, 왕국의 모든 고관에 둘러싸여서, 국민의 선출된 대표자들이 그를 마주 보고 선 가운데, 그러니 온 국민의 면전에서. 이 슬픈 장면의 증인은 또한 외국의 모든 군주였다. 그들은 대사와 사절(使節)에 의해 대변되기에. 왕이 울었다! 이것은 우울한 사건이다. 많은 사람이 왕의 눈물을 의심쩍게 생각하고, 이 눈물을 라이네케의 눈물과 비교한다.[2] 그러나 왕이 아주 심하게 몰리고 두려움에 차서, 울음이라는 축축한 보조 수단에서 도피처를 찾는다면, 그것으로 이미 충분히 비극적인 것이 아닐까? 아니다, 루이 필리프는, 이 참을성 많은 왕은, 그의 눈물샘을 억지로 짜낼 필요가 없다. 그의 국민과 전 세계를 위협하는 끔찍한 일[3]을 생각한다면 말이다.

의회의 분위기에 대해서는 아직 알릴 만한 확실한 것이 아무것도 없다. 그러나 모든 것이, 프랑스와 전 세계의 내적 및 외적 안정이 프랑스 의회에 달려 있다. 의회의 부르주아지 유력자들과 왕 사이에 심각한 갈등이 생겨나면, 과격파의 우두머리들은 봉기를 더는 주저하지 않을 것이다. 이 봉기는 이미 은밀하게 준비되어 있으며, 왕이 의회의 지원을 확신할 수 없게 될 시간만을 기다리고 있다. 양쪽이 서로 티격태격하지만, 그들의 결

---

1) 실러Friedrich Schiller의 「돈 카를로스Don Carlos」 4막 23장에 나오는 유명한 구절.
2) '라이네케'라는 교활한 여우 이야기는 중세의 동물 설화인데, 괴테는 이를 「여우 라이네케Reineke Fuchs」라는 풍자시의 소재로 삼았다. 주인공 라이네케는 동물 왕의 법정에서 거짓 '눈물'과 속임수로 형벌을 피하고 오히려 고소인에게 죄를 뒤집어씌운다.
3) 앞 장에서 언급된 프랑스와 런던 협약 참가국들 간의 전쟁 가능성.

혼 계약을 파기하지 않는 동안에는 정권의 전복은 이루어질 수 없다. 전복 운동의 주모자들은 이 사실을 아주 잘 알고 있다, 그러기에 그들은 이 순간 모든 분노를 억누르고, 어떤 성급한 무장봉기도 삼가고 있는 것이다. 프랑스의 역사는 혁명의 모든 중요한 과정이 의회에서 시작되었음을, 의원들의 합법적 반항이 항상, 많든 적든 분명하게 민중에게 무서운 신호를 주었음을 보여주고 있다. 의회의 이러한 참여, 우리는 의회의 공범 행위라고까지 말하고 싶은바, 이러한 참여를 통해 거친 폭력이 지배하는 국왕 부재의 혼란기는 결코 오래 지속되지 않는다.[4] 그래서 프랑스 사람들은, 예를 들면 스페인 사람들같이, 혁명적 상황에 처한 다른 국민보다 훨씬 더 무정부 상태로부터 보호되어 있다. 우리는 이 사실을 7월의 날들에서[5] 보았다. 그때에는 법을 만드는 의회가 법을 집행하는 국민의회로 변화했다. 최악의 경우 사람들이 기대할 수 있는 것은 다시금 그런 변신이리라.

27

파리, 1840년 11월 12일

샤르트르 공작[1]의 탄생 공고는 왕의 연설 말미에 추가되었다. "가엽

---

4) 혁명 세력의 한 부분으로서 의회가 참여하고 있기에 혁명이 완전한 파괴 행위로 변하거나 또는 극도로 혼란한 무정부 상태로 빠지는 것을 방지해준다는 의미.
5) 1830년 7월 혁명을 의미한다.
1) 왕세자인 페르디낭Ferdinand의 둘째 아들 로베르-필리프Robert-Philipp. 1840년 11월 9일에 태어났다.

기도 해라, 벌거벗은 아기야"——그렇게 셰익스피어가 말했지.[2] 그런데 더욱이 이 아기는 왕자로 태어났다. 그러니 이 아기는, 프랑스의 왕이라는 가시 면류관을 머리에 쓰지 않는다고 하더라도, 더없이 참담한 시험들을 견뎌내야 하는 운명인 것이다! 인내의 젖을 먹을 수 있도록 아기에게 독일 유모가 한 명 주어졌으면. 아기는 힘차고 건강한 상태이다. 영리한 아기는 곧바로 자신의 상황을 알아차렸고, 그래서 즉시 울기 시작했다. 덧붙여 말하자면 아기는 할아버지인 루이 필리프를 많이 닮았다 한다. 할아버지는 기쁨에 겨워 환호하고 있다. 우리는 진심으로 그가 손자에게서 위로와 위안을 얻기를 바란다. 그는 최근에 아주 많은 고통을 겪지 않았던가! 루이 필리프는 아주 훌륭한 가장이다. 그런데 가족의 행복을 위한 바로 그 지나친 배려가 그로 하여금 프랑스의 국가적 이익과 여러 차례 충돌하게 만들었다. 그는 사랑하는 자식들이 있기에 평화에 대해서도 단호한 애정을 품고 있다. 호전적인 군주들은 대개 자식이 없다. 가정의 단란함에 대한 감각, 가정적 행복, 이런 것들은 루이 필리프에게 지배적인 바, 이것들은 확실히 존중해야 할 가치가 있으며, 어떤 경우에라도 예절에 아주 유익한 영향을 끼치는 더없이 지고한 모범이다. 왕은 시민적 취향에서 매우 도덕적이고, 그의 가정은 프랑스 전체에서 가장 예의 바른 집안이다. 그러니 그를 대리인으로 선택한 부르주아지는 아직도 그에게 만족해야 할 이유를 많이 갖고 있는 것이다.

부르주아지가 키를 잡고 있는 한 지금의 왕조를 위협할 만한 위험은 없다. 그러나 폭풍우가 일고, 더 강한 주먹들이 키를 붙잡으려 한다

---

2) 셰익스피어의 「맥베스*Macbeth*」 1막 7장에서 주인공 맥베스의 독백 "And pity, like a naked new-born babe"를 변형했다.

면, 그리고 돈이나 세고 장부를 기록하는 데나 더 적합한 부르주아지의 손이 겁에 질려 물러나면 어떻게 될까? 부르주아지는 예전의 귀족보다도 훨씬 더 미약하게 저항할 것이다. 그럴 것이 아주 비참하게 허약해진 상태에서도, 방탕으로 인한 무기력 상태에서도, 아첨으로 인해 타락한 상태에서도 옛 귀족은 그 어떤 명예심을 혼(魂)에 담고 있었다. 그러나 산업 정신을 통해 활짝 피어오른, 그러나 또한 몰락하게 될 우리의 부르주아지에게는 이 명예심이 결여되어 있다. 사람들은 부르주아지가 그들의 8월 10일을 가지게 될 것이라고 예언한다.[3] 그러나 나는 7월 왕조의 시민 기사들이 옛 정권의 분칠한 가발을 쓴 후작들처럼 영웅적 모습을 보일지 의구심을 갖고 있다. 이들은 비단 옷을 입은 채 가느다란 예식용 검을 들고서 튈르리 궁에서 몰려드는 민중에 맞서 싸웠다.

동쪽에서 우리에게 전해지는 소식들은 프랑스인들에게는 매우 우울한 것들이다. 근동에서 프랑스의 권위는 돌이킬 수 없이 추락했고, 영국과 러시아의 노획물이 되어가고 있다. 영국인들은 원하던 것을 획득했다. 즉 시리아에서 실질적 주도권을 획득하고 인도로 향하는 무역로를 확보한 것이다. 유프라테스 강은, 네 개의 낙원의 강[4] 중 하나인 이 강은 영국의 수역이 되었고, 사람들은 이 강 위로 증기선을 타고 간다. 마치 램스게이트나 마게이트[5] 등으로 가듯이. 타워스트리트에는 증기선 사무소가 있고, 사람들은 여기서 이름을 등록하고 바그다드, 이 옛 바빌론으로 가서

---

3) 프랑스 대혁명이 진행되던 과정에서 1792년 8월 10일 무장한 민중이 루이 16세의 왕궁인 튈르리 궁에 쳐들어가서 왕을 사로잡았다. 그날 아침 귀족 6백여 명이 왕을 보호하기 위해 왕궁에 집결해서 혁명군과 싸웠으나 패퇴했다.
4) 일반적으로 인더스, 나일, 티그리스, 유프라테스 강을 일컫는다.
5) 런던 인근의 해변 휴양지 이름.

는 배에서 내려 흑맥주나 차를 마신다.[6] 영국인들은 날마다 그들의 신문에서 자신들은 어떤 전쟁도 원하지 않는다고, 그 유명한 평화 협정[7]이 조금도 프랑스의 이익을 침해하지 않는다고, 그리고 전쟁의 횃불을 세계를 향해 내던지는 것이 아니라고 맹세하고 있다. 그러나 이는 모두 사실이다. 영국인들은 프랑스인들을 더없이 지독하게 모독했고 전 세계를 모든 곳에서 타오를 화마(火魔)의 위험에 내맡겼다. 몇몇 부당한 이익을 얻으려고 말이다! 그러나 이 이기심은 그저 지금 이 순간만을 고려하는 것이다. 그리고 미래는 이 이기심에 벌을 준비하고 있다. 러시아가 언급된 협약을 통해 얻은 이득은 물론 바로 쓸 수 있는 현금은 아니다. 곧바로 계산해서 수금(收金)할 수 있는 그런 이득은 아닌 것이다. 그러나 이 이득은 러시아의 미래를 위해서 대단히 귀중한 가치를 갖고 있다. 우선 이 협약을 통해서 프랑스와 영국 간의 동맹이 와해되었고, 이는 조만간에 이두 나라 중 하나와 싸워야 할 러시아에는 중요한 수확이다. 다음으로는 이집트 부왕 무함마드 알리의 힘이 섬멸된 사실이다. 그는, 모슬렘의 선두에 설 수 있다면, 터키 제국을 이미 그들의 소유물로 간주하는 러시아로부터 이 제국을 보호할 수 있을 것이다. 그런 유형의 이득을 러시아는 많이 얻었다. 그것도 큰 위험을 감수하지 않고서 말이다. 그럴 것이 전쟁이 일어날 경우 프랑스인들은 러시아까지 힘을 쓸 수 없을 것이고, 또 러시아는 영국인들을 도울 일도 별로 없을 것이다. 영국과 프랑스인들의 분노 사이에는 바다가 있고, 프랑스와 러시아인들 사이에는 독일이 있다.

---

6) 하이네가 1827년 영국을 방문했을 때 런던의 '정기 기선 사무소'는 타워스트리트 Towerstreet에 있었다. 하이네는 근동과 영국의 지명을 뒤섞음으로써, 근동 지역이 사실상 영국의 '땅'이 되었음을 강조하고 있다.

7) 프랑스가 배제된 채 체결된 런던 협약에 대한 풍자적 표현. 15장 참조.

우리 불쌍한 독일인들, 우연한 지리적 위치로 해서 우리는 싸워야만 할지도 모르겠다, 우리하고는 전혀 아무런 관계도 없는 것을 위해서, 아무것도 정말 아무것도 아닌 것을 위해서, 마치 황제의 수염을 위해서 싸우는 꼴이겠다.——아, 차라리 황제의 수염을 위한 싸움이기나 하다면!

28

파리, 1841년 1월 6일

새해는 지난해와 마찬가지로 음악과 춤으로 시작되었다. 그랑 오페라에는 도니체티의 멜로디가 울려 퍼지고 있다.[1] 도니체티의 작품은 예언자가 올 때까지, 내 말인즉 마이어베어의 동명의 작품이 올 때까지,[2] 임시변통으로 시간을 메우고 있다. 그제 저녁에는 마드무아젤 하이네페터[3]가 크고 빛나는 성공을 거두며 데뷔했다. 오데옹[4]에서는, 이 이탈리아의 밤꾀꼬리 둥지에서는 늙어가는 루비니와 영원히 젊은, 노래하는 아름다움의 꽃 그리시가 어느 때보다도 더 감미롭게 피리 불듯 노래하고 있다.[5]

---

1) 도니체티의 오페라 「라 파보리타La Favorita」. 이 오페라는 1840년 12월 2일 그랑 오페라에서 성공리에 초연되었다.

2) 12장 참조.

3) Kathinka Heinefetter(1820~1858): 독일 출신의 성악가.

4) 파리의 오데옹Odéon 극장은 1782년에 코메디 프랑세즈 산하 극장으로 세워졌으나, 프랑스 혁명 중에는 프랑스 극장Théâtre-Français으로 불렸다. 혁명 후 한 민간인이 이 극장을 사들여 오데옹으로 개명했다.

5) 이탈리아 출신 테너 가수 루비니(Giovanni Rubini, 1794~1854)와 역시 이탈리아 출신 소

에라르 씨와 에르츠 씨, 서로 경쟁하는 이 목재 예술가 두 사람의 살롱에서는 콘서트들도 이미 시작되었다.[6] 이들 폴리힘니아[7]의 공공시설에서 지루해할 기회를 충분히 찾지 못한 사람들은 개인들이 여는 밤 파티에서도 맘껏 하품할 수 있다. 더없이 끔찍스러운 기대를[8] 걸 만한 일단의 아마추어 음악가의 노래와 연주를 이곳에서 들을 수 있기 때문이다. 각양각색의 음색으로 부르는 노래, 가능한 모든 종류의 악기 연주를. 오르필라 씨[9]는 다시금 그의 무자비하기 짝이 없는 로망스를 염소 우는 소리로 노래한다. 노래 쥐약이로다. 형편없는 음악 후에는 미지근한 설탕물이나 소금 뿌린 얼음이 돌려지고, 이어 춤이 시작된다. 가면무도회들도 벌써 팀파니와 트럼펫 소리 속에서 생겨나고 있다. 파리 사람들은 마치 절망한 듯 미친 듯한 향락의 소용돌이 속으로 뛰어든다. 독일 사람은 억누르는 걱정의 짐을 벗어나기 위해 술을 마신다. 같은 목적을 위해 프랑스 사람은 춤을 춘다. 도취케 하고 마취시키는 갤럽 왈츠[10]를. 경박(輕薄)의 여신은 그녀가 총애하는 민족의 마음에서 모든 음울한 진지함을 기꺼이 몰아내고 싶어 하나, 이를 이루지는 못했다. 카드리유 춤[11]의 중간 휴식 때에 하를레킨이 피에로의 귀에 대고 속삭인다.[12] "올해 초에 우리

프라노 가수 그리시(Giulia Grisi, 1811~1869)는 1840년 말 같은 공연에 자주 참여했다.

6) Érard와 Herz는 모두 당대의 유명한 피아노 제조업자이다.

7) Polyhymnia, 그리스 신화에 등장하는 노래의 뮤즈.

8) 하이네는 돈을 받고 쓰는 신문들의 공연 평, 예를 들면 '큰 기대와 희망을 걸 수 있는 ~의 등장' 같은 미화되고 과장된 비평에 대한 조롱으로 "더없이 끔찍스러운 기대"라는 역설적 표현을 사용하고 있다.

9) 20장 참조.

10) 1825~75년경에 유행한 4분의 2박자의 속도가 빠른 윤무.

11) 네모꼴로 둘 또는 네 사람씩 짝지어 추는 춤.

12) 하를레킨(Harlekin, 이탈리아말로 알레키노arlechino)과 피에로Pierrot는 모두 코메디아

가 전쟁을 시작하리라고 믿습니까?" 샴페인조차도 무력하다. 기껏 감각을 흐리게 할 뿐, 마음은 조금도 취하지 않는다. 때로는 유쾌한 연회에서도 손님들의 얼굴은 창백해지고, 재치 있는 말들은 그들의 입술에서 얼어붙는다. 그들은 깜짝 놀라 시선을 교환한다——그들은 벽에 쓰인 글자를 본 것이다. 메네, 테켈, 페레스라는 글자를![13)

  프랑스인은 그들의 상황이 아주 위험하다는 사실을 자각하고 있다. 그러나 용기는 그들의 민족적 덕성이다. 그들은 결국 잘 알게 될 것이다. 그들의 선조가 싸움을 두려워하지 않는 용기로 획득한 정치적 재산을 인종적(忍從的) 양보나 여유로운 겸손으로는 지켜낼 수 없다는 사실을. 기조조차도, 그처럼 모욕적으로 비난당한 기조조차도, 어떤 대가를 치르더라도 평화를 유지한다는 생각은 추호도 없다. 그는 돌진해오는 과격주의에 맞서서 결연한 저항을 주장하고는 있다. 그러나 나는 확신한다. 그가 똑같은 결연함으로 절대주의적 또는 성직자 무리의 교권(敎權)주의적 기도들에 대해서도 맞서 버티리라고.[14) 나폴레옹 황제의 장례식 때 **기조 물러가라!**라고 외친 국가방위군의 수가 얼마나 되는지 나는 모른다. 그러나 나는 알고 있다. 국가방위군이 무엇이 그들의 이익에 부합되는지를 이해한다면, 그와 마찬가지로 이성적으로 그리고 그에게 감사하면서 행동할 것이라는 사실을. 그런 어리석은 외침에 대해서 공개적으로 항의

  델라르테(Commedia dell'arte, 이탈리아의 가면극이자 희극)에 등장하는 가면 이름이다.

13) 구약 「다니엘서」 5장에 따르면 바빌로니아 제국의 마지막 왕 벨사살Belshazzar이 성당에서 약탈한 그릇들로 잔치를 벌일 때 연회장 벽에 "메네, 테켈, 페레스Mene, Tekel, Peres"라는 신비로운 글자가 나타났다고 한다. 아무도 그 뜻을 이해하지 못했으나 다니엘만이 이 글자를 임박한 신의 단죄(斷罪) 예고로 해석했다. 하이네는 임박한 전쟁의 어두운 그늘에 덮인 프랑스의 분위기를 '바빌로니아의 멸망'에 비유해 표현하고 있다.

14) 극좌와 극우 모두를 반대하는 자유주의적 성향은 기조에 대한 하이네의 일관된 판단이다.

하는 그런 행동을 말이다. 그럴 것이 국가방위군이란 결국은 바로 무장한 부르주아지이기 때문이다. 이들은 부르주아지와 마찬가지로 옛 정권의 간교한 당파와 바뵈프적 공화국의 설교사들에 의해 동시에 위협받고 있으며, 기조에게서 그들의 자연스러운 보호관을 찾아낸 것이다. 기조는 이들을 위로부터의 위협에 대해서도 그리고 아래로부터의 위협에 대해서도 보호해주고 있다. 기조는 중간 계급의 지배 외에는 그 어떤 다른 것도 원하지 않는다. 그는 이 중간 계급이 교양과 소유 재산을 통해 국가를 이끌고 대표하는 업무에 적합하다고 믿는다. 그러나 나는 확신한다. 그가 프랑스의 귀족들에게서 아직도 삶의 요소가 남아 있다고. 그리고 이를 통해 민중과 인류의 안녕을 위해 프랑스를 통치할 능력이 있다고 생각한다면 기조는 그들의 전사(戰士)가 될 것이라고. 베리어나 그와 비슷한 과거의 기사들과 똑같이 열성적으로, 그리고 그들보다 더 자신의 이익을 고려하지 않으면서 싸우는 전사가. 같은 방식으로 나는 확신한다. 기조가 프롤레타리아트 지배를 위해 싸울 것이라고. 만일 그가 하층 계급이 그들의 교양과 식견을 통해서 국정의 키를 잡을 만큼 성숙해졌다고 믿는다면, 그리고 아직은 때 이른 프롤레타리아트의 지배가 단지 짧은 기간 지속될 수 있으며, 동시에 인류의 재앙이 될 것이라는 사실을 보지 못한다면 말이다. 그들은 어리석은 평등 광기에 사로잡혀 이 세상의 아름다운 것, 숭고한 것을 모두 파괴할 것이며, 특히 예술과 학문에 대해서 그들의 파괴적 광기를 분출할 것이다.

그러나 기조는 굳어버린 정체의 사람은 결코 아니다. 그는 질서 있고 시대에 맞는 발전을 지향하는 사람이다. 미래는 그를 아주 영광스럽게 그리고 공정하게 평가할 것이다. 이런 평가는 내일이라도 벌써 내려질 수도 있을 것이다. 그는 그저 외무부를 떠나기만 하면 된다. 그럴 경우 그는 다시 런던 주재 대사직을 맡을까? 그는 영국에 대한 호감에도 불구하고[15] 러시아와 동맹을 꿈꾸는 새로운 내각을 지원해줄까? 그것은 가능하다. 왜냐하면 기조는, 프랑스가 전쟁으로 내몰리는 경우에도 모든 혁명적 수단을 배제하고 단지 정치적 동맹만을 추구할 것이기 때문이다.[16] "우리가 모든 희생과 자제에도 불구하고 평화를 유지할 수 없게 되면, 우리는 중구난방의 **무리**puissance가 아니라 하나의 **힘**cohne으로서 전쟁을 수행할 것이다." 이렇게 기조는 친숙한 살롱에서 말한 바 있다. 이 말에는 그가 오로지 프로파간다에서 승리를 기대하며, 그 과정에서 자신들을 없어서는 안 될 도구로서 중요하게 만들려는 사람들을 싫어하는 주요 이유가 들어 있다. 특히 저널리스트들이 그러하다. 이들은 그들의 펜이 가능한 모든 보조 작용을 할 수 있다고 믿는다. "이 세상에서 제일 좋은 것은 면직 나이트캡이다"라고 모자 제조공들은 말한다. 그러나 저널리스트들은 "가장 좋은 것은 신문 기사다!"라고 말한다. 이들이 얼마나 잘못 생각하고 있는지를 우리는 최근에 알게 되었다. 최근에 『나쇼날』 『쿠리에 프랑세즈』 『콩스티튀시오넬』 등의 신문에 실린 프로파간다적 어구들이 독일에서 아주 큰 불쾌감을 일으켰기 때문이다. 이런 점에서는 아버지들이 훨씬 더 실용적이었다. 이들은 혁명의 코즈모폴리턴적 이념들이 위험에 처한 것을 보자 민족감정에서 도움을 찾았다. 그러나 아들들은 그들의 민족감정이 위협받자 코즈모폴리턴적 이념들에서 피난처를 찾고 있다. 그러나 이 이념들은 우리가 조국애라고 부르는 그 피를 끓게 하는 흙냄새처럼 강력하게 행동으로 몰아가지는 못한다.

---

15) 기조는 영국 역사를 연구했으며, 셰익스피어의 작품들을 탐닉했다.

16) 강경론자인 전임 수상 티에르와는 달리 기조는 러시아와의 군사 동맹까지는 고려하지 않을 것이라는 의미.

전쟁이 일어날 경우 프로파간다보다 러시아와의 동맹이 프랑스인들에게 더 유익할지에 대해서는 의심스럽다. 프로파간다로 인해서는 그저 프랑스인들의 현재 사회 형태만이 위협받는다. 그러나 러시아와의 동맹은 프랑스 사회 자체의 본성을, 프랑스인들의 가장 내적인 삶의 원칙을, 프랑스 국민의 영혼을 위험에 빠트릴 것이다.

29

파리, 1841년 1월 11일

금년 초에는 전쟁의 여신 벨로나의 나팔 소리가 종달새의 노랫소리를 압도해서 울려 퍼질 것이며, 오랑캐꽃은 말발굽에 짓밟힌 채 제 향기를 화약 냄새 속으로 헤트려야만 할 것이라는 생각이 점점 더 프랑스인들 사이에서 퍼지고 있다. 나는 이 견해에 결코 동의하지 않는다. 더할 수 없이 달콤한 평화의 희망이 끈기 있게 내 가슴속에 둥지를 틀고 있기 때문이다. 불행의 예언자들이 옳고, 무모한 봄이 경솔하게 화약심지를 들고 장전된 대포에 접근하는 일은 하시라도 가능하다. 그러나 이 위험이 극복된다면, 게다가 뜨거운 여름도 뇌우(雷雨) 없이 지나간다면, 유럽은 오랫동안 전쟁의 공포로부터 보호될 것이며, 우리는 장기간 지속되는 평화를 유지할 수 있으리라고 나는 믿는다. 그렇게 되면 위에서 온 혼란 또한 그곳 위에서 조용히 해결되어 있을 터이며, 사회의 낮은 계층에서 퍼져나간 민족적 증오의 새끼들은 여러 국민의 더 분별력 있는 통찰에 의해 다시금 그것들의 진창 소굴로 되몰릴 것이다. 그러나 라인 강 저편과 이편의 전복을 획책하는 악마들 역시 이것을 알고 있다. 이곳 프랑스에서는 과격한 당파¹⁾가 오를레앙 왕조²⁾의 궁극적 공고화와 이 왕조가 오랜 기간에 걸쳐 존속을 확보할까 봐 두려워서 전쟁이라는 상황의 반전을 불러오기를 원한다. 오로지 정권 교체의 기회를 얻기 위해서 말이다. 이와 마찬가지로 라인 강 저편에서도 과격한 당파가 프랑스에 대한 십자군 원정을 설교하고 있다. 고삐 풀린 열정이 거친 상황을 불러오기를 바라면서. 이런 거친 상황에서는 온순하고 길들인 시대보다 훨씬 더 쉽사리 변혁의 이념들을 실현할 수 있기 때문이다.³⁾ 그렇다, 잠재우며 속박하는 평화의 힘에 대한 두려움이 이 사람들을 **프 랑 스 국 민 을**(그들이 순진하게 표현하는 것처럼) **희 생 시 키 려 는** 절망적인 결단으로 내몬 것이다. 우리는 이 사실을 공개적으로 밝히는 바이다. 왜냐하면 이러한 영웅주의가 우리에게는 어리석고 또한 배은망덕하게 보이기 때문이며, 우리가 이 곰 같은 졸렬함에 대해, 자신을 간계에 능한 모든 여우보다 더 영리하다고 망상하는 이 졸렬함에 대해 말할 수 없는 연민을 느끼기 때문이다! 오, 그대 바보들, 그대들에게 내 충고하거니와 정치적 간교함의 위험한 영역에 들어서지 마시오. 독일적으로 정직하고 인간적으로 감사할 줄 아시오. 그리고 상상하지 마시오. 프랑스가 쓰러지면 그대들이 자신의 다리로 설 수 있다고. 프랑스는 그대들이 이 세상에서 가진 유일한 버팀목이라오!

그러나 혹 위에서 불화의 불씨가 휘저어지는 일은 없을까? 나는 그

---

1) 특히 급진적 공화주의자와 사회주의자.

2) 7월 혁명 후에 등극한 루이 필리프 왕은 원래 '오를레앙' 공작이었다.

3) 독일의 급진적인 반정부 정치인들이 가진 민족주의, 특히 프랑스에 대한 증오심은 여러 차례 하이네의 비판의 표적이 되었다.

러리라고 믿지 않는다. 내 생각으로는 지금의 외교적 혼란은 악의라기보다는 미숙함의 결과이다. 도대체 누가 전쟁을 원하겠는가? 영국과 러시아는 지금 상태에서 이미 만족하고 있을 것이다. 그들은 이 혼탁함 속에서 충분한 이익을 낚아 올렸다. 독일과 프랑스에 전쟁은 불필요할 뿐 아니라 위험하기도 하다. 프랑스인들은 물론 라인 강이라는 국경선을 갖고 싶어 한다.[4] 그러나 이는 그들이 있을지 모르는 침공으로부터 너무 불충분하게 보호되어 있기 때문이다. 독일인들은, 그들 자신이 평화를 깨트리지 않는 한, 라인 국경선을 상실하는 것을 두려워할 필요가 없다. 독일 국민도 프랑스 국민도 전쟁을 갈망하지 않는다. 내가 여기서 새삼스레 증명할 필요도 없거니와, 우리 독일본성주의자의 주둥아리 영웅들은 알자스와 로렌의 독일 소유를 소리 높여 외치지만,[5] 이는 독일 농민과 독일 시민의 의사 표현은 아니다. 또한 프랑스 시민과 프랑스 농민의 의사 표현도 물론 아니다. 민중의 핵심부, 그리고 그들의 대다수는 어떤 전쟁도 원하지 않는다. 부르주아지는 오로지 산업 개발과 평화의 정복을 염두에 두고 있다. 그리고 농민은 나폴레옹 황제 시대 때부터 잘 알고 있다. 국가적 자만심의 승리를 위해서는 얼마나 값비싼 대가를, 얼마나 많은 피를 대가로 지불해야 하는지를.

갈리아[6] 때부터 프랑스인들에게서 그토록 사납게 불타오르고 부글부글 끓어오르던 호전적 기질은 점차 사그라졌다. 이른바 전투적 **프랑스**

---

4) 당시 프랑스는 라인 강을 독일과의 '자연스러운' 국경선으로 만들어야 한다는 인식이 퍼져 있었다. 이로 인해 이른바 '라인 문제'는 독일-프랑스 사이에 첨예한 정치적 갈등과 민족주의적 증오심을 불러일으켰다.

5) 알자스로렌(Alsace-Lorraine, 독어로는 Elsaß-Lothringen) 지방은 오랫동안 독일과 프랑스 간 영토 분쟁의 대상이었다. 2차 대전 후 프랑스에 귀속되었다.

6) 로마 사람들이 고대 프랑스를 일컬은 이름.

용맹성이 얼마나 미약하게 그들에게 남아 있는지는 나폴레옹 보나파르트 황제의 장례식 때 볼 수 있었다. 나는 이 경이로운 장례식의 광경에서 그저 화려함과 장려함만을 본 보도문들에 동조할 수 없다. 이 기사들은 프랑스 국민의 가장 깊숙한 내면까지 뒤흔든 감정을 보지 못했다. 이 감정은 그러나 군인으로서의 명예욕이나 자긍심의 감정은 아니었다. 상승(常勝)의 사령관 황제를 동반한 것은 그 옛 근위병들의 환호, 독일에서는 나폴레옹 제국 이래로 아직도 기억되고 있는 그 떠들썩한 명예욕과 약탈욕의 함성이 아니었다. 옛 정복자들은 그 후 세상을 떠났고, 그래서 전혀 새로운 한 세대가 장례식을 바라본 것이다. 비록 불타오르는 분노는 아닐지라도 그러나 아마도 연민의 슬픈 마음으로, 이들은 이 황금의 상여를, 그 아버지들의 모든 기쁨, 고통, 영광스러운 잘못 그리고 좌절된 희망이, 그 아버지들의 참 영혼이 들어 있는 관을 운반하는 그 상여를 바라보았다. 요란한 외침보다는 말 없는 눈물이 더 많았다. 그 모든 현상이 마치 설화 같고 동화 같아서 사람들은 제 눈을 믿을 수가 없었다. 그들은 꿈을 꾼다고 생각했다. 그럴 것이 땅에 묻히는 것을 사람들이 바라본 이 나폴레옹 보나파르트는 오늘의 세대에게는 이미 오래전에 전설의 나라로, 마케도니아의 알렉산드로스와 카롤루스 대제[7]의 그림자 속으로 사라진 인물이기 때문이다. 그런데 이제, 보라! 추운 겨울날 그가 우리 살아 있는 자들의 한가운데에 나타나지 않았는가, 아침의 안개 속으로 유령처럼 굴러가는 황금의 개선 마차를 타고서.

그러나 이 안개는 장례 행렬이 샹젤리제에 도착하자마자 신기하게

---

7) 카롤루스 대제(Carolus Magnus, 프랑스어로는 Charlemagne, 독어로는 Karl der Große, 영어로는 Charles the Great). 카롤링거 왕조 프랑크 왕국의 2대 국왕이자 신성로마제국의 황제. 서부, 중부 유럽의 대부분을 정복해서 프랑크 왕국을 제국으로 확장했다.

흩어졌다. 태양이 갑자기 흐린 구름을 뚫고 나타나서 마지막으로 자신의 총아에게 입을 맞추었다. 태양은 운구 마차에 앞서서 들려 가는 황제의 독수리 군기에 장밋빛 햇살을 뿌려주었고, 과거에 돌진의 발걸음으로 세계를 정복했던 그 군단의 몇 안 되는, 가엾은 살아남은 자들을 동정하듯 부드럽게 비쳐주었다. 이들은 이제 상객(喪客)으로서 메마른 사지에 빛바랜 옛 군복을 입고는 낡아빠진 그 옛 방식으로 운구 마차를 뒤따라 비틀거리며 걸었다. 우리끼리 하는 말이지만, 그랑 아르메의 이 부상병들은 마치 캐리커처처럼, 옛 명성에 대한 하나의 풍자처럼, 죽은 개선장군에 대한 고대 로마의 조롱의 노래처럼 보였다!

역사의 뮤즈는 이 장례 행렬을 특별히 큰 사건으로 연보에 기록했다. 그러나 이 사건은 현재로서는 그리 중요하지 않다. 이 사건은 단지 군인 정신이 라인 강 이편의 많은 허풍쟁이가 큰소리치는 것처럼, 그리고 라인 강 저편의 얼간이들이 많이 흉내 내는 것처럼 그렇게 프랑스인들에게서 활짝 펴 있지도 않고 주도적이지도 못하다는 사실을 증명해줄 따름이다. 황제는 죽었다. 그리고 그와 함께 옛 취향에 맞는 마지막 영웅도 죽었다. 새로운 속물 세상이, 마치 화려한 악몽에서 풀려난 것처럼, 안도의 한숨을 내쉬고 있다. 나폴레옹의 무덤 위에 시민적 산업 시대가 솟아오르고 있다, 이 시대는 전혀 다른 영웅들을 찬미한다, 덕이 높은 라파예트 같은 사람을, 아니면 면사 방적기를 발명한 제임스 와트[8] 같은 사람을 말이다.

---

8) James Watt(1736~1819): 스코틀랜드의 발명가, 기계공학자. 증기기관을 개량해 현대의 산업혁명에 큰 영향을 미쳤다.

30

파리, 1841년 1월 31일

자유로운 언론, 독립된 의회 그리고 일반적으로 소송 절차가 공개적
인 기구들을 가진 국민 사이에서는 궁중 시종의 간계나 추악한 당파심
이 꾸며낸 오해가 오랫동안 지속될 수 없다. 오로지 암흑 속에서만 암흑
의 씨앗은 치유할 수 없는 불화로 자라난다. 해협의 이편에서도 그리고
저편에서도 아주 고귀한 목소리들이, 자유를 침해하려는 사악한 의도
가 아니라면 오로지 오만한 무지만이 세계의 평화를 저해한다고 역설했
다. 영국 정부 편에서는 아직도, 여왕 연설의 침묵을 통해[1] 프랑스에 대
한 불손한 행동을 거의 공식적으로 계속하고 있는 반면에, 영국 국민은
존엄스러운 대표자들을 통해 이에 대해 항의했고, 그래서 프랑스 국민의
기분을 더없이 솔직하게 만족시켰다. 막 개회된 의회에서 브루엄 경의 연
설은 이곳에 유화적 효과를 가져왔다.[2] 그는 전 유럽을 위해 크게 기여
했다고 자랑해도 좋을 것이다. 다른 귀족들도, 심지어 웰링턴[3]까지도,
칭송할 만한 말을 했다. 특히 웰링턴은 이번에는 영국 국민의 진정한 소

---

1) 1841년 1월 26일 하원의 대표와 외교 사절이 참석한 상원에서의 연설에서 빅토리아 여
   왕은 근동에서의 위기에 대해 말하면서도 프랑스에 대해서는 아무런 언급도 하지 않았
   다. 이를 하이네는 "침묵"으로 표현한 것이다.
2) 브루엄 경(Henry Lord Brougham, 1778~1868)은 상원 연설에서 런던 협약을 유럽 평
   화에 대한 사려 깊지 못한 위협이라고 비판하고, 프랑스와의 평화적 관계를 역설했다.
3) 웰링턴 공작 아서 웰즐리(Arthur Wellesley, 1st Duke of Wellinton: 1769~1852)는 유
   명한 워털루 전투에서 나폴레옹군을 격파한 영국의 장군이자 정치가로, 런던 협약에 찬
   성했으나 이 협약이 가져올 위험성도 인지했다. 그는 프랑스를 배제한 동방문제의 해결
   에 반대했고, 프랑스와 평화를 유지해야 한다고 역설했다.

망과 의식의 대변자였다. 프랑스와 러시아의 동맹이라는 임박한 위협이 전하(殿下)의 눈을 뜨게 한 것이다. 그러나 이 고귀한 영주는 이 위협을 인지한 유일한 사람은 아니었다. 우리 독일의 여러 지방에서도 온건한 보수주의자들이 정치적 이해관계에 대한 더 나은 인식에 도달했고, 그래서 그들의 불독, 이미 아주 신이 나서 사냥의 울부짖음을 포효하던 옛 독일파 사냥개들은[4] 다시금 조용히 줄에 묶였다. 우리 기독교적이고 게르만적인 민족은 이 이상 프랑스에 적대해서 짖어대지 말라는 지엄하신 지시를 받았다. 그러나 그 끔찍한 동맹에 관해서 말한다면 그것은 아직도 전도가 요원하다. 영국인들에 대한 불만이 최고도의 증오로까지 상승한다 해도, 프랑스에 러시아인들에 대한 호감을 불러올 수는 없을 것이다.

뒤얽힌 동방문제의 조속한 해결을 나는 믿지 않는다. 모스크바와의 동맹도 마찬가지로 믿지 않는다. 오히려 시리아에서의 상황은 더 혼란스러워질 것이다. 무함마드 알리는 그곳에서 그의 적들에 대해서 위험한 장난질을 많이 해대고 있다. 이 노인이 실추된 위신을 다시 찾기 위해 사용한다는 책략에 대해서는 기이하면서도 대부분 서로 모순되는 소문들이 돌고 있다. 그의 불행은 지나친 교활함이며, 이것이 그가 사물을 있는 그대로의 제 모습으로 보지 못하게 방해하는 듯하다. 그는 자신이 만든 책략의 끈에 묶여 있다. 예를 들면 그는 언론을 미혹할 줄 알아서 그의 세력에 대한 가지가지의 거짓 기사를 유럽에 요란하게 떠들게 했다. 이를 통해 그는 프랑스인들의 호감을 얻게 되었고, 프랑스는 그와 맺은 동맹의 가치를 과대평가하기에 이르렀다. 그러나 그는 동시에 프랑스인들이 그가 프랑스의 도움 없이도 연초까지는 저항할 수 있는 힘이 충분하다고 믿게 만

---

4) 프랑스나 영국의 서구적 합리성의 문화를 배격하고 독일 본래의 게르만 본성으로 회귀해야 한다고 주장하는 독일 민족주의자들.

드는 잘못을 저질렀다. 이것 때문에 그는 몰락했다. 그의 몰락의 원인은 『알게마이네 차이퉁』이 정말 온갖 과장된 묘사를 한 그의 폭정이 아니었다. 이제는 이 병든 사자에게 모든 사람이 치졸한 당나귀 발길질을 해댄다. 이 괴물은 아마도 그가 매수하지 않은, 혹은 매수하려고 하지 않은 사람들이 화가 나서 주장하는 것처럼 그렇게 흉악하지는 않을 것이다. 그의 아량 있는 행동들을 본 사람들은 무함마드 알리가 개인적으로는 관대하고 자비로우며, 문화를 사랑하는 사람이라고 확언한다. 단지 극도의 급박한 상황, 즉 국가의 전시 상태가 그로 하여금 이집트 농민을 괴롭힌 약탈 제도를 도입하도록 강요했다고 한다. 이들 불행한 나일 강의 농민은 실제로 비참한 모습의 짐승 무리나 다름없었다 한다. 이들은 몽둥이질을 당하며 일터로 내몰렸고, 마지막 피까지 착취당했다 한다. 그러나 이것은 예로부터 이집트에 내려온 방법이며, 모든 파라오 치하에서 동일한 것이었고, 그러니 이를 현대 유럽의 척도로 판단해서는 안 된다고들 사람들은 말한다. 박애주의자들의 비난에 대해서는 이 불쌍한 파샤는 우리의 요리사가 살아 있는 가재를 천천히 끓는 물에 넣어 요리할 때 대는 핑계와 같은 말로 부정할 수 있을 것이다. 요리사들은 우리가 이런 수법을 비인간적 잔인함이라고 부르는 사실에 의아해하며, 다음과 같이 확언한다. 이 불쌍한 동물들은 예로부터 이런 요리 방식에 익숙해 있노라고. 크레미오 씨[5]가 무함마드 알리와 다마스쿠스에서 행해지는 잔혹한 재판에 대해 논의할 때, 그는 알리가 아주 유익한 개선을 할 용의가 있음을 보았다. 정치적 사건들이 그 중간에 아주 거세게 몰아치며 들어서지 않았더라면 이 유명한 변호사는 파샤로 하여금 유럽의 소송 절차를 그의 치하에 있는 나라

---

5) 9장(1840년 5월 27일 자) 참조.

들에 도입하도록 만드는 데 아마 성공했을 것이다.

　무함마드 알리의 몰락과 함께 특히 사막의 천막 아래에서 열광적으로 요동치던 마호메트교도들의 희망도 같이 무덤 속으로 들어갔다. 알리는 이곳에서는 스탐불[6]의 허약한 터키 지배를 거칠게 끝장내고, 그 자신이 칼리프[7]의 직위를 차지해 예언자 마호메트의 깃발을 수호하기로 운명 지어진 사람으로 간주되었다. 사실 현재 이슬람 신앙의 기수[8]의 허약한 손보다는 알리의 강한 주먹이 예언자의 깃발을 훨씬 더 잘 보호할 수 있을 것이다. 작금의 칼리프는 조만간에 러시아 군단 그리고 이보다 더 위험한 차르, 모든 러시아인의 황제인 차르의 사악하고 간교한 음모에 굴복할 것이다.[9] 러시아 황제, 그는 동시에 그리스 정교의 수장이기도 한 바, 이 황제의 정치적이자 종교적인 열광과 광신에 대해서 무함마드 알리나 또는 그 밖의 새로운 왕조 밑에서 부활한 무슬림 제국은 비슷한 힘을 갖고 저항할 수 있을 것이다. 왜냐하면 똑같이 광포한 광신적 요소가 자신의 존속을 위해 싸울 것이기 때문이다. 나는 여기서 아랍인의 정신에 대해서 말하고자 한다. 이 정신은 완전히 죽어버린 것은 결코 아니다. 다만 조용한 베두인[10]의 삶 속에서 잠들어 있을 뿐이다. 그리고 이 정신

---

6) 콘스탄티노플의 터키식 이름. 1930년 이스탄불로 이름이 바뀌었다.

7) Calif 또는 Caliph, 알라Allah 신의 예언자 모하메드Mohammed의 후계자를 부르는 명칭. 1538년 이후로는 오스만 제국의 군주인 술탄이 이 칼리프가 되어 모든 이슬람교도에 대한 정신적 지배권을 가지게 되었다.

8) 술탄 압둘 메치드 1세Sultan Abdul Medschid I. 1839년부터 1861년까지 오스만 제국의 황제.

9) "군단Legion"은 원래 로마 제국의 용어이다. 하이네는 로마 제국의 황제 카이사르 휘하의 군단들이 지중해 연안을 모두 정복한 것에 비유해 러시아 황제 차르가 러시아군(군단)을 이끌고 지중해 일대의 오스만 제국을 정복할 것이라고 표현하고 있다.

10) Beduin, 아라비아 사막의 원주민.

은 자주, 저 밖에서 그 어떤 위대한 사자가 전투적 외침을 울부짖으면, 꿈꾸듯이 칼을 들고 일어섰다. 어쩌면 이 아랍인들은 푹 자서 원기 충천해진 몸으로 그들의 무더운 황무지에서 뛰어나와 다시 폭풍처럼 몰아치기 위해서, 단지 올바른 외침 소리를 고대하는지도 모르겠다. 예전에 그랬던 것처럼 말이다. 그러나 우리는 예전처럼은, 반달[11]을 그린 군기 앞에서 벌벌 떨어야 했던 그 예전처럼은, 이들을 두려워할 필요가 없다. 이제 콘스탄티노플이 아랍인의 종교적 열광의 수련장이 된다면 이는 우리에게 오히려 다행스러운 일일 것이다. 이 종교적 열광은 러시아의 욕망에 대한, 보스포루스 해협 연안에서 세계 지배를 위한 열쇠를 쟁취하거나 사취하려는 거대한 욕망에 대한 최상의 방벽일 것이다. 러시아 황제는 이미 어마어마한 힘을 갖고 있다. 다른 군주들이라면 그 자리에서 얼마나 거만하게 굴었을까 생각해보면, 우리는 그를 정말 겸손하다고 불러야 할 것이다. 그러나 주인의 자긍심보다 훨씬 더 위험한 것은 러시아 국민의 노예적 자부심이다. 이들은 오로지 주인이 뜻하는 대로 살며, 맹목적 복종심을 갖고 주인의 절대 권력 속에서 자신을 영광스럽게 만들 수 있다고 믿고 있다. 로마 가톨릭의 도그마에 대한 열정은 소진되었고, 혁명의 이념들은 이제 그저 미지근한 추종자들이나 볼 수 있게 되었다. 그러니 이제 우리는 새롭고 신선한 맹목적 열광을 주변에서 찾아보아야 할 모양이다. 슬라브─그리스적, 정교적, 절대적 황제 신앙에 대항해 내놓을 수 있는 새로운 맹목의 열광을!

　아, 이 동방의 문제는 얼마나 끔찍한 것인가! 이 문제의 모든 혼란이 우리를 향해 조롱하듯 싱글거리고 있으니! 우리를 위협하는 이 문제

---

11) 터키의 기장(旗章).

의 위험을 지금 예방하려면 우리는 전쟁을 해야 한다. 반대로 우리가 이 폐해가 진전되는 것을 인내심을 갖고 관망만 한다면, 우리는 틀림없이 노예 상태로 전락할 것이다. 이것은 정말 나쁜 딜레마다. 불쌍한 처녀 유럽, 그녀는 현명하게 등불을 밝히고 깨어 있거나, 아니면 아주 어리석은 처녀로서 등불을 끄고 잠들어버릴 수도 있을 것이다. 그러나 이 처녀가 어떻게 처신하든 간에 그녀를 기다리는 것은 결코 기쁨의 나날은 아닐 것이다.

31

파리, 1841년 2월 13일

그들은 문제가 생길 때마다 직접 달려들어서, 문제를 해결하거나 아니면 해결 불가능한 것으로 치부해서 제쳐놓을 때까지 이 문제와 씨름을 한다. 이것이 프랑스인들의 성격이고, 그래서 이들의 역사는 마치 하나의 재판 과정처럼 발전해간다. 프랑스 혁명의 모든 과정은 참으로 논리적이며 체계적인 연쇄적(連鎖的) 순차가 아닌가! 이 광기에는 정말로 방법이 들어 있었다.[1] 그래서 미녜[2]의 모범을 따라서, 우연이나 인간적

---

1) 하이네는 「햄릿Hamlet」 2막 2장의 "Though this be madness, yet there is method in't"를 그의 작품 여러 곳에서 인용했다.
2) 미녜François Marie Mignet의 『프랑스 혁명사Histoire de la révolution française』는 1824년 출판되었다.

열정 등을 중요시하지 않는 역사학자들은 1789년 이후의 더없이 광적인 현상들을 아주 엄격한 필연성의 결과로 서술한다. 이 이른바 운명론적 역사학파는 프랑스에서 완전히 자리를 잡고 있으며, 그들의 역사책들은 진실하고 알기 쉽게 쓰여 있다. 그러나 이 저술가들의 관찰 방식과 서술 방식을 독일에 적용하면 매우 잘못되고 쓸모없는 역사책이 생겨날 것이다. 그럴 것이 독일인들은 결과를 명백하게 확인할 수 없는 모든 혁신을 두려워하는지라, 중요한 정치적 문제들을 가능한 한 회피하거나, 아니면 에둘러서 이 문제에 대한 임시변통의 중재안을 얻으려고 하기 때문이다. 그래서 그 사이에 문제들이 쌓이고 뒤얽혀서 마침내는 고르디우스의 매듭처럼, 아마도 오로지 칼로써만 해결될 수 있는 매듭이 되는 것이다. 이런 말로 위대한 독일인들을 비난하려는 것은 절대로 아니다! 나는 이러한 폐해가 프랑스인들에게는 결여된 덕성으로부터 연유함을 잘 알고 있다. 어느 민족이 무지할수록, 이 민족은 더 경솔하게 행동의 강으로 뛰어든다. 어느 민족이 더 학식이 풍부하고 더 사려가 깊을수록, 이 민족은 현명한 걸음으로 강을 건너보기도 하면서, 더 오래 강물의 깊이를 측정한다. 숨겨진 깊은 웅덩이에 대한 두려움으로, 아니면 젖어서 감기 들까 두려워서, 그 앞에 망설이며 서 있지는 않는다 하더라도 말이다. 잘못 물에 젖으면 위험한 국가적 코감기를 유발할 수도 있을 것이다. 그러나 궁극적으로는 우리가 그런 식으로 그저 느리게 발전한다든가 아니면 멈춰 섬으로 해서 몇백 년을 잃어버리는 것은 별로 중요하지가 않다. 그럴 것이 미래는 독일 민족의 것이기 때문이다. 그것도 매우 길고 중요한 미래가. 프랑스인들은 아주 빨리 행동을 하고, 그렇게 서둘러서 현재를 관리하고 있다. 아마도 그들에게 황혼이 닥쳐오고 있음을 예감해서 그런지도 모르겠다. 이들은 황급히 주간(晝間) 임무를 수

행해가고 있다. 그러나 그들의 역할은 아직도 매우 아름답고, 그래서 다른 민족들은 프랑스의 국가와 민족 코미디를 관람하는 '존경하는 관객 여러분'일 따름이다. 물론 이 관객에게도, 무대에 올라 같이 연기하는 것까지는 아니더라도, 좀 크게 박수를 치거나 비난을 말하고픈 욕구가 생겨나기도 한다. 그러나 이 거대한 세계의 드라마에서는 프랑스인들이 아직도 주역 배우로 남아 있다, 사람들이 그들에게 월계관을 씌워주거나 머리를 향해 썩은 사과를 던지거나 상관없이 말이다. "프랑스는 이제 끝장났다"——이곳에는 이런 말을 하고 돌아다니며 현재 예루살렘의 몰락을 예언하는 독일 특파원들이 많다. 그러나 이들 자신은 그토록 몰락한 프랑스인들이 날마다 만들고 행하는 것들을 보도함으로써 그들의 궁핍한 삶을 근근이 연장하고 있다. 그리고 이들에게 일을 맡기신 존경스러운 분들, 즉 독일 신문의 편집인들은 파리로부터의 기사 없이는 신문의 지면을 3주도 채울 수 없을 것이다. 아니다, 프랑스는 아직 끝나지 않았다. 그러나——모든 민족이나 인류 자체와 마찬가지로——프랑스는 영원하지는 않다. 아마도 전성시대를 이미 지났을 것이다. 부인할 수 없는 변화가 시작되었고, 매끄럽던 이마에는 여러 개 주름이 잡혔다. 경솔했던 머리에는 이제 흰머리가 생겨났고, 이 머리는 근심에 차서 숙었다. 프랑스는 이제 그저 현재에만 몰두하지 않는다, 이 나라도 이제는 내일을 생각하고 있는 것이다.

파리의 요새화에 대한 의회의 결정은 프랑스 국민 정신의 이러한 과도기를 증명해준다. 프랑스인들은 최근에 많은 것을 배웠고, 이 배움을 통해서 위험하고 낯선 곳으로 무작정 뛰어들려는 모든 욕망을 잃어버렸다. 이제 이들은 있을지도 모르는 이웃 국가들의 공격에 대비해 자신의 집 안에 보루를 쌓으려 하는 것이다. 황제 독수리의 무덤에서 그들은 시민왕의 수탉이 영원불멸할 수 없다는 생각을 떠올렸다.[3] 프랑스는 이제 자신의 우월한 힘이 무적이라는 건방진 도취에 빠져 살지 않는다. 이제는 질 수도 있다는 성회일(聖灰日)[4]적 의식으로 해서 꿈에서 깨어난 것이다. 아, 죽음에 대해서 생각하는 사람은 이미 절반은 죽은 것이다! 파리의 방호벽들은 아마도 거인이, 음울한 예감에 사로잡혀 스스로 만들기를 결정한 거대한 관일 것이다. 그러나 그에게 죽음의 시간이 다가올 때까지는 아직도 오랜 시간이 남아 있을 것이며, 그때까지 거인은 많은 비거인(非巨人)들에게 아주 치명적인 타격을 가할 수 있다. 여하튼 그의 육중한 몸이 언젠가 가라앉을 때 그 요란한 울림으로 지구가 뒤흔들릴 것이며, 그는 사후 행위를 통해, 즉 밤에 배회하는 유령으로서, 살아 있을 때보다 더 무섭게 적들을 두려움에 떨게 할 것이다. 나는 확신한다. 파리가 파괴되는 경우에는 주민이, 언젠가 유대인이 그랬던 것처럼,[5] 온 세상에 흩어질 것이고, 이를 통해 사회 변혁의 씨를 더 효과적으로 퍼트릴 것이라고.

파리의 요새화는 우리 시대의 가장 중요한 사건이다. 의회에서 이에 대해 찬성하거나 반대한 사람들은 미래에 더할 수 없이 큰 영향을 끼친 것이다. 이 **서로 연결된 요새들의 띠**, 이 **하나하나의 요새**에 이제 프랑스 국민의 운명이 매여 있다. 이 건축물들이 뇌우로부터 보호해줄까, 아니면 더 위험스럽게 번개들을 끌어당길까? 이것들이 자유를 진흥할까, 아니면 노예화를 촉진할까? 이것들이 파리를 기습 공격으로부터 구원해줄까,

---

3) 나폴레옹 황제는 "독수리"로, 그리고 시민왕 루이 필리프는 "수탉"으로 비유된다.

4) 부활절 전 46일째의 수요일로 사순절의 첫날이자 사육제의 이튿날. 신자들은 이날 참회의 뜻으로 머리에 성회(聖灰)를 바른다.

5) 고대 예루살렘의 파괴 후(기원전 597~587) 유대인은 전 세계로 흩어졌다.

아니면 전쟁의 파괴 권리에 무자비하게 내맡겨버릴까? 나는 알지 못한다. 나는 신(神)들의 협의회에 의석도 발언권도 없기 때문이다. 그러나 내가 아는 한 프랑스인들은, 세번째 침공에 맞서서 파리를 방어해야 할 경우 매우 잘 싸울 것이다. 이전 두 차례의 침공은[6] 그저 분노에 찬 저항의 결의를 상승시키는 역할을 했을 따름이다. 의회에서 주장된 것처럼 만일 파리가 요새가 되어 있었다면, 앞선 두 번의 침공을 막아낼 수 있었을 것이라는 데 대해서는 나는 충분한 이유를 근거로 하여 의심하고 싶다. 나폴레옹은 가능한 모든 승리와 패배로 인해 쇠약해져 있어서, 밀어닥치는 유럽에 대항해서 "발을 굴러 땅에서 군대가 솟아나오게" 한다는 그 이념의 마법을[7] 맞세울 능력이 없었다. 그는 그 자신이 이 이념에 채워놓은 족쇄를 깨트릴 힘을 더는 갖지 못했다.[8] 이 묶여 있던 이념을 다시 풀어준 것은 파리를 점령한 동맹군이었다. 프랑스의 자유주의자들과 사상가들이 궁지에 몰린 나폴레옹을 도와주지 않은 것은 어리석거나 바보 같은 행동이 결코 아니었다. 나폴레옹은 이들에게 모든 외국의 영웅보다 훨씬 더 위험한 존재였기 때문이다. 외국의 영웅들이야 결국에는 돈과 좋은 말로 회유되어 물러날 수밖에 없었고, 이들은 물러나면서 그저 허약한 통치자[9] 하나만 남겨놓았다. 프랑스인들은 이자의 속박으로부터도 시간

---

6) 영국이 주도한 반프랑스 동맹군은 1814년 3월 31일, 1815년 7월 7일 파리를 점령했다.

7) 하이네는 프랑스 혁명 초기에 혁명 이념에 열광한 프랑스 청년들이 자발적으로 의용군을 조직함으로써 순식간에 혁명군(후일의 "그랑 아르메Grand Armée")이 창설된 것을 "군대가 땅에서 솟아나왔다"고 표현한다. 그리스의 역사가이자 철학자인 플루타르코스(Ploutarchos, ?46~?120)의 『비교 전기Parallelbiographien』에 의하면 카이사르의 정적 폼페이우스Gnaeus Pompejus Magnus는 자신이 발을 구르기만 하면 이탈리아 도처에서 "보병과 기병이 땅에서 솟아오를 것"이라고 큰소리쳤다 한다.

8) 나폴레옹이 혁명 이념을 배반하고 스스로 황제가 된 것을 뜻한다.

9) 나폴레옹이 폐위된 후 등극한 루이 18세.

이 지나면서 풀려 나올 수 있었다. 1830년 7월 그 해방은 실제로 이루어 졌다.[10] 이 시간 이후로 혁명 이념은 다시 파리에 장착되었다. 세번째 침 공에 맞설 것은 바로 이 이념의 힘이다. 그리고 이제는 쓰라린 경험을 통 해 영리해져서, 물질적 방호벽도 등한시하지 않게 된 것이다.

　여기서 우리는 이제 파리의 요새화와 결부되어 행해진 격렬한 토 론이 원인이 되어 급진적 당파 사람들 사이에 일고 있는 분열과 부딪치 게 된다. 잘 알려진 바와 같이 『나쇼날』로 대표되는 공화주의 정파(政派) 는 요새화의 법안을 아주 효과적으로 옹호했다. 이에 반해 내가 공화주 의 좌파라고 부르고 싶은 다른 정파는 분노하며 이 법안에 반대했다. 신 문들 중 이들의 대변지라고 할 만한 일간지가 극히 소수인 관계로, 지금 까지는 『르뷔 뒤 프로그레』가 이들이 의견을 발표할 수 있는 유일한 일 간지 노릇을 하고 있다. 이 문제와 관련된 논설들은 루이 블랑의 펜에서 흘러나왔는바, 아주 주목할 만한 가치를 갖고 있다. 내가 듣기로는 아라 고[11] 역시 같은 대상에 대해 글을 쓰고 있다고 한다. 이 공화주의자들은 혁명이 물질적 방벽 안으로 도피해야 한다는 생각에 대해 머리카락을 곤두세우고 있다. 이들은 이런 생각에서 정신적 방어 수단의 쇠퇴 현상 을, 즉 이전의 초인적, 영적(靈的) 에너지가 무기력해졌음을 보는 것이다. 이들은 오히려 과거 강력했던 혁명기의 국민의회처럼, 패배에 대한 안전 조처를 취하는 것보다는 승리의 명령을 내리기를 원하는 것이다. 사실 이들의 머릿속에서 떠도는 것은 공안위원회[12]의 전통이다. 이와는 달리

---

10) 루이 18세의 후계자 샤를 10세는 7월 혁명으로 인해 1830년 8월 2일 왕위에서 물러나 외국으로 망명했다.

11) Dominique-François Arago(1786~1853): 자연과학자, 하원의원.

12) 프랑스 혁명 때의 공안위원회Comité de salut public는 가장 과격하고 급진적이며 반 대파를 무자비하게 숙청하는 것으로 악명이 높은 혁명 세력이었다.

『나쇼날』의 '신사분들'은 반대로 나폴레옹 황제 시대의 전통을 의식 속에 담고 있다. 난 지금 "신사분들"이라고 말했는데, 그 이유는 이 칭호가 '시민'이라고 자칭하는 이들의 적대자들이 그들의 반대파를 부르는 조롱조의 명칭이기 때문이다. 두 정파 모두 근본적으로는 테러리즘을 본성으로 한다. 단지 『나쇼날』의 '신사분들'은 대포를 수단으로 하여 행동하는 것을 더 선호하고, 반면에 '시민들'은 기요틴을 수단으로 하여 행동하는 것을 더 좋아할 따름이다. '신사분들'이 위급한 시기에 혁명을 순수한 군사적 현상으로 보이게 하며, 동시에 대포가 기요틴을 억제할 수 있게 만들 법안의 상정에 큰 호감을 느낄 수밖에 없음을 이해하는 것은 어렵지 않다. 『나쇼날』이 파리의 요새화를 열성적으로 옹호하는 이유를 나는 단지 이렇게밖에 이해할 수 없다.

기이하기도 하다! 이번에는 『나쇼날』, 왕 그리고 티에르가 동일한 대상을 향한 뜨거운 갈망에서 의견 일치를 보았다. 그러나 이 의견 일치는 지극히 자연스러운 것이다. 혹 교활한 흑심을 품지 않았을까? 하는 지레짐작으로 세 사람 중 그 누구도 비난하지 말자. 개인적 경향이 아무리 크게 관계되어 있다 할지라도, 삼자 모두 일차적으로는 프랑스의 국익을 위해 행동했다. 루이 필리프도 티에르도 그리고 『나쇼날』의 신사분들도. 그러나 앞에서 말했듯이, 개인적 경향이 역할을 한 것도 사실이다. 루이 필리프, 이 공인된 전쟁과 파괴의 반대자는 건축의 열정적인 친구이다. 그는 망치와 삽이 동원되는 모든 것을 사랑한다. 그래서 파리의 요새화 계획은 그의 이러한 타고난 열정에 꼭 맞는 것이었다. 그러나 루이 필리프는, 그가 원하든 원하지 않든 간에, 또한 혁명의 대표자이기도 하다. 혁명이 위협받으면 그 자신의 존재도 의문시되는 것이다. 그는 어떤 대가를 치르더라도 파리에 남아 있어야 한다. 그럴 것이 외국의 지배자들이 그의 수도를 점령할 경우, 그는 신의 가호를 받는다는 절대 왕정의 군주처럼[13] 그를 신성불가침의 존재로서 보호해줄 만한 왕위 정통성을 갖지 못했기 때문이다. 절대 왕정의 군주는 어디에 있든 간에 국가의 중심을 이루지만 루이 필리프는 아니다. 만일 심할 경우 폭동이 일어나 파리가 공화주의자들의 손에 떨어지기라도 한다면, 다른 국가들이 아마도 군대를 이끌고 진군해 올 것이다. 그러나 그들이 루이 필리프를 위한 왕정복고를 시도하려고 할 가능성은 거의 없다. 그는 1830년 7월 프랑스인들의 왕이 되었다. 그러나 **부르봉 왕가의 왕족이기 때문이 아니라, 부르봉 왕가의 왕족임에도 불구하고** 왕이 된 것이다![14] 이 영리한 지배자는 이 사실을 잘 감지하고 있고, 그래서 그의 말라파르투스[15]에 보루를 쌓고 들어앉아 있는 것이다. 파리의 요새화가 그 자신뿐 아니라 프랑스를 위해서도 유익하고 필수적이라는 생각은 그의 확고한 신념이다. 그러니 여기에는 개인적인 기분과 자기보호의 본능 외에도 순수하고 진실한 애국심이 그를 이끌고 있는 것이다. 하기야 모든 왕은 자연스러운 애국자이며 그의 조국을, 그 역사 속에 그의 삶이 뿌리를 박고 있으며 그 운명과 그가 불가분의 관계로 묶여 있는 조국을 사랑한다. 루이 필리프는 애국자이다. 정확

---

13) 절대 왕정의 군주는 통치의 정당성을 신의 의지에서 찾았다. 그들은 신의 대리인으로서 신의 뜻에 따라 나라를 통치한다는 것이다. 따라서 인간에 의한 군주의 교체는 신의 뜻에 반하는 행위다.

14) 하이네가 루이 필리프를 이전의 공식 명칭인 '프랑스 왕Roi de France'이 아니라 "프랑스인들의 왕"으로 부른 것은 그가 '신의 가호에 의한 왕', 즉 절대 군주가 아니라 '국민의 가호에 의한 왕', 즉 국민의 뜻에 의해 왕으로 추대되었음을 암시한다. 즉 루이 필리프는 프랑스 혁명 전까지 프랑스를 통치한 부르봉 왕가의 왕족이라서가 아니라 부르봉 왕가의 왕족임에도 불구하고 프랑스 국민의 부름을 받아 왕이 된 것이다. 그는 복고된 전제 군주가 아닌 것이다.

15) Malapartus 혹은 Malepartus, 동물 우화 「여우 라이네케」의 주인공 교활한 여우 라이네케의 거성(居城).

히는 시민적이고 가장(家長)적이며 새로운 프랑스적 의미에서 애국자이다. 개괄적으로 보자면 오를레앙의 가문에서는 옛 부르봉 왕가,[16] 프랑스에 대한 진실한 사랑보다는 역사적 가문에 대한 긍지와 중세적 귀족의식에 더 많이 젖어 있는 부르봉 왕가의 라인과는 전혀 다른 애국심이 발전해 왔다.

프랑스인들이 이러한 루이 필리프의 애국심을 그가 가진 최고의 덕목으로 간주하기에, 왕의 적들이 위조 편지를 이용해 그의 애국심을 의심스러운 것으로 만든 것은 매우 효과적인 비열한 행위였다.[17] 그렇다, 이 유명한 편지들은 일부분은 위조되었고, 일부분은 완전히 날조된 것이었다. 나는 공화주의자들 중 많은 진솔한 인사들이 어떻게 이런 편지를 일순간이라도 진짜라고 믿을 수 있었는지 이해할 수가 없다. 그러나 이들은 왕의 목숨이나 평판을 암살할 무기를 만들어내는 정통 왕당파에게 항상 속아서 이용되곤 하는 사람들이다.[18] 공화주의자들은 모든 위험한 불법 행위에서 목숨을 내걸 용의가 있다. 그러나 이들은 다른 사람들, 그들을 대신해서 생각하고 계산하는 다른 사람들이 꾸민 짓에 이용되는 어리석은 도구일 따름이다. 글자 그대로의 의미에서 공화주의자들은 그들이 왕을 향해 쏜 화약을 자기들이 발명하지 않았다고 주장할 수 있는 것이다.

그렇다, 프랑스에서는 민족감정을 사로잡고 이해하는 자가 대중에

---

16) 루이 필리프가 속한 오를레앙 일가는 부르봉 왕조에서 파생한 가문이다.

17) 1841년 1월 11일 『가제트 드 프랑스』에 루이 필리프가 썼다는 반국가적 내용의 편지 3통이 공개되었다. 1월 24일에는 잡지 『라 프랑스』에도 왕이 썼다는 편지 3통이 실렸다. 그러나 이 편지들은 모두 위조된 것이었다.

18) 정통 왕당파는 부르봉 왕가의 방계 오를레앙 가문 출신인 루이 필리프가 아니라 순수한 부르봉 왕가 출신인 샤를 10세의 손자가 왕위에 올라야 한다고 주장했다.

게 전혀 거역할 수 없는 마력을 발휘한다. 그는 대중을 원하는 대로 이끌고 몰아가며, 대중에게서 돈이나 피를 짜내고, 그들에게 가능한 모든 유니폼을 입힐 수가 있다. 명예로운 기사의 갑옷도, 굴종의 하인 옷도 입힐 수 있는 것이다. 그것이 나폴레옹의 비밀이었고, 그의 전기를 쓴 티에르는 그로부터 이 비밀을 엿들었다. 그러나 그저 머리가 아니라 마음으로. 그럴 것이 오로지 감정만이 감정을 이해할 수 있기 때문이다. 티에르는 진정으로 프랑스의 민족정신으로 열화처럼 타오르는 사람이다. 이것을 알아차린 사람은 그의 힘과 무력(無力), 그의 오류와 장점, 그의 위대함과 소인 근성, 그리고 미래에 대한 그의 권리를 이해할 수 있다. 이 민족감정은 그의 내각의 모든 행위를 설명해준다. 이 민족감정에서 우리는 나폴레옹 황제 유해의 이송을, 영웅을 위한 더할 수 없이 영광스러운 장례식을 본다. 그러나 덧붙여서 다마스쿠스의 한심한 영사를 위한 한심한 대변 행위도 본다. 이 영사는 중세적인 잔혹한 재판을 지원해주었다. 그럼에도 불구하고 그는 프랑스의 대표자였던 것이다.[19] 이 민족감정에서 우리는 런던 협약이 공표되고 프랑스가 모욕을 당했을 때의 매우 경솔했던 그 분노와 비상경보를, 그러나 또한 신중한 무장 행위와 파리를 요새화한다는 그 거대한 결단도 본다. 그렇다, 파리의 요새화를 시작한 것도, 그리고 이 시작을 위해 추가로 의회에서 법안을 통과시킨 것도 티에르였다. 예전에 티에르가 그토록 위대한 웅변술을 발휘한 적은, 그가 그토록 섬세한 전략으로 의회에서 승리를 쟁취한 적은 없었다. 그것은 하나의 전투였다. 그리고 마지막 순간에는 어떻게 결정될지 지극히 불확실했다. 그러나 티에르의 지휘관 안목은 이 법안을 위협하는 위험을 재빨리 발견

[19] 다마스쿠스 주재 영사인 라티 망통에 대한 티에르의 후원에 대해서는 6장 참조.

했다. 그의 임기응변적 보충 제안이 결정적이었다. 그날의 영광은 마땅히 그에게 돌아가야 한다.

티에르가 이 법안을 위해 보인 열성이 오로지 이기주의적 동기에서 기인한 것이라고 치부하는 사람들도 적지 않았다. 그러나 여기에는 진실로 애국심이 지배적이었다. 반복해서 말하거니와 티에르는 애국심으로 꽉 찬 사람이다. 그는 국가제일주의의 인간이지 혁명의 인간은 아니다. 비록 그가 자신을 혁명의 아들이라고 즐겨 표현하지만 말이다. 물론 이 친자 관계는 타당하기도 하다. 혁명은 그의 어머니인 것이다. 그러나 이 친자 관계로부터 혁명에 대한 과장된 호감을 유추해내서는 안 된다. 티에르는 일차적으로는 조국을 사랑한다. 나는 그가 이 사랑의 감정을 위해서라면 어머니의 모든 이익을 희생시킬 수 있으리라고 믿는다. 모든 자유의 장관(壯觀)에 대한 그의 열광은 의심할 나위 없이 상당히 식어 있다. 이 열광은 그의 영혼에 여운을 남기며 사라져가는 메아리일 따름인 것이다. 그는 역사기술가로서 혁명의 모든 단계를 정신 속에서 체험했다. 그리고 정치가로서는 계속된 혁명의 운동과 날마다 싸우고 투쟁해야 했다. 그래서 이 혁명의 아들에게는 어머니가 매우 부담스럽고 매우 불길하게 느껴질 때가 적지 않았을 것이다. 그럴 것이 그는 이 늙은 여자가 그 자신의 머리도 잘라버릴 수 있음을 잘 알고 있기 때문이다. 말하자면 이 어머니는 부드러운 성격이 아닌 것이다. 베를린 사람이라면 "그 여자는 감정이라고는 없구먼" 하고 말할 것이다. 아들들이 때로는 어머니를 박대했다고 해서 우리는 잊어버리면 안 된다. 이 늙은 부인도 자식들에게 한 번도 지속적인 애정을 보여주지 않았으며, 제일 잘난 아들을 항상 살해한 사실을 말이다.

32

파리, 1841년 3월 31일

문학적 재산권에 대한 하원에서의 토론은 아주 무익하기만 하다. 그러나 하여간에, 사유재산권이 기저를 이루는 오늘의 사회가 정신에도 그런 소유의 특권에 대해 어느 정도 참여를 허용하려는 것은 하나의 의미 있는 시대적 징후이다. 정의심에서, 아니면 반대로 아마 매수(買收)[1]로서도! 생각도 재산이 될 수 있을까? 빛은, 양초 심지의 것은 아니라 해도 촛불의 재산일까? 나는 이 물음에 대한 어떤 판단도 삼가려 한다. 난 그저 자신을 불태워 없애는 그대들 불쌍한 심지들에게 하나의 작은 보상이 허용되려고 하는 사실을 기뻐할 따름이다. 빛을 밝혀주는 그대들의 위대하고 공익적인 공헌에 대한 보상이!

이곳 파리에서는 무함마드 알리의 운명에 대해[2] 사람들이 생각하는 것처럼 그렇게 많이 논의되지 않는다. 그러나 나는 프랑스의 별을 과도하게 신뢰한 이 남자에 대한 깊은 동정심이 사람들의 마음속을 지배하고 있으리라고 생각한다. 동방에서 프랑스의 명망은 상실되었다. 그리고 이러한 상실은 프랑스 서방에서의 상황에도 불리하게 작용하고 있다. 사람들이 더는 믿을 수 없는 별들은 빛이 바래는 법이다. 아메리카 대륙에서의 분규가 심각한 양상을 띠었을 때,[3] 영국 측에서는 이집트 세습 문제의 조

---

1) 물질적 대가를 통한 정신의 매수.
2) 1841년의 조약에 따라서 무함마드 알리에게는 이집트와 누비아(수단 북부의 나일 강 양안 지역)에 대한 세습 지배권이 인정되었으나 시리아의 대부분과 크레타에 대한 상속권은 박탈되었다.
3) 1836년과 1838년에 캐나다에서 발생한 소요 사태. 이 사태의 결과로 캐나다는 1840년

정을[4] 활발하게 추진했다. 당시 프랑스는 어렵지 않게 이 문제가 무함마드 알리에게 아주 유리하게 풀리도록 행동할 수 있었다. 그러나 프랑스 내각은 이 충실한 동맹자를 구원하기 위해 아무 일도 하지 않았던 모양이다.

아메리카 대륙에서의 분규가 영국으로 하여금 이집트의 세습 문제를 가능한 한 빨리 끝내고, 그래서 프랑스의 외교를 다시금 유럽 강대국들의 협의와 결정에 참여할 수 있는 상태로 복원하려 노력하게 만드는 유일한 원인은 아니다. 다르다넬스 해협 문제가 위협하듯 바로 문 앞에 서서 재빠른 결단을 요구하고 있는 것이다.[5] 바로 이 문제에서 영국은 국제회의에서 프랑스 내각의 지지를 얻을 것으로 믿고 있다. 이 문제에서는 프랑스의 이해관계가 그들의 것과 일치하기 때문이다. 러시아에 맞서서 말이다.

그렇다, 이른바 이 다르다넬스 해협 문제는 더할 수 없이 중요하다. 언급된 강대국들뿐 아니라 우리 모두에게, 아주 작은 소인들에게도 아주 큰 거인들에게도, 로이스-슐라이츠-그라이츠에게도, 그리고 힌터포메른과 강력한 오스트리아에게도, 아주 보잘것없는 구두 수선공에게도 그리고 아주 부유한 가죽공장 소유자에게도 아주 중요한 것이다.[6] 그럴 것이 세계 자체의 운명이 여기에서 문제가 되고 있으며, 이 문제가, 어떤

영국을 모델로 한 새로운 헌법을 얻게 되었다.

4) 앞의 각주 참조.

5) 흑해에서 지중해로 항해하려면 보스포루스 해협과 다르다넬스 해협을 통과해야 한다. 따라서 이 두 해협은 흑해 함대를 지중해로 진출시키려는 러시아와 러시아의 진출을 막으려는 서구 열강 사이에 각축의 대상이 되어왔다. 1841년 7월 13일 체결된 런던 의정서(다르다넬스 조약)에 따라 터키를 제외한 모든 외국 군함의 이 두 해협 통과가 금지되었다.

6) 로이스Reuß, 슐라이츠Schleiz, 그라이츠Greiz는 현재의 독일 튀링겐 지방에 있던 군소 영주국들의 이름이다. 힌터포메른Hinterpommern은 오데르Order 강과 포메렐렌Pommerellen 강 사이에 위치한 지역으로 현재 독일 포메른 주의 일부이다.

방식으로든지, 다르다넬스에서 해결되어야 하기 때문이다. 이 문제가 해결되지 않는 한 유럽은 어떤 평온도 허용하지 않는 은밀한 속병을 앓을 것이고, 이 병은 결국 터져 나올 것이다. 늦으면 늦을수록 더 끔찍하게. 다르다넬스 해협 문제는 동방문제 자체의, 터키의 세습 문제의, 우리 모두가 앓는 근원적 병의, 그리고 유럽 국가들의 몸 안에서 들끓는 병원체의 한 증상일 따름이다. 유감스럽게도 이 병원체는 억지로라도 떼어내야 한다. 아마도 칼로 잘라내야만 할 것이다. 유럽의 지배자들은 모두 입으로는 전혀 다른 것들에 대해 말하고 있지만, 눈으로는 다르다넬스 해협을, 그 높은 현관문[7]을, 옛 비잔틴을, 스탐불을, 콘스탄티노플을 훔쳐보고 있다.[8] 이 질병은 많은 이름을 갖고 있는 것이다. 유럽의 국법에 국민주권의 원칙이 정립되어 있다면, 오스만 제국의 몰락이 세계의 여타 지역에 대해서 그렇게 위험한 것은 아니다. 왜냐하면 해체된 제국 안에서 개별 민족은 그들 고유의 통치자를 선출할 것이고, 가능한 한 좋은 지배를 받을 것이기 때문이다. 그러나 대부분의 유럽에서는 아직도 절대 왕정의 도그마가 지배한다. 이 도그마에 따르면 국토와 국민은 군주의 재산이고, 이 재산은 강자의 법칙으로, **왕의 마지막 수단**[9]으로, 대포의 권리로 취득할 수 있는 것이다. 그러니 높으신 군주님들 중 그 누구도 러시아인들에게 더 큰 유산을 허용하지 않으려 하는 것이, 그들 모두가 이 동방의 케이크 한쪽을 차지하려고 하는 것이 놀랄 일이 못 된다. 북방의 야만인들이 즐기는 모습을 보면, 독일의 가장 왜소한 시답잖은 영주도 최소한 술

---

7) "높은 현관문"은 당시 오스만 튀르크 제국 술탄의 거성, 제국 정부 관청, 또는 제국 전체를 지칭하는 비유적 표현으로 쓰였다.

8) 비잔틴, 스탐불, 콘스탄티노플은 모두 이스탄불의 옛 이름이다.

9) 원문은 *ultima ratio regis*. 당시 포신에 흔히 새겨진 명문.

값을 요구하는 모습을 보면, 모두가 입맛이 당길 것이다. 그것은 인간의 본능인바, 그래서 터키의 몰락이 세계에 위험할 수밖에 없는 것이다. 러시아가 콘스탄티노플에 정착하는 것을 특히 영국, 프랑스 그리고 오스트리아가 허용할 수 없는 정치적 동기는 초등학생들에게도 훤히 보일 것이다.

이처럼 사태의 본성에 들어 있는 전쟁의 발발은 그러나 당분간 미루어졌다. 신경 안정제에서 도피처를 찾는 근시안적 정치가들은 이제 마음이 편안해졌고, 그늘지지 않는 평화의 날들을 희망한다. 특히 우리의 금융자본가들은 모든 것을 다시금 아주 기분 좋은 희망의 빛 안에서 본다. 그들 중 가장 큰 자본가도, 항상 그렇지는 않으나, 이러한 착각에 빠져 있는 듯하다. 폰 로스차일드 씨는 얼마 전부터 기분이 언짢아 보였는데, 이제는 다시 완전히 회복되었고, 건강하고 유쾌해 보인다. 이 위대한 남작님의 얼굴 표정을 잘 해독할 줄 아는 증권 거래소의 예언자들은 평화의 제비들이 그의 미소 안에 둥지를 틀었다고, 전쟁에 대한 모든 걱정이 그의 얼굴에서 사라졌다고, 그의 두 눈에서 어떤 뇌전(雷電)의 불똥도 볼 수 없다고, 그러니 전 세계를 위협하던 끔찍한 전쟁의 뇌우(雷雨)가 물러간 것이라고 우리에게 확언해주었다. 심지어는 그의 재채기에도 평화가 들어 있단다. 그건 사실이다. 내가 지난번 폰 로스차일드 씨를 방문하는 영예를 누렸을 때 그의 얼굴은 아주 즐거운 만족감으로 빛나고 있었으며, 그의 장밋빛 기분은 거의 시(詩)로 넘어갈 지경이었다. 그럴 것이, 내가 이미 한 번 말한 것처럼, 이렇게 유쾌한 순간에는 남작님의 유머의 강은 운(韻)을 달고 흐르곤 하기 때문이다. 내가 보기에 이번에는 운이 특히 잘 맞았다. 단지 "콘스탄티노펠"[10]에 대한 운을 그는 찾지 못했을

---

10) Constantinopel, 콘스탄티노플Constantinople의 독일어 표현.

뿐이다. 그는 머리를 손가락으로 긁었다. 모든 시인이 맞는 운을 찾지 못했을 때 그러는 것처럼. 나 자신도 약간은 시인이기에, 나는 남작님에게 "콘스탄티노펠"에 러시아 단어 "초벨"[11]이 운을 이루지 않을까요? 하고 감히 말씀드려보았다. 그러나 이 운의 교차는 그의 맘에 전혀 들지 않은 모양이었다. 그는 영국이 절대 그에게 이를 승인하지 않을 것이고 그로 인해서 유럽 전쟁이 발발할 것이며, 이 전쟁은 세계에 많은 피와 눈물을 흘리게 할 것이고 그에게는 많은 돈을 허비하게 할 것이라고 주장했다.[12]

폰 로스차일드 씨는 사실 최상의 정치적 온도계이다. 난 일기예보 청개구리[13]라고는 말하지 않으련다. 그 말이 별로 존경스럽게 들리지 않으니 말이다. 그러나 우리는 이 남자에게 존경심을 가져야 한다. 그것이 오로지 그가 대부분의 사람들의 마음에 일으킨 외경심 때문이라고 할지라도 말이다. 나는 그의 회계소 사무실로 그를 방문하는 것을 가장 좋아한다. 그곳에서 나는 철학자로서 여러 족속(族屬)의 사람들이, 비단 신의 선택받은 민족[14]뿐 아니라 다른 모든 민족 또한, 어떻게 로스차일드 앞에서 머리를 숙이고 허리를 굽히는지 관찰할 수 있기 때문이다. 그건 척추를 구부리고 비비 꼬는 동작인데, 최고의 곡예사라도 그렇게 하기 어

---

11) Zobel, '검은 담비'나 '검은 담비의 모피'를 의미하는 러시아 단어. 하이네는 Constantinopel과 Zobel 사이의 대칭 운을 생각한 것이다.

12) 하이네는 '콘스탄티노펠'과 '초벨' 사이의 '운의 교차(交叉)'를 로스차일드가 '러시아 담비 모피Zobel'를 받고 '콘스탄티노펠'을 러시아에 넘겨주는 '상호 교환'의 의미로 생각한 것처럼 말하고 있다. 하이네에게 로스차일드는 상업을 주업으로 하는 부르주아지의 상징적 존재다.

13) 울음소리로 일기를 예보하는 특별한 능력이 있다는 청개구리.

14) 유대인을 의미한다.

려울 것이다. 나는 이 위대한 남작에게 접근하면 마치 볼타의 전지[15]를 건드린 듯 경련하는 사람들을 보았다. 그의 방 문 앞에서부터 이미 많은 사람은 옛날 모세가 시나이 산에서 성스러운 땅에 서 있음을 알았을 때 느꼈을 법한 경외심의 전율에 사로잡힌다. 폰 로스차일드 씨의 개인 사무실 안으로 감히 들어서려 하는 많은 중개상이나 어음 중개인은 아마도, 모세가 신발을 벗었던 것과 똑같이 들어서기 전에 장화를 벗었을 것이다. 그들의 발에서 아주 고약한 냄새가 나고 이 나쁜 냄새가 남작님을 괴롭히게 될 것을 두려워하지 않는다면 말이다. 실제로 이 개인 사무실은, 거대한 바다와 별이 가득 찬 하늘을 바라볼 때와 마찬가지로 숭고한 생각과 감정을 일으키는 경이로운 장소이다. 우린 여기서 인간이 얼마나 왜소하고 신은 얼마나 거대한지를 본다. 돈은 우리 시대의 신이고 로스차일드는 이 신의 예언자인 것이다!

꽤 여러 해 전 내가 폰 로스차일드 씨를 만나려고 할 때, 금실 은실로 치장한 하인 한 명이 그의 요강을 복도 너머로 들고 가고 있었다. 마침 그때 이곳을 지나던 주식 투기자가 이 요강 앞에서 더할 수 없이 공손하게 모자를 벗어 들었다. 어떤 사람들의 존경심은, 실례의 말이지만, 이 정도까지인 것이다. 나는 이 공손한 중개인의 이름을 알아두었다. 나는 확신한다. 세월이 가면 그가 백만장자가 되리라는 것을. 언젠가 모 씨에게 내가 로스차일드 씨와 그의 회계소 안 아늑한 방에서 **가족처럼** 점심 식사를 함께 했다고 말하자, 이 사람은 깜짝 놀라 두 손을 마주치면서 내가 그때까지 오직 로스차일드 씨의 혈족이나 기껏해야 현재 집권 중인 영주들에게나 주어지는 영예를 누린 것이라고 말했다. 그는 자기 코의 절반을 주고서

---

15) 1800년 볼타(Alessandro Volta, 1745~1827)는 전기를 함유한 막대 형태의 전퇴(電堆)를 발명했는데, 이는 현대적 배터리의 효시가 되었다.

라도 그런 영예를 사고 싶단다. 내 여기서 지적하거니와, 이 모 씨의 코는 절반을 잃는다 해도 충분한 길이를 유지할 수 있을 것이다.

폰 로스차일드 씨의 회계소는 아주 넓다. 많은 홀로 이루어진 미로이며, 부(富)의 병영이다. 남작이 아침부터 저녁까지 일하는 방은——그는 일 이외에는 할 일이 없기도 하다——최근에 아주 아름답게 꾸며졌다. 벽난로 위에는 오스트리아의 프란츠 황제 대리석 흉상이 놓여 있는바, 로스차일드 가문은 이 황제와 가장 많이 거래하고 있다. 남작님은 아무튼 감사의 마음에서 그의 가문을 통해 돈을 빌려 간 유럽의 모든 군주의 흉상을 만들려고 한다. 이 대리석 흉상들을 소장한 곳은 발할라[16] 같은 신전을 이룰 것이며, 레겐스부르크의 기념관[17]보다 훨씬 더 웅대할 것이다. 로스차일드 씨가 그의 신전 동료들을 운(韻)이 있는 시로 찬미할지 아니면 바이에른 왕이 한 것처럼 비문체(碑文體) 형식으로 찬미할지는 나도 모른다.[18]

---

16) Walhalla(혹은 Valhalla). 북유럽 신화에 등장하는 궁전으로 전장에서 죽은 전사들의 영혼이 안식하는 신전.

17) 레오 폰 클렌체Leo von Klenze에 의해 레겐스부르크 인근에 세워진 건축물로 독일의 신화와 역사적 위인들을 위한 기념관. 1830년부터 건축 작업이 시작되어 1842년에 완성되었다.

18) 바이에른 왕 루트비히 1세는 시집을 여러 권 발표했는데, 그의 시는 종종 하이네의 신랄한 풍자의 대상이 되었다.

33

파리, 1841년 4월 20일

올해의 미술 전람회는 색깔만 요란한 무기력의 공표였다. 우리 조형 예술의 부흥은 끝이 났다고 말해야 할 지경이다. 전람회는 새로운 봄이 아니라 보잘것없는 노파의 여름이었다.[1] 7월 혁명 직후 회화와 조각은, 심지어 건축까지도, 기분 좋게 날아올랐다. 그러나 이 비상의 날개는 그저 겉으로 달린 것이었고, 그래서 강력한 비상 후에 아주 비참한 추락이 이어졌다. 단지 젊은 자매 예술, 즉 음악만이 원천적이며 고유한 힘으로 우뚝 솟아올랐다. 음악은 이미 정점에 도달했는가? 음악은 오랫동안 이 정점에 머무를 수 있을까? 아니면 음악은 다시 빠르게 추락할 것인가? 이런 물음들에 대해서는 오로지 후일의 세대만이 답변할 수 있을 것이다. 그러나 여하간 예술의 연보에서 현재는 무엇보다도 음악의 시대로 기입되어도 좋을 듯하다. 인류의 점진적인 정신화에 예술 역시 균형 잡힌 보조를 맞추어왔다. 인류 역사의 아주 초기에는 필연적으로 건축이 홀로 앞서 나갔다. 예를 들면 우리가 이집트인에게서 보는 것처럼 알지 못하는 거친 거대함을 대규모로 짓고 숭배하면서. 그 후 우리는 그리스인에게서 조각 예술의 전성기를 볼 수 있는바, 이는 이미 물질의 외적 극복을 보여준다. 즉 정신이 느끼는 감각을 돌에 새겨 넣은 것이다. 그러나 그럼에도 불구하고 정신은 자신의 상승하는 자아 표현의 욕구를 만족시키기에는 돌이 너무나 단단하다는 것을 발견했다. 그래서 정신은 사랑과 고통이 좀더

---

[1] 파리의 미술 전람회는 1833년부터 해마다 봄에 열렸다.

정화된 동터오는 세계를 표현하기 위해서 색(色)을, 이 다채로운 그림자를 선택했다. 그래서 중세 말에는 화려하게 펼쳐진 위대한 그림 예술〔繪畫〕의 시대가 탄생했다. 정신적 삶의 형성과 더불어 인간에게서는 조형적 재능이 모두 사라지고, 마침내는 색채 감각도 퇴색한다. 색채 감각 역시 항상 특정한 표시에 얽매여 있기 때문이다.[2] 상승된 정신성은, 추상적 사상성은, 넘쳐흐르는 음악적 욕구를 표현하기 위해서 음향과 소리의 울림을 향해 손을 뻗는다. 그런데 이는 아마도 전체 물질적 세계의 해체와 다름이 없을 것이다. 그러기에 음악은 아마 예술의 마지막 말일 것이다. 죽음이 삶의 마지막 말인 것과 마찬가지로.

　내가 이러한 짤막한 진술을 앞세운 것은 왜 음악 시즌이 나를 기쁘게 하기보다는 불안하게 만드는가를 알리기 위해서이다. 여기에서는 사람들이 온통 음악 속에서 거의 익사할 지경이라는 사실, 파리에서는 어디로 가든 이 음향의 홍수에서 피신할 수 있는, 노아의 방주 같은 집은 전혀 찾을 수 없다는 사실, 이 고귀한 음향 예술이 우리의 삶 전체에 범람하고 있다는 사실──이것들은 내게는 의심스러운 징후다. 그렇기에 때로는 우리의 위대한 거장과 대가에 대한 불만이, 아주 심한 불평을 씹어대는 옳지 못한 행위로까지 변질되는 불만이, 나를 사로잡는다. 이러한 상황에서는 이곳 파리에서 아름다운 세계, 특히 병적으로 민감한 여성들의 세계가 이 순간 광적 열광으로 환호하며, 그리고 실제로 음악적 동향의 가장 주목할 만한 대표자 중 하나인 그 사람에 대한 아주 쾌청한 칭송을 내게서 기대할 수는 없을 것이다. 나는 지금 프란츠 리스트, 이 천재적 피아니스트에 대해 말하는 것이다. 그렇다, 이 천재는 다시 파리에

---

2) 표시Zeichnung는 물질적인 것이 형태가 되어 나타난 것이며, 따라서 물질의 영역에 속한다. 순수하게 정신적인 것은 형태화할 수 없고, 그래서 어떤 모양으로도 나타날 수 없다.

와서 콘서트를 열고 있다, 설화에 육박할 정도의 마력을 발산하는 콘서 트들을. 그의 옆에서는 모든 피아니스트가 사라진다, 피아노의 라파엘[3] 인 쇼팽만이 유일한 예외일 것이다. 사실 이 유일한 예외를 제외하고는 우리가 올해 무수히 많은 연주회에서 들었던 다른 모든 피아노 연주자 는 그저 피아노 연주자일 따름이다. 그들은 줄이 매어진 나무[4]를 다루 는 능숙함으로 빛난다. 반면에 리스트의 연주에서 사람들은 기술적 어 려움의 극복 같은 것은 더 이상 생각하지 않는다. 피아노는 사라지고 음 악이 현현하는 것이다. 이런 관점에서 리스트는, 우리가 그의 연주를 마 지막으로 들은 이후로 아주 놀라운 발전을 이루었다. 그는 이러한 장점 을 이전에는 그에게 아쉽게도 결여되었던 평정심과 합일시켰다. 예를 들 면 그가 이전에 피아노로 뇌우를 연주할 때면, 우리는 그의 얼굴에서도 번개가 번쩍이는 것을 보았다. 그의 사지는 마치 폭풍에 흔들리는 것 같 았고, 길게 땋은 머리는 마치 묘사되는 폭우에서 흘러내리는 빗방울 같 았다. 그러나 이제는 그가 더할 수 없이 강력한 폭풍우 날씨를 연주하더 라도, 그 자신은 그 폭풍우 위에 우뚝 솟아 있다. 마치 저 아래 계곡에 는 번개 치고 폭우가 쏟아지는 동안 알프스의 한 정상에 서 있는 여행자 처럼. 구름은 그의 아래 깊숙한 곳에 진을 치고, 번개는 마치 뱀처럼 그 의 발밑에 똬리를 튼다. 그러나 그는 순수한 천공(天空) 속으로 미소 지으 며 머리를 들어 올린다.

그의 천재성에도 불구하고 리스트는 이곳 파리에서 대부분 진지한 음악가들로 구성된 반대파를 마주하고 있다. 이 반대파는 그의 경쟁자

---

3) Raffael, 또는 Raphael(1483~1520): 르네상스 시대 이탈리아의 유명한 화가이자 건축가.
4) "줄이 매어진 나무"는 피아노의 건반을 의미한다.

인 황제의 궁정 피아니스트 탈베르크에게 월계관을 헌정한다.[5] 리스트
는 이미 콘서트를 두 번 했는데, 그는 이 콘서트들에서 모든 관습에 반
해 다른 연주자의 협연 없이 오로지 홀로 연주했다. 그는 지금 세번째 콘
서트를 준비하고 있으며, 이 콘서트는 베토벤의 기념비[6] 건립을 위한 것
이다. 사실 베토벤은 리스트의 취미에 가장 부합하는 작곡가이다. 특히
베토벤이 영적(靈的) 음악을 현상 세계의 음향적 단말마가 되도록, 즉 자
연의 소멸로까지 몰아가기 때문이다. 이 음악은 나를 소름 끼치게 하고,
나는 이 사실을 숨기고 싶지 않다. 비록 내 친구들이 이에 대해 머리를
흔들더라도 말이다. 베토벤이 말년에 귀가 멀었다는 사실은, 심지어 보이
지 않는 음의 세계가 그에게 어떤 음향적 현실성도 갖지 못했다는 사실
은, 내게는 매우 의미심장한 상황이다. 그의 음악은 그저 음의 기억, 사
라진 울림의 유령일 따름이었다. 그의 마지막 작품들은 이마에 음울한
죽음의 묘비(墓碑)를 붙이고 다닌다.

베토벤의 음악보다는 베토벤의 친구가 내게는 덜 섬뜩했다. 그는 파
리의 도처에서 자신을 **아미 드 베토벤**[7]이라고 과시하고 다녔는데, 명함
에도 그렇게 쓰였던 걸로 나는 믿고 있다. 검은 홉 나무 지팡이, 거기에
소름 끼치게 하얀 넥타이와 시체 같은 음울한 표정. 이 베토벤의 친구는
정말로 그의 필라데스[8]였던가? 아니면 그는 그저 그런 친지들 중의 하

---

5) 빈Wien의 피아니스트 탈베르크(Sigismund Thalberg, 1812~1871)는 빈에서 '황제의
   궁정 피아니스트'의 칭호를 획득했다.
6) 1845년 본Bonn의 뮌스터 광장에 세워진 베토벤의 동상.
7) L'ami de Beethoven. 프랑스어로 베토벤의 친구, 애호자, 후원자 등을 의미한다. 하
   이네는 베토벤의 친구이자 1840년 베토벤 전기를 집필한 신들러(Anton Schindler,
   1796~1866)를 이렇게 표현하고 있다.
8) Pylades, 그리스 신화에 등장하는 인물로 스트로피우스 왕의 아들. 그는 사촌인 오레스
   테스(Orestes, 아가멤논 왕의 아들)와의 절친한 우정으로 유명하다.

나였던가, 한 천재적 인간이 때때로, 이들이 보잘것없을수록, 이들의 수다가 산문적일수록, 더욱더 즐겨 교제하곤 하는 그런 친지들 중의 한 명인가? 힘든 예술적 날갯짓 후에 휴식을 얻기 위해서? 하여튼 우리는 여기에서 새로운 유형의 천재 팔아먹기를 보았다. 그리고 작은 신문들은 이 **아미 드 베토벤**을 심하게 조롱했다. "어떻게 그 위대한 예술가가 저런 불쾌하고 정신적으로 빈약한 친구를 참아낼 수 있었단 말인가?" 하고 프랑스 사람들은 소리쳤다. 그들이 그 지루한 손님의 단조로운 지껄임을 더 참을 수 없었을 때 말이다. 그들은 베토벤이 귀가 먹었다는 사실을 생각하지 못한 것이다.

금년 시즌 중에는 엄청나게 많은 사람이 콘서트를 개최했고, 신문들이 기적이라고 칭찬한 평범한 피아니스트들도 없지 않았다. 특히 자기 자신이 이러한 찬양을 신문에 싣는 자들은 대부분 젊은 사람이다. 이러한 유형의 자화자찬, 속칭 광고는 읽기가 아주 재미있다.[9] 최근 『가제트 뮈지칼』에 실린 광고 하나는 마르세유로부터 다음과 같이 알려왔다. 유명한 될러[10]가 그곳에서도 모든 사람의 마음을 황홀하게 했으며, 회복된 병의 결과인 얼굴의 흥미로운 창백함이 아름다운 여성 세계의 관심을 끌었다고. 이 유명한 될러는 그 후 파리로 돌아왔으며 연주회를 많이 열었다. 사실 그는 예쁘고 귀엽고 감미롭게 연주한다. 그의 연주는 아주 사랑스럽고 놀라울 정도의 손재주를 증명해주지만, 힘도 정신도 보여주지 못한다. 장식된 허약함, 우아한 무능, 흥미로운 빛바램.

예술 애호가들의 기억 속에서 계속해 울릴 올해의 콘서트에는 두

---

9) 돈을 주고 신문에 자신의 연주에 대한 좋은 평을 싣게 하는 것을 하이네는 "광고"로 단정하고 있다.

10) Theodor Döhler(1814~1856): 이탈리아 출신의 음악가로서 당시 상당한 명성을 얻었다.

음악 신문의 발행인들이 정기 구독자에게 제공한 낮 연주회들이 있다.[11] 에스퀴디에르 형제가 편집인인 『프랑스 뮈지칼』의 콘서트는 이탈리아의 가수들과 올 음악 시즌의 사자(獅子)들 중 하나로 간주된 바이올리니스트 비외탕[12]의 협연으로 해서 빛났다. 이 사자의 텁수룩한 털가죽 아래 정말 동물의 왕이 숨어 있는지, 아니면 그저 불쌍한 당나귀 한 마리가 들어 있는지 나는 결정할 수 없다. 솔직히 말하면 나는 그에게 바쳐진 과장된 찬사를 믿지 않는다. 내 생각으로는 그가 아직은 예술의 사다리에서 그리 특별한 높이에 오르지는 못한 것 같다. 비외탕은 이 사다리의 중간쯤에 있다. 언젠가 우리는 파가니니가 이 사다리의 정점에 있는 것을 보았고, 이 사다리의 마지막 가장 낮은 디딤판에는 우리의 훌륭한 시나[13]가 서 있다. 시나는 불로뉴[14]의 유명한 휴양객이며 베토벤 친필 서명의 소유자이다. 비외탕 씨는 아마도 니콜로 파가니니보다는 시나 씨에게 훨씬 더 가까이 서 있을 것이다.

일반적으로 네덜란드에서 아주 대단한 바이올리니스트들이 배출된 것처럼, 비외탕 역시 벨기에의 아들이다.[15] 그렇다, 바이올린은 남녀노소를 불문하고 연마하는 그곳의 국민 악기다. 우리가 네덜란드의 그림들에

---

11) 1834년 창간된 *Gazette musicale de Paris*와 1838년 창간된 *France musicale*가 개최한 일련의 연주회는 하이네의 음악 시즌에 대한 기사의 핵심을 이룬다.

12) Henri Vieuxtemps(1820~1881): 청년 시절부터 바이올리니스트와 작곡가로서 두각을 나타냈으며, 독일·영국·프랑스·러시아·미국 등 여러 나라에서 연주회로 많은 명성을 얻었다.

13) Johann Sina: 1808년부터 1816년까지 존속한 라주모프스키 현악 사중주단에 속한 바이올리니스트. 이 사중주단의 창시자인 라주모프스키 백작(Andreas Kyrillowitsch Rasumowsky, 1752~1836)은 러시아의 외교관이었으며, 베토벤의 친구이자 후원자였다. 1806/07년에 작곡된 베토벤의 현악 사중주 op. 59와 교향곡 5번(운명)과 6번은 라주모프스키에게 헌정되었다.

14) Boulogne-sur-Mer, 프랑스의 이름난 휴양지.

15) 벨기에는 1830년 프랑스의 7월 혁명 후에 네덜란드로부터 독립했다. 그 결과로 인해 벨기에의 많은 바이올리니스트들은 태어날 때는 네덜란드 국민이었다.

서 보는 것처럼 예전부터 말이다. 이 네덜란드 팀의 가장 뛰어난 바이올리니스트는 의문의 여지 없이 말리브란의 남편 베리오[16]다. 여러 번 나는 베리오의 바이올린에 그의 죽은 아내의 영혼이 앉아서 노래하는 듯한 상상을 금할 수가 없었다. 오로지 시적 감흥이 풍부한 보헤미안 에른스트[17]나 그처럼 감동적이며 피를 흘리는 듯하면서도 달콤한 탄식의 음을 그의 악기에서 이끌어낼 수 있을 것이다. 아르토[18]는 베리오의 동향이자 역시 뛰어난 바이올리니스트이다. 그러나 사람들은 그의 연주에서 그 어떤 영혼을 느끼지는 못한다. 잔뜩 멋을 부리고 억지로 꾸며놓은 듯한 친구이며, 그의 연주는 마치 기름 먹인 천처럼 매끄럽고 빛이 난다. 브뤼셀의 표절 복제자 아들인 오망은 바이올린에 아비의 특기를 활용한다.[19] 그의 바이올린 연주는 아주 뛰어난 연주자들의 순수한 복제판이다. 텍스트는 여기저기 쓸모없는 오리지널 악보로 장식되어 있으며, 찬란한 오식(誤植)으로 양이 늘어났다. 금년에도 몇 차례 연주회를 연 프랑코-멘데즈 형제는, 그리고 이들은 이 연주회들에서 바이올린 연주자로서 재능을 입증했는바, 이 형제는 원래 모두 운하용 거룻배와 침 뱉는 단지의

---

16) Charles Auguste de Bériot(1802~1870): 이른바 '벨기에파'의 대표적 바이올리니스트이자 작곡가로서 많은 활동을 했다. 1835년에 가수 말리브란(Marie Malibran, 1808~1836)과 결혼했다. 말리브란은 특히 로시니의 오페라에 많이 출연해서 명성을 얻었다.

17) Heinrich Wilhelm Ernst(1814~1865): 모라비아의 브르노에서 태어났다. 베리오에게 사사했으며, 1830년에서 50년까지 활동한 대표적 바이올리니스트. 실내악을 많이 작곡했다. 파가니니의 가장 훌륭한 전승자로 인정받았다.

18) Alexandre Joseph Montagny d'Artôt(1815~1845): 브뤼셀 출신의 기교파 바이올리니스트로서 명성을 얻었으나 깊이 없는 연주가라는 비판을 받기도 했다.

19) 겐트 출신의 바이올리니스트 오망(Théodore Haumann, 1808~1878)과 브뤼셀의 유명한 해적판 출판사 소유자인 루이 오망Louis Haumann 사이에는 친족 관계가 없다. 하이네는 바이올리니스트 오망이 다른 연주자들을 모방하는 것을 책의 불법 복제에 비유하는 것이다. 당시 벨기에는 해적 출판이 범람했으며, 하이네의 작품들도 여러 번 불법 복제되었다.

나라 출신이다.[20] 비올론첼로 연주자인 바타[21] 역시 마찬가지다. 그는 네덜란드에서 태어났으나 일찍이 이곳 파리로 왔고, 아이같이 젊고 발랄해서 특히 여성들을 아주 기쁘게 했다. 그는 사랑스러운 아이였고, 그의 비올론첼로와 함께 아이처럼 흐느껴 울었다. 그는 그동안에 큰 젊은이가 되었으나, 흐느낌의 그 달콤한 습관을 결코 떨쳐버리지 못했다. 그래서인지 최근 그가 몸이 좋지 않아 공개 석상에 나오지 않자 대략 이런 소문이 돌았다. 비올론첼로와 함께 애처럼 울어대서 그의 목에 마침내 진짜 소아병이—내 생각으로는 홍역일 것이다—생겨났단다. 그러나 그는 다시 완전히 회복된 것으로 보인다. 신문 보도에 따르면 이 유명한 바타가 다음 목요일에 낮 연주회를 준비하고 있으며, 이 음악회는 관객에게 그들의 총아를 오랫동안 접하지 못한 것을 보상해줄 것이라 한다.

모리스 슐레징어 씨가 그가 발행하는 『가제트 뮈지칼』의 정기 구독자들을 위해 개최한 마지막 연주회, 그리고 이 연주회는 내가 이미 언급한 것처럼 금년 시즌의 가장 빛나는 사건들 중의 하나인바, 우리 독일인들에게는 아주 특별한 관심의 대상이었다. 여기에서도 독일인들이 모두 하나가 되어 마드무아젤 뢰베[22]의 노래를, 베토벤의 아름다운 가곡 「아델라이데」를 독일어로 부른 이 칭송받는 여가수의 노래 듣기를 갈망했다. 그런데 협연을 약속했던 이탈리아 가수들과 비외탕이 연주회 도중에 협연을 취소했고, 연주회의 개최자는 경악했다. 그러나 그는 특유의

---

20) "운하용 거룻배와 침 뱉는 단지"라는 말로써 하이네는 이들 형제가 네덜란드 출신임을 말하고 있다. 프랑코-멘데즈 형제는 모두 암스테르담에서 태어났다.

21) Alexander Batta(1816~1902): 네덜란드 마스트리흐트Maastricht 출신의 비올론첼리스트.

22) Sophie Löwe(1815~1866): 1845년까지 파리, 런던, 이탈리아의 여러 도시에서 콘서트를 했다. 특히 베토벤의 「아델라이데Adelaide」를 여러 번 부른 것으로 기록되어 있다.

품위를 잃지 않고 청중 앞에 나와서 설명했다. 비외탕 씨가 연주회장과 청중이 그에게 맞지 않는다고 보기 때문에 연주하지 않겠노라 한다고! 이 바이올리니스트의 오만함은 아주 엄중히 비난받아 마땅하다. 연주회장은 뤼 비비엔에 있는 뮈자르드 홀로서 카니발 도중에만 캉캉 춤을 조금 추는 곳이고, 그 외에는 일 년 내내 모차르트, 자코모 마이어베어, 베토벤의 아주 품위 있는 음악이 연주되는 곳이다. 이탈리아 가수인 시뇨르 루비니와 시뇨르 라블라슈의 변덕은 그래도 용서해줄 만하다. 꾀꼬리들이 금계(金鷄)와 독수리로 구성된 청중 앞에서만 노래 부르고 싶어 하는 욕망은 참아낼 만하다. 그러나 그 네덜란드 녀석은, 그 조야한 황새 따위는 이것저것 고르려 해서는 안 되며, 아주 근엄한 조류(鳥類)인 공작과 주계(珠鷄)가 다수이며 그중에는 아주 뛰어난 독일의 날쌘 강도 수탉과 더러운 방울새가 들어 있는 손님들을 무시해서는 안 되었다! 마드무아젤 뢰베의 데뷔 효과는 어떤 유형이었을까? 나는 모든 진실을 간략하게 말하겠다. 그녀는 훌륭하게 노래했고, 모든 독일인의 마음에 들었으나 프랑스인에게서는 혹평을 받았다.

위에서 언급된 불운에 관련해서 나는 존경하는 뢰베 양에게 바로 그녀의 장점이 그녀가 프랑스에서 성공하는 데 장애가 되었다는 사실을 위로 삼아 확신시켜주고 싶다. 마드무아젤 뢰베의 음성에는 독일적 영혼, 하나의 정적(靜的)인 본성이 들어 있다. 그러나 이 본성은 지금까지는 단지 소수의 프랑스인에게만 감지되었으며, 아주 천천히 프랑스에 입성하는 중이다. 마드무아젤 뢰베가 몇십 년 후에 왔다면 아마 그녀는 더 크게 인정받았을 것이다. 그러나 지금까지는 프랑스 민중의 다수는 항상 그대로이다. 프랑스인들은 기지와 열정을 갖고 있다. 그리고 이들은 이 두 본성을 요동치고 격렬하며 저며지고 자극적인 형태로 즐기기를 아주 선호한다. 그런데 바로 이러한 것을 이들은 독일의 여가수에게서 전혀 찾지 못한 것이다. 게다가 그녀는 이들에게 베토벤의 「아델라이데」를 불러주었다. 이 조용한 가슴의 탄식, 이 푸른 눈의, 애타게 그리워하는 숲의 정적(靜寂)의 소리, 빠질 수 없는 달빛을 아우른 이 노래로 불린 보리수 꽃, 세속을 초월한 동경 속에서 죽음을 향한 느린 발길, 이 철저하게 독일적인 노래는 프랑스인들의 가슴에서 어떤 반향도 찾을 수 없었고,[23] 심지어는 라인 강 저편의 감상 나부랭이라고 조롱을 당했다.

비록 마드무아젤 뢰베가 이곳에서 갈채를 받지는 못했으나, 그녀가 아카데미 로얄 드 뮈지크[24]와 출연 계약을 맺을 수 있도록 가능한 모든 것이 행해졌다. 마이어베어의 이름은 이 일에서, 아마도 이 존경받는 마이스터에게 불편할 정도로까지, 집요하게 사람들의 입에 오르내렸다. 그것이 사실일까, 마이어베어는 그의 새 오페라를, 뢰베가 출연하지 못하면, 공연에 내놓지 않으려고 할까? 마이어베어는 정말로 청중의 소망을 충족시켜주는 일을 그런 작은 조건과 연계한 것인가? 그가 정말로 그렇게 자신이 없단 말인가, 그의 새 작품의 성공이 프리마 돈나의 다소 유연한 목청에 달려 있다고 생각할 정도로?

이 경이로운 마이스터를 존경하고 찬미하는 많은 사람들은 이 추앙받는 작곡가가 그의 천재성의 새로운 산출 때마다 이 작품의 성공을 확실히 하기 위해서 말할 수 없이 애를 쓰는 것을, 그리고 이 작품의 아주 작은 세세한 부분에까지 있는 힘을 다 허비하는 것을 우울하게 바라보

---

23) 하이네의 「아델라이데」에 대한 표현은 그의 독일 낭만주의 문학에 대한 이해에서 연유한다. 하이네는 독일적 본성의 근원을, 긍정적이든 부정적이든, 독일 낭만주의에서 찾았다.

24) 파리의 '그랑 오페라'의 다른 이름.

고 있다. 그의 부드럽고 연약한 몸은 그런 일로 해서 고통을 겪고 있으며, 그의 신경은 병적으로 민감해져 있다. 또 만성적인 뱃병으로 인해 그는 유행하는 콜레라에 자주 걸리기도 한다. 그의 음악적 명작에서 흘러내려 우리를 기쁘게 해주는 정신의 꿀은 이 마이스터 자신에게는 아주 끔찍스러운 육체적 고통을 대가로 치르게 하는 것이다. 내가 마지막으로 그를 보는 영예를 누렸을 때, 나는 그의 비참한 외양에 깜짝 놀랐다. 그를 보면서 나는 타타르의 민중 설화에 등장하는 설사의 신을 생각했다. 이 설화에서는 악령에 들씌워 복통을 앓는 신이 언젠가 카산의 축제 장터에서 자신이 사용하기 위해 6천 개의 변기를 사들였고, 그래서 변기 만드는 도공(陶工)이 부자가 되었다는 이야기가 무시무시하고도 익살스럽게 전해진다. 하늘이 우리의 존경하는 마이스터에게 더 좋은 건강을 내려주시기를, 그리고 그의 생명의 끈이 매우 약해졌으며, 그 반면에 운명의 신의 가위는 더욱 날카로워졌다는 사실을 그 자신이 결코 잊지 말기를. 그가 결코 잊지 말기를, 사람들이 그의 생존에 얼마나 높은 관심을 갖고 있는지를. 이 드높이 칭송되는 마이스터가, 그 자신이, 그런 일이 없도록 하늘이 오래 보호해주시기를 바라지만, 승리의 무대에서 갑자기 죽음에 의해 탈취된다면 그의 명성은 어떻게 될까? 그의 가족이 그의 명성을, 독일 전체가 자랑스러워하는 이 명성을 계속 유지할 수 있을까? 그의 가족에게 물질적 수단은 확실히 부족하지 않을 것이다. 그러나 아마도 정신적 수단은 결여되었을 것이다. 오직 그 위대한 자코모 자신만이, 프로이센의 모든 왕립 음악 시설의 총감독일 뿐 아니라 마이어베어 명성의 악단 지휘자이기도 한 그만이, 오로지 그만이 이 어마어마한 영광의 오케스트라를 지휘할 수 있는 것이다. 그가 머리를 끄덕이기만 하면 큰 신문들이 모두 한 소리로 나팔을 분다. 그가 눈을 찡긋거리기만 하면 찬양의 바이올린이 모두 앞다투어 연주된다. 그가 왼쪽 콧방울을 조용히 움직이기만 하면, 신문 문예란의 피리들이 모두 최고로 달콤한 아양의 소리들을 불어댄다. 들어보지도 못한, 노아의 홍수 이전의 관악기도, 예리코의 트럼펫[25]과 아직 발견되지 못한 바람 하프, 미래의 현악기들도 이 찬양에 동참한다. 이런 악기들을 이용한다는 것은 아주 **빼어난** 악기 편성의 재능을 보여준다. 그렇다, 아직 어떤 작곡가도 우리의 마이어베어만큼 높은 수준으로 악기 편성법을 이해하지 못했다. 악기 편성법이란 가능한 모든 사람을, 가장 작은 사람도 가장 큰 사람도, 악기로 이용하는 기술이다. 이들을 함께 작동시켜 여론에서 전설에 접하는 찬양을 불러일으키는 기술이다.[26] 지금껏 아무도 이 기술을 이해하지 못했다. 모차르트와 로시니의 최고의 오페라들도 처음 공연될 때에는 실패작이었다. 몇 년이 지난 후에야 비로소 이들은 참된 가치를 인정받았다. 반면에 우리의 고귀한 마이어베어의 작품들은 초연에서 이미 한목소리로 갈채를 받는다. 그리고 다음 날에는 이미 모든 신문이 당연한 찬양과 칭찬의 기사들을 내놓는다. 이 모든 것은 악기들의 조화로운 협주를 통해서 이루어진다. 멜로디 창작에서는 마이어베어는 앞에 언급된 두 마이스터의 뒤에 서야 한다. 그러나 그는 악기 편성에서는 이들을 능가한다. 그가 매우 비천한 악기들을 자주 사용한다는 사실은 하늘이 알고 있다. 그러나 아마도 바로 이런 악기들을 통해서 그는 대중에게 크게 작용할 것이다. 그를 경탄하고, 그를 숭배하며 경모하고 심지어는 존경하는 대중에게. 누가

---

25) 성서(「여호수아」 6장 20절)에 따르면 이스라엘 민족이 예리코(여리고)를 점령할 때 나팔을 불어 성벽을 무너트렸다 한다.

26) 하이네는 마이어베어가 신문들을 이용해 그의 작품에 대한 높은 평가를 불러오는 것을 신랄하게 풍자하고 있다.

그 반대를 증명할 수 있으리오? 사방에서 그에게 월계관이 날아 들어오고, 그래서 그는 머리 위에 월계수 숲을 통째로 쓰게 되었다. 그는 월계수들을 더 허용할 수 없을 지경이고, 이 녹색의 짐 아래서 신음하고 있다. 그는 작은 노새 한 마리를 사들여야 할 것이다. 무거운 화환들을 지고 그의 뒤를 터벅터벅 따르는 노새를. 그러나 구앵[27]은 질투심이 강해서 다른 사람이 동반하는 것을 견뎌내지 못한다.

　　나는 여기서 음악가 페르디난트 힐러[28]가 했다고 전해지는 재치 있는 말 한마디를 언급해야겠다. 그 말인즉, 누가 힐러에게 마이어베어를 어떻게 생각하느냐고 묻자, 힐러는 즉답을 피하면서 이렇게 짜증 섞인 대답을 했다 한다. 아, 우리 정치 이야기는 하지 맙시다!

34

파리, 1841년 4월 29일

　　왕에 대한 고의적인 모욕 혐의에 대해 『라 프랑스』 편집인의 무죄를 선언한 배심원의 판결은 중요하면서도 참담한 사건이다.[1] 이 일에서 누구에게 가장 큰 연민을 보내야 할지 나는 정말 모르겠다! 그것은 왕이어

---

27) 구앵에 관해서는 12장 참조.
28) Ferdinand Hiller(1811~1885): 작곡가이자 음악 비평가로서 하이네와 오랫동안 친교를 맺었다.
 1) 31장, 왕의 편지 위조 사건 참조.

야 할까, 위조 편지로 인해 명예가 더럽혀지고, 그럼에도 불구하고, 다른 모든 사람과는 달리, 여론에서 자신의 명예를 회복할 수 없는 왕인가? 그런 곤란한 처지에 있는 다른 모든 사람에게 허용되는 것이 그에게는 냉혹하게 거부되었다. 다른 사람들 같으면 모두 자신이 같은 수법으로, 즉 국가 반역의 내용을 담은 위조 편지를 통해 세상이 비난하는 대상이 되었다고 본다면, 정식으로 피고석에 앉아서 재판 과정을 거쳐 이런 편지들이 진짜가 아님을 아주 확실하게 증명할 수 있을 것이다. 그러나 그런 명예 회복은 왕에게는 존재하지 않는다. 그는 헌법에 의해 신성불가침의 존재로 선언되었고 그래서 개인으로 법정에 서는 것이 허용되지 않는다. 결투, 이 신의 판결, 명예에 관한 일에서는 아직도 어느 정도 정당성을 입증하는 효과가 있는 결투는 더욱더 그에게 허용되지 않는다. 루이 필리프는 남이 자기에게 총을 쏘아대도록 조용히 내버려두어야 한다, 그러나 그 자신은 그를 모욕한 자들에게 배상을 요구하기 위해서 절대로 권총을 잡을 수는 없다. 마찬가지로 그는 통례적인 거친 문체로 명망 있는 큰 신문들에 자신을 모함한 자들에 대한 적대적인 광고를 실을 수도 없다. 그럴 것이 아! 왕들은, 위대한 시인들과 마찬가지로, 그런 방법으로 자신을 방어할 수 없고, 그래서 그들의 인격에 대해 퍼트리는 모든 거짓을 말 없는 인내심으로 견뎌내야 하는 것이다. 정말로 나는 그저 참아내야 하는 왕에게 아주 고통스러운 연민의 감정을 가슴에 안고 있다. 그의 왕관은 비방의 표적이며, 그의 왕홀은, 자신을 방어해야 할 경우, 평범한 지팡이보다도 더 쓸모가 없다. 아니면 나는 너희 정통 왕당파를 더 불쌍하게 생각해야 할까, 왕정주의의 선택받은 기사처럼 행동하면서 그럼에도 불구하고 루이 필리프라는 인물에게서 왕권의 존재와 왕의 명망을 깎아내린 너희 왕당파를? 하여간 나는 너희를 동정한다. 너희가 그런 오만방자한 짓을 통해 너희 자신의 어리석은 머리 위로 불러들일 그 끔찍한 결과를 생각해보면 말이다.[2] 왕조가 몰락하면 고향에서는 다시금 도끼가, 그리고 타국에서는 거지 지팡이가 너희를 기다릴 것이다. 그렇다, 너희의 운명은 이번에는 이전 시절보다 훨씬 더 굴욕적일 것이다. 너희 처형자들의 어리석은 방조자들아, 이제 사람들은 거친 분노가 아니라 조롱의 웃음과 함께 너희를 처형할 것이다. 그리고 타향에서는 사람들이 경외심이 아니라 경멸감을 품고 너희에게 동정을 베풀 것이다. 경외심이야 부당한 불행을 겪는 사람들에게나 합당한 것이기에.

그러나 배심을 맡았던 그 착한 사람들에 대해서는 무슨 말을 해야 하는가, 서로 경쟁하듯이 현혹되어 자기 자신의 집 근저에다 지렛대를 올려놓은 이 사람들에 대해서? 그들의 시민적 국가 부티크[3]의 모든 것을 지탱해주는 초석이, 즉 왕의 권위가 이 모욕적이며 치욕스러운 판결로 인해 아주 심하게 동요되었다. 이 판결의 모든 파멸적 의미는 이제 점차 알려지고 있고, 지속적인 화젯거리가 되었다. 사람들은 이 판결의 불행한 결말이 체계적으로 이용되는 것을 보면서 경악한다. 이제 그 위조 편지들은 합법적 발판을 갖게 되었고, 기존 질서를 적대시하는 자들의 무책임한 파렴치는 상승일로에 있다. 이 순간에도 이른바 왕의 친필 복사본이 엄청난 숫자로 프랑스 전역에 퍼지고 있으며, 그래서 간계(奸計)는

---

2) 하이네는 귀족에 의한 절대 왕권의 약화를 프랑스 혁명의 한 원인으로 생각하고 있다. 그러기에 정통 왕당파가 루이 필리프 왕의 권위를 약화시키면 새로운 혁명이 일어날 수 있고, 그 결과로서 대다수가 귀족 출신인 왕당파는 큰 박해를 당할 수 있다는 것이 하이네의 논리다.

3) "국가 부티크"는 '국가'와 '부티크', 즉 '상점'을 연결한 합성어. 하이네는 배심원들이 부르주아지 출신이고, 부르주아지의 주요 활동이 상업임을 감안해 이런 합성어를 만든 것으로 보인다.

이 성공한 걸작으로 해서 두 손을 기분 좋게 비비고 있다. 정통 왕당파는 마치 그들이 전투에서 승리한 것처럼 승리의 환호성을 울리고 있다. 영광스러운 전투, 당대의 여인, 그 악평의 마담 드 생텔름[4]이 깃발 들고 앞장섰던 그 전투! 고귀하신 라로슈자클렌 남작께서는 이 새로운 잔 다르크를 그의 방패로 보호해주고 있다. 남작은 그녀의 신뢰성을 보증했다──왜 그녀의 순결한 처녀성을 보증하지는 않았을까? 그러나 이 승리는 무엇보다도 그 위대한 베리어[5]의 덕분이다. 정통 왕당파 기사들의 시중을 들고 있는 시민 계급 출신의 사람, 어떤 나쁜 일을 위해서라도 가리지 않고 멋진 연설을 하는 그 베리어의 공적인 것이다.

그러나 여기 당파의 나라 프랑스에서는, 모든 사건으로부터 그것들의 결과가 직접적으로 짜내어지는 이 나라에서는, 나쁜 작용은 다소 유익한 반작용을 항상 동반한다. 이 사실은 이번의 그 불행한 판결 상황에서도 나타났다. 이 판결의 악의적 효과는 이 순간 어느 정도 중화되었다. 정통 왕당파가 외친 환호와 승리의 고함 소리에 의해서 말이다. 민중은 이자들을 매우 싫어한다. 그래서 민중은 이 새로운 프랑스의 불구대천의 적들이 루이 필리프에 대해 지나치게 환호하며 승리를 외치는 것을 듣자 왕에 대해 품었던 불만을 잊었다. 사실 왕에 대해 최근에 제기된 가장 나쁜 비난은 그가 왕당파와의 화해를 지나치게 서둘러서 추진하고 있으며, 그들을 위해 민주주의적 이익을 희생시키고 있다는 바로 그 혐의였다. 그래서 바로 그 반정부적 귀족들이 왕에게 행한 모욕은 우선은 부르주아지에게서 어느 정도의 '꼴좋다' 식의 짓궂은 즐거움을 불러일으켰다. 부르주아지는 불만족한 중간 계층의 신문들에 의해 사주되어 현 내각의

---

4) Mne. de St. Elme, 그녀는 왕의 가짜 편지를 쓴 사람이라는 의심을 받았다.
5) Philippe-Antoine Berryer에 대해서는 3장 참조.

반동적 계획들에 대해 불쾌하기 짝이 없는 이야기들을 꾸며냈다.

그렇다면 사람들이 특히 기조에게 전가하는 그 반동적 계획들은 어떤 전후 사정이 있는가? 나는 그것들을 전혀 믿지 않는다. 기조는 반항의 인물이지 반동의 인물은 아니다. 당신들은 확신해도 좋다. 사람들이 기조의 아래에 대한 반항을 필요로 하지 않았던들, 그의 위에 대한 반항으로 해서 그를 벌써 오래전에 면직했을 것이라는 사실을. 그의 본연의 업무는 약탈자로 타락한 과거의 낙오병들에 의해 그리고 마찬가지로 약탈욕으로 가득 찬 미래의 아방가르드들에 의해 무섭게 위협받는 부르주아지 정권의 실질적인 유지다.[6] 기조는 아주 어려운 임무를 떠맡은 것이다. 그러나 아무도 그에게 고마워할 줄 모른다. 가장 배은망덕하게 구는 자들은 그 착한 시민들이다. 그가 그의 강한 손으로 보호하고 감싸주는 그 시민들 말이다. 사실 기조는 그들에게 결코 친밀하게 손을 내밀지 않았고, 또 그들의 편협한 열정에 결코 동참하지 않았다. 이 속물 부르주아들은 기조를 좋아하지 않는다. 그럴 것이 그는 볼테르의 기지에 찬 재담들에 대해 그들과 같이 웃지 않고[7] 산업적이지 않으며[8] 그들과 함께 영광의 오월주(柱)를 둘러싸고 춤을 추지도 않기 때문이다![9] 그는 머리를 높이 들고 다니며, 그의 모든 표정으로부터는 하나의 우울한 긍지가 이렇게 말하는 듯하다. "이 천한 인간들을 위해 날마다 힘든 싸

---

6) 하이네는 귀족-시민(부르주아지-프롤레타리아트의 사회적 관계를 위-중간-아래의 공간적 관계로, 그리고 과거-현재-미래의 시간적 관계로 표현하고 있다.

7) 계몽주의 철학자 볼테르는 종교를 비판하는 재담을 많이 만들어냈다. 그런데 기조는 독실한 기독교도였다.

8) 기조는 금융업에 전혀 관여하지 않았다.

9) 봄의 축제인 오월제에서 사람들은 오월주(자작나무 기둥)를 광장에 세워놓고 그 주위에서 춤을 추었다.

움을 하면서 내 삶을 허비하는 것보다는 더 좋은 일을 할 수도 있을 텐데!" 기조는 사실 인기를 얻기 위해 상냥하게 군 적이 없다. 심지어 그는 '좋은 장관은 인기가 없어야 한다'는 원칙을 세운 사람이다. 그는 결코 대중의 마음에 들려고 하지 않았다. 심지어는 그가 학자 출신 민중혁명가로서 아주 열렬한 환호를 받았던 그 복고주의 시절에도 그러했다. 그가 소르본 대학에서 그 기념할 만한 강의를 했을 때, 그리고 청년들의 갈채가 약간 지나치다 싶을 정도로 열렬하게 나타나자, 그는 스스로 이 경의(敬意)의 소음을 이렇게 엄격한 말로 진정시켰다. "학생 여러분, 열광 속에서도 질서가 있어야 합니다!" 하여간에 질서에 대한 집착은 기조의 성격에서 두드러진 성향이다. 이러한 이유만으로도 이미 그의 내각은 현재 같은 혼란에서 매우 유익하게 작용한다. 그는 이 질서 선호로 해서 여러 차례 옹졸하다는 비난을 받았다. 내 실토하거니와 그의 외양의 무뚝뚝한 진지함은 그에게 달라붙은 그 어떤 대학교수 같은 기풍, 우리 독일의 고향, 특히 괴팅겐을 생각나게 하는 대학교수 같은 기풍에 의해 부드러워진다.[10] 그는 추밀고문관인 헤렌, 티센 또는 아이히호른이 그랬던 것처럼 보수적이지는 않다.[11] 그러나 그는 대학 관리인들을 두들겨 패거나, 그 밖에 벤더슈트라세[12]에서 치고받으며 싸우고 가로등을 때려 부수는 행위는 결코 허용하지 않을 것이다.

---

10) 괴팅겐Göttingen은 유명한 대학 도시이며, 하이네는 이 대학에서 수학했다.
11) Arnold Hermann Ludwig Heeren(1760~1842): 괴팅겐 대학의 역사학 교수; Thomas Christian Tychsen(1758~1834): 당대의 유명한 동양학자; Johann Gottfried Eichhorn(1752~1827): 괴팅겐 대학의 신학 교수.
12) Weenderstraße, 괴팅겐의 간선 도로.

35

파리, 1842년 5월 19일

　　지난 토요일 윤리학과 정치학 아카데미Académie des sciences morales et politiques라고 불리는 왕립 학술원의 한 분과는 아주 주목할 만한 학술 회의들 중 하나를 개최했다.[1] 회의 장소는, 늘 그렇듯이 마자랭 궁의 홀, 아치형의 높은 천장과 가끔 그곳에 앉아 있는 인물들로 해서 매우 자주 앵발리드 기념관의 둥근 지붕을 연상시키는 홀이다.[2] 실제로 이곳에서 강연회를 개최하는 학술원의 다른 분과들은 그저 노인 같은 무력함만을 보여준다. 그러나 위에서 언급한 윤리학과 정치학 아카데미는 예외이며, 생생하고 역동적인 성격을 지닌다. 이 아카데미에는 웅대한 의식이 지배적인 반면에 왕립 학술원의 조직과 전체 정신은 매우 옹졸하다. 어느 재담꾼이 아주 적절하게 말한 것처럼, 이번에는 부분이 전체보다 더 큰 것이다. 지난 토요일의 회의에는 아주 특별하게 젊음의 흥분이 그곳에서 숨결을 내뿜었다. 사회를 맡은 쿠생[3]은 그 용감한 불길로, 때로는 그리 따뜻하게 해주지는 않으나 항상 밝혀는 주는 그 불길로 말문을 열었

---

1) 왕립 학술원Institut royal은 후에 프랑스 학술원Institut de France으로 개명되었으며 그 안에 모두 다섯 개의 전문 연구소Académie를 두고 있다. 그중 하나가 "윤리학과 정치학 아카데미"인데, 이 아카데미는 철학·역사·법학·지리·국민경제 분야의 연구를 담당한다.

2) 앵발리드Invalid는 원래 부상당해 퇴역한 군인을 위한 안식처로 건립된 건물, 즉 폐병관이다. 하이네는 학술원 건물과 폐병관을 비교함으로써 왕립 학술원 회원들이 늙고 쓸모없어진 '폐인'과 같다는 야유를 보내고 있다.

3) Victor Cousin(1792~1867): 당대의 유명한 철학자, 정치가.

다. 게다가 미녜,[4] 그는 고인이 된 메를랭 드 두에[5]에 대한, 그 유명한 법률가이자 국민의회 의원에 대한 추모 강연을 했는바, 그는 그 자신의 외모처럼 그렇게 꽃피어오르듯 아름답게 연설을 해나갔다. 윤리학과 정치학 아카데미의 이 아름다운 **종신 서기**(書記)의 강연이 예고되면, 이 분과의 학술 회의에 항상 많이 참석하는 숙녀분들은 아마도 듣기보다는 보기 위해 그곳으로 올 것이다. 그들 중 매우 예쁜 부인이 많기 때문에, 그들의 모습은 때로는 청중이 강연에 집중하지 못하도록 작용한다. 나로 말하자면, 이번에는 오로지 미녜 연설의 주제가 나를 사로잡았다. 그럴 것이 프랑스 혁명에 대한 이 유명한 역사책 저자는[6] 다시금 프랑스인의 시민적 삶을 바꾸어놓은 그 위대한 운동의 중요한 지도자들 중 한 명에 대해 논했기 때문이다. 이 강연의 말들은 모두 흥미로운 연구의 결과였다. 그렇다, 그 말들은 역사의 여신(女神) 기록 보관소의 진정한 수장(首長)인 역사 기술가의 목소리였다. 마치 그가 그 엄격한 여신이 이미 그녀의 판결문을 기입한 영원한 비망록을 손에 들고 있는 듯했다. 다만 표현의 선택에서, 그리고 온건한 강조에서 여러 번 학자의 전통적인 찬양의 의무가 엿보이기도 했다. 또한 미녜는 정치가이기도 하다. 그래서 최근의 역사를 논할 때는 현재 상황이 현명하고 조심스럽게 고려되어야 했다. 우리가 아

---

4) François Marie Mignet(1796~1884): 1836년부터 아카데미 프랑세즈의 종신 회원이며, 1837년에는 왕립 학술원의 윤리학과 정치학 아카데미의 종신 서기secrétaire perpétuel가 되었다. 하이네와 깊이 친교를 맺었으며, 하이네는 미녜를 자신의 유언 집행자로 선정했다.

5) Philippe-Antoine comte Merlin de Douai(1754~1838): 변호사인 그는 1789년 8월 4일 국민 입법회의에서 광범위한 사회 개혁을 요구하는 연설로 일약 유명해졌다. 로베스피에르의 실각 이후 국민회의 의장이 되었고, 급진적 혁명을 요구하는 공안위원회 일원으로서 활약했다.

6) 31장 참조.

직 항구에 도달하지 못한 상황에서 견뎌낸 폭풍을 묘사하는 것은 신중하게 접근해야 할 과제이다. 프랑스 국가라는 배는 아직, 착한 미녜가 말하는 것만큼 안전하지 못하다. 연사에서 멀지 않은 곳, 내 맞은편 벤치에 티에르가 앉아 있는 것이 보였다. 미녜가 지나치게 낙관적으로 현대적 상황의 궁극적인 정착에 대해 말하는 대목에서 티에르는 빙그레 웃었는데, 이 미소는 내게는 매우 의미심장한 것이었다. 다프니스[7]가 바람 없는 바닷가에서 평화롭게 피리를 불 때 아이올로스[8]가 바로 그렇게 웃었다.

인쇄된 미녜의 연설 전문을 당신들은 곧 볼 수 있을 것이다.[9] 그러면 그 내용의 충만함이 당신들을 틀림없이 기쁘게 할 것이다. 그러나 그저 읽어보는 것은 생생한 강연을 직접 듣는 것을 결코 대신할 수는 없다. 마치 깊은 의미를 지닌 음악처럼 청중에게 일련의 생각들이 차례로 떠오르게 자극하는 강연에서는 그러하다. 내 기억 속에는 아직도 연사가 몇 마디 말로 요약한, 그러나 중요한 생각들을 함축한 소견의 진술이 울리고 있다. 그의 진술인즉, 프랑스인들의 새로운 법전(法典)이 거대한 국가 전복의 거친 고통으로부터 출현한 사람들, 그래서 인간의 고통과 열정, 그리고 시대의 요구를 근본적으로 이해한 이 사람들에 의해 집필된 것이 아주 유익한 일이란다. 그렇다, 이 상황을 주의해서 보면 이 상황이 아주 특별히 현재의 프랑스 입법부에 큰 혜택을 주며, **나폴레옹 법전**[10]과

---

7) Daphnis, 그리스 신화의 인물. 헤르메스와 한 님프의 아들로 태어나자마자 월계수 밑에 버려졌는데 한 목양자가 주워다가 길렀다 한다. 그는 노래와 피리를 좋아했으며 목가(牧歌)의 창시자로 알려졌다.

8) Aeolus, 그리스 신화에 등장하는 바람의 신.

9) 『아우크스부르크 알게마이네 차이퉁』이 1841년 5월 27일에 이 연설의 주요 대목을 실었다.

10) Code Napoléon, 1804년 나폴레옹 치하에서 제정된 민법.

이 법전의 주석에 아주 특별한 가치를 부여하는 것 같다는 생각이 든다. 이 법전과 주석은 다른 법전들과는 달리 한가롭고 냉정한 결의론자(決疑論者)[11]들이 아니라 열렬한 인간성의 수호 기사들에 의해, 모든 열정을 벌거벗은 상태에서 보았고 행동을 통해서 새로운 삶의 문제가 갖는 고통을 잘 알게 된 인간성의 수호 기사들에 의해서 완성되었다. 법률 제정에 대한 우리 시대의 소명(召命)에 대해 독일의 철학적 학파는 역사적 학파와 마찬가지로 잘못된 생각을 갖고 있다. 전자는 이미 죽었고 후자는 아직 살지 못했다.

빅토르 쿠생이 지난 토요일 연구소의 학술 회의를 시작하면서 한 연설에는 자유의 의식이, 우리가 그에게서 항상 기쁘게 인정하게 될 자유의 의식이 숨 쉬고 있었다. 곁들여 말하면 우리 동료 중 한 명이 쿠생을 이 신문에서 아주 대단하게 칭찬했기에,[12] 그는 당분간 찬양 따위는 더 필요하지 않을 것이다. 우리는 단지 우리가 전에는 별로 좋아하지 않았던 이 남자가 최근에는 진실한 호감은 아니지만 그래도 더 나은 인정을 우리 마음속에 불어넣고 있다는 것을 언급하려고 한다. 불쌍한 쿠생, 우리는 과거에 당신을 심하게 괴롭혔지요. 우리 독일인에게 항상 그렇게 호의적이고 친절했던 당신을. 참 이상도 하다. 독일 학파의 충실한 학생이자 헤겔의 친구인 우리의 빅토르 쿠생이 프랑스에서 장관이었을

---

11) 결의론(決疑論, casuistry)은 일상적인 상황에서 옳고 그름의 문제, 예를 들면 양심이나 도덕의 문제를 엄밀하게 정의된 법 체계나 종교적 율법에 의거해 결정하는 규약 체계이다. 특히 중세 유럽 가톨릭 신학자들이 이 결의론을 많이 이용했는데, 그들 중 일부가 이를 지나칠 정도로 세밀하게 구별하는 경향을 띠면서 반대자들로부터 허울 좋은 궤변이라는 비난을 받았다.

12) 『아우크스부르크 알게마이네 차이퉁』의 파리 특파원 소이페르트Seuffert는 1841년 2월 26일 자 기사에서 쿠생의 『철학사 강의Cours de l'histoire de la philosophie』를 자세히 소개하고 이 책이 철학 연구에 크게 공헌했다고 칭찬했다.

때 독일에서는 프랑스인에 대한 맹목적 증오가 날뛰었다. 그러나 이 증오는 이제 점차 사라지고 있고, 언젠가는 알아차릴 수도 없게 될 것이다. 나는 기억한다. 그때, 지난가을에 나는 쿠생을 불바르 이탈리앵에서 만났다. 그는 한 동판화 상점 앞에 서서 그곳에 진열된 오버베크[13]의 그림들을 보면서 경탄하고 있었다. 당시 세계는 온통 요동치고 있었다. 베이루트에서의 포성은 마치 공격의 종소리인 양 동양과 서양의 모든 호전심(好戰心)을 일깨웠다. 이집트의 피라미드들은 부르르 떨었고, 라인 강의 이편과 저편에서는 사람들이 칼을 갈고 있었다. 그런데 당시 프랑스의 장관인 빅토르 쿠생은 태연스럽게 불바르 이탈리앵의 미술품 상점 앞에 서서는 오버베크가 그린 조용하고 경건한 성자들의 머리를 보면서 경탄하고 있었다. 그러면서 그는 독일 예술과 학문의 우수성에 대해, 우리의 정서와 통찰력에 대해, 우리의 정의에 대한 사랑과 휴머니티에 대해 열광적으로 떠들어댔다. "그러나 하느님 맙소사" 마치 꿈에서 깨어난 것처럼 그가 갑자기 말을 끊었다. "당신들이 지금 독일에서 갑자기 우리를 향해 적대적으로 고함지르고 떠들어대는 이 미친 짓은 무얼 의미하는 거요?" 그는 이 광란을 이해할 수가 없었고, 나 또한 그것을 전혀 이해할 수가 없었다. 팔짱을 끼고 우리는 불바르 이탈리앵을 거닐었고, 이 적대감의 궁극적 원인들을 순전히 추측해내느라고 기진맥진해졌다. 마침내 우리는 파사주 드 파노라마까지 왔고, 그곳에서 쿠생은 마르키에서 초콜릿 1파운드를 사려고 나와 헤어졌다.[14]

---

13) Friedrich Overbeck(1789~1869): 독일 뤼베크 출신의 화가. 「예술에서 종교의 승리」라는 작품으로 일약 유명해졌다.

14) 불바르 이탈리앵이나 파사주 드 파노라마는 당시 파리의 고급 상점과 유명한 카페(Anglais, Tortoni, de Paris 등)가 밀집한 거리이다. 마르키(정식 상호는 Chocolat Marquis)는 유명한 초콜릿 카페 이름이다.

나는 독일에 관련해 프랑스의 정치인들에게서 발견할 수 있는 호감을 보여주는 아주 작은 정황들을 확인하는 것을 특히 좋아한다. 우리가 기조에게서도 이런 정황들과 마주칠 수 있음은 쉽게 설명할 수 있다. 왜냐하면 그가 사물을 보는 방식이 우리와 유사하기 때문이다. 기조는 독일 국민의 요구와 정당한 권리를 매우 철저하게 이해하고 있다. 그리고 이러한 이해는 아마도 그에게 우리의 일시적인 불합리한 행위도 무마해줄 것이다. "모든 것을 이해한다는 것은 모든 것을 용서한다는 것이다"라는 말을 나는 최근 한 아름다운 귀부인의 문장(紋章)에서 읽었다. 어쨌든 기조는, 사람들이 주장하는 것처럼 청교도적 성격의 사람일 수도 있다. 그러나 그는 다르게 느끼는 사람들과 다르게 생각하는 사람들을 이해한다. 또한 그의 정신은 예술에 적대적일 정도로 옹졸하고 무감각하지도 않다. 프랑스인들에게 셰익스피어를 번역해준 사람은 바로 이 청교도 기조이다. 내가 몇 년 전 영국의 이 위대한 작가에 대해 글을 쓸 때, 그의 환상적인 희극들을 이 청교도의, 이 고집불통 기조의 해설을 글자 그대로 전하는 것 외에는 더 좋은 설명을 할 수 없었다.

이상도 하다! 3월 1일의 전시 내각은, 라인 강 저편에서 그다지도 욕질을 해댄 그 내각은, 대부분 독일을 아주 진정으로 열렬히 존경하고 사랑하는 사람들로 구성되었다. 빅토르 쿠생, 이마누엘 칸트에게서 최고의 순수이성 비판을, 그리고 마르키에서 최고의 초콜릿을 찾아내는 쿠생 외에도[15] 당시 각료 회의에는 레뮈자 씨도 참석했다.[16] 그도 역시 독일적 정

---

15) 『순수이성 비판*Kritik der reinen Vernunft*』은 칸트Immanuel Kant의 3대 비판서의 하나이다. "마르키"에 대해서는 앞의 각주 참조.

16) Charles Comte de Rémusat(1797~1875): 1830년부터 하원의원이었고, 1840년에는 내무장관직을 맡았다. 그는 괴테의 드라마들을 프랑스어로 번역하기도 했다.

신을 숭앙하고, 이 정신에 대해 특별한 연구도 수행했다. 젊었을 때 이미 그는 독일의 극작품을 여러 편 번역해서 테아트르 에트랑제에 발표했다. 이 사람은 재기 발랄하면서도 정직하며 독일 민족의 정점과 밑바닥을 알고 있다. 나는 확신한다. 그가 독일 민족의 훌륭함에 대해, 그 위대한 니클라스 베커보다는 아닐지라도, 베커 노래의 모든 작곡자보다 더 높이 생각하고 있다는 것을![17] 최근에 레뮈자가 특별히 우리의 호감을 산 것은 그의 솔직하고 직선적인 방식이다. 전우에 대한 비방적 암시에 맞서서 전우를 보호해주는 그의 그 솔직하고 직선적인 방식 말이다.[18]

36

파리, 1841년 5월 22일

이곳의 영국인들이 매우 걱정스러운 표정을 짓고 있다. "상황이 좋지 않아, 상황이 좋지 않아", 이 말은 영국인들이 『갈리그나니』[1]에서 만나면 서로에게 속삭이는 쉿쉿거리는[2] 소리다. 겉보기에는 실제로 대영 제국

---

17) 독일과 프랑스 간에 라인 강 유역을 둘러싸고 영토 분쟁(이른바 라인 위기)이 일어나자 당시 독일에는 반프랑스적 민족주의 운동이 대규모로 일어났다. 베커Niklas Becker의 「라인의 노래Rheinlied」는 이러한 성향을 대표하는 시다. 이 시에는 수많은 작곡가가 노래를 붙였다.

18) 1841년 5월 3일 하원 토론에서 레뮈자는 티에르가 불법적으로 후보자를 조작했다는 비난에 맞서서 티에르 행동의 정당성을 강조하고 그를 옹호했다.

1) 1815년 파리에서 창설된 영국 신문으로 본래 이름은 *Galignani's Messenger*.

2) '쉿쉿거리다'는 뱀의 소리를 의미한다. 영국인에 대한 하이네의 부정적 고정관념 중 하

전체가 흔들거리며 붕괴가 임박한 듯하다. 그러나 이것은 그저 겉보기일 따름이다. 이 나라는 피사의 종탑과 비슷하다. 이 탑을 올려다보면이 탑의 비스듬히 기울어진 모습은 우리에게 겁을 준다. 그래서 여행자는 성당 마당을 재빠른 걸음으로 서둘러 지나간다. 이 거대한 탑이 불시에 머리 위로 무너져 내릴까 봐 두려워하면서. 내가 캐닝[3]의 수상 시절 런던에 있었을 때, 그리고 과격 단체들의 거친 집회들을 참관했을 때, 나는 이제 국가 건물이 통째로 무너지겠구나 생각했다. 선거법 개혁 법안[4]으로 인한 소요 기간 중 영국을 방문한 내 친구들도 그곳에서 똑같이 두려운 감정에 사로잡혔다. 오코넬 파당이 준동하는 광경과 가톨릭해방을 요구하는 소음을 보고 들은 다른 친구들도 비슷한 두려움을 느꼈다.[5] 지금 위협적인 국가 몰락의 태풍을 야기한 것은 곡물법이다.[6] 그러나 앨비언[7]의 아들아, 두려워하지 마라.

    비록 우지끈거리나, 부러지지는 않는다.

    나는 영국인이 '뱀'처럼 교활하다는 생각이다.

3) George Canning(1770~1827): 영국의 저명한 정치가로서 여러 중요한 직책을 맡았다. 하이네가 1827년 영국을 방문했을 때 캐닝은 대영 제국의 수상이었다.

4) Reformbill, 영국 의회의 개혁에 대한 이 법안은 1832년 오랜 토론을 거쳐 통과되었고, 이 법안으로 인해 시민 계급은 더 많은 대표를 의회로 보낼 수 있었다.

5) 1820년대 영국에서는 가톨릭 해방 문제와 이와 연계된 아일랜드의 독립 요구가 민감한 정치적 문제로 얽혀 있었다. 오코넬(Daniel O'Connel, 1775~1847)은 당시 가톨릭과 아일랜드 편에 선 대표적 민중 선동가였다.

6) 1838년 '반곡물법 연맹'이 결성된 후 곡물 수입에 높은 관세를 부과하는 법의 폐지를 둘러싸고 많은 논쟁이 벌어졌다. 1842년 3월에야 비로소 관세 인하와 재산세 신설이라는 개혁안이 의회에서 통과되었다.

7) Albion, 잉글랜드의 옛 이름.

부러진다 한들, 너와의 관계가 부러지는 것은 아니다![8]

이곳 파리에는 이 순간 커다란 정적이 지배하고 있다. 사람들은 왕의 위조 편지에 대해 끊임없이 이야기하는 것에 마침내 지쳐버렸다. 그리고 이그나스 구로프스키에 의한 스페인 공주의 유괴가 우리에게 새로운 관심거리를 제공했다. 이그나스 구로프스키는 당신들도 아마 아직 기억하고 있을 그 유명한 아담 구로프스키의 형제 중 하나이다.[9] 이그나스라는 친구는 지난여름에 마드무아젤 라헬과 사랑에 빠졌으나 좋은 유대인 가문 출신인 그녀의 아버지가 딸을 주기를 거부하자 이자벨라 페르난다 스페인 공주에게 접근했다. 양대 카스티야[10]의 궁중 여인들은 모두 질겁한 나머지 말문이 막힐 지경이었다. 이제 이들은 전통적으로 존경을 받던 구세계가 종말을 고했다는 것을 드디어 알게 되었다.

37

파리, 1841년 12월 11일

새해가 곧 다가오는 지금, 선물을 주고받는 오늘, 이곳에서는 상점들

---

8) 하이네는 괴테의 시 「용기Mut」의 마지막 두 행을 약간 변형해 인용하고 있다.
9) Ignaz Gurowski: 폴란드의 백작. 언론인 아담 구로프스키Adam Gurowski의 형제. 1841년 스페인 공주 이자벨라 페르난다Isabella Fernanda를 유괴해서 영국에서 그녀와 결혼했다.
10) 북부의 구카스티야와 남부의 신카스티야를 모두 포괄하는 스페인 중심 지역의 공식 명칭.

이 아주 다양하게 진열된 상품들을 넘쳐흐르게 내놓고 있다. 이런 광경을 보는 것은 한가하게 배회하는 사람에게는 아주 기분 좋은 소일거리를 제공할 것이다. 그러나 그가 반들반들한 쇼윈도 뒤편에 형형색색으로 풍요롭게 진열된 고급 상품과 예쁜 장식품을 구경하면서 혹시라도 자기 옆에 서서 이것들을 보고 있는 사람들을 흘깃 바라본다면, 그리고 그의 머리가 텅 비지 않았다면, 그에게는 때로 여러 가지 생각들이 떠오를 것이다. 옆 관객의 얼굴은 아주 추악하게 진지하고 고통스러우며, 아주 조급하고 위협적이어서 그들이 멍하니 바라보는 대상들과는 섬뜩한 대조를 이룬다. 그리고 두려운 마음이 우리를 사로잡는다. 이 사람들이 언젠가 꽉 쥔 주먹으로 갑자기 후려쳐서 고귀한 세계의 이 모든 요란하고 달각거리는 장난감들을 이 고귀한 세계와 함께 아주 비참하게 조각내버릴 것 같다는 두려움의 마음이! 위대한 정치가가 아니라 평범한 산보객이라면, 그래서 뒤포르와 파시[1]의 말과 표정에 나타나는 미묘한 차이가 아니라 골목길 민중의 표정에 더 신경을 쓰는 사람이라면, 그에게는 확고한 믿음이 생겨날 것이다. 프랑스의 이 모든 부르주아지 코미디가 의회의 주역(主役) 배우와 보조역(補助役) 배우와 함께 조소를 받으며 끔찍한 종말을 고할 것이라는 믿음이, 그리고 공산주의 정권이라고 불릴 속편이 상연될 것이라는 믿음이! 물론 이 속편도 오래 지속되지는 않을 것이나, 그만큼 더 격렬하게 관객의 마음을 격동시키고 정화(淨化)할 것이다. 즉 진짜 비극이 될 것이라는 말이다.[2]

---

1) 뒤포르(Jules Armand Stanislas Dufaure, 1798~1881)와 파시(Hippolyte Passy, 1793~1880)는 당시 의회에서 중도 세력의 구심점을 이룬 정치가이다.

2) 하이네는 비극은 관객의 마음을 가능한 한 많이 격동시켜야 하며, 궁극적으로는 카타르시스(Katharsis, 淨化)를 가져와야 한다는 아리스토텔레스의 비극론에 빗대어 공산주의 혁명이 엄청난 사회적 '격변'을 가져올 것이고, 많은 사회적 문제를 '정화'할 것이라고

최근의 정치적 재판들은 많은 사람의 눈을 뜨게 했을 수도 있었다.[3] 그러나 눈멂은 아주 편안한 것이다. 또한 그 누구도 현재의 달콤함을 망쳐버릴 위험을 상기하려고 하지 않는다. 그러기에 모두가 그 남자를 미워하는 것이다. 그의 엄격한 시선이 미래의 끔찍한 밤의 가장 깊숙한 곳까지 내려다보고, 그의 엄격한 말이 가끔은 아마 좋지 않은 때에, 예를 들면 우리가 아주 즐거운 만찬 식탁에 막 앉아 있을 때 전반적 위협을 상기시키는 그 남자를. 그들은 모두 이 깐깐한 선생님 기조를 미워한다. 심지어는 이른바 보수주의자들도 대부분 그를 싫어한다. 이자들은 눈이 멀어서 기조를 다른 사람으로, 밝고 쾌활한 얼굴과 듣기 좋은 말로 그들을 덜 놀라게 하고 덜 불안스럽게 할 다른 사람으로 교체할 수 있다고 믿는다. 그대들 보수주의적 바보들이여, 그대들의 어리석음 말고는 아무것도 보수(保守)하지 못하는 자들이여, 그대들은 이 기조를 그대들 자신의 눈동자인 양 소중히 여겨야 한다. 그대들은 기조가 좋은 기분을 유지할 수 있도록 그로부터 모기를 모두 쫓아 날려 보내야 한다. 과격파 모기도 합법적 모기도 모두. 그대들은 또한 가끔 외무부 건물로 그에게 꽃을 보내야 한다. 장미나 오랑캐꽃 같은 기분을 유쾌하게 만드는 꽃들을. 날마다 그를 비방함으로써 그에게 이 거처를 지긋지긋하게 만들거나, 심지어는 그를 이 건물에서 쫓아내려고 간계를 꾸미는 대신에 말이다. 내가 그대들의 자리에 있다면 나는 그가 장관 궁전의 화려한 고역(苦役)에서 뛰쳐나와서 다시 뤼 르베크에 있는 그의 조용한 연구실로, 그가 이전에 양가죽과 소가죽 표지(表紙)의 책들 속에서 목가적으로 행복하게 살았던 그

암시하고 있다.

3) 당시 많은 좌파 또는 정통 왕당파의 정치인들이 반정부적 글이나 행동으로 인해 고발되었는데, 하이네는 이를 7월 왕조의 정치적 불안정의 징후로 보았다.

연구실로 도망쳐버릴까 봐 항상 불안해할 것이다.

그러나 기조가 닥쳐오는 파멸을 예방할 능력이 있는 바로 그 사람인가? 사실 그에게는 보통은 서로 분리된 두 특성, 즉 깊은 통찰력과 굳은 의지가 하나로 합일되어 있다. 그는 고전적 확고함을 갖고 모든 폭풍에 대항할 것이며, 또 아주 현대적 영리함으로 최악의 전복(顚覆)을 피할 것이다. 그러나 쥐들의 소리 없는 이빨이 프랑스 국가라는 배의 바닥에 아주 심하게 구멍들을 뚫어놓았다. 그리고 이 내적 위기, 기조가 아주 잘 파악한 것처럼 외적 위기보다 훨씬 더 심각한 이 내적 위기에 대해서 기조는 무력하다. 여기에 위험이 있는 것이다. 프랑스에서는 파괴적인 독트린들이 엄청나게 하층 계급을 사로잡았다. 이제 법률적 평등은 문제가 아니다. 이 지상에서 향유(享有)의 평등이 중요한 문제가 된 것이다. 지금 파리에는 약 40만의 거친 주먹들이 있고 이들은 행동 신호만을 기다리고 있다. 그들의 거친 머릿속에서 부화된 절대적 평등의 이념을 실현하기 위해서. 많은 방면으로부터의 말인즉, 전쟁이 이런 파괴적 소재를 딴데로 돌릴 좋은 유인제가 될 수 있다 한다. 그러나 이것은 베엘제붑으로 악귀를 쫓아내는 것이 아닐까?[4] 전쟁은 단지 파멸을 재촉할 뿐이며, 지금은 오직 프랑스만을 갉아먹고 있는 재해를 온 세상으로 퍼트리는 것이 될 것이다. 공산주의의 프로파간다는 모든 사람이 이해할 수 있는 말을 갖고 있다. 이 보편적 언어의 기본 요소는 아주 단순하다. 마치 굶주림처럼, 질시(嫉視)처럼, 죽음처럼. 그것은 아주 쉽게 배울 수 있다!

그러나 이제는 이 음울한 테마를 떠나서 다시 그 밝은 대상들로 넘어가자. 뤼 비비엔 또는 대로변의 쇼윈도 뒤에 진열된 그 밝은 상품들로. 이

---

4) 베엘제붑Beelzebub, '파리의 왕' 또는 '악마의 왕'. '베엘제붑으로 악귀를 쫓아내다'는 '작은 화를 덜려다가 더 큰 화를 불러들인다'는 뜻의 격언이다.

것들은 번쩍이고 웃고 유혹한다! 금, 은, 구리, 보석 안에, 가능한 모든 형식 안에 이야기된 대담하면서도 경박한 삶. 특히 르네상스 시대의 형식으로 만들어진 것들이 많은데, 이 시대의 모방은 요즈음 하나의 지배적 유행이 되었다. 어디에서 이 르네상스 시대에 대한, 이 재탄생의, 더 정확하게는 부활의 시대에 대한 편애가 유래한 것일까. 그리스-로마의 옛 고전 문화가 무덤에서 솟아 나와서 죽어가는 중세의 마지막 시간을 장식해준 이 시대에 대한 편애? 우리의 현재가 이 시대와 친화력을 느끼는 것일까, 우리와 마찬가지로 싱싱한 생명의 음료를 갈구하면서, 과거에서 젊음의 샘물을 찾은 이 시대?[5] 나는 알 수 없다. 그러나 프랑수아 1세[6] 그리고 그와 취미가 같은 동지들의 그 시대는, 마치 우리가 꿈에서 체험한 상황의 회상처럼, 우리의 정서에 거의 소름 끼칠 정도로 영향을 미쳤다. 또한 그 시대가 재발견된 고대 문화를 소화해 재가공하는 양식과 방식에는 비상한 독창적 매력이 들어 있다. 여기서 우리는, 다비드 유파(流波)[7]에서처럼 그리스의 조형 예술에 대한 학술적이며 무미건조한 모방을 찾을 수 없다. 그 대신 그리스 조형 예술과 기독교적 유심론의 유연한 융합을 본다. 매우 이질적인 이들 요소가 결합한 덕분에 그들의 모험적 현존을 얻은 르네상스적 예술과 삶의 표현에는 아주 달콤하면서도 우수에 찬 위트가, 아주 아이러니한 화해의 입맞춤이, 활짝 핀 오만이, 어떻게 해서 그

---

5) '과거에서 젊음의 샘물을 찾는다'는 말로 하이네는 당시 독일 낭만주의 운동의 과거 지향적 본성을 비유적으로 표현하고 있다. '미래'가 아니라 '과거', '진보'와 '발전'이 아니라 '퇴보'와 '회귀'의 추구는 하이네의 낭만주의 비판의 핵심 테마다.

6) François I(1494~1547): 르네상스 시대 프랑스의 왕. 그의 치하에서 프랑스 문화는 괄목할 만한 발전을 이루었다.

7) 프랑스의 화가 다비드(Jacques-Louis David, 1748~1825)에게 영향을 받은 의고전적 성향의 프랑스 미술.

런지는 모르나 우리를 두렵게 만드는 우아한 전율(戰慄)이 들어 있다.

그러나 우리는, 정치를 전문적 정객(政客)들에게 맡겼듯이 우리 시대와 르네상스 시대가 어느 정도로 친척 관계인지를 정확하게 연구하는 일은 특허 받은 역사학자들에게 맡겨버리자. 그러고는 진짜 어슬렁대는 산보객으로서 불바르 몽마르트에 구필 씨와 리트너 씨가 전시해놓은 그림 앞에 머물러 서보자. 이 그림은 마치 이번 시즌 동판화의 사자(獅子)[8]인 양 모든 시선을 끌었다.[9] 실제로 이 그림은 일반적인 관심을 받을 만도 하다. 그럴 것이 이 동판화는 레오폴드 로베르의 「어부들」[10]을 묘사하기 때문이다. 사람들은 오래전부터 이 동판화를 고대해왔다. 그리고 이 동판화는 로베르의 원화(原畵)를 모르는 대다수 사람들에게 확실히 소중한 크리스마스 선물이 될 것이다. 나는 이 작품에 대해 어떤 상세한 묘사도 하지 않겠다. 왜냐하면 이 작품은 곧 같은 화가의 「추수하는 사람들」[11]과 마찬가지로 아주 잘 알려질 것이기 때문이다. 「어부들」은 「추수하는 사람들」과 의미심장하고 우아한 짝을 이룬다. 이 유명한 그림에는 로마의 농부들이 축복받은 수확의 일터에서 마치 승리의 마차를 타고 오듯 집으로 돌아오는 광경이 표현되어 있다. 그런데 그 반면에 로베르의 마지막 작품에서 우리는, 아주 날카로운 대조로서, 겨울철 키오자의 작은 항

---

8) "동판화의 사자"는 모든 동판화 중 가장 뛰어난 작품, 즉 '동판화의 제왕'이라는 뜻이다.

9) 구필과 리트너가 공동으로 세운 미술책 출판사 '구필과 리트너Goupil & Littner'는 유명한 화가들의 그림을 동판화와 석판화로 제작 출판해 크게 성공을 거두었다. 원화가 아니라 원화의 모조품으로 대중적 인기를 끈 것이다.

10) 「아드리아 해 어부들의 출항」은 루이 레오폴드 로베르(Louis Léopold Robert, 1794~1835)가 자살하기 넉 달 전에 완성한 마지막 작품이다.

11) 로베르의 「추수하는 사람들의 도착」은 최초로 전시된 1831년에 판화로 제작되어 100만 점 이상이 팔려나갔다.

구를 본다. 가난한 어부들이 보잘것없는 하루 식량을 얻으려고 바람과 험한 날씨에도 불구하고 아드리아 해로 막 출항 채비를 갖추는 작은 항구를. 아내와 아이 그리고 늙은 할머니는 고통스러운 체념의 시선으로 그들의 뒷모습을 바라본다—정말 감동적인 모습이다. 이들을 보고 있노라면 우리 가슴속에는 경찰의 허가를 받을 수 없는 온갖 생각이 공공연히 떠오른다. 이 불행한 사람들, 이 가난의 노예들, 이들은 평생 동안의 고난이라는 저주를 받았고, 가혹한 궁핍과 슬픔 속에서 쇠약해져간다. 여기에는 우울한 저주가 그려져 있고, 화가는 이 그림을 완성하자마자 자신의 목줄기를 잘라서 죽었다.[12] 불쌍한 사람들! 불쌍한 로베르! 그렇다, 이 대가의 「추수하는 사람들」이 그가 로마의 사랑의 햇빛 속에서 받아들여 완성한 환희의 작품이라면, 「어부들」에는 파괴된 베네치아에서 살던 때에 그의 영혼 위에 떠돌던 자살의 생각과 가을의 안개가 모두 반영되어 있다. 첫번째 그림이 우리를 기쁘게 하고 황홀하게 만들어주는 반면에, 이 마지막 그림은 폭동이라도 일으키고 싶은 분노로 우리의 마음을 가득 채운다. 앞 그림에서 로베르는 인간의 행복을, 뒤의 그림에서는 민중의 비참함을 그린 것이다.

　　나는 로베르의 「어부들」을 원화로 본 그날을 결코 잊지 못할 것이다. 구름 낀 하늘에서 떨어진 번갯불처럼 그의 사망 소식이 갑자기 우리를 덮쳤다. 이와 동시에 도착한 이 그림이 이미 열린 전람회에 더는 전시될 수 없었기에, 소유자인 파튀를[13] 씨는 이 그림의 특별 전시회를 열어서 그 수익금으로 가난한 사람들에게 혜택이 돌아가도록 하겠다는 칭송

---

12) 레오폴드 로베르는 이 그림을 완성하고 넉 달 후에(1835년 3월 20일) 자살했다.
13) Jacques Paturle(1779~1858): 리옹의 부유한 방직회사 소유주이자 하원의원.

할 만한 생각을 했다. 파리 제2구 구청장은 이 전시회를 위한 장소를 제공했다. 그리고 그 수익금은, 내가 틀리지 않는다면, 1만 6천 프랑을 넘었다. (모든 민중 친구의 작품들이 이들의 죽음 이후에도 그처럼 실용적으로 작용해나가기를!) 전시실에 가려고 구청 건물의 계단을 올랐을 때, 옆방 문에는 **매장부**(埋葬部)라는 문패가 붙어 있었던 것으로 나는 기억한다. 그곳 전시실에는 아주 많은 사람들이 그림 앞에 모여 있었다. 누구도 입을 열지 않았고, 무언가 두려워하는 듯한 둔중한 침묵이 지배하고 있었다. 마치 캔버스 뒤편에 죽은 화가의 피 흘리는 시체가 놓여 있는 듯이. 그 이유는 무엇이었을까. 왜 로베르는 스스로 목숨을 끊었을까. 종교의 율법, 도덕, 자연에 위배되며, 그가 평생을 어린아이같이 순종한 그 성스러운 율법을 거역하는 이 같은 행위를 했을까? 그렇다, 그는 스위스의 엄격한 프로테스탄티즘 교육을 받았고, 이 아버지 같은 믿음에 흔들림 없이 충실하고 굳건하게 매여 있었다. 종교적 회의나 더 나아가 종교적 무관심주의의 흔적 같은 것은 그에게 전혀 없었다. 또한 그는 시민적 의무의 수행 면에서 성실했고 착한 아들이었으며, 채무를 연체하지 않는 선량한 가장이었다. 그는 품위를 지키는 모든 법칙을 어기지 않았다. 양복과 모자를 세심하게 솔질했으며, 부도덕한 행위 같은 것은 전혀 없었다. 어린아이가 어머니의 가슴에 매달리듯이 그의 영혼은 송두리째 자연에 매달렸다. 자연은 그의 재능을 젖 먹여 키워주었고 자신의 모든 장려함을 그에게 드러내 보여주었다. 한마디 덧붙이자면, 자연은 그에게 이른바 대가의 전통보다 더 소중한 것이었다. 그러하니 이 착실한 사람을 죽음으로 유혹한 것은 예술의 달콤한 광기 속으로의 과도한 침잠, 몽상적 세계의 환락을 향한 불길한 욕망, 자연에서의 이탈 같은 것들은 역시 아니다. 그의 재정 상태 역시 매우 건실했다. 그는 존경을 받았고 경모의 대상이었으며,

심지어는 건강하기조차 했다. 그러니 대체 무슨 이유였을까? 이곳 파리에서는 로마의 한 귀부인을 향한 불행한 열정이 그의 자살 원인이라는 소문이 한동안 나돌았다. 나는 그 소문을 믿을 수 없다. 로베르는 자살 당시 서른여덟 살이었다. 이 나이에서 커다란 열정의 돌발은 매우 두려운 것이기는 하나 그렇다고 해서 자살로 이끌지는 않는다. 젊은 청춘이었을 때와는, 아직 성숙하지 못한 베르터 시절과는 다른 것이다.[14]

로베르를 삶에서 몰아낸 것은 아마도 그 끔찍하기 짝이 없는 감정이었을 것이다. 한 예술가가 창조 욕구와 표현 능력 사이에 생겨나는 불균형을 발견할 때 느끼는 그 감정 말이다. 이 무능력의 의식은 이미 절반의 죽음이다. 손은 단지 그 죽을 것 같은 고통을 짧게 해주기 위한 마무리 작업을 수행할 따름이다. 로베르의 성취물들이 아무리 훌륭하고 장려하다 해도, 이것들은 의심할 나위 없이 그 영혼의 눈앞에서 부유하는 그 성대한 자연적 아름다움의 창백한 그림자일 따름이었다. 숙련된 눈으로 보면 로베르가 절망적인 노력을 통해서만 극복했던 소재와의 힘든 싸움이 쉽사리 발견된다. 로베르의 그림들은 모두 아름답고 굳건하다. 그러나 그 대부분은 자유롭지 못하다. 그 그림들에는 정신의 직접적인 숨결이 느껴지지 않는다. 이들은 꾸며 만들어진 것이다. 로베르는 천재적 위대성에 대한 그 어떤 예감을 갖고 있었다. 그러나 그의 정신은 작은 틀 안에 사로잡혀 있었다. 그의 창작품의 성격에 따라 판단하면, 그가 우르비노 태생의 라파엘로 산치오,[15] 그 이상적인 미(美)의 천사의 열렬한 추종자

---

14) 괴테의 소설 『젊은 베르터의 고통』에서 주인공 베르터는 불행한 사랑의 고통을 견디지 못하고 자살한다.

15) Raphaello Sanzio, 혹은 Raffaello Santi(1483~1520): 르네상스 시대의 유명한 화가. 「시스티나의 마돈나」는 그의 그림들 중 가장 유명한 작품이다.

였다고 사람들은 생각해야 할 것이다――그러나 그렇지 않다. 그의 친지들은 로베르가 열광하고 숭배한 사람은 오히려 미켈란젤로 부오나로티[16]라고 확언한다. 그 폭풍우 같은 거인, 최후 심판일의 그 거친 천둥의 신 부오나로티 말이다.[17] 로베르가 죽은 진정한 원인은 더할 수 없이 웅대한 역사화(歷史畵)를 갈구하는 풍속화가의 혹독한 고뇌였다. 그는 표현 능력의 균열로 해서 죽은 것이다.

구필 씨와 리트너 씨가 지금 전시해놓은 「어부들」의 동판화는, 기술적 관점에서는 아주 뛰어나다. 진정한 명작이며, 아마도 아주 황급하게 완성되었을 「추수하는 사람들」의 동판화보다 훨씬 더 훌륭하다. 그러나 「어부들」의 원화에는 원천성이 결여되어 있다. 「추수하는 사람들」에서 우리를 그처럼 매혹한 그 원천성이. 이 원천성은 아마도 이 그림이 외적이든 내적이든 간에 단 하나의 직관으로부터 생성되었고, 또 이 직관이 충실하게 모사됨으로써 생겨났을 것이다. 반면에 「어부들」은 너무 과도하게 짜 맞춰졌다. 인물들은 힘들게 주위 모아져서 나란히 배치되었는데, 이들은 서로 보완하기보다는 서로 장애가 된다. 그래도 원화에서는, 오로지 색을 통해서이지만, 다양한 것들이 상호 조정되고 있으며 이를 통해 이 그림은 겉모습으로는 통일성을 얻었다. 그러나 동판화에는 다양한 색채를 통한 중재가 결여되었기에 외적으로 연결되었던 부분들이 자연스럽게 다시 서로 분리된다. 혼란과 인위적 짜 맞춤이 드러나고, 그래서 그림 전체는 하나의 통일된 전체를 형성하지 못하는 것이다. 동료 한 명이

---

16) Michelangelo Buonarotti(1475~1564): 르네상스 시대 이탈리아의 대표적 예술가. 조각가, 건축가, 화가 그리고 시인이기도 했다.
17) 「최후의 심판」은 미켈란젤로가 1512년에 완성한 시스티나 성당의 천장 벽화 4개 중 하나다.

최근 내게, 라파엘의 그림들은 동판화로 제작되었을 때도 원래의 조화를 조금도 상실하지 않으며, 그것이 바로 그의 위대함의 증거라고 말한 바 있다. 그렇다, 아주 빈약한 모조품들에서도, 모든 음영까지는 아니더라도 색채가 모두 제거된 모조품들에서도, 아무것도 없이 그저 윤곽만 있는 경우에도, 라파엘의 그림들은 우리의 마음을 움직이는 그 조화로운 힘을 잃지 않는다. 이는 그 그림들이 진실한 현현, 즉 천재성의 현현이라는 사실에서 기원한다. 천재성은, 자연과 마찬가지로, 단순한 윤곽에도 이미 완전성을 부여하는 것이다.

이제 로베르의 「어부들」에 대한 내 판단을 요약하겠다. 이 그림에는 통일성이 결여되어 있다. 그래서 단지 개별적 부분들만이, 특히 병든 아이를 안은 젊은 아낙이 아주 높은 찬사를 받을 만하다. 내 판단을 받쳐주기 위해 나는 로베르가 그의 처음 생각을 드러낸 스케치를 증거로 끌어대려 한다. 스케치에는, 이 원래의 구상에는, 그의 완성된 그림에 결여된 조화가 지배한다. 이 스케치를 완성된 그림과 비교해 보면, 화가가 이 그림을 지금의 형태로 완성시키기 전에 오랫동안 그의 정신을 괴롭히고 지치게 만들었음이 틀림없다는 것을 확실히 알아차릴 수 있다.

38

파리, 1841년 12월 19일

기조는 자신의 위치를 지켜낼 수 있을까? 하느님 맙소사, 이 나라에서는 아무도 오랫동안 자리를 유지할 수 없다. 모든 것이 흔들린다. 심지어는 룩소르에서 온 오벨리스크까지도![1] 이 말은 결코 과장이 아니다. 글자 그대로 사실이다. 이미 몇 달 전부터 이곳에는 이 오벨리스크가 기저에 단단하게 고정되지 않으며, 때때로 이리저리 흔들리고, 그래서 어느 이른 아침에 지나가는 사람들의 머리 위로 곤두박일 것이라는 소문이 나돌고 있다. 겁 많은 사람들은 벌써부터, 그들이 가는 길이 루이 15세 광장[2]을 지나가야 할 경우, 이 떨어져 내릴 거대한 돌탑에서 멀리 떨어지려고 한다. 좀더 대담한 사람들은 물론 그들의 일상적인 산책길에서 방해를 받지 않으려 하고, 한 손가락 넓이만큼도 피해 가지 않는다. 그러나 그들도 이 오벨리스크를 지나갈 때는 이 거대한 돌덩어리가 정말로 흔들거리는지 보려고 위를 향해 흘끔 곁눈질한다. 여하간에 사람들이 어떤 존재의 굳건함에 대해 의심한다는 것은 항상 좋지 못하다. 이 존재의 지속 가능성에 대한 믿음이 사라지면 이것에 대한 최고의 버팀목 또한 사라지는 것이다. 그가 자기 위치를 지켜낼 수 있을까? 여하튼 나는 그가 다음 의회 회기가 끝날 때까지는 자리를 유지할 것이라고 믿는다. 오벨리스크도 또한 기조도. 그런데 기조는 오벨리스크와 그 어떤 유사함을 갖고 있다. 예를 들면 기조 역시 올바른 장소에 서 있지 않다. 그렇다, 그들은 모두 올바른 장소에 서 있지 않다. 그들은 그들의 연계(連繫)로부터 뜯겨 나와서 맞지 않는 이웃에 성급하게 심어진 것이다. 전자, 즉 오벨리스크는 예전에

---

1) 이집트 부왕 무함마드 알리는 룩소르에 있는 두 오벨리스크 중 하나를 1831년 루이 필리프 왕에게 선물로 보냈다. 이 오벨리스크는 1836년 루이 16세가 처형된 곳, 지금의 콩코르드 광장에 세워졌다.

2) 하이네가 콩코르드 광장을 "루이 15세 광장"으로 부른 것은 원래 이 광장에 루이 15세의 기마 동상이 서 있었기 때문이다. 이 광장은 1789년 '혁명 광장'으로 개명되었고, 반혁명 인사들을 처형하는 처형장이 되었다. 루이 16세도 이곳에서 처형되었다.

는 룩소르 신전 입구에 있는 연꽃 모양 머리의 거대한 기둥들 앞에 서 있었다. 이 신전은 거대한 관처럼 보인다. 그리고 고대 세계의 죽은 현자들, 미라가 된 왕들의 시체, 즉 방부 처리된 죽음이 그 속에 들어 있다. 오벨리스크의 곁에는 그의 쌍둥이 형제가, 똑같이 거친 화강암으로 만든, 그리고 똑같은 피라미드 형태의 쌍둥이 형제가 서 있었다. 사람들은 이 두 오벨리스크에 이르기 전에 두 줄로 선 스핑크스 사이를 지나야 한다. 말 없는 수수께끼 동물들,[3] 인간의 머리를 한 짐승들, 이집트의 교조주의자들 사이를. 사실 오벨리스크에는 루이 15세 광장의 주어진 자리보다 이러한 주변 환경이 훨씬 더 알맞다. 세계의 가장 현대적인 곳, 정말 실제로 현대가 시작되었고, 현대가 불손한 도끼로 과거와 폭력적으로 단절된 이 광장의 자리보다는.[4] 이 거대한 오벨리스크는 정말로 떨고 있고 흔들거리는 것인가. 그것이, 마치 상형문자 제복을 입은 돌로 만들어진 스위스 용병처럼 수천 년을 파라오 무덤과 절대주의적 미라 계급의 성스러운 현관 앞에서 경비를 섰던 그것이[5] 신을 부인한 사악한 곳에 서 있다는 것이 두려워서, 아마 그 이유로? 어떤 경우이든 오벨리스크는 이곳에서 매우 고립되어 있다. 온통 현대의 부자연스럽고 과장된 건축물 사이에서, 로코코 취향의 조형물, 황금색 요정이 있는 분수, 프랑스의 강

---

3) 그리스의 신화에서 스핑크스는 지나가는 사람에게 수수께끼를 내서 풀지 못하면 잡아먹는 괴물이다.

4) 하이네는 프랑스 혁명 후 루이 15세가 이곳에서 처형된 것을 비유적으로 표현하고 있다.

5) 프랑스 혁명 전 부르봉 왕조의 궁궐 경비대는 모두 스위스인으로 구성되어 있었다. 하이네는 "상형문자 제복"이란 표현으로 룩소르의 신전 앞에 서 있던 오벨리스크를 프랑스 왕궁 앞에서 경비를 선 스위스 용병과 비교하고 있다. "돌로 만들어진 스위스 용병" 역시 같은 맥락에서 이해할 수 있다. "절대주의적 미라 계급"은 물론 절대주의적 왕권을 행사한 부르봉 왕조에 대한 풍자적 표현이다. 하이네는 프랑스 왕들을 미라와 비교함으로써 이들이 이미 죽어버린 옛 시대의 유물임을 암시한다.

을 비유적으로 나타내는 조각상(이 조각상들의 토대에는 경비실이 들어서 있다) 사이에서 희극적으로 고립되어 있는 것이다. 오벨리스크는 개선문과 튈르리 궁, 그리고 하원 건물의 중간에 서 있다. 마치 기조가, 이 성직자처럼 명상적이며 이집트적으로 완고하고 말이 없는 기조가 제국주의적으로 거친 술트, 장사꾼처럼 천박한 위망,[6] 그리고 텅 빈 떠버리 빌맹, 절반은 볼테르적이고 절반은 가톨릭적으로 색칠되었는바, 어느 경우에든 한 획이 과도하게 그어진 빌맹 사이에 끼어 있듯이.[7]

그러나 이제 기조는 제쳐놓고 오벨리스크에 대해서만 말하기로 하자. 사람들이 이 오벨리스크가 곧 쓰러질 것이라고들 말하는 것은 완전히 사실이다. 소문인즉 나일 강변의 고요한 뙤약볕 아래에서라면, 고향의 평안함과 고적함 속에서라면 오벨리스크는 아직도 몇천 년을 더 곧추서 있을 수 있단다. 그러나 이곳 파리에서는 항상 변하는 날씨가 이 오벨리스크를 뒤흔들어댄단다. 있는 힘을 다해 문질러대서 마모시키는 무정부주의적 환경, 끊임없이 불어대는 축축하고 차가운 소인배 바람, 이 바람은 사막의 뜨거운 열사풍(熱砂風)보다 훨씬 더 건강에 해롭단다. 요컨대 파리의 공기는 오벨리스크에 매우 해로운 것이란다.[8] 이 룩소르 오벨리스크의 유일한 경쟁 상대는 아직도 여전히 방돔 기둥이다.[9] 이 기둥은

6) Jean-Georges Humann(1780~1842): 당시의 재무장관.
7) Abel-François Villemain(1790~1870): 당대 프랑스의 작가이자 문학 교수, 진보적인 정치가. 빅토르 쿠생의 후임으로 교육장관이 되었다. 종교에 자유로운 대학 교육을 강조하며 성직자의 대학 강의 참여를 적극 반대했다. "볼테르"는 '계몽주의', "가톨릭"은 '봉건, 앙시앵 레짐'을 나타내는 비유적 표현이다.
8) "무정부주의적 환경"이나 "소인배 바람" 등의 표현은 당시 프랑스 정치 상황에 대한 풍자적 표현으로 해석된다.
9) 방돔 기둥Colonne Vendome은 높이 44미터의 금속 기둥으로, 1810년 여러 전투에서 노획한 대포를 녹여서 만든 것이다. 처음에 '르 그랑 아르메 기둥'으로 명명되었으며,

안전하게 서 있는가? 나는 모른다. 그러나 이 기둥은 주변과 조화를 이룬 가운데 제대로 된 곳에 서 있다. 방돔 기둥은 프랑스 국가의 땅에 충실하게 뿌리를 박고 있는바, 이 땅에 의지하는 자는 굳건한 지지대를 얻는 것이다. 그러나 완전히 굳건한 지지대일까? 그렇지 않다. 이미 한 번 폭풍우가 머리를, 금속 머리를 이 방돔 기둥의 꼭대기에서 끌어내렸다.[10) 만일 공산주의자들이 정권을 잡게 되면 똑같은 일이 두번째로 일어날 것이다. 그것도 극단적인 평등 광기가, 명예욕의 기념비이자 상징물인 이 기둥이 지상에서 사라지도록 이 기둥 자체를 쓰러트려버리지 않는다면 말이다. 그럴 것이 어떤 사람도, 어떤 인간의 작품도 정해진 공동체의 척도를 넘어서서는 안 되는 것이다. 그러니 건축술도 서사시도 마찬가지로 몰락의 위험에 처해 있다.[11) "무엇 때문에 명예욕에 사로잡힌 대량학살자의 기념물을 또 하나 만든다는 말인가"라고 외치는 소리를 나는 최근 나폴레옹 황제 무덤을 위한 모형 경연 때에 들었다. "그것은 굶주리는 민중의 돈을 허비하는 짓이다. 그러나 우리는 그날이 오면 물론 그 무덤을 때려 부술 것이다!" 그렇다, 죽은 영웅은 세인트헬레나 섬에 머물러 있어야 했다. 나는 약속할 수 없다. 언젠가 그의 무덤이 파괴되고 그의 유해가 그 아름다운 강으로, 그 강변에서 그가 아주 감상적으로 조용히 쉬고 싶어 했던 그 강, 즉 센 강으로 내던져지는 일은 없을 것이라는 약속

기둥머리의 나폴레옹 황제 입상(立像)은 그의 퇴위 후 1814년에 제거되었다가 1833년에 다시 설치되었다. 이 기둥은 1871년 붕괴되었다.
10) "머리" "금속 머리"는 나폴레옹 황제와 그의 금속 입상에 대한 비유적 표현이다.
11) "건축술"은 위대한 건축물을 만든다는 의미에서 그리고 "서사시"는 거대한 역사적 사실을 대상으로 한다는 의미에서 모두 '위대한 것' '거대한 것'과 연관되며, 그래서 공산주의자들의 평등 이념에 부합하지 않는다는 뜻이다. 하이네의 "평등 광기"에 대한 신랄한 비판의 표현이다.

말이다! 총리로서 티에르는 그를 위해 큰 봉사를 한 것이 아마 아닐 것이다.[12]

확실히, 티에르는 역사가로서 황제에게 더 크게 봉사했고, 황제를 위해 방돔 기둥보다, 기획되고 있는 무덤보다 더 견고한 기념비를 커다란 역사책을 통해 세워주었다. 비록 그날그날의 정치 바람으로 해서 매우 분주하지만, 그는 쉬지 않고 이 역사책 집필 작업을 하고 있다. 오직 티에르만이 나폴레옹 보나파르트의 위대한 역사를 기술할 역량을 갖고 있다. 그는 그런 사람들보다 나폴레옹 전기(傳記)를 더 잘 쓸 것이다. 자신이 황제의 충실한 동반자였고, 게다가 그와 개인적으로 항상 접촉했기에 나폴레옹 전기를 써야 할 특별한 소명을 지녔다고 믿는 사람들보다 말이다. 한 위대한 영웅의 개인적 지인(知人), 그의 전우, 그의 시중, 그의 의전관, 비서, 부관, 아마도 그의 모든 동시대인은 그의 역사를 기술하는 데 전혀 적합하지 않다. 가끔씩 내게는 이런 사람들이 사람의 머리 위에서 이리저리 기어 다니는 작은 곤충 같다는 생각이 든다. 이 곤충은 특이하게 그의 생각에 아주 직접적으로 가까운 곳에서 배회하며 어디든 그를 동반하지만, 그럼에도 불구하고 그의 본래적 삶과 그의 행동의 의미에 대해서는 조금도 예감하지 못하는 것이다.

이 기회에 나는 한 동판화에 대해 주의를 꼭 환기하고 싶다. 이 동판화는 이 순간 모든 예술품 상점에 진열되어 있으며 들라로슈[13]가 레이디 상드위치를 위해 그린 나폴레옹 초상화를 모방해서 만든 것이다.

---

12) 티에르는 총리 재직 시에 나폴레옹의 유해를 세인트헬레나 섬에서 파리로 옮겨 올 것을 적극 추진했다.

13) Paul Delaroche(1797~1856): 당시의 유명한 화가. 대표작으로는 「제인 그레이의 처형」과 「에드워드 왕의 왕자들」 등이 있다.

화가는 이 그림에서 (그의 모든 작품에서와 마찬가지로) 절충화가 특유의 취사선택적 방법을 택했다. 그림을 완성하기 위해 그는 우선 보나파르트 가문이 소지한 알려지지 않은 초상화들을 사용했다. 다음에는 고인의 데스마스크를, 더 나아가서는 몇몇 귀부인이 그에게 말해준 황제 얼굴의 고유한 특징들을, 그리고 마지막으로는 그의 기억들을. 그는 청년 시절에 황제를 여러 번 본 적이 있었다. 이 초상화에 대한 내 판단을 나는 여기서 말할 수 없다. 그러기 위해서는 동시에 들라로슈의 방식에 대해 자세히 논해야 하기 때문이다. 그러나 중요한 사항을 나는 이미 암시했다. 절충화파적 방법이란 어느 정도의 외적 진실을 촉진하기는 하나 어떤 깊은 생각도 일으키지는 못한다. 황제의 이 새 동판 초상화는 '구필과 리트너' 출판사에서 나왔다. '구필과 리트너'는 들라로슈의 유명 작품들을 거의 모두 동판화로 출판한 바 있다. 이 출판사는 최근에 들라로슈의 「병사와 옥졸의 조롱을 받는 찰스 1세」[14]를 모조한 동판화를 우리에게 제공했고, 우리는 이것과 짝을 이루는 같은 크기의 동판화로서 「처형장으로 끌려가는 스트래퍼드 백작」도 같이 받았다. 스트래퍼드 백작이 로드 대주교가 수감된 감방을 지나갈 때 그는 백작에게 축복을 빌어주는데, 우리는 다만 철창 사이로 뻗어 나온 두 손만을 볼 수 있다. 마치 나무로 된 길 안내판처럼 보이는, 정말 산문적으로 무미건조하게 그려진 두 손을.[15] 같은 미술품 출판사에서 들라로슈의 대형 걸작품 「죽어가는 리

---

14) Charles I(1600~1649): 잉글랜드의 왕. 1625년에 왕위에 올라 1649년 올리버 크롬웰이 이끄는 의회파와의 내전에 패배해 처형당했다.

15) 찰스 1세의 측근으로서 의회파의 압력에 굴복한 왕은 1641년 스트래퍼드 백작(Thomas Wentworth, Earl of Strafford, 1593~1641)을 처형해야 했다. 스트래퍼드 백작과 같이 체포된 켄터베리 대주교 윌리엄 로드William Laud는 1645년에 처형되었다. 하이네는 '로드Laud'를 '로Law'로 잘못 표기했다.

슐리외」도 동판화로 나왔다. 그림에서는 리슐리외가 그의 산 제물(祭物) 두 사람, 즉 사형 판결을 받은 기사인 생-마르 및 드 투와 같이 배를 타고 론 강을 내려가고 있다.[16] 「리처드 3세가 런던 탑 안에서 살해한 왕자들」[17]은 들라로슈가 그린 가장 품위 있는 작품이다. 이 작품 역시 위에서 말한 출판사에서 동판화로 출판되었다. 이 출판사는 지금 「사원(寺院) 감옥에 갇힌 마리 앙투아네트」[18]를 보여주는 들라로슈의 그림을 동판화로 제작 중이다. 이 불행한 왕비는 이 그림에서 거의 서민 출신 부인처럼 초라하기 짝이 없는 옷을 입었는데, 이는 틀림없이 고귀한 구역[19]에서 가장 정통 왕당파적 눈물이 흘러나오도록 할 것이다. 들라로슈의 가장 감동적인 작품 중의 하나이자 그녀의 금발 머리를 막 단두대에 올려놓으려 하는 제인 그레이 여왕을 묘사한 그림은[20] 아직 동판화로 제작되지 않았으나 일간 출판될 예정이다. 들라로슈의 메리 스튜어트[21]도

---

16) 들라로슈의 「생-마르와 드 투를 형장으로 끌고 가는 리슐리외 추기경」은 1831년 전람회에 전시되었다. 리슐리외(Armand Jean du Plessis, Cardinal-Duc de Richelieu et de Fronsac, 1585~1642)는 1622년 추기경에 임명되었으며, 1624년부터 1642년까지 루이 13세의 총리였다. 생-마르Cinq-Mars와 드 투de Thou는 리슐리외에 대한 반란의 지도자들이었고, 1642년 리옹에서 참수형을 당했다.

17) 「에드워드 왕의 왕자들Les enfants d'Edouard」도 1831년 전람회에 전시되었다. 잉글랜드의 에드워드 5세의 아들 두 명을 리처드 3세는 당시 감옥으로 이용되던 런던 탑에서 살해했다.

18) 마리 앙투아네트Marie Antoinette는 오스트리아의 공주로서 프랑스의 루이 16세와 결혼했다. 프랑스 혁명 후 1793년 10월 16일 처형되었다. 루이 16세 일가는 1792년 혁명군에 의해 체포된 직후 한 사원에 감금되었다.

19) 정통 왕당파에 속한 귀족들의 거점으로 알려진 생제르맹St. Germain 구역.

20) 「제인 그레이의 처형La Mort de Jane Grey」은 들라로슈의 가장 인기 있는 작품 중의 하나이다. 제인 그레이는 잉글랜드 헨리 7세의 손녀로서 1553년 7월 10일부터 같은 해 7월 19일까지 단 9일 동안 잉글랜드의 여왕이었고, 왕위를 박탈당한 후 처형되었다.

21) Mary Stuart(1542~1587), 스코틀랜드의 여왕. 잉글랜드의 엘리자베스 1세에 의해 처형되었다.

아직 동판화로 제작되지 않았다. 들라로슈가 내놓은 것들 중 최고는 아닐지라도 아마 가장 인상적인 그림은 목 잘린 찰스 1세의 시신이 든 관 뚜껑을 들어 올리는 크롬웰일 것이다.[22] 이 작품은 아주 유명한 그림이고, 이에 대해서 나는 상당히 오래전에 자세히 이야기한 바 있다.[23] 이 작품의 동판화도 기술적으로 완성된 걸작이다. 들라로슈는 소재 선택에서 특별한 편애, 하나의 특이 체질을 보여준다. 그의 작품 소재는 항상 처형되거나, 아니면 최소한 사형 집행인의 손아귀에 든 높은 신분의 인물이다. 들라로슈 씨는 모든 참수당한 군주의 궁정화가인 셈이다. 그는 고귀하신 범죄자들에 대한 이러한 봉사에서 결코 완전히 빠져나올 수는 없다. 그리고 그의 정신은, 그가 사형 집행인의 도움 없이 죽음을 맞은 군주들의 초상화를 그릴 때도 이들 고귀하신 범죄자에게 몰두한다. 예를 들면 죽어가는 잉글랜드의 엘리자베스를 그린 그림에서 우리는 볼 수 있다. 이 백발의 여왕이 죽음의 순간에 에식스 백작과 메리 스튜어트에 대한 기억으로 고통 받으며, 절망에 차서 방바닥 위에서 뒹굴고 있는 모습을.[24] 두 사람의 피 흘리는 그림자가 뚫어지게 바라보는 여왕의 눈앞에 나타나 보인다. 이 그림은 뤽상부르 갤러리의 자랑거리다. 그런데 이 작품은 언급된 다른 역사적 풍속화처럼 참혹하게 진부하거나 진부하게 참혹하지는 않다. 이 역사적 풍속화들은 부르주아지의, 정직하고 행실 바른 시민의 애호 작품인바, 이들은 어려움의 극복을 예술의 최고 과제로 여기며,[25]

---

22) 앞의 각주 14 참조.

23) 『프랑스의 화가들』에서 하이네는 들라로슈의 작품들에 대해 상세히 논한다.

24) 「엘리자베스의 죽음La Mort d'Elisabeth」은 들라로슈의 초기 작품이며, 그의 명성을 확고하게 만든 작품이다. 에식스Essex 백작은 여왕의 총신이었으나 정치투쟁의 결과로 1601년 2월 25일 처형되었다.

25) "어려움"은 '테크닉의 어려움'을 의미한다. 부르주아지는 '기술적으로 완성된' 즉 '기교

잔인한 것을 비극적인 것과 혼동한다. 또 이들은 몰락한 위대함을 보면서 아주 만족해한다. 생드니로(路) **뒤편 상점**의 겸허한 어둠 속에는 그런 참사들로부터 안전하다는 달콤한 의식 속에서.

39

파리, 1841년 12월 28일

막 열린 하원 의회에 대해 나는 유쾌한 소식을 별로 기대하지 않는다. 우리는 온통 하찮은 싸움질, 개인적 반목, 무기력 따위나 볼 수 있을 것이다. 궁극적인 중단까지는 아니라도 말이다. 사실 의회는 결속된 정당 집단을 갖고 있어야 한다. 그렇지 않으면 의회라는 기계가 총체적으로 제 기능을 할 수 없다. 의원들이 모두 제각기 서로 다른 의견을 내놓는다면 표결이 결코 행해질 수 없다. 그리고 표결이야말로 어느 정도 전체 의사의 표현으로 간주될 수 있는바, 이러한 전체 의사의 표명은 대의 제도의 가장 본질적인 조건이다. 전체 프랑스 사회처럼 의회 역시 수많은 분파와 조각으로 쪼개져 있어서 의견의 완전한 일치를 이루는 두 사람을 찾아볼 수 없다. 프랑스인들을 이 같은 정치적 관계에서 바라보면 나는 항상 우리에게 잘 알려진 아담 구로프스키를 회상하곤 한다.[1] 그는

적인' 작품이 뛰어난 예술 작품이라고 생각한다는 것이다.

1) Adam Gurowski(1805~1866): 폴란드 출신의 혁명가로 하이네의 대학 시절 친구.

독일 애국자들의 행동 가능성을 모두 일축했는바, 그 이유인즉 독일인이 열두 명 모이면 반드시 당파가 스물네 개 생겨나기 때문이라는 것이다. 그럴 것이 사유에 대한 독일인의 다양성과 성실성으로 인해 우리는 모두 각기 가장 반대되는 견해도 온갖 설득력 있는 근거를 갖고 받아들이고, 그 결과 한 사람 안에 두 개의 당파가 존재하기 때문이란다. 지금 프랑스인들의 경우가 바로 그러하다. 그러나 이러한 파편화, 이러한 모든 사상적 연대의 와해, 이러한 개별주의, 한 민족의 도덕적 죽음을 의미하는 이러한 모든 공동체 정신의 소멸은 어떤 결말을 가져올까? 물질적 이익의 숭배, 이기주의의 숭배, 돈의 숭배가 이런 상황을 야기했다. 이 상황이 오래 지속될까, 아니면 돌연한 하나의 거대한 현상이, 우연이나 불행의 행위가 프랑스의 정신을 다시 하나로 묶을 것인가? 신은 어떤 독일인도, 또한 어떤 프랑스인도 버리지 않으신다. 신은 결단코 어떤 민족도 버리지 않으신다. 그래서 어떤 민족이 지쳐서 아니면 게을러져서 잠이 들면, 신은 그 민족을 깨워줄 미래의 사람들을 보내주신다. 그들은 그 어느 곳 어두운 은신처에서 그들의 시간을 고대하고 있다. 그들이 흔들어 깨울 시간을. 이 깨우는 사람들은 어디에서 잠들지 않고 있을까? 나는 가끔 이에 대해 문의해보았는데, 그럴 때면 사람들은 은밀하게 손가락질했다──군대를! 그들의 말인즉 여기 군대에는 아직도 강한 민족의식이 존재한단다. 지금 지배하고 있는 산업주의가 내몰고 조롱한 긍지와 격정이 여기 삼색기 아래로 피신해 왔단다. 이곳에는 아직도 과욕을 억제하는 시민적 덕성이, 명예와 위대한 행동을 향한 사랑이, 열광의 불타오르는 능력이 꽃피어 있단다. 도처에 반목과 나태가 널렸지만 여기에는 아직도 건강한 삶이, 동시에 권위에 대한 몸에 익은 복종심이, 여하튼 무장한 부대가 살아 있단다. 그러니 어느 이른 아침에 군대가 작금의 부르

244

주아지 정권을, 이 두번째 집정 내각[2]을 때려 부수고 그들의 혁명력 2월 18일[3]을 만드는 것이 전혀 불가능한 일은 아니란다!──그렇다면 병사들의 약탈 행위가 이 노래의 결말이란 말인가, 그리고 인간 사회는 다시 군인들을 집에 숙박시켜야 한단 말인가?

상원에서의 뒤포티 씨에 대한 판결은 단순히 노인네들의 두려움에서만이 아니라 많은 고귀한 상원의원들의 가슴속에 은밀하게 깃든, 혁명에 대한 유전적 증오에서 비롯된 것이다.[4] 그럴 것이 이 고상한 의회의 의원들은 새로운 시대의 새로운 사람들로만 구성된 것이 아니다. 이번 판결을 내린 사람들의 명단을 한번 훑어만 보면 그것을 알고 깜짝 놀라게 될 것이다. 황제파나 필리프파에 속하는 신흥 인사[5]의 이름 옆에는 항상 앙시앵 레짐 출신 인사 두세 명의 이름이 자기 권리를 주장하고 있다는 것을. 그러니 이 이름들을 가진 사람들이 자연스럽게 다수를 형성하는 것이다. 이들 뤽상부르 궁[6]의 빌로드 의자에 앉은 자들, 단두대에서 목이 잘린 옛 인물들의 몸통에 다시 목을 꿰매 붙인 자들, 이자들은 밖에서 민중이 투덜거릴 때마다 불안하게 목을 만져본다. 이 유령들은 모든 수탉을 증오한다. 무엇보다도 갈리아의 수탉을. 그럴 것이 갈리아 수탉의

---

2) 프랑스 혁명 후의 집정 내각.

3) 프랑스 혁명력(革命曆)은 혁명 동안에 제안되어 1793년부터 약 12년 동안 프랑스 정부에 의해 사용된 달력이다. 삼진법을 사용하며, 매월 똑같은 것('평등'의 강조)으로 한 것이 특징이다. 1799년 11월 9일(혁명력 2월 18일) 나폴레옹은 쿠데타를 일으켜 혁명 정부를 무너트렸다.

4) 열렬한 공화주의자이자 급진적 신문 『주르날 뒤 피플Journal du Peuple』의 편집인 뒤포티(Michel-Auguste Dupoty, 1797~1864)는 1841년 9월에 일어난 오말 공작 암살 사건의 '정신적 공범'으로 기소되어 상원에서 징역 5년 형을 선고받았다.

5) 나폴레옹을 추종하는 정치인과 루이 필리프 왕을 추종하는 정치 세력은 하이네에게는 최소한 앙시앵 레짐 출신 정치인보다는 진보적이었다.

6) 당시 프랑스 의회의 상원은 뤽상부르 궁에 자리를 잡고 있었다.

아침을 알리는 울음소리가 아주 빨리 그들의 유령 소동을 모조리 끝장낼 수 있음을 이자들은 경험으로 알기 때문이다.[7] 그나저나 재수 없는 죽은 자들이 산 자에 대해, 가장 나이 어린 그리고 가장 절망적인 혁명의 자식들에 대해, 내버려지고 상속권이 박탈당한 자식들, 그래서 그들의 비참함이 그들의 광기만큼 큰 자식들에 대해, 즉 공산주의자들에 대해 재판을 한다는 것은 정말 끔찍스러운 광경이다!

40

파리, 1842년 1월 12일

우리는 폐병에 걸리면 남쪽 기후의 온화한 공기를 즐기려고 상트페테르부르크로 여행을 하는 라플란드[1] 사람들에 대해서 웃음을 금치 못한다. 이곳에 거주하는 알제리 출신의 베두인 사람들은 많은 우리 동포들에 대해서 같은 권리로 웃을 수 있을 것이다. 건강 때문에 독일보다는 파리에서 겨울을 보내려는 독일인들, 프랑스가 따뜻한 나라라고 상상하는 독일인들에 대해서 말이다. 그러나 내 당신들에게 확실하게 말하거니와, 내가 꽁꽁 언 손가락으로 이 글을 쓰고 있는 지금 이 순간, 우리의

---

7) "갈리아 수탉의 아침을 알리는 울음소리"는 프랑스에서 혁명이 일어나서 밤과 어둠으로 상징되는 낡은 체제를 무너트림을 암시하는 표현이다. "갈리아"는 고대 켈트족의 거주지로서 현재의 프랑스가 대부분을 차지한다.
1) Lappland, 유럽의 극북(極北) 지방.

뤼네부르크 황야도 여기보다 더 추울 수는 없을 것이다. 지방에도 매서운 추위가 휩쓸고 있는 것이 틀림없다. 지금 무리를 지어 파리에 도착한 하원의원들은 오로지 눈과 빙판 그리고 넘어진 우편마차 얘기만 하고 있다. 그들은 아직도 얼굴이 빨갛고 코감기에 걸려 있으며, 뇌는 얼어붙었고, 생각은 영하 9도이다. 그러나 왕의 의회 개원 연설에 대한 토론이 시작될 즈음에는 이들의 언 몸도 녹을 것이다. 지금은 이곳의 모든 것이 차갑고 황량한 모습을 하고 있다. 아주 중요한 문제들이 어디에서도 합의가 이루어지지 않으며, 끊임없이 바람의 방향이 바뀐다. 사람들은 어제 원했던 것을 오늘은 원하지 않는다. 이들이 내일 무엇을 바랄지는 신만이 아실 것이다. 오로지 반목과 불신, 동요와 분열이 있을 뿐이다. 필리프 왕은 그와 이름이 같았던 마케도니아 왕의 원칙, 즉 "갈라놓고 지배하라"라는 원칙을 더없이 해로울 정도로 과도하게 사용했다.[2] 그러나 지나치게 커다란 분열은 다시금 통치를, 특히 근원적 통치를 어렵게 만든다.[3] 그래서 기조는 의회의 불화와 분열로 해서 아주 애를 먹고 있다. 기조는 여전히 기존하는 것의 보호자이자 방패이다. 그러나 이른바 기존하는 것의 친구들, 즉 보수주의자들은 이것을 거의 기억하지 못한다. 이들은 지난 금요일 같은 시간에도 기조 **물러가라**와 라므네 **만세**라는 외침이 울려 퍼졌던 사실을 벌써 잊어버렸다![4] 이 질서의 사람, 이 위대한 안

---

2) "갈라놓고 지배하라Divide et impera"는 고대 마케도니아의 왕 필리포스 2세(알렉산드로스 대왕의 아버지)가 한 말로 알려졌다.

3) 39장의 프랑스 의회 내 분열과 이로 인한 "전체 의사"의 창출 불가능성에 대한 하이네의 비판 참조.

4) 라므네(Hugues-Félicité-Robert de Lamennais, 1782~1854): 프랑스의 신학자, 철학자, 정치가. 가톨릭교회 신부로서 국가로부터 자유로운 교회 운동을 펼쳤고, 당시 대두하기 시작한 사회주의에도 큰 관심을 가졌다.

정의 창출자에게는 사람들이 그 전율스러운 신부, 정치적 광신을 종교적 광신과 짝 짓게 하고, 세계의 혼란에 최후의 축성(祝聖)을 내려주는 이 신부를 칭송하기 위해서 그를 폄하했다는 사실은 실제로는 하나의 간접적 승리였다. 가엾은 기조, 가엾은 선생님, 가엾은 프랑스의 대학 총장님! 이자들, 이 대학생들은 당신에게 '물러가라'고 외쳤다. 이 학생 녀석들, 당신의 책들을 공부했으면 훨씬 더 좋았을 것이다. 그렇게 많은 가르침을, 그렇게 많은 깊은 의미를, 인류의 행복을 위한 그렇게 많은 충고를 내포한 당신의 책들을! "조심하라"고 언젠가 한 선동가가 위대한 애국자에게 말했다. "민중이 광란에 빠지면 그들은 너를 찢어 죽일 것이다." 그러자 이 애국자가 대답했다. 조심해라, 민중이 다시 이성을 찾으면 그들은 너를 찢어 죽일 것이다. 똑같은 말을 지난 금요일에 라므네와 기조는 주고받을 수 있었을 것이다. 이 학생들의 격렬한 소동은 신문들이 보도한 것보다 더 심각하게 보였다. 신문들은, 정부 신문이든 야당 신문이든, 이 사건을 어느 정도 무마해야 할 이해관계가 있었다. 야당 신문의 경우에는 이 사건이 민중에게 별다른 반향을 일으키지 못했기 때문이다. 민중은 추위에 떨며 그저 조용히 바라보기만 했다. 영하 9도의 추위에 정부의 전복이란 파리에서는 있을 수 없다. 이곳에서는 겨울에 폭동이라곤 없었다. 바스티유로의 돌격[5] 이래 바르베의 폭동[6]에 이르기까지 민중은 그들의 불만을 따뜻한 여름철까지 항상 미루어왔다. 날씨가 좋아서 기분좋게 싸울 수 있는 여름철까지 말이다.

---

[5] 프랑스 혁명의 서막을 이룬 바스티유로의 돌격은 1789년 7월 14일에 일어났다.

[6] 바르베(Armand Barbes, 1809~1870)는 루이 필리프 왕에 반대해서 1839년 5월 12일에 폭동을 일으켰으나 실패했다.

41

파리, 1842년 1월 24일

　의회라는 투기장에서 사람들은 근래에 기조와 티에르의 멋진 격투
를 보았다. 모든 사람의 입에 이름이 오르내리고, 그들에 대한 끊임없는
논의가 점차 지루해질 정도인 그 두 사람 간의 격투를. 프랑스인들이 해
가 가고 날이 가도 아침부터 저녁까지 계속해서 이 두 인물에 대해 지껄
이는 것을 참아낸다는 사실이 내게는 놀랍기만 하다. 그러나 이곳에서
논의되는 것은 인물들이 아니라 체제들이다. 국가의 존립이 외부의 위협
을 받을 경우 어디에서나, 중국에서도 프랑스에서도 마찬가지로 논의되
어야 하는 그 체제들 말이다. 단지 이 체제들이 이곳에서는 티에르와 기
조라고, 그리고 저곳 중국에서는 린과 케셴[1]이라고 불릴 뿐이다. 전자,
즉 린은 중국의 티에르다. 그는 닥쳐오는 위험을 무력으로, 혹은 단지 총
칼을 흔들어대는 무시무시한 소리를 통해서라도 막아내려는 호전적 체
제를 대변한다. 반면에 케셴은 중국의 기조다. 그는 평화적 체제를 대변
한다. 케셴은 아마 붉은 머리의 야만인[2]들을 현명하게 양보해가며 비위
를 맞춰 나라 밖으로 물러가게 할 수도 있었을 것이다. 티에르적 당파가
북경에서 주도권을 잡지 않았다면 말이다. 불쌍한 케셴! 현장에서 너무
멀리 떨어져 있기에 우리는 아주 명확하게는 알 수 없다오. 당신이 중화

1) 린Lin은 영국 상인들에 의한 아편 밀매의 폐해를 막기 위해 광둥 성으로 파견된 청나라
　의 흠차 대신 임칙서(林則徐)를 가리킨다. 그는 아편을 압수하고 폐기했는데 이는 아편
　전쟁의 시발점이 되었다. 케셴Keschen은 기선(琦善)을 가리킨다. 청나라 군대가 연패
　하고 영국군이 북경 근처까지 진군해 오자 영국군과 협상을 시도했다.
2) 당시 중국인이 서양 사람을 일컫는 말.

제국의 군대를 불신한 것이 얼마만큼 정당한지를, 그리고 당신이 당신의 황제를 얼마만큼 진정으로 대했는지를 말이오. 당신의 황제는 루이 필리프처럼은 이성적이지 못하지요! 나는 참 기뻤다오. 근자에 『알게마이네 차이퉁』이 그 훌륭한 케셴이 이전의 소문과는 달리 토막 형(刑)을 당하지는 않았고, 그저 어마어마한 재산을 몰수당했다고 보도한 것을 보고 말이오. 그런데 재산을 몰수당하는 일은 이곳 평화 체제의 대변자에게는 결코 일어날 수 없다. 그가 실각한다 해도 그의 재산은 몰수될 수 없는 것이다. 기조가 무척이나 가난하기 때문이다. 우리의 린[3] 또한, 내가 여러 차례 언급했듯이 가난하다. 나는 그가 나폴레옹 황제의 역사책을 무엇보다도 돈 때문에 쓰고 있다고 확신한다. 프랑스의 모든 국가 권력을 관리하는 두 남자가 그들의 재화를 오로지 머릿속에 넣고 다니는 고관이란 사실은 프랑스의 커다란 자랑거리다!

당신들은 이 두 사람의 마지막 연설들을 이미 읽고 그 안에서 동방 문제의 직접적 결과로 생겨난 혼란에 대해 많은 가르침을 발견했을 것이다. 이 순간에 특히 이상한 것은 오스만 튀르크 제국의 보존에 대한 논의에서 러시아의 온건한 자세다. 그러나 그 참된 이유인즉슨 러시아가 사실상 이 제국의 가장 큰 부분을 이미 소유하고 있다는 사실이다. 무력을 동원해 강제로 점령하지 않아도 오스만 제국은 점차 러시아의 소유가 되어가고 있다. 러시아인들은 이 문제에서 내가 일간 한번 자세히 살펴보려고 하는 방법을 따르고 있다. 그들에게 중요한 것은 실질적 권력이지 이 권력의 허상 따위나 비잔틴 제국의 칭호 같은 것은 아니다. 콘스탄티노플은 러시아인들을 벗어날 수가 없다. 그들은 적합하다고 생각

---

3) "우리의 린"은 티에르를 가리킨다.

되면 콘스탄티노플을 삼켜버릴 것이다. 그러나 지금은 그들에게 아직 적합한 때가 아니며, 그래서 그들은 터키에 대해 달콤하고 거의 경건주의적일 정도로 평화를 애호하는 듯이 말하고 있다. 이들은 내게 어느 늑대의 우화를 상기시켜준다, 이 늑대는 배가 고프자 양을 한 마리 잡았고, 탐욕스러운 조급함으로 양의 앞다리를 뜯어 먹었다. 그러나 늑대는 양의 뒷다리는 그대로 두고 이렇게 말했다. 난 지금 배가 부르다. 그래서 내가 앞다리를 먹어치운 이 착한 양이 가여워서 다른 다리들과 신체의 나머지 부분은 모두 그대로 남겨둔다.

42

파리, 1842년 2월 7일

"우리는 여기 화산 위에서 춤추고 있다"[1]──그러나 우리는 춤을 춘다. 화산 속에서 무엇이 들끓고 끓어오르고 분출되는지를 오늘은 탐구해보지 않으련다. 화산 위에서 사람들이 어떻게 춤추는가 하는 것만이 우리 관찰의 대상일지어다. 그러려면 우리는 우선 아카데미 로얄 드 뮈지크에 대해 말해야 한다. 여기에는 아직도 무용술(舞踊術)의 전통을 충실하게 간직한, 그래서 무도의 상원[2]으로 간주되어야 할 발레단이 존재

---

1) "화산"은 정치적으로 매우 불안한, 그래서 언제라도 정변이나 혁명이 가능한 프랑스에 대한 비유다. "춤"은 이런 상황에서 거행된 파리의 사육제를 암시한다.
2) 프랑스의 상원의원은 대부분 귀족 출신이며 따라서 상원은 실질적으로 '귀족원'이다.

한다. 뤽상부르 궁에 거주하는 다른 상원과 마찬가지로 이 상원의 구성원 중에는 가발(假髮)과 미라가 많다.[3] 그러나 이들에 대해서 나는, 어렵지 않게 이해할 수 있는 두려움으로 해서, 마음속의 생각을 말하지 않으련다. 최근 징역 6개월과 1만 프랑 벌금형을 선고받은 『시에클』의 편집주간인 페레 씨의 불행은[4] 나를 영리하게 만들었다. 난 단지 카를로타 그리시[5]에 대해서만 언급하련다. 그녀는 뤼 레플레티에르[6]의 명성이 자자한 발레리나 무리에서, 마치 감자들 사이의 오렌지처럼 아주 경탄스럽고 사랑스럽게 우뚝 솟아 빛을 발하는 존재이다. 무용극 「지젤 또는 빌리들」[7]이 엄청난 인기를 얻게 된 것은 어느 독일 작가의 작품에서 빌려 온 아주 좋은 소재 다음으로는 대부분 카를로타 그리시 덕분이었다. 정말 그녀는 참으로 아름답게 춤춘다! 그녀를 보고 있노라면, 사람들은 탈리오니가 러시아에 그리고 엘슬러가 아메리카에 있다는 사실을 잊어버린다.[8] 러시아와 아메리카 자체도, 심지어는 전 세계까지도 잊어버린다. 사람들은 그녀와 함께 허공에 매달린 유령 나라의 마법 정원으로 솟아올

---

3) "가발"과 "미라"는 하이네가 귀족을 비판적으로 풍자하는 대표적 단어다.

4) 페레Louis Perrée는 상원 모독죄로 기소되어 상원의 재판에서 징역 1개월과 1만 프랑의 벌금형을 선고받았다.

5) Carlotta Grisi(1819~1899): 당시 그랑 오페라의 발레에서 주역을 많이 맡아서 큰 성공을 거둔 무용수.

6) 1821년 8월 16일 개관된 오페라 하우스는 그 정문이 뤼 레플레티에르Rue Lepelletier에 면해 있다.

7) "Giselle ou les Wilis"는 아돌프 아당Adolphe Adam의 유명한 발레로 1841년 파리의 오페라 극장에서 상연되어 큰 성공을 거둔 작품이다. 중세 독일의 전설에 의하면 춤을 좋아하는 처녀가 결혼식 날에 죽으면 '빌리'라는 춤의 요정이 되어 밤마다 무덤에서 빠져나와 젊은이를 유혹해 죽을 때까지 미친 듯이 춤추게 한다고 전해진다.

8) 탈리오니Maria Taglioni와 엘슬러Fanny Elßler는 모두 당대의 유명한 발레리나다. 탈리오니는 1837~42년 러시아 상트페테르부르크에서 전속 무용수로 있었고, 엘슬러는 1840년부터 미국과 쿠바에서 순회공연을 했다.

라 부유한다. 그녀는 이 유령 나라를 지배하는 여왕인 것이다. 정말 그렇다, 그녀는 우리가 항상 춤을 추고 있다고 생각하는 공기의 요정[9]의 성격을 모두 갖고 있다. 이 요정들의 강렬한 춤의 방식에 대해서 민중은 기이한 이야기들을 많이 만들어냈다. 빌리의 설화에서는 공기의 요정 고유의 특성인 그 신비롭고 미쳐 날뛰는 듯한, 그래서 인간을 파멸시키는 춤의 욕망이 죽은 신부(新婦)들에게도 이월되었다. 물의 요정과 꼬마 요정의 본성인 옛 이교도적 방종의 환락욕에 우울하게 관능적인 전율이, 중세 유령 신앙의 음울하면서도 달콤한 으스스함이 결부된 것이다.

그런데 음악은 이 무용극의 모험적인 소재에 상응하는가? 음악을 제공한 아당 씨는,[10] 민중 설화에 따르면 숲의 나무들을 껑충 뛰게 만들고 폭포를 멈추게도 할 수 있다는 발레곡을 창작할 능력이 있는가? 내가 아는 한 아당 씨는 노르웨이에 거주한 적이 있다. 그러나 나는 확신하지 못한다. 어느 루네 문자[11]에 통달한 마법사가 그곳에서 그에게 강(江)의 정령의 멜로디를 가르쳐주었는지의 여부를. 사람들은 오로지 10개의 이 멜로디 변주곡만을 연주할 용기가 있다. 그럴 것이 열한 번째의 변주곡도 있는데, 이 변주곡은 큰 불행을 끼칠 수도 있기 때문이다. 이 곡을 연주하면 자연이 송두리째 혼란에 빠진다. 산과 바위가 춤추기 시작한다. 집들도 춤을 추고, 집 안에서는 책상과 의자가 춤을 춘다. 할아버지는 할머니를 붙잡고, 개는 고양이를 붙잡는다. 춤을 추려고 말이다. 아기도 요람에서 뛰쳐 일어나서 춤을 춘다. 아니다, 아당 씨는 이러한 폭력적 멜

---

9) 유럽의 민속 설화에 따르면 요정(또는 유령)은 물, 불, 흙, 공기라는 4대 원소에 따라 예를 들면 물의 요정 등으로 분류된다. 빌리는 공기의 요정이다.
10) 앞의 각주 7 참조.
11) 고대 게르만족의 문자.

로디를 그의 북유럽 여행에서 가져오지 않았다. 그러나 그가 내놓은 곡은 항상 존경할 만하다. 그래서 그는 프랑스파의 음(音)의 시인들 사이에서 뛰어난 위치를 고수하고 있는 것이다.

내 여기서 꼭 해야 할 말이 있는데, 모든 예술을 자신의 품 안으로 받아들인 기독교회가 이 무도 예술만은 어떻게 처리해야 할지 몰라서 이 예술을 비난하고 저주했다는 사실이다. 아마도 이 무도 예술은 옛 이교도의, 로마의 이교도뿐 아니라 게르만과 켈트족 이교도의 신전(神殿) 의식(儀式)을 너무 생생하게 상기시키는 것이리라. 이 옛 이교도의 신들은 이제 요마적(妖魔的) 존재로 바뀌었고, 민중 신앙은 이들이, 내가 위에서 잠깐 언급한 것처럼, 불가사의한 춤의 욕구를 가졌다고 믿는다. 요컨대 사악한 적은 춤의 본래적인 수호천신(守護天神)으로 간주되었고, 그와의 방탕한 합일 속에서 마녀와 마법사는 밤의 윤무(輪舞)를 추었다는 것이다. 브르타뉴의 한 경건한 민요는 "헤로디아스의 딸이 그 사악한 왕 앞에서 춤을 추고, 이 왕이 그녀의 마음에 들려고 세례자 요한을 죽이게 한 이래로 춤은 저주받았다"고 말한다.[12] "너는 춤추는 것을 보게 되면", 이렇게 민요의 가수는 덧붙여 말한다. "쟁반 위에 놓인 세례자 요한의 피 흘리는 머리를 생각해야 한다. 그러면 악마 같은 욕망이 네 영혼에 어떤 해도 끼치지 못할 것이다!" 아카데미 로얄 드 뮈지크에서의 무용에 대해 좀더 깊이 생각해보면, 여기에서 무용은 이러한 지독스럽게 이교도적인 예술을 어느 정도 기독교화하려는 시도로 보인다. 그래서 프랑스의 발

---

12) 성서의 「마가복음」 6장 21절에 따르면 분봉왕 헤롯은 동생의 아내인 헤로디아스와 결혼한다. 세례자 요한이 이를 나무라자 왕은 요한을 감옥에 가둔다. 잔칫날 헤로디아스의 딸(성서에는 이름이 나오지 않으나 '살로메'라는 이름으로 구전되었다)이 춤으로 왕과 손님들을 기쁘게 하자 왕은 그녀에게 상으로 원하는 것을 물었고, 살로메는 요한의 목을 요구해서 요한은 목이 잘리게 된다.

레는 갈리아 교회[13]의 냄새를 심히 풍긴다. 비록 루이 14세 때의, 이 위대한 시대의 모든 예술적 현상처럼 얀선주의[14]의 냄새까지는 풍기지 않는다 하더라도 말이다. 이러한 연관에서 보면 프랑스의 발레는 라신[15]의 비극이나 르노트르[16]의 공원과 친화적인 대응물이다. 이것들은 모두 동일한 규칙적 구성, 동일한 절제의 예법, 동일한 궁중적 차가움, 동일한 점잔 빼는 행동, 동일한 성적(性的) 순결이 지배하고 있다. 실제로 프랑스 발레의 형식과 본성은 성적 순결이다. 그러나 발레리나의 눈은 그녀가 아주 도덕적인 스텝을 밟을 때 이 스텝에 대한 매우 방탕한 주석(註釋)이 되기도 한다. 그리고 그녀의 정욕(情欲)에 찬 미소는 그녀의 발과 지속적인 갈등 관계에 있다. 이것과 반대되는 상황을 우리는 각 민족 고유의 이른바 민속 무용에서 볼 수 있다. 그래서 나는 민속 무용을 그랑 오페라의 발레보다 수천 배 더 좋아한다. 민속 무용들은, 예를 들면 인도의 민속 무용은 매우 감각적이며, 그 형식에서 거의 외설적이다. 그러나 무용수들의 얼굴에 나타난 성스러운 진지함은 이 춤을 도덕화하며 심지어는 제식(祭式)으로 격상시키기도 한다. 위대하신 베스트리[17]가 언젠가 한

---

13) 프랑스의 가톨릭교회.

14) 얀선주의는 네덜란드의 신학자 코르넬리스 얀선(Cornelis Jansen, 1585~1638)이 주도했으며 종교의 세속화를 거부한 가톨릭교회 내의 운동이다. 극도로 엄격한 신앙생활과 윤리적 실천을 강조했으며, 신의 은총이 모든 사람에게 주어지는 것이 아니라 오직 선택된 사람에게만 주어진다고 주장함으로써 예정설을 되살렸다. 1653년 교황 인노켄티우스 10세에 의해 이단으로 단정되어 많은 박해를 받았다. 비기독교적인 모든 예술의 거부로 인해 이 운동은 당시 시대정신과 심각한 갈등을 야기했다.

15) Jean Racine(1639~1699): 당대 프랑스의 대표적 비극 작가.

16) André Le Nôtre(1613~1700): 프랑스 르네상스 시대의 조경가. 베르사유 궁전의 공원은 그의 작품이다.

17) Gaétan(혹은 Gaetano) Vestris(1729~1808): 1748년부터 그랑 오페라에 출연했으며, 독특한 춤으로 유명해진 무용수.

말씀 하셨는데, 이 말은 이미 많은 사람의 웃음거리가 되었다. 그의 특유의 격정적 방식으로 그는 제자에게 이렇게 말했다. "위대한 무용수는 도덕적이어야 한다." 기이하기도 하구나! 그 위대한 베스트리는 이미 40년 전부터 무덤 속에 묻혀 있다(그는 그의 가족과 항상 매우 친했던 부르봉 왕조의 불행 후 오래 살지 못했다). 그런데 지난 12월 의회의 개원 회의에 참석해서 꿈꾸듯이 생각에 잠겼을 때 비로소 고인이 된 베스트리의 말이 의식 속에 떠올랐다. 어떤 영감을 통한 듯 나는 홀연히 그의 의미심장한 말뜻을 이해할 수 있었다. "위대한 무용수는 도덕적이어야 한다!"

금년의 사교 무도회에 대해서는 별로 보고할 것이 없다. 단지 극히 소수의 무도회에만 나는 몸소 참석하는 영광을 베풀었기 때문이다. 이런 무도회의 영원한 단조로움은 차츰 내게 지루해지기 시작했다. 나는 남자들이 어떻게 이런 단조로움을 오래 견뎌내는지 이해할 수 없다. 여자들이 왜 그러는지는 아주 잘 알고 있다. 여자들에게는 치장의 과시가 가장 본질적인 이유다. 무도회에 참석하기 위한 준비, 야회복의 선택, 옷 입기, 머리 손질, 거울 앞에서 웃는 연습 하기, 요컨대 번쩍거리는 장신구와 사람들의 호감을 사려는 교태가 여자들에게는 가장 중요한 일이며, 그들에게 아주 재미있는 즐거움을 주는 것이다. 그러나 우리 남자들에게는, 민주주의적으로[18] 그저 검은 연미복을 입고 검은 구두를(그 끔찍한 구두라니!) 신어야 하는 남자들에게 무도회라는 것은, 아몬드 드링크와 나무딸기 주스가 몇 잔 혼합된, 지겨움의 마르지 않는 샘일 따름이다. 이런 무도회의 그 사랑스러운 음악에 대해서는 아무런 말도 하지 않겠다. 상류 사회의 무도회들을, 종교나 법률적 이유로 해서 그러해야 되는 것보다 더

---

18) 민주주의적으로 차별 없이, 즉 누구나 구분 없이 모두.

욱더 지루하게 만드는 것은 이 무도회들의 일반적 풍조이다. 즉 사람들이 그저 겉으로만 춤을 추고, 지정된 선회(旋回) 동작을 그저 느릿느릿 실행하며, 전혀 관심이 없이, 거의 불쾌하다는 듯이 발을 움직이는 그런 풍조 말이다. 아무도 다른 사람들을 즐겁게 해주려고 하지 않는다. 그리고 이런 에고이즘은 오늘날의 사교댄스에서도 증명되는 것이다.

하층 사회는, 아무리 이들이 상류 사회를 모방하고 싶어 한다 해도, 그런 이기주의적 허상 댄스를 받아들일 수 없었다. 이들의 춤은 아직도 실체를 갖고 있다. 그러나 안타깝게도 매우 유감스러운 실체이다. 공공 유원지에서, 특히 카니발 때, 춤추는 민중을 볼 적마다 나를 사로잡는 그 이상한 슬픔을 나는 어떻게 표현해야 할지 모르겠다. 이런 곳에서는 날카로운 음색의 찢어지는 듯하며 과장된 음악이 춤을 반주해주는데, 그 춤은 많건 적건 간에 캉캉에 근접하는 것이다. 자, 여기서 나는 "캉캉이란 무엇이오?"라고 묻는 소리를 듣는다. 하느님 맙소사, 내가 『알게마이네 차이퉁』을 위해 캉캉의 정의를 내려주어야 한다니! 좋다, 캉캉이란 단정한 집회에서는 결코 안 되며, 천박한 무도장에서나 추는 그런 춤이다. 이런 무도장에서도 이 춤을 추는 남자나 여자는 즉시 경찰에 붙잡혀서 문을 향해 끌려 나간다. 이 정의가 캉캉에 대해 충분히 알려주었는지는 모르겠다. 그러나 독일에서는 프랑스의 캉캉 춤에 대해 아주 정확히 알 필요도 전혀 없다. 또 이 정의로부터 이미 다음 사실은 알아차릴 수 있을 것이다. 즉 고인이 된 베스트리가 그렇게 칭송한 덕성이 이 춤에서는 꼭 있어야 할 필수품은 아니라는 사실, 그리고 프랑스 국민은 심지어 춤출 때에도 경찰 때문에 괴롭힘을 당한다는 사실. 그렇다, 이 두번째 사실은 아주 특이한 폐해다. 그래서 생각하는 외국인들은 모두 공공의 무도홀에서 카드리유 춤을 추는 조(組)마다 경찰과 민병단원이 많이 붙어 서서는 음울하고 엄격한 표정으로 춤추는 도덕성을 감시하는 사실에 대해 놀라움을 금할 수 없다. 프랑스 민중이 어떻게 그런 굴욕적인 통제 아래서도 밝은 웃음과 춤에 대한 욕망을 잃지 않는지 이해하기 어렵다. 그러나 프랑스적 경쾌함은 가죽조끼[19] 안에 구속되어 있을 때 가장 유쾌하게 도약한다. 그리고 경찰의 엄격한 눈이 캉캉 춤으로 하여금 본성인 신랄한 풍자로서 취지지 않도록 막고 있으나, 춤추는 사람들은 가지가지의 비꼬는 듯한 반어적 앙트르샤[20]와 과장되게 예의 바른 제스처를 통해 그들의 금지된 생각을 표현해낼 줄 안다. 그럴 경우 살짝 가리는 것은 발가벗는 것보다도 더 외설적으로 보이기 마련이다. 정부가 그토록 많은 무기를 과시하며 민중의 춤에 개입하는 것은, 내 견해로는, 미풍양속을 위해 별로 크게 유익한 것은 아니다. 금지된 것은 가장 달콤하게 자극하는 법이다. 그리고 노회한, 때로는 아주 기지에 찬 검열의 우회는 이곳에서는 허용된 잔혹함보다도 더 해롭게 작용한다. 민중의 즐거움에 대한 이러한 감시는 그 밖에도 이곳의 상황을 보여준다. 프랑스인들이 누리는 자유가 어느 정도인지를 말이다.

그러나 파리의 싸구려 술집에서 음란한 춤들의 대상이 되는 것은 단순히 성적 관계만은 아니다. 내게는 사람들이 그곳에서 삶에서 가장 고귀하고 가장 성스럽게 간주되는 모든 것에 대한 조소를 춤으로 추고 있다는 생각이 자주 든다. 그리고 이 가장 성스럽고 가장 고귀한 것들은 지금까지 너무나 자주 교활한 자들에 의해 이용되었고, 너무나 자주 무지한 인간들에 의해 우스꽝스러운 것이 되어버렸기에, 이제 민중은 그것

---

19) 죄수나 정신병자를 묶어두는 조끼, 구속복.
20) entrechat, 뛰어오른 동안에 발뒤축을 여러 번 교차시키는 춤 동작.

들을 더는 믿을 수 없게 되었다. 그렇다. 민중은 우리의 정치적 그리고 문학적 위선자들이 그렇게 많이 노래하고 말하는 그 드높은 사상에 대한 믿음을 상실했다. 무기력의 허풍선이 호언장담은 민중으로 하여금 모든 이상적인 것을 아주 싫어하도록 만들어서 그들은 이제 그런 호언장담을 그저 공허한 상투어로, 이른바 신소리로밖에 보지 않는다. 이러한 암울한 견해는, 로베르 마케르[21]에 의해 대변되어 나타난 것처럼 민중의 춤에서도 공표되고 있다. 민중의 춤은 로베르-마케르주의의 본래적 팬터마임으로 볼 수 있는 것이다. 로베르-마케르주의에 대해 대략이라도 아는 사람은 이제 이 말로 표현할 수 없는 춤들을, 이 춤추어진 조소를 이해할 수 있을 것이다. 이 조소는 성적 관계만을 조롱하는 것이 아니라 시민적 관계도, 모든 선하고 아름다운 것도, 모든 종류의 열광도 조롱하고 있다. 조국애도, 충절도, 믿음도, 가족애도, 영웅적 웅지도, 신성(神性)도. 내 한 번 더 말하거니와, 파리의 공공 유희 장소에서 춤추는 민중의 모습은 항상 표현할 수 없는 슬픔으로 내 가슴을 채운다. 특히 이것이 카니발 때라면, 광포한 가장 행렬이 악마적 쾌락을 기괴한 것으로까지 상승시키는 카니발 때라면 더욱더 그러하다. 오페라 코미크에서 지금 열리는 밤의 축제들을 참관할 때면 나는 공포심에 사로잡힐 지경이다. 곁들여 말하자면 이곳에서는 취해서 비틀거리는 귀신들이 그랑 오페라의 무도회들에서보다도 훨씬 더 화려한 몸짓을 한다. 이곳에서는 악마의 왕 베엘제붑이 완전한 오케스트라로 연주를 하며, 가스 조명의 파렴치한 지옥 불길이 사람들의 눈을 찢어버리는 듯하다. 이곳은 유모가 이야기해준

---

21) Robert Macaire. 마케르는 Chevrillon, Lacoste, Chaponnier의 합작품인 연극 「아드레의 여인숙L'Auberge des Adrets」에 등장하는 협잡꾼으로 수단 방법을 가리지 않고 부를 축적하려는 당시의 풍조를 대변하는 인물로 유명해졌다.

잃어버린 골짜기다.[22] 이곳에서는 우리 독일의 발푸르기스 밤[23]에서처럼 악마와 마녀가 춤을 춘다. 그런데 그들 중 상당수가 매우 예쁘며, 모든 극악함에도 불구하고 프랑스 여인들이 타고나는 우아함을 부정할 수가 없다. 그러다가 재빨리 돌아가는 윤무(輪舞)의 음악이 요란하게 울리면 이 악마적 스펙터클은 미친 듯한 정점에 달한다. 그러면 마치 홀의 지붕이 터져버리고 이 모든 악마 족속이 갑자기 위로 치솟아 날아오르는 것 같다. 빗자루를 타고, 난로 불쏘시개를 타고, 큰 숟가락을 타고서.——"위를 향해 날자. 아무 곳에도 앉지 마라!"[24]——많은 우리 동포에게 매우 위험한 순간이다. 유감스럽게도 마법사가 아니고, 그래서 광포한 무리에게 끌려가지 않도록 암송해야 하는 주문을 알지 못하는 동포들 말이다.

---

22) 최후의 심판이 열리는 골짜기.

23) 4월 30일과 5월 1일 사이의 밤에 악마와 마녀 들이 하르츠 산맥의 정상인 브로켄 산에서 광란의 축제를 벌인다는 민간 전설이 전해지는데, 이 축제를 '발푸르기스 밤'이라고 부른다.

24) 독일의 마녀들이 빗자루를 타고 굴뚝을 빠져나가면서 부른다는 노래.

2부

43

파리, 1842년 4월 중순

　지난여름 어느 아름다운 오후에 세트[1])에 이르렀을 때, 나는 그 앞으로 지중해가 펼쳐진 방파제를 따라 마침 교회 축제 행렬이 지나가는 것을 보았다. 그런데 이 광경을 나는 결코 잊지 못할 것이다. 맨 앞에는 수도사들이 붉은색, 흰색, 또는 검은색의 긴 겉옷을 입고 걸어갔고, 참회승들은 머리 위로 두건을 뒤집어쓴 채로 걸어갔다. 두건에는 구멍이 두 개 뚫렸고, 그 구멍으로는 두 눈이 유령처럼 밖을 향해 기웃거렸다. 손에는 촛불이나 십자가 깃발을 들고 있었다. 그다음으로는 다양한 교단의 수사들이 따라왔다. 또한 많은 평신도가, 여자와 남자, 창백하고 초라한 형상들이 비틀거리는 걸음으로 경건하게 그 뒤를 따랐다. 감동적으로 수심에 차서 노래를 부르면서. 나는 라인 강변에서의 어린 시절에 이런 행렬들과 자주 만났다. 그래서인지 나는 이러한 음조가 마음속에 그 어떤 애상 조의 감정을, 일종의 향수를 일깨웠음을 부인할 수가 없다. 그러나 내가 예전에 본 적이 없는, 그리고 이웃 스페인의 관습으로 보이는 것은 예수의 수난을 그려내는 한 무리의 어린아이들이었다. 한 조그마한 남자아이가 예수를 묘사할 때 흔히 입는 의상을 걸치고 머리에는 가시관을 썼다. 소년의 아름다운 금발 머리는 애처롭게 길게 늘어져 출렁였고, 엄청나게 커다란 나무 십자가의 짐을 지고서 허리를 굽히고 헐떡이며 걸어왔다. 이마에는 선명한 핏방울들이, 두 손에는 상흔이 그려져 있

---

1) Sète(혹은 Cette), 프랑스 지중해 연안의 도시. 하이네는 1841년 6월 피레네 산맥의 온천욕장으로 갈 때 리옹과 아비뇽, 그리고 세트를 거쳐 갔다.

었고, 맨발이었다. 그 옆으로는 검은 옷을 입은 작은 여자아이가, 고통에
찬 어머니로서 걷고 있었다. 금박을 입힌 손잡이가 달린 많은 칼을 가슴
에 안고서는 거의 눈물로 녹아 흘러내릴 것처럼 울면서——더할 수 없이
깊은 슬픔의 형상이었다. 그 뒤를 따르는 다른 작은 아이들은 사도(使徒)
를 나타내고 있었는바, 그중에는 유다도 있었다. 붉은 머리를 하고 손에
는 돈주머니를 들고서. 몇몇 남자아이들은 또한 로마의 용병으로서 투구
를 쓰고 무장을 했으며, 칼을 흔들어댔다. 더 많은 아이들은 교단의 제
복과 성직자의 제의(祭衣)를 입었다. 작은 카푸친 수사들, 작은 예수회 회
원들, 주교모(主教帽)를 쓰고 자루가 굽은 지팡이를 든 작은 주교들, 사
랑스럽고 귀여운 수녀들, 틀림없이 아무도 여섯 살이 넘지 않았을 것이
다. 그런데 이상하게도 이들 중 몇몇 아이는 큐피드로 분장하고 있었다.
비단 날개를 달고 황금 화살집을 멘 채. 작은 예수의 바로 곁에는 훨씬
더 작은, 기껏해야 네 살짜리 아이 둘이 옛 프랑켄풍의 목동 옷을 입고
아장아장 걸었다. 리본이 달린 작은 모자를 쓰고 지팡이를 들었는데, 마
치 마지팬으로 만든 인형처럼 귀여워서 입을 맞춰주고 싶을 지경이었다.
이 아이들은 아마도 아기 예수의 구유 옆에 서 있던 목동들을 나타내는
것이리라. 그런데 이러한 광경이 보는 사람들의 영혼에 아주 진지하면서
도 지극히 경건한 감정을 일으킨다는 사실을, 그리고 이 더할 수 없이 거
대한 순난(殉難)의 비극을 작고 순진무구한 어린아이들이 연기함으로 해
서 더욱더 감동적으로 작용한다는 사실을 사람들은 믿을 수 있을까!
아이들의 연기는 역사적 사실의 대규모적 재현을 모방하는 것이 아니었
고, 입 비뚤어진 신앙 나불거림이 아니었으며, 베를린의 거짓 신앙[2]도

---

2) 1815년 이후 프로이센 왕실의 종교 정책은 하이네의 거듭된 비판의 대상이었다.

아니었다. 그것은 더할 수 없이 깊은 의미를 지닌 생각의 더할 수 없이 순진한 표현이었다. 바로 그 교만하지 않게 몸을 낮춘 아이들다운 형식으로 해서 그 내용이 우리의 정서에 파괴적으로 작용하거나 아니면 자신을 파괴해버리는 것을 방지했다. 사실 그 내용은 말할 수 없이 거대한 고통의 폭력과 숭고함으로 이루어진 것이라서 더할 수 없이 영웅적이고 장엄하며 또 더할 수 없이 열정적이며 확장된 표현 양식이라도 뛰어넘고 파괴해버린다. 그런 이유로 아주 위대한 예술가들은 미술에서도 음악에서도 예수 수난의 처참함을 많은 꽃으로 가능한 한 유화(宥和)하려 했고, 그 끔찍한 진지함을 유희적인 부드러움으로 완화한 것이다. 로시니 역시 그가 「슬픔의 성모」를 작곡할 때 그렇게 했다.[3]

후자, 즉 로시니의 「슬픔의 성모」는 지난 시즌에 발표된 작품들 중 뛰어나게 주목할 만한 곡이었다. 이 작품에 대한 논의는 아직도 일상적인 화제를 이루는바, 북독일적 관점에서 이 위대한 대가에게 요란하게 쏟아부은 비난이야말로 그의 천재성의 깊이와 독창성을 증명해주는 것이다. 주제를 다루는 방식이 너무나 세속적이다, 지나치게 감각적이다, 종교적 소재에 대해서 지나치게 유희적이다, 지나치게 경박하다, 지나치게 쾌적하다, 지나치게 오락적이다──몇몇 무겁고 지루한 비평가 족속의 불평불만은 이렇게 꿍꿍대고 있다. 이들은 비록 의도적인 것이 아닐지라도 과장된 영성(靈性)에 아첨하며, 여하튼 종교 음악에 대

---

3) 로시니(Gioacchino Antonio Rossini, 1792~1868)는 19세기 전반기 유럽의 대표적 작곡가 중의 한 명으로서 수많은 오페라와 기악곡을 남겼다. 대표적 작품으로는 「세비야의 이발사」「오텔로 또는 베네치아의 무어인」「빌헬름 텔」 등이 있다. 「슬픔의 성모Stabat Mater」는 1832년 작곡되고, 1841년 개작되었다. Stabat Mater는 '성모께서 십자가 밑에서 계셨다'는 뜻이다.

해 매우 제한되고 매우 잘못된 생각으로 고통을 받고 있는 것이다. 화가들과 마찬가지로 음악가들 사이에도 기독교적 소재의 취급 방식에 대해서 완전히 잘못된 견해가 지배적이다. 화가들은 진실로 그리스도적인 것은 섬세하고 가냘픈 윤곽 속에 가능한 한 바짝 여위고 창백하게 표현되어야 한다고 믿는다. 이러한 관점에서 오버베크[4]의 그림들이 이들의 이상이다. 하나의 사실로 이런 미망을 반박하기 위해 나는 그저 스페인파 화단의 성자(聖者) 그림들에 대해 주의를 환기하려 한다. 이 그림들에서는 윤곽의 풍만함과 색채가 지배적이다. 그럼에도 불구하고 아무도 부인할 수 없을 것이다. 이들 스페인 화가의 그림들이 조금도 훼손되지 않은 기독교 정신을 호흡하며, 이 그림들의 창조자가 로마에서 가톨릭으로 개종한 그 유명한 대가님들보다 신앙심이 부족하지 않다는 사실을.[5] 이 대가님들은 더욱 직접적인 열정으로 그림을 그릴 수 있기 위해 개종했다 한다. 그러나 예술에서 진실로 그리스도적인 것의 특징은 외적인 메마름과 창백함이 아니라 그 어떤 내적 충일(充溢)이다. 그리고 이것은 미술이나 음악에서 모두 세례나 학습을 통해서 얻어질 수 없다. 그래서 나는 로시니의 「슬픔의 성모」가 펠릭스 멘델스존-바르톨디의 오라토리오 「사도 바울」[6]보다, 로시니의 적대자들이 기독교 정신의 모범

---

4) Friedrich Overbeck(1789~1869): 프로테스탄트 성직자 가문 출생의 독일 화가로 영적인 것을 추구하는 이른바 '나사렛 운동'의 일원이었다.

5) 오버베크 외에 필리프 파이트Philipp Veit, 폰 샤도Wilhelm Friedrich von Schadow 등이 나사렛 운동을 주도한 낭만주의 화가들이다.

6) 멘델스존은 태생은 유대인이나 기독교로 개종했다. 하이네가 '세례'를 통해서는 진정한 그리스도적인 것을 얻을 수 없다고 말한 것은 이 사실을 비유한 것으로 이해된다. 그러나 멘델스존의 「사도 바울Paulus」과 「엘리야Elias」는 19세기의 가장 뛰어난 오라토리오로 인정받는다. 헨델과 바흐의 전통을 이어받은 엄격한 바로크적 형식과 낭만주의적 감정 표현의 결합은 멘델스존 종교 음악의 특성을 이룬다.

으로 찬양하는 이 작품보다, 더 진실하게 그리스도적이라고 생각한다.

하늘이시여, 내가 이 글을 통해 「사도 바울」의 작곡자같이 훌륭한 업적을 많이 쌓은 대가를 책망하는 짓거리를 하지 않도록 지켜주십시오! 이 기사의 저자에게는, 펠릭스 멘델스존–바르톨디가 유대인 태생이라는 이유로 해서, 언급된 오라토리오의 기독교 정신에 대해 흠을 잡을 생각은 추호도 없다. 그러나 나는 다음 사실은 언급해야겠다. 멘델스존이 베를린에서 기독교 음악을 시작한 나이에(즉 그는 열세 살이 된 해에[7] 비로소 세례를 받았다) 로시니는 이미 이런 음악을 떠나서 오페라 음악의 세속성 안으로 완전히 뛰어들었다는 사실 말이다. 그러나 그가 다시금 이 세속적 오페라 음악을 떠나서 가톨릭적 어린 시절의 회상을, 즉 페사로[8]의 성당에서 소년 합창대로서 노래를 불렀거나 또는 미사 시동 노릇을 했을 때의 회상을 다시 꿈꾸는 지금에는 그 옛 오르간 소리가 다시금 그의 기억 속에 울리고, 그가 「슬픔의 성모」를 쓰기 위해 펜을 붙잡은 지금에는 기독교의 정신을 우선 학문적으로 구성할 필요 따위는 아마 없을 것이고, 헨델이나 제바스티안 바흐를 노예적으로 모방할 필요는 더욱더 없을 것이다. 그는 그저 아주 어린 유년 시절의 음향을 마음속에서 불러내기만 하면 되었던 것이다. 그랬더니, 놀랍구나! 이 음향이 그렇게 진지하고 그렇게 깊이 고통스럽게 울려도, 이 음향이 그 더할 수 없이 거칠고 격렬한 것을 그토록 거칠고 격렬하게 한탄하며 피 흘리듯 쏟아내도, 그럼에도 불구하고 이 음향은 유년 시절적인 그 무엇을 지니고, 그래서 내가 세트에서 보았던 어린아이들의 예수 수난 표현을 내게 상기시켜주었다.

---

7) 멘델스존은 하이네의 말과는 달리 일곱 살인 1816년 3월 21일에 신교로 개종했다.
8) Pesaro, 로시니가 태어난 곳.

그렇다, 로시니의 「슬픔의 성모」 공연을 처음으로 보았을 때 나는 나도 모르게 이 작고 경건한 가면극을 생각해야만 했다. 이 작품은 그 섬뜩하게 숭고한 순난을, 그러나 아주 순진무구한 소년의 소리로 묘사했다. 고난의 어머니[9]의 탄식은 무섭게, 그러나 순진한 작은 소녀의 목청에서 나온 것처럼 울려 퍼졌다. 더할 수 없이 검은 슬픔의 상장(喪章) 곁에는 큐피드의 우아한 날갯짓 소리가 같이 울렸고, 십자가에 못 박힌 죽음의 처참함은 장난스러운 목동들의 유희에 의해 완화되고 누그러트려졌다. 그리고 무한함의 감정이 작품 전체를 휘돌아 감싸 안았다. 마치 세트에서의 수난 행렬을 밝게 내리비쳐주던 그 푸른 하늘처럼, 그 푸른 바다처럼. 그 바닷가를 아이들은 노래하며 소리치며 걸어갔었지! 이것이야말로 로시니의 영원한 사랑스러움이자 결코 파괴될 수 없는 부드러움이다. 그 어떤 매니저도 그 어떤 음악 출판인도 멸절시켜 분노로 뒤바꾸거나 아니면 그저 흐려놓을 수도 없는 부드러움 말이다! 그의 생애에는 아주 비열하고 아주 교활하게 악의적인 괴롭힘이 자주 있었다. 그럼에도 불구하고 우리는 그의 음악 작품들에서 그 어떤 분노나 원한의 자취를 찾을 수 없다. 아레투사[10]의 샘물처럼, 바다의 쓰디쓴 물을 헤쳐 흘러가면서도 원래의 감미로움을 잃지 않는 그 샘물처럼, 로시니의 가슴도 아름다운 곡조의 사랑스러움과 감미로움을 간직했다. 비록 이 가슴이 이 세상의 온갖 쓰디쓴 맛을 충분히 맛보았지만.

　　이미 말했듯이 이 위대한 대가의 「슬픔의 성모」는 올해의 지배적인 음악적 사건이었다. 이 작품의 모범적인 최초 공연에 대해서 나는 아무

---

9) Mater Dolorosa, 성모 마리아를 가리킨다.
10) Arethusa, 그리스 신화에 등장하는 숲의 요정.

런 보고도 할 필요가 없다. 이탈리아 가수들이 노래를 불렀다는 사실만으로 충분하기에 말이다.[11] 그날 이탈리아 오페라의 연주 홀은 천국의 앞뜰처럼 보였다. 그곳에서는 성스러운 나이팅게일이 흐느끼듯 노래했고, 최신 유행의 눈물들이 흘러내렸다. 『프랑스 뮈지칼』 역시 주최한 연주회들에서[12] 「슬픔의 성모」의 대부분을 연주했는데, 당연히 엄청난 갈채를 받았다. 이 연주회들에서 우리는 펠릭스 멘델스존-바르톨디의 「사도 바울」도 들었는바, 이 작품은 「슬픔의 성모」와 비슷한 음악이라는 이유로 우리의 주목을 받았고, 로시니와의 비교를 스스로 불러일으켰다. 그런데 대부분의 관객에게서는 이 비교가 결코 우리의 젊은 동포에게 유리하게 진행되지 않았다. 그것은 마치 이탈리아의 아펜니노 산맥[13]과 베를린의 템펠호프 산[14]을 비교하는 것과도 같았다. 그렇다고 해서 템펠호프 산의 업적이 작은 것은 아니다. 이 산은 정상에 십자가가 세워졌다는 사실만으로도 대중의 존경을 받고 있다. "이 표시 아래 너는 승리할 것이니라."[15] 물론 프랑스에서는, 이 신앙심이 없는 나라에서는 아니다, 이곳에서는 멘델스존은 항상 좌절을 맛보았다. 그는 이번 음악 시즌의 희생양이었다.

---

11) 1842년 1월 7일의 초연(初演)에는 이탈리아의 저명한 가수들이 협연했다. 이들 중에는 그리시(Giulia Grisi, 소프라노), 알베르타치(Emma Albertazzi, 메조소프라노), 칸디아 마리오(Cavaliere di Candia Mario, 테너)도 있었는데, 초연의 큰 성공은 이 성악가들의 명성에 기인한 바가 컸다 한다.

12) 『프랑스 뮈지칼』을 위시해서 당시 파리에서 발행된 음악 신문들은 정기 구독자를 위해 연주회를 열기도 했다. 33장(1841년 4월 20일 자 기사) 참조.

13) 이탈리아 반도를 종단하는 큰 산맥. 아펜닌 산맥으로 불리기도 한다.

14) Tempelhofer Berg, 베를린 근교에 있는 높이 66미터의 야산.

15) 콘스탄티누스 대제는 312년 막센티우스와 최후 결전을 앞두고 불타는 십자가 표시를 보았다 한다. 이 전투에서 승리하고 황제가 된 그는 후에 기독교로 개종했다. 하이네는 정상에 십자가가 세워진 템펠호프 산에 비유해 멘델스존을 풍자한다. 당시 프랑스에서 멘델스존은 로시니와의 경쟁에서 많이 뒤처졌다.

반면에 로시니는 음악의 사자였으며, 그의 감미로운 울부짖음은 아직도 계속해서 울려 퍼진다. 소문에 의하면 펠릭스 멘델스존 씨는 근간 몸소 파리로 올 것이라 한다. 확실한 것은, 높은 분의 주선과 많은 외교적 노력을 통해 레옹 피에[16]가 스크리브에게 오페라 각본 하나를 완성시켜 이를 멘델스존으로 하여금 그랑 오페라를 위해 작곡하게 하려고 작정한 사실이다. 우리의 젊은 동포는 이 일에서 성공을 거둘 수 있을까? 나는 알 수 없다. 그의 예술적 재능은 위대하다. 그러나 이 재능은 매우 심각한 한계와 결함을 갖고 있다. 나는 펠릭스 멘델스존 씨와 여류 비극작가인 라헬 펠릭스 양 사이에는 재능과 관련해서 유사점이 많다고 본다. 두 사람 모두 커다랗고 엄격하며 매우 장중한 진지함이, 또 확고한, 거의 집요하다 할 정도의 고전적 전범에 대한 의존이, 아주 섬세하고 기지에 찬 계산이, 날카로운 오성이, 그리고 마지막으로는 소박함과 단순함의 완전한 결여가 특징적이다. 그러나 예술에서 소박함과 단순함이 없는 천재적 근원성이 있을 수 있을까? 지금까지는 그런 경우가 나타난 적이 없었다.

44

파리, 1842년 6월 2일

윤리학과 정치학 아카데미가 웃음거리로 전락하고 싶지는 않은 모양

---

16) Leon Pillet(1803~1868): 그랑 오페라의 감독.

이다. 그래서인지 5월 28일 회의에서 독일 철학의 비판적 고찰에서 가장 뛰어난 수상작 결정을 1844년까지 연기했다. 설명하자면 이 아카데미는 **독일 철학에 대한 비판적 고찰**이라는 표제하에 현상 과제를 공고했는데, 이 과제의 해결이라는 것이 칸트에서 현재 상태에 이르기까지 독일 철학을, 전자 즉 위대한 칸트를 특별히 고려하면서, 비판적으로 서술하라는 거창한 것이었다.[1] 프랑스인들은 칸트에 대해 아주 많이 들어서 그에게 큰 호기심을 가지게 되었다. 나폴레옹까지도 언젠가 칸트의 철학을 알고 싶어 했고, 그래서 어느 학자에게 칸트 철학을 사절판 종이 몇 쪽에 요약해서 제출할 것을 위임했다. 군주들이야 명령만 내리면 되는 것이고, 요약문은 즉시 지정된 형태로 작성되었다. 그 요약이 어떤 상태로 이루어졌는지는 하늘만이 알 것이다. 내가 아는 것이라고는 황제가 그 몇 쪽을 주의 깊게 읽어보고는 이렇게 말했다는 것뿐이다. "이 모든 것은 아무런 실질적 가치가 없다. 세계는 칸트, 칼리오스트로, 스베덴보리 그리고 필라델피아 같은 사람들을 통해서 발전하는 것은 아니다."[2] 프랑스 대중은 아직도 칸트를 약간 돈 사람은 아닐지라도, 몽롱한 몽상가로 여기고 있다. 극히 최근에도 나는 한 프랑스 소설에서 다음 글귀를 읽었다. **칸트의 신비론적 모호함.** 피에르 르루는 논쟁할 여지 없이 가장 위대한 프랑스 철학자들 중의 한 명이다. 그런데 이 사람이 6년 전에 내게 고백했다. 앙리

---

1) 1845년 이 현상 과제를 수상한 사람은 J. Willm이었다. 그의 『칸트에서 헤겔까지 독일 철학의 역사*Histoire de la Philosophie Allemande depuis Kant jusqu'à Hegel*』는 1846년부터 1849년까지 전 4권으로 출판되었다.

2) 칼리오스트로(본명은 Giuseppe Balsamo, 1743~1795): 전 유럽에서 유명했던 연금술사이자 강신술자(降神術者); 스베덴보리(Emanuel Swedenborg, 1688~1772): 신지(神智)학자이며 유명한 자연탐구자; 필라델피아(Jakob Philadelphia, 18세기 초 뉴잉글랜드에서 출생): 유명한 요술쟁이이자 마법사.

하이네의 『알르마뉴』[3]를 읽고서 비로소 독일 철학이, 그들이 프랑스 대중으로 하여금 지금까지 믿게 만들었던 것처럼 그렇게 신비주의적이거나 종교적이 아니라는 것을, 오히려 반대로 매우 냉정하고, 거의 한기가 날 정도로 추상적이며 가장 지고한 것의 부정에 이를 정도로 무신론적이라는 사실을 알게 되었노라고.

언급된 윤리학과 정치학 아카데미의 회의에서 이 아카데미의 종신 서기인 미녜[4]는 고인이 된 데스튀트 드트라시의 삶과 행적에 대한 「역사적 비망록」을 우리에게 내주었다.[5] 그의 모든 저작에서 그렇듯이 이 비망록에서도 미녜는 아름답고 위대한 서술 재능, 모든 특징적인 시대적 요인들과 삶의 상황을 파악하는 경탄할 만한 능력, 밝고 명확한 이해력을 보여주었다. 데스튀트 드트라시에 대한 그의 연설은 이미 인쇄되어 출판되었기에, 여기서 다시금 자세히 강평하는 것은 필요하지 않을 것이다. 다만 나는 부수적으로 미녜가 드트라시라는 귀족의 아름다운 삶에 대해 이야기하는 동안 특별히 내 마음속에 파고든 몇 가지 진술에 대해 잠깐 언급해보려 한다. 드트라시는 아주 당당한 봉건 귀족 출신이며, 젊은 시

---

3) 알르마뉴Allemagne는 프랑스어로 '독일'을 의미한다. 하이네는 1835년 독일에 대한 자신의 저서인 『독일에서의 종교와 철학의 역사에 대해서』와 『낭만주의파』를 『알르마뉴De l'Allemagne』라는 제목으로 번역 출판했다. 앙리 하이네Henri Heine는 하이네의 프랑스식 이름이다.

4) 35장(1842년 5월 19일 자 기사), 각주 5 참조.

5) Destutt de Tracy(1754~1836): 당대의 저명한 철학자이자 왕립 학술원 회원. 언급된 역사적 비망록은 윤리학과 정치학 아카데미의 5월 28일 자 회의에서 미녜가 한 드트라시 추모 연설을 의미하는 것으로 보인다. 이 연설문은 미녜의 『역사적 비망록과 기억 Notices et Mémoires historiques』이라는 저서의 한 부분으로서 「데스튀트 드트라시 백작의 삶과 행적에 대한 역사적 비망록Notice historique sur la vie et les travaux de M. Le Comte Destutt de Tracy」이라는 제목으로 실렸다.

절에는 용감한 군인이었다. 그럼에도 불구하고 그는 더할 수 없이 고결한 자아부정과 자아희생을 통해 진보의 편에 섰으며, 마지막 순간까지 이 진보의 진영에 충실히 머물렀다. 라파예트와 함께 80년대에[6] 자유를 위해 재산과 생명을 내걸었던 이 사람은 1830년 7월 29일에[7] 바리케이드 옆에서 옛 친구와 다시 합류했다. 그의 신념에 조금치의 변화도 없이. 그의 두 눈만이 흐리터분해졌을 뿐, 그의 가슴은 여전히 밝고 젊었다. 프랑스의 귀족은 매우 많이, 놀라울 정도로 많이 그런 인물들을 배출했고, 민중도 이 사실을 알고 있다. 민중은 그들의 이익을 위해 이 같은 충심을 보여준 귀족을 **훌륭한 귀족**이라고 부른다. 귀족에 대한 일반적인 불신은 혁명의 시대에는 매우 유익한 것으로 밝혀질 수도 있으나, 항상 하나의 불공정한 것으로 남아 있을 것이다. 이러한 관계에서 드트라시, 로슈푸코, 다르장송, 라파예트 같은 사람들 그리고 이들과 비슷한 민중의 권리를 위해 싸운 기사들의 삶은 우리에게 큰 교훈을 주고 있다.[8]

과거에 그의 칼이 그랬던 것처럼, 드트라시의 정신은 그가 후에 유물론적 철학에 몰두했을 때 똑바르고, 휘어지지 않았으며 날카로웠다. 이 철학은 콩디야크[9]에 의해 프랑스에서 주도권을 잡았는데, 그는 이 철학의 최후 결론을 다 말하지는 않았다. 그의 학파 사람들 대부분이 그런 것처럼 콩디야크는 물질의 세계에서 정신에게 그래도 고립된 외딴 영역 하나는 남겨주었다. 그러나 데스튀트 드트라시는 정신에서 이 마

---

6) 프랑스 대혁명 시기(1789~94)를 의미한다.

7) 1830년 7월 혁명을 의미한다.

8) 로슈푸코Louis-Alexadre Duc de la Rochefoucauld, 다르장송Marquis d'Argenson, 라파예트 등은 모두 프랑스 혁명을 지지한 귀족이다.

9) Étienne Bonnot de Condillac(1715~1780): 프랑스의 철학자, 인식론자.

지막 피신처도 회수했다. 정말 이상도 하다! 우리 독일에서 이상주의적 관념론이 정점으로 치닫고, 물질이 부정되는 바로 그때에 프랑스에서는 유물론적 원칙이 최고봉에 이르렀고 사람들은 정신을 부정했다. 데스튀트 드트라시는 말하자면 유물론의 피히테[10]인 셈이었다.

나폴레옹이 드트라시, 카바니스[11] 그리고 그들의 동료가 속한 집단에 대해 염려스러운 혐오감을 품었고, 그래서 이들을 왕왕 매우 엄격하게 다룬 사실은 기이한 상황이다. 그는 이들을 공론가라고 불렀고, 이들의 이데올로기에 대해 막연한, 거의 미신적인 두려움을 느꼈다. 그러나 이 이데올로기는 유물론적 철학의 거품 이는 혼합물일 따름이었다. 유물론적 철학은 물론 엄청난 변혁을 촉진했고, 말할 수 없이 소름 끼치는 파괴력을 드러냈다. 그러나 이 철학의 임무는 완결되었고, 그래서 그 영향도 종식되었다. 더 위협적이고 더 위험한 것은 이 철학과 정반대되는 독트린이다. 독일에서 눈에 띄지 않게 솟아올라와서는 후에 프랑스의 폭력적 지배[12]를 무너트리는 데 크게 공헌한 그 독트린 말이다. 나폴레옹이 이 경우에도 오직 과거만을 파악하고 미래에 대해서는 귀도 눈도 갖지 못했다는 것은 주목할 만한 사실이다. 그는 사유의 세계에 존재하는 하나의 위험한 적을 알아차렸다. 그러나 그는 이 적을 낡은 가발 아래서, 아직도 18세기의 분가루를 뿌린 가발 아래서 찾았다.[13] 그는 이 적

---

10) Johann Gottlieb Fichte(1762~1814): 헤겔, 셸링 등과 더불어 독일의 이상주의 철학을 대표하는 철학자. 그는 물질을 철저하게 정신에 종속시켜 파악하려 했으며, 그래서 칸트가 말한 '의식에서 독립해 존재하는 물자체Ding an sich'를 인정하지 않았다.

11) Pierre-Jean-George Cabanis(1757~1808): 의사이자 철학자로서 드트라시의 절친한 친구.

12) 나폴레옹 휘하의 프랑스군은 독일의 라인 지방을 오랫동안 점령, 지배했다. 이 사실은 후에 독일의 반프랑스적 민족주의의 형성에 큰 영향을 미쳤다.

13) 유럽의 봉건 귀족은 분을 뿌린 가발을 쓰고 다녔다.

을 독일 대학의 금발 청년들 사이에서 찾는 대신에[14] 프랑스의 노인네들 사이에서 찾았다. 이 문제에서는 위험한 새끼를 요람에서 추적했고 영아(嬰兒) 살해를 명령한 우리의 사분영주(四分領主) 헤롯 왕이 훨씬 더 영리했다.[15] 그러나 그의 큰 교활함도 별다른 결실을 가져오지 못했다. 신의 섭리에 의해 창피를 당했으니 말이다——그의 형리들은 너무 늦게 왔다. 그 무서운 아기는 베들레헴에 있지 않았다. 충실한 나귀 한 마리가 그를 이집트로 데려가서 구해낸 것이다. 그렇다, 나폴레옹은 오로지 현재를 이해하거나 과거를 평가하는 데서만 통찰력을 소유했다. 그래서 그는 미래를 예고하는 모든 현상에 대해서는 완전히 눈이 먼 사람이었다. 그가 생클루에 있는 그의 성(城) 발코니에 서 있을 때, 최초의 증기선이 센 강을 따라 그곳을 지나갔다. 그러나 그는 이 현상의 세계 개혁적 의미를 조금도 알아차리지 못했다!

---

14) 독일 대학생들 사이에 만연한 민족주의적 성향을 암시한다.

15) "사분영주"는 신약 성서에서 로마 황제의 권위 아래 어떤 지방을 다스리는 사람에게 붙는 호칭이다. 이런 맥락에서 로마제국 시대에 유대 지방에 분봉된 헤롯 왕(헤르데스 1세, 헤로데 대왕으로도 불림)은 사분영주다. 그는 예수 탄생 때 '미래의 유대인 왕'이 태어났다는 말을 듣고 베들레헴의 영아를 모두 죽이라는 명령을 내렸다 한다(「마태복음」 2장, 1~18절).

45

파리, 1842년 6월 20일

허영심이 아주 많은 신봉자를 가진 나라에서는 하원의원 선거 때가 언제나 매우 격동적인 시간일 것이다. 그러나 하원의원이라는 것이 단순히 허영심만을 간질이는 것이 아니고 수입이 많은 직위와 큰 이익을 가져오는 영향력으로 이끌기에, 그러니 여기에는 단순한 허영심이 아니라 탐욕도 관여하기에, 즉 여기에는 우리 시대가 그렇게 열렬히 충성을 맹세한 물질적 이익이 문제가 되기에, 하원의원 선거는 진짜 경주다. 이방인 관객이 보기에는 보기 좋지 못한, 기이한 모습을 한 경마다. 이 경주에 나타나는 것은 가장 아름답고 가장 좋은 말들이 아니기 때문이다. 여기에서 중요한 것은 내재하는 강인함의 미덕, 순혈(純血), 지구력 등이 아니라 그저 민첩한 기민함이다. 많은 고귀한 말이, 불같은 투쟁심을 콧구멍으로 내뿜으며 두 눈으로는 영리함이 번쩍이는 고귀한 말이 여기서는 비루먹은 늙은 말에 뒤처져야 한다. 그러나 이 비루먹은 말은 이 경마장에서는 승리하게끔 아주 특별히 조련되었다. 아주 거만하고 고집 센 말은 여기서는 출발하자마자 이미 불시에 뒷발로 서거나 아니면 실수를 하게 마련이다. 단지 훈련된 평범한 말만이 목표에 이르는 것이다. 페가수스[1]에게 의회 경주 참여가 거의 용인되지 않고, 허용된다 하더라도 수천 가지의 불리함을 경험해야 한다는 것은 자명한 일이다. 그럴 것이 이 불행한 말은 날개를 갖고 있어서, 언젠가는 부르봉 궁의 천장이 허용하는 것

---

1) 시(詩)의 신 뮤즈가 타는 날개 달린 말.

보다 더 높이 비상할 수도 있기 때문이다.[2] 하나의 기이한 현상은, 경주마들 중에는 거의 열두 필의 아랍 종, 좀더 분명하게 말하자면 유대 종의 말이 있다는 사실이다. 그러나 그것이 우리와 무슨 상관이 있는가! 이러한 트집 잡기 소음은 우리의 관심을 끌지 못한다. 이러한 이기심의 발 구르기와 힝힝 우는 소리도, 더없이 화려한 색깔로 치장된 더없이 초라한 목적을 위한 이러한 혼잡도, 마부들의 고함 소리와 흩날리는 말똥도. 우리가 알고자 하는 것은 그저 이 선거의 결과가 현 내각에 유리하냐 아니면 불리하냐이다. 이 문제에 대해서는 아직 확실한 것을 말할 수 없다. 그러나 프랑스의, 그리고 아마도 전 세계의 운명이 기조가 새 의회에서 다수를 차지할 수 있느냐 없느냐에 달려 있다. 이러한 말로써 나는 새로운 하원의원 중에 엄청난 호언장담가가 나타나서 그 운동[3]을 최고조로 몰아갈 수도 있다는 식의 짐작에 여지를 주려는 것은 결코 아니다. 아니다, 새 의원들은 그저 꽝꽝 울리는 말(語)들만을 시장에 내놓을 것이며, 그들의 전임자와 마찬가지로 행동으로 옮기는 것에 대해서는 겸손한 두려움을 가지게 될 것이다. 가장 단호한 새 하원의원이라도 기존 체제를 폭력으로 전복하려고 하지는 않을 것이다. 그들은 단지 상층 세력의 두려움과 하층 계급의 희망을 자신을 위해 이용해먹을 것이다. 그러나 이러한 책동들의 결과로 정부가 빠져들 수 있는 혼란, 뒤엉킴 그리고 순간적 비상사태는 숨어서 기회를 노리는 어두운 세력에게 뛰쳐나오라는 신호를 줄 것이다. 혁명은, 항상 그랬던 것처럼, 의회의 이니셔티브를 고대하고 있는 것이다. 그러면 그 끔찍한 수레바퀴는 다시 돌아갈 것이고, 그렇게 되면 우리

---

2) 당시 부르봉 궁에는 하원이 들어서 있었다.

3) 사회주의나 공산주의 운동 같은 급진적 사회개혁 운동을 의미한다.

는 이번에는 지금까지 기존 체제와 투쟁을 벌인 모든 적대자 중 가장 무시무시한 자를 볼 수 있을 것이다. 이 적대자는 자신의 끔찍한 익명(匿名) 속에 숨어서 공식적 사회의 최하층에서, 죽음과 부패 속에서 새로운 생명이 싹트고 피어오르는 그 지하 묘지에서, 궁핍한 사람으로 가장해 살고 있다. 이 무서운 적대자의 은밀한 이름은 공산주의고, 그는 오늘의 부르주아지 정권에 대항해서 철저한 프롤레타리아 지배를 내세울 것이다. 그것은 끔찍한 결투가 될 것이다. 그 결투는 어떻게 끝날까? 오직 신과 여신(女神) 들만이 그 답을 알 것이다. 그들은 미래를 알 수 있기에 말이다. 우리가 아는 것은 그저 다음과 같다. 공산주의는, 비록 지금은 별로 논의의 대상이 되지 못한 채, 은밀한 다락방의 빈궁한 짚 잠자리 위에서 빈둥대며 살아가지만, 현대의 비극에서, 비록 과도기적인 것이지만, 커다란 역이 주어진 음울한 주인공이다. 그는 무대에 등장하라는 신호가 떨어지기만을 고대하고 있다. 그러니 우리는 이 배우를 결코 눈에서 놓쳐서는 안 된다. 그리고 때때로 그가 데뷔를 준비하는 사전 연습에 대해 보고하기로 하자. 그런 시사(示唆)들은 아마도 선거 운동이나 당파 싸움, 그리고 내각의 술책 등에 대한 모든 보도보다 더 가치가 있을 것이다.

46

파리, 1842년 7월 12일

당신들은 선거 결과를 신문을 보고 알곤 한다. 그러나 여기 파리에서는 선거 결과에 대해 처음부터 신문의 조언을 구할 필요가 없다. 그 결과는 모든 사람의 얼굴에서 읽을 수 있기 때문이다. 어제 이곳은 무척 불안하게 보였고, 사람들의 마음은 내가 큰 위기 때에만 보았던 그런 흥분을 나타내고 있었다. 예로부터 잘 알려진 폭풍우를 예고하는 새[1]들의 날개 소리가, 보이지는 않으나 다시금 허공에서 들려왔고, 졸린 머리들은 2년 동안의 평안에서 갑자기 깨어났다. 고백하거니와 나 자신도, 그 무서운 날개 치는 소리에 전염되어 가슴이 크게 뛰는 것을 느꼈다. 나는 혁명의 악령이 고삐가 풀리는 것을 보면 처음에는 늘 두려워한다. 그러나 나중에는 매우 침착해지고 아주 미친 듯한 현상들도 나를 불안하게 하거나 놀라게 하지 못한다. 그럴 것이 나는 이것들을 예견했기 때문이다. 항상 그러듯 파리가 다시 신호를 보낸 이 움직임의 종말은 무엇일까? 그것은 전쟁일 것이다. 매우 잔혹한 파괴의 전쟁이, 유감스럽게도 아주 고귀한 두 문명국가를 투기장으로 불러내어 그들을 멸망으로 이끌 전쟁 말이다. 나는 독일과 프랑스를 말하는 것이다. 영국은, 이 커다란 물뱀은, 항상 그의 어마어마한 물 둥우리로 물러날 수 있다. 그리고 러시아는 그의 거대한 소나무 숲과 초원, 그리고 얼음 벌판에 마찬가지로 아주 안전한 은신처를 갖고 있다. 그래서 이 두 나라는 보통의 정치적 전쟁에서는, 결정적 패배를 당하더라도 완전하게 멸망하지는 않는다. 그러나 독일은 그럴 경우 훨씬 더 불리하게 위협을 받게 된다. 더욱이 프랑스 같으면 아주 비참한 방식으로 그의 정치적 존재를 상실할 수도 있을 것이다. 그러나 이것들

---

1) 원문은 Sturmvögel로 보통은 바다제비나 바다 갈매기를 의미한다. 이 새들이 폭풍우가 일어나기 전에 떼를 지어 허공을 날기 때문에 이 새들의 날개 소리는 폭풍우를 예고하는 소리로 이해할 수 있을 것이다. 하이네는 임박한 전쟁이나 폭동, 또는 혁명에 대한 예고로 이러한 비유를 자주 사용했다. 예를 들면 『프랑스의 상황』, 22장에서 "발퀴레의 날개 치는 소리" 역시 임박한 혁명에 대한 비유다.

은 그저 엄청난 쇼의 제1막에 불과하다. 말하자면 서막(序幕)인 셈이다. 제2막은 유럽의, 세계의 혁명일 것이다. 갖지 못한 자들과 소유 귀족 간의 거대한 결투 말이다. 여기에는 국적이나 종교 같은 것은 논의 대상이 아니다. 오직 하나의 조국, 즉 세계가 있을 것이며, 이 지상에서의 행복이라는 오직 하나의 신앙만이 있을 것이다. 혹 과거의 종교적 독트린들이 모든 나라에서 절망적 반항을 시도할까, 그리고 이러한 시도가 제3막을 형성하게 될까? 심지어는 그 낡은 절대적 전통이,[2] 그러나 새 의상을 걸치고 새로운 표어와 새로운 슬로건을 가지고서 한 번 더 무대에 등장할까? 나는 모른다. 그러나 내 생각으로는 사람들이 마침내는 그 거대한 물뱀의 머리통을 밟아버리고 그 북방 곰의 가죽을 벗겨버릴 것이다. 그렇게 되면 아마 오로지 목자(牧者) 한 명과 양 떼만이 있게 될 것이다. 쇠 지팡이를 든 자유로운 목자와 똑같이 털을 깎이고 똑같이 매앵 하고 우는 인간 양 떼! 거칠고 음울한 시대가 우릉우릉하며 몰려오고 있다. 그러니 새로운 「요한계시록」을 쓰려는 예언자는 완전히 새로운 짐승을 발명해내야 할 것이다. 그것도 아주 끔찍한 짐승을, 이에 비하면 예전 「요한계시록」의 상징적 짐승들은 순한 비둘기와 사랑의 신 큐피드처럼 보일 그런 끔찍한 짐승을 말이다. 오랫동안 그들의 피보호자였던 인간에 대한 동정심으로 해서, 아마 동시에 그들 자신의 운명에 대한 걱정으로 해서도, 신들은 얼굴을 감쌀 것이다. 미래는 러시아산 소가죽, 피, 신의 부정(否定), 그리고 아마 채찍질 냄새도 풍긴다. 그래서 나는 우리의 손자들에게 충고한다. 등가죽을 매우 두껍게 하고서 세상에 태어나라고.

---

2) 중세 시대 절대적 권위를 가졌던 기독교적 전통.

47

파리, 1842년 7월 15일

내 어두운 예감이 불행히도 나를 속이지 않았다. 며칠 전부터 나를 거의 축 늘어지게 하고 눈을 흐리멍덩하게 만든 그 흐린 기분은 한 불행한 사건의 예감이었다. 그저께의 신명 나는 환호 후에 어제는 경악과 공포가 들어섰다. 표현할 수 없는 경악과 공포가. 그리고 파리 시민은 예측하지 못한 한 사람의 사망을 통해 이곳의 상황이 얼마나 불안정하고 모든 뒤흔듦이 얼마나 위험한지를 인지하게 되었다. 그러나 그들은 그저 조금만 흔들어대려 했다. 아주 강한 충격으로 국가라는 건물을 크게 뒤흔들 생각은 전혀 없었다.[1] 오를레앙 공작이 며칠 일찍 죽었더라면,[2] 파리는 보수적 하원의원을 두 명만 뽑은 것과는 대조적으로 열두 명이나 되는 야당 하원의원을 선출하지는 않았을 것이다.[3] 또한 이 같은 어마어마한 행동을 통해 그 움직임이[4] 다시 일어나게 만들지 않았을 것이다. 왕세자의 죽음을 통해 모든 기존의 것이 의문시되었다. 현재 즉위 중인 루이 필리프 왕이 사망할 경우를 대비해 섭정 규정이 가능한 한 빨리, 그리고 아무런 방해 없이 의회의 양원(兩院)에서 논의되고 결의된다면 이는 다

---

1) 야당이 집권 세력인 보수적 정당에 크게 승리한 하원의원 선거에 대한 비유적 표현.
2) 왕세자 오를레앙 공작Ferdinad Duc d'Orléans은 7월 13일 마차 전복 사고로 심하게 부상을 당한 후 사망했다.
3) 죽은 오를레앙 공작은 많은 국민의 존경을 받았으며, 그의 죽음으로 인해 왕실과 정부를 동정하는 분위기가 광범위하게 형성되었다.
4) 유럽의 정치적 불안정으로 인해 범유럽적 사회주의 혁명으로 이어지는 '움직임'. 46장의 "항상 그렇듯 파리가 다시 신호를 보낸 이 움직임의 종말은 무엇일까?" 이하 참조.

행스러운 일일 것이다.[5] 나는 '양원에서'라고 말했는데, 그 이유는 프랑스의 왕실 가법(家法)이, 다른 나라들과는 달리, 충분하지 못하기 때문이다. 그렇기 때문에 섭정에 대한 토론이 우선 양원을 바쁘게 만들 것이고 격정적인 말들이 오갈 것이다. 그러나 모든 것이 순조롭게 진행된다 하더라도 우리는 일시적 왕위 공백기[6]를 겪어야 하는데, 이는 여하튼 불행한 일이다. 특히 상황이 위태위태한, 그러기에 무엇보다도 안정이 필요한 나라에는 아주 특별히 불행한 일이다. 왕은 아들의 죽음이라는 불행 속에서도 드높은 성격적 강인함과 침착함을 증명해 보였다. 비록 이미 몇 주 전부터 매우 의기소침해 있었지만 말이다. 그의 정신은 최근 이상한 예감으로 흐려져 있었다. 왕은 얼마 전 티에르가 여행을 출발하기 전에 편지 한 통을 써 보냈고, 그 편지에서 죽음에 대해 매우 많이 언급했다 한다. 그러나 그는 틀림없이 자기 자신의 죽음에 대해서만 생각했을 것이다. 죽은 오를레앙 공작은 일반적으로 사랑을 받았다. 거의 숭배의 대상이었다. 그의 죽음에 대한 소식은 마른하늘에서 떨어진 벼락 같았고, 모든 계층의 민중 사이에는 슬픔의 감정이 지배했다. 어제 오후 2시에 증권 거래소에서는 희미한 불행의 소식이 떠돌았고, 증권 값은 3프랑 떨어졌다. 그러나 아무도 그 소식을 정말로 믿으려 하지 않았다. 그리고 왕자는 4시

---

5) 사망한 왕세자 오를레앙 공작의 후계자로서 그의 장남이 왕세손으로 정해졌다. 그는 당시 네 살도 채 안 되는 미성년자였다. 그런 그가 루이 필리프 왕의 유고 시에는 왕위를 물려받아야 하므로, 그럴 경우 섭정 문제가 필연적으로 대두된다. 그러나 1830년 7월 혁명 후에 제정된 헌장(憲章)에는 왕위 후계자가 미성년일 경우에 대비한 섭정 규정이 없었다. 이 섭정 규정이 하원과 상원에서 제정되어야 하는 것이다. 하이네는 이 규정이 빨리 제정되면 현재의 정치적 불안정이 많이 해소될 수 있다고 생각한다.
6) 미성년자인 왕위 후계자가 성년이 되어서 정식으로 즉위할 때까지의 공백기. 이 공백기를 맡아 다스리는 것이 섭정의 역할이다.

가 되어서 비로소 사망했다. 그래서 그의 죽음에 대한 소식은 바로 그 시간까지 많은 쪽에서 부인되었다. 5시에도 사람들은 아직 그 소식을 의심했다. 그러나 6시 정각에 극장들 앞에 가늘고 긴 하얀 종이 줄이 코미디 광고 위에 붙고 공연 취소가 공고되자, 모두 그 끔찍한 진실을 알게 되었다. 치장한 프랑스 여인들, 이들은 아주 경쾌한 발걸음으로 왔으나 보려던 연극 대신에 닫힌 극장 문을 보았고, 뇌이 인근 도로에서, **반란의 길**이라고 불리는 도로에서 일어난 그 불행한 사고 소식을 들었다. 그러자 많은 아름다운 눈들로부터 눈물이 쏟아져 내렸고, 그 아름다운 왕자를 애석해하는 탄식과 흐느낌만이 온통 장내를 가득 채웠다. 그렇게 잘생기고 그렇게 젊은 나이로 죽은 왕자, 프랑스인들이 가장 좋아하는 의미에서 충실하고 기사적인 인물, 모든 관점에서 국가적인 비탄의 대상이 될 자격이 있는 그 왕자를 향한 탄식이. 그렇다, 그는 한창 피어나는 나이에 유명을 달리했다. 밝고 용감한 청년, 그는 그렇게 순수하며 그렇게 더럽혀지지 않고 그렇게 행복한 상태에서 죽었다. 마치 꽃 속에 파묻힌 것처럼, 그 옛날 아도니스[7]같이! 그의 죽음 후 곧바로 형편없는 시와 더욱더 형편없는 아첨 떠는 산문이 그를 추모한답시고 하지 않았던들! 그러나 그런 것은 모든 아름다운 것이 이 세상에서 가져야 할 운명이다. 아마도 프랑스 국민의 가슴이 더없이 진솔하고 더없이 긍지에 찬 비통으로 가득 찬 반면에, 그리고 고인을 향해 아름다운 여자들의 눈물만이 흘러내린 것이 아니라 남자들의 자유로운 눈물도 그의 회상을 기리는 반면에, 공식적인 슬픔은 거짓으로 훌쩍거리려고 코 밑에 적지 않은 양파를 대고 있다. 심지어 궁중 어

---

7) 아도니스는 그리스 신화에 등장하는 아름다운 청년이다. 그는 사냥 중에 산돼지에 받혀 죽었는데, 그가 흘린 피에서 붉은 아네모네 꽃이 피어났다 한다.

릿광대들은 모자에 달린 종을 검은 상장(喪章)으로 감싸고 있다. 그러니 우리는 곧 희비극적 종소리를 들을 수 있을 것이다. 특히 찔찔 짜는 바보 짓거리와 유치한 감상성의 미적지근한 묽은 음료가 이 기회를 틈타서 득세할 것이다. 아마도 라피테[8]는 지금쯤이면 이미 뇌이로 숨차게 달려가서는 왕을 독일적 감동으로 감싸 안았겠고, 전 야당이 모두 눈에서 물기를 훔치고 있을 것이다. 아마도 샤토브리앙[9]은 지금쯤이면 이미 그의 감상적인 날개 달린 말에, 날개 달린 로시난테[10]에 올라타고는 왕비[11]에게 공허하게 울리는 애도시를 쓰고 있을 것이다. 역겨운 감상이고 어릿광대짓이로다! 그러나 여기에서는 숭고함과 우스꽝스러움을 구분하는 공간이 매우 작다. 이미 말했듯이 사람들은 어제 번화가의 극장들 앞에서 이 슬픈 사건이 확실하다는 것을 알게 되었다. 그러자 여기저기에서 연사를 둘러싸고 사람 무리가 형성되었다. 연사들은 좀더 자세한 상황을, 다소간 첨가하고 윤색하여 이야기했다. 평소에는 결코 청중을 끌지 못하는 많은 늙은 떠버리꾼들은 이 기회를 이용해 주의 깊게 듣는 청중을 주위로 불러 모으고, 공공의 호기심을 연설 솜씨를 위해 이용하려고 했다. 보드빌 극장[12] 앞에서는 한 작자가 서서 아주 특별히 격정적으로 열변을 토하고 있었다. 「페드르」에서의 테라멘처럼. **그는 그의 전차(戰車)에 탔습니다**[13]

---

8) Jacques Laffitte(1767~1844): 은행가이자 대표적 야당 의원으로서 루이 필리프 정부에 비판적인 인물.

9) 10장 참조.

10) 세르반테스의 『돈키호테』에서 주인공 돈키호테의 애마 이름.

11) 루이 필리프 왕의 부인 Marie-Amélie(1782~1866).

12) 노래, 곡예, 버라이어티 쇼 등 여러 가지를 상연하는 극장, 바리에테Variétés.

13) 이 말은 라신의 비극 「페드르Phédre」(페드라) 5막 6장에서 왕자의 스승 테라멘이 이폴리트(히폴리토스) 왕자의 죽음을 테제(테세우스) 왕에게 고하는 장면의 첫번째 대사이다.

기타 등등. 대체로 소문에 따르면 왕자는 마차에서 추락했고, 그의 칼이 부러졌으며, 부러진 칼의 윗부분이 왕자의 가슴을 뚫고 들어갔다 한다. 목격자 하나는 왕자가 그래도 몇 마디 말을, 그러나 독일어로 했다고 주장했다.[14] 그건 그렇다 치고, 어제는 어디에나 고통스러운 고요함이 지배했다. 그리고 오늘도 파리에는 아직은 어떤 소요의 기색도 나타나지 않고 있다.

48

파리, 1842년 7월 19일

죽은 오를레앙 공작은 계속해서 이야깃거리의 중심 주제이다. 한 사람의 죽음이 이처럼 일반적인 슬픔을 야기한 적은 결코 없었다. 혁명이 아직은 완전히 발효가 끝나지 않은 프랑스에서 한 군주에 대한 사랑이 이처럼 깊숙이 뿌리를 내리고 이처럼 대규모로 나타날 수 있다는 것은 참 이상한 일이다. 그들의 모든 희망을 이 젊은 왕자에게 건 부르주아지뿐 아니라 하층 민중 계급도 그의 상실을 애통해했다. 7월 축제[1]가 뒤로 미뤄지고 콩코르드 광장에서 조명 목적으로 세워졌던 비계가 철거되었을 때, 민중이 뜯겨진 들보나 널빤지 위에 앉아서 소중한 왕자의 죽음을

---

14) 오를레앙 공작의 부인 헬레네 루이제 엘리자베트Hélène Luise Elisabeth는 독일 출신 귀족이다.
 1) 1830년에 일어난 7월 혁명을 기념하기 위한 축제로 7월 27~29일 사이에 열린다.

비통해하는 모습은 정말 가슴 아픈 광경이었다. 모든 사람의 얼굴은 비탄으로 그늘져 있었다. 그런데 아무런 말도 하지 않는 사람들의 비통함이 가장 웅변적이었다. 그들은 가장 정직한 눈물을 흘렸고, 그렇게 울던 사람들 중에는 틀림없이 담배 연기 자욱한 술집에서 자신의 공화주의를 떠벌리는 사람들까지도 상당히 많았을 것이다.

　　그러나 프랑스에게 젊은 왕자의 죽음은 진실로 불행이다. 그는 사람들이 기리는 것처럼 그렇게 높은 덕성의 소유자가 아닐 수도 있다. 그럼에도 불구하고 프랑스인들은 눈물을 흘릴 충분한 이유가 있다. 그들이 미래를 생각한다면 말이다. 섭정 문제에는 이미, 유감스럽게도 사려 깊은 사람들뿐 아니라, 모든 사람이 몰두해 있다. 많은 터무니없는 생각이 이미 장마당에 풀려 나왔다. 간계(奸計) 또한 이 문제에 생각의 혼란을 부추기고, 이 혼란을 당파 목적에 이용하려고 한다. 그러나 이러한 혼란은 어떤 경우에도 심각한 결과를 가져올 수 있는 것이다. 느무르 공작[2]은 정말 사람들이 지나치게 열정적으로 주장하는 것처럼, 지고하신 민중님들에게 최고로 미움을 받고 있는가? 나는 그것에 대해 판단을 내리지 않겠다. 또 그가 왜 미움을 받는지 원인을 조사할 생각은 더욱더 없다. 이 왕자의 외양에 나타나는 고상함, 세련됨, 접근을 거부하는 자세, 귀족풍이 아마 본래 탄핵 이유일 것이다. 오를레앙의 외양은 고귀했다. 느무르의 외양은 귀족적이다. 그러나 외양이 내면과 상응한다고 할지라도, 그것이 느무르 왕자가 얼마 동안 민주주의의 기수로서 민주주의에 최고의 봉사를 하는 데 덜 적합하다는 이유가 될 수 없다. 이 직책이, 상황의 힘을 통해, 그에

---

2) Duc de Nemours, 죽은 오를레앙 공작의 바로 아래 동생. 루이 필리프 왕은 느무르 공작을 섭정으로 선호했으나, 그는 민중에게 호감을 사지 못했다.

게 개인적 감정을 극도로 억누를 것을 명하기 때문이다. 그럴 것이 여기에는 그의 미움을 받는 머리가 걸려 있는 것이다. 나는 더 나아가서 다음과 같이 확신한다. 사람들이 맹목적 호감으로 추종하는 민중의 총아보다는 사람들이 별로 신임하지 않는, 그래서 끊임없이 관리하는 통치자가 민주주의의 이익에 덜 위협적이라고. 민중의 총아도 결국은 그저 인간이고 변하기 쉬운 피조물일 따름이며, 시간의, 그리고 자기 본성의 변화 법칙에 종속되어 있기 때문이다. 참으로 인기 있던 왕세자들이 많이들 미움을 받고 종말을 고하는 것을 우리는 보지 않았는가! 예전의 총아들과 관련해서 민중은 얼마나 잔인하게 변덕을 부렸던가! 특히 프랑스의 역사는 탄식할 만한 사례를 많이 갖고 있다. 민중은 어린 루이 14세를 둘러싸고 요란한 기쁨의 환호성을 울리지 않았던가! 그러나 그들은 눈물 한 방울 흘리지 않는 냉정한 마음으로 그 노인네가 묻히는 것을 보았다.[3] 루이 15세는 정당하게 **친애왕**(親愛王, Le bien-aime)으로 불렸으며, 프랑스인들은 처음에는 진실로 자식 사랑하듯이 그를 섬겼다. 그러나 그가 죽자 사람들은 웃었고, 그에게 저속한 노래를 휘파람으로 불어댔다. 사람들은 그의 죽음을 기뻐한 것이다. 그의 후계자인 루이 16세는 더욱 심한 일을 당했다. 그는 왕세자로서 거의 숭배되다시피 했고, 통치 초기에는 모든 완전함의 귀감으로 인정되었다. 그런 그가 백성에게 개인적으로 학대당했고, 심지어 생명이 단축되었다. 그 유명한 불경스러운 방법으로, 콩코

---

3) 루이 14세는 모후와 마자랭Mazarin의 후견하에 다섯 살이란 어린 나이로 왕위에 올랐다. 마자랭의 죽음 후 그는 독자적 통치를 시작했으며 정치적·경제적·문화적으로 프랑스에 큰 번영을 가져왔고, 그래서 '태양왕'으로 불리기도 했다. 그러나 자기 과시적 통치와 많은 정복 정책으로 국고를 탕진했고, 그 결과 국민의 큰 불만을 야기했다.

르드 광장에서.[4] 이 혈통의 마지막 왕인 샤를 10세는 왕좌에 올랐을 때 절대로 인기가 없지 않았다. 그때 민중은 그를 표현할 수 없을 정도의 열광으로 환영했다. 그러나 몇 년 후 그는 호송을 받으며 국외로 추방되었고, 망명지에서 힘든 죽음을 맞이했다.[5] 죽기 전에는 아무도 행복하다고 칭송하지 말라는 솔론[6]의 격언은 아주 특별히 프랑스의 왕들에게 들어맞는다. 그러니 우리 오를레앙 공작의 죽음을, 그가 민중에게 많은 사랑을 받았고 또 그에게 아름다운 장래가 약속되어 있었다는 이유가 아니라, 그가 한 인간으로서 우리의 눈물을 받을 만한 가치가 있었다는 이유로 슬퍼하자. 우리는 또 그의 죽음의 이른바 명예롭지 않은 방식, 이 죽음의 무의미한 우연성에 대해[7] 그렇게 비통해하지 말자. 그의 머리가 평범한 돌멩이에 부딪혀 깨진 것이 어느 프랑스인이나 독일인의 총알이 그에게 죽음을 가져다준 것보다는 더 좋은 일이다. 왕자는 그가 일찍 죽을 것이라고 예감하고 있었다. 그러나 전쟁이나 또는 폭동의 와중에서 전사할 것이라고 말했다 한다. 어떤 위험에도 굴복하지 않는 그의 기사적 용기를 생각해보면, 그럴 가능성은 매우 컸다. 루이 필리프, 이 참을성 많은 왕은 모든 사람의 마음을 경외심으로 채울 만큼 절제 있는 행동을 보여주었다. 불행 속에서 그는 자신의 진실한 크기를 보여준다. 그의 가슴은 이루 말할 수 없는 슬픔으로 피를 흘리고 있으나, 그의 정신은 굴복

---

4) 프랑스 혁명 후 루이 16세는 1793년 1월 21일 콩코르드 광장에서 참수되었다.

5) 샤를 10세는 영국, 스코틀랜드, 프라하의 망명지를 떠돌다가 이탈리아의 고리치아에서 사망했다.

6) Solon(기원전 ?640~?560): 고대 그리스 아테네의 정치가이자 시인. 그리스의 7대 현자 중 한 명.

7) 오를레앙 공작이 전쟁에서, 또는 다른 영웅적 행위로 죽은 것이 아니라 마차 사고로 죽은 것을 말한다.

하지 않았다. 그는 밤낮을 가리지 않고 일하고 있다. 사람들은 바로 지금 보다, 세계의 안정이 그의 삶에 달린 지금보다 그의 건재의 가치를 더 깊이 느낀 적이 결코 없었다. 용감히 싸우시오, 그대 상처 받은 평화의 영웅이여!

49

파리, 1842년 7월 26일

왕의 의회 개원(開院) 연설[1]은 짧고 간결하다. 이 연설은 아주 품위 있는 방식으로 가장 중요한 것을 말하고 있다. 왕이 몸소 연설문을 작성했다. 그의 고통은 청교도적인, 또는 공화주의적이라고도 말하고 싶은 검소함에서 나타난다. 평소에는 아주 수다스럽던 왕은 그 이후로 매우 말수가 줄었다. 며칠 전 튈르리 궁에서의 말 없는 조문(弔問) 접견에는 그 어떤 기이한 우수(憂愁)가, 거의 유령 같은 그 무엇이 자리했다. 말한마디 없이 천여 명이 넘는 사람들이 왕 앞을 거쳐 지나갔고, 왕은 묵묵히 슬퍼하며 그들을 바라보았다. 소문에 의하면 예고된 노트르담 성당에서의 진혼 미사는 열리지 않는다고 한다. 왕은 아들의 장례식에 음악이 연주되는 것을 원하지 않는다 한다. 음악은 너무나 유희와 축제를 연상시키기 때문이란다. 섭정직이 큰며느리가 아니라 그의 차남에게 넘

---

1) 1842년 7월 26일의 상, 하원 공동 개원식에서 루이 필리프 왕이 한 국정 연설. 하이네는 이 개원식을 직접 관람한 것으로 알려져 있다.

겨지는 것을 보고 싶어 하는 그의 소망은 건의문에서 충분히 암시되었다. 이 소망에 대한 반대는 그리 크지 않을 것이고, 느무르는 섭정이 될 것이다. 이 직책이 아름답고 슬기로운 공작 부인에게 더 합당하지만서도. 그녀는 여성적 완전함의 모범이며, 죽은 남편에게 조금도 부족하지 않은 여자다. 어제 사람들이 말하기로는 왕은 손자인 파리 백작을 의회에 데려갈 것이라 했다. 많은 사람이 이를 원했고, 그랬다면 그 장면은 틀림없이 매우 감동적이었을 것이다. 그러나 왕은 지금, 이미 말했듯이, 봉건 왕조의 파토스를 상기시키는 모든 것을 피하고 있다. 여자 섭정에 대한 루이 필리프의 거부감에 대해서는 그의 많은 발언이 대중에게 알려졌다. 소문으로는 그는 가장 어리석은 남자가 가장 현명한 여자보다 항상 더 좋은 섭정이 될 것이라고 말했다 한다. 그래서 그는 느무르를 현명한 헬레네보다 더 우월하다고 생각한 것일까?

50

파리, 1842년 7월 29일

파리 시 의회는 바스티유 광장에 서 있는 모형 코끼리를 처음에 의도했던 것과는 달리 부수지 않고 청동 주물을 만드는 데 이용하여, 거기서 나오는 기념물을 뒤 트론 문(門)의 입구에 세우기로 결의했다.[1] 이

---

[1] 나폴레옹은 바스티유 광장에 코끼리 모양의 분수를 세우려고 했으나 석고 코끼리 모형으로 대체되었다. 뒤 트론 문Barrière du Trône은 현재의 나숑 광장Place de la Nation

런 시 의회의 의결에 대해서 포부르 생탕투안과 포부르 생마르소의 민중
은,[2] 높은 계층의 사람들이 섭정 문제에 대해서 논하는 것에 거의 필적
할 정도로 많은 말을 하고 있다. 석고로 된 그 거대한 코끼리는 나폴레
옹 황제 시대에 이미 세워졌는데, 나중에는 이것이 7월 혁명을 기념하기
위해 사람들이 바스티유 광장에 세우려고 생각한 기념비의 모델이 되기
로 예정되었다. 그러나 그 후 사람들은 달리 생각했고, 그 영광스러운 사
건을 찬양하기 위해서 거대한 7월 기둥을 건립했다. 그런데 이 코끼리를
치워버리는 일이 큰 걱정을 야기했다. 좀더 자세히 설명하자면, 민중 사이
에는 코끼리 안에 엄청난 숫자의 쥐들이 둥지를 틀었다는 기분 나쁜 소
문이 떠돈 것이다. 그런고로 이 거대한 석고 동물을 해체하면 작은, 그러
나 매우 위험한 혐오스러운 짐승들이 무수히 쏟아져 나와서 포부르 생탕
투안과 포부르 생마르소에 퍼질 것이 걱정스럽다고들 한단다. 모든 여성
분들이 이 위험에 대한 생각으로 부들부들 떨었고, 심지어는 남성분들까
지도 이 긴 꼬리 손님의 침공에 대한 공포심에 사로잡혔다. 시 당국에 더
할 수 없이 공손하고도 간절한 청원이 제출되었고, 그 결과로 커다란 석
고 코끼리의 해체는 연기되었다. 그 이래로 이 코끼리는 몇 년 동안이나
끄떡없이 바스티유 광장에 서 있다. 이상한 나라다! 일반적 파괴 욕구에
도 불구하고 많은 것이 그대로 남아 있다. 사람들이 대체로 그것들의 자
리에 들어설 수도 있는 더 나쁜 것들을 두려워하기 때문이다! 이들은 루
이 필리프라는 영리한 코끼리를 아주 기꺼이 치워버릴 것이다. 그러나 이
들은 그렇게 되면 존귀하신 쥐왕 전하께서, 이 머리가 수천 개 달린 괴물
께서 정권을 잡을까 봐 두려워한다. 그래서 부르주아지에 적대하는 귀족

으로 당시에는 파리의 시 경계를 이루었다.
2) 포부르 생마르소와 생탕투안은 파리의 노동자 거주 지역이다.

과 성직자까지도, 눈이 완전히 멀지는 않은 자들은 이러한 이유로 해서 7월 왕좌[3]를 유지시키려고 하는 것이다. 다만 아주 우매한 자들, 귀족과 성직자 중의 도박꾼과 사기 도박꾼만이 비관론자고, 그래서 공화국이나 더 나아가서는 공화국 바로 다음에 올 수 있는 혼란에 투기하고 있다.

부르주아지 자신도 마찬가지로 파괴의 악령에 사로잡혀 있다. 그러나 그들이 비록 공화국 정도는 두려워하지 않는다고 해도 공산주의에 대해서는, 마치 쥐 떼처럼 현 정권의 잔해에서 쏟아져 나오게 될 그 음울한 친구들에 대해서는, 본능적 공포심을 갖고 있다. 그렇다, 전과 같은 유형의 공화국[4] 정도는, 약간의 로베스피에르주의조차도, 프랑스의 부르주아지는 두려워하지 않을 것이다. 이들은 이런 정부 형태와 가볍게 화해하고서는 침착하게 경비를 서서 튈르리 궁을 보호할 것이다. 이 궁 안에 루이 필리프가 살든 아니면 공안위원회[5]가 자리 잡고 있든 간에 가리지 않고서 말이다. 그럴 것이 부르주아지는 무엇보다도 질서를 유지하고 기존하는 사유재산권을 지키려고 하기 때문이다. 그리고 이는 공화정도 왕정과 마찬가지로 들어줄 수 있는 요구이다. 그러나 앞에서 언급했듯이 이들 상점 주인은 본능적으로 예감하고 있다. 오늘날의 공화국은 1790년대의 원칙들을 대변하지 않을 것임을, 오로지 형태만이 같을 것임을, 그리고 그 안에서는 하나의 새로운, 전대미문의 프롤레타리아트 지배가 재산 공유제의 교리를 관철하리라는 것을. 부르주아들은 내적 충동

---

3) 7월 혁명 후 왕위에 오른 루이 필리프 왕을 가리킨다.

4) 프랑스 혁명 후 1792년 9월 21일에 세워진 제1공화국. 이 공화국은 10년 만에 나폴레옹에 의해 폐기되고 프랑스는 제정(帝政)으로 돌아갔다.

5) '공안위원회'는 하이네에게 급진적이며 과격한 혁명주의자를 지칭하는 상징적 의미를 지닌다.

이 아니라 외적 필연성으로 해서 보수주의자가 된 것이다. 여기서는 두려움이 모든 것의 지주다.

이 두려움이 앞으로도 오랫동안 지속될까? 프랑스의 국민성인 경박함이 어느 이른 아침 이들의 머리를 사로잡게 되고, 그래서 가장 두려워하던 자들도 혁명의 소용돌이에 휩쓸려들지 않을까? 나는 모른다. 그러나 그것은 가능하다. 파리에서의 선거 결과는[6] 이것이 가능할 수 있다는 징후이기도 하다. 프랑스 사람들은 기억을 오래 간직하지 못하고, 그들의 가장 올바른 걱정까지도 잊어버린다. 그러기에 이들은 그렇게 자주 신이 이 지상에 공연하는 엄청난 비극에 배우로서, 아니 주역 배우로서 등장하는 것이다. 다른 민족들은 그들의 위대한 격동기를, 그들의 역사를, 오로지 청년기에 체험한다. 자세히 말하자면 아무런 경험도 없이 행동으로 뛰어드는 청년기에 말이다. 그럴 것이 후에는, 좀더 성숙한 연령이 되면, 결과를 고려해서 이들 민족은 개인과 마찬가지로 성급한 행동을 삼가기 때문이다. 그래서 자신의 의지나 호불호가 아니라 오로지 외적 필연성이 이들을 세계사의 투기장으로 몰아넣는 것이다. 그러나 프랑스인들은 항상 청년기의 경박함을 간직하고 있다. 그래서 그들이 어제 그처럼 많이 행동하고 고통을 겪었다 하더라도 오늘은 그것에 대해 생각하지 않는다. 과거는 그들의 기억 속에서 사라지고 새 아침이 그들을 새로운 행동과 새로운 고통으로 몰아간다. 그들은 늙지 않으려고 한다. 그들은 아마도 젊음 자체를 유지할 수 있다고 믿는 듯하다. 그들이 젊음의 우매함과, 젊음의 근심 걱정 없음과, 그리고 젊음의 관용과 결별만 하지 않으면 말이

---

6) 야당이 집권 세력인 보수 정당에게 큰 승리를 거둔 하원의원 선거. 파리에서 여당 의원은 2명인 반면 야당 의원은 12명이 당선되었다. 46장 참조.

다! 그렇다, 관용. 용서함에서 거의 치기 어린 선량함이 프랑스 사람들의 성격적 특성 중 하나다. 그러나 나는 이 덕성이 그것이 가진 결함과 함께 건망증이라는 같은 샘에서 흘러나온 것이라는 사실을 지적하지 않을 수 없다. 프랑스 사람들에게 '용서하다'라는 단어는 실질적으로 '잊는다', 즉 '모욕당한 것을 잊는다'라는 단어와 상응한다. 이것이 사실이 아니라면 파리에서는 날마다 살인과 살해 사건이 일어날 것이다. 여기에서는 걸음마다 서로 간에 살인죄가 존재하는 사람들이 마주치기 때문이다.

프랑스인들의 이러한 특징적 선량함은 이 순간 아주 특별히 루이 필리프 왕과 관련해서 나타나고 있다. 민중 사이에 있는 왕의 가장 고약한 적들도, 샤를 10세 추종자들을 제외하고는, 왕의 가정적 불행에 감동적인 조의(弔意)를 표명했다. 왕이 이제 다시 인기를 얻고 있다고 주장하고 싶을 지경이다. 어제 나는 노트르담 성당 앞에서 장례식 준비를 보면서 그곳에 모인 짧은 재킷[7]들의 대화에 귀를 기울였는데, 다른 이야기들 중 다음의 소박하고 단순한 말도 들었다. 왕은 이제 편안하게 파리에서 산책을 나설 수 있고, 아무도 그를 향해 총을 쏘지는 않을 것이란다. (이 무슨 인기인가!) 모든 사람의 사랑을 받았던 오를레앙 공작의 죽음은 그의 아버지에게 가장 고집 센 자들의 마음도 다시 얻어 주었다. 그래서 왕과 민중 간의 결혼은 공통의 불행한 사건을 통해, 말하자면 새롭게 축복을 받은 셈이다. 그러나 초상(初喪)의 이 검은 밀월이 얼마나 오래 지속될까?

---

7) 짧은 재킷carmagnoles은 보통 급진적인 자코뱅 당원이나 공화주의자를 지칭한다.

51

파리, 1842년 9월 17일

　4주간의 여행을 마친 후 나는 어제부터 다시 이곳 파리에 있다. 고백하거니와, 우편마차가 사랑하는 큰길들의 포석(鋪石) 위를 굴러갈 때, 미소 짓는 아가씨들의 얼굴이 보이는 처음 만난 화장품점들을 지나갈 때, 감초 주스 행상들의 종소리를 들을 때, 그리고 파리의 사랑스럽고 문명화된 공기가 다시 불어올 때, 내 마음은 환호성을 질렀다. 나는 거의 행복한 기분이었고, 처음 만난 국민군 병사를 얼싸안을 뻔했다. 그의 온순하고 선량해 보이는 얼굴은 거칠고 텁수룩한 곰털 모자 아래 익살맞게 드러나 있었다. 그의 총검은 정말로 그 어떤 지적인 것을 지니고 있었고,[1] 그래서 다른 군대들의 총검과는 구분된다. 우리를 안심시켜주기에. 그러나 왜 파리로 귀환한 기쁨이 이번에는 이토록 열광적인 것일까, 마치 내가 고향의 사랑스러운 땅을 다시 밟는 듯한, 조국의 말소리를 다시 듣는 듯한 그런 생각이 들 정도로? 왜 파리는 이 도시에서 몇 년을 보낸 이방인들에게 이런 마력을 발휘할까? 이곳에 정주하는 많은 착한 동포들은 독일 사람들에게 바로 이 파리보다 더 고향처럼 느낄 수 있는 곳은 세계의 그 어느 곳에도 없다고, 그래서 프랑스 자체가 마침내는 우리 마음속에서 독일이 된다고 주장한다. 프랑스적인 독일이긴 하지만.

---

1) 프랑스의 국민군Garde Nationale은 프랑스 혁명 후에 대부분 교육받은 시민 계급 출신 의용병으로 구성되었으며, 당시 유럽에서 군대의 대부분을 차지한 거칠고 무식한 용병 (傭兵)들과 확연히 구분된다. 하이네가 말한 "지적인 것"은 이 사실에 대한 비유로 보인다. 그러나 하이네는 이 '지적인' 국민군이 다른 군대와 마찬가지로 잔인한 행태를 보인 것을 여러 차례 비난했다. 따라서 위의 문장은 반어적 풍자로 이해할 수 있을 것이다.

그러나 이번 귀환의 기쁨은 두 배나 더 컸다. 내가 영국에서 돌아왔기에 말이다. 그렇다, 영국에서, 비록 영불 해협을 배로 건너지는 않았지만. 좀더 정확히 말하자면 나는 4주를 불로뉴쉬르메르[2]에서 지냈는데, 그곳은 이미 하나의 영국 도시이다. 그곳에서는 보이는 것은 오로지 영국 사람들이고, 아침부터 저녁까지 들리는 것은 오직 영어뿐이다. 심지어는 밤에도 영어를 들어야 한다. 재수 없게 깊은 밤까지 차와 그로크주(酒)를 마시며 정치를 논하는 벽 건너 이웃을 만나면 말이다! 4주 동안 나는 그저 에고이즘의 그 쉿쉿 소리[3]만 들었다. 이 에고이즘은 모든 음절에서, 모든 강조에서 울려 나온다. 한 민족 전체를 한데 싸잡아 악평을 하는 것은 물론 끔찍하게 부당한 짓이다. 그러나 영국인들과 관련해서는 지금 이 순간의 내 불만이 나를 그런 짓거리로 유혹할 수도 있다. 영국인이라는 집단을 볼 때면 나는 정신적 능력과 자유에 대한 사랑으로 뛰어났던 그 많은 용감하고 고귀한 사람들을 쉽사리 잊어버린다. 그러나 이들, 즉 영국의 시인들은 다른 영국인과는 항상 아주 날카로운 대조를 이루었다. 이들은 그들의 민족적 상황에서 고립된 순교자였다. 그리고 또 위대한 천재는 그들이 태어난 특정 국가에 속하는 것이 아니다. 그들은 이 지상에, 그들 고통의 형장(刑場)인 이 지상에 속한다고 하기도 어려운 존재다. 대다수의 영국인들, 이 철두철미한 영국인들은——신이여, 내 죄를 용서하소서——내 영혼 속 가장 깊숙한 곳에서부터 혐오스럽다. 때로 나는 그들을 동료 인간으로 생각하지 않는다. 나는 그들을 에고이즘이라는 태엽이 안에 들어 있는 오토매틱으로, 기계로 간주한다. 그럴 때

---

2) Boulogne-sur-mer, 데파르트망 파드칼레Departement Pas-de-Calais에 있는 도시. 잘 알려진 여름 휴양지.
3) 치찰음(齒擦音).

면 내게는 그들이 생각하고, 느끼고, 계산하고, 기도하는 톱니바퀴 돌아가는 소리가 들리는 듯하다. 그들의 기도, 금박 입힌 기도서를 팔에 끼고 영국 국교 교회로 향하는 기계적인 행보, 어리석고 지루한 주일 의식, 경건한 척하는 서투른 행위는 내게는 더할 수 없이 혐오스럽다. 나는 굳게 믿고 있다. 신에게는 저주하는 프랑스인이 기도하는 영국인보다 더 호감이 갈 것이라고! 이 철두철미한 영국인들은 또 다른 때에는 내게 황량한 유령같이 보인다. 내게는 이들 조야한, 뺨이 붉은 유령들이, 쨍쨍한 햇빛 아래서 땀 흘리며 이리저리 배회하는 유령들이 한밤중 유령의 시간에 출몰하는 창백한 그림자보다 훨씬 더 기분 나쁜 존재다. 게다가 예의라고는 눈곱만큼도 없으니. 버릇없는 팔다리로, 뻣뻣한 팔꿈치로 이들은 아무 데서나 밀치고 찬다. 그러면서도 점잖은 말로 용서를 구하는 법이 없다. 피가 뚝뚝 떨어지는 고기를 처먹는 이 붉은 머리의 야만인들이 중국인들에게야말로 얼마나 가증스러웠을까.[4] 예의를 타고나는 중국인들, 잘 알려진 것처럼 하루의 3분의 2를 이 민족적 덕성의 수련을 위해 무릎을 꿇고 절을 하며 머리를 조아리는 그 중국인들에게!

고백하거니와, 영국인들에 대해 말할 때 내가 완전히 공평무사한 것은 아니다. 그리고 내 잘못된 판단, 내 혐오감은 아마도 나 자신의 안녕에 대한 걱정, 조국 독일의 행복한 평화와 안정에 대한 걱정에 근거를 두고 있을 것이다. 더 자세히 설명하자면 영국인들의 정치에도 아주 무례한 에고이즘이 판을 치는 사실을 깊이 깨달은 후부터, 내 마음은 이들에 대한 한없는, 그리고 섬뜩한 두려움으로 가득 찼다. 나는 그들의 물질적 우월성에 대해 최고의 존경심을 갖고 있다. 로마인들은 난폭한 힘

---

4) 중국인들의 영국 증오를 언급함으로써 하이네는 1839년 11월부터 1842년 8월까지 지속된 1차 아편 전쟁을 암시하는 듯하다.

으로 세계를 억압했다. 바로 그 난폭한 힘을 영국인들은 아주 많이 갖고 있다. 그러나 영국인들은 로마의 늑대 같은 탐욕을 카르타고[5]의 뱀 같은 교활함과도 합일시켰다. 우리는 전자에 대해서는 좋은 그리고 효능이 입증된 무기들까지도 갖고 있다. 그러나 북해 카르타고[6]인들의 음모와 책략에 대해서는 무방비 상태다. 지금 영국은 그 어느 때보다도 더 위험하다. 영국의 상업적 이익이 억눌려 있기 때문이다.[7] 신의 모든 창조물 중 장사꾼보다 더 집요한 피조물은 없다. 거래가 부진해지고 고객이 이탈하며 그의 물품 창고가 더는 물건을 팔지 못하는 장사꾼 말이다.

영국은 어떻게 그런 사업 위기를 벗어날 수 있을까? 나는 어떻게 하면 공장 노동자들의 문제가 해결될 수 있는지를 알지 못한다.[8] 그러나 나는 현대판 카르타고의 정책이 선택할 수 있는 방법이 그리 많지 못하다는 사실은 알고 있다. 아마 이 이기주의자들에게는 궁극적으로 하나의 범유럽적 전쟁이 내부의 모순을 밖으로 배출해내는 몇몇 배수로를 준비하기 위한 알맞은 수단으로 보일 것이다. 그러할 경우 영국의 소수 지배층은 일차적으로는 중산층의 돈주머니에 눈독을 들일 것이다. 사실 영국 중산층의 부는 엄청나고, 급료 지불이나 하층 계급의 불만을 달래기 위해서 충분히 뜯어낼 만하다. 인도와 중국 원정을 위한 지출이 아무리 크다 해도, 그들의 재정적 궁핍이 아무리 크다 해도, 영국 정부는 이

---

5) Carthago, 혹은 Carthage. 아프리카 북부, 현재의 튀니지 일대에 있던 페니키아인 계열의 고대 도시국가. 지중해를 사이에 두고 로마와 패권 다툼을 벌였으며, 기원전 146년 제3차 포에니 전쟁에서 패배해 로마의 아프리카 속주의 일부가 되었다.

6) 북해에 있는 카르타고, 즉 영국을 가리킨다.

7) 당시 유럽 경제는 극심한 침체에 빠졌고, 이로 인해 영국이 특히 많은 타격을 받았다. 또 1833년 독일에서 관세 동맹이 성립됨에 따라 영국산 상품은 독일 시장에서 추방되었다.

8) 영국이 자국 농업을 보호하기 위해 설정한 높은 곡물 관세와 이로 인한 비싼 식료품 가격, 그리고 낡은 항해 조례로 인한 문제 때문에 노동자들의 소요 사태가 여러 차례 일어났다.

제 재정 지출을 늘릴 것이다. 그것이 그들의 목적 달성을 촉진한다면 말이다. 국내에서 적자가 클수록, 영국의 황금은 외국에서 더 풍요롭게 뿌려질 것이다. 영국은 파산 상태에 있는 상인이다. 그래서 절망한 나머지 낭비자가 되거나 아니면 오히려 목하 자신을 유지하기 위해 어떤 금전적 희생도 마다하지 않는 것이다. 이 세상에서는 돈으로 제법 뭔가를 이룩할 수 있다. 특히 모두가 행복을 이 아래 지상에서 찾기 시작한 이후에는 말이다.[9] 사람들은 상상도 하지 못할 것이다. 영국이 단지 해외 첩자들의 급료를 주는 데만 해마다 얼마나 어마어마한 액수를 지불하는지를. 그들에게 내려진 지령은 모두 범유럽적 전쟁이 발발할 경우를 위해서 계산되고 산정되었다. 사람들은 또한 상상하지 못할 것이다. 다른 한편으로 영국 첩자들이 외국에서 서로 이질적인 재능들을, 즉 덕성과 죄악을 그들의 목적을 위해 얼마나 잘 이용할 수 있는지를.

우리가 이러한 사실을 고려한다면, 센 강변이 아니라, 이념을 위한 열광과 공개된 광장이 아니라, 템스 강변에서, 외무부의 은폐된 밀실에서, 영국 공장 노동자들의 거친 굶주림의 고함 소리에서 유럽의 안정이 아주 끔찍하게 어지럽혀질 수 있다는 사실을 인지한다면, 우리가 이 사실을 고려한다면, 우리는 자주 그곳을 주시해야 하며, 지배층 인사(人士)들 외에 궁핍을 견디다 못해 밀쳐들고 몰려드는 하층 계급도 관찰해야 한다. 이들의 심해진 궁핍을 무식한 군의관은 사혈(瀉血) 요법[10]으로 치유할 수 있다고 믿는다. 그러나 그렇게 피를 뽑아내는 요법은 병세를 더 악화시킬 것이다. 아니다, 밖으로부터가 아니라, 수술용 칼이 아니라, 오로

---

9) 죽음 후 천국에서의 복락에 대비되는 지상에서의 물질적 행복.

10) 사혈Aderlass, Bloodletting. 병의 원인이 '나쁜 피'에 있다고 믿어서 피를 뽑아내어 치료하는 요법.

지 안으로부터만, 정신적 약품으로써만 병든 국가의 육체는 치유될 수 있다. 오로지 사회적 이념들만이 아주 치명적인 위난에서 벗어나는 구원을 가져올 수 있는 것이다. 그러나 생시몽[11]의 말을 빌리자면, 영국의 모든 조선소에는 어떤 위대한 이념도 존재하지 않는다. 있는 것이라고는 오로지 증기기관과 굶주림뿐이다. 소요 사태는 지금은 물론 진압되었다. 그러나 이런 소요가 자주 일어나면 그 결과로서 영국 공장 노동자들이, 지금은 그저 목면이나 양모밖에 가공할 줄 모르는 이 노동자들이, 인육(人肉)도 약간 가공해보려고 시도하고 거기에 필요한 요령을 획득하는 일이 생겨날 수도 있다. 그래서 마침내는 이들이 이 잔인한 작업을 그들의 동료인 리옹과 파리의 노동자들과 마찬가지로 용감하게 실행에 옮길 수도 있게 될 것이다.[12] 그렇게 되면 마침내는 나폴레옹을 격파한 원수(元首) 웰링턴 경이, 지금 다시 군의관 대장직을 맡은 그가, 런던 한복판에서 그의 워털루를 발견할 수도 있을 것이다. 같은 방식으로 그를 따르던 미르미돈족[13] 병사들이 주인에게 더는 복종하지 않는 경우도 쉽사리 생겨날 수 있다. 지금 이미 영국 군대에는 그런 의식을 보여주는 심각한 징후들이 나타나고 있다. 지금 이 순간 런던 탑 감옥에는 민중을 향해 발포하는 것을 거부한 병사들 50명이 수감되어 있다. 영국의 붉은 상의(上衣)[14]들이 장교의 명령이 아니라 인간성의 목소리에 복종했다는 것은, 그들이 **꼬리 아홉 개 달린 고양이**the cat of nine tails라고 명명된 채찍을, 영국

---

11) Claude Henri de Rouvroy, comte de Saint-Simon(1760~1825): 프랑스의 초기 사회주의 이론가. 그의 이론은 19세기 유럽 철학과 사회주의 운동에 큰 영향을 미쳤다.

12) 1831년 리옹에서는 비단 직조공의 대규모 폭동이 발생했다.

13) 남부 테살리아에 거주하는 종족. 그리스 신화에 따르면 이 종족은 아킬레우스를 따라 트로이 전쟁에 참여했다. 여기서는 웰링턴 공작에 충성하는 경찰과 군대를 가리킨다.

14) 당시 영국군은 붉은 상의의 제복을 착용했다.

적 자유의 자랑스러운 수도 한복판에서 항상 그들의 영웅적 등판을 위협하는 그 채찍을, 대영 제국의 가죽 채찍을 생각하지 않았다는 것은 정말 믿기 어려운 일이나 그럼에도 불구하고 사실이다! 여인네들이 울면서 군인들을 향해 마주 서서는 "총알은 필요 없다, 우리는 빵이 필요하다"고 외쳤다는 것을 신문에서 읽어보면 가슴이 찢어지는 듯하다. 남자들은 공손하게 팔짱을 끼고는 말했다 한다. 당신들은 우리와 우리 아이들 말고 배고픔을 쏘아 죽이시오. 일반적인 외침은 "쏘지 마시오, 우리는 모두 형제들이 아니오!"였다 한다.

그런 형제애의 간청은 내게 프랑스 공산주의자들을 상기시킨다. 그들에게서도 때때로 비슷한 말투를 들었기 때문이다. 내가 특히 리옹에서 주목하게 된 이 말투는 특이하거나 진하게 채색된 것은 결코 아니었다. 자극적이지도 않고 독창적이지도 않았다. 오히려 그 반대였다. 공산주의자 무리가 입에 올린 그 말투는 아주 진부하고 아주 평범한 보통 말이었다. 그러나 그 프로파간다의 힘은 특정한 하소연이나 특정한 요구에 대한 잘 표현된 설명서가 아니다. 그 힘은 아주 애처롭고 거의 동감을 유발하는 음조에 있다. 이런 음조로 그들은 예를 들면 "우리는 모두 형제다" 등 진부하기 짝이 없는 것을 말한다. 이런 음조, 그리고 필요한 경우 은밀한 악수가 이런 말들에 대한 설명을 이루고, 또 이 말들에 세계를 뒤흔드는 의미를 부여하는 것이다. 프랑스 공산주의자는 영국 공장 노동자와 아주 동일한 입장에 있다. 다만 프랑스인이 이념에 의해 더 많이 움직이고, 반면에 영국인은 철두철미하게 굶주림에 쫓겨 움직이고 있다.

영국에서의 소요 사태는 지금 이 순간 진정되었다.[15] 그러나 단지 지

---

15) 영국의 산업 지역에서는 1842년 8월 중순부터 9월까지 파업 노동자들의 단식 투쟁이 계속되었다.

금 이 순간에만 그러하다. 폭동은 그저 미루어진 것이고, 매번 더 강해진 힘으로 새롭게 일어날 것이며, 더 위험해질 것이다. 그럴 것이 폭동은 항상 적당한 때를 기다리는 능력을 갖고 있기 때문이다. 많은 징후로 미루어 보면, 영국 공장 노동자의 저항 운동이 과거 아일랜드 가톨릭교도의 저항 운동처럼,[16] 실질적으로 조직된 것이 분명하다. 인민헌장[17]주의자들은 이 위협적인 힘을 그들의 이해관계를 위해 끌어들이고 또 어느 정도 규율 훈련을 시킬 줄 알았다. 인민헌장주의자들과 불만에 찬 공장 노동자들의 동맹은 아마도 현재 가장 중요한 현상일 것이다. 이 동맹은 아주 간단한 경로로 이루어졌다. 그리고 이 동맹은 아주 자연스러운 것이기도 하다. 비록 인민헌장주의자들이 특정한 강령을 가진 순수한 정치적 정당으로 자신들을 나타내기를 좋아하고, 반면에 공장 노동자들은 위에서 이미 언급한 것처럼 그저 불쌍한 날품팔이 일꾼임에도 불구하고 말이다. 이 날품팔이 일꾼들은 굶주림으로 해서 거의 말도 못할 지경이고, 정부 형태야 어떻든 간에 그저 먹을 빵만을 요구하고 있다. 그러나 말이 한 당파의 가슴속 내면의 생각을 알려주는 일은 거의 없다. 말은 그저 외적인 식별 표시이며, 언어화한 모자 장식과 같은 것이다. 인민헌장주의자들은 겉으로는 정치적 문제에 국한하는 듯한 모습을 보여준다. 그러나 마음속에는 소망을 품고 있다. 굶주린 직공들의 아주 막연한 감정과 깊이 일치하는 그런 소망을. 그리고 이 직공들은 이들대로 어쨌든 인민헌장주의자들의 강령을 그들의 투쟁 함성으로 선택할 수 있다. 물론

---

16) 아일랜드 가톨릭교도가 법률적 평등과 아일랜드 독립을 쟁취하기 위해 벌인 해방 운동.

17) 인민헌장 운동은 1837년부터 1848년까지 계속된 영국 노동 계급의 정치 개혁 운동이다. 차티즘Chartism은 1838년 '인민헌장'에서 유래했는데, 이 운동의 가장 중요한 목표는 보통 선거, 평등 선거, 비밀 선거를 실현할 수 있는 의회 개혁이었다. 인민헌장 운동은 역사상 최초의 대규모 노동자 해방 운동이다.

그들의 원래 목적을 등한히 하지 않으면서 말이다. 좀 자세히 설명하자면 인민헌장주의자들의 요구는 다음과 같다. 첫째, 의회는 단원제(單院制)여야 한다. 그리고 해마다 선거를 통해 새롭게 구성되어야 한다. 둘째, 비밀 투표를 통해 투표자의 독립성이 보장되어야 한다. 최종적으로는 영국인으로 태어난 사람은 모두 성년이 되면 선거권과 피선거권을 가질 수 있어야 한다. 그것으로는 여전히 우리의 배를 채울 수 없다고 굶주림의 고통을 겪는 노동자들은 말한다. 법률책이든 요리책이든 간에 그것으로 사람들이 배부를 수는 없다. 그리고 우리는 배고프다. "제발 기다려라", 인민헌장 운동가들은 응답한다. "지금까지 의회에는 오직 부유한 자들만이 앉아 있었다. 그리고 이자들은 오로지 자기 재산의 이해관계만을 배려했다. 그러나 새로운 선거법을 통해, 즉 인민헌장을 통해서는 직공이나 직공 대표도 의원이 될 수 있다. 그렇게 되면 충분히 증명될 것이다. 노동도 다른 모든 재산과 마찬가지로 소유권을 요구할 수 있다는 것이, 그리고 공장 주인에게는 노동자의 일당을 제 맘대로 깎아 내리거나 또는 이웃의 동산이나 부동산을 침해하는 일이 허용될 수 없다는 것이. 노동은 인민의 재산이다. 그러니 노동으로부터 생성되는 소유권에 대해 새롭게 태어난 의회가 법적 효력을 부여하고 보호해야 한다." 한 걸음 더 나아가서 이 사람들은 노동이 인민의 권리라고 말한다. 그리고 이 권리가 필연적으로 노동 대가에 대한 권리를 초래하기에, 인민헌장 운동은, 재산 공유제까지는 아닐지라도 현 사회의 주추 기둥인 지금까지의 소유권 개념을 뒤흔드는 데에 이를 것이다. 그러므로 그 논리를 수미일관 따라가면, 인민헌장 운동의 시작에는 하나의 사회적 변혁이, 프랑스 혁명쯤이야 아주 온건하고 검약한 것으로 보이게 할 변혁이 잠재하는 것이다.

여기에 다시금 프랑스인과 상반되는 영국인의 위선과 사실적 의식이 드러난다. 인민헌장주의자들은 합법적 형식 속에 그들의 테러리즘을 감추고 있다. 반면에 프랑스의 공산주의자들은 그들의 테러리즘을 솔직하고 숨김없이 말로 나타낸다. 물론 공산주의자들도 그들 원칙의 최종 결론을 그대로 말하는 데는 아직은 약간 두려움을 갖고 있다. 그래서 사람들이 그들의 우두머리와 토론할 때면, 이들은 공산주의자가 소유권을 철폐하려 한다는 비난에 대해 자신들을 변호하고 나선다. 이들은 소유권의 철폐가 아니라 그 반대로 소유권을 광범위한 기반 위에 확립하려 하고, 소유권에 더 포괄적인 조직을 부여하려 한다고 주장한다. 하느님 맙소사, 그렇게 되면 소유권은 그런 조직자들의 열성으로 해서 아주 쪼그라들고, 마침내는 오로지 광범위한 기반만이 남을까 봐 나는 두렵다. "당신에게 진실을 고백하겠소", 하고 최근 한 공산주의자 친구가 내게 말했다. "소유권은 결코 철폐되지 않을 것이오. 그러나 그것은 새롭게 정의(定義)될 것이오."

　지금 여기 프랑스에서 지배적 부르주아지에게 커다란 두려움을 불어 넣는 것이 바로 이 새로운 소유권의 개념 정의다. 그리고 루이 필리프 왕은 이 두려움 덕분에 가장 충성스러운 지지자들을, 그의 왕좌의 가장 열렬한 버팀목을 얻었다. 이 버팀목이 두려움으로 해서 더 심하게 떨수록 그만큼 그의 왕좌는 덜 흔들린다. 왕은 아무것도 두려워할 필요가 없다. 그럴 것이 바로 두려움이 그에게 안전을 확보해 주기 때문이다. 기조 역시 이 새로운 개념 정의에 대한 공포심 덕분에 자리를 유지하고 있다. 그리고 그는 특유의 날카로운 변증법적 논리로 아주 대가답게 이 개념 정의와 싸우고 있다. 나는 그가 단기간 내에 쓰러지리라고는 믿지 않는다. 비록 지금 지배하는 부르주아지 당파가, 그들을 위해 기조가 그렇게 많이 일했고 지금도 그렇게 많은 일을 하는 그 부르주아들의 당파가, 그에게 조금치의 호감도 없지만 말이다. 부르주아들은 왜 기조를 좋아하지 않을까? 내 생각으로는 첫째로 이자들은 기조를 이해하지 못하고 있다. 둘째로 우리 인간은 자신의 재화를 보호해주는 사람보다는 남의 재화를 빼앗아 우리에게 주겠다고 약속하는 사람을 항상 더 좋아하기 때문이다. 과거에 아테네에서 그랬고, 지금 프랑스에서 그러하며, 미래의 어떤 민주주의 국가에서도 그러할 것이다. 말이 자유롭고 또 사람들이 쉽사리 믿는 모든 민주주의 국가에서는.

52

파리, 1842년 12월 4일

기조의 내각은 존속할 수 있을까? 프랑스라는 나라의 내각 본성은 사랑의 본성과 동일하다. 즉 프랑스 내각의 굳건함과 존속 기간에 대해서는 결코 확실한 판단을 내릴 수 없는 것이다. 사람들은 때로는 내각이 흔들릴 수 없게 굳건히 뿌리를 내렸다고 믿는다. 그런데 보아라, 내각은 바로 다음 날 약한 바람결에 쓰러져버리지 않는가! 이보다도 더 자주 사람들은 믿는다. 내각이 흔들리며 몰락을 향해 간다고, 그래서 기껏해야 몇 주 정도밖에 존속할 수 없을 것이라고. 그러나 놀랍게도 이 내각은 전보다 더 강한 모습으로 나타나고, 이 내각에 이미 조사(弔辭)를 읊은 모든 사람보다 더 오래 살아남는다. 4주 전, 10월 29일에 기조의 내각은 세번째 생일을 축하했다. 이 내각은 이제 만 두 살이 넘은 것이다. 그리고 나는 이 내각이 더 오래, 이 아름다운 세상에서, 나무들이 녹색으로 우거

지고 공기가 좋은 불바르 드 카퓌신[1]에서, 살아가지 못할 이유를 알지 못한다. 물론 상당히 많은 내각이 그곳에서 단명으로 끝났다. 그러나 이 내각들은 빠른 종말을 자초했다. 그들은 너무 많이 움직인 것이다. 그렇다, 우리 같은 사람들에게는 건강을 촉진해주는 움직임이 내각에는 죽을병이 되는 것이다. 이름을 들자면, 3월 1일의 내각[2]은 그 병으로 죽었다. 이 사람들, 이들은 가만히 앉아 있지 못한다. 프랑스에서의 잦은 정권 교체는 혁명이 남긴 영향 때문만은 아니다. 이것은 프랑스 국민성의 결과이기도 하다. 이들에게 행동, 행위, 움직임은 우리 독일인에게 담배 연기, 조용한 사색, 정서적 안정이 그런 것과 마찬가지로 큰 욕구이다. 프랑스의 국가 지도자들은 그처럼 활동적이고 그래서 항상 무엇인가 새로운 것을 만들어내서 아주 위험한 일에 휩쓸려든다. 이것은 오로지 내각뿐 아니라 왕조(王朝)에도 해당된다. 프랑스의 왕조들은 항상 자신의 활동을 통해 파국을 촉진했다. 그렇다, 이 똑같은 치명적 원인으로 해서, 이 지치지 않는 활동성으로 해서 티에르만이 아니라 더 강한 나폴레옹도 몰락했다. 나폴레옹은 죽는 날까지 왕좌에 앉아 있었을 것이다. 그가 그저 그 가만히 앉아 있는 재능, 우리 독일에서는 어린아이 때 벌써 배우는 그 재능을 가졌던들! 그러나 기조는 이 재능을 높은 정도로 갖고 있다. 그는 대리석처럼 조용히 있다. 마치 룩소르의 오벨리스크처럼, 그래서 그는 사람들이 생각하는 것보다 더 오래 버티고 있는 것이다. 그는 아무것도 하지 않는다. 그리고 그것이야말로 그가 살아남는 비밀이다. 왜 그는 아무런 행동도 하지 않는가? 나는 우선 그가 정말로 일종의 게르만적 정서적 안정을 소지하고

---

1) 프랑스 외무부는 불바르 드 카퓌신Boulevard des Capucines에 위치해 있었다. 기조는 당시 총리가 아니라 외무장관이었으나, 내각을 실질적으로 이끄는 존재였다.
2) 티에르를 수반으로 하는 내각은 1840년 3월 1일에 세워졌으나 그해 10월에 해체되었다.

있고, 그의 동포들보다는 덜 행동 병(病)을 앓고 있다고 생각한다. 아니면 그는 너무 많이 알고 있기에 아무것도 하지 않는 것일까? 우리가 많이 알수록, 우리의 식견이 더 심오하고 더 포괄적일수록 행동하는 것은 더 어려워진다. 발걸음마다 모든 결과를 항상 미리 보는 사람이라면, 그는 곧 모든 움직임을 멈출 것이고, 두 손을 자신의 두 발을 묶는 데만 사용할 것이다. 아주 광범위한 지식은 우리를 아주 좁은 피동성으로 몰아넣는 것이다.

그건 그렇고──내각의 운명이 어떻게 되든 간에──우린 올해의 마지막 날들을, 정말 다행스럽게도 종말이 가까워지고 있는 올해의 마지막 날들을, 가능한 한 인종의 자세로 견뎌나가자! 하늘이 막판에 새로운 불행을 우리에게 내려주시지 않기를! 올해는 정말 나쁜 해였다. 만일 내가 경향시인[3]이라면 나는 불협화음의 떠들썩한 시로 가는 해를 조소하는 시끄러운 음악을 만들어낼 것이다. 이 사악하고 치욕스러운 해에 인류는 많은 것을 참아내야만 했고, 심지어 은행가들은 약간의 손실을 감내해야 했다. 예를 들면 베르사유 철도의 화재는 참으로 끔찍스러운 불행이었다![4] 나는 이 불로 구워지고 삶긴 그 불행한 휴일 소풍객들에 대해 말하는 것이 아니다. 오히려 나는 살아남은 사바트 회사[5]에 대해 말하고 있다. 이 회사의 주식은 하락했고, 회사는 이제 이 참사가 불러온 소송의 결말을 근심 걱정으로 몸을 떨며 기다리고 있다. 이 회사의 설립자들

---

3) 하이네에게 경향시인(傾向詩人, Tendenzpoet)은 예술성도 없고 식견도 빈약한 정치적 시인을 의미한다. 이들은 빈약한 식견으로 인해 대부분 특정 이데올로기를 맹목적으로 추종한다.

4) 1842년 5월 8일 베르사유에서 파리로 가는 기차에서 화재가 발생했고, 이 화재로 약 350여 명의 승객이 목숨을 잃었다.

5) Sabbat(h) compagnie. 사바트Sabbat는 유대교의 안식일이다. "사바트 회사"라는 말로 하이네는 당시 베르사유 철도회사의 주주 대부분이 유대인이라는 사실을 표현하고 있다.

은 고아가 되고 불구가 된 이윤 추구의 희생자들에게 얼마나 손해 배상을 해야 할까? 그렇게 된다면 끔찍한 일일 것이다! 이 불행한 백만장자들은 이미 아주 많은 것을 잃었다. 그리고 다른 사업에서의 이익도 금년에는 이 손실을 메울 수 없는 형편이다. 게다가 또 사람들을 거의 미치게 만들 만한 다른 불행들도 겹쳐 왔다. 어제 증권 거래소에서 사람들이 확언한 바에 따르면 소(小)은행가 로이제도르프는 기독교로 개종하려 한단다. 다른 사람들 사정은 좀 낫다. 비록 **왼쪽 강변**[6] 철도는 완전히 두절되었지만, **오른쪽 강변** 철도는 그만큼 더 만족스럽게 번영을 누린다는 사실로 우리는 위안을 삼을 수 있을 것이다. 남프랑스 철도 노선 역시, 최근 인가를 받은 노선과 마찬가지로 좋은 영업 실적을 올리고 있다. 그래서 어제만 해도 가난한 부랑자가 오늘은 이미 부유한 부랑자가 된다. 실제로 이름을 들자면 깡마르고 코가 긴 ×씨[7]는 그가 운명에 만족할 만한 이유를 갖고 있노라고 확언했다. 그렇다, 그대들 다른 사람들이 철학적 사변(思辨) 속에서 시간을 허비하는 반면에, 이 깡마른 정신은 철도 주식에 투기하며 빈둥거리는 것이다.[8] 큰 은행을 소유한 그의 후원자 중 한 명이 최근 내게 말했다. "보시오, 저 친구는 아무것도 아니었지요. 그런데 이제는 돈을 갖고 있고 더 많은 돈을 벌게 될 거요. 그런데 저 사람은 평생 철학에는 관여하지 않았다오." 어떻게 이 버섯들은 모든 나라에서 그리고 모든 시대에 걸쳐 그렇게도 똑같을 수 있을까! 이들은 특별한

---

6) 당시 파리와 베르사유를 왕래하는 철도는 센 강의 '왼쪽 강변rive gauche'과 '오른쪽 강변rive droite' 두 개 노선이 있었다. 왼쪽 강변 철도 회사는 베누아 풀드, 오른쪽 강변 철도 회사는 로스차일드 남작이 소유했다. 9장 참조.

7) 유대인 은행가 슈테른(Siegmund Jakob Stern, 1809~1872)을 말한다. 슈테른은 자주 하이네에게 조롱의 표적이 되었다.

8) 철학적 '사변'이나 주식 등에 대한 '투기' 모두 독일어로는 Spekulation이다.

경멸감을 갖고 우리가 철학이라고 부르는 그 비이기적 학문에 종사하는 작가들을 낮춰 본다. 페트로니우스[9]의 말에 따르면 1,800년 전에 이미 로마의 한 벼락부자가 이런 묘비명을 남겼다 한다. "이곳에 스트라베리우스가 잠들어 있다──그는 처음에는 아무것도 아니었다. 그러나 그는 3억 세스테르티우스[10]를 남겼다. 그는 평생 철학에는 관여하지 않았다. 그의 모범을 따르라, 그러면 그대는 잘살 것이다."

이곳 프랑스에는 현재 아주 큰 고요함이 지배하고 있다. 빛바랜, 졸음 오는, 그리고 하품 나오는 평화이다. 모든 것이 조용하다. 마치 눈 내리는 겨울밤처럼. 들리는 것이라곤 오로지 조용하고 단조로운 똑, 똑 떨어지는 소리뿐이다. 이것들은 이자(利子)다. 계속해서 자본 안으로 방울져 떨어지는 이자다. 그리고 자본은 끊임없이 팽창한다. 사람들은 정말로 이 자본이, 부유한 자들의 재산이 커가는 소리를 듣는다. 그 사이사이에 빈곤의 조용한 훌쩍임 소리. 때로는 칼 가는 것 같은 소리도 들린다. 이웃 나라에서의 소요에 대해서는 우리는 거의 개의하지 않는다. 바르셀로나에서의 무기 소리 요란한 봉기조차도[11] 우리를 놀라게 하지 않았다. 브뤼셀에 있는 마드무아젤 하이네페터의 스튜디오에서 벌어진 살인극 소동이 훨씬 더 우리의 관심을 끌었다.[12] 그런데 아주 특별하게 상류층 부인들이, 몇 년 동안이나 프랑스에서 살았음에도 불구하고, 동시에 자신

---

9) 고대 로마의 작가 페트로니우스Gaius Petronius Arbiter는 소설 『사티리콘Satyricon』에서 노예의 신분이었으나 후에 부자가 된 트리말키오Trimalchio의 이야기를 전하고 있다. 하이네는 '트리말키오'를 '스트라베리우스'로 잘못 인용했다.

10) Sestertius, 로마 시대의 은화.

11) 1842년 11월 바르셀로나에서 일어난 민중과 노동자들의 무장봉기.

12) 1842년 11월 19일, 독일 출신 성악가인 하이네페터Kathinka Heinefetter의 방에서 그녀의 애인인 변호사 코마르탱Caumartin이 연적인 시레Sirey 백작을 칼로 살해했다.

을 연모하는 두 숭배자가 그들 행복의 싸움터에서 서로 만나지 않도록 조처하는 법을 배우지 못한 독일적 무신경에 대해 화를 냈다. 동방의 소식들도 또한 민중 사이에 불만 어린 투덜거림을 야기했다. 중국의 황제도 마드무아젤 하이네페터와 마찬가지로 크게 망신을 당했다.[13] 무익한 인명의 희생, 중화(中華)의 꽃은 떨어졌다. 영국인들은 별로 큰 손실을 입지 않고 태양의 형제를 제어할 수 있게 된 사실에 놀라고 있다. 이들은 벌써 인도양에 있는 남아돌아가는 전쟁 장비로 일본을 겨냥하는 것이 어떨까 하고 계산하고 있다. 물론 이 나라마저 강탈하기 위해서. 공격을 위한 '정당한' 핑계야 물론 여기서도 빠지지 않을 것이다. 아편 항아리[14]가 아니라면 일본의 위생 당국에 의해 압류당한 영국 선교 협회의 서적들이 핑계가 될 수 있을 것이다.[15] 영국이 어떻게 그들의 원정군 행렬을 덮어 싸서 은폐하는지를 나는 아마도 후일의 한 편지에서 이야기하게 될 것이다. 독일이 언젠가 폴란드처럼 분할되는 상황이 올 경우, 관대하신 영국이 우리를 도와주지 않을 것이라는 위협은 결코 나를 놀라게 하거나 두려워하게 하지 못한다. 첫째로, 독일은 분할될 수 없다. 리히텐슈타인이나 그라이츠-슐라이츠[16] 같은 영주국을 한번 분할해보라![17] 그리고 둘째로는……

---

13) 아편 전쟁에서 패한 중국은 1842년 8월 29일 영국과 굴욕적인 평화 협정을 체결했다.

14) 중국과 영국의 아편 전쟁을 암시한다.

15) 선교 협회의 서적은 물론 성경을 의미한다. '일본의 위생 당국에 의해 압수된 성경'이라는 말로 하이네는 기독교 교리, 특히 정신 위주의 '유심론'이 아시아 사람들의 '정신 건강'을 해칠 수 있음을 신랄한 풍자로 강조하고 있다. 하이네는 오로지 정신만을 앞세우고 인간의 육체적, 물질적 본능을 죄악시하는 기독교 교리를 반복해서 비판했다.

16) 독일 연방에 속한 작은 영주국.

17) 이미 독일은 수많은 소영주국으로 분할되어 있어서 더 분할될 수도 없다는 하이네의 풍자.

53

파리, 1842년 12월 31일

작은 걸음 하나만 더, 그러면 이 낡고 사악한 한 해가 시간의 심연 속으로 굴러떨어질 것이다. 금년은 루이 필리프, 기조, 또 유럽의 평화를 유치하려고 그렇게도 많이 애를 쓰고 힘을 들인 모든 사람에 대한 풍자이다. 금년은 평화 자체에 대한 하나의 풍자이다. 그럴 것이 평화의 안락한 품속에서 우리는 무서운 일들을 당했기 때문이다. 우리가 두려워하는 전쟁도 이 일들보다 더 처참한 것을 만들어내지는 못할 것이다. 끔찍한 기쁨의 달 5월, 거의 동시에 프랑스에서, 독일에서, 그리고 아이티에서 더없이 무서운 비극들이 공연되었으니![1] 이 무슨 전대미문의 불행한 사건들의 시간적 일치인가! 이 무슨 우연의 사악한 위트인가! 이 무슨 지옥의 경악(驚愕)인가! 나는 저승의 거주자들이 5월 8일에 새로 온 사람들을, 일요일의 치장한 얼굴들, 학생, 멋을 낸 아가씨, 젊은 부부, 즐거움을 찾아 나선 약장수, 각양각색의 속물을 보았을 때의 놀라움을 상상할 수 있다. 이들은 베르사유에서 분수의 물줄기가 솟구치는 것을 보았는데, 그 후 이들을 위해 이미 점심 식사 식탁이 차려진 파리 대신에 갑작스레 하계(下界)로 온 것이다. 게다가 조각나고 삶기고 쩌진 몸을 하고서! 당신들에게 이처럼 심한 짓을 한 것은 전쟁이오? "아, 아니오, 우리는 평화 속에 살고 있소, 그리고 우리는 기차 타고 소풍 나갔다가 막 오는 길이

---

[1] 프랑스에서는 베르사유 철도 화재로 약 350여 명의 승객이 목숨을 잃었고, 독일의 함부르크에서는 큰불이 나서 도시의 절반 이상이 폐허가 되었으며, 아이티에서는 큰 지진이 일어났다.

라오." 이들보다 며칠 후 함부르크에서 온 구워진 소방대원들과 짐 꾸리는 인부들도 플루토[2]의 제국에서 마찬가지의 놀라움을 일으켰다.[3] 그대들은 전쟁신(神)에게 바쳐진 제물이오? 아마 이 질문으로 사람들은 이들을 맞아들였을 것이다. "아니오, 우리 공화국은 전 세계와 평화를 유지하고 있다오. 야누스의 신전[4]은 닫혀 있소. 단지 바쿠스[5]의 홀만 열려 있었다오. 그래서 우리는 맛 좋은 모조 바다거북 수프[6]를 편안히 즐기면서 살고 있었지요. 그런데 갑자기 큰불이 났고, 그 불로 우리는 목숨을 잃었지요." 그렇다면 당신들의 그 유명한 소방서들은 어떻게 되었소? "소방서들은 무사합니다. 다만 명성은 잃어버렸지요." 가발을 쓴 늙은이들은 어떻게 되었소?[7] "그들은 분칠을 한 불사조로서 재에서 다시 날아올랐지요." 그다음 날, 함부르크가 아직 불타고 있을 때, 아이티에서는 지진이 일어났다.[8] 그래서 불쌍한 흑인들은 수천 명이나 저승으로 내던져졌다. 그들이 피를 흘리면서 도착했을 때, 아마도 아래 저승에서는 이들이 백인과 싸우다가 죽어서 왔다고 믿었을 것이다. 이 흑인들이 백인들에게 학살되었거나 또는 반항하는 노예로서 죽도록 채찍질당한 것으로 말

---

2) 그리스 · 로마 신화에서 하계를 다스리는 신의 이름. 하데스라고도 불린다.

3) 함부르크의 대화재는 5월 5~8일 사이에 발생했다. 이 화재로 수많은 사람이 죽었고, 진화 작업에 나섰던 소방대원들도 많이 희생되었다.

4) 두 얼굴을 가진 것으로 알려진 야누스는 로마 신화에서 문과 입구를 수호하는 신이다. 그의 신전은 전쟁 중에만 열려 있었다 한다.

5) 로마 신화에 등장하는 주신(酒神). 그리스 신화에서 디오니소스와 상응한다.

6) 바다거북 수프를 모방한 송아지 고기 수프.

7) "가발을 쓴 늙은이들"은 함부르크 시의 참사회 의원들을 일컫는다. 중세 특권층의 신분적 표식이었던 가발과 이 가발에 뿌리는 머리 분은 하이네에게는 낡은 시대와 낡은 체제의 상징이었다.

8) 1842년 5월 7일 오전 7시 20분에 지진이 일어났다고 기록되어 있다.

이다. 아니다, 이번에도 스틱스 강[9]의 착한 분들은 잘못 생각했다. 인간이 아니라 자연이 노예 제도가 오래전에 폐지된 그 섬에서 살육을 감행한 것이다. 이 섬의 헌법은 공화주의적이며, 갱신의 싹은 없으나 영원한 이성의 법칙에 뿌리를 두고 있다. 그곳에는 자유와 평등이 지배하며, 심지어는 검은 언론의 자유도 존재한다.[10] 그라이츠-슐라이츠는 그런 공화국이 아니다. 땅도 아이티와 같은 열대 토양이 아니다. 사탕수수, 커피나무, 그리고 언론의 자유가 자라나는, 그러나 지진도 아주 쉽사리 일어날 수 있는 땅이 아니다. 그러나 감자 생육에 적당한 기후에도 불구하고, 검열 제도에도 불구하고, 낭송되거나 노래로 불리는 참을성 많은 시가(詩歌)들에도 불구하고,[11] 그라이츠-슐라이츠 사람들이 즐겁게, 그리고 호기심에 차서 극장에 앉아 있는 동안, 천장이 갑자기 그들의 머리 위로 떨어져 내렸다. 그래서 존귀하신 관객 중 일부는 예기치 않게 저승으로 내팽개쳐졌다![12]

그렇다, 온후하고 고요한 삶 속에서도, 평화의 상태에서도, 많은 불행과 비참한 일들이 쌓여갔다. 일찍이 벨로나[13]의 분노가 전쟁 나팔을 불어 그 결과로 쌓아놓은 것보다 더 많이. 육지뿐 아니라 바다에서도 우리는 금년에 극한적 참사들을 견뎌내야만 했다. 남아프리카와 망슈 연안에서 있었던 두 건의 큰 해난(海難) 사고는 인류 순교사의 가장 몸서리쳐

---

9) 그리스 신화에서 저승과 이승 사이를 흐르는 강.
10) 아이티Haiti는 원래 프랑스 식민지였으나 흑인 노예 출신인 투생 루베르튀르Toussaint l'Ouverture의 지휘 아래 독립에 성공해 1820년 공화국이 되었다. 1816년부터 아이티는 언론의 자유를 헌법에 명시했다. "검은 언론의 자유"는 아이티 주민이 흑인이라는 사실에서 연유된 표현이다.
11) 낭송과 노래의 질이 형편없기에 그 대상인 시가는 이를 참아내야 한다는 의미의 야유.
12) 1842년 6월 5일 슐라이츠의 극장에서 천장이 무너져서 사람이 많이 다쳤고, 21명이 사망했다.
13) 고대 로마의 전쟁의 여신.

지는 장(章)에 속할 것이다.[14] 우리는 전쟁을 하고 있지 않다. 그러나 평화가 우리를 파멸시키고 있다. 설혹 우리가 잔인한 돌발 사고로 갑자기 멸망하지 않는다 하더라도 우리는 그 어떤 살며시 뿌려진 독약으로 천천히 죽어간다. 우리 삶의 잔에 한 방울씩 떨어트려지는 아쿠아 토파나[15]에 의해서 말이다. 하늘은 안다, 그것이 누구의 손에 의한 것인지를.

나는 이 구절들을 지는 해의 마지막 시간에 쓰고 있다. 새해가 문밖에 서 있다. 이 오는 해가 선행자보다는 덜 잔인하기를! 내 애수에 찬 새해의 축하 인사를 라인 강 너머로 보낸다. 어리석은 사람들은 약간의 이성을, 합리적인 사람들은 약간의 시(詩)를 얻기를 빈다. 여성에게는 아주 아름다운 옷들을, 남성에게는 아주 많은 인내를 빈다. 부자에게는 가슴을, 가난한 자에게는 빵 한쪽을 빈다. 무엇보다도 나는 소망한다. 우리가 새해에는 가능한 한 적게 헐뜯고 비방하기를.

54

파리, 1843년 2월 2일

내가 프랑스인들에게서 가장 경탄하는 것은 하나의 일에서 또 다른

---

14) 1842년 3월 9/10일에 노르망디의 망슈Manche 연안을 급습한 태풍으로 인해 수많은 배가 침몰했고 많은 사람이 목숨을 잃었다. 1842년 9월에는 남아프리카 연안에서 배가 침몰해 250명 이상이 죽었다.
15) Aqua Tofana, 천천히 그리고 고통 없이 작용하는 치명적인 독약.

일로, 하나의 완전히 이질적인 일로 넘어가는, 더 정확하게는 뛰어넘어가는 그들의 능력이다. 이것은 단순히 그들의 가벼운 성격 때문만은 아니며 그들의 역사적 취득물이기도 하다. 이들은 시간의 흐름 속에서 걸리적거리는 편견이나 옹졸한 얽매임에서 완전히 벗어났다. 그렇기에 프랑스 혁명 중 독일로 피난해 온 이민자들은 상황의 변화를 아주 쉽게 견뎌낼 수 있었던 것이다. 그들 중 많은 사람들이 매일의 양식을 구하기 위해 즉석에서 생업(生業)을 하나 마련할 줄도 알았다. 어머니는 어떻게 프랑스 후작 한 명이 우리가 살던 도시[1]에서 제화공으로 자리를 잡고 최고의 여성 구두를 만들었는지 내게 이야기해주셨다. 그는 즐겁게 일했고, 아주 흥겨운 노래를 흥얼거렸으며, 옛날의 모든 화려함을 잊어버렸다한다. 독일 귀족도 같은 상황에서는 제화공 일에서 피신처를 구했을 수도 있다. 그러나 그는 틀림없이 그렇게 즐겁게 자신의 가죽 운명에 순응하지는 못했을 것이다. 그리고 그는 어느 경우든 남자 장화 만들기에 주력했을 것이다. 그의 옛 기사 신분을 회상시켜주는 박차 달린 무거운 장화 말이다. 프랑스군이 라인 강을 넘어왔을 때,[2] 우리의 후작은 그의 부티크를 떠나야 했다. 그는 다른 도시로 도망쳤는데, 내 기억으로는 카셀로 갔고, 그곳에서 최고의 재단사가 되었다. 그렇다, 이처럼 수업 기간도 없이 그는 하나의 직업에서 다른 직업으로 이민을 갔고, 그 모든 직업에서 명인이 되었다. 이는 독일인들에게는 이해할 수 없는 것으로 보일 것이다. 독일 귀족뿐 아니라 아주 평범한 시민에게도. 나폴레옹 황제의 몰락 후 이 후작 양반은 머리는 희어졌지만 가슴은 여전히 젊은 채 고향으

---

1) 하이네는 어린 시절을 출생지인 라인 강변의 뒤셀도르프Düsseldorf에서 보냈다.
2) 1795년 9월 프랑스군은 뒤셀도르프를 점령했다.

로 돌아왔고, 근엄한 표정을 하고는 거만하게 굴었다. 마치 그가 한 번도 구두 직공의 송곳이나 재단사의 바늘을 손에 들지 않았던 듯이. 이 이민 귀족들이 아무것도 배우지 않았고 아무것도 잊지 않았노라고 주장한다면 이는 잘못이다. 그 반대로 이들은 배운 것을 모두 잊어버린 것이다. 나폴레옹 전쟁 때의 영웅들도 퇴역하거나 아니면 봉급이 절반으로 줄어들었을 때, 아주 능숙하게 평화 시의 직업 활동에 뛰어들었다. 들루아[3] 씨의 회계 사무소에 들어설 때마다 나는 예전에 대령이었던 현재의 출판업자가, 예전에는 그와 마찬가지로 나폴레옹 황제 밑에서 싸웠던 용감한 병사였으나 지금은 그들의 옛 동료 회사에서 부기 계원이나 또는 회계원으로, 간단히 말하자면 사무원으로서 일하는 하얀 콧수염의 남자들에 둘러싸여 그의 책상 앞에 앉아 있는 모습을 보며 경탄하곤 한다.

프랑스인은 무엇이든지 될 수 있다. 모두 자신이 모든 일에 적합하다고 생각한다. 아주 형편없는 무대 시인으로부터 갑자기, 마치 무대 장면의 급변처럼, 장관이, 장군이, 성직자가, 심지어 하느님이 생겨나기도 한다. 이런 유형의 주목할 만한 실례를 우리의 친애하는 샤를 뒤베리에[4]의 변형이 보여준다. 그는 가장 깊이 감화된 생시몽주의 교회의 고위 성직자였다. 그러나 이 교회가 해체되자 그는 정신적 무대에서 세속적 무대로 넘어갔다. 이 샤를 뒤베리에는 타이부의 공회당[5]에서 주교의 자리에 앉아 있었다. 아버지, 즉 앙팡탱[6] 옆에. 그는 신의 감화를 받은 듯한 예

---

3) Henri-Louis Delloye(1787~1846): 당시 파리의 출판업자. 하이네의 『셰익스피어의 여인들과 처녀들』은 그의 출판사에서 출판되었다.
4) Charles Duveyrier(1803~1866): 변호사이자 작가. 1820년대부터 정치가로서도 명성을 얻었다.
5) Salle Taitbout, 파리의 생시몽주의 신봉자들의 집회 장소.
6) Prosper Enfantin(1796~1864): 생시몽이 죽은 뒤 그를 대신해 신봉자들을 이끌었다.

언자적 음성으로 해서 돋보였고, 시련의 시간에도 이 새로운 종교를 위한 순교자로서 자신을 증명했다. 뒤베리에의 희극 작품들에 대해서는 오늘 말하지 말기로 하자. 오늘은 그의 정치적 소책자들에 대해 말해보자. 왜냐하면 그는 극작가로서의 행로를 다시 벗어났고, 정치 분야에 들어섰기 때문이다. 이 새로운 변신은 아마도 다른 변신들에 못지않게 주목할 만할 것이다. 그의 펜으로부터 매주 "**정치 편지**"라는 제목으로 발행되는 팸플릿들이 흘러나왔다. 첫째 편지는 루이 필리프 왕을, 둘째 편지는 기조를, 셋째 편지는 느무르 공작을, 넷째 편지는 티에르를 향하고 있다. 이 편지들은 모두 높은 수준의 판단력을 보여준다. 그 편지들 안에는 고귀한 의식이, 야만적 전쟁에 반대하는 칭송할 만한 반감이, 평화를 위한 열광적 열정이 주류를 이룬다. 뒤베리에는 산업의 활용을 통한 황금시대를 기대한다. 구세주는 나귀가 아니라 증기 기관차를 타고 축복받으며 입성(入城)할 것이란다.[7] 특히 티에르를 향한, 더 정확하게는 그에게 적대적인 팸플릿이 이런 의식을 내뿜고 있다. 전 내각 수반의 인품에 대해서 말할 때 저자는 충분히 경외심을 갖추었다. 그는 기조에게 호감을, 그러나 몰레[8]에게는 더 큰 호감을 갖고 있다. 이러한 속마음은 도처에서 살며시 비쳐 나온다.

그가, 옳든 그르든, 그 셋[9] 중에 누구를 더 우월하다고 판단하는지는 결정하기가 매우 어렵다. 나로 말하면 그중 하나가 다른 사람들보다 더 우월하다고는 믿지 않는다. 나는 그들 모두 총리로서 다른 사람도 같은 상황에서라면 할 행동과 똑같은 행동을 하리라고 생각한다. 생각을

---

7) 하이네는 「마태복음」 21장에 나오는 예수의 예루살렘 입성을 패러디하고 있다.
8) 루이 필리프 왕 치하에서 외무장관과 내각 수반을 역임한 정치가.
9) 내각 수반을 맡았던 3인, 즉 티에르, 기조, 몰레.

어디에서나 행동으로 옮기고, 지배하며 또한 통치하는[10] 진정한 총리는 왕인 루이 필리프다. 위에서 언급된 세 정치가는 그들이 왕 의중의 우월적 지배와 어떻게 타협하는지, 그 양태와 방법에서만 서로 구별된다.

티에르는 처음에는 매우 거칠게 저항한다. 아주 수다스럽게 반대하며 나팔 불고 북을 친다. 그러나 결국에는 왕이 원하는 것을 행한다. 그의 혁명적 감정뿐 아니라 정치가로서의 신념은 군주 체제와 끊임없는 갈등 관계에 있다. 그는 느끼고 또 알고 있다. 이 체제가 결국은 무너질 수밖에 없다는 사실을. 나는 현재 상황이 유지될 수 없음에 대한 티에르의 아주 놀라운 말들을 알릴 수도 있다. 그는 프랑스 사람들을 너무 잘 알고 있다. 또 그는 프랑스 혁명의 역사를 너무나 잘 알고 있다. 그러기에 그는 승승장구해온 부르주아지 당파의 평온주의에 자신을 완전히 내맡길 수 없으며, 머리가 수천 개 달린 괴물[11]에게 그가 손수 씌워놓은 입마개[12]의 효능을 믿을 수 없는 것이다. 그의 예민한 귀는 괴물 내면의 으르렁대는 소리를 듣는다. 심지어 그는 언젠가 고삐가 풀린 괴물에 의해 찢겨 죽게 되리라는 공포심을 갖고 있다. 그럼에도 불구하고 그는 왕이 원하는 것을 한다.

기조의 경우는 완전히 다르다. 그에게 부르주아지 당파의 승리는 완성된 사실, un fait accompli[13]이다. 그래서 그는 모든 능력을 동원해 이 새로운 세력을 위한 봉사에 들어섰다. 그는 부르주아지 당파의 지배를

---

10) 티에르는 1830년 2월 19일 『나쇼날』에 실린 사설에서 "왕은 지배하나 통치하지는 않는다"는 글을 남겼다.

11) 하이네는 종종 공산주의 혁명 세력을 "수천 개의 머리가 달린 괴물"로 표현했다.

12) "입마개"는 티에르가 내무장관으로서, 그리고 총리로서 언론에 가한 유무형의 압력에 대한 비유다.

13) "완성된 사실"이라는 의미의 프랑스어. 하이네는 같은 의미의 독일어와 프랑스어를 반복해서 사용하고 있다.

역사적, 철학적 통찰력의 모든 방법을 통해 합리적인, 따라서 정당한 지배로 해석해냈으며, 그래서 이 지배의 버팀목 노릇을 하는 것이다. 하고자 하는 모든 것을 위한 하나의 교리를 찾아내는 것은 바로 교리주의자들의 본성이다. 그의 은밀한 신념을 갖고 기조는 이 교리의 위에, 혹은 그 아래에 서 있을 수 있겠으나, 나는 알 수 없는 일이다. 그는 너무 지적인 재능을 타고났으며, 그의 지식은 너무 다방면에 걸쳐 있기에, 그는 근원적으로는 회의론자가 아닐 수 없을 것이다.[14] 그리고 그런 회의는 그가 일단 헌신한 체제에 그가 바치는 봉사와 잘 맞아떨어진다. 지금은 그는 부르주아지 지배의 충실한 일꾼이다. 그는, 마치 알바 공작[15]처럼, 철저하게 수미일관 마지막 순간까지 이 부르주아지 지배를 지켜낼 것이다. 그에게는 어떤 흔들림도 없고 어떤 주저함도 없다. 그는 자신이 원하는 것이 무엇인지 알고 있으며, 자신이 원하는 것을 행동으로 옮긴다. 그가 싸움에서 쓰러진다면, 이 파멸도 그에게 충격을 주지 못한다. 그는 그저 어깨를 으쓱해 보일 것이다. 무엇을 위해 싸우는 것이든 그에게는 상관이 없기 때문이다. 언젠가 공화주의 당파가 승리한다면, 심지어는 공산주의 당파가 승리하게 된다면, 나는 이 참한 사람들에게 충고하겠다. 기조를 총리로 삼으라고, 그의 지적 능력과 뚝심을 이용하라고 말이다. 그의 지

---

14) 하이네의 판단에 따르면 기조의 회의는 근원적인 것이다. 그가 너무 많이, 그리고 다양하게 알고 있기에, 그의 시선이 모든 주의(主義)의 본성을 꿰뚫고 있기에, 그에게는 어떤 교리도, 어떤 이념도 완전할 수 없고, 그래서 기본적으로는 모든 이념이 동일한 것이다. 바로 이러한 근원적 회의로 해서 기조는 어떤 주의든 그것을 위해 아무런 주저함도 흔들림도 없이 투쟁할 수 있는 것이다. 어떤 주의를 위해 싸우든 그 결과는 마찬가지기 때문이다.

15) Fernando Álvarez de Toledo, Duque de Alba(1508~1582): 에스파냐의 장군이자 정치가. 펠리페 2세의 명으로 그는 당시 에스파냐령이던 플랑드르 지방에서 종교의 자유와 정치적 독립을 쟁취하려는 네덜란드인들의 봉기를 무자비하게 탄압했다.

적 능력과 뚝심은 그럴 경우 더 올바른 자리에 있게 될 것이다. 이것들이 시민적 덕성의 이 철저하게 확증된 멍청이들에게 정권을 손에 쥐여 주었을 때보다는 말이다. 나는 비슷한 충고를 앙리 5세 옹립론자[16]들에게도 해주고 싶다. 이들이 언젠가 다시, 국가적 불행을 통해, 신이 내린 형벌을 통해, 공권력을 손에 잡는 불행한 경우에는 말이다. 기조를 총리로 삼으라, 그러면 그대들은 사흘은 더 오래 정권을 유지할 수 있을 것이다. 나는 그대들의 사악한 일을 기조가 웅변술과 통치 능력을 동원해서 지원해줄 정도로 깊숙이 타락할 수 있다는 견해를 밝힘으로써 그에게 부당한 짓을 했을까 봐 두렵다. 그대들, 제발 그를 무관심하게 대하라. 지금 기조가 말과 행동 속에서 정신력을 크게 소모하면서 봉사하는 그 속물 시민들과 마찬가지로, 그리고 그가 지금 스토아적 평정심을 갖고서 봉사하는 그 왕정 체제와 마찬가지로.

몰레 씨는 다음 사실을 통해 위의 두 사람과는 구별된다. 첫째 그는 본래적인 정치가이다. 그의 품성이 이미 그가 국가 경영의 재능을 타고났거나 아니면 가문의 전통을 통해 습득한 명문 귀족임을 보여준다. 그에게는 티에르에게서 볼 수 있는 평민적 출세자의 흔적이 없다. 기조에게서 볼 수 있는 학교 훈장의 모난 성격은 더더욱 갖고 있지 않다. 외국 궁전의 귀족 사회에서 그는 그런 외적 과시와 외교적 경쾌함으로 기조와 티에르에게서 볼 수 있는 천재적 독창성을 대신할 수 있을 것이다. 그의 의중에는 왕정 이외에 그 어떤 다른 체제도 없다. 다른 체제를 원하기에는 그는 전적으로 궁중 사람이다. 왕은 그 사실을 알고 있고, 그래서 몰레는 루이 필리프가 마음속으로 좋아하는 장관이다. 그대들도 보게 될 것이다. 기조

---

16) 부르봉 왕조의 마지막 정통 후계자인 샹보르Chambord 백작. 정통 왕당파들은 루이 필리프가 아니라 그가 진실한 프랑스 왕이라고 주장하며 그를 '앙리 5세'로 불렀다.

나 티에르 중 하나를 총리로 임명하는 선택을 그에게 맡긴다면, 그때마다 루이 필리프는 애처롭게 대답할 것이다. "몰레를 선택하게 해다오." 몰레, 그는 왕 자신이다. 그러나 왕이 원하는 일이 다시 한 번 생겨나더라도, 즉 몰레가 다시금 총리가 된다고 해도, 불행한 일은 전혀 아닐 것이다.

그러나 그것은 다행한 일도 아닐 것이다. 왕정이라는 체제는 전과 다름없이 유효하게 남아 있을 것이기 때문이다. 우리가 왕의 고귀한 의도를 매우 높이 평가한다 하더라도, 왕에게 프랑스의 행복을 바라는 최고의 의지를 인정해준다 하더라도, 우리는 다음 사실을 고백해야 한다. 즉 실천을 위한 수단이 올바른 것이 아니라는 사실을, 그리고 그 전체 체제가 화약 한 줌만큼도 쓸모가 없다는 사실을. 언젠가 이 체제 전체가 화약 한 줌으로 산산조각 나지 않는다 해도 말이다. 루이 필리프는 의회를 통해 프랑스를 다스리려고 한다. 그는 의원들을 후원함으로써 의회가 정부의 모든 제안을 표결할 때 다수의 지지를 얻으면 모든 것을 얻은 것으로 믿는다. 그러나 그의 오판은 프랑스가 의회에 의해서 대변된다고 믿는 것에 있다. 이는 사실이 아니다. 그래서 그는 의회의 이해관계와는 매우 다른 민중의 이해관계를 잘못 판단하게 된다. 의회는 민중의 이익을 특별하게 고려하지도 않는다. 왕에 대한 불만이 심각한 지점까지 상승하게 되면, 의회가 왕을 구원해주기는 어려울 것이다. 게다가 왕의 비호를 받는 부르주아지가, 왕이 그렇게 많은 일을 해준 그 부르주아지가, 위험한 순간에 열정적으로 왕을 도우려 달려올지는 여전히 의문이다.

우리의 불행은, 하고 최근에 튈르리 궁의 한 단골손님이 내게 말했다. 우리의 적들이 우리를 실제보다 더 약하게 생각하고 우리를 두려워하지 않는다는 사실이오, 또 가끔씩 앵돌아지는 우리의 친구들은 우리가 실제로 소유한 것보다 더 큰 힘을 우리에게 기대한다는 사실이오.

55

파리, 1843년 3월 20일

프랑스의 고전 비극이 발산하는 지루함을 누구보다도 더 잘 알아차린 사람들은 루이 15세 치하의 착한 시민 계층 여인들이었다. 이들은 자녀에게 이렇게 말했다. 귀족을 부러워하지 말고 그들의 오만함을 용서해 주어라. 귀족은 하늘의 벌로 매일 밤 테아트르 프랑세즈에서 죽을 정도로 지루해해야 한단다. 낡은 정권은 종말을 고했고, 왕홀(王笏)은 이제 부르주아지의 손에 들어갔다. 그러나 이 새 지배자들도 마찬가지로 매우 많은 죄를 속죄해야 한다. 신들의 분노는 제국 시대 그들의 전임자보다 더 견디기 어렵게 그들에게 떨어졌다. 그럴 것이 그들에게는 매일 밤 마드무아젤 라셸[1]이 희랍 고전극이라는 곰팡이 냄새 나는 최면 음료의 침전물을 권하는 것만이 아니다. 이제 그들은 심지어는 우리 독일 낭만주의 요리의 찌꺼기, 운문화(韻文化)한 자우어크라우트,[2] 즉 빅토르 위고의 『성주(城主)들』[3]을 삼켜야만 하는 것이다! 나는 이 소화할 수 없는, 형편 없는 작품의 가치에 대해서 아무런 말도 하지 않겠다. 이 졸작은 가능한 모든 뻔뻔스러운 독단을, 특히 역사적 사실에 대한 독단을 가지고서 등

---

1) Rachel(본명은 Elisa Felix, 1821~1858): 당대의 유명한 여배우. 특히 프랑스의 고전 비극에서 탁월한 연기로 명성을 얻었다.

2) 자우어크라우트Sauerkraut는 절인 양배추를 발효시킨 것으로서 김치 비슷한 시큼한 냄새를 풍긴다. 흔히 독일을 상징하는 음식으로 쓰인다.

3) 『성주들Les Burggraves』은 위고의 3부작 드라마로서 1843년 3월 7일에 초연되었다. 작품의 무대는 13세기 독일 라인 강변의 헤펜헤프Heppenheff이다. 이 작품은 4대에 걸친 성주들의 이야기를 담고 있다.

장한다. 이 작품의 배경을 이루는 때와 장소에 대한 위고의 역사적 지식이란 것이 그저 슈라이버가 쓴 라인 여행자들을 위한 안내서[4]의 프랑스어 번역판에서 집어 온 것들임에도 불구하고 말이다. 1년 전에 공공의 아카데미에서 독일의 천재성은 끝장이 났다(**독일의 사유는 그늘 속으로 물러섰다**)고 감히 말했던 그 사람,[5] 시 예술의 이 더없이 거대한 독수리가 이번에는 정말로 자신의 시대를 그처럼 힘차게 앞질러서 날아간 것일까? 참으로 그렇지 않다. 그의 작품은 시적 충만함도 그리고 조화로움도, 열광도 그리고 정신의 자유도 보여주지 못한다. 그의 작품에는 어떤 천재성의 불꽃도 들어 있지 않다. 그저 과장된 부자연과 잡다한 장광설일 따름이다. 각진 목각 인형들이, 몰취미한 싸구려의 요란한 장신구를 덕지덕지 달고 나온 목각 인형들이, 훤히 보이는 줄에 이끌려 움직이고 있다. 기분 나쁘게 섬뜩한 인형극, 소름 끼치는 발작적 삶의 모방, 철저한 거짓의 열정. 내게는 이 위고의 열정보다 더 불쾌한 것은 없다. 이 열정은 아주 뜨겁게 달아오른 체한다. 밖으로는 아주 화려하게 훨훨 타오른다. 그러나 안으로는 아주 초라하게 밋밋하고 차갑다. 우리에게 불타오르는 미사여구로 식탁에 올려진 이 차가운 열정은 내게 늘 얼음 구이를 상기시킨다. 중국인들이 작게 조각낸 얼린 재료를 얇게 민 밀가루 반죽으로 감싼 다음 이것을 몇 분 동안 불 위에 올려놓음으로 해서 아주 멋지게 만들어내는 얼음 구이 말이다. 이 맛있는 모순적 음식을 사람들은 재빨리 삼켜야 한다. 그러면 입술과 혀는 뜨거운 밀가루에 화상을 입지만 위는

---

4) 슈라이버Aloys Wilhelm Schreiber가 쓴 『라인 강. 여행자를 위한 안내서』는 1812년에 출판되었다.

5) 위고는 아카데미 프랑세즈의 회원이 되고 나서 기념 연설에서 "위대한 괴테의 죽음 후 독일의 사유는 그늘 속으로 물러섰다"고 말했다.

감기에 걸린다.

지배적 부르주아지는 그러나 그들의 죄로 인해서 옛 고전 비극들과 또 고전적이지 않은 3부작[6]만을 견뎌내야 하는 것이 아니다. 하늘의 힘은 이들에게 한층 더 몸서리쳐지는 예술 감상도 내려주셨으니, 이는 바로 피아노다. 지금 사람들이 어디에서도 피해 갈 수 없고, 모든 집에서, 모든 모임에서, 밤낮을 가리지 않고 울려대는 소리를 들어야 하는 피아노 말이다. 그렇다, 현재의 상류 사회를 그들이 저지른 모든 침탈 행위 때문에 아주 특별히 고통을 주고 징벌하는 고문 기구의 이름은 피아노다. 제발 죄 없는 사람은 함께 고통을 당하지 않았으면! 이 영원히 피아노를 치는 짓거리는 더 견딜 수가 없다! (아! 이 순간 내 옆방 여자들은, 영국의 젊은 처녀들인데, 두 개의 왼손을 위한 멋진 곡을 치고 있다.) 자연스러운 사라짐도 없는 이 날카로운 음색의 서투른 피아노 연주 소리, 이 냉혹한 윙윙대는 소리, 이 철저하게 산문적인 둔중하고 요란스러운 울림과 반복해서 퉁탕 두드리는 소리, 이 포르테피아노[7]는 우리의 모든 생각과 느낌을 죽여버린다. 그래서 우리는 어리석고, 무감각해지고, 정신 박약이 된다. 이 같은 피아노 연주의 만연과 피아노 연주 거장들의 개선 행렬은 우리 시대의 특징이며 또한 아주 본질적으로 정신에 대한 기계적 존재의 승리를 증명해준다. 기술적 숙련성, 자동 기계의 정확성, 줄이 매어진 나무와의 일체성, 인간의 음향 도구화, 이것들은 지금 지고한 것으로서 찬양되고 숭상된다. 피아노의 거장들은 겨울이 되면 마치 메뚜기 떼처럼 파리로 몰려온다. 돈을 벌려는 목적보다는 오히려 이곳 파리에서 명성을 얻으려고 말이다. 이 명성은 다른 나라들에서 이들에게 그만큼

---

6) 위고의 3부작 『성주들』.
7) Fortepiano, 그랜드 피아노의 초기 형태.

더 풍요롭게 금전적인 수확을 제공한다. 파리는 이들에게 일종의 광고 기둥 노릇을 한다. 그들의 명성을 큰 글자로 읽을 수 있는 광고 기둥 역할을. 내가 그들의 명성을 이 기둥에서 읽을 수 있다고 말하는 것은 이 기둥이 파리의 신문들이고, 이 신문들이 거장의 명성을 믿음이 돈독한 세계에[8) 공고해주기 때문이다. 그래서 이들 거장은 더없이 대가다운 능숙함으로 신문과 신문기자를 이용해먹을 줄 안다. 그들은 아주 벽창호 같은 기자에게 접근하는 법도 안다. 그럴 것이 인간이야 항상 인간인지라, 아첨에 약하고 또한 보호자 역할 하기를 좋아하기 때문이다. 그리고 한 손이 한 짓은 다른 손이 씻어주는 법이다. 그러나 신문기자의 손이 더 더러운 경우는 거의 없다. 매수되어 찬양 기사를 쓴 기자조차도 속은 바보다. 그에게 절반은 애교로 지불되기에. 사람들은 언론이 매수될 수 있다고들 말한다. 그러나 이는 매우 잘못된 생각이다. 오히려 그 반대로 속임을 당하는 것은 일반적으로 언론이다. 그리고 이는 특히 유명한 거장들과의 관계에 통용되는 사실이다. 이들은 본래 모두 유명하다. 즉 광고 기사에서 그러하다. 이들은 몸소 또는 형제를 통해 아니면 어머니를 통해 이 광고 기사가 인쇄되도록 일을 진행시킨다. 이들이 신문사 사무실에서 비굴하게 아주 적은 양의 찬양 시물(施物)이라도 달라고 구걸하는 모습은, 그들이 허리를 숙이고 몸을 꼬며 아부하는 꼴은 거의 믿을 수 없을 지경이다. 내가 아직은 『가제트 뮈지칼』 발행인의 큰 총애를 받고 있을 때——(아, 나는 이 총애를 젊은이의 경솔함으로 날려버렸다)——나는 내 눈으로 똑똑히 볼 수 있었다. 그 유명한 거장들이, 그의 신문에서 조금이라도 호평을 받으려고 그의 발아래에 엎드리고 그의 앞을 기어 다니

---

8) 유럽의 다른 나라에서는 파리 신문들에 실린 기사를 마치 신앙심 깊은 신자가 신을 믿듯이 믿는다는 뜻.

며 꼬리를 치는 꼴을. 이들 드높이 찬양받는 우리의 피아노 거장들에 대해서, 무적의 군주인 양 유럽의 모든 수도(首都)에서 충성의 서약을 받는 이 거장들에 대해서, 사람들은 베랑제[9] 식으로 말할 수 있을 것이다. 그들의 명예의 왕관에 아직도 남아 있는 모리스 슐레징어 씨 장화의 먼지를 볼 수 있다고. 이 사람들이 어떻게 우리의 경솔한 믿음에 투기하는지를, 이곳 현장에서 이들의 활약상을 직접 보지 않으면 도저히 이해할 수 없을 것이다. 언급된 음악 신문의 사무실에서 나는 넝마를 걸친 한 늙은 남자를 한 번 만난 적이 있다. 그는 자기가 한 유명한 피아노 거장의 아버지라고 소개하면서, 이 신문의 편집인들에게 예술가로서 자기 아들의 삶이 행한 몇 가지 고귀한 행동을 독자들에게 알리는 선전 기사를 실어줄 것을 간청했다. 그의 말인즉 그 유명한 거장은 남프랑스 그 어딘가의 콘서트에서 큰 갈채를 받았으며, 수익금으로 무너질 위험에 처한 낡은 고딕 교회를 후원했다 한다. 또 다른 때에는 홍수 피해를 입은 과부를 위해서, 또는 한 마리뿐인 소를 잃어버린 70세 교사를 위해서, 또 기타 등등의 연주를 했단다. 이 인간성이 풍부한 선행자(善行者)의 아버지와 대화가 좀더 길어지자 이 노인네는 아주 순진하게 고백했다. 그의 아드님께서는 능력이 미치는 만큼은 아버지를 위해주지 않는다고, 그리고 아들이 때로는 그를 약간 굶주리게 내버려두기조차 한다고. 이 유명하신 거장께 나는 충고하고 싶다. 그의 아버지의 낡은 바지를 위해서도 연주회를 한번 하라고 말이다.

이런 비참한 꼴을 보고 있노라면, 거장 우상화라는 허튼 짓거리에

---

9) 베랑제의 작품 「옛 깃발Le Vieux drapeau」은 나폴레옹 시대의 위대한 프랑스를 회상하면서 프랑스인들에게 「옛 깃발」의 "먼지"를 털어내고 다시 한 번 떨쳐 일어설 것을 촉구하는 내용의 노래다.

대한 반감을 지나치게 강하게 표현한 그 스웨덴 대학생들에 대해서 참말이지 화낼 수는 없을 것이다. 그 대학생들은 그 유명한 올레 불[10]이 웁살라에 도착하자 그 유명한 환영식을 마련해주었다. 이 명망이 높으신 분은 사람들이 말을 마차에서 풀어낼 것이라고 믿었고, 횃불 행렬과 화환 세례를 받을 자세를 갖추었다. 그러나 그는 전혀 예기치 못한 '욕설'이라는 명예의 매를 잔뜩 얻어맞았다. 정말 북구적인 경악스러운 사건이다.

금년 음악 시즌의 걸출한 인물은 시보리[11] 그리고 드라이쇼크[12]였다. 시보리는 바이올리니스트이다. 바로 그 이유로 해서 나는 그를 드라이쇼크, 이 무시무시한 피아노 내려치는 사람보다 높은 곳에 세운다. 일반적으로 바이올리니스트에게서 거장적 뛰어남은, 피아니스트와는 달리 전적으로 기계적인 손가락 숙련의 결과나 오로지 기교의 결과만은 아니다. 바이올린은 거의 인간적인 소리를 내는 악기이며, 연주자의 기분과 이른바 교감적 관계를 가진 악기이기도 하다. 그래서 아주 작은 불쾌함, 아주 미세한 정서적 동요, 감정의 호흡 등이 바이올린 연주에서는 직접적 반향을 일으킨다. 이는 아마도 바이올린이 가슴에 아주 가깝게 밀착되어서 가슴이 뛰는 소리도 듣는 데서 연유한 사실일 것이다. 그러나 이는 정말로 가슴에 심장을 품은 예술가들에게만 해당되는 사실이다. 뛰

---

10) Ole Bornemann Bull(1810~1880): 노르웨이 태생의 천재적인 바이올린 연주가이자 작곡가. 그가 연주 여행차 웁살라에 도착했을 때, 일단의 스웨덴 학생들이 그에게 욕설을 퍼붓고 그의 마부에게 행패를 부렸다.

11) Ernesto Camillo Sivori(1815~1894): 이탈리아 제노바 출신의 바이올리니스트. 파가니니에게서도 사사했으며, 1843년 1월 29일 파리 공연이 대성공을 거둔 이래 세계적 명성을 얻었다.

12) Alexander Dreyschock(1818~1869): 보헤미아 출신의 피아니스트. 런던, 파리, 네덜란드, 오스트리아, 헝가리 등 유럽 각지를 순회공연했고, 루빈슈타인의 추천으로 페터스부르크 콘서바토리움의 스태프 멤버가 되었다.

는, 그리고 최소한 하나의 영혼을 가진 심장 말이다. 바이올린 연주자가 감정이 메마를수록, 그리고 냉담할수록, 그의 연주는 항상 그만큼 더 한결같게 된다. 그는 악기가, 어느 때나 어느 곳에서든지 그에게 복종하리라는 것을 기대할 수 있다. 그러나 이러한 찬양받는 연주의 안정성은 오로지 정신적 한계의 결과일 따름이다. 가장 위대한 마이스터들이야말로 그들의 연주가 자주 외적, 내적 영향에 좌우되는 사람들이었다. 나는 파가니니[13]보다 더 훌륭하게, 그러나 가끔은 그보다 더 형편없이 연주하는 사람을 본 적이 없다. 나는 에른스트를 마찬가지 사실로써 찬양할 수 있다. 이 사람 에른스트는 아마도 우리 시대의 가장 위대한 바이올리니스트일 것이다. 결점에서도 그리고 천재성에서도 파가니니를 닮았다. 이번 겨울 파리에서 사람들은 에른스트의 부재를 매우 유감스럽게 생각했다. 시뇨르 시보리는 매우 빛바랜 대용품이었다. 그럼에도 불구하고 우리는 그의 연주를 즐겨 들었다. 시보리가 제노바에서 태어났기에, 어렸을 때 사람들이 서로 비켜 지나갈 수 없을 정도로 좁은 고향 도시의 길에서 아마도 가끔 파가니니를 만났을 것이기에, 그는 이곳에서 파가니니의 제자로서 알려져 있다. 아니다, 파가니니는 결코 제자를 두지 않았다. 둘 수가 없었다. 그럴 것이 그가 알고 있는 최상의 것은 예술에서 최상의 것이고, 가르칠 수도 배울 수도 없는 것이기 때문이다.

예술에서 최상의 것은 무엇일까? 그것은 삶의 다른 모든 현시(顯示)에서도 최상의 것인바, 그것은 스스로 의식된 정신의 자유이다. 이러한 자의식의 충만함 속에서 작곡된 음악 작품만이 아니라, 그 작품을 단지 연주하는 것 또한 예술적으로는 최상의 것으로 간주될 수 있다. 그 연주에서

---

13) Niccolo Paganini(1782~1840): 이탈리아 제노바 출신의 바이올린 연주가이자 작곡가. 역사상 가장 뛰어난 바이올리니스트로 평가받는다.

우리가 바로 그 경이로운 무한의 숨결을 느낀다면 말이다. 이 숨결은 연주자가 작곡가와 동일한 높이의 자유로운 정신을 지녔음을, 그리고 연주자 역시 자유로운 사람임을 직접적으로 알려준다. 그렇다, 이러한 자유의 자의식은 예술에서 아주 특별하게 소재(素材)를 다룸으로써 즉 형식을 통해 나타나며, 어떤 경우에도 소재를 통해 나타나지는 않는다. 그 반대로 우리는 자유 자체를, 해방을 그들의 소재로 선택한 예술가가 일반적으로 억제되고 묶인 정신의 소유자이며, 실제로는 자유롭지 못한 자라고 주장할 수 있다.[14] 이러한 언급은 오늘날 특히 독일의 시 예술에서 진실로 판명되고 있다. 독일의 시 예술에서 우리는 경악하면서 볼 수 있다. 방자스럽게 오만하기 짝이 없는 자유의 가수들이 밝은 데서 보니 대부분 그저 고루한 존재라는 사실을. 빨간 모자 아래에서 편발이 살짝 엿보이는 속물이라는 사실을.[15] 이들은 하루살이다. 괴테는 이들에 대해 이렇게 말할 것이다.

우둔한 파리 떼들! 요것들이 날뛰는 꼴이란!
요것들이 윙윙대며 무모하고 경솔하게
그들의 작은 파리똥을
독재자 코에 방울 지어 떨어트리는 꼴이란![16]

진실로 위대한 시인들은 언제나 그들 시대의 거대한 이해관계를 운

---

14) 하이네가 예술에서 가장 중요한 것으로 주장하는 것은 '소재'를 다루고 취급하는 '형식'의 자유이지 '자유'라는 소재는 아니다.
15) 빨간 모자는 '혁명'을 상징하며, 편발은 18세기 혁명 이전의 시대를 의미한다. 독일의 급진적 시인들이 실은 전근대적 본성을 버리지 못했으며, 그들의 혁명 구호는 그저 공허한 구호라는 하이네의 풍자적 비유다.
16) 이 시는 괴테가 아니라 하이네 자신의 작품이다.

을 맞춘 신문 사설과는 달리 파악했다. 이 시인들은 노예근성의 대중이 그들에게 귀족주의라는 비난을 퍼부어도 별로 개의치 않는다. 이 위대한 시인들에게는 대중의 조야함은 혐오스러운 대상일 따름이다.

56

파리, 1843년 3월 26일

금년 음악 시즌의 가장 주목할 만한 현상으로서 나는 시보리와 드라이쇼크를 거명한 바 있다. 드라이쇼크는 아주 큰 갈채를 받았다. 공공의 의견이 그를 아주 위대한 피아노 대가의 하나로 선언해놓았고 또 가장 위대한 거장과 동렬에 세운 사실을 나는 있는 그대로 보고하는 바이다. 그는 정말이지 엄청난 스펙터클을 야기했다. 사람들은 드라이쇼크라는 한 명의 피아니스트 연주가 아니라 세 명의 쇼크 피아니스트의 연주를 듣는다고 믿는다.[1] 그가 연주회를 연 밤에 바람이 북서풍이었기 때문에, 아마 당신들도 아우크스부르크에서 그 엄청난 음향을 들을 수 있었을 것이다. 그리고 그와 같은 먼 거리에서는 그 음향의 효과는 틀림없이 쾌적했을 것이다. 그러나 이곳 센 현(縣)에서는 이 피아노 연주자가 천둥을 내리치면 우리의 고막이 터져나갈 지경이다. 목매달아 죽으려

---

1) 드라이쇼크라는 이름은 '드라이drei'와 '쇼크Schock'로 나눌 수 있는데 드라이는 독일어로 '셋'을, 쇼크는 '충격'을 뜻한다. 하이네는 드라이쇼크의 이름을 세 명의 '충격적인 피아니스트'로 희화화한다.

마, 프란츠 리스트여, 그대는 폭풍을 자작나무 회초리처럼 묶어서 그것으로 바다를 매질하는 이 천둥의 신과 비교하면 그저 평범한 바람의 우상일 따름이다. 늙은 피아니스트들은 점점 더 잊혀간다. 이들 불쌍하고 노쇠한 명예의 부상병들은 이제 그들이 젊었을 때 과대평가된 것에 대해 혹독한 벌을 받아야만 하는 것이다. 단지 칼크브레너²⁾만이 약간 명성을 유지하고 있다. 그는 이번 겨울에, 한 여제자의 연주회에서 다시 공개적으로 등장했다. 그의 입술에는 아직도 그 방부 처리된 듯한 미소가 빛나고 있다. 우리가 최근 이곳 박물관에서 한 이집트 파라오의 미라를 감은 천을 풀었을 때, 이 미라에게서도 보았던 그 미소 말이다. 칼크브레너 씨는 또한 최근에, 25년 이상의 부재 후, 그의 최초의 성공 무대, 즉 런던을 다시 방문했고, 그곳에서 아주 큰 갈채를 받았다.³⁾ 가장 좋은 일은 그가 목이 무사한 채 돌아왔다는 사실이다. 그래서 우리는 이제 더는 그 은밀한 소문을 믿지 않아도 되게 되었다. 칼크브레너가 영국을 그렇게 오랫동안 기피한 이유는 이중혼(二重婚)이라는 호색(好色) 범죄를 교수형으로 처벌하는 영국의 불건전한 법 때문이라는 소문을. 그러니 이제 우리는 그 소문이 그저 지어낸 이야기라고 믿을 수 있다. 그럴 것이 칼크브레너 씨가 돌아왔기 때문이다. 이곳 그의 숭배자들한테로, 그가 플레옐 씨와 합작한 회사에서 만들어낸 아름다운 피아노로,⁴⁾ 모두가 프랑스말의 의미에서 대가로 양성된 그의 여제자들한테로, 그가 주장하기로는 어떤 영주도 사

---

2) Friedrich Kalkbrenner(1785~1849): 독일 태생의 피아니스트. 런던과 파리에서 큰 명성을 얻었으나 후에 쇼팽과 리스트의 그늘에 가려 점차 잊혀갔다.

3) 칼크브레너는 1813~24년 사이에 런던에 거주했고, 1824년에 파리로 이주했다.

4) 플레옐(Camille Pleyel, 1788~1855)은 그의 아버지가 세운 피아노 공장을 맡게 되자 돈독한 관계를 맺어온 칼크브레너를 이 공장의 공동 소유주로 만들었다. 이 공장에서 생산된 피아노들은 좋은 평판을 얻었으며 쇼팽을 비롯해 많은 피아니스트가 애호했다.

들일 수 없을 정도라는 그가 수집한 그림들한테로, 겸손한 점에서는 이미 아버지를 능가하는 그의 희망 찬 아들한테로, 그에게 소문난 넙치를 넘겨준 그 착한 생선 가게 아주머니한테로 말이다.──그런데 이 넙치는 오툉의 전임 주교이며 베네방의 영주인 탈레랑-페리고르[5]의 요리장이 그의 주인을 위해 이미 주문해놓은 것이었다. 그 생선 가게 아주머니는 신분을 숨기고 생선 시장에 나온 이 유명한 피아니스트에게 앞서 언급된 넙치를 넘겨줄 것을 한사코 거부했단다. 그러나 이 피아니스트가 명함을 꺼내서 아주머니에게 내놓고, 그 불쌍한 여자가 칼크브레너라는 이름을 읽자, 그녀는 즉석에서 이 생선을 칼크브레너의 집으로 보내라고 지시했단다. 그녀는 오랫동안 돈을 받으려고 하지 않았단다. 큰 명예로 충분한 보상을 받았다고 하면서 말이다. 독일의 얼간이 말린 대구[6]들은 이런 생선 이야기에 대해서 화를 낸다, 왜냐하면 이자들은 자의식을 이처럼 빛나는 방식으로 충족할 능력이 없기 때문이다. 이외에도 이자들은 칼크브레너 씨를 질시한다. 겉으로 드러나는 그의 우아한 태도 때문에, 세련된 치장 때문에, 매끈함과 감미로움 때문에, 완전히 마지팬 같은 외양 때문에. 그러나 이 외양은, 조용한 관찰자에게는, 무의식적으로 튀어나오는 낮은 계층의 베를린 사투리로 인해[7] 무엇인가 초라한 부가물을 가진다. 그러기에 코레프[8]는 칼크브레너에 대

---

5) Charles-Maurice de Talleyrand-Périgord(1754~1838): 루이 14세부터 나폴레옹을 거쳐 루이 필리프 왕에 이르기까지 오랜 기간 프랑스를 대표한 유명한 외교관.
6) "말린 대구Stockfisch"는 바보, 얼간이 등을 의미하기도 한다.
7) 칼크브레너는 영어와 프랑스어를 매우 유창하게 구사했으나 정작 모국어인 독일어는 심한 베를린 사투리의 억양으로 말했다 한다.
8) Johann Ferdinand Koreff(1783~1851): 독일 출신의 의사이자 작가. 1820년부터 파리에 거주했다.

해서 재치 있으면서도 올바른 언급을 할 수 있었다. "그는 진창에 떨어진 사탕처럼 보인다"고.

픽시스[9] 씨는 칼크브레너 씨의 동시대인 중 한 명이다. 비록 그는 등급이 낮은 사람이지만, 우리는 여기에서 진기한 인물로서 그에 대해 언급하려 한다. 그런데 픽시스 씨는 정말로 아직 살아 있는 것인가? 본인은 그렇다고 주장한다. 그리고 이에 대한 증거로서 불로뉴의 유명한 휴양객인 시나[10] 씨의——우리는 이 시나 씨를 시나이 산과 혼동해서는 안 된다——증언을 내세운다. 비록 악의에 찬 많은 입이 픽시스 씨는 결코 존재하지 않았다고까지 확언하고 있지만, 우리는 이 착한 해수욕객을 믿어보기로 하자. 그렇다, 픽시스 씨는 실제로 살아 있는 한 인간이다. 나는 지금 인간이라고 말했지만, 동물학자라면 그에게 꼬리 달린 짐승 이름을 부여할 수도 있었을 것이다.[11] 픽시스 씨는 이미 외국군 침공 때에,[12] 즉 벨베데레의 아폴로 조각상이[13] 다시금 로마인들에게 인계되어 파리를 떠나야 했던 바로 그 시기에, 파리로 왔다. 픽시스 씨를 취득함으로써 프랑스인들에게는 어느 정도 보상이 주어진 셈이다.[14] 그는 피아

---

9) Johann Peter Pixis(1788~1874): 독일 출신의 피아니스트이자 작곡가. 1825년부터 1845년까지 파리에서 활동했다.

10) Johann Sina, 바이올리니스트. 하이네는 그를 여러 차례 해수욕장의 기인으로 회화화했다.

11) 픽시스는 작은 키로 인해서 원숭이와 비교되곤 했다.

12) 나폴레옹의 패배 후 1814~15년에 독일군이 프랑스에 주둔했던 시기.

13) 벨베데레의 아폴로는 아테네 오모니아 광장에 서 있는 조각가 레오카레스의 청동 조각상을 로마 시대에 대리석으로 모각한 '리플리카'(모사본)로서 인체의 완벽한 아름다움을 추구한 고전주의 걸작 중 하나다. 이 조각상은 나폴레옹에 의해 강제로 파리로 옮겨졌으나, 그의 패배 후 다시 로마의 바티칸 궁으로 되돌려졌다.

14) 벨베데레 아폴로 상의 완벽한 인간적 조형미와 대비하면 픽시스의 외모는 더욱 추악하게 보인다. 픽시스-아폴로의 대비는 나폴레옹 시대에 유행한 나폴레옹-아폴로의 대비를 연상시킨다. 나폴레옹 역시 작은 키에 볼품없는 외모로 그에게 비판적인 많은 사람

노를 연주했고, 또한 귀여운 작품들도 작곡했다. 그의 음악 작품들은 아주 특별히 카나리아 새들을 손풍금의 반주에 맞춰 노래하도록 길들이려는 새 장수들의 애호를 받았다. 사람들은 이 노란 새들에게 단지 한 번 픽시스 씨의 작품을 연주해서 들려주면 되었다. 새들은 즉석에서 이 작품들을 이해했고, 쩩쩩거리며 따라 불렀다. 이것은 큰 즐거움이었고, 모두가 "최고다!" 외치며 갈채를 보냈다. 옛 부르봉 왕조가 무대에서 퇴장한 후에는 '최고다'라는 탄성도 더는 울리지 않는다. 새로운 노래 새들은 새로운 멜로디를 요구하는 것이다. 픽시스 씨는 그의 외적 현상, 즉 물리적 생김새를 통해서도 어느 정도 가치 있음을 보여준다. 그 말인즉 그는 음악 세계에서 가장 코가 크고, 이 특기를 정말로 눈에 확 띄게 하기 위해서 그는 종종 한 로맨스[15] 작곡가와 동반해 나타난다. 후자는 거의 코가 없고, 바로 그 이유로 해서 최근에 레종 도뇌르 훈장을 받았다. 그럴 것이 팡스롱[16] 씨는 틀림없이 그의 음악 때문에 그런 훈장을 받지는 않았을 것이기 때문이다. 사람들의 말인즉 팡스롱 씨는 그랑 오페라의 단장으로 임명되어야 한단다. 왜 그런가 하면 그는 마에스트로 자코모 마이어베어[17]에게 코를 잡혀 이리저리 끌려다닐 우려가 없는 유일한 사람이기 때문이란다.

헤르츠 씨는 칼크브레너나 픽시스와 마찬가지로 미라 같은 존재이다. 그에게서 빛나는 것은 오로지 그의 아름다운 콘서트홀뿐이다.[18] 그

의 구설수에 올랐다.

15) 형식에 구애되지 않는 서정적인 음악 소곡.

16) Auguste-Mathieu Panseron(1796~1859): 작곡가이자 음악 지도자. 특히 2백여 편의 로맨스를 작곡했고, 이 곡들은 많은 사람의 사랑을 받았다.

17) 12장 참조.

18) Henri Herz(1803~1888): 오스트리아 출신의 작곡가이자 피아니스트. 파리에서 매우 유명한 콘서트홀을 소유했다.

는 오래전에 죽었는데, 최근에 결혼도 했다. 이곳에 자리를 잡은 피아노 연주자들 중 가장 큰 행운을 건진 사람들 중에는 할레[19]와 에두아르트 볼프[20]가 있다. 우린 단지 볼프에 대해서만 주목하고자 한다. 그가 작곡가로서도 뛰어났기 때문이다. 볼프는 창작력이 풍부하고 열정에 가득 차 있다. 슈테펜 헬러[21]는 피아노의 대가라기보다는 작곡가이다. 피아노 연주 때문에도 매우 존경을 받았지만 말이다. 그의 음악적 창작물들은 모두 뛰어난 천재성의 각인을 지니며, 그는 지금 이미 위대한 거장의 반열에 올라 있다. 그는 진정한 예술가이다. 꾸밈도 없고 과장도 없다. 고전적 형식 속에 낭만적 의미를 담을 줄 안다. 탈베르크[22]는 이미 두 달 전부터 파리에 머물고 있으나, 자신의 연주회를 열 계획은 갖고 있지 않다. 그는 단지 이번 주 친구의 연주회에서 공개적으로 연주할 예정이다. 이 예술가는 호감이 드는 방법으로, 그의 음악적 행동거지를 통해서라고 나는 말하고 싶거니와, 하여간 그의 피아니스트 동료들과 구별된다. 삶에서도 또한 예술에서도 탈베르크는 타고난 절도를 보여준다. 그의 연주는 아주 신사적이고, 아주 풍요롭고, 아주 점잖고, 얼굴 찌푸림은 물론 억지로 꾸민 천재적 행위도 그리고 허풍 떠는 무례함도 전혀 없다. 무례한 허풍은 마음속의 자신 없음을 억지로 감추려는 행위일 따름이다. 건강한

---

19) Sir Charles Hallé(독일명 Karl Halle, 1819~1895): 독일 출신의 피아니스트. 파리에서 활동하다가 1848년 2월 혁명 후에 영국으로 건너가서 피아니스트, 음악 교사 등으로 활동했다. 작곡가로서는 별 성공을 거두지 못했다.
20) Edouard Wolff(1816~1880): 폴란드 출신의 피아니스트이자 작곡가. 19세에 파리로 가서 피아니스트로서, 그리고 피아노 교사로서 명성을 얻었다.
21) Stephen Heller(1813~1888): 부다페스트 출신의 피아니스트이자 작곡가. 1838년부터 파리에서 활동했으며, 하이네와도 친교를 나눴다.
22) Sigismund Thalberg(1812~1871): 빈Wien의 피아니스트. 빈에서 '황제의 궁정 피아니스트' 칭호를 얻었다.

여인들은 그를 좋아한다. 병약한 여인들도 못지않게 그를 총애한다. 피아노 위에서의 간질 발작으로 그녀들의 동정심을 얻으려 하지 않지만, 그녀들의 과도하게 예민한 신경을 투기 대상으로 삼지 않지만, 그녀들에게 충격 요법도 전기 요법도 쓰지 않지만 말이다. 모두 부정적인, 그러나 아름다운 특성들이다. 내가 탈베르크보다 더 선호하는 피아니스트는 단한 명뿐이며, 그는 바로 쇼팽이다. 그러나 쇼팽은 연주의 대가라기보다는 작곡가적 측면이 훨씬 더 크다. 쇼팽에게서 나는 피아노 연주 거장의 뛰어남 같은 것은 완전히 잊어버린다. 그저 그의 음악의 감미로운 심연 속으로, 그의 깊고도 섬세한 작품들의 고통스러운 우아함 속으로 침잠할 뿐이다. 쇼팽은 위대한 천재적 음(音)의 시인이다. 우린 원래는 그를 모차르트나 베토벤 또는 로시니의 이름과 함께만 거명해야 한다.

금년 겨울에는 이른바 서정적 극장들[23]에서도 새로운 작품들이 빠지지 않았다. 희가극 가수들은 우리에게 시뇨르 도니체티의 새로운 작품인 「돈 파스콸레」[24]를 들려주었다. 이 이탈리아 작곡가도 성공을 거두었다. 그의 재능은 대단하다. 그러나 더 대단한 것은 그의 다산(多産) 능력이다. 이 능력에서 그를 앞서는 것은 토끼뿐이다. 오페라 코미크에서 우리는 「악마의 몫」[25]을 보았다. 텍스트는 스크리브, 곡은 오베르의 것이다. 이 작품에서 극작가와 작곡가는 좋은 짝을 이룬다. 이들은 장점에

---

23) 파리에 있는 큰 음악 무대 세 곳, 즉 테아트르 이탈리앵Théâtre Italien, 오페라 코미크 Opéra Comique, 아카데미 로얄 드 뮈지크를 지칭한다.

24) Don Pasquale. 도니체티의 희가극. 1843년 1월 3일 테아트르 이탈리앵에서 초연되었다.

25) La part du diable, 다니엘 오베르(Daniel Francois Esprit Auber, 1782~1871)의 희가극. 1843년 1월 16일 오페라 코미크에서 초연되었으며, 장기간에 걸쳐 큰 성공을 거두었다. 오베르는 스크리브와 짝을 이루어 1823년부터 1864년 사이에 38편을 무대에 올렸다. 가장 성공적인 작품은 1830년 작곡된 「형제 악마Fra Diavolo」이다.

서나 단점에서 모두 눈에 띄게 서로 닮았다. 두 사람 모두 매우 재치 있고 우아하며 새로운 것을 많이 고안해냈다. 그들은 열정도 지녔다. 한 사람에게는 시적 능력이, 다른 사람에게는 음악적 능력이 결여되었을 뿐이다. 이 오페라는 자신의 관객을 찾아냈으며, 공연장은 언제나 만원을 이룬다.

아카데미 로얄 드 뮈지크, 즉 그랑 오페라에서는 요즘 「샤를 5세」가 공연되고 있다. 텍스트는 카시미르 델라비뉴, 작곡은 알레비가 맡았다.[26] 이 작품에서도 우리는 극작가와 작곡가 사이에서 친화적 유사성을 알아차릴 수 있다. 이들은 모두 성실하고 고귀한 노력으로 그들의 자연적 재능을 향상시킬 줄 알았으며, 내적 원천성을 통해서보다는 학교에서의 외적 훈련을 통해 더 많이 자신들을 교육시켰다. 그러기에 이 두 사람은, 독창적 천재들이 가끔 그런 것처럼, 아주 조악한 것으로 떨어지지는 않는다. 그들은 항상 뭔가 청량한 것, 뭔가 아름다운 것, 뭔가 존경할 만한 것, 아카데믹한 것, 고전적인 것을 창출해낸다. 두 사람 모두 고귀한 품성과 품위 있는 외양을 지니고 있다. 우리 금이 인색하게 자신을 숨기고 있는 때는 통용되는 은을 평가 절하해 흠잡지 말자. 디에츠의 「방랑하는 네덜란드인」은 비참하게 실패했다.[27] 나는 이 오페라를 직접 듣지는 않았

---

26) 샤를 5세는 1380년부터 1422년까지 프랑스의 왕이었는데, 각본을 쓴 델라비뉴Casimir Delavigne는 왕의 이야기에 잔다르크 모티프를 도입해 애국적인 오페라 텍스트를 만들었다. 작곡을 맡은 프로망탈 알레비(Jacques Fromental Halévy, 1799~1862)의 음악은 상반된 평가를 받았다.

27) 작곡가이자 지휘자인 디에츠(Pierre-Louis-Philippe Dietsch, 1808~1865)는 바그너의 작품 구상안을 모방해 「유령선(幽靈船)」이라는 제목으로 오페라를 만들었고, 이 작품은 1843년 1월 1일부터 그랑 오페라 무대에 올려졌으나 공연은 큰 실패로 끝났다. 바그너는 이 작품의 아이디어를 하이네의 『슈나벨레보프스키 씨의 회상』에서 얻었고, 이후 두 사람은 저작권 문제로 심한 갈등을 겪었다.

다. 단지 각본만을 읽어보았는데, 불쾌한 심정으로 나는 확인해야 했다. 한 유명한 독일 작가(하인리히 하이네)가 거의 완전히 무대에 맞도록 구상해낸 우화가 프랑스어 텍스트에서는 엉망이 되어버린 사실을 말이다.

성실한 보고자로서 나는 이곳에 있는 독일 동포 중에는 훌륭한 마이스터 콘라딘 크로이처도 있음을 언급해야 하겠다. 크로이처는 이곳 독일 음악인들이, 굶주림의 기념으로 공연한 「그라나다의 야영지」를 통해 상당한 명망을 얻었다.[28] 이 존경스러운 마이스터를 나는 아주 젊은 시절부터, 그가 작곡한 가곡들에 황홀하게 매혹당한 그 시절부터 알고 있었다. 오늘날에도 내 마음속에는 이 노래들이 울리고 있다. 마치 흐느끼는 나이팅게일과 피어오르는 봄의 기쁨으로 가득 찬 노래하는 숲처럼. 크로이처 씨는 내게 오페라 코미크를 위해 각본 하나를 음악으로 작곡할 것이라고 말했다. 그가 이 위험한 좁은 길에서 발을 헛디디지 않기를, 그가 파리 코메디안 세계의 교활한 인간들에게 기만당하지 않기를. 많은 독일인이 그에 앞서 이런 자들에게 속아넘어갔다. 크로이처 씨보다 재능이 뒤떨어진 독일인들, 그래서 아무튼 파리의 미끄러운 바닥을 그보다는 더 민첩하게 움직일 수 있다는 이점을 가진 독일인들도 말이다. 리하르트 바그너 씨는 어떤 비참한 체험을 해야만 했던가! 그는, 마침내는 이성과 위장(胃腸)의 말에 복종하여 프랑스의 무대에 발을 붙이려는 위험스러운 계획을 현명하게 포기했고, 독일의 감자 밭으로 돌아갔다.[29] 물질적인 그리고 노련함의 의미에서는 그 늙은 데사

---

28) 콘라딘 크로이처(Conradin Kreutzer, 1780~1849)는 당시 독일의 저명한 작곡가이자 지휘자로 「그라나다의 야영지」는 그의 대표적 오페라이다. "굶주림의 기념"이란 말로 하이네는 당시 파리의 독일 음악가들이 별로 주목받지 못했음을, 즉 그들이 "명망"에 굶주려 있음을 암시하는 것으로 보인다.

29) 바그너Richard Wagner는 1839~42년 파리에 머물렀다.

우어[30]가 더 유리하게 준비되어 있었다. 이자의 주장에 의하면 그는 오페라 코미크 감독부의 위탁으로 오페라 하나를 작곡한다고 한다. 각본은 스크리브 씨가 그에게 넘겨주기로 했는바, 그 이전에 이곳의 한 은행가 집안에서 이 유명한 각본 집필자에게 늙은 데사우어가 실패할 경우 상당한 액수의 돈을 취소 비용 또는 위약금으로 지불할 것을 보증했단다. 스크리브는 사실 미리 대비를 할 권리가 있다. 그럴 것이 그 늙은 데사우어는, 우리에게 날마다 하소연하듯이, 우울증 산통(疝痛)[31]을 앓고 있기 때문이다. 그런데 이 늙은 데사우어는 누구인가? 이자는 그 늙은 데사우 사람, 7년 전쟁에서 아주 많은 승리의 월계관을 쟁취했고 또 그의 행진곡이 그토록 유명한 그 늙은 데사우 사람일 수 있을까? 그의 조각상이 베를린의 궁성 정원에 세워졌고, 또 그 후 전복된 그 늙은 데사우 사람이?[32] 절대 아니다. 또 그는 어떤 유명한 행진곡도 쓰지 않았고 그를 위해서는 후에 전복된 어떤 조각상도 세워지지 않았다. 그는 프로이센의 그 늙은 데사우 사람이 아니다. '늙은 데사우어'라는 이름은 단지 **가명**이거나 별명일 따름이다. 그의 늙수그레하게 꾸부정한 등과 빈약한 외모 때문에 사람들이 붙여준 별명 말이다. 그는 형편없이 보존된 늙은 청년이다. 그는 데사우 출신이 아니다. 오히려 그 반대로 프라하 출신이며, 그곳

---

30) Joseph Dessauer(1798~1876): 프라하 태생의 가곡 작곡가. 여러 차례 하이네의 조롱의 대상이 되었다.

31) 하이네는 우울증Melancholie과 산통Kolik을 합성해 "우울증 산통Melancholik"이라는 실재하지 않는 병명을 만들어냈다.

32) 데사우어Dessauer는 고유명사로서는 특정한 사람의 이름을, 그리고 보통명사로서는 데사우Dessau 출신의 사람, 또는 데사우에 거주하는 사람을 의미한다. 처음의 데사우어는 '요제프 데사우어'라는 인물 이름을, 다음의 데사우 사람Dessauer은 1693년부터 1747년까지 안할트데사우Anhalt-Dessau의 영주였던 레오폴트 1세를 가리킨다. 레오폴트 1세는 용맹한 군인으로서 많은 승리를 거두었다. 「데사우 행진곡」은 그가 만든 것으로 전해진다.

의 유대인 지구에 그는 크고 깨끗한 저택을 두 채 소유하고 있다. 빈에도 집이 한 채 있다고들 하며, 그 외에도 매우 부유하다는 소문이다. 그러니 그는 작곡 일을 할 필요가 없다. 늙은 모송 부인[33] 같으면 그렇게 말할 것이다. 그러나 예술에 대한 사랑으로 그는 사업을 등한시했고, 음악 일을 했으며 일찍이 오페라를 하나 작곡했다. 이 오페라는 고귀한 끈기로 공연되기에 이르렀고 한 번 반 무대에 올려졌다. 프라하에서와 마찬가지로 빈에서도 이 늙은 데사우어는 재능을 발휘해보려고 했다. 그러나 모차르트, 베토벤 그리고 슈베르트에 열광하는 일당들은 그의 상승을 허용하지 않았다. 사람들은 그를 이해하지 못했는바, 이는 그의 알아듣기 힘든 사투리와 코를 킁킁거리는 듯한 독일어 발음만을 감안해보아도 아주 쉽게 설명될 수 있는 일이다. 그의 독일어 발음은 썩은 달걀을 연상시킨다. 그게 아니었다면 사람들은 아마 그를 이해하고, 그렇기 때문에 그에 대해서 아무런 관심도 가지려 하지 않았을지도 모르겠다. 게다가 그는 치질과 배뇨 장애도 앓고 있고, 그래서 그의 표현대로 우울증 산통이라는 병을 얻게 되었다. 기분 전환을 하려고 그는 파리로 왔으며, 이곳에서 그 유명한 모리스 슐레징어[34] 씨의 총애를 얻게 되었다. 슐레징어는 그가 작곡한 가곡들의 출판을 받아들였다. 사례금으로 그는 슐레징어에게 금시계 하나를 받았다. 그 늙은 데사우어가 얼마 후에 후원자에게 가서 그 시계가 가지 않는다고 통고하자 슐레징어는 이렇게 대답했다. "안 간다고? 그 시계가 갈 것이라고 내가 말했소? 당신의 작곡들은 가는(팔리는) 줄 아시오? 당신에게 내 시계의 꼬락서니는 내게 당신의 작곡들 꼬락서니와 마찬가지요. 그것들은 가지 않소." 음악가들의 지배자 슐레징어는 이렇게 말하면서

---

33) Johanna Mosson(1769~1847): 작곡가 자코모 마이어베어의 장모.
34) 음악 전문 신문 『가제트 뮈지칼』의 발행인이자 편집장.

그의 넥타이 자락을 위로 잡아당겨 목둘레에 휘휘 돌렸다. 마치 넥타이가 갑자기 너무 꽉 조인다는 듯이. 이 행위는 그가 열을 받으면 하는 짓이다. 그럴 것이 모든 위대한 사람들과 마찬가지로 그도 매우 다혈질이다. 이 섬 뜩한 위로 잡아당김과 목둘레 휘돌림은 아주 심각한 분노 폭발의 전조이기도 하다. 이 때문에 불쌍한 늙은 데사우어는 아주 흥분되어 그날 그 어느 때보다도 더 심하게 우울증 산통을 앓았다. 이 고귀한 후원자가 데사우어에게 한 짓은 옳지 못하다. 그의 가곡 작곡집이 팔리지 않는 것은 그의 죄가 아니다. 그는 그것들이 팔리도록 할 수 있는 일은 다 했다. 그 때문에 그는 아침부터 저녁까지 이리저리 돌아다녔고, 그 어떤 신문 추천글을 통해 그의 가곡들을 팔릴 수 있게 만들 만한 사람들을 모두 쫓아다닌다. 그는 모든 신문기자의 윗도리에 달라붙은 가시다. 그는 끊임없이 우리에게 우울증 산통에 대해 하소연한다. 마치 쪼가리 추천글 하나가 그의 병든 마음을 쾌활하게 만들어줄 수 있다는 듯이. 작은 신문들에서 일하는 급료가 많지 않은 문예란 기자들에게는 다른 방식으로 미끼를 던진다. 예를 들면 최근 카페 드 파리[35]에서 한 신문사의 편집인에게 아침 식사를 대접했노라고, 그 식사 대접 비용으로 45프랑 10수가 들었노라고 기자들에게 이야기한다. 그는 또 정말로 그 계산서를, 카르트 페이앙트[36]를, 그 아침 식사 영수증을 항상 바지 주머니에 넣고 다닌다. 증거물로 보여주기 위해서 말이다. 그렇다, 화가 난 슐레징어 씨는 그 늙은 데사우어에게 부당한 짓을 하는 것이다. 늙은 데사우어가 그의 작곡집을 팔리게 하기 위한 수단을 모두 사용하지는 않는다고 생각한다면 말이다. 이 불쌍

---

35) Café de Paris, 파리의 오페라 하우스 바로 옆에 있었던 카페를 겸한 레스토랑. 이 카페는 1822년부터 1856년까지 영업했다.

36) Carte payante, 계산서.

하기 짝이 없는 사람은 남자 기자뿐 아니라 여자 기자까지도 그 목적을 위해 동원하려고 시도하고 있다. 그는 심지어는 한 늙은 동포 여기자를, 동정심에서 그를 위해 감상적이고 맥 빠진 독일어-프랑스어로 몇 개의 추천 기사를 써준, 그리고 그 인쇄된 향유(香油)를 통해 그의 우울증 산통 증세를 완화해주려 한 동포 여기자를 찾아냈다. 우리는 이 착한 사람을 더욱더 칭송해야 한다. 그럴 것이 오로지 순수한 인간애, 박애만이 이 행동에 관여하기 때문이다. 이 늙은 데사우어가 그의 아름다운 용모로 여인들을 매혹하기는 힘들 것이다. 그의 용모에 대한 견해들은 엇갈린다. 어떤 사람들은 그 얼굴이 구토제(嘔吐劑)라고, 다른 사람들은 완하제(緩下劑)라고 말들 한다. 여하튼 확실한 것은 그를 볼 때마다 어찌할 수 없는 딜레마가 늘 내 가슴을 답답하게 한다는 사실이다. 내가 알지 못하기 때문이다. 이 두 견해 중 어떤 것을 선택해야 하는지를. 그 늙은 데사우어는 이곳 청중에게 그의 얼굴이, 사람들이 말하는 것과는 달리 세상에서 가장 불쾌한 얼굴은 아니라는 것을 보여주려고 했다. 이러한 의도에서 그는 젊은 남동생 한 명을 급히 프라하에서 이곳으로 오도록 했다. 이 아름다운 젊은이, 부스럼 딱지의 아도니스처럼 보이는 이 젊은이는, 이제 파리 도처에서 그를 동반해 다니고 있다.

용서하시오, 소중한 독자들이여, 내가 이따위 똥파리들에 대해서 당신들에게 이야기하는 것을. 그러나 이 파리들이 집요하게 윙윙거리며 날뛰면 마침내는 아주 참을성 많은 사람까지도 파리채를 잡게 된다오. 나는 또한 여기서 보여주려고 했소. 어떤 쇠똥구리들이 우리의 우직한 음악 서적 발행인들에 의해서 독일의 나이팅게일로, 슈베르트의 후계자로, 아니 경쟁자로 칭송되는지를 말이오. 파리에서 슈베르트의 인기는 아주 대단하다. 그래서인지 그의 이름은 뻔뻔스럽기 짝이 없는 방식으로 이용되고 있다. 더없이 비참한 폐물 가곡집 하나가 카미유 슈베르트라는 가명으로 출판되었다. 진짜 음악가 슈베르트의 이름이 프란츠라는 사실을 아마 모를 프랑스인들은 이런 식으로 속아 넘어간다. 불쌍한 슈베르트! 어떤 텍스트들이 그의 음악 속으로 밀어 넣어지는지! 무슨 말인가 하면, 이곳에서 가장 사랑을 받는 것은 슈베르트가 작곡한 하인리히 하이네의 가요시(歌謠詩)들이다. 그러나 그 텍스트들은 끔찍하게 번역되었다. 그래서 시인은 음악책 출판인들이 진짜 저자의 이름은 숨기고, 가요집의 표제지에 알려지지 않은 프랑스 가사 작성자의 이름을 적어놓는 것에 대해 별로 양심의 가책을 느끼지 않는다는 사실을 알았을 때, 오히려 매우 기뻤다. 이는 아마도 **저작권** 문제를 생각하지 않으려는 교활한 술책에서 생겨난 일일 것이다. 이곳 프랑스에서 저작권은 작곡된 가요의 가사를 쓴 시인에게는 항상 사례비의 절반을 허용한다. 이 풍조가 독일에 도입되었더라면, 20년 전부터 그의 『노래의 책』[37]이 모든 독일 음악 상인에 의해 이용된 시인은, 이 사람들에게서 최소한 한 번은 감사의 말을 들었을 것이다. 그러나 그 시인은 독일에서 출판된 수백 개가 넘는 그의 시에 곡을 붙인 가요집들 중 단 한 권의 기증본도 받아보지 못했다! 언젠가는 독일에도 작가의 정신적 재산이 나이트캡을 만드는 공장주의 목면 재산과 마찬가지로 진지하게 인정되는 때가 오기를. 그러나 우리 독일에서 시인들은 가진 것이라곤 그저 허공뿐인 나이팅게일로 간주된다. 이들은 권리라고는 없다. 정말 법률의 보호 밖에 있는 것이다!

나는 이 기사를 한 좋은 행동으로 마치려 한다. 내가 듣기로는 쾰른

---

37) 『노래의 책*Buch der Lieder*』은 하이네의 초기 서정시를 모아놓은 시집으로 그의 문학적 명성에 큰 역할을 했다. 1827년 함부르크에서 초판이 발행되었다. 이 시집에 실린 시들을 작곡한 사람들 중에는 슈베르트, 슈만, 멘델스존 등이 있다.

의 음악 감독인 신들러[38] 씨가 매우 화가 나 있다고 한다. 내가 음악 시즌에 대해 쓴 한 기사에서 그의 흰색 넥타이에 대해 매우 부정적으로 말하고, 또 그 사람 자체에 대해서는 그의 명함 성명 아래에 아미 드 베토벤이라는 추가 문구를 읽을 수 있다고 주장한 사실에 대해서 말이다. 둘째 사항을 그는 부정하고 있다. 넥타이에 관련된 것들은 전적으로 올바른 사실이다. 나는 지금까지 더 무시무시하게 하얗고 더 부자연스러운 괴물을 본 적이 없다. 그러나 명함에 관해서 말하자면, 나는 인간에 대한 사랑 때문에라도 고백해야 하겠다. 그런 말이 정말 명함에 쓰였는지 나 자신도 의심하노라고. 나는 그 이야기를 지어내지는 않았으나, 아마 지나치게 큰 예단(豫斷)으로 믿어버렸다. 이 세상의 모든 일은 사실 그 자체보다는 개연성이 더 중요한 법이다. 개연성은 그 남자가 충분히 그런 바보짓을 할 수 있다고 사람들이 생각하고 있음을 말해준다. 즉 그의 실질적 본성의 척도[39]를 우리에게 드러내 보여주는 것이다. 이에 반해 실제 사실은 그 자체로서는 아무런 성격적 의미도 없는 우연일 수 있다. 나는 언급된 명함을 보지 않았다. 그 대신 나는 최근에 한 형편없는 이탈리아 가수의 명함을 내 눈으로 보았다. 이 가수는 자기 이름 밑에 미스터 루비니[40]의 조카라는 문구를 인쇄해 갖고 다녔다.

---

38) 신들러는 베토벤의 친구이자 1840년 베토벤 전기를 집필했다. 33장 각주 7 참조.

39) '사람됨의 크기'를 뜻한다.

40) Giovanni Battista Rubini(1794~1854): 당대에 가장 유명했던 이탈리아 출신의 테너 가수. 특히 벨 칸토 가수로서 명성을 얻었다.

57

파리, 1843년 5월 5일

원래 의미의 정치는 요즘 불바르 드 카퓌신에 있는 정부 건물로 물러나 있다.[1] 산업의 문제들과 예술의 문제들이 그 사이에 의사(議事) 일정에 올랐고, 이제 하원에서는 사탕수수와 사탕무 중에 어느 것의 재배를 장려해야 할지, 북부 철도 노선을 민간 회사에 넘겨야 하는지 아니면 전적으로 국가의 재정 부담으로 확장해야 하는지, 「루크레티아」[2]의 성공으로 고전 시학의 체제가 다시금 활성화될 것인지 등의 문제를 둘러싸고 서로 다투고 있다. 이 순간 사람들이 가장 많이 들먹이는 이름은 로스차일드와 퐁사르이다.

선거에 대한 조사는[3] 의회에서 하나의 작은 인테르메초를 이룬다. 이 우울한 안건에 대한 두툼한 보고서는 매우 기묘한 세부 사항들을 포함한다. 보고서 작성자는 라니에[4]라는 자인데, 나는 그를 12년 전에 아주 서투른 의사로서 그의 유일한 환자 집에서 만난 적이 있다. 그 이후

---

1) 불바르 드 카퓌신에는 당시 기조가 장관으로 있는 프랑스의 외무부가 있었다.

2) Lucrezia(프랑스어로는 Lucrèce). 퐁사르(François Ponsard, 1814~1867)의 「루크레티아」는 고전적 외장(外裝)을 갖춘 현대적 비극으로 1843년 4월 22일 성황리에 초연되었다.

3) 야당의 요구로 구성된 조사위원회는 1842년 여름에 있었던 선거에 대해 5개월간 조사를 마치고 1843년 4월 24일에 조사 결과를 제출했다. 886쪽에 이르는 광대한 보고서는 이 선거에 부분적 부정이나 매수 등의 불법은 있었으나 정부 기관이 조직적으로 관여된 불법은 없는 것으로 결론지었다.

4) Joseph-Constant Lanyer(1794~1868): 1837~48년까지 하원의원을 지냈다. 하이네는 그를 여러 번 풍자 대상으로 삼았다.

그는 인류의 복리를 위해 그의 아스클레피오스 지팡이[5]를 벽에 걸어두고 의사직을 접었다. 조사위원회가 해산되면 즉시 설탕 문제에 대한 토론이 시작된다. 그리고 그 기회에 라마르틴 씨는 식민지 무역과 프랑스 해운업의 이익을 편협한 소상인 근성에 맞서 대변해줄 것이다. 사탕수수의 반대자들은 관련된 기업주, 즉 프랑스의 안녕을 오로지 그들 상점의 관점에서 판단하는 기업주이거나 늙고 노쇠한 나폴레옹 추종자다. 이들은 나폴레옹 황제의 총애를 받던 아이디어인 사탕무에 일종의 경건함으로 집착하고 있다.[6] 1814년 이후[7] 정신적 성장이 멈춘 이 노인네들은 라인 강 건너 우리 독일적 본성 추종자들[8]과 슬프게 희극적인 대조를 이룬다. 독일적 본성 추종자들이 과거에 독일의 참나무와 도토리 커피[9]에 열광했듯이, 나폴레옹 추종자들은 나폴레옹 시대의 **영광**과 사탕무 설탕에 열광한다. 그러나 시간은 빠르게 앞으로 굴러간다. 붙잡아둘 수 없이, 연기를 내뿜는 증기선을 타고서. 그러니 이제 쓸모가 없어진 과거의 영웅들은, 폐쇄된 민족주의의 의족(義足)을 한 사람들은, 부상병들과 치유 불가능한 사람들은 곧 우리 시야에서 사라질 것이다.

두 철도 노선의 개통, 하나는 오를레앙으로 다른 하나는 루앙으로 향

---

5) 아스클레피오스는 그리스 신화에 등장하는 의학과 치료의 신이다. 아스클레피오스의 지팡이는 뱀 한 마리가 똬리를 틀면서 기어오르는 모습을 한 지팡이로 의료와 의술을 상징한다.

6) 나폴레옹은 영국의 대륙 봉쇄로 사탕수수 수입이 막히자 그 대안으로 사탕무 재배를 적극 권장했다.

7) 1813년 라이프치히 전투에서 패배한 나폴레옹은 1814년 엘바 섬으로 유배되었다.

8) 독일의 민족적 본성과 문화적 순수성을 외래문화, 특히 프랑스로 대표되는 서구문화로부터 지키려는 민족주의적 운동의 추종자들. 하이네는 이들의 편협하고 배타적인 민족주의적 성향을 평생 비판하고 또 경계했다.

9) 도토리로 만든 대용 커피. 나폴레옹 시대, 영국의 해상 봉쇄로 커피 수입이 막히자 대용으로 만들어진 커피.

하는바, 이 노선들의 개통은 이곳에 하나의 충격을, 사회적 절연(絕緣) 상태에 있지 않은 사람이라면 누구나 느낄 수 있는 충격을 야기했다. 파리의 전체 주민은 이 순간 하나가 다른 하나에 전기적 충격을 전달하는 하나의 사슬을 형성하고 있다. 그러나 대중이 이 거대한 이동 능력의 외적 현상들에 어리둥절해하고 놀라서 멍해진 반면에, 생각하는 사람들은 섬뜩한 전율에 사로잡혔다. 그 결과가 전망할 수도 예측할 수도 없는 거대한 것, 전대미문의 것들이 생겨나면 항상 우리가 느끼는 그 섬뜩한 전율에. 우리가 지각할 수 있는 것은 그저 우리의 전 존재가 새로운 궤도로 쓸려가고 내던져졌으며, 새로운 상황, 새로운 기쁨과 새로운 고난이 우리를 기다린다는 사실, 그리고 미지의 것이 유혹하며 동시에 두렵게 만들면서 몸서리쳐지는 매력을 발산하고 있다는 사실이다. 아메리카가 발견되었을 때, 화약의 발명이 최초의 발포를 통해 자신을 알렸을 때, 인쇄술이 신의 말의 첫 견본쇄를 세상에 내보냈을 때,[10] 우리 아버지들의 기분이 이러했음이 틀림없다. 철도는 다시금 그런 신의 섭리에 따른 사건, 인류에게 새로운 전환을 마련하며 삶의 색과 형태를 바꾸어주는 사건인 것이다. 세계 역사에는 새로운 장이 시작되었고, 우리 세대는 그 시작의 장소에 있었다는 사실을 자랑해도 좋을 것이다. 이제 우리의 관찰 방식과 우리의 생각에 그어떤 변화가 들어설 것인가! 시간과 공간의 기본 개념까지도 흔들리게 되었다. 철도를 통해 공간이 말살되었고, 우리에게는 시간만이 아직 남아 있다. 우리가 시간마저도 품위 있게 말살할 수 있을 만큼 충분한 돈을 가졌더라면! 사람들은 이제 세 시간 반이면 오를레앙으로, 같은 시간에 루앙으

---

10) 요하네스 구텐베르크Johannes Gutenberg는 1450년 자신이 발명한 금속 활자로 이른바 '구텐베르크 성서'를 인쇄했다. 1453년에는 다시 개량된 활자로 2회에 걸쳐 신약 성서를 인쇄했는데, 이 성서는 지금까지 전해지고 있다.

로 갈 수 있다. 이 철도 노선들이 벨기에와 독일로 연장되어 그곳의 철도 노선과 연결된다면 대체 어떤 일이 생겨날 것인가! 내게는 모든 나라의 숲과 산이 파리로 밀려오는 듯한 생각이 든다. 나는 이미 독일 보리수의 내음을 맡고 있다. 내 집 문 앞에는 북해가 물결치고 있다.

비단 북부 철도 노선의 완성만이 아니라 다른 많은 노선의 건설을 위해 큰 회사들이 설립되었고, 이 회사들은 인쇄된 회람 광고를 통해 사람들에게 동참할 것을 요구하고 있다. 회사마다 안내장을 보내는데, 안내장 맨 위에는 큰 숫자로 사업의 비용을 담당할 자본금 액수가 과시되어 있다. 그 액수들은 여하간 5천여만 내지 1억 프랑에, 심지어는 몇억 프랑에 달한다. 응모 지정 기간이 끝나면 어떤 참가 신청도 받아들여지지 않는단다. 또 지정된 회사 자본금 액수가 응모 마감일보다 앞서 모집되는 경우에도, 그 이상은 아무에게도 응모가 허용될 수 없다고 고지되어 있다. 또 안내장 위쪽에는 마찬가지로 큰 글자로 회사 **감사위원회**를 구성하는 인사들의 이름이 인쇄되어 있다. 인쇄된 이름들에는 비단 금융 자본가, 은행가, 세무서 고위 간부, 야금 공장 소유주 그리고 제조업자의 이름만이 아니라, 고위 국가 관리, 왕자, 공작, 후작, 백작의 이름도 들어 있다. 이들은 비록 대부분이 잘 알려지지는 않았으나, 그들의 공식적이고 봉건적인 칭호들로 해서 아주 화려하게 울리는 이름들이다. 그래서 사람들은 마치 어릿광대가 시장 무대 발코니에서 존경하는 관객에게 입장을 권유하며 부는 나팔 소리를 듣는 듯한 느낌이 든다. **돈을 내는 사람에게만 입장이 허용됩니다.** 그 누가 그런 **감사위원회**를 믿지 않을 것인가! 그러나 이 위원회는, 많은 사람이 생각하는 것과는 달리 연대 책임의 보증을 약속해주는 것도 아니고, 굳건한 버팀목도 아니다. 이것은 단지 기둥에 새겨진 여인상 역할을 할 따름이다. 나는 한 친구에게 내 놀라움을 말한 적이 있다. 감사위원회 위원들 중에 해군 장교도 많이 들어 있다는 사실, 그리고 심지어는 많은 안내 회람 광고에 회사 사장으로서 제독들의 이름이 인쇄된 것을 본 사실에 대한 놀라움 말이다. 예를 들면 나는 로자멜[11] 제독의 이름을 보았는데, 전체 회사와 회사의 주식들까지도 그의 이름을 따라 명명되고 있었다. 매우 웃기 좋아하는 내 친구가 말하기를, 그렇게 해군 장교들을 동참시킨 것은 회사가 사법부와 불운한 충돌에 이를 경우, 그리고 배심원단으로부터 갤리선(船)에서의 노역형(奴役刑) 선고를 받을 경우를 대비한 관련 회사들의 매우 현명한 예방 조처란다. 그렇게 될 경우 회사 임원들은, 노 저을 일이 많은 툴롱이나 브레스트에서, 그래도 그들 사이에 제독 한 명을 두게 되는데, 이는 그들에게 큰 이점이 될 수 있을 것이란다. 내 친구는 잘못 생각하고 있다. 이 사람들은 툴롱이나 브레스트에서 노를 잡아야 하지 않을까 두려워할 필요가 없다. 언젠가 그들이 잡아야 할 노, 또는 이미 부분적으로 그들의 손에 들어간 노는 전혀 다른 장소에 속한다. 지배적인 돈 귀족들이 날마다 점점 더 많이 손에 넣는 노는 국가 경영의 노이다. 이 사람들은 곧 철도 회사의 **감사위원회**뿐 아니라 우리 시민 사회 전체의 **감사위원회**를 구성할 것이다. 그리고 우리를 툴롱이나 브레스트로 보내는 것은 이자들일 것이다.

북부철도회사를 불하받으려 하고, 십중팔구는 불하받게 될 로스차일드 가문은 본래 의미에서의 회사를 설립하지는 않고 있다. 그래서 이 가문이 개별적으로 사람들에게 허락해주는 지분 참여는 하나의 은전(恩典), 확실히 표현하자면 폰 로스차일드 씨가 그의 친구들에게 주는 돈 선물이다. 아마도 발행될 주식들은, 이른바 로스차일드 가문의 채무 증

---

11) Claude-Charles-Marie du Camp de Rosamel(1774~1848): 1836년부터 1839년까지 몰레 내각에서 해군장관을 지낸 제독.

서는, 이미 액면 가격보다 수백 프랑 높은 가격을 형성하고 있다. 그래서 제임스 드 로스차일드 남작에게 그 주식을 액면 가격으로 얻기를 원하는 사람은 글자 그대로 구걸을 하는 것이다. 그러나 지금 전 세계가 그에게 구걸하고 있다. 구걸 편지의 비가 쏟아지고 있는 것이다. 아주 고귀한 분들이 품위 있는 선례를 남기며 앞서 갔기 때문에 이제 구걸은 수치가 아니다. 폰 로스차일드 씨는 그래서 시대의 영웅이다. 어쨌든 그가 오늘날 우리의 비참한 역사에서 아주 큰 역할을 하고 있기에, 나는 자주 가능한 한 아주 진지하게 그에 대해서 언급해야 하겠다. 그는 실제로 주목할 만한 인물이다. 나는 그의 재정적 능력을 판단할 수는 없다. 그러나 결과를 두고 추론해보면 이 능력은 매우 큰 것임이 틀림없다. 그의 역량 중하나는 관찰 재능 또는 본능이다. 이것을 갖고 그는 모든 분야에서 다른 사람들의 능력을 판단할 수는 없다손 치더라도 찾아낼 줄은 안다. 이러한 재능 때문에 사람들은 그를 루이 14세와 비교하곤 했다. 그리고 실제로, 보통 수준의 참모들에 둘러싸여 있는 그의 동료들과는 대조적으로, 우리는 제임스 폰 로스차일드 씨가 항상 모든 전문 분야의 저명인사들과 아주 긴밀하게 연결되어 있음을 보았다. 어느 분야가 그에게 전혀 알려지지 않았다고 하더라도, 그는 항상 그 분야에서 가장 뛰어난 인물이 누구인지를 알았다. 아마 그는 악보를 이해하지 못할 것이다. 그러나 로시니가 항상 그의 가족 친구였다. 아리 슈페[12]가 그의 궁정화가이고 카렘[13]이 그의 요리사이다. 로스차일드 씨는 틀림없이 그리스어를 한 단어도 알지

---

12) Ary Scheffer(1795~1858): 네덜란드 혈통의 프랑스 화가. 당시 유행하던 낭만주의 화풍에 거리를 두고 단테, 괴테, 바이런 등 작가들의 작품에서 주제를 찾아내서 작품화했다.
13) Marie-Antoine Carême(1784~1833): "요리사의 왕" 또는 "왕의 요리사"로 불린 당대의 가장 유명했던 요리의 명인.

못할 것이다. 그러나 헬레니즘 학자인 르트론[14]은 그가 가장 존경스럽게 대하는 학자이다. 그의 주치의는 그 뛰어난 뒤퓌트랑[15]이었는데, 그들 사이에는 아주 형제적인 친밀감이 지배했다. 전도유망한 위대한 법률가인 크레미오[16]의 가치를 로스차일드 씨는 이미 일찍이 알아차렸고, 그에게서 자신의 충실한 변호사를 발견했다. 같은 방식으로 그는 루이 필리프의 정치적 역량을 처음부터 인정했고, 이 위대한 국가 경영술의 대가와 항상 친밀한 관계를 유지했다. 철도 건설의 교황인 에밀 페레르를 폰 로스차일드 씨는 정말 제대로 발견해냈고, 그를 즉시 그의 최초의 엔지니어로 만들었으며, 그를 통해서 베르사유로 향하는 철도 노선을 건설했다. 문학 역시 마찬가지로, 프랑스뿐 아니라 독일 문학도 폰 로스차일드 씨의 총애 속에 품위 있게 대표되고 있다. 그러나 여기에서는 그저 친절한 예의가 그 원인이 아닐까 나는 생각한다. 또 남작님께서는 우리의 현재 살아 있는 시인에 대해서는 이미 죽은 위대한 시인에 대해서만큼은 열광하지 않는구나 하는 생각이 든다. 이들은 예를 들면 호메로스, 소포클레스, 단테, 세르반테스, 셰익스피어, 괴테 등 온통 죽은 시인이다. 모든 세속의 더러움이 정화되고 세상의 모든 근심에서 해방된, 그리고 북부철도회사 주식을 요구하지 않는 거룩한 천재들이다.

이 순간 로스차일드의 별은 광휘의 절정에 달해 있다. 내가 로스차일드 씨를 그저 하나의 별이라고 부름으로써 경건함 부족이라는 죄를 짓는 것이 아닌지 모르겠다. 그러나 그는 그 때문에 내게 원한을 품지는 않을 것이다. 그 다른 별 루이 14세와는 달리. 루이 14세는 언젠가 그를 별에 비

---

14) Jean-Antoine Letronne(1787~1848): 당대의 유명한 고고학자.
15) Guillaume Dupuytren(1777~1835): 루이 18세의 시의(侍醫)를 지낸 외과 의사.
16) 9장 참조.

유한 불쌍한 시인에 대해 격분했다. 태양이라고 불리는 것에 익숙한, 그리고 또한 태양이라는 천체를 그의 공식적 상징으로 받아들인 그인데.[17]

그럼에도 불구하고 나는 오늘, 아주 안전하게 가기 위해 폰 로스차일드 씨를 태양에 비유하겠다. 첫째로는 그런다고 해서 내게는 돈 한 푼도 들지 않고, 또한 이 순간 그렇게 하는 것이 정당하기 때문이다. 모두 그의 황금 빛살에 몸을 덥히려고 그에게 충성을 맹세하는 이 순간에는 말이다.——우리끼리 하는 말인데, 이 **열광**적 숭배는 이 불쌍한 태양에게 어지간한 고역이 아니다. 태양은 숭배자들로 해서 편안히 쉴 수가 없다. 그리고 이 숭배자들 중에는 태양의 빛을 쬘 가치가 정말로 없는 자도 많이 있다. 이 바리새인들은 그들의 찬양과 찬송을 가장 큰 소리로 합창한다. 그래서 이 불쌍한 남작님은 사람들의 동정을 받을 정도로 이자들에 의해 정신적으로 괴롭힘을 당하고 혹사당하는 것이다. 여하튼 내 생각에 돈은 그에게 행복이라기보다는 불행이다. 그가 냉혹한 성격이었던들 견뎌내야 할 귀찮음은 얼마 안 되었을 것이다. 그러나 선량하고 부드러운 사람인 그는 그가 덜어주어야 할 많은 궁핍의 쇄도로 인해, 그에게 끊임없이 들이닥치는 요구들로 인해, 그리고 그의 모든 선행의 뒤를 따르는 배은망덕으로 인해 많은 고통을 겪고 있다. 엄청난 부는 아마 가난보다 더 견뎌내기 어려운 것이리라. 큰 재정 궁핍에 처한 사람에게 나는 폰 로스차일드 씨에게 가보라고 권유하고 싶다. 물론 그에게 돈을 차용하기 위해서가 아니라(그럴 것이 나는 그가 충분한 돈을 얻으리라고는 믿지 않는다), 돈 때문에 겪는 고난을 보고 자신을 위로하기 위해서다. 가진 게 너무 적어서 자활할 수 없는 불쌍한 사람은 이곳에서 확신할 수 있을 것이다. 자

---

17) 루이 14세는 '태양왕'으로 불렸다.

신보다 훨씬 더 많은 고통을 겪는 사람이 있다는 사실을, 너무 많은 돈을 갖고 있기 때문에, 이 세상의 모든 돈이 그의 우주적인 큰 주머니로 흘러들어오기 때문에, 그런 돈의 짐을 이리저리 질질 끌고 다녀야 하기 때문에 더 큰 고통을 겪는 사람이. 그러는 동안 그를 둘러싼 배고픈 자와 도둑의 큰 무리는 그를 향해 손을 뻗는다. 이 얼마나 끔찍하고 위험한 손들인가!──어떻게 지내십니까? 언젠가 한 독일 시인이 남작에게 물었다. "미친병에 걸렸소", 하고 그가 대답했다. 당신이 돈을 창밖으로 내던지기 전에는 그 말을 믿지 못하겠습니다, 하고 시인이 말했다. 그러나 남작은 한숨을 쉬며 시인의 말을 가로막았다. "내가 가끔씩 내 돈을 창밖으로 내던지지 않는 것, 그것이 바로 내가 미쳤다는 증세라오."

부자는 이 이승에서의 삶에서 아주 불행하다. 그리고 죽은 후에는 천국에도 가지 못한다! "부자가 천국에 가는 것은 낙타가 바늘귀를 통과하는 것보다 더 어렵다"──신적(神的) 공산주의자[18]의 이 말은 무서운 저주이며, 예루살렘의 거래소와 **금융자본가**에 대한 그의 격렬한 증오를 보여준다. 이 세상에는 박애주의자들이 우글우글하다. 동물학대 반대협회도 있으며, 실제로 가난한 사람들을 위해 많은 일이 행해지고 있다. 그러나 훨씬 더 불행한 부자들을 위해서는 아무것도 해준 것이 없다. 우리의 학술 단체들은 양잠(養蠶), 외양간 안에서의 가축 사육, 그리고 칸트 철학에 대해서 현상 문제를 내놓을 게 아니라, 다음 문제 해결을 위해 큰 상금을 내걸어야 한다. 어떻게 낙타로 하여금 바늘귀를 통과하게 할 수 있을까? 이 커다란 낙타 문제가 해결되고 부자도 천국에 갈 수 있다는 희망을 얻기 전에는, 가난한 자들을 위한 어떤 과감한 구제도 타당한

---

18) '예수'를 의미한다. 「마태복음」 19장 24절 참조.

근거를 가질 수 없다. 부자들은 오로지 이승에서의 행복만 할당받는 것이 아니라, 언젠가는 저 위 풍요로운 삶 속에서 영생을 즐길 가난한 자들을 부러워할 필요가 없게 된다면, 마음이 덜 냉혹해질 것이다. 부자들은 말한다. 왜 우리가 이 지상에서 넝마 걸친 천민을 위해 뭔가를 해야 한단 말인가, 그들은 언젠가는 우리보다 더 잘살게 될 텐데, 그리고 우리가 죽은 후에는 필시 그들을 다시 만나지 않을 텐데. 부자들이 저 위 세상에서 다시금 우리와 영원히 같이 살아야 한다는 것을 알게 된다면, 아마도 여기 이 세상에서 조금은 부끄러워할 것이고, 우리를 아주 심하게 학대하는 일을 삼갈 것이다. 그러니 우리 무엇보다도 저 커다란 낙타 문제를 해결하기로 하자.

부자들은 냉혹하다. 그건 사실이다. 심지어 이들은 이전의 동료들도, 그들이 약간 몰락하면 냉혹하게 대한다. 나는 최근에 그 불쌍한 아우구스트 레오를 만났는데, 이 남자의 꼴을 보자 가슴이 찢어지는 듯했다. 그는 이전에는 증권 거래소의 우두머리들, 그 투기의 귀족들과 아주 친밀하게 맺어져 있었고, 또 본인도 부분적으로는 은행가이지 않았던가. 그대들 돈 많은 신사 분들, 말해보시오, 그 불쌍한 레오를 당신들 단체에서 그렇게 야비하게 내치다니, 왜 그런 짓을 한 것이오? 나는 유대인 단체가 아니라 금융자본가 단체를 말하는 것이오. 그렇다, 이 불쌍하기 짝이 없는 사람은 얼마 전부터 아주 심하게 동료들의 신망을 잃어 모든 수익 사업에서, 그 말인즉 돈벌이가 좀 될 만한 사업에서 문둥병 환자처럼 배척당하고 있다. 최근 북부철도회사 지분 참여를 위한 사채 모집 건에서도[19] 그에게는 아무것도 흘러들어가지 않았다. 또 그는, 베르사유 철도의 **왼쪽 강변**

---

19) 불하받을 예정인 북부 철도를 경영할 새로운 회사 설립을 위해 로스차일드 가문이 모집한 사채. 앞에서 "로스차일드 가문의 채무 증서"로 표현되었다.

노선에서[20] 비탄할 만한 큰 손해를 본 이후에, 그리고 그에게 투자한 사람들에게 끔찍한 손실을 보게 한 이후에, 새로운 철도 사업 경영 참여를 완전히 포기해야만 했다. 이제는 아무도 그와 관여하려고 하지 않으며, 모두 그와 교제를 끊었다. 심지어는 그의 유일한 친구(덧붙여 말하자면, 이자는 결코 레오를 좋아하지 않았다), 심지어는 그의 요나탄인 주식 투기자 로이스도르프까지 그를 떠나서 이제는 메클렌부르크 남작을 졸래졸래 쫓아다닌다.[21] 이자는 거의 남작의 옷자락 사이로 기어들어가 있는 꼴이다. 한 번 더 덧붙여 말하자면, 거명된 메클렌부르크 남작, 이 사람은 우리의 가장 열성적인 주식 투기꾼이자 실업가인바, 사람들이 보통 생각하는 것처럼 유대인은 아니다. 이런 착각은 사람들이 그를 아브라함 메클렌부르크[22]와 혼동하거나, 그를 항상 유대인 강자(強者)들 사이에서, 증권 거래소의 온갖 잡다한 무리 틈에서 보기 때문이다. 이 무리는 그를 중심으로 모여 있는바, 이는 이들이 그를 매우 좋아하기 때문이다. 이 무리는 사람들이 보는 것처럼 종교적 광신자는 아니다. 따라서 그들이 레오를 혐오하는 이유는 종교적 편협함은 아니다. 그들은 레오가 그 아름다운 유대교에서 이탈했다고 해서 그를 미워하는 것은 아니다. 그들은 불쌍한 레오의 손해 본 종교 바꾸기 사업에 대해 동정한다는 듯이 그저 어깨를 으쓱할 따름이다. 레오는 뤼 드 비예트에 있는 신교 교회에서 **장로직**을 맡고 있다. 장로는 틀림없이 의미 있는 명예직이긴 하다. 그러나 아우구스트

---

20) 9장 앞부분 참조.
21) "로이스도르프"는 하이네가 만들어낸 가공인물로 보인다. "요나탄"이란 말로 하이네는 '절친한 친구'를 칭하는데, 이는 성서 「사무엘서」의 일화에서 차용된 칭호이다. 사울 왕이 골리앗과의 싸움에서 승리한 다윗을 질시해 여러 차례 그를 죽이려 했으나, 다윗은 왕의 아들 요나탄의 도움으로 이를 피할 수 있었다. 메클렌부르크 남작은 신원 미상의 인물이다.
22) 신원이 확인되지 않은 인물.

레오 같은 사람이라면 유대교회에서도 결국은 고위직에 올랐을 것이다. 아마 할례(割禮) 의식[23] 때에 음경의 포피가 절제되는 아이나 포피를 절제하는 작은 칼이 그의 손에 맡겨졌을 것이다. 아니면 사람들은 그에게 모세의 율법서 낭독 시에 가장 돈을 많이 써야 하는 그날의 높은 직책들을 덮쳐 맡겼을 것이다. 그렇다, 그가 매우 음악적이고 게다가 교회 음악에 대해서는 재능이 아주 많기에 유대교회의 신년 축하식에 그에게 성스러운 각적 쇼파르[24]를 부는 일이 주어졌을 것이다. 아니다. 그는 완고한 바리새 교인들의 종교적 또는 도덕적 분노의 희생자는 아니다. 불쌍한 레오에게 짐으로 지워진 것은 가슴의 잘못이 아니라 계산의 잘못이다. 수백만 프랑의 손실은 어떤 기독교인이라 해도 용서하지 않는다. 그러나 그대들 저 불쌍한 추락자에게, 저 침몰한 거인에게 마침내 자비심을 가지시오, 그에게 다시 호의를 베풀고 좋은 사업에 그를 다시 참여시키시오, 그의 낙담한 마음이 원기를 회복할 수 있도록 그에게 한 번 더 작은 이익을 허용해주시오,──**벨리사에게 한 푼 주십시오**[25]──위대한 장군은 아니었으나 눈이 멀었고[26] 그의 생애에 단 한 번도 그 어떤 궁핍한 사람에게 한 푼 주어본 적이 없는 어느 벨리사에게 한 푼 주시오!

또한 애국적 이유로도 그 가엾은 레오를 보존해주는 것은 바람직한

---

23) 구약 성서에서는 생후 8일째 되는 유아에게 시술하도록 여호와와 이스라엘 민족 간에 체결된 '계약의 표지'로 이해되었다.

24) 유대교 의식에 사용되는 숫양이나 황소 뿔로 만든 피리.

25) 중세 시대에 널리 퍼진 민간 설화에 의하면 비잔틴 제국의 장군인 벨리사(Belisa, 혹은 Belisarius)는 많은 공적에도 불구하고 황제 유스티니아누스 1세의 명으로 두 눈이 뽑힌 채 로마의 성문에서 행인들에게 "벨리사에게 한 푼 주십시오date obolum Belisario"라고 구걸하는 거지가 되었다 한다. 이 전설은 후에 많은 화가, 음악가의 작품 주제가 되었다.

26) 육체적 맹인이 아니라 '제대로 보지 못해 손실을 입었다'는 뜻이다.

가치가 있다. 병든 자의식과 커다란 손실이, 내가 듣기로는, 한때 그렇게 부유했던 그 사람으로 하여금 매우 비싼 파리를 떠나서 시골로 낙향하도록 강요한단다. 그곳에서 그는 킨키나투스[27]처럼 직접 기른 배추를 먹거나, 아니면 네부카드네자르[28]처럼 자신의 풀밭에서 풀을 뜯어먹고 살 수 있을 것이다. 그러나 그것은 독일 동포에게는 큰 손실이 될 것이다. 그럴 것이 이곳 파리로 온 이류와 삼류급의 독일 여행자들은 레오 씨의 집에서 친절한 접대를 받았기 때문이다. 그리고 쌀쌀맞은 프랑스인들의 세계에서 불쾌감을 느꼈던 많은 독일 여행자는 그들의 독일적 정서와 함께 이 집으로 피신해 같은 성향의 감정들 속에서 고향에 온 것처럼 느낄 수 있었다. 그들은 추운 겨울밤에는 이곳에서 따뜻한 차 한 잔을 대접받았다. 동종요법(同種療法)에 따라 조제된, 그러나 설탕이 전혀 없지는 않은 차를. 그들은 이곳에서 폰 훔볼트[29]씨를 보았다. 그 말인즉, 미끼로서 벽에 걸린 **초상화** 속의 훔볼트 씨를. 이곳에서 그들은 나젠슈테른[30] 씨를 실체로 보았다. 독일 백작 부인 한 명도 이곳에서 보였다. 이곳에는 또한

---

27) 루키우스 킨키나투스(Lucius Quinctius Cincinnatus, 기원전 520~430): 초기 로마 공화국 시대의 전설적 인물. 집정관직에서 물러난 그는 농촌에서 농사를 지으며 살았는데, 이민족이 침입하자 로마인들의 간청을 받아들여 비상 대권을 가진 독재관이 되어 적군을 물리쳤다. 임무가 끝나자 그는 대권을 버리고 다시 낙향해서 농부의 삶을 살았다. 그 후 킨키나투스는 로마적 덕성과 소박함의 상징적 인물이 되었다. 미국의 '신시내티'는 그의 이름을 기리기 위해 붙인 것이라 한다.

28) Nebuchadnezzar, 바빌론의 왕. 기원전 597년 3월 16일 예루살렘을 공격해 함락하고 여호야긴 왕을 바빌론으로 강제 호송했다. 그는 바빌론을 크고 호화롭게 재건했으며, '공중 정원'을 조성하기도 했다. 성서(「다니엘서」 4장 29절 이하)에 따르면 그는 하느님의 벌을 받아 권력과 재산을 상실하고 소처럼 풀을 뜯어 먹고 살았다 한다.

29) 알렉산더 폰 훔볼트(Alexander von Humboldt, 1769~1859): 독일의 저명한 지리학자, 자연과학자, 박물학자, 탐험가.

30) 프랑크푸르트의 은행가인 슈테른Stern. 하이네는 그를 '나젠슈테른Nasenstern'이라는 이름으로 그의 여러 작품에 등장시켰다.

촌스러운 시골 국가[31]들의 아주 고귀하신 외교관들께서 이런 꼴 저런 꼴을 한 마님들과 함께 나타나기도 했다. 이곳에서 사람들은 때때로 매우 뛰어난 피아니스트와 바이올리니스트의 연주도 들었다. 이들 새로 온 마이스터들은 인신매매자들에 의해 레오의 집을 추천받았고, 레오의 저녁 파티에서 음악적으로 수탈당했다. 이곳에서 독일 사람들을 맞아들이는 말은 어머니 세대의 모국어, 심지어는 할머니 세대 모국어의 사랑스러운 울림이다.[32] 이곳에서는 함부르크 드렉발[33]의 사투리가 가장 순수하게 말해지는데, 이 고전적인 소리를 듣는 사람은 묑케담[34]의 뒷골목 냄새를 다시 맡는 듯한 기분이 든다. 그러나 베토벤의 「아델라이데」라도 불리게 되면 이곳에서는 더없이 감상적인 눈물이 흘러내렸다! 그렇다, 그 집은 하나의 오아시스였다. 프랑스라는 지성적 세계의 모래사막에 있는 독일적 정서의 매우 추한 오아시스였다. 이곳은 유쾌한 캉캉 춤의 나무 오두막이었다. 이곳에서 사람들은 마인 강변에서처럼 노를 저었고,[35] 이곳에서 사람들은 성스러운 도시 쾰른의 시 경계 안에서처럼 도당(徒黨)을 짰으며,[36]

---

31) 당시 독일은 통일 국가를 형성하지 못하고 33개 영주국으로 나뉘어 있었다. 하이네는 이런 독일의 작은 봉건적 영주국들을 "촌스러운 시골 국가Krähwinkel"라는 말로 신랄하게 풍자했다. Krähwinkel은 원래는 '까마귀Krähe가 사는 외진 곳Winkel'이라는 뜻으로서 '편협하고 고루한 시골 도시'라는 비유적 의미가 있다.

32) "할머니 세대 모국어"는 아직 유대어가 섞인 독일어를, "어머니 세대의 모국어"는 순수한 표준 독일어를 의미한다.

33) Dreckwall, 유대인이 많이 거주한 함부르크의 거리 이름.

34) Mönkedamm, 함부르크의 거리 이름.

35) 하이네가 사용한 ruddeln이라는 동사는 '노를 젓다ruderen'라는 의미와 함께 '험담하다' '남을 비방하다'의 의미도 있다. 하이네는 이 두 말뜻을 동시에 사용하는데, '마인 강변에서 노를 젓다'는 '프랑크푸르트의 유대인들이 심한 비방질을 잘한다'는 뜻을 내포한다. 마인Main은 프랑크푸르트를 관통하는 강의 이름이다.

36) 거대한 대성당이 있는 쾰른은 그래서 "성스러운 도시"로 자주 불렸다. 그러나 하이네는 이 도시를 반동적 가톨릭 세력이 도당을 이룬 곳으로 암시하고 있다.

358

이곳에서는 애국적 요설(饒舌)에 때로는 기분을 상쾌하게 하기 위한 맥주한 잔도 곁들여졌다. 독일의 가슴이여, 그대는 무엇을 더 원하는가? 이 요설 점포가 폐쇄된다면 참으로 비탄할 만한 손실일 것이다.

58

파리, 1843년 5월 6일

소중한 시간이 경솔하게 낭비되고 있다. 나는 소중한 시간이라고 말하고 있는데, 그 말에서 나는 루이 필리프 정부에 의해서 보장되는 평화의 해들을 이해하고 있다. 이 정권의 생명의 끈[1]에 프랑스의 안정이 걸려 있다. 그런데 그 사람 루이 필리프는 늙었고, 운명의 여신의 가위는 무정하다.[2] 시간을 쓸모 있게 이용하는 대신에, 그리고 내적 및 외적 오해의 뒤얽힘을 푸는 대신에, 사람들은 혼란과 어려움을 더욱더 가중하려고 한다. 장막 뒤에는 그저 분장된 코미디와 책략밖에 없다. 그리고 이런 작은 소요 행위들로 해서 프랑스는 정말 나락의 언저리로 밀려날 수 있다. 풍신기(風信旗)용 바람개비들은 움직임의 다양성이라는 자신의 검증된 재능을 신뢰한다. 이것들은 최악의 태풍도 두려워하지 않는다. 그럴 것이 어떤 바람이 불어와도 항상 그 바람 방향에 따라 몸을 돌릴 줄 알기 때문이다. 그렇다, 바람은 너희를 부러트릴 수 없다. 너희가 바람보

---

1) '수명(壽命)'이나 '명맥'을 뜻한다.
2) 운명의 여신이 가진 가위는 생명의 끈을 자르는 도구이다.

다 더 민첩하기 때문이다. 그러나 너희는 생각하지 못한다. 너희의 재빠른 기동성에도 불구하고 너희가 높은 위치에서 비참하게 바닥으로 곤두박질칠 수 있다는 사실을. 너희를 꼭대기에 매달고 있는 탑이 부러져 떨어지면 말이다! 너희는 프랑스와 함께 추락해야 하는 것이다. 그리고 프랑스라는 탑은 기저가 파헤쳐져 있다. 북쪽에는 매우 악의적인 날씨 마귀들이 살고 있다. 네바 강변의 마법사[3]들은 이 순간에는 폭풍우를 주문으로 불러내려는 엑스터시에 빠져 있지 않다. 그러나 그곳에는 모든 것이 기분에 따라, 가장 고귀한 자의(恣意)[4]의 절대적 기분에 따라 좌지우지된다. 앞서 말한 바와 같이 루이 필리프 왕이 죽으면 안정에 대한 모든 보증이 사라진다. 이 위대한 마법사는 그의 현명한 인내심을 통해 모든 폭풍우를 묶어두고 있는 것이다. 그러니 편안하게 자려는 사람은 잠자기 전의 기도에서 삶의 모든 수호천사에게 루이 필리프를 지켜주십사 빌어야 할 것이다.

기조의 내각은 상당 기간 동안 유지될 것이고, 이는 물론 바람직한 일이다. 그럴 것이 내각의 위기는 항상 예상치 못한 재난과 연결되기 때문이다. 변화를 좋아하는 프랑스인들에게 내각의 교체는 아마도 주기적 왕조 교체의 대용물일 것이다. 그러나 국가 최고위직에서의 인물 회전(回轉) 또한 어떤 다른 나라보다도 안정이 필요한 국가에는 마찬가지의 불행이다. 그들의 불안정한 위치로 인해서 장관들은 멀리 내다보는 계획들에 착수할 수 없다. 적나라한 자리 보존의 본능이 이들의 모든 힘을 소진하

---

3) 네바Neva, Newa 강은 상트페테르부르크를 관통해 흐르는 강의 이름이다. "네바 강변의 마법사"는 따라서 러시아의 집권자들을 의미한다. 당시 러시아의 집권자들은 헌법에 매이지 않았기에 모든 것을 자의적 판단에 따라 행할 수 있었다.

4) 러시아 황제.

는 것이다. 이들이 왕의 의지에 예속되어 있다는 사실이 그들의 가장 나쁜 불행은 아니다. 그의 의지는 대부분 이성적이고 유익하기 때문이다. 이들의 가장 큰 불행은 이들이 이른바 보수주의자들에게 예속되어 있다는 사실이다. 이들 이른바 헌법에 의한 친위병들은 이곳에서 기분에 따라 장관을 퇴임시키고 또 임명한다. 장관들 중 하나가 그들의 노여움을 불러일으키면, 이자들은 의회라는 그들의 병영에 모여서는 냄비를 두들겨댄다. 그런데 이자들의 노여움은 보통 실질적인 수프 냄비 이해관계에서 생겨난다. 그 말인즉, 이들은 프랑스를 실질적으로 지배하고, 어떤 장관도 그들에게 무언가를 거부할 수 없다. 어떤 관직도 그리고 어떤 특전도, 그들 처남 되시는 분의 장남을 위한 영사직도, 그들 문지기의 미망인을 위한 담배 판매 특권도 말이다. 이 문제에서 사람들이 부르주아지 지배라고 일반화해서 말하는 것은 옳지 못하다. 오로지 보수파 의원들의 지배에 대해서만 논해야 한다. 이들이 지금, 과거에 혈통 귀족이 그러했듯이, 프랑스를 착취하는 자들이다. 그런데 이 혈통 귀족들은 보수 정당과 결코 확정적으로 구분되지는 않는다. 의회의 현재 지배자들 사이에서 우리는 옛 이름들을 많이 볼 수 있다. 그런데 보수주의자라는 이름도 마찬가지로 올바른 명칭은 아니다. 그럴 것이 우리가 그런 식으로 이름 지은 모든 사람에게 정치적 상황의 보존이 중요한 것은 아니기 때문이다. 그중 많은 자들은 현 정치 상황을 약간 뒤흔들어보기를 몹시 원하고 있다. 마찬가지로 야당에는 기존하는 것을 무슨 일이 있더라도 전복하려 하지 않는 사람들이, 그리고 특히 전쟁을 매우 혐오하는 사람들이 있다. 야당 사람들의 대부분은, 보수당원들과 마찬가지로, 그들의 당파 이익을 위해 정부를 착취할 목적으로 그들의 정당이 정권을 잡기를 원하는 것이다. 정치적 원칙들은 양측에게 모두 아무 의미가 없는 표어에 불과할 따름이다. 근본적으로 중요한 것은 두 정당 중 어느 쪽이 지배의 물질적 이득을 얻느냐는 것이다. 이 점에서 우리는 이곳 프랑스에서, 영불 해협의 건너편에서 휘그와 토리라는 이름하에, 2백 년 전부터 질질 끌어온 싸움과 똑같은 싸움을 보고 있는 것이다.

이미 많이 알려진 것과 같이, 영국의 헌법에 기초한 정부 형태는 현재의 프랑스 의회 제도가 형성되는 데 지향점이 된 커다란 모범이었다. 특히 원칙주의자들은 시시콜콜한 부분까지 이 모범을 따르려 했다. 따라서 현재의 내각이 보수주의자들의 강탈을 참아내고 이들에게 착취를 허용하는 양보심은, 궁극적으로는 학자적 철저함에서, 힘든 학습을 통해 얻은 많은 지식을 충실하게 증명해 보이려는 철저함에서 연유한다는 생각은 사실일 수 있다. 그 사람 10월 29일은, 야당이 이처럼 그저 월일로 부르는 그 교수님은, 영국이라는 국가 기계의 톱니바퀴 장치를 누구보다도 더 잘 알고 있다.[5] 그래서 만약 그가 국가라는 기계가 해협의 이편에서도 비도덕적 수단을 통해서만, 월폴[6]이 사용의 대가(大家)이고 또 로버트 필[7]도 결코 서투른 사용자가 아니었던 그 비도덕적 수단을 통해서만 기능을 발휘할 수 있다고 생각한다면, 그런 견해는 틀림없이 매우 한탄스러운 것이다. 그러나 우리는 이 견해를 충분한 학식과 역사적 지식을 갖고 반박할 수 없다. 우리는 이런 기계 자체가 쓸모없노라고 말

---

5) "10월 29일" "학자적" "교수" "영국"을 "잘 알고 있다" 등의 표현은 이 글이 기조에 대한 것임을 암시한다. 기조가 외무장관으로 입각한 새 내각은 1840년 10월 29일 들어섰으며, 기조는 그때까지 주영(駐英) 대사였다. 또한 그는 역사 교수이고, 영국의 역사와 문학에 정통한 것으로 알려졌다.

6) Robert Walpole, Earl of Oxford(1676~1745): 조지 1세와 조지 2세 치하의 영국에서 가장 영향력이 컸던 휘그당 소속 정치가. 실제로 매수 혐의로 런던 탑에 수감되기도 했다.

7) Robert Peel, 2nd Baronet(1788~1850): 빅토리아 여왕과 윌리엄 4세 밑에서 두 차례 총리를 역임한 보수당 정치가.

할 수 있어야 한다. 그러나 우리에게 그런 용기가 결여되어 있다면, 우리는 지휘하는 기계의 마이스터에게 지나치게 신랄한 비판을 가할 수는 없다. 이런 비판이 궁극적으로는 무슨 소용이 있을까? 센 강변에서 지은 죄를 아우크스부르크에서 비난하는 것이 무슨 소용이 있단 말인가? 프랑스의 내적 통치에서의 결함이 문제가 된 경우, 한 외국인이 외국 신문에서 이에 대해 비판한다는 것은 허풍 떨기에 불과할 것이다. 어울리지도 않으며, 바보 같은 허풍 떨기에. 국내 통치 문제가 아니라 오로지 정치적 행위를, 우리 자신의 조국에도 영향을 미칠 수 있는 정치적 행위만을 외국 특파원은 비평해야 한다. 그러기에 나는 내 동료들이 독일 신문에서 아주 많은 지면을 채우고 있는 현재의 부패 문제, 즉 매수(買收) 제도를 의문시하지도 정당화하지도 않으려 한다. 프랑스에서 누가 제일 좋은 관직을, 가장 기름진 성직(聖職)을, 가장 호화찬란한 훈장을 사취하든 아니면 강탈하든 그것이 우리와 무슨 관계가 있단 말인가? 프랑스 국가 예산의 황금 내장을 우파 강도가 삼키든 좌파 강도가 삼키든 그것이 우리와 무슨 상관이란 말인가? 독일 국민의 이익을 위해 말하고 외쳐야 할 때는, 우리는 다만 각자 고국에서의 어떤 직위나 어떤 칭호, 어떤 훈장을 매개로 해서도 고국의 휘그나 토리에 의해 매수당하지 않도록 대비하면 되는 것이다! 왜 우리가 지금 프랑스인들의 눈에서 확인한 티끌에 대해서 그토록 많은 고함을 내질러야 한단 말인가? 우리 독일 관리들의 푸른 눈에 있는 들보에 대해서는 전혀 언급하지 않거나, 아니면 기껏해야 아주 작은 소리로 말하면서도!8) 더욱이 프랑스 내각에게서 자리나 이권을 받은 프랑스인이 이것을 정당하게 아니면 부당하게 받았는

---

8) 「마태복음」 7장 중 예수의 산상 설교 장면. "왜 너는 네 눈에 있는 들보는 알아차리지 못하면서, 네 형제의 눈에 있는 티끌은 보는가?"

지를 그 누가 독일에서 판단할 수 있단 말인가? 엽관(獵官) 운동은 기조가 실각하고 티에르나 바로의 내각이 들어선다 해도 종식되지 않을 것이다. 공화주의자들이 정권을 잡기라도 한다면, 지금은 전혀 꾸밈없이, 거의 순박할 정도로 철면피한 모습을 한 부패는 더 많이 위선의 옷을 입고 나타날 것이다. 당은 당원들에게 항상 큰 요리를 제공할 것이다. "악덕(惡德)이 토해내고 미덕(美德)이 식탁에 앉는"[9] 그 시간은 틀림없이 우리에게 끔찍하게 전율스러운 광경을 제공할 것이다. 미덕의 이들 불쌍한 걸귀들은[10] 오랜 금식 후 엄청난 늑대의 탐욕으로 맛있는 음식에 달려들 것이다! 얼마나 많은 카토[11]가 그런 기회에 위장을 망쳐버릴 것인가! 지금 우리의 시대, 이 타락과 매수와 기조적 부패의 시대에 배불리 먹은, 심지어는 자고새와 송로까지 먹고 샴페인을 마신 배신자들에게 재난이 있을지어다!

나는 이른바 이 기조적 부패의 본성이 무엇인지, 그리고 침해받은 이익들이 어떤 규탄을 들이대는지를 조사하지 않으련다. 만일 기조, 이 위대한 청교도가 정말로 그의 자리를 유지하기 위해서 영국적 매수 시스템에서 도피처를 찾았다면, 이는 물론 매우 유감스러운 일이다. **매음굴** 앞에 서 있어야 하는 순결한 처녀도 이보다 더 부적합한 위치에 있지는 않을 것이다. 아마 그 자신의 생각이, 그의 내각 유지에 현재 프랑스의

---

9) 실러의 시 「셰익스피어의 그림자Shakespeares Schatten」의 마지막 행을 변형해서 인용했다. 원문은 "악덕이 토해내면 미덕이 식탁에 앉는다Wenn sich das Laster erbricht, setzt sich die Tugend zu Tische"이다.

10) 공화주의자, 사회주의자, 공산주의자 등 좌파 정치가들은 절약과 검소, 청빈과 금욕 등을 미덕으로 내세웠고, 사치와 향락 등을 부르주아적 악덕으로 매도했다. 좌파의 이 미덕은 여러 차례 하이네의 신랄한 풍자의 대상이 되었다.

11) Marcus Porcius Cato Uticensis(기원전 95~46): 옛 로마 공화정 시대의 정치가. 로마적 덕성, 절제, 엄격한 도덕률의 상징적 인물이다.

모든 사회적 상황의 존속이 걸려 있다는 생각이, 그를 매수했을지도 모르겠다. 이 상황의 붕괴는 기조에게는 가능한 모든 공포의 시작이다. 기조는 질서 있는 발전의 사람이다. 그런데 그는 그 소중한, 피처럼 소중한 혁명의 업적들이 지금 음울하게 몰려오는 세계적 폭풍우로 해서 그 어느 때보다도 더 위협받는 것을 보고 있다. 말하자면 그는 수확된 곡식 단을 창고로 들여오기 위한 시간을 벌려고 하는 것이다. 실제로 익은 열매를 곳간에 들여놓을 수 있는 평화기의 지속은 우리의 첫째 필요이다. 자유 원칙의 싹은 이제야 비로소 추상적으로 녹색을 띠고 터 올랐다. 이제 이 싹은 우선 거칠기 짝이 없는 현실에서 구체적 모습으로 안정 속에서 자라야 한다. 지금까지 그저 여기저기 산발적으로 인간이 되었던 자유는 이제 대중 속으로도, 사회의 최하층 계층 속으로도 들어가서 민중이 되어야 하는 것이다. 이러한 자유의 민중화, 이 신비로운 진행은 다른 모든 탄생, 다른 모든 결실과 마찬가지로, 필수조건으로 시간과 안정을 갈구한다. 자유가 민중화하는 이 진행은 물론 우리 선배들이 전념한 자유 원칙의 포고와 똑같이 중요하다. 말은 육신이 되고 육신은 피를 흘리는 것이다. 우리는 선배들보다 작은 일을 하나 그들보다 더 큰 고통을 겪고 있다. 성스러운 자유와 평등의 법칙이 엄숙하게 선포되고 수많은 싸움터에서 인준을 받게 되자 그들은 모든 것이 성공적으로 종결되었노라고 믿었다. 아! 이것은 아직도 아주 많은 혁명주의자들이 가진 슬픈 오류이다. 이들은, 좀 크든 좀 작든 간에, 한 조각의 자유를 통치 권력의 자줏빛 외투[12]로부터 뜯어내는 것이 주요 과제라고 상상하고 있다. 그러기에 이들은 그 어떤 민주주의적 기본법이 아주 예쁘게 하얀 종이 위에 검은 글

---

12) 봉건 시대 제왕과 추기경은 자줏빛 제복을 입었다.

자로 인쇄되어 『모니퇴르』에 실리면 그것으로 만족한다. 나는 12년 전에 노년의 라파예트를 방문했을 때를 기억한다. 그는 내가 떠날 때 종이 한 장을 내 손에 쥐여 주었는데, 그때 라파예트는 우리에게 불로장생의 영약을 건네주는 만능 의사의 아주 확신에 찬 표정을 짓고 있었다. 그 종이는 이 노인네가 60년 전에 미국에서 가져온 그 유명한 인권선언문이었다. 그는 여전히 이 인권선언문을 전 세계를 근원적으로 치료할 수 있는 만병통치약으로 여기고 있었다. 아니다, 단순히 처방만으로는 환자를 도울 수 없다. 물론 처방은 없어서는 안 된다. 그러나 환자는 또한 약사의 수천 가지 재료를 혼합한 약이, 간호원의 세심한 보살핌이 필요하다. 그는 안정이 필요하다. 그는 시간이 필요하다.

뒤돌아보면서 하는 해명[1]

1854년 8월

내가 위의 보도문에서 어쩌면 조금은 지나치게 무덤덤하게, 그러

---

1) 1848년 프랑스의 2월 혁명으로 인해 루이 필리프의 7월 왕정이 무너지고 공화정(제2공화국)이 수립되었다. 이때 공개된 정부의 한 비밀문서에서 정부가 비밀 펀드를 조성해 이 돈으로 영향력 있는 많은 인물들에게 은밀히 연금을 지급한 사실이 드러났다. 하이네가 앞에서 말한 이른바 "기조적 부패" 또는 "매수 시스템"의 실체가 드러난 것이다. 그런데 이 비밀 연금 수령자의 명단에는 하이네의 이름도 들어 있었다. 그는 최소한 1840년부터 1848년까지 매년 4,800프랑을 받았다. 이 사실이 밝혀지자 하이네는 진보 진영으로부터 심한 비난을 받았다. "뒤돌아보면서 하는 해명"은 이에 대한 하이네의 추후 자기 변론이다.

나 양심의 거리낌 없이, 또한 아무런 위선적인 도덕적 탄식도 없이 이른
바 기조적 부패에 대해 글을 쓸 때, 나는 나 자신이 5년 후에 그런 부패
의 공범으로 비난받을 줄은 정말이지 생각도 하지 못했다! 시기는 매우
잘 선택되었고, 비방은 1848년 2월이라는 질풍노도의 시대에 제멋대로
날뛸 여지를 갖게 되었다. 모든 정치적 열정이 갑작스레 고삐가 풀려 미
친 듯한 파이트 축제2)의 춤을 추기 시작한 때였다. 도처에 현혹과 기만
이 설쳐댔다. 브로켄 산의 마녀들3)에게서나 있음직한, 또는 자코뱅주의
의 가장 거친 공포정치 시대4)에나 있었던 현혹과 기만이. 다시금 셀 수
없이 많은 클럽이 생겨났으며, 이 클럽들에서는 더없이 더러운 입술들이
결점이라곤 하나도 없는 평판을 내뱉었다. 모든 건물의 담벼락은 산문
과 운문으로 된 비방, 고발, 폭동 설교, 위협, 인신공격으로 더럽혀졌다.
모두 기름 먹인 방화 살인용 글들이다. 심지어는 블랑키5)도, 이 테러리
즘의 화신이자 태양 아래 가장 용감한 사나이인 블랑키조차도, 당시 아
주 비열한 밀고 죄 그리고 경찰과 협조한 죄를 뒤집어썼다. 어떤 정직한
사람도 자신을 변호하지 못했다. 아름다운 외투를 소유한 사람은 그 속
에 얼굴을 감추었다. 첫번째 혁명6)에서는 피트라는 이름이 최상의 애국
자들을 매수된 배반자로 더럽히는 데 기여해야 했다——당통, 로베스피에

---

2) 파이트 축제는 간질병자들의 수호자로 알려진 순교자 파이트Veit를 기리기 위한 축제인
   데, 그의 기념일인 6월 15일에 거행되는 축제는 하지(夏至) 축제의 성격을 띤다.
3) 독일 하르츠 산맥의 가장 높은 봉우리인 브로켄 산 정상에서는 민간 설화에 따르면 4월
   30일 밤에 악마와 마녀의 향연이 열린다고 한다.
4) 프랑스 혁명 과정 중 급진적 자코뱅당 지도자인 로베스피에르에 의해 주도된 공포정치
   의 시대.
5) Auguste Blanqui(1805~1881): 프랑스의 급진적 사회주의자로 여러 차례 폭동에 가담했
   으며, 1848년 5월 의회를 무장 공격한 후 체포되어 징역 10년 형을 선고받았다.
6) 1789년 7월 14일~1794년 7월 27일 사이의 프랑스 대혁명.

르, 그리고 심지어는 마라까지도 피트에 의해 돈으로 고용되었다고 고발되었다. 2월 혁명의 피트는 기조였다. 기조라는 이름은 온갖 어처구니없는 의혹을 방조해야 했다. 누군가가, 지적 능력은 허약하나 오랫동안 생트플라지,[7] 심지어는 몽생미셸[8]에 수감되었던 어느 당대 영웅의 질투심을 일으키면, 그는 오래지 않아 이 영웅의 클럽에서 기조의 조력자로, 기조의 매수 시스템에 몸을 판 용병으로 비난당할 것을 예상해야 했다. 당시에는 목을 자르는 기요틴은 없었다. 그러나 기조틴[9]이 발명되었고, 이것으로 사람들은 우리의 명예를 잘랐다. 이 글의 저자도 그 광란의 시기에 중상모략을 피하지 못했다. 『알게마이네 차이퉁』의 한 통신원이 익명의 기사에서 아주 명예롭지 못한 한 계약에 대해 언급하는 것을 주저하지 않았다.[10] 내가 상당한 액수의 돈을 받고 내 문학적 활동을 기조 내각의 통치적 요구에 팔아먹었다는 계약을.

나는 이 무시무시한 고발자, 횡행하는 부패에 대해 아주 격분한 거친 덕성의 소유자인 이 고발자의 신원에 대한 어떤 조명도 삼가련다. 나는 이 용감한 기사에서 그의 익명성의 면갑(面甲)을 벗겨내지 않겠다. 그저 지나가는 길에 언급하자면, 이 기자는 독일인이 아니라 이탈리아인이며[11] 예수회 학교에서 교육받았고, 받은 교육을 충실히 따라 현재 파리

---

7) Sainte-Pelagie, 파리에 있는 감옥.

8) Mont-Saint-Michel, 정치범 수감 감옥.

9) 하이네가 기조Guizot와 기요틴Guillotine을 합성해서 만든 말.

10) 『아우크스부르크 알게마이네 차이퉁』은 1848년 4월 28일 자 신문에서 프랑스 정부의 비밀 펀드에 대한 프랑스 신문의 폭로 보도를 인용한 통신원의 기사를 실었고, 이 사건과 연관해 하이네의 이름도 구체적으로 거명했다.

11) 기사를 쓴 베르나이스(Karl Ludwig Bernays, 1815~1879)는 하이네의 말과는 달리 독일 태생의 언론인이다. 그는 잡지 『앞으로Vorwärts』의 수석 편집인으로 카를 마르크스와 친분을 맺었고, 미국 망명 중에는 링컨과도 교류했다.

주재 오스트리아 공관 사무실에서 작은 자리 하나를 꿰차고 있다.[12] 나는 관대한 사람이고, 누구에게나 자신의 일을 하는 것을 허용한다. 우리는 모두가 다 정직한 사람일 수는 없다. 각양각색의 기인들이 있을 수밖에 없는 것이다. 그러기에 내가 그 어떤 비난 행위를 자신에게 허용한다면, 그것은 오로지 철저한 교황주의자인 나의 브루투스[13]가 프랑스의 한 팸플릿 평론지의 권위를 증거로 끌어낸 그 교활한 비양심을 향한 것이다. 이 평론지는 당시의 주제적 열정의 종복 노릇을 하고 있었고 모든 종류의 왜곡과 곡해에서 순수하지 못한 것이었다. 그러나 이 평론지는 나와 관련해서는 어떤 잘못된 말도 하지 않았다. 위에서 언급된 나에 대한 비난을 정당화해줄 수 있는 그 어떤 말도. 평소에는 매우 신중한 『알게마이네 차이퉁』이 어떻게 해서 그런 속임수의 제물이 되었는지 그 이유에 대해서는 후에 간접적으로 암시를 주겠다. 나는 여기서는 단지 1848년 5월 23일 자 『아우크스부르크 알게마이네 차이퉁』에 대해, 이 신문의 특별 간지(間紙)에 대해 주의를 돌리는 것으로 만족하련다. 이 간지에 실린 공개 선언에서 나는 그 솜씨 좋은 교묘한 암시에 대해 아주 솔직하게, 모호함의 여지를 조금도 남기지 않고, 내 생각을 말했다. 나는 모욕당한 자만심의 모든 감정을 억눌렀고, 공공의 신문인 『알게마이네 차이퉁』에 슬픈 고백을 했다. 내게도 마침내 망명의 끔찍한 병인 가난이 찾아왔노라고, 그래서 나 또한 "프랑스 국민이 수천 명의 외국인에게, 그들의 고향에서 혁명을 위한 열정으로 말미암아 다소간에 영광스럽게

---

12) 19세기 전반기 오스트리아는, 특히 메테르니히의 복고 정책으로 인해, 유럽 복고주의 세력의 핵심으로 진보 진영의 비판을 받았다. 하이네는 가톨릭교회를 복고주의 세력의 정신적 지주로 판단했고, 예수회를 가장 극렬한 가톨릭 교리의 대변자로 생각했다.

13) Marcus Junius Brutus(기원전 85~42): 로마 공화정 말기의 정치인. 율리우스 카이사르가 공화정을 폐지하고 황제가 되려 하자 그를 암살한 사람 중의 하나.

명예를 손상당했고 프랑스라는 인정 많은 가정에서 피신처를 찾은 외국인들에게 기부한 그 큰 자선금에서 도피처를 찾아야 했노라"고.

이 인용문은 위에서 말한 공개 선언에 글자 그대로 들어 있는 말들이다. 나는 이 슬픈 사건의 요체를 지적한 것이다. 나는 슬쩍 암시할 수도 있었다. 이 보조금이, 내게 "**매년 지급되는 지원 연금의 허가**"라는 말로 승인된 보조금이, 아주 친절하게 예의를 갖추고 내게 통고된 것처럼 내 문학적 명성에 대한 높은 인정으로 간주된다고. 그러나 나는 이 연금을 절대적으로 국가적 관용, 정치적 형제애의 소산으로 생각했다. 복음서적 자비가 언젠가 그랬던 것과 똑같이 감동적이고 아름답게 이곳에서 나타나는 그 형제애의 소산으로 말이다. 내 망명 동료들 중에는 모든 후원을 그저 공적 지원금이라고 부르는 교만한 친구들이 있었다. 이들 거지 자존심을 내세우는 기사님들, 모든 의무를 증오하는 이 기사님들은 이 지원금을 대여금이라고, 그들이 후에 많은 이자를 붙여 프랑스 사람들에게 갚아줄 대여금이라고 불렀다. 그러나 나는 필연성 앞에 겸손했고, 사건의 진실한 본성을 밝혔다. 앞에 언급된 선언문에서 나는 다음과 같은 말을 추가했다. "나는 이 보조금을 그 유감스러운 연방 의회의 의결이 발표된 직후에 청구했다.[14] 이 의결은 나를 속칭 청년 독일파의 합창 지휘자로서 재정적으로도 파멸시키려고 시도했다. 이 의결은 내 현존하는 저작물뿐 아니라 앞으로 내 펜에서 흘러나올 모든 것을 미리 금서(禁書)로 규정했다. 그리고 그런 방법으로 내게서 재산과 생계 수단을 강탈했다. 판결도 없이 불법으로."

그렇다, "판결도 없이 불법으로"──나는 불합리한 폭력 행위의 연

---

14) 1835년 12월 독일 연방 의회는 이른바 '청년 독일파'에 속하는 작가들(하이네, 구츠코, 라우베, 빈바르크, 문트)의 모든 저술을, 앞으로 나올 저술도 포함해 금지했다.

대기에서도 전대미문일 그런 행위를 이렇게 표현해도 부당하다고 생각하지 않는다. 고국 정부의 포고령으로 해서 내가 지금까지 쓴 모든 저작뿐 아니라, 미래의, 앞으로 쓰게 될 모든 저작도 금지되었다. 내 뇌가 몰수당했고, 내 불쌍하고 죄 없는 위는 이 금지로 해서 모든 음식물과 단절되어야 했던 것이다. 동시에 내 이름 또한 사람들의 기억에서 근절되어야 했다. 내 고향의 모든 검열관에게는 엄중한 지시가 하달되었다. 신문뿐 아니라 팸플릿과 책에서 나에 관해 언급된 부분들은 유불리를 따지지 않고 모두 삭제되어야 한다는 지시가. 근시안적 바보들! 이따위 의결과 이따위 지시는 그의 정신적 의지가 모든 박해를 뚫고 승리하며 도약하는 작가에게는 아무런 힘도 발휘하지 못했다. 비록 이 작가의 재정 상태가 일시적으로 매우 철저하게 파멸에 빠졌지만 말이다. 나는 지금도 이 음험한 소인배적 간계의 여파를 느끼고 있다. 그러나 나는 굶어 죽지 않았다. 비록 그 당시에는 날 창백하게 만든 그 걱정으로 크게 괴로움을 당했지만 말이다. 파리에서의 삶은, 특히 결혼을 하고 애가 없을 경우에는, 돈이 무척 많이 든다. 아이들, 이 사랑스러운 작은 인형들은 남편, 특히 아내에게 많은 시간을 앗아간다. 그래서 부부는 집 밖에서 소일거리를 찾을 필요가 없다. 더욱이 그런 소일거리는 이곳에서 매우 비싸기도 하다. 또 나는 배고픈 사람들을 그저 말로써 배불리 먹여주는 기술을 결코 배우지 못했다.[15] 더욱이 자연은 내게 부유하게 보이는 외모를 내려주었고, 그래서 아무도 내 궁핍함을 믿으려고 하지 않았다. 지금까지 내 도움을 아주 많이 받은 곤궁한 사람들은 내가 앞으로는 굶주려야 한다고 말하면 껄껄 웃었다. 나는 가능한 모든 백만장자의 친척이 아니었던

---

15) '그러기에 배고픈 사람들을 먹이기 위해 많은 돈을 썼다'는 의미.

가? 모든 백만장자의 총통께서,[16) 이 총통 백만장자께서 나를 그의 친구라고 부르지 않았던가, 그의 친구라고 말이다. 나는 내 보호 아래 있는 사람들을 결코 이해시킬 수 없었다. 그 위대한 총통 백만장자께서는 내가 그에게 돈을 요구하지 않기 때문에, 바로 그 때문에 나를 친구라고 부른다는 사실을 말이다. 내가 그에게 돈을 요구했다면 그 우정은 물론 즉시 끝장을 보았을 것이다! 다윗과 요나탄, 오레스테스와 필라데스의 시대는 지나가버렸다.[17) 내 불쌍한, 도움이 필요한 바보들은 사람들이 부자에게서 쉽사리 무엇인가 얻어낼 수 있다고 믿었다. 나와는 달리 그들은 보지 못한 것이다. 부자들의 돈 상자가 그 어떤 무시무시한 쇠자물쇠와 쇠막대로 보존되는지를. 아마도 많이 갖지 못한 사람들에게서나 무언가를 빌어낼 수 있을 것이다. 그 이유인즉, 첫째 그들의 돈 상자는 쇠로 만들어지지 않았다. 그리고 다음으로 그들은 실제보다 더 부유하게 보이려고 한다.

그렇다, 그 누구도 내 재정적 궁핍을 결코 믿으려 하지 않았다는 사실은 내 기이한 불운의 하나였다. 마그나 카르타, 세르반테스가 우리에게 말해주듯, 아폴로 신이 시인들에게 허용한 마그나 카르타의 첫 절(節)은 이렇다. "시인이 돈이 없다고 확언하면, 사람들은 그의 말을 그대로 믿어야 하며, 어떤 맹세도 요구해서는 안 된다"[18)──아, 나는 내 시인 신분의 이러한 특권에 의지해보려 했으나 헛수고였다. 그래서 논란이 된 그 연금을 받으려 나를 움직인 동기가 아주 자연스러운 절박함과 정당함에서 연

---

16) 제임스 로스차일드를 가리킨다.
17) 다윗과 요나탄은 구약 성서에, 오레스테스와 필라데스는 그리스 신화에 등장하는 절친한 친구들이다.
18) 세르반테스의 『파르나소로의 여행』에서 아폴로 신이 세르반테스에게 보낸 가상 편지의 내용.

유하지 않았다는 비방은, 아주 쉽사리 그런 주장을 펼칠 수 있었다. 나는 당시 많은 동포들이, 그들 중에는 아주 결연하고 명민한 마르크스 박사[19]도 있었는데, 나를 찾아와서 『알게마이네 차이퉁』에 실린 비방 기사에 대한 분노를 털어놓았음을 기억하고 있다. 그들은 그들 자신이 독일 신문들에, 내가 받은 연금이 확실히 오로지 내 가난한 당원 동지들을 더 실제적으로 지원해주기 위한 의도에서 받아들여졌다는 내용으로 글을 썼다고 말했다며, 내게는 이 비방 기사에 대해 한마디도 대답하지 말라고 충고했다. 『노이에 라이니셰 차이퉁』[20]의 전(前) 발행인도 그리고 그의 참모진을 이루는 친구들도 그렇게 말했다. 나는 이 친절한 호의에 감사를 표했다. 그러나 나는 이 친구들에게 확언했다. 그들이 잘못 생각하고 있다고, 나는 그 연금을 전체적으로 나 자신을 위해 매우 잘 사용할 수 있었다고, 그리고 『알게마이네 차이퉁』의 그 악의에 찬 익명 기사에 대해서는 내 친구들을 통한 간접 방식이 아니라, 내가 직접 내 이름으로 대응해야만 한다고.

이 기회에 나는 다음 사실에 대해서도 언급해두려 한다. 『알게마이네 차이퉁』의 통신원이 증거로 내세운 프랑스 팸플릿 평론지인 『르뷔 레트로스펙티브』[21]가 그런 부당 인용에 대한 불만을 어떤 답변 기사를 통해 표현하려 했다는 것을. 그러나 이것은 전혀 불필요한 일이었을 것이

---

19) 카를 마르크스Karl Marx를 가리킴. 하이네는 1843년 마르크스와 친교를 맺었다. 마르크스가 1845년 1월 1일 『앞으로』에서 하이네를 변론한 것은 당시 공화주의자들의 하이네 비판과 관련된 것이며, 1848년 2월 혁명 이후에 비로소 밝혀진 연금 문제와는 관계가 없는 것이었다.

20) *Neue Rheinische Zeitung*, 1848년 6월 1일부터 1849년 5월 19일까지 마르크스가 쾰른에서 발행한 신문. 독일의 1848년 3월 혁명에 지대한 영향을 미친 신문으로 평가된다.

21) 정식 이름은 La Revue rétrospective ou Archives secrètes du dernier gouvernement, 1830~1848. 이 소평론지는 7월 왕조의 비밀 정책을 파헤치려는 목적으로 창간되었다.

다, 그럴 것이 이 프랑스 평론지를 대충 한 번 훑어만 보아도 이 신문이 내 이름의 비방에 아무런 죄도 없다는 것이 밝혀지기 때문이다. 그러나 부정기적으로 간행되는 이 신문의 존재는 매우 덧없는 것이었다. 이 팸플릿 평론지는 기획한 답변서를 발표하기도 전에 미친 듯한 시대의 소용돌이에 삼켜져버렸다. 『르뷔 레트로스펙티브』의 **수석 편집인**은 서적상(書籍商) 폴랭[22]이었다. 용기 있고 정직한 사람이었고, 20년 전부터 항상 나를 매우 호의적이고 친절하게 대해왔다. 사업상의 관계를 통해, 그리고 공동의 절친한 친구들을 통해 우리는 서로 높이 평가하고 존경하는 것을 배울 수 있었다. 폴랭은 내 친구인 뒤보셰[23]의 사업 파트너였다. 그는 내 유명한 친구 미녜를 형제처럼 사랑했고, 티에르를 신처럼 숭배했다. 우리끼리 하는 말이지만, 티에르는 『르뷔 레트로스펙티브』를 은밀히 비호했다. 여하튼 이 신문을 만들고 이끈 것은 티에르 일파의 사람들이었다. 그리고 이 사람들은, 그들이 알기로는 그들 후견인이 특별한 호감을 갖고 존경하는 사람을 비방할 생각은 아마 하지 않았을 것이다.

　『알게마이네 차이퉁』의 편집자는 그가 그 말쑥한 부패 기사를 인쇄하기 전에는 『르뷔 레트로스펙티브』라는 프랑스 신문을 결코 알지 못했다. 실제로 그가 이 프랑스 신문을 그저 얼핏 한 번만 훑어보았어도 자기 통신원의 교활한 간계를 알아차렸을 것이다. 그런데도 그가 알아차리지 못한 것은 이 통신원이 내게 많은 사람과 연대의 짐을 지워놓았기 때문이다. 그런데 이들은 나와는 아주 멀고 또 다른 사람들이다, 마치 체스터 치즈와 달 사이가 그러하듯 말이다. 기조의 내각이 관직 배분을 통

---

22) Alexandre Paulin(1793~1859): 출판 사업자. Revue rétrospective는 그의 출판사에서 발행되었다.

23) Jean-Jacques Dubochet(1798~1868): 서적상.

해서뿐 아니라 현금 희사(喜捨)를 통해서도 정부의 부패 시스템을 가동시켰다는 것을 보여주기 위해서, 앞에서 말한 그 프랑스의 『르뷔』는 기조가 수장으로 있는 부처의 예산, 즉 수입과 지출을 인쇄해 발표했다. 그리고 여기에서 우리는 물론 해마다 어마어마한 금액이 불확실한 명목의 지출로 기록된 것을 보았다. 그리고 이 탄핵 신문은 추후에 그 사람들의 이름을, 지갑으로 이 돈이 흘러들어간 사람들의 이름을 밝히겠다고 위협했다. 그런데 이 신문의 급작스러운 폐간으로 말미암아 이 위협은 실행에 옮겨지지 못했다. 우리는 그렇게 된 것을 매우 안타깝게 생각한다. 그렇게되었더라면 모든 사람이 볼 수 있었을 것이다. 우리가 그따위 비밀 자선(慈善)에, 장관이나 또는 그의 비서로부터 직접 유래하고 또 그 어떤 특정한 봉사에 대한 보상으로 주어지는 그런 자선에 결단코 관련되지 않았음을 말이다. 그런 이른바 **장관 재화**(財貨), 즉 진짜 비밀 펀드와 해마다 일정금액의 지원금이 허용된 특정 인물을 위해 장관이 그의 예산을 이미 책정해놓은 연금은 매우 엄격하게 구분되어야 한다. 『르뷔 레트로스펙티브』가 다양한 외교관들의 봉급과 다양한 해외 공관의 지출을 일괄해서 밝힌 다음 지원 연금을 받은 사람들의 이름도 지면에 실은 것은 매우 관대하지 못한 행위였다. 나는 이를 매우 비프랑스적인 행위라고 부르고 싶다. 우리는 이런 행위를 더더욱 강하게 질책해야 한다. 그럴 것이 여기에는 재정적 궁핍에 빠진 아주 높은 지위의 신사분들 이름이 실려 있었을 뿐 아니라, 추락해버린 고귀한 신분을 몇 개의 장신구 필터 밑에 감춰놓았던 높은 신분의 부인들이 이제는 드러난 그녀들의 고귀한 불행을 시름에 차서 바라보아야만 했기 때문이다. 독일 사람은 다정다감한 예의에 이끌려 프랑스인들의 이런 무례한 전례를 따르지 않는다. 그러니 우리는 이곳에서 기조가 이끄는 부처의 연금 펀드 목록에 기록된 높은 귀족 신분의 존엄하신 부인들 명단에 대해서는 침묵하기로 한다. 같은 목록에 해마다 받는 지원 금 액수와 함께 이름이 들어 있던 남자들 사이에서 우리는 세계 도처에 서 망명해 온 사람들을 발견했다. 그리스와 생도맹그, 아르메니아와 불가 리아, 스페인과 폴란드에서 피신해 온 사람들, 남작, 백작, 영주, 장군 그 리고 전 장관, 심지어는 성직자까지, 쩅쩅 울리는 이름들, 이들은 마치 빈 곤의 귀족 사회를 형성하듯 했다. 반면에 다른 부처들의 회계 장부 목록 에는 이들보다는 덜 빛나는 불쌍한 인간들이 늘어서 있었다. 독일 시인 은 정말이지 그의 동지들을 부끄러워하지 않아도 되었다. 그는 재능과 불 행의 유명 인사들, 충격적인 운명의 소유자인 이들 유명 인사들과 일행 을 이루고 있었다. 언급된 그 연금 수령자 목록에서, 내 이름 바로 곁에 서, 같은 장(章) 그리고 같은 카테고리에서, 나는 한 남자의 이름을 발견 했다. 한때는 하우드에서 쿠쉬에 이르기까지, 인도에서 에티오피아에 이 르기까지, 백스물일곱 나라의 왕이었던 아하스에루스[24]의 왕국보다 더 큰 제국을 지배했던 남자의 이름을. 이 남자는 고도이, **평화의 왕자**이자, 페르난도 7세와 그의 코에 홀딱 반한 왕비의 절대적 총신(寵臣) 고도이였 다.[25] 나는 그의 코보다 더 광대하고 더 선제후(選帝侯)다운 자주색[26] 코

---

24) 구약의 「에스더서」에 따르면 페르시아의 왕 아하스에루스(Ahasverus, 크세르크세스 1 세로 불리기도 함)는 "인도에서 에티오피아까지 백스물일곱이 넘는 나라들을 지배했 다" 한다. "하우드Haud"와 "쿠쉬Kusch"는 에티오피아에 살았다는 부족과 그들이 거 주했던 지역의 이름이다.

25) 마누엘 데 고도이(Manuel de Godoy, 1767~1851): 스페인의 정치가. 카를로스 4세의 총신으로 1795년 프랑스와 전쟁을 끝내고 평화 조약을 체결해서 "평화의 왕자"라는 호 칭을 얻었다. 1808년 국외로 추방되었고, 프랑스와 로마에서 살았다. 프랑스의 7월 왕 조로부터 매년 연금 5천 프랑을 받은 것으로 알려졌다. 하이네는 카를로스 4세를 페르 난도 7세와 혼동한 것으로 보인다.

26) 봉건 시대 유럽에서는 제왕이나 추기경, 제후만이 자주색 외투를 입었기 때문에 자주 색은 권력과 고귀함을 나타내는 색이었다.

를 결코 본 적이 없었다. 그 코를 코담배로 가득 채우려면 불쌍한 고도이는 틀림없이 프랑스에서 받는 1년 연금 액수보다 더 많은 돈을 써야 했을 것이다. 내가 내 이름 곁에서 본, 그리고 내 마음을 감동과 존경심으로 가득 채운 또 다른 이름은, 내 친구이자 운명적 동지이며 영광에 가득 찬, 그리고 불행한 오귀스탱 티에리[27]라는 우리 시대 가장 위대한 역사기술가의 이름이었다. 그런데 그런 존경스러운 인물들의 곁에다 내 이름을 써놓는 대신에, 『알게마이네 차이퉁』의 그 정직하신 통신원은 앞에서 언급된 예산서의 명단에서——이 명단에는 물론 은퇴한 외교 첩보원들의 이름도 기록되어 있었다——정확하게 독일 동포 두 명의 이름을 주워 올렸다. 이 사람들은 아마도 평판보다는 더 좋은 사람들일 수도 있다. 그러나 여하튼 사람들이 당시에 나와 그들을 나란히 세워놓으면 내 이름은 손상을 받을 수밖에 없었다. 그중 한 명은 괴팅겐 출신의 독일 학자였다.[28] 그는 공사관의 참사관이었고, 오래전부터 자유주의 당파의 속죄양이었다. 그는 외교적 비밀을 많이 아는 척 과시함으로써 형편없는 존재로 치부되는 재능을 갖고 있었다. 풍부한 지식과 무쇠 같은 근면의 장비를 갖춘 그는 많은 내각에서 아주 쓸모 있는 일꾼이었고, 그렇게 그는 후에 기조의 사무실에서도 마찬가지로 일을 했다. 그는 이 사무실에서도 다양한 임무를 부여받았고, 이러한 고용살이가 그에 대한 급료 지급을 정당화해준다. 그러나 이 급료는 매우 인색한 것이었다. 그 정직한 부패

---

27) Augustin Thierry(1795~1856): 프랑스의 역사학자. 1830년부터 아카데미 프랑세즈의 회원이었고, 많은 학문적 업적을 쌓았다. 하이네는 그를 여러 차례 최고의 역사학자로 높이 평가했다.

28) 폰 클린트보르트(Georg von Klindworth, 1797~1882) 남작을 말한다. 하이네는 그를 여러 차례 의심스러운 인물, 거짓말쟁이로 폄하했다. 클린트보르트는 기조 내각으로부터 연 6천 프랑의 연금을 받았다.

기사 통신원이 내 이름과 함께 거명한 다른 독일 동포의 위치도 첫째 동
포와 마찬가지로 내 위치와는 유사점이 거의 없었다. 그는 슈바벤[29] 사
람이고, 지금까지 슈투트가르트에서 흠 없는 고루한 속물로 살아왔다.[30]
그러나 지금은 아주 난처한 의혹의 눈길을 받고 있다. 그가 기조의 예산
장부에 거액의 연금을 받은 것으로 기록된 것을 사람들이 보았기 때문
이다. 그가 전 스웨덴 왕인 구스타프존[31] 대령의 금고에서 받은 연봉과
거의 같은 거액의 연금을. 그렇다, 그의 연금은 같은 기조의 예산 장부에
기록된 폰 에크슈타인 남작[32]과 카프피그 씨[33] 연금의 세 배 혹은 네 배
정도로 많다. 위의 두 사람은, 곁들여 말하자면, 아주 오래전부터 『알게
마이네 차이퉁』의 통신원이다. 이 슈바벤 사람은 실제로 믿기 어려운 거
액의 연금을 그 어떤 명백한 공로나 업적을 통해서도 정당화하지 못했
다. 그는 박해받는 사람으로서 파리에 살지 않았다. 이미 말한 대로 뷔
르템베르크 왕의 조용한 신하로서 슈투트가르트에서 살았다. 그는 위대
한 시인이 아니었다. 그는 학문의 광명성도, 천문학자도, 유명한 정치가
도, 예술의 영웅도 아니었다. 그는 도대체 영웅이 아니었다. 오히려 그 반

---

29) Schwaben, 독일 남서부 지방을 가리킨다. 슈투트가르트는 슈바벤 지방의 대표적 도시다.

30) 폰 바일(Karl Ritter von Weil, 1806~1878) 박사를 가리킨다. 그는 자유주의적 언론
인이었으며, 『슈투트가르터 차이퉁』의 편집인이기도 했다. 그는 프랑스 정부로부터 1만
8천 프랑의 연금을 받았다.

31) 구스타프 아돌프 4세(Gustav IV. Adolf)는 1796년부터 스웨덴 국왕으로 통치를 시작
했으나 나폴레옹에 대한 적대 정책으로 인해 1808년 왕관을 포기해야 했다. 그 후 그
는 구스타프존 대령이라는 이름으로 스위스에서 살았다.

32) 페르디난트 폰 에크슈타인 남작(Ferdinand Baron von Eckstein, 1790~1861)은 1819
년부터 『알게마이네 차이퉁』을 위해 글을 썼으며, 1840년대부터는 이 신문의 대표적인
파리 주재 통신원이었다.

33) Jean-Baptiste Honoré Raymond Capefigue(1801~1872): 역사학자이자 열렬한 교황
신봉자.

대로 그는 매우 평화 애호적이었다. 그가 언젠가 『알게마이네 차이퉁』의
편집인을 모독했을 때, 그리고 이 편집인이 그에게 피스톨 결투를 신청하
기 위해 전속력으로 아우크스부르크에서 슈투트가르트로 달려왔을 때,
이 착한 슈바벤 사람은 형제의 피를 흘리려고 하지 않았다(『알게마이네
차이퉁』의 편집인은 슈바벤 태생이었기 때문이다). 그는 아주 특별한 건강
상의 이유를 들어 피스톨 결투를 거부했다. 그가 어떤 납 탄환도 소화할
수 없고, 또 그의 배가 구운 샬레트쿠겔[34]과 슈바벤식 경단에만 익숙해
있기 때문이란다.

코르시카 사람들, 북아메리카 인디언 그리고 슈바벤 사람들은 결코
용서하는 법이 없다. 그래서 그 예수회 생도[35]는 그의 부패한 부패 기사
를 『알게마이네 차이퉁』에 보낼 때, 이 행위를 이런 슈바벤식 유혈 복수
극으로 간주했을 것이다. 그리고 이 신문의 편집인은 파리로부터의 이
통신문을 즉각 신문에 인쇄하는 것을 빠트리지 않았다. 쏴 죽이지 못한
슈바벤 동향인의 좋은 평판을 더없이 불쾌하고 더없이 치욕스러운 가정
과 억측으로 몰아넣는 통신문을. 『알게마이네 차이퉁』의 편집인은 이 기
사를 받아들이면서 자신의 불편부당함을 더욱더 빛나게 과시할 수 있었
다. 그럴 것이 이 기사에는 그와 친한 통신원들 중 한 명도 못지않게 의
심스러운 존재로 폭로되었기 때문이다. 이 편집인이 그 치욕스러운, 그러
나 근거 없는 비난을 지면에 실음으로써 내게 좋은 일을 했다고 생각했
는지는 알 수 없다. 그가 내게 품위 없는 모든 소문과 안개 속을 기어 다
니는 듯한 모든 암시에 대해 확실한 선언으로 맞서는 기회를 제공한다는

---

34) 유대인의 전통 음식, 일종의 치즈 도넛.
35) 하이네가 프랑스 정부로부터 연금을 받은 사실을 『아우크스부르크 알게마이네 차이퉁』
　　에 처음 보도한 이 신문의 파리 통신원 베르나이스. 앞의 각주 10, 11 참조.

생각으로 말이다. 아무튼 『알게마이네 차이퉁』의 편집인은 송부된 부패 기사를 지면에 실었다. 이 편집인은 이 기사에 메모 하나를 첨부했는데, 이 메모에서 그는 내가 받은 연금과 관련해서 다음과 같은 소견을 진술했다. "그는 이 연금을 절대로 그가 글로 쓴 그 무엇 때문이 아니라, 글로 **쓰 지 않 은** 그 무엇 때문에 받을 수 있었을 것"[36]이라는 소견을.

아, 이 틀림없이 호의적인, 그러나 지나치게 재기 넘친 글쓰기로 해서 이 불행한 명예 회복 메모는 진짜 도로 포장석이 되었다. 프랑스 기자들은 그들끼리의 은어에서 미숙한 변론을, 설화에서 어느 곰이 그랬듯이 변호될 사람을 오히려 때려죽이는 변론을 이렇게 도로 포장석이라고 부른다. 이 곰은 자고 있는 친구 이마에서 검정파리 한 마리를 쫓아버리려고 했고, 이 파리를 향해 내던진 네모난 돌로 친구의 뇌까지 박살내버렸다 한다.

아우크스부르크의 도로 포장석은 그 보잘것없는 검정파리의 통신문 기사보다 더 견디기 어려운 상처를 내게 주었다. 그래서 나는 그 당시 위에서 언급한 『알게마이네 차이퉁』에 공표한 선언문에 이렇게 실었다. "『알게마이네 차이퉁』의 편집자는 그 통신문에 메모 하나를 첨부했는바, 이 메모에서 그는 내가 글로 쓴 어떤 것이 아니라, **글 로 쓰 지 않 은** 어떤 것에 대한 대가로 그 재정 지원을 받았을 것이라는 의견을 말했다. 20년 전부터 그가 지면에 실어온 내가 쓴 글을 통해, 아니 오히려 **지 면 에 싣 지 않 은** 내 글을 통해 그는 알 수 있는 기회가 충분히 있었다. 내가 침

36) 하이네가 프랑스 정부의 연금을 받았다는 사실을 보도한 1848년 4월 22일 자 기사에서 『아우크스부르크 알게마이네 차이퉁』의 편집인은 하이네와 관련해서 이렇게 각주를 달았다. "하이네가 그런 금전적 지원을 받았다면 이는 아마도 그가 글로 쓰지 않은 그 무엇 때문에 받았을 가능성이 크다."

묵의 대가로 돈을 받는 비굴한 작가가 아니라는 사실을. 언급된 편집인은 그런 **가벼운 힐책**으로 나를 괴롭히지 않았으면 좋았을 것이다."

시간, 장소, 주변 상황이 당시에는 더 자세히 설명하는 것을 허용해 주지 않았다. 그러나 지금에는, 모든 고려할 사항이 사라져버린 지금에는, 내가 글로 쓴 그 무엇에 대해서도, 그리고 글로 **쓰 지 않 은** 그 무엇에 대해서도 기조의 내각에 의해 매수될 수 없었다는 사실을 나는 훨씬 더 사실적으로 밝힐 수 있게 되었다. 삶을 종결한 사람들에게는[37] 이렇게 뒤돌아보면서 하는 해명적 자기 정당화는 이상하게 비애에 찬 매력을 갖게 마련이다. 그리고 나는 이 매력에 꿈꾸는 듯이 무덤덤하게 자신을 내맡기려 한다. 지금 나는 마치 어떤 오래전에 죽은 사람에게 경건한 명예 회복을 해주는 듯한 느낌이다. 여하튼 기조 내각 당시의 프랑스 상황에 대한 다음 설명을 여기 올바른 장소에 써놓겠다.

1840년 11월 29일의 내각은 원래는 기조의 내각이 아니라 술트의 내각이라고 불러야 한다. 술트가 각료 회의의 의장이었기 때문이다. 그러나 술트는 각의의 명목상 수장에 불과했다. 이는 마치 당대의 하노버의 왕이 항상 게오르기아-아우구스타 대학[38] 총장의 타이틀을 갖는 반면에 그때마다 괴팅겐 대학교 총장 대리이신 존귀하신 각하(閣下)께서 실질적 총장 권력을 행사하는 것과 대체로 비슷하다. 술트의 공식적 절대 권력에도 불구하고 그에 대해서는 말이 없었다. 자유주의적 신문들만이 때

37) 1854년 하이네는 병으로 사지 육신이 마비되어 전신을 움직이지 못하는 이른바 '침대 무덤Matrazengruft'의 상황에 처해 있었다. 죽음을 늘 눈앞에 두고 살아야 하는 하이네는 자신의 상태를 "삶을 종결한"이라는 말로 나타내고 있다.

38) 게오르기아-아우구스타Georgia-Augusta, 독일어로는 게오르크-아우구스트Georg August는 괴팅겐 대학의 이름이다. 대학의 정식 명칭은 Georg-August-Universität Göttingen이다. 하이네는 이 대학에서 수학했다.

로는, 그들이 술트에게 만족할 때는, 그를 툴루즈의 승자라고 불러주었다.[39] 그러나 술트가 이 신문들의 불만을 야기하면, 신문들은 강하고 확고하게 그가 툴루즈의 전투에서 승리하지 **못 했 다**고 주장함으로써 그를 조롱했을 따름이었다. 사람들은 오로지 기조에 대해서만 말을 했다. 그의 전임자의 호전성 때문에 잔뜩 겁을 먹었던 부르주아지에게서 기조는 여러 해 동안 인기의 정점에 서 있었다. 티에르의 후임자가 라인 강 저편에서 더 큰 호감을 불러일으킨 것은 당연지사이다. 우리 독일인은 티에르가 북을 쳐서 우리의 잠을 깨운 것을, 우리를 안락한 식물적 잠에서 깨운 것을 용서할 수 없었다. 우리는 눈을 비비고 깨어나서 "기조 만세"를 외쳤다. 특히 학자들이 그에 대한 찬양가를 불렀다. 핀다로스[40]풍의 송가 형식으로, 고대 그리스의 고전적 운율을 충실히 모방하면서. 이곳을 여기저기 여행하고 있는 독일 어문학 교수 한 명은 기조가 티에르슈[41]와 마찬가지로 위대하다고 확언했다. 그렇다, 내 친애하는 인도주의적 친구인 티에르슈, 그 최고의 그리스어 문법집의 저자 티에르슈만큼 위대하다! 독일 언론도 기조에게 열광하고 있다. 온건한 신문뿐 아니라 급진적 신문도 마찬가지로. 이 열광은 매우 오랫동안 지속되었다. 내 기억으로는, 엄청나게 찬양을 받은 독일인들의 그 총아가 실각하기 얼마 전에도 나는 가장 과격한 독일 신문, 즉 『스파이러 차이퉁』에서 그의 토

---

39) 나폴레옹 집권 말기 1814년 4월 10일 술트 원수는 툴루즈Toulouse 전투에서 웰링턴이 지휘하는 영국군과 싸웠다. 이 전투는 사실상 프랑스군의 패배로 끝났으나, 프랑스군은 영국군의 진격을 저지할 수는 있었다. 이리하여 이 전투의 승패는 평가자의 관점에 따라 상이하게 결정되곤 했다.

40) Pindaros(기원전 518~438): 고대 그리스의 서정시인. 송가의 시인으로도 높은 평가를 받았다.

41) Thiersch, 당시 독일의 유명한 고전 어문학자. 그의 대표적 업적인 『그리스어 문법 Griechische Grammatik』은 1822년에 출판되었다.

마호크[42]와 머리 가죽 벗기는 칼이 한 번도 자비라고는 몰랐던 한 반독재주의자의 펜에서 흘러나온 기조 옹호 변론을 보았다. 『알게마이네 차이퉁』에서의 기조 열광은 주로 비너스 표식으로 자신을 나타내는 내 동료와 화살표로 자신을 나타내는 내 동료에 의해 대표되었다.[43] 전자는 가톨릭 사제다운 존엄함을 갖추고 줄 달린 흔들향로를 흔들어댔고, 후자는 망아적(忘我的) 황홀경의 상태에 이르러서도 감미로움과 우아함을 잃지 않았다. 두 사람 모두 파국[44]에 이를 때까지 견뎌냈다.

나와 관련해서 말하자면 프랑스 문학에 진지하게 몰두한 이래 나는 기조의 탁월한 공적을 항상 인식했고 이해했다. 내가 쓴 글들은 세계적 명성을 얻은 이 남자에 대해 일찍이 내가 품었던 존경심을 보여준다. 나는 그의 경쟁자인 티에르를 더 좋아했다. 그러나 이는 단지 그의 인간적 성격 때문이지 그의 정신의 편협한 국수주의적 성향 때문은 아니다. 이런 정신적 성향으로 해서 그는 프랑스판 옛 독일주의자라고[45] 불러도 큰 문제가 안 될 것이다. 반면에 기조의 코즈모폴리턴적 시각은 내 사유 유형에 더 가까운 것이었다. 아마도 나는 티에르에게서 그의 많은 결점들을 사랑했을지도 모르겠다. 나도 비슷한 결점들로 해서 사람들의 꾸짖음을 받았으니. 반면에 기조의 덕성들은 내게 거의 거부감을 일으킬 정도

---

42) 토마호크는 아메리카 인디언의 손도끼 이름. 아메리카 인디언은 죽인 적의 머리 가죽을 벗겼다 한다.

43) 비너스 표식은 원 아래에 십자가를 달아놓은 형태의 모양. 당시 신문 기자들은 특정 표식으로 자신의 이름을 대신하는 경우가 많았다. 비너스 표식의 필자는 폰 에크슈타인 남작, 화살표는 소이페르트 박사의 표식이었다.

44) 1848년 2월 혁명으로 인한 기조의 정치적 파국.

45) 옛 독일주의는 당시 독일 내의 배타적 민족주의 운동의 한 방향으로서, 독일의 전통적 생활양식과 의식, 문화를 서구적 현대 문화, 특히 프랑스적 '퇴폐' 문화로부터 지켜야 한다고 주장했다.

로 작용했다. 전자를 나는 자주 질책해야만 했다. 그러나 이는 마지못한 것이었다. 후자가 내게 칭찬하도록 강요할 때면, 나는 물론 엄격한 검토를 거친 후에야 비로소 이를 행했다. 정말이지 나는 오로지 독립적인 진실에 대한 사랑 때문에만 당시 모든 화제의 중심을 이루는 그 남자 기조에 대해 논했다. 그리고 나는 항상 충실하게 내가 들은 것에 따라 기사를 작성했다. 이 위대한 정치가의 성격과 통치적 이념을(그의 행정적 행위가 아니라) 아주 진심으로 높이 평가한 보고서를 하나도 바꾸지 않고 이 책에 다시 싣는 것은, 비록 이 때문에 많은 중복이 생겨날 수밖에 없지만, 내게는 명예의 문제이다. 친애하는 독자들은 알아차릴 것이다. 이러한 논의가 1843년 말경부터는 계속되지 않음을. 그 무렵에 나는 『알게마이네 차이퉁』을 위해 정치적 기사를 쓰는 것을 완전히 그만두었다. 이 신문의 편집자에게 보낸 우리 사이의 사적 통신문에서 때때로 우정 어린 말들을 전했을 따름이다. 단지 가끔씩 나는 학문과 예술에 대한 기사를 발표했다.

이것이 바로 『알게마이네 차이퉁』이 말한, 그리고 나를 표현의 자유를 팔아먹은 사람으로 해석되게 만든 그 침묵, 그 글 쓰지 **않음**이다. 그 당시 기조에 대한 내 신뢰가 흔들렸을 것이라는 가정, 여하튼 내가 그에게 의문을 품었을 것이라는 가정이 오히려 사실에 더 가까운 것이 아닐까? 그렇다, 그것이 사실이었다. 그러나 1848년 3월에는 그런 고백이 내게 어울리지 않았다. 그때는 외경심도 품위도 그것을 허용하지 않았다. 나는 그 부정직한 암시, 내 갑작스러운 침묵을 매수 탓으로 돌린 그 암시에 대해서 앞서 언급한 선언문을 통해 내가 기조의 외무부와 맺었던 관계의 순수한 사실만을 대치하는 것으로 그쳤다. 나는 여기서 그 사실들을 반복해 말하겠다. 기조 씨가 외무장관직을 맡은 1840년 11월 29일

전에 나는 그를 만나보는 영예를 한 번도 갖지 못했다. 그로부터 한 달 후에야 비로소 그를 방문했는데, 이는 그가 외무부의 회계국에 새로운 내각에서도 내게 매년 지급되는 지원 연금을 전과 같이 한 달 간격으로 지불하라는 지시를 내려준 것에 감사하기 위함이었다. 그것이 내가 지금까지 살아오면서 그 저명한 남자를 찾아본 처음이자 마지막 방문이었다. 나는 그와 대담하는 명예를 얻었는데, 이 대담에서 그는 친절하게 그리고 깊은 통찰력을 내보이며 독일에 대한 그의 존경심을 토로했다. 내 조국에 대한 이러한 가치 인정, 또 그가 내 문학 작품에 대해 말한 듣기 좋은 몇 마디 말들이 그가 나를 매수하는 데 사용한 유일한 화폐였다. 그는 내게 그 어떤 봉사를 요구할 생각 같은 것은 결코 없었다. 인기 없음을 오히려 갈구하는 이 거만한 남자에게는 프랑스 신문 또는 『아우크스부르크 알게마이네 차이퉁』에 보잘것없는 칭찬 기사를 쓰는 기부를 내게, 지금까지 일면식도 없던 이 내게, 요청할 생각은 조금도 없었을 것이다. 반면에 폰 에크슈타인 남작이나 역사학자 카프피그 씨같이 훨씬 더 무게 있고 또한 신뢰할 수 있는 사람들은, 이들은 앞서 지적한 대로 나와 마찬가지로 『알게마이네 차이퉁』의 기고자들인바,[46] 기조와 여러 해에 걸쳐 사회적 교류를 해왔고, 그래서 틀림없이 미묘한 신뢰를 얻었을 것이다. 앞서 말한 대담 이후에 나는 기조 씨를 두 번 다시 보지 않았고, 그의 비서나 그 밖에 그의 사무실에서 일하는 그 누구도 보지 않았다. 그저 우연히 언젠가 들은 바에 의하면 라인 강 저편에서 온 대사들께서는[47] 자주 그리고 급박하게 기조 씨를 졸라댔다고 한다. 나를 파리에서 쫓아내라고. 이 이의

---

46) 앞의 각주 32, 33 참조.

47) "라인 강 저편"은 독일을 지칭한다. 당시 독일은 통일되지 못했기에, 많은 영주국이 프랑스에 대사관을 두고 있었다. "대사들"이라는 복수 칭호는 이 사실에서 연유한 것이다.

제기자들이 나의 추방을 요구한 바로 그 장관이 그러기는커녕 오히려 연금으로 나를 지원해주었다는 사실을 발견했을 때, 이들이 지었을 화가 난 얼굴 표정을 생각하면 나는 웃지 않을 수 없었다. 그 장관이 이 고귀한 행위가 널리 알려지는 것을 원하지 않는다는 것을 나는 특별한 눈짓 없이도 알아차렸다. 그래서 나는 내가 아무것도 숨기지 않는 입이 무거운 친구들하고만 이 짓궂은 즐거움을 나누어 가졌다.

나를 대우하면서 이처럼 즐거움을 주고 관용을 베푼 사실에 대해 나는 물론 기조 씨에게 큰 감사의 의무를 지니고 있다. 그러나 왕의 부당한 요구들에 맞서는 기조의 단호함에 대한 내 믿음에 의심이 들었을 때, 루이 필리프의 의지가 그를 아주 파멸적으로 지배하는 것을 보았을 때, 이 경직된 독재적 의지의, 이 파멸적 고집의 크고 끔찍한 잘못을 알았을 때, 내 말을 결박한 것은 고마움의 심리적 강요는 진정 아니었을 것이다. 나는 물론 경외심을 잃지 않은 걱정스러운 말로 지나치게 양보적인 내각의, 더 정확하게는 현혹당한 왕의 실책들을 질책했어야 했다. 이 실책들이 프랑스와 세계를 몰락으로 이끌어가기에. 그러나 잔인한 육체적 장애가 내 펜에 재갈을 물렸다.[48] 내 침묵의, 글 쓰지 않음의 이 실질적 원인을 나는 오늘에야 비로소 공개적으로 밝힐 수 있다.

그렇다, 설혹 내가 『알게마이네 차이퉁』에 루이 필리프의 불행한 정부 시스템을 비판하는 철자 하나라도 싣고 싶은 욕구를 느꼈다 할지라도, 그런 일은 아주 간단한 이유로 내게 불가능했을 것이다. 영리한 왕이 11월 29일[49] 이전에 이미 통신원의 그런 범죄적인 생각에 대하여, 그런

---

48) 하이네의 전신 마비 증세를 암시한다.
49) 술트/기조 내각은 하이네가 말한 것처럼 1840년 11월 29일이 아니라 10월 29일 들어섰다. 하이네는 여러 번 이 잘못된 날짜를 사용했다.

폭력 행위에 대해서 조치를 취해놓았기 때문이다. 즉 왕은 몸소 『아우크스부르크 알게마이네 차이퉁』의 검열관에 기사 작위를 주었을 뿐 아니라 심지어는 프랑스의 레종 도뇌르 장교 훈장도 수여한 것이다.[50] 이제는 고인이 된 왕[51]에 대한 내 사랑이 각별했건만 이 아우크스부르크의 검열관은 내 사랑이 충분하지 못하다고 생각했고, 그래서 그는 모든 불만스러운 단어를 삭제했다. 또 왕의 정책에 대해 내가 쓴 많은 기사가 전혀 인쇄되지도 못했다. 그러나 2월 혁명 직후, 불쌍한 루이 필리프가 망명했을 때에는 경외심도 품위도 그런 사실의 공표를 내게 허락하지 않았다. 설혹 아우크스부르크의 그 검열관이 인쇄 허가를 내주었다 할지라도 말이다.

『알게마이네 차이퉁』의 검열보다 훨씬 더 두려운 마음속의 검열이 당시 또 다른, 비슷한 고백을 내게 허용하지 않았다. 그렇다, 기조의 실각 직후에 나는, 그 이전에도 두려움으로 해서 침묵했던 것을 공개적으로 털어놓을 수 없었다. 1844년에 나는 스스로 인정할 수밖에 없었다.[52] 기조 씨가 내 통신문을 읽어보고 그 속에 든 비판이 얼마쯤 그의 마음에 들지 않으면, 이 다혈질 인간이 관용의 감정을 극복하고 불편한 비판자의 영업을 아주 간단하게 종식시킬 수도 있을 것이라는 사실을. 파리에서 통신원을 추방하면 그가 파리에서 보내는 신문 통신도 필연적으로 끝이 날 것이니. 실제로 이 존귀하신 분은 생사여탈권을 손에 쥐고 있

---

50) 검열관 폰 페르글라스Pergler von Perglas의 명예 군단(레종 도뇌르) 장교 임명을 하이네는 『아우크스부르크 알게마이네 차이퉁』에 파리 통신원 연재 기사를 쓰기 시작할 무렵에 이미 알고 있었다.

51) 루이 필리프 왕은 1850년 8월 26일 사망했다.

52) 1844년 프랑스 정부는 마르크스, 아르놀트 루게Arnold Ruge 등 독일의 급진적 사회주의적 성향의 지식인들을 국외로 추방했다.

다. 그는 하시라도 내게 **대학으로부터의 추방령**[53]을 내릴 수 있고, 그러면 나는 즉석에서 책가방을 싸야 한다. 노란 레몬색 커프스가 달린 푸른 제복을 입은 대학 수위들이 곧바로 나를 파리의 비판적 학업에서 끌어 내어 "얼룩말 무늬처럼 줄이 쳐진" 말뚝[54]까지 동반할 것이고, 그곳에서 다른, 훨씬 더 기분 나쁜 제복을 입은 수위들이 독일식 조야한 방식으로 나를 맞아들여, 내게 조국의 경의를 표할 것이다.

그러나 불행한 시인이여, 그대는 그대의 프랑스 귀화를 통해 그런 장관의 자의적 행동으로부터 충분히 보호되어 있지 않았던가?

아, 이 물음에 대한 답은, 아마도 침묵하는 것이 더 현명할 고백을 내게서 끌어내는구나. 그러나 현명함과 나는 이미 오래전부터 같은 그릇에서 밥을 먹지 않았다. 그러니 나는 오늘 이것저것 가리지 않고 있는 대로 털어놓겠다. 나는 결코 프랑스에 귀화하지 않았다고, 그러니 당연한 사실로 인정되는 내 귀화는 그저 하나의 독일적 동화라고. 나는 알지 못한다. 어떤 할 일 없는, 아니면 교활한 머리가 그것을 생각해냈는지를. 물론 많은 동포가 내 귀화를 믿을 만한 소식통으로 주워들었다고 주장했다. 그들은 독일 신문들에 이에 대한 논평까지 실었고, 나는 침묵함으로써 이 잘못된 믿음을 뒷받침해주었다. 이러한 사실로 해서 고향에 있는 내 사랑하는 문학적, 정치적 적대자들과 이곳 파리의 영향력이 아주 큰 많은 절친한 적들은 잘못 판단했고, 내가 프랑스 시민권을 통해 많은 괴롭힘이나 음모로부터 보호받고 있다고 믿었다. 이곳에서 예외적 사법 관할권에 예속된 외국인이 쉽게 당할 수 있는 괴롭힘이나 음모로부터

---

53) 하이네는 기조의 직위와 권력을 '대학 총장'과 '학생을 퇴학시킬 수 있는 권한' 등의 학생들 은어로 표현하고 있다.
54) 프로이센의 국경을 표시하는 기둥.

말이다. 이러한 고마운 오해의 덕으로 나는 많은 악의적 행위를 피할 수 있었고, 또한 사업상 갈등이 생기면 그들의 프랑스 국적이라는 특권을 이용했을 사업주들의 많은 착취에서 벗어날 수 있었다. 파리에서 귀화하지 않은 외국인의 상황은 오래 지속되면 불편하기 짝이 없고 또 돈도 많이 든다. 이들은 사취당하고 화날 일을 당한다. 그런데 대부분의 경우 귀화한 외국인들 때문이다. 이들 귀화 외국인은 아주 비열하게 그들이 얻은 권한을 이용해먹으려고 집착한다. 우울한 조심의 차원에서 나는 언젠가 아무런 의무도 지우지 않으면서, 아주 급박한 경우 귀화의 권리를 지체 없이 얻을 수 있게 해주는 서식(書式)들을 작성했다. 그러나 나는 항상 마지막의 결정적 행위에 대해서는 섬뜩한 두려움을 느꼈다. 이러한 주저, 귀화에 대한 이러한 뿌리 깊은 거부감으로 해서 나는 고약한 처지에, 스물두 해에 걸쳐 파리에 거주하는 동안에 겪은 모든 고난, 근심 걱정, 그리고 실수의 원인으로 볼 수밖에 없는 잘못된 처지에 빠졌다. 좋은 관직을 얻으면 그 수입이 이곳의 돈이 많이 드는 내 살림살이와 기분 내키는 대로의, 더 정확하게는 인간적으로 자유로운 삶의 방식에서 나오는 욕구를 충족시켜줄 수 있었을 것이다. 그러나 귀화가 선행되지 않았으니 내게는 관직의 문이 닫혀 있었다. 내 친구들은 품위 있는, 그리고 수입은 많고 할 일은 별로 없는 직위를 아주 유혹적으로 내게 약속했다. 그리고 프랑스에서 권력과 명예가 매우 빛나는 단계에 올라선 외국인들의 실례도 있었다. 난 말할 수 있다. 나는 다른 사람들보다는 덜 본토인들의 질시(嫉視)와 싸워야 했을 것이라고. 그럴 것이 어떤 독일인도 나만큼, 문학 세계에서뿐 아니라 상류 사회에서도, 프랑스 사람들의 호감을 높이 산 적이 없었기 때문이다. 프랑스의 가장 고귀한 분께서 후견인으로서가 아니라 동료로서 나와의 교제를 소중히 여겼다. 왕좌에 가장 가까이 있던 그 기사다운 왕자께서는,[55] 단순히 뛰어난 군사령관과 정치가일 뿐 아니라 『노래의 책』을 원서로 읽기도 한 왕세자께서는 아주 기꺼이 내가 프랑스의 공직에 근무하는 것을 보려고 했을 것이다. 그리고 그의 영향력은 그런 직업적 경로에서 나를 출세시키기에 충분한 것이었다. 나는 잊지 않고 있다. 언젠가 한 고귀한 귀족 여자 친구[56]의 장원(莊園) 정원에서 프랑스 혁명과 나폴레옹 제국에 대한 위대한 역사편찬가이며 당시 막강한 권력을 쥔 내각 총리[57]가 아주 친절하게 내 팔을 잡았던 일을. 나와 같이 산책하며 그는 오래, 그리고 활기차게 내게 거의 강요하다시피 요구했다. 내 마음이 원하는 것이 무엇인지 그에게 털어놓으라고, 그러면 그가 책임지고 그 모든 것을 내게 마련해 주겠노라고. 내 귀에는 지금도 그의 친밀한 음성이 울리고 있고, 코에는 우리가 지나쳐간, 꽃을 활짝 피운 커다란 목련나무의 향기가 알알하다. 이 나무는 순백의 고귀한 꽃들을 피운 채 푸른 하늘을 향해 높이 솟아 있었다. 그때 행복했던 날들의 독일 시인의 가슴처럼, 그렇게 자랑스럽게!

그렇다, 난 솔직하게 말했다. 그저 형식적으로나마도 프랑스 사람이 되지 못하게 나를 붙잡은 것은 독일 시인의 그 바보 같은 긍지였다. 나를 놓아주지 않은 것은 이상적 망상이었다. 우리가 보통 애국심이라고 부르는 것과 관련해서 말하자면, 나는 이에 구속받지 않는 사람이다. 그럼에도 불구하고 내가 그저 약간이나마 조국과 관계를 끊는 어떤 행위를 해야 한다고 생각하자, 일종의 전율이 이는 것을 나는 막을 수가 없었다.

---

55) 루이 필리프 왕의 세자인 오를레앙 공작. 그는 1842년 마차 사고로 사망했다.

56) 이탈리아의 공주 크리스티나 벨조조소-트리불치오Cristina Belgiojoso-Trivulzio. 1833년 프랑스로 망명했다. 하이네는 자주 그녀의 장원에 손님으로 초대되었다.

57) 티에르.

아주 계몽된 사람의 마음속에도 항상 낡은 미신의 작은 요마(妖魔) 하나는 깃들여 있는 법이다. 이 요마를 우리는 내쫓을 수 없다. 우리는 이에 대해 말하기를 꺼린다. 그러나 이 요마는 우리 영혼의 아주 은밀한 한구석에서 어리석은 짓거리를 하고 있다. 내가 우리의 사랑스러운 게르마니아,[58] 곰 가죽을 입은 이 금발 여인과 맺은 결혼은 결코 행복한 것은 아니었다. 물론 나는 그녀가 덕성으로 충만한 거대한 젖가슴에 나를 살뜰하게 꼭 안아준 몇몇 아름다운 달밤을 아직 기억하고 있다. 그러나 이러한 감상적인 밤들은 몇 안 되었다. 그리고 아침에는 항상 기분 나쁘게 하품하는 냉랭함이 들어섰고 끝없는 말다툼이 시작되었다. 마침내 우리는 식탁도 침대도 같이 쓰지 않게 되었다.[59] 그러나 정말로 헤어지는 일은 없어야 했다. 나는 심술궂은 아내와 관계를 완전히 단절할 수는 결코 없었다. 나는 모든 배신을 증오한다. 그래서 나는 어떤 독일 고양이와의 관계도 끊을 수 없고, 어떤 독일 개도 포기할 수 없는 것이다. 비록 그 개의 벼룩들과 충성심이[60] 내게는 견딜 수 없는 것이긴 했지만. 내 고향의 아주 작은 돼지 새끼도 이러한 관계에서는 내게 불평을 늘어놓을 수 없다. 페리고르의 고귀하고 영리한 돼지들, 송로버섯을 찾아내고 그것을 먹고 살이 찐 이 돼지들 사이에 있으면서도,[61] 나는 내 고향 토이토부르크의 숲에서, 예전에 아르미니우스가 바루스를 패퇴시켰을 때 그들

---

58) Germania, 독일에 대한 비유적 표현.

59) 프랑스로의 망명을 비유한 것이다.

60) '충성' '충절'은 당시 독일주의자들에게는 최고의 독일적 덕성이었다. 하이네는 이 덕성을 "벼룩"과 연계함으로써 군주에 대한 맹목적 굴종을 강조하는 독일적 '충성'을 풍자하고 있다.

61) 페리고르Périgord는 포도주와 요리, 특히 거위, 오리 및 송로 요리로 유명한 프랑스의 지방 이름이다. 땅속에서 자라는 송로버섯은 훈련된 돼지만이 찾아낼 수 있다. 페리고르의 돼지들은 프랑스 사람들의 비유다.

의 신앙심 돈독한 조상이 그랬던 것처럼, 소박한 여물통에 담긴 조국의 참나무 열매만을 먹는 검소한 꿀꿀돼지들을 부정하지 않았다.[62] 나는 또한 내 독일 본성의 수염도[63] 그리고 내 독일 모자에 달린 방울 하나도 잃지 않았다.[64] 그러니 난 모자에 흑색-적색-황색[65] 휘장을 붙일 권리를 아직도 갖고 있는 것이다. 나는 아직도 마스만에게 "우리 독일 당나귀들!"[66] 하고 말할 수 있다. 내가 프랑스에 귀화했다면, 마스만은 내게 "오직 나만이 독일 당나귀다, 너는 이제 독일 당나귀가 아니다"라고 대답할 수 있을 것이다. 그렇게 말하면서 그는 조롱 조의 공중제비 넘기를 할 것인데, 그것은 내 가슴을 아프게 할 것이다. 나는 그런 치욕에 자신을 내맡기지 않았다. 귀화는 다른 사람들에게는 적합할 수 있다. 츠바이브뤼켄 출신의 주정뱅이 변호사, 무쇠 이마와 구리 코를 가진 이 어리석은 자는[67] 어쨌든 간에 선생 자리 하나 꿰차기 위해서 조국을 포기할 수 있을 것이다. 그에 대해 전혀 관심이 없고 또 그에 대해 결코 아무것

---

62) 서기 9년에 바루스Quinctilius Varus가 지휘하던 로마군은 토이토부르크 숲에서 케루스키 족장 아르미니우스Arminius가 지휘한 게르만 부족 연합군에게 결정적 패배를 당했고, 이 패배로 인해 로마의 유럽 대륙 정복은 더 진척되지 못하게 되었다. 참나무는 독일 민족주의자들에게 독일적인 것의 상징이다. 토이토부르크 숲의 돼지는 독일 사람들의 비유이다.

63) 당시 거친 수염은 흔히 거칠고 남자다운 독일적 본성의 표현으로 이해되기도 했다.

64) 어릿광대의 모자에는 방울이 달려 있었다.

65) 당시 과거 지향적 독일주의자들이 자신들을 나타내는 색깔이었다. 오늘날 독일 국기도 이 삼색으로 되어 있다.

66) Hans Ferdinand Maßmann(1797~1874): 체조의 대가이자 동시에 게르만 민족 문화의 고유성과 순수성을 지켜야 한다고 주장한 민족주의자. 그의 편협하고 배타적인 민족주의와 거친 매너는 종종 하이네에게 조롱의 표적이 되었다. "당나귀"는 어리석음과 우매함을 나타내는 표상이다.

67) 프랑스에 망명한 독일 공화주의자 사보이에(Joseph Savoye, 1802~1869)를 지칭하는 것으로 보인다. 사보이에는 1848년 2월 혁명 직전에 프랑스에 귀화했고, 대학에서 독일 문학을 강의하기도 했다.

도 알지 못할 조국을. 그러나 그런 짓은 독일 시인에게는 어울리지 않는다. 더없이 아름다운 독일 노래를 시로 쓴 시인에게는. 내가 나 자신에게 "나는 독일 시인이고 동시에 귀화한 프랑스 사람이다"라고 말해야 한다면! 내게는 생각만 해도 끔찍하고 미친 짓거리이다. 나 자신이 대목 장터의 장사꾼 목판에서 볼 수 있는 머리 둘 달린 괴물로 생각될 것이다. 머리 하나가 갑자기 프랑스적 칠면조 열정으로 아주 부자연스러운 알렉산드로스격(格) 시행[68]을 운율에 따라 흥얼거리기 시작하고, 반면에 다른 머리는 타고난 독일어의 자연스러운 운율 안에 자신의 감정을 쏟아붓는다고 생각한다면, 나는 시를 쓸 때 견딜 수 없는 괴로움을 당할 것이다. 그리고 아! 내게는 프랑스의 운율뿐 아니라 향수를 뿌린 크바르크[69] 같은 프랑스의 시행도 참을 수 없다. 전혀 향내를 풍기지 않는 더 괜찮은 프랑스 시인들도 견뎌낼 수 없을 참인데. 이른바 프랑스인들의 **서정시**를 관찰해보면, 비로소 나는 독일 시의 장려함을 완전히 알게 된다. 이러한 인식을 바탕으로 상상해볼 수 있으리라, 이 영역에서 내 월계관을 쟁취했노라 자랑해도 된다고. 우리는 이 월계관의 잎 하나도 포기하지 않으련다. 우리의 마지막 안식처를 비문으로 장식해야 할 석공(石工)은 반론 같은 것에 신경 쓸 필요가 없을 것이다. 그가 그 비문에 '여기에 독일 시인 한 명이 잠들어 있노라'라고 새겨놓기만 하면 말이다.

---

68) 억양격 또는 약강격의 6시각(詩脚)으로 된 시구. 12세기 프랑스에서 알렉산드로스 대왕의 전설에 대한 서사시에서 사용되었으며, 16~17세기에는 프랑스 시의 주된 운율 형식으로 자리 잡았다.

69) Quark, 독일산 응유 치즈.

59

파리, 1843년 5월 7일

미술 전시회는 올해 비상한 관심을 불러일으켰다. 그러나 금년 살롱[1]의 장점에 대해서 대충이라도 이성적 판단을 내리는 것은 내게는 불가능하다. 지금까지도 나는 루브르 궁의 방들을 지나쳐 걷다 보면 오로지 전례 없는 불쾌감을 느낄 따름이다. 모두가 동시에 나를 향해 날카롭게 외쳐대는 이 광포한 색깔들, 사방에서 내게 조롱의 웃음을 보내는 이 가지각색의 요란한 불합리, 금색 액자틀 안의 이 무정부적 혼란, 이것들은 내게 고통스럽고 불길한 인상을 주었다. 나는 이 카오스를 정신 속에서 정리하고 그 안에서 시대의 생각을 발견하려고, 아니면 이 그림들이 우리 현재의 소산이라고 말해주는 유사한 특징적 성격만이라도 찾아내보려고 애를 썼으나 헛수고였다. 내가 왜 그랬는가 하면 동일한 시대의 모든 작품은 그런 특징적 성격을, 즉 시대정신이라는 화가의 표식을 지니기 때문이다. 예를 들면 와토,[2] 또는 부셰,[3] 또는 방로[4]의 화폭에는 분칠을 한[5] 고아(高雅)한 목가적 연극이 반영되어 있다. 겉치레 요란하고 시

---

1) 19세기 전반기 파리에서 예술 용어로서의 "살롱salon"은 '생존해 있는 예술가들의 작품 전시회'를 의미한다. 해마다 주기적으로 개최된 살롱은 보통 루브르 궁의 큰 홀에서 열렸다. 1843년의 살롱은 3월 15일부터 5월 15일까지 계속되었다.

2) Jean-Antoine Watteau(1684~1721): 로코코 화풍의 프랑스 화가이자 건축가.

3) François Boucher(1703~1770): 프랑스 로코코 화풍을 선도한 화가. 목가적 주제로 많은 작품을 남겼다.

4) Vanloo, 플랑드르의 화가 가문. 하이네는 이 가문의 화가들 중 Louis Michel Vanloo와 Karl Andreas Vanloo의 그림에 대해 언급하는 것으로 보인다.

5) 봉건 귀족은 가발에 분을 칠했다. 이러한 맥락에서 하이네는 자주 "분" "분칠" 등을 봉

시덕거리는 공허, 널리 유행되는 퐁파두르풍의 통 넓은 스커트 같은 달콤한 행복. 어디에나 밝은 색상의 리본으로 장식된 목동의 지팡이, 칼은 어디에서도 찾아볼 수 없다.[6] 이와는 아주 대조적인 방식으로 다비드[7]와 그의 제자들의 그림은 공화국의 도덕적 덕성 시대에 대한, 황제의 승리의 영광 시대로 뒤집힌 그 덕성 시대에 대한 색의 반항일 따름이다.[8] 이 그림들에서 우리는 대리석 모델에 대한 부자연스러운 열광, 지성의 추상적이며 차가운 열광적 도취를 본다. 묘사는 정확하고 엄정하며 냉정하고, 색채는 탁하고 딱딱하고 소화불량을 야기한다. 스파르타인의 수프[9]

건 귀족을 풍자하는 표현으로 사용했다.

6) 하이네의 프랑스 로코코 미술에 대한 비판은 요약하면 실체성의 부재이다. 하이네는 와토나 부세 등의 화가로 대표되는 로코코 미술이 퐁파두르 부인이 유행시킨 통 넓은 스커트처럼 겉으로만 부풀고 속이 공허하다고 말한다. 밝고 경박하고 화려하며 목가적이고 또 유희적인 이 시대의 미술에서 하이네는 삶에 대한 치열한 성찰도, 현대의 시대적 의식의 표현도 보지 못한 것이다. 퐁파두르 후작 부인(1721~1764, 본명은 잔 앙투아네트 푸아송Jeanne-Antoinette Poisson)은 루이 15세의 정부로서 당시 프랑스 귀족 사회의 사교 문화에 큰 영향을 미쳤다. 당대에 뛰어난 패션 감각으로 유명했으며 '퐁파두르 패션'이라는 말의 기원이 되었다.

7) Jacques-Louis David(1748~1825): 신고전주의 양식을 프랑스에 도입한 화가. 처음에는 자코뱅당을 선전하는 그림을 그렸으며, 그 후 나폴레옹을 위한 그림들을 그렸다. 예술과 정치를 결합한 최초의 예술가들 중 하나이며 정치에도 직접 적극적으로 참여한 화가였다. 프랑스 혁명 후 공포정치 시대에 자코뱅당의 의원으로서 활동했다.

8) 자코뱅당의 급진적 혁명주의자들이 주도한 프랑스 제1공화국은 귀족의 화려하고 방탕하며 향락적인 삶을 극도로 증오하고 엄숙한 도덕주의적 금욕을 본래적 삶의 가치로서 전면에 내세웠다. 그래서 절제, 근면, 검소 등의 덕성이 공화국의 가치로 찬양받았다. "황제의 승리의 영광 시대"는 나폴레옹 황제 시대를 의미한다.

9) 스파르타의 젊은이들을 전쟁에 대비해 단련시키기 위해 만든 맛없고 거친 음식이다. 맛있고 세련된 음식은 젊은이들을 나약하게, 그리고 물질적 향락에 빠지게 만드는 위험한 것으로서 배제되었다. 스파르타 청년들은 이 음식을 공동 식당에서 모두 같이 먹었다 한다. 이러한 어원적 의미를 원용해 하이네는 스파르타인의 수프라는 말로 이념적, 정신적 목적을 실천하기 위해 모든 물질적, 육체적 욕망과 즐거움을 죄악시하는 엄격하고 도덕주의적이며 금욕적인 삶의 형태와, 이러한 금욕주의적 삶을 모든 사람에게 강요하려는 과격한 집단주의적 평등 사상을 비판적으로 묘사했다. 생명이 없고 차

이다. 우리의 후손이 언젠가 현재 화가들의 그림들을 본다면, 그들에게 는 무엇이 시대의 서명(署名)으로 보일까? 어떤 공통되는 특성들을 통해 이 그림들은 처음 보자마자 지금 우리 시대의 산물임이 입증될 수 있을 까? 지금 프랑스의 모든 사회적 삶에 스며든 부르주아지의 정신, 산업주 의의 정신이 혹시 회화 예술에도 이미 자신의 가치를 관철해서 그 결과 로 작금의 모든 그림에 이 새로운 지배의 문장(紋章)이 찍힌 것인가? 특 히 금년 전시회에 많이 출품된 성화(聖畫)들이 내 마음속에 그런 추측을 일으킨다. 긴 홀에는 채찍질당하는 그림 하나가 걸려 있는데,[10] 고통스 러워하는 표정의 그 그림 주인공은 주주들 앞에 서서 정산(精算)을 해야 하는 파산한 회사의 중역과 비슷하게 보인다. 그렇다, 주주들도 그림 안 에서 볼 수 있는데, 이들은 사형집행인과 바리새인의 형상을 하고 있다. 이 주주들은 가시 면류관을 쓴 예수에게 매우 화가 나 있는데, 주식에서 매우 큰 돈을 잃은 것으로 보인다. 화가는 그 주인공 안에 자신의 숙부 초상화를 그려 넣었다는 소문이다. 이교도적이고 중세적인 이야기들을 묘사하는 본래적 역사화에 그려진 얼굴들 역시 마찬가지로 소매점, 증권 투기, 중상주의, 속물근성 등을 연상시킨다. 정복왕 윌리엄[11]도 볼 수 있

가운 "대리석 모델"에 대한 열광은, 그 모델이 비록 비너스의 조각상처럼 미적으로 완 전한 것일지라도, 생명이 없는, 그리고 현실적으로 불가능한 그 어떤 것에 대한 열광 이고 그래서 "부자연스러운" 것이다. 사랑의 열광은 살아 있는 사람을 향해야 한다. 즉 이 "대리석 모델"은 이성이 만들어낸 완전하지만 비현실적인 이념적 목표를 비유한다. 하이네는 비현실적·이념적 목적을 위해 현실의 삶을 희생하라는 요구를 단호히 거부 했고, 이로 말미암아 과격한 혁명론자들에게 변절자라는 비난을 받아야 했다.

10) 독일 화가 하인리히 레만(Heinrich Lehmann, 1814~1882)의 「채찍질당하는 예수 그 리스도Falgellation de Jesus-Christi」.

11) 노르망디 공작 윌리엄 1세(1028~1087)는 1066년 도버 해협을 건너 잉글랜드 침략을 개시했다. 헤이스팅스 전투에서 잉글랜드 왕 해럴드 2세에게 승리하고 잉글랜드의 왕 이 되었다. 이로써 잉글랜드 왕조는 노르만 왕조가 되었다.

는데, 그에게 곰털 모자를 씌워주기만 하면 그는 모범적인 열성으로 경비를 서고 어음을 정확하게 결제하며, 부인을 존중하고 레종 도뇌르 십자 훈장을 받을 만한 국민군으로 변신할 것이다. 게다가 초상화들의 꼴이란! 대부분의 초상들은 돈 계산을 하는 듯한, 이기적이고 불쾌한 표정을 짓고 있다. 내게는 이 현상이 단지 이렇게 설명된다. 살아 있는 실물 원형은 모델로 앉아 있는 시간 동안 끊임없이 초상화에 들여야 할 돈을 생각했고, 그 반면에 화가는 계속해 그가 이 비참한 품팔이 일로 허비해야만 하는 시간을 유감스럽게 여겼을 것이다.

프랑스인들이 제대로 종교적인 행동을 하기 위해 들이는 노력을 보여주는 성화들 중에 나는 우물가의 사마리아 여인을 주의해서 보았다. 비록 예수가 적대적인 종족 사람이지만, 그럼에도 불구하고 이 여인은 그에게 자비를 베푼다. 그녀는 목마른 예수에게 물 항아리를 내민다. 그리고 그가 물을 마시는 동안 기이한 곁눈질로 그를 바라본다. 이 곁눈질은 아주 교활하게 보여 내게 어느 영리한 슈바벤의 딸이 교육감에게 말한 재치 있는 답변을 연상시켰다. 교육감은 종교 수업 때에 이 여학생을 시험했는데, 그는 사마리아 여인이 무엇을 보고 예수가 유대인임을 알았느냐고 물었다. "할례"라고 그 어린 슈바벤 학생은 당돌하게 대답했다.

이번 전시회의 가장 주목할 만한 성화는 오라스 베르네[12]의 작품이다. 그는 올해 살롱에 전시하도록 그림을 내놓은 유일한 거장이다. 작품 주제는 매우 음란하다. 그래서 우리는 주제 선택에 대해서는 아니더라도 주제 해석에 대해서는 틀림없이 그를 탓해야 할 것이다. 성서에서 빌려온 주제는 유다와 그의 며느리 타마르의 이야기다.[13] 우리의 현대적 이

---

12) Horace Vernet(1789~1863): 주로 전쟁화나 전투 장면을 그린 프랑스의 화가.
13) 구약 성서 「창세기」에 따르면 유다의 며느리 타마르는 유다의 큰아들이 일찍 죽고 둘째

해와 감정에 따르면 이 두 인물은 매우 비도덕적으로 보인다. 그러나 여자의 가장 중요한 과제가 아이를 낳고 남편의 혈통을 계승시키는 것이었던 고대의 견해에 따르면——(특히 고대 헤브라이의 사고방식에 따르면 어떤 사람이 아이를 남기지 못하고 죽었을 때는, 죽은 사람의 가장 가까운 친족이 그 과부와 결혼해야 했다. 죽은 후에 태어난 자손을 통해 세습 자산뿐 아니라 고인에 대한 기억을, 후손을 통한 고인의 삶의 지속을, 말하자면 지상에서 그의 영생을 확보하기 위함이다)——고대의 그런 관점에 따르면 타마르의 행위는 지고한, 도덕적인, 경건한, 신의 뜻에 따르는 행동이었다. 소박하게 아름답고 유디트[14]의 행동에, 오늘날 우리의 애국심에 약간 더 근접한 유디트의 행동에 필적할 정도로 영웅적 행위인 것이다. 그녀의 시아버지 유다와 관련해서 말하자면, 우린 그에게 월계관을 바치려 하지는 않겠다. 그러나 우리는 주장하련다. 그가 어떤 경우에도 죄를 범하지는 않았다고. 그 이유인즉, 첫째로 고대의 헤브라이인에게는 길에서 만난 여자와의 동침은 금지된 행위가 아니었다. 그가 갈증을 해소하기 위해 길가 나무에서 딴 과실을 먹는 것과 마찬가지로 말이다. 그날은 틀림없이 더운 메소포타미아 지방의 매우 더운 날이었을 것이고, 이스라엘 민족의 족장이신 불쌍한 유다께서는 시원한 음료를 갈구했을 것이다. 그리고 둘째로 유다의 행위는 완전하게 신적 의지의 날인을 지닌, 즉 신의 섭리에 따른 행위였다. 그 큰 갈증이 없었더라면 타마르는 아이를 얻지 못했을 것이다. 그런데 이 아이는 왕으로 유다와 이스라엘 왕국을 지배

아들 역시 그녀에게 임신을 시키지 못하고 죽자 자손을 얻기 위해 창녀로 분장하고 시아버지와 동침해서 수태한다.

14) 구약 성서(외경) 「유딧서」에 따르면 유디트는 적장 홀로페르네스에게 순결을 바친 후, 그가 잘 때 그를 죽였다.

한 다윗의 조상이고, 그러니 동시에 가시 면류관을 쓴 더 위대한 왕, 오늘날 전 세계가 경배하는 왕인 나사렛 예수의 조상이기도 하다.

　이 주제의 해석에 관해서 나는 지나치게 설교 조의 비난에 빠지지 않고 몇 마디 말로 서술하련다. 타마르, 이 아름다운 인물은 길가에 앉아 있고, 이 기회에 그녀의 더없이 풍만한 매력을 보여준다. 발, 다리, 무릎 등은 거의 시적(詩的)으로 완전하다. 젖가슴은 꼭 끼는 겉옷에서 불룩 솟아나와 있다. 에덴동산의 그 금지된 열매처럼 그렇게 발랄하게, 향기롭게, 유혹적으로. 역시 매혹적으로 훌륭하게 그려진 오른손으로 이 아름다운 여인은 하얀 겉옷의 한쪽 모서리를 잡아 얼굴을 가리고 있다. 그래서 이마와 두 눈만이 보일 뿐이다. 이 크고 검은 두 눈은 마치 매끄러운 비늘 피부의 사탄 아주머니 음성처럼 유혹적이다.[15] 여자는 사과이자 동시에 뱀인 법이다. 그러니 우리는 그 가여운 유다가 그녀에게, 타마르가 요구한 담보물, 즉 지팡이, 반지 그리고 가는 줄을 매우 다급하게 주었다는 이유로 유죄 판결을 내릴 수는 없다.[16] 타마르는 이 담보물들을 받기 위해 왼손을 내밀고 있다. 이미 말했듯이, 오른손으로는 얼굴을 가리면서. 두 손의 이러한 이중적 움직임은 예술이 자신의 가장 성공적인 순간에야 창출해낼 수 있는 진실을 담은 행위이다. 여기에는 마법적으로 작용하는 자연에 대한 충실함이 존재한다. 화가는 유다에게는 욕망에 찬 얼굴 표정을 주었는데, 이 표정은 족장보다는 목양신(牧羊神) 파우니[17]를 연상시킬 수도 있겠다. 그는 온통 흰색의 모직 옷

---

15) 에덴동산에서 이브를 유혹해 선악과를 따먹게 한 뱀.
16) 성서에 따르면 유다는 동침의 대가로 양 한 마리를 약속했고, 이에 대한 담보물로 족장의 권위를 나타내는 지팡이, 반지 그리고 반지에 달린 가는 줄을 타마르에게 주었다.
17) 목양신 파우니Faun는 호색한으로도 알려져 있다.

으로 몸을 감싸고 있는데, 이 의상은 알제[18]의 정복 후 아주 많은 그림에서 큰 역할을 하고 있다. 프랑스인들이 오리엔트를 어떤 매개도 거치지 않고 직접적으로 알게 된 이래, 프랑스의 화가들 또한 성서의 주인공들에게 실제로 동양적 의상을 입히고 있다. 이전의 전통적인 이상적 의상은 사실 3백여 년 쓰이면서 온통 너덜너덜해졌고, 그렇다고 베네치아화가들의 예를 따라 고대 헤브라이인들을 현대적 일상복으로 변장시키는 것은 전혀 걸맞지 않다. 그 후로 프랑스 화가들은 역사화에서 동양의풍경과 동물을 사실에 충실하게 다루고 있다. 베르네의 그림에 있는 낙타에서 사람들은 화가가 이 낙타를 직접적으로, 자연에 있는 그대로 복사했음을 잘 볼 수 있다. 그는 어떤 독일 화가처럼 낙타를 자신의 감정 깊숙한 곳으로부터 창조해내지 않은 것이다. 독일 화가라면 아마 여기 낙타의머리 형상에서 명상적인 것, 역사 이전의 것, 심지어 구약 성서적인 것이나타나도록 했을 것이다. 그러나 이 프랑스 화가는 그저 한 마리 낙타를,신이 창조한 모습 그대로, 그려놓았다. 상징적인 털 오라기 한 올도 없는그저 표면적인 낙타 한 마리, 유다의 어깨 위로 머리를 뻗은 채 아주 무심하게 이 음란한 거래를 바라보는 낙타를. 이러한 무심함, 이러한 무관심주의는 지금 논의되는 그림의 한 기본적 특징이다. 그리고 이러한 점에서 이 그림은 우리 시대의 각인을 지닌다. 화가는 그의 화필을 볼테르적풍자의 날카로운 악의에도,[19] 그리고 파르니[20]와 그 동조자들의 방탕하고추잡스러운 단지에도 담그지 않았다. 그를 이끄는 것은 논쟁도 부도덕

---

18) 알제리의 수도. 알제리는 1830년에 프랑스의 식민지가 되었다.

19) 프랑스 계몽주의 철학자 볼테르는 기독교, 특히 가톨릭교회와 구약 성서에 대한 신랄한 풍자와 비난으로 유명하다.

20) Vicomte de Parny(1753~1814): 에로틱한 소설을 많이 쓴 작가.

도 아니다. 성서는 그에게 다른 모든 책과 마찬가지의 가치만을 지닐 뿐이다. 그는 성서를 순수한 관용의 시각으로 바라보며, 이 책에 어떤 편견도 갖고 있지 않다. 심지어 그는 성서가 즐겁고 재미있다고 생각한다. 그래서 그는 이 책에서 작품 소재들을 빌려 오는 것을 부끄럽게 여기지 않는다. 이러한 방법으로 그는 유디트, 우물가의 레베카,[21] 아브라함과 하가르[22] 등의 작품들을 그렸으며, 또한 유다와 타마르도 그린 것이다. 유다와 타마르는 뛰어난 작품이다. 이 그림은 프랑스적인 주제 해석으로 해서 파리의 새로운 교회인 로레트 노트르담 성당의 제단 배후 장식물로 아주 적합할지도 모르겠다. 이 성당이 로레트 지역에 있기 때문이다.[23]

　　대중은 오라스 베르네가 프랑스의 가장 위대한 화가라고 생각한다. 그리고 나는 이 견해를 반박하고 싶지 않다. 여하간에 그는 프랑스 화가들 중 가장 민족적인 작가이다. 그는 생산 능력을 통해, 마적(魔的)인 넘쳐흐름을 통해, 영원히 시들지 않고 스스로 젊어지는 창조력을 통해 다른 모든 화가를 압도한다. 그림 그리기는 그에게는 타고난 것이다. 누에에게 고치 짓기가, 그리고 새에게 노래하기가 타고난 것처럼. 그래서 그의 작품들은 필연성의 결과처럼 보인다. 그에게는 특정 양식은 없으나 자연이 있다. 우스꽝스러움에 근접할 정도의 풍부한 창작력이 있다. 베르네에 대한 풍자만화 하나는 말에 높이 올라타고는 손에 화필을 들고

21) 1843년 살롱에 출품된 「우물가의 레베카」는 베르네가 알제리의 인상을 작품화하기 시작한 최초의 그림들에 속한다. 작품 주제에 대해서는 「창세기」 24장 참조.

22) 「창세기」 21장 참조.

23) Cathédrale de Notre-Dame-de Lorette. 노트르담 사원으로 잘 알려진 이 성당은 로레트 지역에 있는데, 이 지역은 당시 창녀 거주 지역으로 유명했다.

서 엄청나게 길게 펼쳐진 캔버스를 따라 말을 달리면서 그림을 그리는 그의 모습을 묘사하고 있다. 그가 캔버스의 끝에 도착하자마자 그림도 완성되었다. 그는 최근에 거대한 전투 장면 그림들을 얼마나 많이 베르사유 궁에 제공했던가! 사실 오스트리아와 프로이센을 제외하고는 어떤 독일 영주도 아마 베르네가 이미 그린 것만큼 많은 병정을 갖고 있지 못할 것이다! 부활의 날에는 작품이 그것을 만든 사람을 모두 심판의 장소까지 동반한다는[24] 경건한 설화가 진실이라면, 최후의 심판 날에 베르네는 보병과 기병 수십만 명을 동반한 채 요사파트 계곡[25]에 이를 것이다. 산 자와 죽은 자를 심판하기 위해 그곳에 앉아 있게 될 심판관들이 아무리 무섭다 한들, 나는 그들이 베르네를, 그가 유다와 타마르를 부적절하게 다루었다고 해서, 영원한 화염지옥의 형에 처할 것이라고는 믿지 않는다. 나는 그러리라고 믿지 않는다. 그럴 것이 첫째로는 그 그림이 아주 훌륭하게 그려졌기에, 그 이유만으로도 피고에게는 무죄 판결이 내려져야 할 것이다. 둘째로 베르네는 천재다. 그리고 천재에게는 보통 죄인에게는 금지된 많은 것이 허용된다. 그리고 마지막으로는 수십만 군인의 선두에 서서 행군해 오는 사람에게도 마찬가지로 많은 것이 용서될 것이다. 비록 그가 천재가 아닐지라도.

---

24) 「요한계시록」 등에 따르면 최후의 심판 날에 사람들이 동반하는 것은 그들이 했던 선하거나 악한 행위들이다. 하이네는 해학적으로 행위를 "작품"으로 바꾸었다.
25) 예언자 요엘에 따르면 요사파트Josaphat 계곡은 최후의 심판 장소다.

60

파리, 1843년 6월 1일

성직자들 쪽에서 아직도 계속되는 대학에 대한 공세, 그리고 이 공
세에 대한 결연한 저항은, 여기에는 특히 미슐레와 키네[1]가 두각을 나타
냈는바, 아직도 많은 대중의 관심을 끌고 있다. 아마도 이러한 대중적 관
심은 그 어떤 새로운 시사 문제에 의해 다시 곧 밀려날 것이다. 그러나
이 분쟁 자체는 그렇게 바로 조정되지는 않을 것이다. 그럴 것이 이 분쟁
은 몇 세기 동안 지속된 갈등에 뿌리를 두고 있기 때문이다. 이 오래된
갈등은 아마도 프랑스라는 국가의 생애에 있었던 모든 혁명의 최종 원인
으로 고찰되어도 좋을 것이다. 이 분쟁에서 중요한 것은 예수회 수사(修
士)도 아니고 강의의 자유도 아니다. 이 둘은 단지 표어에 불과할 따름이
다. 이것들은 분쟁 당사자들이 생각하고 원하는 것의 표현은 결코 아니
다. 양쪽에서 공개적으로 말하는 것은, 내적 확신의 정반대는 아닐지라
도 자백하는 것과는 전혀 다른 그 무엇이다. 옛 독일 속담으로 "짐 자루
를 두드리지만 실은 나귀를 겨냥한다"[2]는 말이 있다. 우리는 대학교수들
의 지성(知性)을 아주 높이 평가한다. 그러기에 우리는 그들이 정말로 진
지하게 이냐시오 데 로욜라라는 죽은 기사와 그의 무덤 동료들을 논박

---

1) 쥘 미슐레(Jules Michelet, 1798~1874)는 프랑스의 진보적 역사학자이자 정치가이며,
   에드가르 키네(Edgar Quinet, 1803~1875) 역시 당시 프랑스의 역사학자이며 진보적
   지식인이었다. 두 사람은 1843년 공동으로 『예수회 수사들Des Jésutes』이라는 저서를
   발표했다.
2) 자신의 실제 의중과는 다른 행동을 하는 것을 말한다.

했다고는 믿을 수 없다.[3] 반대로 우리는 대학 적대자들의 자유주의 신념을 거의 믿지 않는다. 그러기에 우리는 교수(敎授)의 자유에 관한 그들의 급진적 원칙을, 강의의 자유에 대한 그들의 열성적 찬양을 진실로서 받아들이지 못한다. 공개적인 싸움터의 함성은 내심의 은밀한 생각과는 모순되는 것이다. 학자적 간계와 신앙심 깊은 거짓. 이 갈등의 진실한 의미는 바로 철학과 종교 간의, 이성적 인식과 계시(啓示) 종교 간의 아주 오랜 적대 관계인 것이다. 종교에 대한 적대심은, 학문의 사람들에 의해 이끌려서, 귀족들 사이에도 그리고 시민 계층 속에서도 끊임없이 부글거렸고 90년대에[4] 승리를 쟁취했다. 그렇다, 프랑스적 국가 비극에서 살아남은 몇몇 배우들에게서, 아주 깊숙한 회고의 정치가들에게서 나는 전체 프랑스 혁명이 오로지 교회에 대한 증오심으로 해서 발생했노라는 고백을, 그리고 왕좌가 제단(祭壇)을 보호하기에 사람들이 왕좌를 때려 부쉈노라는 고백을 자주 엿들었다. 그들의 견해에 따르면 입헌 군주제는 루이 16세 치하에서 이미 정착될 수 있었다 한다. 그러나 신앙심이 돈독한 왕이 종교적 양심의 가책으로 인해 새 헌법을 충실히 따르지 않을 가능성을 사람들은 두려워했단다. 사람들은 왕이 종교적 신념을 세속적 이해관계보다 더 높이 평가할 것을 두려워했단다. 루이 16세는 이 두려움, 이 의혹, 이 의심의 제물이 된 것이다![5] **그자는 의심스럽다**,[6] 이 표현은 그

---

3) 이냐시오 데 로욜라(Ignacio de Loyola, 1491~1556)는 스페인 출신의 신학자로 1534년 파리에서 예수회Jesuitenorden, Society of Jesus를 설립했다. 이 예수회는 강한 반종교개혁 운동을 펼쳤고, 그래서 18, 19세기 유럽의 자유주의적 지식인들에게 로욜라와 예수회는 반개혁적, 반계몽주의적 운동의 상징이 되었다. 미슐레와 키네가 공동 집필한 『예수회 수사들』에서 로욜라를 신랄하게 비판한 것도 같은 맥락에서 이해할 수 있다.
4) 1789년에 시작된 프랑스 대혁명을 의미한다.
5) 루이 16세는 1793년 1월 21일 처형되었다.
6) 이 말은 로베스피에르가 한 것으로 전해진다.

끔찍했던 시기에 사형 선고나 다름없었다.

　비록 나폴레옹이 프랑스에서 교회를 다시 복구하고 비호해주었지만, 그의 강철 같은 의지의 자부심은 성직자들이 그의 통치 아래서 지나치게 날치거나 심지어는 지배 세력으로 상승하지 못하도록 하는 충분한 보증이었다. 그는 성직자들을 우리 다른 사람들과 마찬가지로 심하게 억제했다. 번쩍이는 총칼을 들고 교회의 축제 행렬 옆을 따라 행진하는 나폴레옹의 척탄병들은 명예 근위병이라기보다는 오히려 종교의 죄수 호송병처럼 보였다. 강력한 황제는 홀로 지배하려고 했고, 그의 권력을 하늘과도 나누어 가지려고 하지 않았다. 그리고 모든 사람이 이것을 알고 있었다. 복고주의 시기[7]가 시작되자 벌써 얼굴들이 침울해졌다. 그리고 학문의 사람들은 다시금 은밀한 두려움을 느꼈다. 그러나 루이 18세는 종교적 의식이 없는 사람이었다. 매우 뚱뚱하고, 형편없는 라틴어 시를 쓰는, 그리고 좋은 간 파스테[8]를 먹으며 시시한 익살이나 늘어놓는 사람이었다. 이 사실이 민중으로 하여금 불안을 느끼지 않게 했다. 사람들은 그가 천국을 얻기 위해서 왕관과 목숨에 위협이 될 짓을 하지 않으리라는 것을 알았다. 그가 인간으로서 존경을 받지 못할수록, 프랑스의 왕으로서는 사람들에게 더 큰 신뢰를 불러일으켰다. 그의 경망스러움이 보증이었고, 이것이 그가 검은 숙적(宿敵)들[9]을 비호한다는 의심까지도 받지 않도록 보호해주었다. 만약 그가 살아 있었다면 프랑스인들은 새로운 혁명 같은 것은 일으키지 않았을 것이다. 이 새로운 혁명을 프랑스인들은 샤를 10세 치하에서 일으켰다.[10] 샤

---

7) 나폴레옹이 퇴위하고 부르봉 왕조가 다시 들어선 1814년부터 7월 혁명으로 이 왕조의 지배가 종식된 1830년까지의 시기.

8) 파이, 고기만두.

9) 가톨릭교회의 성직자들을 의미한다.

10) 1830년 7월 혁명을 의미한다.

를 10세는 인간적으로 아주 높은 존경을 받을 만한 왕이었다. 사람들은 그의 즉위 이전부터 확신하고 있었다. 그가 기사도적 용기로 교회를 위해 마지막 숨결까지 싸울 것임을, 악마와 혁명적 이교도에 대항해 싸울 것임을. 그는 고귀하고 양심적이며 존경할 만한 사람으로 여겨졌고, 바로 그 때문에 왕좌에서 쫓겨났다. 그렇다, 루이 16세와 마찬가지로 그는 그런 이유로 쫓겨난 것이다. 1830년에 샤를 10세를 몰락시키는 데는 의심만으로도 충분했다. 그리고 이 의심은 그의 손자가 프랑스에서 어떤 미래도 가질 수 없는 진짜 이유이기도 하다.[11] 그가 성직자들에게서 교육받았음을 사람들은 알고 있다. 그래서 민중은 항상 그를 **작은 예수회 수사**라고 불렀다.

7월 왕조가 우연과 시대적 상황을 통해 이 치명적 의심에서 벗어난 것은 이 왕조에게는 정말 행운이었다. 루이 필리프 왕의 아버지는 최소한 독실한 신자인 체하는 사람은 아니었다. 그의 가장 고약한 비방자들도 이 사실은 인정한다. 그는 아들에게 자유로운 정신의 교육을 허용했고, 아들은 유모의 젖과 함께 18세기의 철학을 흡입했다. 그에 대해 정통 왕당파가 늘어놓는 모든 불만의 후렴은 지금의 왕이 충분히 경건하지 못하다는, 그가 항상 자유로운 정신이었다는, 그리고 심지어는 그가 아들들을 신앙 없이 키우고 있다는 내용이다. 실제로 그의 아들들은 완전히 새로운 프랑스의 아들들이다. 이들은 이 새로운 국가의 공공 교육 시설[12]에서 교육을 받았다. 고인이 된 오를레앙 공작은 그와 함께 학교

---

11) 샤를 10세는 그의 손자인 샹보르 백작을 왕위에 올리려고 퇴위했으나 이 시도는 실패했고, 루이 필리프가 대신 왕위에 올랐다.
12) 특수한 계층의 자녀들만을 교육시키는 폐쇄적 학교가 아니라 모두에게 개방된 교육 시설을 의미한다.

에 다닌, 그리고 정말로 많이 배운 젊은 세대의 자랑이었다. 프랑스 왕세자의 어머니가 신교도라는 사실은 예측할 수 없을 정도의 중요성을 지닌다.[13] 옛 왕조에 그렇게 숙명적이었던 맹목적 신앙의 의심은 오를레앙 일가에 타격을 주지는 못할 것이다.

그럼에도 불구하고 교회에 대한 투쟁은 그것이 가진 커다란 정치적 의의를 잃지 않을 것이다. 가톨릭 사제 집단의 권력이 최근까지 아무리 융성했다 할지라도, 그들의 사회적 위치가 아무리 의미 있는 것이라 할지라도, 그들이 아무리 번성한다 할지라도, 그들의 적대자들은 언제나 맞서 싸울 준비가 되어 있다. 그래서 밤에 습격을 당하기라도 해서 자유주의가 "학생 동지들이여 나오라"[14]라고 외치면, 즉시 모든 창문에 불빛이 보이고, 청년들도 노인들도 달려 나온다. 비록 자코뱅주의의 창(槍)은 아닐지라도 가능한 모든 종류의 몽둥이나 칼을 들고서. 이 사제 집단은, 항상 그랬던 것처럼 프랑스에서 지배력을 얻고자 한다. 우리는 충분히 불편부당하기에, 이들의 은밀하거나 공공연한 시도와 노력을 명예욕의 하찮은 충동이 아니라, 민중의 영혼의 안녕을 위한 전혀 비이기적인 근심 걱정 탓으로 생각한다. 이러한 성스러운 목적을 가장 현명하게 촉진하는 방법은 청소년의 교육이다. 이 과정에서 이미 정말 믿을 수 없는 일도 생겨났다. 그리고 사제 집단은 필연적으로 대학의 권능과 충돌할 수

---

13) 프랑스의 왕세자인 파리 백작Comte de Paris의 어머니이자 죽은 오를레앙 공작의 미망인Hélène d'Orléans은 독일 귀족 가문 출신의 신교도였다. 19세기 전반기 유럽의 진보적 지식인들이 비판 대상으로 삼은 것은 주로 가톨릭교회였다. 루터의 종교 개혁으로 태동한 신교는 그 개혁성을 인정받았다.

14) 이 외침은 당시 독일 대학생들이 대학생이 아닌 사람들의 공격을 받을 때 외쳤던 구호이다. 이 외침을 들은 학생들은 갖가지 무기를 들고 습격당한 학생들을 도우러 달려 나왔다 한다. 후에 이 외침은 패싸움의 폐해 때문에 금지되었다.

밖에 없었다. 국가에 의해 조직된 자유주의적 강의에 대한 감독을 폐기하려고, 이들은 모든 종류의 특권에 대한 혁명적 거부감을 그들의 이해관계에 끌어들이려 시도했다. 그래서 지배권을 얻게 되면 생각의 자유조차 허용하지 않을 사람들이 이제 열정적 말들로 강의의 자유를 위해 열광하며, 정신의 독점권에 대해 항의하는 것이다. 그러니 대학에 대한 싸움은 우연히 일어나는 작은 충돌이 아니라, 조만간에 일어나야만 하는 일이었다. 사제들에 대한 저항도 필연적 행동이었다. 의도하지 않았고 즐겨 하지도 않았지만 대학은 결투 신청을 받아들여야 했다. 그러나 곧 아주 온건한 사람들에게도 열정의 끓는 피가 머리끝까지 치밀어 올랐다. 그래서 미슐레가, 그 여리고 달빛처럼 부드러운 미슐레가 갑자기 거칠어져서 콜레주 드 프랑스[15)의 공개된 강당에서 이런 말들을 외치기에 이르렀다. "너희를 쫓아내기 위해 우리는 한 왕조를 전복했다. 그리고 필요하다면 우리는 여섯 왕조를 더 전복할 것이다. 너희를 쫓아내기 위해서라면!" 바로 미슐레나 그와 친화적인 친구인 키네 같은 사람들이 성직자를 적대하는 더없이 격렬한 투사로 등장한 사실은 기이한 현상이다. 내가 이 사람들의 저서들을, 페이지마다 기독교에 대한 더없이 깊은 연대감을 보여주는 그 저서들을 처음 읽었을 때에는 꿈도 꾸지 못한 기이한 현상인 것이다. 나는 미슐레의 『프랑스 역사』에 나오는 감동적인 한 구절을 기억한다. 여기에서 저자는 교회의 몰락을 논해야 할 때 그를 사로잡은 사랑의 두려움에 대해 말하고 있다. 그럴 때 그는 꼼짝 못하고 병상에 누운 늙은 어머니를 돌보는 심정이었다 한다. 꼼짝 못하고 누워 있기

---

15) 콜레주 드 프랑스Collège de France는 1530년 프랑수아 1세에 의해 설립된 대학 밖의 공개 강의를 위한 고등 교육 기관이다. 미슐레는 1838년부터 콜레주 드 프랑스의 역사학 교수직을, 키네는 문학사 교수직을 맡아왔다.

에 더할 수 없이 조심스럽게 상처 입은 육체를 만져야 하는 어머니를. 사제들이 미슐레나 키네 같은 사람들을 아주 격분해서 저항하도록 자극하는 것은, 우리가 보통 예수회의 본성이라고 부르는 그 교활함은 확실히 아니다. 우리가, 특히 미슐레와 관련하여 이러한 실책을 강조하려니까, 진지함을 잃고 마치 농담을 하고 있지 않은가 하는 느낌이다. 이 사람 미슐레는 타고난 유심론자이다. 그는 누구보다도 더 깊은 거부감을 갖고 있다. 18세기의 계몽주의에 대해, 유물론에 대해, 경박함에 대해, 그리고 아직도 수도 없이 많은 그 볼테르주의자[16]들에 대해서 말이다. 이 깊은 거부감에도 불구하고 이제 그는 이 볼테르주의자들과 동맹을 맺었다. 그는 심지어 논리학에서 피난처를 찾아야만 했다! 가혹한 운명이로다. 오로지 낭만주의 설화의 숲에서만 집 같은 편안함을 느끼는 이 사람에게는, 무엇보다도 신비스럽게 푸른 감정의 물결 위에서 흔들리는 것을 좋아하는 이 사람에게는, 그리고 상징적인 가장을[17] 하지 않은 생각들과 교류하기를 꺼리는 이 사람에게는! 그의 상징성 집착에 대해서는, 상징적인 것을 지속적으로 암시하는 그의 언급에 대해서는, 나는 라탱 구(區)[18]에서 가끔 매우 품위 있고 유쾌한 농담을 들었다. 미슐레는 그곳에선 미스터 상징이라고 불린다. 그러나 상상력과 감정의 지배적 우세는 청년 대학생들에게 엄청난 매력을 행사한다. 그래서인지 나는 콜레주 드 프랑스

---

16) 프랑스의 계몽주의 철학자 볼테르(Voltaire, 1694~1778)의 사상과 행동을 신봉하는 사람들. 볼테르는 종교적 광신에 대한 신랄한 비판자였다.

17) 독일 낭만주의자들은 '무한한 것' '영원한 것' 등은 직접적 현상으로 구체화될 수 없다고 믿었고, 그래서 이들은 모든 구체적 현상을 그 뒤에 숨은 진실한 실체의 비유나 상징이라고 생각했다. 이러한 맥락에서 "상징"은 낭만주의적 세계 해석과 예술론에서 비중이 큰 개념이다.

18) Quartier Latin, 파리의 대학들이 밀집하고 대학생들이 많이 거주하는 구역.

에서 미스터 상징의 강의를 청강하려고 여러 번 시도했으나 헛수고였다. 나는 강의실이 항상 그들의 숭배자 곁으로 열광하며 몰려드는 대학생들로 가득 참을 보았다. 아마도 그의 진실에 대한 집념, 엄격한 정직함 또한 사람들이 그를 존경하고 사랑하는 이유일 것이다. 저술가로서 미슐레는 일급에 속한다. 그의 말은 생각할 수 있는 가장 사랑스럽고 매력적인 언어이며, 그의 표현에는 시의 모든 보석이 반짝이고 있다. 그래도 내가 무엇 하나를 질책해야 한다면, 나는 우선 학문적 논리성과 질서가 결핍되어 있음을 유감스럽게 여긴다. 그의 표현에서 우리는 황당무계한 요설로까지 상승하는 모험성을, 또 숭고함을 우스꽝스러움으로 그리고 예지(銳智)를 바보스러운 것으로 전복하는 도취적 과잉을 만난다. 그는 위대한 역사가인가? 그는 티에르, 미녜, 기조, 티에리, 이 영원한 별들과 나란히 언급될 만한 자격이 있는가?[19] 그렇다, 그는 그럴 자격이 있다, 비록 그가 역사를 전혀 다른 방법으로 기술하지만 말이다. 역사가가 연구하고 생각한 후에 선조와 그들의 행적을, 시대의 행동을 우리에게 일목요연하게 보여주어야 한다면, 역사가가 말의 마법적 힘을 통해 죽은 과거를 무덤에서 불러내와 우리의 영혼 앞에 살아서 나타나도록 해야 한다면, 이것이 과제라면, 미슐레가 이 과제를 완벽하게 수행했음을 우리는 확신할 수 있다. 고인이 된 헤겔, 내 위대한 스승은[20] 언젠가 내게 이렇게 말했다. 사람들이 특정한 시기에 꾼 꿈들을 기록한다면, 모아진 이 꿈들을 읽은 사람에게는 그 시대정신의 아주 올바른 모습이 떠오를 것이다. 미

---

19) 역사학자로서 티에르, 미녜, 기조, 티에리에 대해서는 31장, 35장, '뒤돌아보면서 하는 해명' 참조.

20) 하이네는 베를린 대학에 수학할 때 헤겔의 강의를 들었다. 특히 헤겔의 역사철학은 하이네에게 큰 영향을 미쳤다.

슐레의 『프랑스 역사』는 그런 꿈들의 모음, 그런 꿈들의 책이다. 이 책으로부터는 꿈꾸는 전체 중세가 깊고 고통스러운 눈으로, 유령 같은 미소를 지으며 내다본다. 그리고 우리는 색과 형태의 현란한 진실 때문에 거의 기겁할 정도로 놀란다. 실제로 그 몽유병적 시대의 묘사에는 미슐레 같은, 마찬가지로 몽유병적인 역사기술가가 적합할 것이다.

성직자 당파는 물론 정부도, 미슐레에 대해서 한 것과 마찬가지 방법으로 키네에 대해서도 더할 수 없이 어리석은 조치를 취했다. 먼저 언급된 부류들, 즉 사랑과 평화의 사람들이 신앙적 열성으로 인해 그들이 현명하지도 온후하지도 않음을 보여주는 것은 내게 놀라운 일은 아니다. 그러나 정부는, 그 정점에 학문의 사람이 서 있는 정부는, 더 부드럽고 더 이성적으로 행동할 수 있었을 것이다. 기조의 정신력이 일상의 정치적 싸움으로 해서 지쳐버린 것인가? 아니면 우리가 그를 인간 정신이 쟁취한 것들을 거짓과 성직자 일당으로부터 아주 굳건하게 보호해줄 투사로 여긴 것이 잘못된 생각이었을까? 그가 티에르의 실각 후 국정의 키를 잡았을 때 독일의 학교 선생들은 모두 그를 열광적으로 환호했고, 우리는 계몽된 학자들과 함께 합창을 했다. 그 환호성의 날들은 지나갔고, 의기소침이, 의심이, 불만이 우리를 사로잡고 있다. 그러나 이 불만은 그것이 그저 희미하게 느끼고 예감하는 것을 말로 나타내지 못하고, 그래서 마침내는 언짢은 침묵 속으로 가라앉아버렸다. 정말로 우리가 무슨 말을 해야 할지 모르기에, 우리가 그 옛 마이스터를 잘못 보았기에, 우리는 이 지루하고 졸리고 하품 나오는 프랑스에서의 일상 정치가 아니라 다른 것들에 대해서 떠들어대는 게 더 나을 것이다. 그러나 키네에 대한 조치에 대해서만은 우리는 보잘것없는 질책이라도 말하려 한다. 그들은 미슐레와 마찬가지로 키네를 그따위로 어리석게 자극하지 말아야 했다. 그 결과로 키네 또한 가장 내적인 본성을 완전히 거역하고, 아기 예수고 뭐고 다 내쳐버리고 혁명적 군단의 극좌 그룹을 형성하는 무리의 대열로 들어서도록 내몰린 것이다. 광적으로 분노하면 유심론자들은 무슨 짓이라도 할 수 있다. 그렇게 되면 그들은 심지어는 아주 합리적이며 메마른 이성론으로 빠지는 미친 짓도 마다하지 않는다. 누가 알리오, 미슐레와 키네가 마침내는 극단적 자코뱅주의자가 될지, 광적으로 이성을 숭배하는 자, 로베스피에르와 마라를 맹목적으로 추종하는 폭도가 될지.

미슐레와 키네는 서로 좋은 동료이자 신뢰할 수 있는 전우(戰友)이고 정신적으로 친화력을 느끼는 동지이기도 하다. 같은 호감, 같은 거부감. 다만 한 사람은 더 여린 심성을 갖고 있다. 나는 더 인도적(印度的)인 심성이라고도 말하고 싶다. 반면에 다른 한 사람은 뭔가 거친 것, 게르만적인 것을 본성에 지니고 있다. 미슐레는 내게 큰 꽃무늬로 요란하게 장식된 마하바라타[21]의 거인(巨人) 시(詩)를 연상시킨다. 반대로 키네는 마찬가지로 거대한, 그러나 더 험악하고 더 바위투성이인 에다[22]의 노래들을 생각나게 한다. 키네는 북유럽적, 또는 독일적이라고도 말할 수 있는 본성의 사람이다. 이 본성은, 좋은 의미에서든 나쁜 의미에서든, 완전히 독일적 성격을 갖고 있다. 독일의 숨결이 그가 쓴 모든 글에서 나부끼고 있다. 아하스베루스[23]나 또 다른 키네의 시들을 읽고 있노라면, 나는 마치 고향에 온 느낌이다. 조국의 나이팅게일 노랫소리를 듣는 듯하고, 오랑캐꽃 향기를 맡는다. 친숙한 종소리가 머릿속에서 울리고, 또한 친숙

---

21) Mahabharata, 고대 인도의 민족 서사시.

22) Edda, 북유럽 신화의 근간이 되는 시와 노래, 서사시를 엮은 책.

23) 『아하스베루스, 또는 방랑하는 유대인*Ahasvérus, ou le juif errant*』, 1833년에 발표된 키네의 극시(劇詩).

한 익살광대의 모자 종소리도 듣는다. 독일적 깊은 의미, 독일적 사유의 고통, 독일적 아늑함, 독일의 풍뎅이, 이것들과 함께 나는 약간의 독일적 지루함까지도 우리의 에드가르 키네의 저술에서 발견한다. 그렇다, 그는 우리 사람이다. 그는 독일 사람이고, 좋은 독일 녀석이다, 비록 최근에 광포한 독일 비난자로 행동했지만서도.[24] 그가 『르뷔 드 되 몽드』에서 우리를 질타한 그 우악스럽고 무언가 어설픈 방식은 프랑스적인 것이 전혀 아니었다. 바로 그 억센 주먹질과 본래의 거칢에서 우리는 우리의 동포를 알아볼 수 있었다. 에드가르는 완전히 독일 사람이다. 정신뿐아니라 외모로 보아도 그러하다. 그를 파리의 길에서 만난 사람은 틀림없이 그를 할레의 한 신학자로 여길 것이다. 막 시험에 불합격하고 원기를 좀 회복하려고 급히 프랑스에 온 신학자로. 단단하고 억세며 손질하지 않은 외모. 사랑스럽고, 정직하고, 애수에 찬 얼굴. 융-스틸링[25]이 바느질했을 법한 헐렁헐렁한 회색 상의. 아마 언젠가 야코프 뵈메[26]가 창을 댔을 장화.

키네는 오랫동안 라인 강 저편에서 살았다. 주로 하이델베르크에서. 그곳에서 그는 대학에 다녔고, 매일 크로이처의 상징론[27]에 도취해 지냈다. 그는 도보로 온 독일을 방랑했다. 우리 중세의 폐허를 모두 보았고

---

24) 키네는 독일 문학과 예술을 프랑스에 소개하고, 두 민족이 상대 문화를 이해하도록 중재하려고 노력했다. 그러나 프로이센의 군국주의적 정책에 실망해 독일을 비난하기 시작했다.

25) Jung-Stilling, 본명 Johann Heinrich Jung(1740~1817): 독일 감상주의의 대표적 작가 중 한 사람으로, 청년 시절에 재단사 일을 하기도 했다.

26) Jakob Böhme(1575~1624): 독일 낭만주의자들에게 높이 평가받은 신비주의자. 괴를리츠Görlitz에서 제화공으로 살았다.

27) Friedrich Creuzer(1771~1858): 당시 하이델베르크 대학의 문학 교수. 그의 『고대 민족, 특히 그리스인들의 상징과 신화Symbolik und Mythologie der alten Volker, besonders der Griechen』는 당시 이 분야의 대표적 연구서였다.

그곳에서 출중한 유령들과 친교를 맺었다. 헤르만[28]이 바루스를 격파한 토이토부르크 숲에서는 베스트팔렌의 햄을 검은 호밀빵과 함께 먹었다.[29] 존넨슈타인[30]에서는 명함을 넘겨주었다. 그가 묄른에서 오일렌슈피겔[31] 의 무덤도 방문했다고는 주장하지 못하겠다. 그러나 나는 아주 확실하게 알고 있다. 지금 전 세계에는 키네같이 그렇게 많은 상상력, 사상의 풍요로움, 그리고 천재성을 갖춘 시인은 세 명도 되지 않는다.

61

파리, 1843년 6월 21일

해마다 나는 규칙적으로 마자랭 궁의 둥근 홀에서 열리는 장중한 회의를 방문한다.[1] 그곳에서 정신적 귀족의 엘리트들 틈에 자리를 잡으려면 몇 시간 전에 가야 한다. 다행히도 이들 중에는 아주 아름다운 부인들도 섞여 있다. 오랜 기다림 끝에 마침내 옆문을 통해 아카데미의 회원들이 들어오는데, 이들 중 다수는 매우 늙었거나 또는 최소한 그리 건

---

28) "헤르만Herrmann"은 아르미니우스가 잘못 전해진 이름이다.

29) 호밀로 만든 검은 빵은 독일 베스트팔렌Westfalen 지방의 명물이다.

30) Sonnenstein, 독일 작센에 있는 피르나Pirna 성의 이름. 1811년부터 정신병 환자들의 병원으로 사용되었다.

31) 틸 오일렌슈피겔Till Eulenspiegel은 중세의 독일 민중 설화에 등장하는 유명한 사기꾼이자 어릿광대이며 1350년 묄른Mölln에서 죽었다고 전해진다.

1) 마자랭 궁에서는 해마다 윤리학과 정치학 아카데미라고 불리는 왕립 학술원(후에 프랑스 학술원으로 개명)의 한 분과가 연례 공개 회의를 열었다. 35장 참조.

강하지는 못한 사람들로 이루어져 있다. 여기에서 아름다움을 찾아서는
안 된다. 이들은 길고 딱딱한 나무 의자에 앉는다. 사람들은 아카데미
의 안락의자들에 대해서 말들 하지만, 그런 안락의자는 실제로는 존재하
지 않으며 그저 하나의 픽션일 따름이다. 회의는 당해 연도 사업과 승인
된 현상 논문들에 대한 길고 지루한 연설로 시작되는데, 이 연설은 임시
의장이 하는 것이 관례이다. 연설이 끝나면 비서가, 종신 비서가 일어선
다. 이 비서의 직책은 영구하다. 마치 왕국처럼. 아카데미의 비서들과 루
이 필리프는 장관이나 의회의 기분에 따라 파면될 수 있는 사람들이 아
니다. 유감스럽게도 루이 필리프는 벌써 연세가 매우 높다. 그리고 우리
는 그의 계승자가 같은 재능으로 이 아름다운 평화의 안정을 유지할 수
있을지 아직 모른다. 그러나 미녜는 아직 젊다. 아니, 이는 더 좋은 일인
바, 그는 젊음의 유형 그 자체이다. 우리 다른 사람들에게는 머리털을 아
주 뽑아내버리지는 않는다 할지라도 하얗게 물들이며, 이마에 그렇게 흉
측스러운 주름을 만드는 세월의 손으로부터 그는 해를 입지 않았다. 이
아름다운 미녜는 아직도 12년 전과 마찬가지로 금발의 고수머리를 하고
있다. 그의 얼굴은 올림포스의 신처럼 아직도 생기발랄하며 빛난다. 이
종신 서기는 연단에 서자마자 오페라글라스를 꺼내 들고는 청중을 살펴
본다.

그는 사랑하는 사람들의 머리를 센다.
그런데 보아라, 소중한 머리 하나도 빠지지 않았구나.[2]

---

2) 실러의 시 「종(鐘)의 노래Lied Von der Glocke」에서 인용된 시행.

다음으로 그는 그의 주변에 앉아 있는 동료들도 돌아본다. 그러할 때 내가 나쁜 마음을 먹는다면, 나는 그의 시선을 아주 이상하게 논평할 수도 있을 것이다. 이러한 순간에 그는 내게 자신의 가축 무리를 살펴보는 목자처럼 보인다. 사실 이 동료들 모두가 그 사람 종신 서기에게 귀속되어 있다. 그는 이들 모두보다 더 오래 살 것이고, 조만간에 이들을 그의 **역사 개요서**에서 해부한 후 미라 처리를 해 보관할 것이다. 그는 미래의 연설을 준비할 수 있기 위해서 동료들 개개인의 건강 상태를 검토하는 듯하다. 늙은 발랑슈[3]가 병이 심한 듯 보이자 미녜는 머리를 절레절레 흔든다. 이 가엾은 사람이 제대로 된 삶을 살지 않았고, 지상에서 한 일이라고는 마담 레카미에[4]의 발밑에 앉아서는 아무도 읽지 않는, 그러나 모두가 칭송하는 책들을 쓴 것뿐이기에, 미녜는 **역사 개요서** 안에서 그로부터 어떤 인간적 면모를 얻어내 그를 읽고 즐길 만한 사람으로 만들려면 정말 애를 먹을 것이다.

오늘 회의에서 미녜가 다룬 대상은 도누[5]였다. 부끄럽지만 나는 이 사람을 납득되지 않을 정도로 알지 못함을, 기껏해야 그의 삶의 몇몇 순간을 내 기억 속에서 다시 찾아낼 수 있음을 고백해야겠다. 다른 사람들에게서도, 특히 젊은 세대들에서, 나는 도누에 관한 크나큰 무지에 봉착했다. 그럼에도 불구하고 이 남자 도누는 지난 반세기 동안 거대한 방향타(方向舵)를 조종했다. 그럼에도 불구하고 그는 공화정과 나폴레옹 황제 아래서 아주 중요한 관직들을 맡았다. 그럼에도 불구하고 그는 삶이

---

3) Pierre-Simon Ballanche(1776~1847): 프랑스의 철학자. 1842년부터 아카데미 프랑세즈의 회원.

4) Julie Récamier(1777~1849): 당시 유명한 은행가의 부인. 그녀의 살롱은 나폴레옹 황제 시대와 그 후의 복고주의 시대에 파리 사교계의 중심이었다 한다.

5) Pierre Daunou(1761~1840): 성직자이자 혁명적 정치가, 역사학자.

끝날 때까지 나무랄 데 없는 인권 옹호자였다. 그는 정신의 노예화에 대항해 싸운 불굴의 투사이며, 훌륭하게 말하고 훨씬 더 훌륭하게 행동한, 그리고 아름다운 말들을 유익한 행동으로 바꾼 그 드높은 자유의 조직자들 중 하나였다. 그런데 왜 그는 모든 공적에도 불구하고, 휴식 없는 정치적, 문학적 활동에도 불구하고 유명해지지 못했을까? 왜 그의 이름은 우리의 기억 속에서 많은 그의 동료들, 그보다는 덜 의미 있는 역할을 한 동료들의 이름처럼 화려하게 빛나며 타오르지 못할까? 무엇이 부족해 그는 명성을 얻지 못했을까? 나는 한마디로 답하겠다. 열정이라고. 어떤 형태이든 열정의 표현을 통해서만 인간은 이 세상에서 유명해진다. 명성을 얻는 데는 단 하나의 행동, 단 하나의 말로도 충분하다. 그러나 이것들에는 열정의 각인이 찍혀 있어야 한다. 그렇다, 심지어는 거대한 열정적 사건과의 우연한 만남조차도 불멸의 명성을 부여한다. 그러나 고인이 된 도누는 그의 심성에 사원의 평화로움을 간직한 조용한 승려였다. 혁명의 온갖 폭풍이 그의 주변에서 미쳐 날뛸 때도, 그는 자신의 일상 업무를 수행했다. 조용히 그리고 두려움 없이, 로베스피에르 밑에서도 그리고 나폴레옹 밑에서도. 그리고 그는 그가 검박하게 살아온 것처럼 검박하게 죽었다. 나는 그의 영혼이 불타오르지 않았다고 말하는 것은 아니다. 그러나 그 백열(白熱)은 불꽃이 없었다, 요란하게 불타는 소리도 그리고 볼만한 장관(壯觀)도 없었다.

도누의 표 나지 않은 삶에도 불구하고 미녜는 이 조용한 영웅에 대한 관심을 불러일으킬 줄 알았다. 이 영웅이 최고의 찬양을 받아 마땅하기에, 찬사 또한 아주 풍부하게 그에게 바쳐졌다. 그러나 도누가 그렇게 칭송할 만한 인물이 아니었다 할지라도, 더 나아가 그가 특성 없는 개구리들에, 더 훌륭한 사람들이 목숨을 걸고 발언하는 동안 국민의회의 늪

(습지)에 앉아 침묵함으로써 살아남았던 그 개구리들에 속했다 할지라도, 심지어는 그가 하나의 룸펜일 수 있었다고 할지라도, 그렇다고 해도 그에게는 공식적 찬사의 축성 향로에서 넘칠 정도의 향연이 뿜어질 것이다. 비록 미녜가 그의 연설들을 **역사 개요**서라고 부르지만, 이 연설들은 아직도 그 낡은 **칭송문**일 따름이고, 루이 14세 때부터 내려오는 똑같은 의례적 찬사인 것이다. 다만 이 찬사는 분칠을 한 긴 머리 가발을 더는 쓰지 않는다. 이 찬사는 아주 현대적으로 머리를 가다듬었다. 아카데미의 현 **종신 서기**인 미녜는 우리 시대의 가장 위대한 미용사 중의 한 명이고, 이 고귀한 직업을 위한 올바른 손재주를 갖고 있다. 어느 사람에게 쓸 만한 머리털이 거의 붙어 있지 않을 경우에도 그는 찬양의 머리털 몇 가닥을 곱슬거리게 지져서 대머리를 상투적 찬양어의 곱슬머리 아래에 숨겨주는 재주가 있다. 이들 프랑스의 아카데미 회원들은 얼마나 행복한 사람들인가! 이들은 더없이 평안한 마음으로 그들의 안전한 의자 위에 앉아 있으니. 이들은 또 편안한 마음으로 죽을 수 있다. 그들의 행적이 아무리 의심스러운 것이었다 할지라도, 그들이 죽은 후 선량한 미녜가 그들을 기리고 칭송할 것을 알고 있기에. 미녜의 말이라는 종려나무 아래서, 그의 제복처럼 영원히 녹색인 그 종려나무 아래서, 반명제 연설의 파도 소리를 자장가 삼아, 이들은 시원한 오아시스에서처럼 이곳에 진을 치고 있다. 인류의 카라반은 때로는 그들을 지나쳐 가지만, 그들은 이것을 알아차리지 못했다. 아니면 그들은 낙타의 방울 소리 말고 그 어떤 다른 소리를 들었나 보다.

부록

공산주의, 철학 그리고 성직자들

1

파리, 1843년 6월 15일

내가 보통 사람으로 네로 황제 시대에 로마에서 살았다면, 그리고 뵈오티엔의 『오버포스트암트스차이퉁』이나 아니면 압데라의 비공식적인 『스타트스차이퉁』에 통신문 같은 것을 쓰는 일을 했다면,[1] 내 동료들은 자주 희롱조의 말을 했을 것이다. 예를 들면 내가 황제 어머니의 정치적 음모[2]에 대해서는 아무런 기사도 쓸 줄 모른다는 사실에 대해, 내가 유대의 왕인 아그리파[3]가 매주 토요일마다 로마에 주재하는 외교 사

---

1) 뵈오티엔(Böotien, 그리스어로는 비오티아Viotia)과 압데라Abdera는 모두 고대 그리스의 도시 이름이다. 이 도시의 사람들은 일반적으로 편협하고 어리석은 것으로 알려졌다.

2) 네로 황제의 어머니인 율리아 아그리피나(Julia Agrippina, 16~59)는 네로를 황제로 만들기 위해서 남편인 클라우디우스Claudius 황제를 제거했으나 후일 네로에 의해 살해되었다.

3) 유대 왕국의 왕 마르쿠스 율리우스 아그리파 2세(Marcus Julius Agrippa II, 대략 28~100). 당시 유대 왕국은 로마 제국의 지배를 받았고 아그리파는 로마에서 교육을 받았으며 또 대부분 로마에 거주했다.

절들을 접대하는 휘황찬란한 만찬에 대해 한 번도 언급하지 않은 사실에 대해, 그 반면에 내가 지속적으로 그 갈릴리[4] 사람들에 대해 말하고 있는 사실에 대해, 대부분 노예와 늙은 여자로 구성된 그 어둡고 의심스러운 무리들, 극도의 정신적 긴장과 환상 속에서 어리석은 삶을 꿈꾸듯 살아가며, 심지어는 유대인들에게도 배척받는 그 갈릴리 사람들에 대해서. 정통한 내 동료들은 틀림없이 나에 대해 아주 특별히 빈정대듯 싱긋 웃을 것이다. 내가 황제의 궁중 잔치에 대해서, 존엄하신 폐하께서 몸소 기타를 연주하신 그 궁중 잔치에 대해서, 그 갈릴리 사람 몇이 몸에 송진을 칠한 채 불에 태워지고, 그런 모습으로 황금 궁정의 정원들을 밝게 비춰주었다는 것만을 기껏 보도할 수 있게 된다면 말이다.[5] 그러나 그것은 실제로 매우 의미심장한 조명이었다. 이른바 이 어둠의 무리가 고전적 고대의 향락 잔치에서 등불로서 봉사를 해야만 했던 사실은 잔인하면서도 진짜 로마적인 위트였다. 그러나 이 위트는 치욕이 되었고, 이 인간 횃불들에서 날아올라 사방으로 흩어진 불티들로 해서 낡은 로마 세계는 그것이 가진 모든 썩어버린 장려함과 함께 불꽃으로 사라졌다. 그 어두운 무리의 숫자는 엄청나게 불어났고, 황제의 군단은 이들과의 싸움에서 굴복해야만 했다. 그래서 제국 전체가, 바다와 육지에서의 지배가 이제는 그 갈릴리 사람들의 소유가 되었다.

---

4) 갈릴리Galilee, 북부 팔레스타인 지역 이름. 이곳은 나사렛의 예수와 그를 추종하는 초기 기독교인들의 시발지이기도 하다. 초기 기독교는 유대교 안에서도 이단으로 취급되었다. 하이네는 이 글에서 '기독교도' 대신에 '갈릴리 사람'이라는 표현을 쓰고 있다.

5) 서기 64년 6월 18/19일, 로마에 큰불이 나자 네로가 불을 질렀고 불타는 도시를 보면서 트로이의 파괴에 대한 노래를 불렀다는 소문이 나돌았다. 이에 네로는 기독교인들을 방화의 주범으로 몰고 그들을 잔인하게 처형했다. 그는 기독교도들의 몸에 송진을 칠하게 하고, 그 상태에서 불을 붙여 타 죽게 하기도 했다.

나는 여기에서 신앙 설교 조의 관찰로 넘어가려는 것은 아니다. 나는 단지 예를 통해서, 먼 훗날의 미래가 나로 하여금 통신문들에서 어떤 작은 공동체에 대해 아주 자주 언급하게 한 내 편애(偏愛)를 어떤 방식으로 당당하게 정당화해줄지를 보여주고 싶을 뿐이다. 첫 세기의 억압당한 교회와 매우 비슷하게 현재 멸시받고 박해당하는 그 작은 공동체, 그러나 신앙적 열성과 음울한 파괴의 의지에서 초기 기독교를 연상시키는 포교 활동을 하는 그 공동체. 나는 다시금 공산주의자들에 대해서 말하고 있거니와, 이들은 현재 프랑스에서 특별히 주목을 받을 만한 유일한 당파이다. 나는 생시몽주의, 신봉자들이 진기한 간판 밑에서 아직도 활동하는 그 생시몽주의의 잔해에 대해서도, 그리고 여전히 생기 있고 왕성하게 활동하는 푸리에[6]주의자들에 대해서도 똑같은 주목을 요구할 수 있으리라. 그러나 이 존경할 만한 사람들을 움직이는 것은 오로지 말뿐이다, 단지 문제로서의 사회적 문제, 전래되어온 개념일 뿐이다. 이들을 몰아붙이는 것은 악마적 필연성이 아니다. 이들은 지고한 세계 의지의 어마어마한 결단을 실행에 옮기도록 운명 지어진 머슴들이 아닌 것이다. 조만간에 생시몽의 흩어진 가족들과 푸리에주의자들의 참모부는 점차 커가는 공산주의의 군대로 넘어갈 것이다. 그러고는 거친 욕구에 이것을 형상화하는 말을 빌려주면서, 교회의 장로 비슷한 역할을 맡을 것이다.[7]

피에르 르루는 이미 그런 역할을 담당하고 있다. 우리가 11년 전 타

---

6) Charles Fourier(1772~1837): 19세기 초 프랑스의 공상적 사회주의자.

7) 지식인이 대부분인 생시몽주의자와 푸리에주의자가 공산주의의 이론가 역할을 할 것이라는 의미. 푸리에주의Fourierism는 19세기 전반 유럽에 나타난 다양한 공상적 사회주의의 하나로서 프랑스의 사회이론가 샤를 푸리에가 주창한 사회 개혁 철학이다. 푸리에주의의 주안점은 팔랑주Phalange라는 자급적, 독립적인 공동체로의 사회 전환이다.

이부의 공회당[8])에서 생시몽주의 주교들 중의 한 명으로 알게 된 그 르루 말이다. 그는 아주 뛰어난 사람인데, 유일한 결점은 그가 당시 그의 상황에 대해서 너무 우울해했다는 사실이었다. 앙팡탱[9]) 역시 그에게 "과거의 개념에 따르면 이 사람은 가장 덕성이 뛰어난 사람"이라는 조롱 조의 칭찬을 수여했다. 그의 덕성은 뭔가 금욕 시대의 오래되고 시큼하게 발효된 밀가루 반죽 같은 것을 지니고 있다. 스토아적인 그 무엇을, 이제는 사라져버린, 우리 시대에는 거의 이상한 느낌을 주는 시대착오적인 그 무엇을, 범신론적 향락 종교의 밝고 쾌활한 방향과 마주 서면 존경할 만한 웃음거리로 보일 수밖에 없는 스토아적 그 무엇을. 이 우울한 새에게는 마침내 휘황하게 번쩍이는 창살 새장도, 그 안에서 아주 많은 금계(金鷄)와 독수리가, 그러나 더 많은 참새가 날개를 펄럭이는 창살 새장도 매우 불편해졌고, 그래서 르루는 새로운 도덕의 독트린[10])에 대해서 항의한, 그리고 광신적 저주를 퍼부으면서 이 유쾌하고 다채로운 집단을 처음으로 탈퇴한 사람이 되었다. 그다음에 그는 이폴리트 카르노[11]) 와 공동으로 새로운 『르뷔 앙시클로페디크』[12])를 발행했다. 그가 이 신문

---

8) Salle Taitbout, 파리의 생시몽주의 신봉자들의 집회 장소. 1832년 1월 29일, 경찰이 타이부 스트리트에 있는 생시몽주의자들의 집회 장소를 폐쇄할 때 르루는 그 현장에 있었다.

9) Prosper Enfantin(1796~1864): 생시몽의 죽음 후에 그를 대신해 그 신봉자들을 이끌었다. 앙팡탱의 향락주의적 성향은 엄격하고 도덕주의적인 르루의 비판을 받았으나, 하이네는 규범 파괴적인 앙팡탱의 노선에 호감을 가졌다.

10) 생시몽주의가 주창한 육체의 해방을 의미한다.

11) Lazare Hippolyte Carnot(1801~1888): 프랑스의 언론인, 학자, 정치가. 하원의원으로서 루이 필리프 정부에 적대적인 극좌적 야당 그룹에서 활동했다. 1848년 2월 혁명 때 공화정을 지지했고, 교육학자로서 어린이를 위한 초등 교육의 개혁과 여성 교육의 증진을 위해 노력했다.

12) *Revue encyclopédique*, 1819년에 창간된 자유주의적 성향의 신문. 르루와 카르노가 공동으로 인수한 후에는 생시몽주의적 성향을 띠고 사회 문제도 적극적으로 논하기 시

에 쓴 기사들, 그리고 그의 저서 『인간에 대하여』[13]는 그가 지금, 그리고 1년 전부터, 『르뷔 앵데팡당』[14]에서 확립한 새로운 독트린으로의 전환을 형성하고 있다. 르루와 그 뛰어난 레노가 아주 활발하게 작업해서 펴낸 대백과사전[15]이 어떤지, 그 물음에 대해서는 아무것도 확실하게 말할 수 없다. 그러나 나는 이 백과사전이 자신의 선행자에, 즉 디드로가 그의 세기의 지식을 개괄한 30권으로 된 거대한 백과사전에 필적하는 속편이라는 것은 주장할 수 있다.[16] 이 백과사전의 별책 부록에는 르루가 빅토르 쿠생의 절충주의 또는 절충학파를—프랑스 사람들은 이 황당무계한 것을 이런 이름으로 부른다—비판하는 글이 발표되었다.[17] 하여간에 쿠생은 르루가 아주 오래전부터 논박(論駁)해온 검은 짐승, 속죄양이다. 그리고 이 논박은 르루에게는 편집병이 되었다. 『르뷔 앵데팡당』 12월호에서 이 논박은 아주 광적으로 위험한 그리고 격렬한 비방의 최고점에 이르렀다. 여기에서 쿠생은 그의 고유한 사유 방식으로 해서 공

작했다. 이러한 맥락에서 하이네는 "르뷔 앙시클로페디크" 앞에 "새로운"이라는 형용사를 덧붙였다.

13) 『인간에 대하여De l'humanité』, 1839년에 발행된 르루의 주저.

14) Revue indépendante, 조르주 상드가 1841년에 창간한 진보적 성향의 잡지로서 특히 부유한 부르주아지에 대한 날카로운 비판의 글을 많이 실었다.

15) 피에르 르루와 장 레노Jean Reynaud가 공동으로 편집한 『새 백과사전Encyclopédie nouvelle』은 1838~41년에 발간되었다.

16) 드니 디드로(Denis Diederot, 1713~1784)는 프랑스의 백과사전파를 대표하는 계몽주의 철학자이자 작가이다. 달랑베르Jean Le Rond d'Alembert와 함께 18세기 계몽주의 사상을 집대성한 기념비적 대작인 『백과사전』을 편찬했다.

17) Victor Cousin(1792~1867): 당대의 유명한 철학자이자 정치가. 셸링, 헤겔, 스코틀랜드 상식철학의 요소들을 받아들여 절충적 유심론을 주장했다. 절충주의(折衷主義, Eklektizismus)는 각종 사상 가운데 진리라고 여겨지는 내용을 절충하고 조화함으로써 학설을 만들어가는 사상 혹은 경향을 의미한다. 3세기 알렉산드리아 학파, 17세기 라이프치히 학설, 그리고 19세기 쿠생의 학파가 대표적인 예다.

격당했을 뿐 아니라 올바르지 못한 행동을 했다는 죄도 뒤집어썼다. 이번에는 덕성이 열정의 바람에 의해 아주 멀리 끌려가서 중상모략의 대양(大洋)에까지 이르게 되었다. 아니다, 우리는 믿을 만한 소식통으로 들어서 알고 있다. 쿠생이 우연히 그리고 전혀 잘못함 없이 그의 제자인 주프루아의 유작(遺作) 저술이 겪은 용서할 수 없는 변조 행위에 휘말려들었다는 것을.[18] 그럴 것이 우리는 이 사실을 그의 추종자가 아니라 적대자들에게 들어서 알고 있기 때문이다. 이 적대자들은 쿠생이 대학의 이해관계에 대한 소심한 배려 때문에 주프루아 논문집을 발행하지 말 것을 권했고, 화를 내며 그의 협조를 거부했다고 불만을 늘어놓았다. 우리가 이미 20년 전에 베를린에서 경험했던 똑같은 현상들의 기이한 재생이로다! 그러나 이번에는 이 현상들을 더 잘 파악할 수 있다. 그리고 우리가 쿠생에게 인간적 호감을 갖지 않았다 하더라도 우리는 불편부당한 입장에서 고백하련다. 과격파가 쿠생을, 우리가 언젠가 그 위대한 헤겔과 관련해 그랬던 것처럼, 똑같이 부당하고 똑같이 편협하게 비방하고 있다는 것을. 헤겔 역시 그의 철학이 국가 권력의 그늘에서 보호를 받으며 평온하게 성장해가기를, 그리고 교회의 신앙과 갈등 관계에 빠지지 않기를 원했다. 그의 철학이 충분히 성장하고 강해질 때까지는 말이다. 더없이 명료한 정신을 가진, 그리고 더없이 자유주의적인 이념을 가진 그 사람, 그런데도 그는 그의 철학을 아주 흐리고 현학적이며 유보적인 형태로

---

18) 쿠생의 제자이며 철학자이자 언론인인 주프루아(Théodore-Simon Jouffroy, 1796~1842)의 사후에 그가 쓴 철학 논문집이 발간되었는데, 르루는 쿠생이 이 논문집의 편집에 간여해 자신의 학설에 거리를 두는 부분들을 삭제했다고 비난했다. 이 비난은 큰 반향을 불러일으켰고, 많은 신문이 이 사건을 대대적으로 보도했다. 자신이 주프루아의 유작 논문집 편집에 관여하지 않았고, 논문의 부분적 삭제와 자신은 전혀 상관이 없다는 쿠생의 반론은 거의 주목을 받지 못했다.

말했고, 그래서 종교적 당파뿐 아니라 과거의 정치적 당파도 그를 동맹자로 믿게 되었다. 단지 잘 알고 있는 사람들만이 이 착오에 대해 빙긋이 웃었다. 그리고 오늘에야 비로소 우리는 이 미소를 이해할 수 있다. 그때 우리는 젊고 어리석었으며 참을성이 없었고, 그래서 헤겔을 비난하는 데 열을 올렸다. 최근에 프랑스의 극좌 세력이 쿠생을 비방하는 데 열을 올리는 것과 마찬가지로. 다만 쿠생의 경우 극우 세력은 표현에서의 그의 조심스러운 예방책에 속지 않았다. 이 문제에서는 로마 가톨릭적-사도적(使徒的)-성직자 당파가 프로이센 왕국적-프로테스탄트적-성직자 당파보다 훨씬 더 예리한 안목을 갖고 있음이 분명해진다. 가톨릭 사제 당파는 확실히 알고 있다. 철학이 그들의 가장 위험한 적이라는 사실을. 그리고 이 적이 그들을 소르본에서 내몰았다는 사실을.[19] 이 요새를 다시 정복하기 위해 이 가톨릭 사제 당파는 쿠생 말살 전쟁을 시도하고 있으며, 목적이 수단을 정당화한다는 예의 그 축성(祝聖)된 전술로 이 전쟁을 수행하고 있다. 그런고로 쿠생은 정반대되는 두 방향에서 공격을 받고 있다. 신앙의 군대가 전부 십자가 깃발을 휘날리며 샤르트르 대주교의 지휘 아래 그를 향해 진격해 오는 반면에 사상의 극렬 공화주의자들은, 마음은 올바르나 판단력이 약한 이들 무리는, 르루를 선두에 세우고 그를 향해 돌진해 오고 있다. 이 싸움에서 쿠생이 승리하기를 우리는 모두 기원한다. 그럴 것이 대학의 특권[20]에 폐단이 없지 않다 하더라도, 이 특권은 대학의 강의가 아직도 학문과 진보의 사람들을 인정사정없이 잔인

---

19) 1253년 로베르 드 소르봉Robert de Sorbon에 의해 신학 교육 기관으로 설립된 소르본은 18세기까지 파리의 신학 대학의 거처였다. 신학 대학으로서 소르본은 18세기 계몽주의 사상에 바탕을 둔 자유주의적 철학을 비판하고 비난하는 첨병 노릇을 했다. 프랑스 혁명 후에 폐교된 소르본은 1808년 나폴레옹이 설립한 파리 대학으로 개편되었다.
20) "대학의 특권"에 대해서는 60장 도입 부분 참조.

하게 박해하는 자들의 수중으로 송두리째 넘어가는 것을 방지하기 때문이다. 쿠생이 소르본에 기거하는 동안에는, 최소한 그곳에는 예전에 그랬던 것처럼 화형(火刑)이 최후의 논거(論據)로서, **마지막 수단으로서** 시사적 논쟁에 사용되지는 않을 것이다.[21] 그렇다, 쿠생은 사상의 자유의 기수로서 소르본에 살고 있다. 그리고 이 사상의 자유의 깃발은 예전에는 반동적 반계몽주의자들의 소굴로서 악명이 높았던 소르본 위에서 휘날리고 있다. 우리로 하여금 쿠생에게 더욱 특별하게 호감을 느끼게 하는 것은, 르루에 의해 제기된 혐의를 이용할 줄 아는 그 애교 있는 음험함이다. 이번에는 미덕의 뒤편에 간계가 숨어 있었다. 쿠생은 어떤 행동을 했다고 비난받고 있는데, 만일 그가 정말 그 행동을 했다면 그는 성직자 당파에게 칭찬을, 정통 교회적 칭찬을 한껏 받아야만 할 것이다. 얀선주의자는 물론 예수회 회원도 어떤 일이 있더라도 공공연한 스캔들만은 막도록 노력해야 한다는 원칙을 설파해왔다. 오직 공공연한 스캔들만이 죄악이고, 그러니 사람들은 이런 스캔들만 피하면 된다고 몰리에르가 규범화한 그 경건하신 분은 아주 엄숙한 체 말한 바 있다.[22] 천만에 그렇지 않다. 쿠생은 사람들이 그에게 전가하는 그런 신앙심 돈독한 짓거리를 했노라고 자랑할 수 없다. 그런 짓거리는 오히려 그의 적대자들의 특성에 들어맞는다. 예전부터 스캔들을 저지하거나 허약한 영혼들을 의심으로부터 지켜주기 위해서라면, 책들을 잘라내 훼손하거나 완전히 다르게 고치거나 아주 없애버리거나, 아니면 인위적으로 꾸민 명칭 아래 완

---

21) 중세를 거쳐 근대에 이르기까지 이단자들은 화형에 처해졌다.

22) 하이네가 말하는 "경건하신 분"은 몰리에르(Molière, 본명은 장-바티스트 포클랭Jean-Baptiste Poquelin, 1622~1673)의 희극 「타르튀프Tartuffe」의 주인공 '타르튀프'를 가리킨다. 몰리에르는 이 인물을 위선적 인간의 표준적 규범으로 정형화한다.

전히 새로운 저작물들을 제조해내는 것도 정당하다고 생각한 그의 적대자들 말이다. 이런 식으로 해서 옛 시대의 더없이 귀중한 기념물이나 기록이 일부는 완전히 소멸되었고 일부는 변조되었다. 아니다, 책을 거세(去勢)하는 성스러운 열광, 심지어는 없는 글을 끼워 넣어 변조하는 그런 경건한 기만은 철학자들의 습관에 속하는 것이 아니다.

빅토르 쿠생은 철학자다. 그것도 이 말의 완전한 독일적 의미에서. 피에르 르루는 반대로 철학이라는 말에서 일반적인 사회적 문제들의 연구를 이해하는 프랑스적 의미에서만 철학자다. 쿠생은 정말 독일적 철학자다. 인간의 욕구보다는 인간적 정신에 더 많이 몰두하는, 그리고 거대한 에고를 심사숙고한 결과 일종의 에고이즘에 빠진 철학자 말이다. 사유(思惟) 그 자체에 대한 애호는 그의 영혼의 힘을 모두 빨아들였다. 그러나 사유가 그의 관심을 끈 것은 우선은 아름다운 형식 때문이었다. 그래서 형이상학에서 그가 즐거움을 느낀 것은 결국은 변증법뿐이었다. 따라서 플라톤의 역자(譯者)[23]에게 우리는, 그 진부한 말을 거꾸로 해서 주장할 수 있을 것이다. 그는 진실보다는 플라톤을 더 사랑했노라고.[24] 여기서 쿠생은 독일 철학자들과 구분된다. 독일 철학자들이나 쿠생에게 사유는 사유의 궁극적 목적이다. 그러나 쿠생에게는 그런 철학적 무목적론에 일종의 예술적 무관심주의[25]도 곁들여 있다. 그러니 이 쿠생이 르

---

23) 쿠생은 1825년부터 1840년까지 13권에 이르는 플라톤의 작품 번역집을 출판했다.

24) "진부한 말"로 하이네는 "플라톤은 내 친구이다. 그러나 내게는 진실이 플라톤보다 더 소중하다"는 격언을 나타내고 있다. 이 말은 소크라테스가 한 것으로 알려져 있다.

25) "예술적 무관심주의"는 자율적이며 순수하고 심미적인 예술의 본성이다. 예술적 아름다움 외에는 그 무엇에도 관심을 갖지 않는 예술, 예술 외적 요소들, 예를 들면 사회적 문제 등으로부터 철저하게 자신을 고립시킨 예술, 즉 '예술을 위한 예술'의 본성인 것이다.

루 같은 사람에게는 얼마나 가증스러울까, 사유의 친구보다는 훨씬 더 인간의 친구인 르루, 그의 모든 생각의 배후에는 인류의 이익이라는 기본적 생각이 자리하는 르루, 그리고 타고난 형상 파괴자로서 형식에 대한 예술적 즐거움에 철저하게 무감각한 르루 같은 사람에게! 이러한 정신적 상이함에 미워하고 못마땅해야 할 충분한 근거가 있는 것이다. 그러니 쿠생에 대한 르루의 적의를 개인적 동기에서, 일상생활의 별 중요하지 않은 돌발적 사건들에서 설명할 필요는 없을 것이다. 소박한 개인적 악의가 약간 섞여 있을 수도 있을 것이다. 그럴 것이 덕성은, 그것이 아무리 숭고하게 머리를 구름 속에 들어 올리고, 오로지 하늘의 관찰에만 정신이 팔린 듯이 보이지만, 그가 이제껏 받은 자그마한 침해들을 모두 아주 충실하게 기억 속에 간직하고 있기 때문이다.[26]

그렇다, 빅토르 쿠생에 대한 피에르 르루의 격한 분노, 그의 광포한 분노는 이 두 사람 사이의 정신적 상이함에서 연유한 결과이다. 필연적으로 서로에게 반감을 갖는 성격들이 있다. 오로지 무력할 때에만 이 성격들은 다시 서로서로 접근한다. 그들 기저의 동일한 허약함이 정반대의 독트린들에 일종의 유사성을 부여한다. 쿠생의 절충주의는 스코틀랜드의 둔중한 경험주의와 독일의 추상적인 이상주의적 관념성 사이를 잇는 가느다란 줄로 만들어진 현수교이다. 이 다리는 아마도 몇몇 산보객들의 가벼운 발걸음이 요구하는 것은 충족시킬 수 있을 것이다. 그러나 인류가 그들의 무거운 마음의 짐을 들고 발을 구르는 군마들과 함께 그 위를 행진해 가려 하면 비참하게 무너져 내릴 것이다. 르루는 폰티펙스 막

---

26) 1840년대 들어 하이네는 예를 들면 르루 같은 급진적 공화주의자나 사회주의자의 이른바 덕성, 즉 도덕적 성향을 신랄하게 풍자했다.

시무스[27]이다. 더 높은, 그러나 훨씬 더 비현실적인 스타일의 다리 가설자인 것이다. 그는 하나의 거대한 다리를 만들려고 한다. 단 하나의 아치로 구성되어 두 교각 사이에 놓인 다리를. 교각 중 하나는 이전 세기의 유물론적 화강암으로 다른 하나는 미래의 꿈꾸는 달빛으로 제작되었고, 그는 은하수의 아직 발견되지 않은 별 하나를 이 두번째 교각의 기저로 삼았다. 이 거대한 작업이 완성되면 우린 그때 이에 대해 논평하기로 하자. 지금까지는 르루의 고유한 시스템에 대해 아무것도 확언할 수 없다. 그는 지금까지는 그저 재료들만 내놓고 있다. 이리저리 흩어진 석재(石材)들만을. 그에게는 또한 체계적 방법이 완전히 결여되어 있다. 이는 몇 안 되는 예외를 제외하고는 프랑스인들 특유의 단점이기도 하다. 이 예외들 중에는 특히 샤를 드 레뮈사[28]의 이름이 거명되어야 한다. 그는 그의 『철학 에세이』[29](귀중한 걸작이다!)에서 방법의 의미를 이해했고, 방법의 적용에서 커다란 재능을 보여주었다. 르루는 사유에서 그보다는 더 위대한 생산자이다. 그러나 그에게는, 앞에서 말했듯이, 방법이 결여되어 있다. 그는 단지 이념들만을 갖고 있을 뿐인바, 이 관점에서 그와 요제프 셸링 사이에 일종의 유사성이 있음을 부인할 수 없다.[30] 다만 르루의 모든 이념은 인류 해방이라는 구원(救援)의 작업에만 관계되어 있다. 그는

---

27) Pontifex Maximus, 원뜻은 "최고위 다리 가설자". 이 말은 고대 로마에서 최고위 사제(司祭)에게 주어진 칭호였으며, 후에는 로마의 황제도 이 칭호로 불렸다.

28) Charles Comte de Rémusat(1797~1875): 1830년부터 하원의원이었고, 1840년에는 내무장관을 맡았다. 괴테의 드라마들을 프랑스어로 번역하기도 했다.

29) *Essais de Philosophie*, 1842년에 출판된 레뮈사의 철학 에세이 모음집.

30) 하이네는 르루가 이념들을 체계적으로 묶어서 하나의 철학적 이론으로 발전시킬 수 있는 '방법'을 알지 못함을 지적하고 있다. 하이네는 『낭만주의파*Romantische Schule*』에서 셸링이 헤겔과는 달리 이념들을 체계적 철학으로 발전시키지 못했다고 말한 바 있다.

낡은 종교와 철학을 한데 엮어내는 짓거리와는 멀리 떨어져 있고,[31] 오히려 새로운 종교의 옷을 입힌 철학을 선물하려는 것이다. 독일 철학자들 중에는 크라우제[32]가 르루와 가장 큰 친화력을 갖고 있다. 르루의 신(神) 역시 세상 밖의 존재가 아니라 이 세상의 한 주민이다. 그럼에도 불구하고 이 신은 그에게 매우 잘 어울리는 그 어떤 품격과 개성을 지니고 있다. 르루는 계속해서 **영혼의 불멸**을 곱씹고 있다. 그 짓에 질리지도 않고서. 그러나 이것은 오래된 완전성론의 완결된 반추(反芻) 행위일 따름이다.[33] 르루는 이번 생애에서 행실을 바르게 했으므로 차후의 존재에서는 좀더 큰 완전성에 이를 것을 바란다. 쿠생이 그동안에 마찬가지의 발전을 이루지 못하게 된다면, 그렇다면 신이시여, 쿠생을 도와주소서!

르루는 지금 아마 쉰 살이 되었을 것이다. 최소한 그는 그렇게 보인다. 혹은 더 젊을지도 모르겠다.[34] 육체적으로 그는 자연으로부터 아주 넘치는 혜택은 받지 못했다. 땅딸막한, 옹골찬, 거칠고 억센 생김새. 상류 사회의 전통을 통해서 그 어떤 우아함도 얻지 못한 모습이다. 르루는 민중의 아들이다. 젊었을 때는 인쇄공이었고, 지금도 그의 외양에 프롤

---

31) 하이네는 셸링이 그의 철학 이론을 낡은 종교, 즉 가톨릭과 연계한다고 비난하고 있다. 하이네는 독일 낭만주의 철학자, 이론가, 시인의 중세 지향적 성향, 특히 가톨릭적 성향을 시종여일 비판했다.

32) Carl Christian Friedrich Krause(1781~1832): 크라우제의 범신론(汎神論) 이론은 인류가 끊임없이 완성을 향해 가는 여정에 있다고 강조한다. 이 이론은 1840년경에 스페인의 진보주의적 지식인들에게 수용되어 그곳의 자유주의적, 사회주의적 사상 형성에 영향을 미쳤다.

33) "완전성론Perfektibilitätslehre"은 인간과 세계가 궁극적으로는 완전함에 이를 수 있는 능력이 있다는 이론이다. 르루는 기독교적 관점에서의 천국을 인정하지 않았다. 그러나 그는 인간이 신의 섭리에 따라서 죽음과 다시 태어남을 반복하면서 궁극적으로는 신적 존재로 완성될 수 있으리라고 생각했다. 이러한 관점에서 그는 기독교 교리와는 다른 영혼 불멸설을 생각한 것이다.

34) 르루는 당시 46세였다.

레타리아의 흔적을 지니고 다닌다. 아마 다분히 의도적으로 그는 평범한 외모를 배척했을 것이다. 그가 그 어떤 교태를 부릴 수 있다면, 이는 아마도 거친 자연적 근원성에 대한 집요한 집착일 것이다. 작고 하얀 손을 갖고 있기에 결코 장갑을 끼지 않는 사람들이 있다. 이 작고 하얀 손이 그들이 높은 신분임을 알게 해주기 때문이다. 르루도 마찬가지로 장갑을 끼지 않는다. 그러나 틀림없이 전혀 다른 이유로 그렇다. 그는 모든 사치와 모든 감각적 자극을 싫어하는 금욕주의적 절제의 인간이다. 그리고 자연은 그가 이러한 덕성을 얻기 쉽게 도와주었다. 그러나 우리는 그의 의식의 고귀함을, 저급한 이익을 사상을 위해 모두 희생시킨 열성을, 요컨대 그의 고매한 사욕 없음을 그의 덕성에 못지않게 칭송할 만한 것으로 인정하려 한다. 우리는 번쩍이는 광택이 없다고 해서, 그리고 혼탁한 납 속에 잡혀 있다고 해서 다이아몬드 원석을 평가 절하할 의사가 더더욱 없다. 르루는 남자다. 그리고 그는, 이는 매우 드문 일인바, 성격의 남자다움을 더없이 지고한 관념을 향해 치솟아 오르는 정신과, 그리고 민중이 겪는 고통의 심연까지 침잠할 수 있는 마음과 연결했다. 그는 생각하는 철학자일 뿐 아니라 느끼는 철학자이기도 하다. 그의 삶과 노력은 모두 하층 계급 사람들의 도덕적, 물질적 상태의 개선에 바쳐졌다. 이 사람, 강철같이 단련된 투사, 더없이 가혹한 운명의 시련을 눈 하나 깜짝하지 않고 견뎌낸 사람, 생시몽과 푸리에처럼[35] 때로는 격심한 궁핍과 가난 속에서 고통을 겪으면서도 별로 한탄하지 않았던 사람, 그는 다른 사람들의 고통을 덤덤히 견뎌낼 수 있는 사람이 아니다. 그의 완고한 속눈썹은 타인의 비참함을 보면 축축해진다. 그러할 때면 그의 연민의 폭발

---

35) 생시몽은 큰 재산을 소유한 적도 있었으나 말년에는 매우 곤궁한 삶을 살아야 했다. 19세기 초 프랑스의 공상적 사회주의자 푸리에는 평생을 가난 속에서 살았다.

은 폭풍우 같고 광포하며, 때로는 부당하기도 하다.

나는 지금 막 가난에 대해 언급하는 경솔한 짓거리를 했다. 그러나 나는 그 가난의 언급을 피할 수가 없었다. 이 가난은 특별한 성격의 것이며, 르루라는 이 훌륭한 사람이 민중의 고통을 머리로만 이해한 것이 아니라 몸소 같이 겪었음을, 그리고 그의 사상이 끔찍한 현실에 뿌리를 박고 있음을 우리에게 보여주고 있다. 이러한 사실들은 그의 말들에 약동하는 삶의 피 그리고 재능의 힘보다 더 강한 마력을 부여한다. 그렇다, 르루는 가난하다. 생시몽과 푸리에가 그랬던 것처럼. 그리고 이 위대한 사회주의자의 운명적 가난을 통해 세상은 풍요로워질 것이다. 우리에게 향유와 행복의 새로운 세계들을 열어줄 사상의 보고로 더 풍요로워질 것이다. 그 어떤 끔찍한 가난 속에서 생시몽이 말년을 보냈는지는 일반적으로 알려져 있다. 그가 고통 받는 인류, 이 거대한 환자에 전념하고 환자의 1,800년 된 질병에 대한 치료약을 생각해내는 동안에,[36] 그는 때로는 몸소 궁핍의 병을 앓았고, 오로지 구걸을 통해 연명했다. 푸리에 또한 친구들의 구호금에서 피신처를 찾아야 했다. 나는 자주 그가 닳아 해진 회색 양복을 입고 팔레루아얄의 기둥들을 따라 화급하게 걸어가는 것을 보았다. 양복 주머니 두 개는 가득 차 있었는데, 한 주머니는 병 모가지가, 다른 주머니는 긴 빵이 솟아나와 있는 것이 보였다. 그를 먼저 가리킨 내 친구 한 명이 그의 궁핍함에 대해 귀띔해주었다. 그는 음료를 포도주 상점에서, 빵을 빵가게에서 자신이 직접 가져와야 한단다. 도대체 어떻

---

36) "1,800년 된 질병"이란 말로 하이네는 예수 그리스도 탄생 이후 19세기까지 지속된 기독교의 극단적인 유심론, 즉 모든 물질적, 육체적 즐거움을 죄악시하는 정신 위주의 교리가 대다수 민중의 가난에 책임이 있음을 암시하고 있다. 생시몽이 고안한 "치료약"도 같은 맥락에서 이해할 수 있다. 생시몽은 유심론적 금욕주의에 맞서 물질적, 육체적 쾌락을 강조했다.

게 프랑스에서 그런 사람들이, 인류를 위해 좋은 일을 하는 사람들이 궁핍으로 고통을 받는 일이 일어날 수 있는가? 나는 물었다. 물론, 하고 친구가 빈정대듯 웃으면서 대답했다. 그런 일은 인텔리겐치아의 약속의 땅을 특별나게 명예롭게 만들어주지는 못하지요. 그리고 이런 일은 우리 독일에서는 틀림없이 일어나지 않을 것이오. 우리나라에서는 정부가 그런 원칙의 사람들에게 곧바로 특별한 보호 조치를 취할 것이고, 일생 동안 음식과 거처를 무료로 제공할 것이오.[37]

그렇다, 가난은 위대한 박애주의자들이, 구세(救世)적 사상가들이 프랑스에서 짊어져야 할 운명이다. 그러나 이 가난은 그들에게 더 깊이 연구할 동인만을, 그리고 정신력을 강화해주는 광천수 목욕만을 의미하는 것은 아니다. 이 가난은 또한 그들의 이론을 추천해주는 광고이기도 하며, 이러한 맥락에서 숙명적 의미도 지니는 것이다. 독일에서는 세속적 재화의 부족은 아주 편안한 마음으로 변명할 수 있다. 특히 천재는 우리나라에서는 궁핍으로 고통 받고 굶주릴 수 있다. 경멸받지 않고서 말이다. 영국에서는 이미 사람들이 그렇게 관대하지 못하다. 그곳에서는 한 사람의 업적이 오로지 그의 수입에 따라 평가된다. 그래서 **"그 사람은 얼마만큼 가치가 있지?"**라는 물음은 글자 그대로 그가 얼마만큼 돈을 갖고 있느냐는 뜻이다. 나는 피렌체에서 내 귀로 직접 들었다. 한 뚱뚱한 영국인이 아주 진지하게 어느 프란체스코 수도회의 수도사에게 묻는 말을. 승려의 연 수입이 얼마나 되기에 그가 맨발로 그리고 굵은 밧줄로 몸을 감고 방랑하느냐고. 프랑스에서는 상황이 또 다르다. 산업주의의 이윤 추구욕이 아무리 심하게 만연해 있다 할지라도 뛰어난 인물들에게 가난은 참

---

37) 독일 정부는 그런 혁명적 지식인들을 감옥에 가둘 것이라는 뜻이다.

된 명예의 호칭이다. 나는 많은 재산이, 불명예스러운 의심을 일으키는 많은 재산이, 보통은 아주 훌륭한 사람들에게 이른바 은밀한 얼룩을, **작은 결함**을 붙인다고 주장하고 싶을 지경이다. 이런 생각이 드는 것은 엄청난 부가 흘러나오는 그 많은 깨끗하지 못한 원천을 우리가 알고 있기 때문이다. 어느 시인은 "첫째 왕은 운 좋은 군인이었다"[38]라고 말한 바 있다. 오늘날 우리 금융 왕조의 설립자들과 관련해서 우리는 아마 이런 산문적 말을 할 수 있을 것이다. 첫째 은행가는 운 좋은 사기꾼이었다고.[39] 부(富)의 숭배는 사실 프랑스에서도 다른 나라에서와 마찬가지로 일반적이다. 다만 프랑스에서의 이 숭배에는 성스러운 존경심이 결여되어 있다. 프랑스인들도 마찬가지로 황금 송아지를 둘러싸고 춤을 춘다. 그러나 그들의 춤은 동시에 조롱, 야유, 자신에 대한 비웃음이다. 즉 일종의 캉캉 춤인 것이다.[40] 이 진기한 현상은 일부는 프랑스인들의 고결한 품성에서, 일부는 그들의 역사를 통해서 설명할 수 있다. 앙시앵 레짐에서는 오로지 출생만이 중요한 것이었다. 오로지 조상의 숫자만이 명망의 근거였고, 그래서 명예는 가계보라는 나무의 열매였다. 혁명 후의 공화국에서는 덕성이 지배했고, 가난은 존엄한 것이 되었다. 그래서 돈은 겁먹은 듯이, 또한

---

38) 볼테르의 운문 비극 「메로프Mérope」의 1막 3장에 나오는 대사.

39) 볼테르의 말은 지배와 권력("왕")은 무력("군인")에서 기원함을 시사한다. 즉 왕조가 그 '고귀한' 혈통을 자랑해도 그 시조는 한낱 '무부(武夫)'에 지나지 않음을 조롱하는 것이다. 같은 맥락에서 하이네는 최초의 은행 설립자가 '남의 돈'으로 재산을 축적한 "사기꾼"이라고 풍자한다. "산문적 말"은 볼테르의 말이 '운문'으로 쓰인 비극에서 인용된 것에 상응하는 의미를 지니며, 동시에 이 말이 현대라는 삭막한 시대의 "산문적" 현실에 대한 풍자임을 암시한다.

40) 북아프리카에서 유래한 것으로 알려진 이 춤은 1830년대 파리에서 유행이 되었다. 그러나 이 춤은 외설적이고 쇼킹한 춤사위로 많은 비난을 받기도 했다. 인기는 있으나 비도덕적인 캉캉 춤에 비유함으로써 부는 탐욕의 대상이긴 하지만 존경의 대상은 아니라는 사실을 암시한다.

부끄러운 듯이 기어 다녔다. 바로 그 시대에서 그 많은 두꺼운 동전이, 자유의 상징이 부각된 진지한 동전이 유래한다.[41] 그리고 우리가 오늘날에도 프랑스의 최고 국가 지도자들에게서 볼 수 있는 금전적 비이기심 역시 이 시대에서 유래한다. 나폴레옹 황제 시대에는 오로지 군인으로서의 명성만이 번창했다. 새로운 명예, 명예 군단(레종 도뇌르)의 명예가 만들어졌고, 이 명예 군단의 기사장, 패배를 모르는 황제는 계산하는 상인 조합, 조달 상인, 밀수꾼, 주식 중매인, 운 좋은 사기꾼[42]을 경멸의 시선으로 내려다보았다. 복고주의 시대에 부는 다시 권력을 잡은 앙시앵 레짐의 유령들, 오만함이 날마다 더해가는 이 유령들에게 맞서 술책을 꾸몄다. 모욕당한, 그러나 명예욕이 강한 돈은 민중 선동가가 되었고, 자신을 낮춰 급진 혁명주의자들에게 추파를 보냈다. 그래서 7월의 태양이 사람들의 마음을 뜨겁게 달구자[43] 귀족들의 왕인 샤를 10세는 왕좌에서 쫓겨났다. 시민왕 루이 필리프가, 돈의 대표인 그가 왕좌에 올랐다. 그러나 지금 지배하는 돈은 패배한 과거의 당파와 기만당한 미래의 당파가 모두 동시에 비난하고 있다. 그렇다, 귀족적인 생제르맹 구역과 프롤레타리아트적인 생탕투안, 생마르소 구역은 돈 자랑하는 신출내기들을 조롱하는 데 있는 힘을 다 쏟고 있다. 그리고 당연한 일이지만 덕성의 열정을 간직한 옛 공화주의자들과 열정적인 영웅 장광설의 임자인 나폴레옹 추종자

---

41) "진지한 동전"의 "진지한"은 앞의 "두꺼운 동전"과 의미상 연관되는 것으로 보인다. 일반적으로 동전은 낮은 화폐 단위의 작은 금액을 나타내며, 그래서 얇고 가볍게 주조된다. 그러나 가난이 미덕이던 혁명 후의 공화국에서는 이런 동전이, 바로 금전적 가치 없음을 이유로 일종의 도덕적 가치를 지니는 것으로 인정받았고 하찮게 여겨져서는 안 되는 소중한, 즉 "진지한" 화폐가 되었으며, 이 진지함의 표시로 두껍게 주조되었다는 것이 하이네의 논리인 듯하다.

42) 은행가. 문단 앞부분 참조.

43) 1830년 7월 혁명을 뜻한다.

들은 이런 경멸적 음조에서 합일을 이룬다. 이러한 합동적인 원망과 분노의 소리를 감안하면, 왜 지금 부자들이 여론에서 지나치게 폄하(貶下)당하는지를 알 수 있을 것이다. 사람들이 모두 부를 갈망하는데도 불구하고 말이다.

나는 이 기사를 시작한 주제로 돌아가서, 여기서 아주 특별한 것을 시사하고자 한다. 공산주의에는, 이 주의가 타도하려는 적이 소유한 모든 힘에도 불구하고 자신 안에 어떤 도덕적 지주도 갖고 있지 못하다는 사실이 무한히 유리한 상황이라는 것을. 오늘의 사회는 오로지 천박한 불가피성으로 자신을 방어하고 있다. 자신의 정당함에 대한 믿음도 없이, 심지어는 자존심도 없이, 목수의 아들[44]이 오자 도덕적 대들보가 무너져 내렸던 그 예전의 사회가 그랬다.

2

파리, 1843년 7월 8일

중국에서는 마차꾼들까지도 예절이 바르다. 마차가 좁은 길에서 약간 심하게 부딪혀서 굴대와 바퀴가 서로 뒤얽히게 되더라도 그들은 이곳 우리 땅의 마차꾼과는 달리 서로 야단치거나 욕설을 퍼붓지 않는다. 그들은 마부석에서 내려와서는 여러 번 무릎을 구부리고 허리를 숙여 절

---

44) 예수 그리스도.

을 하고는 이런저런 덕담을 주고받는다. 그다음에는 함께 마차를 제자리로 돌려놓으려고 애를 쓴다. 그러고는 모든 것이 정상이 되면 그들은 다시금 여러 가지 허리 숙이는 절과 무릎 굽히는 절을 한 다음 상대에게 존경스러운 작별 인사를 하고는 마차를 몰아 그곳을 떠난다. 그런데 우리 마부들뿐 아니라 학자님들도 이 사례를 본보기로 삼아야 하겠다. 이 학자님들은 서로 충돌하게 되면, 듣기 좋은 말을 주고받거나 서로 도움을 주며 이해하려고 하지 않는다. 오히려 이들은 서양의 마차꾼과 마찬가지로, 서로 욕설을 퍼붓고 야단을 친다. 그런데 이런 치졸한 광경을 우리에게 보여주는 사람들은 대부분 신학자와 철학자다. 신학자는 특히 겸허와 자비의 교리를 지킬 소명을 받았을 것이고, 철학자는 이성의 학교에서 일차적으로 인내와 의연함을 배웠을 텐데도 말이다. 대학과 과격한 교황 추종자들 간의 싸움은 이번 봄을 이미 거침과 비방 연설의 꽃으로 풍요롭게 했는바, 이 꽃은 우리 독일의 퇴비 온상(溫床)에서도 더 화려하게 피어날 수는 없을 것이다.[45] 무성해지고 싹을 틔우고 더할 수 없이 화려하게 꽃을 피운다. 그러나 우리는 여기서 식물을 채집할 사명도 없고 또 그럴 마음도 없다. 독 있는 꽃들의 향기는 머리까지 올라와서 우리를 마비시킬 수도 있고, 우리로 하여금 냉정하게 중립을 지키며 두 당파의 가치, 그리고 이 싸움의 의미와 의의를 평가하지 못하도록 방해할 수 있을 것이다. 열정이 조금 시들면 바로 그런 평가를 해보기로 하자. 그러나 지금 이미 말할 수 있는 것은, 양편 모두 정당하고, 사람들은 불쾌하기 짝이 없는 필연성에 의해 내몰리고 있다는 사실이다. 가톨릭교도 대부분

---

45) "퇴비 온상Mistbeet"은 동물의 배설물로 만들어진 퇴비를 뿌린 온상, 즉 지저분하고 더러운 밭에 세워진 온상으로, 하이네는 이 말로 당시 독일의 학자와 예술가, 그리고 민족주의자와 자유주의자 간의 비방전이 매우 혼탁한 양상이었음을 암시한다.

은, 이들은 현명하고 온건한바, 그들 당파 동지들의 때 이른 봉기를 못마 땅하게 여긴다. 그러나 그 동지들은 양심의 명령을, **그들이 들어오도록 강 제하라**[46]는 그들의 가장 지고한 신앙의 율법을 따르고 있는 것이다. 그들은 책무를 다하고 있으며, 이러한 이유로 우리의 존경을 받을 만하다. 우리는 그들을 알지 못한다. 우리는 그들의 인간됨에 대한 어떤 판정도 내리지 않았다. 그리고 우리는 그들의 진솔함에 대해 의심할 권리를 갖고 있지 않다.

이들은 내가 좋아하는 사람들은 아니다. 그러나 솔직히 고백하자면, 이들의 음울한, 피에 굶주린 광신에도 불구하고 나는 이들에게 더 호감을 느낀다. 신앙과 학문의 저 관대한 양서류(兩棲類)들보다는, 그들의 늘어진 영혼을 교회 음악과 성화들로 자극하는 그 예술적 신자들보다는, 그리고 교회를 위해서는 열광하지만 교회의 교리에는 엄격하게 복종하지 않으며, 성스러운 상징들에는 그저 추파를 던질 뿐 이 상징들과 진지한 결합은 하지 않으려는 아마추어 신자들보다는. 이런 아마추어 신자를 여기서는 **일탈한 가톨릭교도**라고 부른다. 최근에는 이런 신자들이 우리의 고상한 최신 유행의 교회들을, 예를 들면 생트마들렌 교회 또는 노트르담드로레트 성당을 가득 채우고 있다. 이 교회들은 아주 달콤한 로코코풍 취향이 지배하는 귀부인의 규방(閨房) 같은 곳이다. 라벤더 향기를 내뿜는 성수반(聖水盤), 아주 폭신폭신한 기도석, 장미색의 조명과 애타게 그리워하는 듯한 노래, 도처에 꽃과 재롱 떠는 천사들, 부셰와 와토[47]의 부채를 살랑살랑 흔드는 교태 어린 예배——퐁파두르 부인의 기독교로다.

---

46) compelle intrare. 「누가복음」 14장 23절의 이 구절을 가톨릭교회는 선교 과정에서 가톨릭으로 개종을 강요할 수 있는 권리로서 이해하기도 했다.

47) 부셰와 와토는 프랑스의 로코코 미술을 대표하는 화가들이다.

이곳에서 사람들이 대학의 적대자들을 보통 일컫는 예수회 수사라는 명칭은 부당하며 또한 부정확한 것이다. 첫째로 사람들이 이 명칭과 결부하는 의미로서의 예수회 수사는 이제 더는 존재하지 않는다. 그러나 저 위편 외교가에 혁명의 밀물이 들이칠 때마다 동시에 밀려오는 그 많은 포효하는 물결을 파리에 있다는 **지도 위원회**의 작품으로 설명하는 사람들이 있듯이, 이곳 아래편에는 썰물이 시작되면, 혁명의 거대한 홍수가 다시 빠져나가면, 이 현상을 예수회의 간계 탓으로 돌리는 호민관(護民官)들이 있다.[48] 이들은 로마에 예수회 장군이 거주하며 이 장군이 얼굴을 감춘 앞잡이들을 통해 전 세계의 반동을 이끌고 있다고 상상한다. 아니다, 로마에는 그런 예수회 장군이 없다. 파리에 어떤 **지도 위원회**도 없듯이 말이다. 이것들은 그저 커다란 아이들을 위한 동화일 따름이다. 겉모양만 무서운 속 빈 도깨비이자 현대판 미신인 것이다. 혹은 사람들이 대학의 적들을 예수회 수사로 몰아붙이는 것이 그저 하나의 전쟁 책략은 아닐까? 사실 이 나라에서 이 명칭보다 더 사람들의 입에 오르내리는 이름은 없을 것이다. 앞 세기에 이 교단에 대한 철저한 논박이 행해졌기 때문에,[49] 예수회 교단에 대해 온건하고 공정한 판단이 내려지기까지는 아직도 많은 시간이 흘러야 할 것이다. 내 생각으로는 사람들이 때로는 예수회 수사들을 약간 예수회적으로 취급하는 듯싶다. 그리고 이

---

48) "위편 외교가"는 메테르니히를 중심으로 프랑스 혁명 후 유럽의 복고주의 체제를 확립한 각국의 권력자들을 의미한다. 이들은 빈Wien 회의에서 상호 협의("외교")를 통해 복고주의 정책을 결정하고 이를 실행했으며, 반복고주의, 즉 혁명 세력의 동향을 감시하고 탄압했다. "호민관", 즉 민중을 위한 감독관은 물론 사회 하층부("아래편")의 혁명주의자를 비유한 것이다.

49) 무엇보다도 18세기 프랑스 계몽주의 철학자들이 예수회에 대해 격렬하게 이론적 공세를 폈다. 예수회 교단은 1773년 해체되었으나 1814년에 복구되었다.

자들이 저지른 비방과 중상이 이제 큰 이자가 붙어서 되갚아지는 듯싶다. 예수회의 아버지들에 대해서는 나폴레옹이 로베스피에르에 대해 한 말을 적용할 수 있을 것이다. 그들은 처형된 것이다. 재판을 받은 것이 아니다. 그러나 사람들이 그들을 공정하게 취급하고 그들의 공적을 인정하는 날이 올 것이다. 지금 이미 우리는 고백해야 한다. 예수회가 그들의 선교 시설들을 통해 세상의 교화와 문명을 계산할 수 없을 정도로 촉진했음을, 그들이 포르루아얄[50]에서 유래한 삶의 병독을 전염시키는 병균에 대한 치유적인 해독제였음을, 많은 비난을 받은 그들의 적용 이론[51] 또한 자유분방하고 향락 지향적인 현대인들에 대해 교회가 통치권을 유지할 수 있는 유일한 수단이었음을. **그대들은 편안한 마음으로 쇠고기를 먹을 수 있으며, 그럼에도 불구하고 착실한 기독교인일 수 있다,** 수난주(受難週)[52]에 쇠고기 한 조각에 대한 욕망을 견딜 수가 없었다고 고해하는 사람들에게 예수회 수사들은 이렇게 말했다. 그러나 이들의 관대함은 단지 순간의 필요에 따른 것이었다. 이들은 후에 이들의 권력이 확고해지면 곧바로, 고기 먹는 민중을 다시금 빈약하기 짝이 없는 사순절 음식으로 되돌렸을 것이다. 화가 난 현재에는 느슨한 교리를, 압제된 미래에는 쇠사슬을. 그들은 이처럼 영리했다!

그러나 어떤 영리함도 죽음 앞에는 아무런 소용이 없다. 그들은 오래전부터 무덤 속에 누워 있다. 물론 지금도 검은 외투를 입고 어마어마한 삼각형으로 접어 올린 펠트 모자를 쓴 사람들이 있긴 하다. 그러

---

50) 포르루아얄Port-Royal 수녀원은 얀선주의의 근거지였다.

51) 신학에서의 "적응 이론"은 '선교 대상에 대한 선교 주체의 적응', 또는 '초시간적인 종교적 원칙을 특정한 시기의 상황에 맞춰 변용하는 것'을 의미한다.

52) 사순절의 마지막 주이자 부활절의 전주(前週). 예수의 죽음을 슬퍼하는 의미에서 금식과 자기 절제를 한다.

나 이자들은 진짜 예수회 회원들이 아니다. 때로는 온순한 양이 허영심에서, 또는 사욕 때문에, 또는 장난으로 급진주의라는 늑대 가죽을 쓰고 변장하듯이, 때로는 예수회라는 여우 털 속에 그저 우매한 당나귀가들어 있을 따름이다. 그렇다, 그들은 죽었다. 예수회의 아버지들은 제의실(祭衣室)에 그들의 정신이 아니라 그저 의복만을 남겨놓았을 뿐이다. 그들의 정신은 유령이 되어 다른 곳에서 출몰하고 있다. 대학의 많은 투사들, 이 유령을 내몰기 위해 열심히 주문을 외우는 이 투사들은, 그들은 알지 못하지만, 아마도 이 유령에 홀려 있을 것이다. 나는 미슐레 씨와 키네 씨와 관련해서 이 말을 하는 것은 아니다.[53] 그들은 더없이 정직하고 진실한 사람들이다. 내가 안중에 두고 있는 사람은 그 지위 높으신공공 교육장관이자 대학 총장인 빌맹 씨다. 이 총장님의 애매모호한 행위는 항상 내게는 혐오스럽다. 유감스럽게도 나는 오로지 이 남자의 정신과 문체(文體)에만 경의를 표할 수 있다. 말이 나왔으니 말인데, 우리는여기서 뷔퐁의 **"문체, 그것이 사람이다"**[54]라는 그 유명한 발언이 근본적으로 틀렸다는 것을 볼 수 있다.[55] 빌맹 씨의 문체는 아름답고 고상하고모양새가 좋으며 깨끗하니까. 나는 빅토르 쿠생도 예수회주의의 비난에서 완전히 벗어나게 해줄 수는 없다. 하늘은 아실 것이다. 내가 쿠생 씨의 장점들을 공정하게 취급하려 한다는 것을, 그리고 그의 정신의 광휘를 기꺼이 인정한다는 것을. 그러나 그가 최근에 아카데미에서 스피노

---

53) 쥘 미슐레와 에드가르 키네에 대해서는 60장(1843년 6월 1일)의 앞부분 참조.

54) George Louis Leclerc, Comte de Buffon(1707~1788), 당대의 유명한 자연과학자, 수학자이며 백과사전의 공동 저자. 그는 1753년 아카데미 프랑세즈 회원 취임 강연에서 "문체가 바로 그 사람이다"라는 유명한 말을 했다.

55) 하이네는 글을 쓰는 솜씨("문체")를 글의 내용과 구분하는 것으로 생각된다. 문체가 화려한 글 중에도 내용이 빈약한 것이 있다는 견해다.

자의 번역을 알리면서 한 말은 용기도 그리고 진실에 대한 사랑도 보여주지 못한다.[56] 의심할 나위 없이 쿠생은 사유하는 프랑스인들에게 스피노자 철학을 접근 가능한 것으로 만들어줌으로써 철학의 활성화를 무한히 촉진했다. 그러나 그는 동시에 이러한 행위로 교회를 위해 어떤 커다란 봉사도 하지 않았다는 사실을 솔직하게 고백해야 했을 것이다. 오히려 반대로 그는 말했다. 그의 제자인 **고등사범학교** 학생 하나가 스피노자의 저술을 번역했는바, 이 번역본에는 스피노자의 학설에 대한 반박문이 같이 실려 있다고, 또 성직자 당파가 대학을 이처럼 격렬하게 공격하는 반면에 스피노자를, 그 위험한 스피노자를, 그 신앙의 불구대천의 원수를, 신을 살해하는 책들을 사탄의 검은 날개에서 가져온 깃털 펜으로 쓴 그 원수를 반박하는 것은 바로 이 가엾은, 죄가 없는, 이단의 낙인이 찍힌 대학이라고! 여기서 사람들이 누구를 속인단 말이오? 하고 피가로는 외친다.[57] 쿠생이 이런 방식으로 스피노자의 프랑스어 번역을 공지한 곳은 윤리학과 정치학 아카데미였다. 번역은 아주 뛰어나게 제대로 이루어졌다. 반면에 그 유명한 반박문은 아주 허약하고 빈약한 것이어서, 독일에서라면 아이러니적 작품으로 간주될 것이다.

---

56) 1843년 5월 13일 '윤리학과 정치학 아카데미'에서의 연설에서 쿠생은 2권으로 된 스피노자의 프랑스어 번역(역자 Émile Saisset)에 대해서도 언급했다. 역자 세세는, 쿠생과 마찬가지로, 스피노자의 범신론적 철학과 볼테르 철학에 내재한 교회에 대한 적대적 비판을 거부했다.

57) 보마르셰의 희극 「피가로의 결혼」 5막 13장에서 피가로의 대사. 이 작품은 모차르트에 의해 오페라로 작곡되었다.

3

파리, 1843년 7월 20일

모든 민족은 그들 나름의 잘못된 민족성을 갖고 있다. 우리 독일인도 잘못된 민족성, 즉 그 유명한 느림보 근성이 있다. 우린 잘 알고 있다. 우리 장화 속에는, 심지어는 슬리퍼 속에도 납덩이가 들어 있음을. 그러나 프랑스인들에게 그들의 민첩함이, 재빠르고 재치 있는 본성이 모두 무슨 소용이 있단 말인가, 자신들이 한 행위를 그렇게도 빨리 잊어버리는데! 그들은 기억력이 없다. 그리고 이는 그들의 가장 큰 불행이다. 모든 행위와 비행의 결실은 망각을 통해 사라져버린다. 프랑스인들은 날마다 그들 역사의 순환 길을 다시금 뱅글뱅글 돌아야 하고 삶을 처음부터 다시 시작해야 하며, 그들의 싸움을 새로이 싸워야 한다. 그리고 내일이 되면 승리자들은 그들이 승리했다는 것을 잊어버린다. 그리고 패한 자들 역시 마찬가지로 경망스럽게 그들의 패배와 유익한 교훈을 망각한다. 누가 1830년 7월에 그 위대한 싸움[58]에서 승리했던가? 누가 그 싸움에서 패배했던가? 붕괴된 권력이 그들의 부상병들을 입원시킨 큰 병원에서는 최소한, 미녜의 표현을 빌려 말하자면, 그 패배를 기억해야 한다.[59] 이 단 하나의 언급을 우리는 초등학교 상급 학년 수업에 관해 상원에서 있었던 논쟁과 연관해서 인용하는바, 이 논쟁에서 성직자 당파는 그저 겉보기로만 패배했다. 실제로는 이 당파가 승리했고, 이 승리는 그들을 조직된 정당으로

---

58) 1830년의 7월 혁명을 가리킨다.
59) "붕괴된 권력"은 7월 혁명으로 권력을 잃은 귀족 계급을, "큰 병원"은 귀족들로 구성된 프랑스의 상원을 가리킨다.

서 드러나게 하기에 충분한 것이었다. 우리는 이 대담한 등장을 비난할 생각이 전혀 없다. 이들의 등장 모습보다는 이들의 적대자들이 자행한 비틀거리는 불명확함이 훨씬 더 우리에게 혐오스럽다. 빌맹 씨는, 이 소인배 웅변가, 이 의심스러운 벨 에스프리, 이 변질된 볼테르주의자, 어느 정도 진지한 외양을 얻을 목적으로 신학자들과 약간 마찰을 일으켰던, 그리고 거의 숭고함에 육박할 정도의 무지에 감응된 빌맹 씨는 이곳에서 얼마나 누추한 꼴을 보였던가! 기조 씨가 이자를 곧바로 장관직에서 쫓아내지 않은 것을 나는 이해할 수가 없다. 기조 같은 대학자에게는 그런 학생 같은 쩔쩔맴, 그런 가장 필수적인 사전 지식의 결여, 그런 학문적 무능 등이 그 어떤 정치적 실수보다 훨씬 더 예민하게 혐오스러울 수밖에 없었을 텐데도 말이다! 동료 말의 허약함과 내용 없음을 어느 정도 감싸주기 위해 기조는 여러 번 발언을 해야만 했다. 그러나 그가 말한 것들은 모두 윤기 없고 무미건조하며 생기가 없었다. 만일 그가 외무장관이 아니라 교육장관이었더라면, 그래서 교육부의 특별한 이익을 위해 싸웠더라면, 그는 틀림없이 더 좋은 것들을 말했을 것이다. 그렇다, 그가 아무런 세속적 권력 없이 오로지 정신의 힘으로만 무장했더라면, 그가 오로지 교수로서 철학의 권능을 위해 싸움에 임했더라면, 그가 반대 당파에 훨씬 더 위험한 적이라는 사실이 증명되었을 것이다! 빅토르 쿠생은 그런 유리한 상황에 있었고 그날의 명예는 당연히 그에게 돌아가야 했다. 쿠생은, 최근 상당히 불평하듯 주장되는 것처럼, 철학적 아마추어는 아니다. 오히려 그는 위대한 철학자이자 여기서는 철학이라는 가문(家門)의 대를 이을 아들이다. 그래서 철학이 불구대천의 적들로부터 공격당하자 우리의 쿠생은 **자신의 가문을 위한 연설**[60]

---

60) 하이네가 사용한 라틴어 관용구 "oratio pro domo"는 글자 그대로 번역하면 '자신의 집을 위한 연설'의 의미로, 일반적으로 '자신을 위한'의 뜻으로 사용된다.

을 해야 했다. 그는 훌륭하게, 그렇다, 아주 뛰어나게, 신념을 갖고 연설했다. 평화를 사랑하는 사람들이, 어떤 투쟁 욕구에도 감응되지 않는 사람들이, 그들 존재의 내적 조건으로 말미암아, 사건들의 힘에 휘말려서, 그들의 역사, 그들의 위치, 그들의 본성으로 말미암아, 요컨대 피할 수 없는 운명으로 말미암아 싸움을 하도록 강요되는 광경은 언제나 대단한 구경거리다. 비철학적인 교육장관이 철학의 이익을 지켜낼 수 없었을 때, 쿠생은 그런 전사, 그런 필연성의 검투사였다. 여기서 문제가 된 것이 전혀 새롭지 않다는 사실을, 그의 말이 이 오래된 싸움을 조정하는 데 별로 기여할 수 없다는 사실을, 이 싸움에서는 어떤 결정적 승리도 기대할 수 없다는 사실을 쿠생은 그 누구보다도 더 잘 알고 있었다. 그런 의식은 항상 무언가 억누르는 영향을 미치게 마련이다. 그래서 여기에서도 역시 정신의 모든 찬란한 불꽃은 모든 노력이 쓸모없으리라는 사실에 대한 내적 비애를 감추지 못했다. 쿠생의 연설은 반대파에게도 존경스러운 인상을 불러일으켰고, 그래서 그를 향한 적대심은 동시에 그에 대한 인정이기도 하다. 그들은 빌맹을 경멸한다. 그러나 쿠생은 두려워한다. 이들이 쿠생을 두려워하는 것은 그의 의식 때문이 아니다. 그의 성격 때문도 아니고 개인적 장점이나 단점 때문도 아니다. 그들은 쿠생의 내면에 있는 독일 철학을 두려워하는 것이다. 하느님 맙소사! 여기에서 사람들이 독일 철학과 우리의 쿠생에게 그토록 큰 존경심을 표하다니. 그러나 비록 쿠생이 타고난 변증법론자라 할지라도, 비록 그가 또한 형식에 대해 대단한 재능을 보유했다 할지라도, 비록 그가 철학적인 전문 영역에서 예술적 감각의 지원을 많이 받고 있다 할지라도, 그는 독일 철학의 본성을 근원적으로 깊숙이 이해해서 이 철학의 시스템을 명확하며 일반적으로 이해될 수 있는 언어로 표현하기에는 아직도 많이 부족하다. 그런데 바로 이것이 프랑스인들에게, 우리와 같은 참을성이 없기에 추상적 관용어를 파고들지 못하는 프랑스인들에게 필요할 것이다. 그렇다고 해서 멋진 프랑스어로 표현되지 못하는 것이 프랑스에 위험한 것은 아니다. 아카데미 프랑세즈의 **윤리학과 정치학** 분과는 잘 알려진 것처럼 칸트 이후의 독일 철학에 대한 서술을 현상 과제로 선택한 바 있다. 여기에서 주 지휘자로 간주될 수 있는 쿠생은 아마도 자신의 힘이 이르지 못하는 문제에서 다른 사람들의 능력을 찾은 듯하다. 그러나 다른 사람들도 이 문제를 해결하지 못했다. 그리고 최근에 있었던 이 아카데미의 엄숙한 회의에서는 금년에도 독일 철학에 대한 그 어떤 현상 논문도 상을 받을 수 없노라고 공고했다.

수감 시설 개선과 형법 제정

파리, 1843년 7월

수감 시설 개선에 관한 법안이 4주 동안 하원에서 논의를 마친 후, 아주 미미한 변경만을 거친 다음 상당수의 찬성으로 채택되었다. 단도직입으로 말한다면, 이 법안의 원래 제안자인 내무장관만이[1] 문제의 봉우리 위에 두 발로 굳건히 선 유일한 사람이었다. 그만이 자신이 무엇을 원하는지를 분명하게 알았고 그래서 압도적 승리를 거둘 수 있었다. 법안 보고자인 토크빌[2] 씨는 흔들리지 않고 싸워서 자신의 생각을 관철했다는 칭찬을 받아야 한다. 그는 감정에 흔들리지 않는, 그리고 논리의 근거를 빙점에 이르기까지 추적하는 지적인 인물이다.[3] 그의 연설들 역시, 마치 잘린 얼음처럼 일종의 차가운 광채를 띤다. 그러나 토크빌 씨에

---

1) 뒤샤텔 백작Charles Graf Duchâtel.
2) Alexis de Tocqueville(1805~1859): 당시 프랑스의 자유주의적 정치철학자이자 역사학자. 대표적 저서로『미국의 민주주의』와『앙시앵 레짐과 프랑스 혁명』이 있다.
3) 토크빌은 검토 위원회에서 개정된 법안을 1843년 4월 26일 하원에 제출하고 이 법안을 상세하게 설명했으며, 반대파의 비판을 논리적으로 설득력 있게 반박했다.

게 정서적으로 결여된 것을 그의 친구인 드 보몽[4] 씨는 갖고 있다. 아주 사랑스럽도록 충만하게. 이 두 사람은 떨어질 수 없는 하나다. 우리는 이 두 사람이 그들의 여행에서, 그들의 저술에서, 그리고 하원에서 서로 최선의 보완을 이루며 항상 짝을 지어 있음을 본다. 한 명은 날카로운 사색가이며 다른 한 명은 부드러운 감정의 사람인바, 이들은 완전하게 잘 어울린다. 마치 식초병과 기름병같이.[5] 그러나 야당은 이번 경우에 얼마나 모호하고, 얼마나 내용 없으며, 얼마나 허약하고, 얼마나 무력한 모습을 보였던가! 야당은 자신이 무엇을 원하는지도 알지 못했고 수감 시설 개선의 필요성을 인정해야만 했으며, 그 어떤 긍정적인 제안도 하지 못했고 자가당착에 빠졌으며, 습관적으로, 야당질의 못난 습관으로 반대만 했다. 그러나 야당도 그리 어렵지 않게 야당 노릇을 제대로 할 수 있었다. 야당이 이념의 드높은 말을 탔더라면, 이론 세계의 그 어떤 도량 넓은 로시난테를 탔더라면. 편편한 땅 위에서 내무부가 제안한 수감 제도의 우연한 결점이나 약점을 찾아서 기어 다니며 전체를 흔들어대지 못하고 부분적으로 트집이나 잡는 대신에 말이다. 우리의 비길 데 없는 돈 알퐁스 드 라마르틴조차도, 이 재치 있는 시골 귀족님까지도, 이 문제에서 그의 이상적인 기사다운 모습으로 나타나지 못했다.[6] 그럼에도 불구하고 기회는 아주 좋았다. 그리고 그는 여기서 가장 지고한, 그리고 가

---

4) Gustave de Beaumont(1802~1866): 저명한 언론인으로서 인도주의적 관점에서 이 법안의 채택을 강력하게 주장했다. 토크빌과 함께 미국을 여행하기도 했다.

5) 보통 유럽인들의 식탁에는 빵을 먹기 위해 식초병과 올리브 오일 병이 나란히 서 있다.

6) 하이네는 라마르틴을 『돈키호테』의 주인공인 돈키호테 드 라 만차Don Quijote de la Mancha에 해학적으로 비유하고 있다. 라마르틴이 돈키호테처럼 세상모르는 이상주의자임을 빗댄 것이다. 라마르틴은 제안된 법안보다도 훨씬 더 과격한 수감 시설의 개혁을 요구했다.

장 중요한 인간의 문제를, 올림포스 산을 뒤흔들어놓는 듯한 말로 토론할 수도 있었다. 그는 여기서 불을 뿜는 산을 연설해내고, 세계 몰락의 시(詩)의 바다로 의회를 범람케 할 수도 있었다. 그러나 아니었다. 이 고귀한 기사님은 여기서는 그의 아름다운 광기를 완전히 잃어버렸고, 동료 의원들 중 가장 감정이 메마른 자들처럼 그렇게 합리적인 이야기만 늘어놓았다.

그렇다, 야당은 오로지 이념과 사상의 영역에서만 자신의 의지를 관철할 수는 없다 하더라도 최소한 빛나는 모습을 보여줄 수 있다. 이런 기회라면 독일의 야당은 최고의 이론적 월계관을 쟁취했을 것이다. 그럴 것이 감옥의 문제는 형벌(刑罰)의 보편적 의미에 대한 문제에 포함되어 있기 때문이다. 그리고 이 문제에 대해 우린 거대한 이론들과 마주하고 있다. 새로운 형법의 가치 인정을 위한 독일적 관점을 정립하기 위해서 우리는 이 이론들을 여기서 아주 개괄적으로 간략하게 서술하고자 한다.

이 문제에서 우리는 우선 이른바 보복 이론을 대하게 된다. 태곳적의 그 낡고 가혹한 보복법, 그 유스 탈리오니스Jus Talionis를. 우리는 아직도 구약 성서의 모세 율법에서 이 법의 소름 끼치는 단순함과 소박함을 찾아볼 수 있다. 목숨에는 목숨으로, 눈에는 눈으로, 이에는 이로.[7] 그러나 그 위대한 화해자[8]의 순교와 함께 이 속죄의 이념도 종말을 고했다. 우리는 주장할 수 있다. 온화한 예수 그리스도가 이 고전적 법을 몸소 충실히 지켰고, 이로써 나머지 인류를 위해 이 법을 해체했노라고.[9]

---

7) 이 보복법은 구약 성서의 「출애굽기」 21장 24절, 「레위기」 24장 20절, 「신명기」 19장 21절에서 확인된다.

8) 예수 그리스도.

9) '모세–유대민족' 단계에서 '예수–전 인류' 단계로의 변환은 종교사적 관점에서 가장 큰 발전이라는 견해는 하이네의 일생을 통해 지속된 생각이었다.

놀랍구나! 이 문제에서는 종교가 발전한 모습으로 나타나는 반면, 정체된 것은 철학이라니. 칸트에서 헤겔에 이르기까지 우리의 철학자들은, 그 표현은 모두 다르지만 아직도 그 낡은 보복법에 얽매여 있다. 우리의 헤겔조차도 더 좋은 것은 제시할 줄 몰랐고, 단지 보복법의 자연 그대로의 거친 관점을 어느 정도 정신적으로 만들 수 있었을 뿐이었다. 아니, 그는 이것을 시(詩)로까지 승화했다. 그의 이론에 따르면 형벌은 **범 죄 자 의 권 리**이다. 다시 말하면 범죄자가 죄를 저지름으로써 그는 적절한 처벌을 받을 양도할 수 없는 권리를 얻었고, 그 처벌 또한 객관적인 범죄라는 것이다. 여기에서 속죄의 원칙은 헤겔이나 모세나 동일하다. 단지 모세는 고전적인 숙명 개념을 가슴에 안고 있었으나, 헤겔은 어쨌든 자유라는 현대적 개념에 의해 움직였다. 헤겔의 범죄자는 자유인이며, 범죄 자체는 자유의 행위이다. 그러니 그에게는 이 행위로 인해 생겨난 처벌받을 권리가 주어져야 한다는 것이다. 여기에 대해서 한마디만 하겠다. 우리는 고대의 사제 중심적 관점에서 벗어났고, 그래서 개인이 범죄를 저질렀을 때 사회가 집단으로 동일한 범죄를 행하도록, 즉 이 범행을 격식을 차려 반복하도록 강요하는 것을 반대한다.[10] 우리가 헤겔에게서 볼 수 있는 현대적 관점을 위해서는 우리의 사회적 상황은 너무나 수준이 낮다. 그럴 것이 헤겔은 절대적 자유를 전제하기 때문이다. 우리는 이 절대적 자유에서 아주 멀리 떨어져 있고, 아마도 꽤 오랫동안 그렇게 멀리 떨어져 있을 것이다.

우리의 둘째로 큰 형법 이론은 위협의 이론이다. 이 이론은 종교적이지도 철학적이지도 않으며, 그저 부조리할 뿐이다. 이 위협론의 요지는 범행을 한 사람에게는 고통이 주어지며, 이를 통해 제삼자가 비슷한

---

10) 복수법적 관점에서 예를 들면 살인을 행한 자에게 사회 전체가 법의 이름으로 심판하여 ("격식을 차려") 동일한 살인 행위를 하는 것을 뜻한다.

범행을 하지 못하도록 위협을 느낀다는 것이다. 그런데 한 사람이 다른 사람의 안녕을 위해 고통 받아야 한다는 것은 더없이 부당하다. 그래서 이 이론은 내게 가엾은 **대신 매 맞는 소년들**을 생각나게 한다. 이 소년들은 어린 왕자들과 함께 교육을 받았는데, 그들의 고귀하신 학우께서 어떤 잘못을 범하면 그때마다 대신 채찍질을 당했다. 이 밋밋하고 뻔뻔스러운 위협론은 고대 사제 중심적 이론에서 장례 예식을 빌려 왔다. 위협론 역시 공공 광장에 관(棺)을 올려놓는 무대를 세우는 것이다. 관중을 끌어모으고 그들을 놀라게 하려고. 여기서 국가는 협잡꾼 의사다. 차이점이라고는 보통 협잡꾼 의사가 고통 없이 이를 뽑아준다고 당신에게 장담하는 반면에, 국가라는 협잡꾼 의사는 그와는 반대로 무시무시한 도구들로 불쌍한 환자가 실제로 견뎌낼 수 있는 것보다 훨씬 더 큰 고통을 주겠다고 위협한다는 것뿐이다. 이런 유혈이 낭자한 협잡 치료는 내게는 항상 혐오스러운 것이었다.

내가 여기서 내 괴팅겐 시절에[11] 주변 지역에서 나타났던 그 이른바 심리적 억압론을 특별한 이론으로서 언급해야 할까? 천만에, 이 이론은 그 낡은 위협론과 다른 것이 전혀 없다. 다만 새롭게 반죽되었을 따름이다. 나는 당시 겨울 내내 하노버의 리쿠르크인 불쌍한 참사관 바우어가 이 이론에 대해 천박하기 짝이 없는 산문으로 지껄이는 것을 들었다.[12]

---

11) 하이네의 두번째 괴팅겐 대학 수학 기간(1824~25).

12) 바우어(Anton Bauer, 1772~?)는 괴팅겐의 형법학자로서, 하이네는 1824/25년 겨울 학기에 그의 형법 강의를 수강했다. 바우어는 하이네가 괴팅겐 대학에서 법학 박사 학위를 받을 때 심사 교수 중 하나였다. 리쿠르크(Likurg, 그리스어로 Licurgus 또는 Likurgus)는 고대 그리스 도시국가 스파르타의 전설적인 입법자이다. 하이네가 바우어를 "하노버의 리쿠르크"로 부른 것은 그가 제후국인 하노버의 형법 제정에 참여했기 때문이다.

이 고문을 나 또한 심리적 억압 때문에 견뎌냈다. 그럴 것이 이 수다쟁이는 내가 공부하는 대학의 시험관이었고, 당시 나는 법학 박사가 되려고 했기 때문이다.

셋째로 큰 형법 이론은 범법자의 도덕적 개선을 고려하는 이론이다. 이 이론의 진짜 고향은 중국인바, 그곳에서는 모든 권위가 부권(父權)에서 유래한다. 중국에서는 모든 범법자는 불량 아들이며, 아버지는 이 아들을 바로잡으려 한다. 대나무 회초리로 말이다. 이러한 가부장적이며 정감이 느껴지는 견해는 최근에 아주 특별히 프로이센에서 숭배자들을 발견했는데, 이들 역시 이 이론을 법 제정에 도입하려고 시도했다.[13] 이러한 중국적 대나무 회초리 이론에서 우선 우리에게 떠오르는 것은, 개선하려는 자가 먼저 개선되지 않는다면 모든 개선이 쓸모가 없을 것이라는 의혹이다. 중국에서는 국가 원수가 이 같은 이의를 깊이 느끼고 있는 모양이다. 그래서인지 중화 제국에 어떤 어마어마한 범죄가 발생하면 하늘의 아들(天子)인 황제가 몸소 무거운 속죄 행위를 한다. 황제 자신이 그 어떤 죄를 저질러서 그런 국가적 불행을 자초했음이 틀림없다는 망상에서 말이다. 그런 신앙심 깊은 착오자(錯誤者)들이 우리 고향의 경건주의에 빠져서 국가의 안녕을 위한답시고 힘들게 고행을 하는 꼴을 본다면, 우리는 아주 기분이 좋을 것이다. 형벌과 함께 법에 따른 보상도 있어야 한다는 것, 이는 중국에서는 가부장적 사상의 당연한 귀결이다. 그래서 사람들은 선행에 대해서 장식 리본이 달리거나 또는 안 달린 어떤 명예 휘장을 받는다. 악행에 대해서 합당한 분량의 태형을 당하듯이. 그래서 내 생각을 철학적

13) 프로이센에 속한 라인 주(州)에서는 당시 통용되던 프랑스 형법을 폐기하고 1843년에 만들어진 프로이센 형법 초안에 따라 태형을 다시 도입하려고 시도했으나 반대 여론에 밀려 성공하지 못했다. 하이네는 이 사건을 풍자하는 것으로 보인다.

으로 표현하자면, 대나무 회초리는 악덕의 보상이고 훈장은 미덕의 형벌인 것이다. 육체적 징벌의 옹호자들은 최근 라인 강 유역의 주(州)들에서 저항에 부딪혔다. 이 저항은 민족 감정에서 생성된 것은 아니나 유감스럽게도 프랑스 지배의 잔여물로 간주될 수도 있을 것이다.[14]

우리는 또 넷째로 큰 형법론도 갖고 있다. 그런데 이 이론을 우리는 형법론이라고 부를 수도 없을 지경이다. 그럴 것이 여기에는 '형벌'의 개념이 완전히 사라졌기 때문이다. 사람들은 이 이론을 예방 이론이라고 부른다. 이 이론에서 범죄의 예방이 주요 원칙이기 때문이다. 이 견해의 가장 열성적인 대변인은 우선 모든 사회주의적 학파의 급진주의자들이다. 가장 단호한 대변자로는 여기서는 영국 사람 오언[15]을 들어야 할 것이다. 그는 범죄의 원인인 사회악(社會惡)이 제거되지 않는 한 형벌의 정당성을 인정할 수 없다고 한다. 공산주의자들도 역시, 유물론적 공산주의자들뿐 아니라 유심론적 공산주의자들도 그렇게 생각한다. 유심론적 공산주의자들은 그들이 구약 성서적 보복법이라고 부르는 전통적 형법에 대한 거부감을 신약 성서를 통해 미화하고 있다. 푸리에주의자들도 역시 필연적으로 형법을 인정할 수 없을 것이다. 그럴 것이 그들의 이론에 따르면 범죄는 타락한 열정을 통해 생겨나는 것이고, 그들이 지향하는 국가는 인간적 열정의 새로운 조직을 통해 열정의 타락을 예방하는 것을 임무로 내세우기 때문이다. 생시몽주의자들은 물론 인간 감정의 무한함

---

14) 독일의 라인 강 유역 지방은 프랑스 혁명 후 나폴레옹 군에 의해 점령되었고, 그 결과로 프랑스의 현대적 제도와 법령을 많이 받아들였다. 신분 차별과 육체적 형벌(예를 들면 태형)을 금한 프랑스 형법Code pénal은 1851년에 이르러서야 프로이센의 통일 형법으로 대체되었다.

15) Robert Owen(1771~1858): 영국의 초기 사회주의자이자 사회 개혁 운동가. 영국 협동조합 운동의 선구자.

에 대해 훨씬 더 높은 견해를 갖고 있다. 그러기에 그들은 우리가 푸리에에게서 볼 수 있는 것 같은 규칙적으로 정돈되고 번호가 붙은 열정의 도식화와 관계를 맺기는 어려웠을 것이다. 그러나 생시몽주의자들 역시 범죄를 단순히 사회적 결함의 결과로만이 아니라 잘못된 교육의 결과로도 간주한다. 그래서 이들은 좀더 잘 인도되고 교육된 열정에서 완전한 도덕적 갱신을 기대한다. 죄악의 모든 전통이 망각 속에 빠지고 형법의 이념 자체가 신성 모독으로 나타나는 사랑의 세계 제국을.

  덜 열광적이며 매우 실질적이기까지 한 성격의 사람들도, 이들이 국민 교육을 통한 범죄 감소를 기대하는 한, 마찬가지로 예방 이론을 선호한다. 이들은 또한 아주 특별한 국가 경제적 제안들을 내놓았는바, 이것들은 범죄자들을, 사회가 비행 자체로부터 충분히 자신을 지키는 것과 같은 방식으로, 그들 자신의 나쁜 유혹으로부터 보호해주는 것을 목적으로 한다. 여기에 우리는 예방 이론의 실증적 영역으로 들어서게 된다. 국가는 이 이론에서, 아주 고귀하고 아주 품위 있는 의미로, 하나의 거대한 경찰 기구와 같다. 여기서는 모든 충동의 사악한 욕망이 제거되고, 불쌍한 식탐자(食貪者)를 도둑질로, 예쁘게 보이고 싶어 하는 불쌍한 여자를 매춘으로 유혹하는 맛있는 음식과 화장품이 진열되지 않는다. 여기서는 도둑질로 벼락부자가 된 그 어떤 자도, 돈 많은 금융업자들 중 그 어떤 로베르 마케르[16]도, 그 어떤 인육 장사꾼도, 그 어떤 성공한 무뢰한도 파렴치한 호화로움을 공공연히 과시할 수 없다. 요약하자면 여기서는 도덕을 해치는 사악한 실례들이 금지되는 것이다. 이러한 모든 예방

---

16) Robert Macaire. 마케르는 「아드레의 여인숙L'Auberge des Adrets」이라는 연극에 등장하는 협잡꾼으로 수단 방법을 가리지 않고 부를 축적하려는 당시의 풍조를 대변하는 인물로서 유명해졌다.

조치에도 불구하고 범죄가 생겨나면, 사람들은 범법자들의 위험성을 제거하려고 시도한다. 그래서 범법자들은 감금되거나, 이들이 사회의 안정에 아주 심하게 위험할 경우 약간은 처형되기도 한다. 사회의 전권 위임자로서 정부는 형벌로서가 아니라 정당방위로서 고통의 판결을 내린다. 그리고 이 고통의 높고 낮은 등급은 오로지 사회적 자기 방위의 필요 등급에 의해 결정된다. 오로지 이 관점에서 우리는 사형에, 더 정확하게는 큰 악인들의 살해에 동의하는 것이다. 경찰은 이자들을, 마치 미친개를 때려죽이듯이 치워버려야 하는 것이다.

프랑스의 내무장관이 수감 시설 개혁에 관한 법안 서두에 올린 **주제 요약문**을 주의 깊게 읽어보면, 바로 위에서 설명된 견해가 기본 생각을 이루고 있음이, 그리고 이른바 프랑스인들의 억압 원칙이 근본적으로는 우리 예방 이론의 실제적 응용임이 분명히 드러난다.

그러니 우리의 견해는 원칙에서는 프랑스 정부의 견해와 전적으로 일치한다. 그러나 우리는 이 좋은 의도를 달성하려는 방법들에 대해서는 강한 거부감을 느낀다. 우리는 또한 이 방법들을 프랑스에는 전혀 걸맞지 않은 것으로 여긴다. 이 상냥하고 사교적인 나라에서 독방에 격리 감금하는 짓은, 이른바 펜실베이니아 방법은 엄청난 잔혹 행위이다.[17] 그리고 프랑스 국민은, 그런 대가를 치르고 사회적 안정을 얻으려고 하기에는 너무나 관대하다. 그러기에 나는 확신한다. 상하원이 모두 승인한 후에라도 이 비인간적인, 그뿐 아니라 비자연적이기도 한 독방 교도소 제도는 시행되지 않을 것이라고. 이런 감옥의 건축에 들어가는 수백만 프

---

17) 죄수를 독방에 격리 감금하는 이른바 독거 수감(獨居收監) 제도는 미국에서 처음 도입되었다. 펜실베이니아 주 퀘이커 교도의 주도로 이루어진 이 수감 제도는 그래서 펜실베이니아 방법(혹은 제도)으로 불린다.

랑은, 신이여 감사합니다, 헛된 돈이 될 것이다. 민중은 이전에 귀족의 성채 감옥이었던 바스티유를 박살냈던 것처럼, 새로운 시민 기사들의 이런 성채 감옥을 분노에 차서 허물어버릴 것이다. 바스티유 감옥이 외관상으로는 아주 무섭고 음울했다 할지라도, 저 작고 말 없는 미국의 지옥들과 비교한다면 의심할 여지 없이 그저 밝고 경쾌한 정자(亭子), 햇볕 잘 드는 정원의 정자였다. 오로지 어리석은 경건주의자나 이런 지옥을 생각해내고 또 재산 때문에 부들부들 떠는 냉혹한 장사꾼이나 이런 지옥을 용납할 수 있었을 것이다. 선량하고 신앙심 깊은 시민들은 이제 좀더 편안하게 잠들 수 있어야 한다. 그리고 정부는 칭송할 만한 열성으로 이를 실현하려고 한다. 그런데 왜 그들은 제대로 잘 수 없는 것인가? 선량한 사람들이 지금 깨어서 밤을 지새야 한다. 그런데 이 사람들은 그들을 보호해주는 신이 있지 않은가, 그들을, 이 신앙심 깊은 사람들을.—아니면 그들은 이 보호에 대해 의구심을 갖고 있는 것일까, 그들이, 이 신앙심 깊은 사람들이?

피레네 산맥에서

1

바레주, 1846년 7월 26일

인간의 생각이 미치는 때 이후로 올해처럼 바레주의 온천으로[1] 사람들이 엄청나게 몰려온 적은 없었다. 약 60채의 가옥과 수십 채의 간이 바라크로 이루어진 이 작은 마을은 병든 사람 무리를 더는 수용할 수 없게 되었다. 늦게 온 사람들은 변변한 숙소를 거의 찾을 수 없었고, 그래서 아픈 채로 돌아가야 했다. 손님 대부분은 아프리카에서 월계관과 창상(創傷)과 류머티즘을 얻은 프랑스 군인들이다. 나폴레옹 황제 시절의 몇몇 늙은 장교들도 마찬가지로 이곳에서 콜록거리며 어슬렁거린다. 그들은 목욕통 안에서 날씨가 바뀔 때마다 그렇게 귀찮게 근질거리는 영광스러운 기억들을 잊으려고 한다. 독일 시인 한 명도 이곳에 있다. 그는 많은 것을 목욕물로 씻어냈을 것이다. 그러나 지금까지는 이성을 상실하

---

1) 바레주Barèges는 피레네 산맥의 해발 1,220미터 높이에 위치한 국제적으로 유명한 온천 마을이다.

지 않았고 정신병원에 감금된 것은 더더욱 아니다. 한 베를린 통신원이 높이 찬탄받을 『라이프치히 알게마이네 차이퉁』에 보도한 것과는 달리 말이다.[2] 물론 우리는 잘못 헤맬 수 있다. 그리고 하인리히 하이네는 아마도 그 자신이 아는 것보다 더 미쳐 있을 것이다. 그러나 우리는 확실하게 단언할 수 있다. 그가 이곳 혼란스러운 프랑스에서 아직 여전히 자유롭게 돌아다니고 있다고. 정신 위생 경찰이 더 엄격하게 운영되는 베를린 같으면 이는 아마 틀림없이 허용되지 않았을 것이다. 그건 그렇고, 슈프레[3] 강변의 심성이 경건한 분들은, 이 시인이 정신은 멀쩡하나 육체는 마비시키는 질병으로 인해 충분히 괴롭힘을 당하고 있다는 사실에서, 그리고 파리에서 이곳으로 오는 여행 중 그의 병으로 인한 고통이 견딜 수 없을 정도여서 바네르 드 비고르 근처에서 마차에서 내려야 했고 가마에 실려 산을 넘어야 했다는 사실에서, 위안을 받을 수 있을 것이다. 그는 이 멋진 여행에서 즐거운 위안을 많이 얻었다. 햇빛과 녹색의 숲이 이처럼 마음속 깊이 그를 매혹한 적은 없었다. 거대한 바윗덩어리들은 마치 돌이 된 거인의 머리처럼, 그를 설화 속에서처럼 연민의 눈으로 바라보았다. 오트피레네 주는 놀랍도록 아름답다. 골짜기를 마치 웅장한 오케스트라 연주처럼 요란하게 쏟아져 흐르는 이른바 피레네 급류는 특히 영혼에 생기를 준다. 이런 광경에서 정말 사랑스러운 것은 양 떼의 방울 소리이다. 그중에서도 양들이 큰 무리를 지어 산 중턱에서 뛰어 내려올 때 특히 그러하다. 털이 긴 어미 양과 도리아식 기둥 같은 뿔이 달린, 그

---

2) 『라이프치히 알게마이네 차이퉁』은 1846년 7월 14일 자 신문에서 하이네가 파리의 한 정신병원에 감금되어 있다는 기사를 실었다. 이 기사가 하이네로 하여금 오랫동안 단절되었던 『아우크스부르크 알게마이네 차이퉁』에 (해명) 기사를 쓰게 만든 동기가 되었다.
3) Spree, 베를린 시를 관통해 흐르는 강.

리고 큰 종을 목에 매단 숫양이 선두에 서고 그 옆에는 털을 깎기 위해 이 양 떼를 골짜기 마을로 이끄는, 그리고 이 기회에 사랑하는 애인도 방문하려는 젊은 양치기가 같이 뛰어간다. 며칠 후에는 방울 소리가 그렇게 밝고 쾌활하게 울리지는 못한다. 그럴 것이 그 사이 폭우가 쏟아졌기 때문이다. 잿빛 안개구름이 낮게 드리워 있고, 젊은 양치기는 털이 깎여 추워서 떠는, 벌거벗은 양들과 함께 다시금 우울하게 그의 외로운 산속 목장을 향해 올라간다. 그는 갈색의 덕지덕지 기운 바스크식 외투로 온몸을 감쌌다. 그녀와의 이별은 아마 쓰디쓴 것이었으리라.

그런 광경은 더없이 생생하게 내게 올해의 미술 전람회에 출품된 드캉의 명화[4]를 생각나게 한다. 그런데 이 작품은 아주 많은 사람들에게, 심지어는 프랑스인으로서 최고의 미술 전문가인 테오필 고티에에게도 심히 불공정하게 혹평을 받았다. 이 그림의 양치기는 넝마로 감싸인 존엄한 모습이 진짜 거지 왕처럼 보이는데,[5] 그의 가슴 외투 조각 아래에 가여운 어린 양을 안고서 쏟아지는 비를 막아주려고 한다. 축축한 얼굴을 찡그린 칙칙하고 음울한 비구름, 털이 텁수룩한 보기 싫은 양몰이 개—이 그림의 모든 것이 아주 자연에 충실하게, 피레네 산맥 지방에 아주 충실하게 그려져 있기에, 또 감상적인 색칠하기나 달콤한 이상화(理想化) 같은 것은 전혀 찾아볼 수 없기에, 이곳의 어떤 사람에게는[6] 드캉의 재능이, 그것이 가진 더없이 소박하고 단순한 알몸으로, 거의 충격적으로 확연해진다.

---

4) 드캉(Alexandre-Gabriel Decamps, 1803~1860)의 그림 「양치기의 귀향Retour du berger」으로 1846년 살롱(해마다 열리는 미술 전람회)에 출품되었다.
5) 넝마를 걸친 목자와 존엄함, 고귀한 분, 왕의 상호 관계는 예수 탄생 광경을 묘사하는 전형적인 모티프다.
6) 이는 물론 하이네 자신을 가리킨다.

피레네 지방은, 특히 이곳의 그림 같은 민속 의상 때문에, 요즘 많은 프랑스 화가에 의해 매우 성공적으로 그림에 이용되고 있다. 섬세하고 정확한 판단가인 내 화살 표식 동료는[7] 를뢰[8]의 많은 그림들을 항상 높이 평가했는데, 이 그림들은 보내준 찬사를 받을 가치가 있다. 이 화가에서도 자연의 사실성은 확연하다. 그러나 를뢰 그림의 사실성은 자연의 겸손함은 보여주지 않으며, 지나치게 대담하다 할 정도로 자신을 드러낸다. 그러고는 기교적 능숙함으로 변이된다. 베아른[9] 사람, 바스크 사람 그리고 접경 지역의 스페인 사람 등 산악 지역 주민의 의상은 실제로 아주 독특하며 또 캔버스에 딱 들어맞는 것이어서, 진부한 연미복에 넌더리 내는 열광적 청년 화가라면 그 이상 어떤 요구도 할 수 없을 정도이다. 특히 여인들의 머리에 감는 천이 그림처럼 아름답다. 진홍색의, 검은 웃옷을 넘어 엉덩이까지 내려오는 두건 말이다. 이런 식으로 의상을 갖춘 염소지기 여인들이 높은 안장을 얹은 당나귀를 타고서, 옛날 풍의 실패를 팔 아래 낀 채 그녀들의 뿔 달린 검은 제자들을 이끌고 산의 가장 높은 봉우리를 넘어오는 모습은, 그리고 이 모험적인 행렬이 맑게 갠 푸른 하늘을 배경으로 자신의 더없이 깨끗한 윤곽을 그려내는 모습은 정말 멋진 광경을 제공한다.

바레주의 온천욕 시설이 들어선 건물은 주변의 자연적 아름다움과는 끔찍한 대조를 이룬다. 이 건물의 찌무룩한 겉모양은 그 안의 공간들과 완전히 상응한다. 기분 나쁘게 음울한 방들은 지하 납골당 같고, 방

---

7) 당시 신문 기자들은 특정 표식으로 이름을 대신하는 경우가 많았다. 화살은 소이페르트 박사의 표식이었다.

8) Adolphe Leleux(1812~1891): 당시 높은 평가를 받은 풍속 화가.

9) Béarn, 프랑스 남서부 지방의 이름.

에 딸린 아주 좁은 돌 욕탕은 일종의 임시 관(棺)이다. 그 안에서 사람들은 날마다 한 시간씩 발을 쭉 뻗고 팔짱을 긴 채 꼼짝 않고 누워 있는 연습을 할 수 있다. 이는 삶을 졸업하는 사람들에게는 유익한 사전 연습이다. 바레주의 탄식할 만한 결함은 물 부족이다. 그 말인즉 온천수의 양이 충분할 정도로 흘러나오지 않는다는 것이다. 이와 관련된 처량한 구제책이 이른바 '피신Piscine'이라 불리는 좁은 욕탕이다. 그 안에서 열두 명이, 열여덟 명까지도, 동시에 목욕을 한다. 직립 자세로 말이다. 여기에는 유쾌할 리 없는 접촉이 이루어진다. 그리고 이런 기회에 사람들은 그 관대한 헝가리인이 한 말의 깊은 뜻을 완전히 이해할 수 있다. 이 헝가리 사람은 코밑수염을 쓰다듬으며 동료에게 말했다. "그 사람이 무엇이든, 기독교도이든 유대인이든, 공화주의자이든 황제파이든, 터키인이든 프로이센인이든, 내게는 전혀 상관이 없다. 그가 그저 건강하기만 하면 말이다."

2

바레주, 1846년 8월 7일

이곳 온천욕의 질병 치료적 의미에 대해서 나는 확실한 말을 감히 하지 않으련다. 이에 대해서는 아마 확실한 말이 도대체 불가능할 것이다. 사람들은 어느 샘의 물을 화학적으로 분해하고 정확하게 진술할 수 있다. 얼마나 많은 유황이, 소금이 또는 버터가 그 안에 함유되었는지를.

그러나 아무도, 확정적인 경우에라도, 이 물을 효과가 우수하고 효험이 보증된 치유 수단으로 선언하려고 하지 않을 것이다. 그럴 것이 이 효과는 전적으로 환자의 개인적인 몸 상태에 달려 있기 때문이다. 그래서 온천욕은 병의 증상이 동일한 경우에도 어느 사람에게는 효과가 있는데, 다른 사람에게는, 아주 나쁜 영향을 미치지는 않는다 하더라도 조금치의 효과도 가져오지 못한다. 예를 들면 자기 요법(磁氣療法)과 마찬가지로, 온천수는 충분히 확인은 되었으나 결코 결정되지는 못한 치유력을 함유하는 것이다. 그래서 온천수의 한계와 그것의 아주 은밀한 본성은 연구자들에게 아직까지는 알려지지 않았다. 의사들은 다른 치료 수단이 모두 효과가 없을 때, 단지 시험적으로 온천수를 약으로 사용하곤 한다. 아스클레피오스[10]의 아들들은 환자들을 더는 어떻게 치료해야 할지 모를 때 온천욕장으로 보낸다. 긴 진단 소견서와 함께. 그러나 이 소견서는 단지 우연에 내맡기는 공개적인 추천장일 따름이다.

이곳의 식료품은 아주 형편없다. 그러나 그만큼 더 비싸다. 높은 바구니에 담긴 아침과 점심 식사는 꽤 추근대는 처녀들이 손님들 방으로 가져다준다. 꼭 괴팅겐에서 그랬던 것처럼.[11] 우리가 여기에서 젊은 대학생 시절의 그 식욕도 가질 수 있다면, 게오르기아 아우구스타의 그 학식 많고 메마르기 짝이 없는 송아지 고기 구이를 으깨어 씹어 먹던 그 식욕을! 이곳에서의 생활 자체는, 꽃으로 덮인 라이네 강변[12]에서와 마찬가지로 지루하다. 그러나 나는 우리가 두 번의 매우 멋진 무도회를 즐

---

10) 아스클레피오스 또는 아에스쿨라피우스는 그리스 신화에 등장하는 의학과 치료의 신으로 뱀이 감긴 지팡이를 들고 다닌다.
11) 하이네는 1820/21년 겨울 학기와 1824년에서 1825년까지 괴팅겐 대학에서 수학했다.
12) Leine, 괴팅겐 주변을 흐르는 강의 이름.

졌고, 이 무도회에 춤추는 사람들이 모두 목발 없이 나타난 사실을 언급하지 않을 수 없다.[13] 무도회에는 앨비언[14]의 딸 몇 명도 참석했는데, 그녀들은 미모와 어색한 몸짓을 통해 확연히 눈에 띄었다. 그녀들은 마치 나귀를 타고 가는 것처럼 춤을 추었다. 프랑스 여자들 중에는 그 유명한 셀라뤼스의 딸들이 빛났다. 셀라뤼스는——이 작은 바레주에 무슨 영광이란 말인가——몸소 폴카를 추었다. 파리 그랑 오페라의 몇몇 젊은 춤의 요정들은, 사람들은 이들을 쥐(鼠)라고 부르는데,[15] 그중에서도 다리가 멋진 마드무아젤 르롬이 앙트르샤 춤을 추며 무도회장을 빙글빙글 돌았다. 나는 이 광경을 보면서 다시금 생생하게 내 사랑하는 파리를 생각했다. 온통 춤과 음악 때문에 결국에는 더 견뎌낼 수 없었던 곳, 그럼에도 불구하고 내 가슴이 지금 다시 그리워하는 그곳 파리를. 기이하고도 웃기는 마법이로다! 온통 오락과 향락으로 말미암아 파리는 마침내 사람을 그토록 지치게 만들고, 그토록 숨 막히게 만들고, 그토록 지겨워졌건만, 그곳에서는 모든 기쁨이 사람을 탈진하게 만드는 힘든 일과 연결되어 있기에 이 환락의 갤리선에서 일단 뛰어나올 수 있게 되면 기뻐서 환호하건만,——그런데 그곳에서 떨어져 몇 달이 채 안 되었는데도, 단 하나의 왈츠 멜로디나 춤추는 발레리나 발그림자 하나가 우리 마음속에 파리를 향한 더없는 그리움의 향수를 일깨우다니! 그러나 이러한 일은 이 달콤한 감옥의 만년 학생들에게나 생겨나는 현상이다. 우리 동포의 젊은 친구들에게는 그렇지 않다. 이들은 파리에서의 짧은 학기 체류 후에 몹

---

13) 목발을 짚고서는 춤을 출 수 없다. 참석자들이 모두 목발 없이 나타났다는 말은 모두 열심히 춤을 추었다는 뜻이다.
14) Albion, 영국의 옛 이름.
15) "쥐Ratte"는 발레 용어로 '예쁜 발레리나'를 뜻한다.

시 슬퍼하며 한탄을 늘어놓는다. 이곳이 고독한 사유의 독방 수감 제도가 도입된 라인 강 저편처럼[16] 그렇게 편안하게 조용하지 않다고, 그래서 이곳에서는 마그데부르크나 슈판다우에서처럼[17] 그렇게 조용하게 정신을 집중할 수 없다고, 이곳에서는 도덕적 의식이 몰려드는 향락의 물결의 소음 속에서 사라져간다고, 이곳에서는 흐트러짐이 너무 크다고. 그렇다, 파리에서는 실제로 흐트러짐이 너무 크다. 그럴 것이 우리의 정신이 이곳에서 흐트러지는 동안에 우리의 돈 역시 흐트러져 없어지니까!

아, 돈! 심지어 이곳 바레주에서도, 이 지루한 휴양촌에서도, 돈은 흐트러져 없어진다. 이곳에서의 거주가 얼마나 비싼지는 상상할 수 없을 정도이다. 피레네 산맥의 다른 온천 지역에서 지출하는 것보다 배 이상 돈이 든다. 이 산악 지역 주민의 지독한 탐욕! 그런데도 사람들은 이들을 일종의 자연의 아들로, 순진무구한 종족의 남은 사람들로 칭송하곤 한다. 이들은 돈을 광신에 가까운 열정으로 숭배한다. 이것이 이들의 실질적인 민족적 우상 숭배다. 그러나 지금 돈은 전 세계의 신이 아닌가, 전지전능한 신, 지독한 무신론자라도 사흘을 넘겨 부인할 수 없는 신. 그럴 것이 이 신의 도움이 없으면 어떤 제빵사도 그에게 아주 작은 빵 조각 하나도 주지 않을 테니.

요 며칠 새, 지독히 더운 날씨에, 영국인들이 큰 무리를 지어 바레주로 왔다. 붉고 건강하며 비프스틱을 포식해 살찐 얼굴들, 이들은 창백한 온천 휴양객들 집단과 거의 모욕적인 대조를 이루었다. 이들 신참자 중

---

16) 프로이센은 1842년 3월에 독방 수감을 허용하는 펜실베이니아 제도를 도입했다. 앞 장 (수감 시설 개선과 형법 제정)의 마지막 부분 참조.

17) 마그데부르크Magdeburg와 슈판다우Spandau에는 당시 프로이센의 요새화된 정치범 수용소가 있었다.

가장 중요한 사람은 엄청나게 부유하며 토리당파에 속한 꽤 유명한 의회 의원이다. 이 신사분께서는 프랑스 사람들은 좋아하지 않으나 그 반면에 우리 독일 사람들은 큰 호감을 갖고 존중하는 것처럼 보였다. 그는 특히 우리의 정직함과 충실함을 칭찬했다. 또한 그는 올해 겨울을 보내려고 하는 파리에서 어떤 프랑스인 하인도 고용하지 않겠단다. 오로지 독일인 하인만을 조달받으려고 한단다. 나는 그가 우리에게 보내준 신뢰에 대해 감사했고, 그에게 역사학파의 몇몇 동포들을 하인으로 추천했다.[18]

우리는, 일반적으로 알려진 것과 같이, 느무르 왕자[19]도 이곳의 온천 휴양객으로 간주한다. 왕자는 이곳으로부터 몇 시간 거리인 뤼츠에 가족과 함께 거주하고 있으나, 날마다 온천욕을 하려고 여기에 온다. 이런 의도로 처음 바레주에 왔을 때 그는, 그날은 안개가 아주 심하게 낀 형편없는 날씨였는데도 지붕 없는 가벼운 마차를 타고 왔다. 이 사실에서 나는 그가 매우 건강한 사람임이 틀림없다고, 하여튼 그가 코감기는 두려워하지 않는다고 유추했다. 그가 첫째로 방문한 곳은 이곳의 군 병원이었다. 병원에서 그는 병든 병사들과 상냥하게 대화를 나누었다. 그들이 어떤 부상을 당했는지 묻고, 또 그들의 복무 기간 등등을 물어보기도 했다. 그런 과시적 시위는, 비록 그것이 지금까지 많은 고귀하신 분들께서 그들의 연주 솜씨를 증명해 보인 낡은 트럼펫 곡일 따름이지만, 결코 그 효능을 잃은 적이 없다. 그래서 왕자가 호기심 많은 관중이 그

---

18) "역사학파Historische Schule"는 19세기 후반 주로 독일에서 발달한 경제 사상의 한 유파로서, 한 나라의 경제 상황은 그 나라의 총체적인 역사적 경험의 결과물로 이해되어야 한다고 주장했다. 하이네는 사비니(Friedrich Carl von Savigny, 1779~1861)를 대표로 하는 이 학파의 '노예근성'을 여러 차례 비판했다.

19) 느무르 공작 루이는 루이 필리프 왕의 둘째 아들인데, 첫째 아들인 왕세자 오를레앙 공작이 교통사고로 사망한 후 세자로 책봉되었다.

를 기다리던 온천욕장에 도달했을 때, 그는 이미 상당한 인기를 얻고 있었다. 느무르 공작은 그의 죽은 형만큼 호감을 받지 못했다. 고인은 그의 특성을 좀더 솔직하고 개방적으로 나타냈다. 이 빼어나게 훌륭했던 사람, 더 좋게 말하자면 페르디낭 오를레앙이라고 불린 장려한 인간 시(詩)는 말하자면 대중적이며 일반적으로 이해할 수 있는 문체로 시작(詩作)되었다. 반면에 느무르 공작은 대중이 접근하기 쉽지 않은 예술 형식으로 숨어들었다. 이 두 왕자는 외양에서도 항상 기묘하기 짝이 없는 대조를 이루었다. 오를레앙은 부담 없고 격식을 따지지 않는 기사적(騎士的) 모습을 보여준다. 반면에 느무르는 무언가 빈틈없는 가부장적 유형의 외양이다. 전자는 경박한 용기가 넘쳐흐르는 젊은 프랑스 장교이다. 요새의 성벽을 향해서나 여인들의 마음을 향해서 똑같은 즐거움으로 돌진하는 유형이다. 소문에 따르면 느무르는 냉정한 용기를 가진 훌륭한 군인이기는 하나 그렇게 호전적이지는 않다 한다. 그러니 그가 왕위에 오르면, 그의 형이 그렇게 될 수 있는 것과는 달리 벨로나의 트럼펫 소리에[20] 그리 쉽사리 유혹되지 않을 것이다. 이는 우리에게 매우 좋은 일이다. 그럴 것이 우리는 어느 소중한 나라가 전쟁터가 될지를, 그리고 어떤 단순하고 소박한 국민이 결국에는 전쟁의 비용을 지불해야만 할지를 충분히 예상할 수 있기 때문이다.[21] 느무르 공작 역시 그의 영광스러운 아버지처럼 그렇게 인내심이 많은지, 이 사실 하나만은 나는 기꺼이 알고 싶다. 프랑스 국내의 그의 적들이 모두 갖지 못한 이 인내심으로 해서 그의 아버지는

---

20) 벨로나는 로마 신화에서 전쟁의 여신이며 "벨로나의 트럼펫 소리"는 따라서 전쟁의 나팔 소리다.

21) 하이네는 유럽 대륙에서 전쟁이 발발하면 독일과 독일 국민이 이에 휩쓸려들 것을 우려하고 있다. 30년 전쟁 이래 독일은 외국의 이해관계가 충돌하는 전쟁터가 되어왔다.

중단 없이 승리해왔고, 아름다운 프랑스와 세계의 평화를 유지해주었다.

3

느무르 공작은 인내심도 갖고 있다. 그가 이 중요한 덕성을 갖고 있음을 나는 목욕이 준비되는 과정에서 생기는 모든 지체(遲滯)를 참아내는 그의 평정심에서 알아차릴 수 있었다. 그는 결단코 그의 큰종조부를, 그리고 그 종조부의 **하마터면 나는 기다려야 할 뻔했다!**라는 말을 연상시키지 않는다.[22] 느무르 공작은 기다릴 줄 안다. 그리고 마찬가지의 긍정적인 성격으로 나는 그가 다른 사람들로 하여금 오래 기다리도록 하지 않는다는 것도 알아차렸다. 나는 그의 후계자(내 말인즉 욕조에서)인데, 그가 평범한 보통 사람과 마찬가지로 정시에 욕조에서 나오는 사실을 칭송해야만 하겠다. 보통 사람에게는 욕조를 이용하는 시간이 분 단위에 이르기까지 정확하게 할당되어 있다. 그는 날마다 이곳으로 온다. 대개 무개 마차를 타고 자신이 직접 말을 몰면서. 그러는 동안에 그의 곁에는 화난 듯 심드렁한 얼굴의 마부가, 그리고 그의 뒤에는 뚱뚱한 독일인 시종이 앉아 있다. 날씨가 좋으면, 공작은 매우 자주 마차 옆에서 뛰어온다. 뤼츠에서 바레주까지의 전 구간을. 그는 일반적으로 운동을 매우 좋

---

22) 느무르 공작의 할아버지는 루이 14세의 동생이다.

아하는 것 같다. 그는 또한 가장 아름다운 여인 중 한 명인 부인과 함께 산속의 진기한 곳들로 매우 자주 소풍을 간다. 최근에 그는 피크 뒤 미디 봉[23]을 등정하려고 부인과 함께 이곳에 왔다. 공작 부인이 그녀가 동반하는 여자와 같이 가마에 실려 산을 오르는 동안에, 젊은 영주는 정상에서 한동안 방해받지 않고 고독하게 웅장한 자연의 아름다움을, 우리의 영혼을 천박한 일상의 세계로부터 이상적으로 높이 치솟게 해주는 자연의 아름다움을 바라보기 위해서, 그들보다 앞장서서 서둘러 갔다. 그러나 왕자가 산 정상에 올랐을 때 그가 본 것은 나무처럼 뻣뻣하게 서 있는——경찰 세 명이었다! 그런데 이 세상에서 경찰의 법률 고지판 같은 실증적인 얼굴과, 그가 두른 탄띠의 레몬처럼 노란, 소름 끼치는 색깔처럼 사람의 흥을 깨트리고 마음을 차갑게 만드는 것은 아마도 없을 것이다. 우리의 모든 열광적인 감정은 말하자면 가슴속에 구금된다. **법의 이름으로.** 노예근성 관리가 과잉 봉사로 느무르를 위해 피크 뒤 미디의 정상에 어떤 놀랄 일을 준비해두었는지를 알아차렸을 때 그가 어떤 어이없이 불쾌한 얼굴을 했는지 사람들의 말을 들었을 때, 나는 씁쓸하게 웃을 수밖에 없었다.

이곳 바레주는 날마다 더 지루해진다. 엄밀히 말하자면, 참을 수 없는 것은 단체적 오락거리의 부족이 아니라 오히려 그 반대로 사람들이 고독의 장점도 포기해야 한다는 사실이다. 이곳에서는 항상 고함 소리와 소음이 조용하게 몽상에 잠겨 시간을 보내는 것을 허용하지 않으며, 매 순간 우리를 깜짝 놀라 생각에서 깨어나게 한다. 날카로운, 신경을 잡아 뜯는 듯한 채찍의 찰싹하는 소리를, 이 소리는 이곳의 민속 음악인

---

23) 피크 뒤 미디Pic du Midi de Bigorre는 바레주 북쪽에 있는 해발 2,877미터의 고봉이다.

데, 우리는 아침 일찍부터 밤늦게까지 들어야 한다. 날씨가 나빠지기라도 해서 산이 잠에 취해 안개 모자를 머리끝까지 뒤집어쓰면, 이곳의 시간은 영원히 지루하게 늘어난다. 그러면 권태의 여신의 화신(化身)이, 머리에는 납 모자를 쓰고 손에는 클롭슈토크의 메시아 노래²⁴⁾를 들고는 바레주 거리를 배회한다. 이 여신이 하품하며 바라본 사람, 그 사람의 가슴속에는 삶의 활기가 마지막 방울까지 새어 나가버린다! 절망한 나머지 나는 우리의 후원자, 즉 그 영국 국회의원과의 교제도 더는 회피하려고 하지 않을 지경에 이르렀다. 그는 여전히 우리 집안의 미덕과 도덕적인 우월함에 대해 아주 정당한 찬양의 염을 표하고 있다. 그러나 내 생각으로는 그가 우리를 덜 열광적으로 사랑하는 듯하다. 내가 그와 대화하면서 독일인들도 해군을 가지려는 욕구가 크다는,²⁵⁾ 우리가 우리 미래 함대의 모든 함선 이름을 이미 생각해놓았다는, 애국 투사들이 감옥에서 지금까지의 털실 대신에 이제는 오로지 아마로만 범포(帆布)를 짜려고 한다는, 그리고 바루스의 패배 이후 잠자고 있던 토이토부르크 숲의 참나무들이 마침내 깨어나서 돛대가 되려고 자유 의지로 지원했노라는²⁶⁾ 그런 발언을 한 이래로 말이다. 그 고귀한 영국인에게는 이런 말이 몹시 귀에 거슬렸다. 그의 말로는 우리 독일인에게는 쾰른 대성당의 준공을, 우리 조상의 이 위대한 신앙의 업적의 완공을 집중된 힘으로 서두르는 것

---

24) "메시아 노래Messiade"는 독일 작가 클롭슈토크(Friedrich Gottlieb Klopstock, 1724~1803)의 대표적 서사시 『메시아*Messias*』에 대한 회화적 표현이다.

25) 당시 독일에는 독일도 영국이나 프랑스처럼 해상 전력을 가져야 한다는 주장이 민족주의적 경향의 사람들 사이에서 강하게 대두되었다. 물론 영국과 프랑스는 이러한 주장을 큰 위협으로 받아들였다.

26) 참나무는 독일을 상징하는 나무이다. '토이토부르크 숲의 참나무들이 깨어났다'는 말은 '독일인들의 민족의식이 깨어났다'는 뜻이다.

이 더 좋을 것이라 한다.[27]

영국인들과 내 조국 독일에 대해 이야기할 때마다, 나는 그들 영국
인들이 프랑스인들에게 갖고 있는 증오의 감정이 그들이 우리에게 주는
무례한 사랑보다 훨씬 더 명예로운 감정이라는 것을, 그리고 영국인들의
우리에 대한 사랑이 우리의 현세적 힘의 공백이나 또는 우리 지성의 결
여에 기원한다는 사실을 더할 수 없는 모멸감과 함께 알아차렸다. 그들
은 우리가 바다에서 무능력하기에, 그래서 무역에서의 경쟁을 걱정할 필
요가 없기에 우리를 사랑하는 것이다. 그들은 우리가 정치적으로 단순하
기에 우리를 사랑한다. 이 단순함을 그들은 프랑스와 전쟁이 발발할 경
우에 옛 방식으로 이용해먹으려고 하는 것이다.[28]

---

27) 쾰른 대성당Kölner Dom의 건축은 1248년에 시작되었으나 완성되지 못한 채 오랫동
  안 공사가 중단되었다가 19세기에 이르러서야 다시 건축 공사가 재개되었다. 하이네는
  쾰른 대성당을 "정신의 바스티유 감옥"이라고 하면서 성당 건축 공사 재개를 신랄하게
  비난했다. 그는 재개된 공사 배후에 배타적 민족주의와 반계몽주의적 사상이 있다고 의
  심했다. 이에 대해서는 하이네의 『독일. 어느 겨울 동화』 제4장 참조.
28) 프랑스 혁명 전쟁에서 독일은 영국과 동맹해 프랑스와 싸웠다.

1844년의 음악 시즌

첫번째 보도

파리, 1844년 4월 25일

모든 사람에게 그에 걸맞은 명예를. 오늘 우리는 베를리오즈[1]로 시작한다. 그의 첫번째 콘서트가 이번 음악 시즌을 열었고, 그래서 이번 시즌의 서곡으로 생각될 수 있다. 여기에서 관객에게 연주된 그의, 많든 적든 간에, 새로운 작품들은 합당한 갈채를 받았다. 게으르기 짝이 없는 심성의 사람들까지도 이 위대한 거장의 모든 창작물에 나타나는 천재적 억센 힘에 의해 열광적 감정으로 휩쓸려든다. 여기에는 결코 평범하게 우짖는 새가 아님을 보여주는 날갯짓이 있다. 그것은 거대한 나이팅게일, 옛 세계에 있었다던 독수리처럼 큰 울새이다. 그렇다, 베를리오즈의 음악은 내게는 전체적으로, 노아의 홍수 이전의 태곳적인 것은 아닐지라

---

1) Hector Berlioz(1803~1869): 프랑스의 후기 낭만주의 작곡가. 1830년에 발표한 「환상 교향곡」으로 명성을 얻기 시작했고, 표제 음악Program Music이라는 새로운 관현악곡 스타일을 창시했다.

도 고대적인 그 무엇을 갖고 있다. 그래서 그의 음악은 내게 멸종되어 없어진 동물의 종(種), 설화적인 왕국들과 죄악, 탑으로 쌓아 올려진 불가능성,[2] 즉 바빌론을, 세미라미스의 공중 정원[3]을, 니니베[4]를, 고대 이집트인의 경이로운 작품들을 연상시킨다. 우리가 영국인 마틴[5]의 그림들에서 볼 수 있는 그런 것들 말이다. 실제로 우리가 미술에서 비슷한 것을 찾아보면, 우리는 베를리오즈와 이 광포한 영국인 사이에서 아주 친화적인 유사성을 발견할 수 있다. 섬뜩하도록 어마어마한 것, 거대한 것, 물질적 측량 불가능성을 향한 동일한 감수성. 한 사람에게는 날카롭게 눈을 찌르는 어둠과 빛의 효과, 다른 사람에게는 째는 듯한 소리를 내는 악기 편성. 한 사람은 멜로디가 별로 없고, 다른 사람은 색채가 별로 없다. 두 사람에게는 모두 아름다움이 별로 없고 심지어는 정감이 없다. 그들의 작품은 고전적이지도 낭만적이지도 않다. 그들의 작품은 고대 그리스도 가톨릭적 중세도 연상시키지 않는다.[6] 이 작품들은 훨씬 더 아시리

---

2) 바빌론의 탑(또는 바벨탑). 바빌로니아에 자리 잡은 수메르인들이 하늘에 닿기 위해 높이 쌓아 올렸다는 탑. 인간의 오만과 끝없는 욕망의 상징으로 알려져왔다.

3) "공중 정원"은 원래는 바빌론의 왕 네부카드네자르가 기원전 600년경에 메디아 출신의 왕비 아미티스를 위로해주기 위해 바빌론에 조성한 공원이다. 높은 단 위에 만들어져 멀리서 보면 흡사 공중에 매달린 듯이 보였다고 한다. 그래서 이 정원을 '매달린 정원'으로 부르기도 한다. 그러나 다른 전설에 의하면 바빌론의 전설상의 왕 니누스Ninus가 왕비 세미라미스Semiramis를 위해 수도 니니베에 조성한 것이라고 한다. 그래서 '세미라미스의 정원'으로도 불린다. 고대 세계의 7대 불가사의로 꼽힌다.

4) 니니베(Ninive 또는 Ninua), 티그리스 강변에 있었던 메소포타미아의 도시. 이 도시는 아시리아의 중심지 중 하나였으며, 전설에 의하면 기원전 1800년에 이스타르 여신에 의해 세워졌다 한다. 전설상의 "세미라미스의 공중 정원"이 있었던 곳이기도 하다.

5) John Martin(1789~1854): 영국의 낭만주의적 화가. 1820년에 발표된 「벨사살의 향연 Belshazzar's Feast」으로 전 유럽적 명성을 얻었다. 그는 프랑스의 낭만주의 화가들에게 큰 영향을 미치기도 했다.

6) 하이네는 고대 이집트의 예술 형식을 '상징적'으로, 고대 그리스의 예술 형식을 '고전적'으로, 그리고 중세 유럽의 기독교적 예술 형식을 '낭만적'으로 규정한 헤겔의 예술사적

아적-바빌론적-이집트적 건축 시대와 이 건축물들 안에 표현된 대규모 열정과 수난을 연상시키는 것이다.

반면에 높이 칭송받는 우리의 동포, 우리의 펠릭스 멘델스존-바르톨디는 얼마나 정규적이며 현대적인 사람인가! 오늘 우리는 우선 콩세르바투아르의 콘서트홀에서 그의 지휘로 연주된 교향곡[7] 때문에 그에 대해 언급해보기로 한다. 우리는 이곳에 있는 그의 친우들과 후원자들의 열성적인 활동 덕으로 이 연주회를 듣는 즐거움을 누리게 되었다. 비록 콩세르바투아르에서 청중이 멘델스존의 이 교향곡을 매우 냉랭하게 받아들였으나, 그럼에도 불구하고 이 교향곡은 진실로 음악을 이해하는 모든 사람의 인정을 받아 마땅하다. 이 교향곡은 정말 아름다우며 멘델스존의 가장 뛰어난 작품들 중의 하나이다. 그러나 왜 그토록 업적이 많고 뛰어난 재능을 가진 예술가에게, 이곳의 청중에게 들려준 「사도 바울」[8]의 연주 이후에도, 프랑스 땅에서 어떤 찬양의 화환도 피어오르지 않을까? 어떤 이유로 이곳에서 모든 노력이 수포로 돌아가고, 오데옹 극장이라는 마지막의 절망적 수단도, 안티고네에 부쳐준 합창의 공연도 마찬가지로 그저 보잘것없는 결과만을 가져왔을까?[9] 멘델스존은 항상 우리에

시대 구분을 따르고 있다.

7) 멘델스존의 교향곡 3번 A단조, 일명 「스코틀랜드 교향곡」.

8) 멘델스존의 오라토리오 「사도 바울」은 그의 다른 오라토리오 「엘리야」와 함께 19세기 대표적 종교 음악 중의 하나로 꼽힌다. 「사도 바울」은 1836년 5월 22일 독일의 뒤셀도르프에서 초연되었다.

9) 1844년 5월 21일 파리의 오데옹 극장에서 소포클레스의 비극 「안티고네」가 모렐Auguste François Morel의 연출로 공연되었다. 이 공연에 멘델스존이 이 비극을 위해 작곡한 합창곡 7개와 서곡 1개, 이른바 「안티고네 부대 음악」이 사용되었다. 연극 공연 날짜가 5월 21일인데 하이네가 4월 25일 작성한 보도문에서 공연의 결과가 '보잘것없었다'고 과거 시제를 사용한 것은 하이네가 이 기사를 후일 책으로 출판할 때 수정 작업을 했기 때문이다. 처음의 신문 보도문은 공연 결과가 '보잘것없을 것'이라는 예측 기사였다.

게 미학의 가장 지고한 문제들에 대해서 숙고해보는 기회를 준다. 다시 말하면 우리는 그에게서 항상 '예술과 거짓의 차이는 무엇인가?'라는 중요한 물음을 회상하게 되는 것이다. 대부분의 경우 우리가 이 거장에게서 경탄하는 것은 형식과 양식에 대한 큰 재능, 아주 비상한 것을 자기 것으로 만드는 능력, 자극적일 정도로 아름다운 음악적 인자(因子)들, 예민한 도마뱀의 귀, 민감한 촉수(觸手), 그리고 진지한, 열광적이라고 말하고 싶을 정도의 무관심이다.[10] 인접 예술 분야에서 유사한 현상을 찾아보면 우리는 이를 문학에서 발견할 수 있는바, 루트비히 티크[11]가 바로 그 유사 현상이다. 이 거장도 항상 더없이 뛰어난 것을 재생해내는 능력이 있다. 글을 통해서든 아니면 낭독을 통해서든 말이다. 그는 심지어는 소박한 것을 만들어낼 줄도 알았다. 그러나 그는 대중을 휘어잡고 그들의 마음속에 생생하게 남아 있을 그 무엇은 결코 창조해내지 못했다. 영원히 존속할 그 어떤 것을 창조하는 것은 오히려 더 재능 있는 멘델스존에게서 이루어질 수 있을 것이다. 그러나 이 성취는 우선적으로 진실과 열정이 요구되는 지반에서는, 즉 무대에서는 불가능하다. 티크 역시 그의 더없이 뜨거운 열망에도 불구하고, 결코 극적인 업적을 이루지 못했다.

멘델스존의 교향곡 외에도 우리는 콩세르바투아르에서 고인이 된 모차르트의 교향곡 하나, 그리고 재능이 뒤지지 않는 헨델의 작품 하나를 큰 관심을 갖고 들었다.[12] 청중은 이 공연들은 큰 박수갈채로 받아들였다.

---

10) "무관심"이라는 말로 하이네는 여러 번 정치와 현실적인 문제에 대한 멘델스존의 비참 여적 자세를 비판적으로 언급했다. 무관심은 하이네에게 이른바 '예술을 위한 예술'의 전형적 본성이다.

11) Ludwig Tieck(1773~1853): 독일 낭만주의 문학의 대표적 작가 중의 한 명.

12) 1844년 1월 28일 콩세르바투아르에서 모차르트의 8번 교향곡 연주가, 그리고 4월 7일에는 헨델의 오라토리오 「유다 마카비」 공연이 있었다.

우리의 뛰어난 동포 페르디난트 힐러[13]는 정말로 음악을 이해하는 사람들 사이에서 큰 명망을 누리고 있다. 그러기에 우리는 여기에서, 지금까지 거명된 이름들이 아무리 위대하다 할지라도, 힐러의 이름을 콩세르바투아르에서 작품을 발표해 합당한 인정을 받은 작곡가들 가운데 언급하지 않을 수 없을 것이다. 힐러는 감성적인 음악가라기보다는 사유하는 음악가이다. 게다가 사람들은 그가 지나치게 학식이 높다고 비난하기도 한다. 아마도 이성과 학문이 때로는 이 교리주의자의 작곡에 약간 차가운 영향을 미쳤을지도 모르겠다. 그러나 그의 작품들은 어쨌든 항상 우아하고, 매력적이며 아름답다. 이들에게는 상을 찌푸린 기괴한 모습 따위는 흔적도 찾을 수 없다. 힐러는 그의 동향인인 볼프강 괴테와 예술적인 친화력을 갖고 있다. 힐러 또한 프랑크푸르트에서 태어났는바, 나는 최근의 여행 중에 그의 아버지 집을 보았다. 그 집은 "초록 개구리"라고 불렸고, 개구리 모형 하나가 대문 위에 보였다. 그러나 힐러의 작곡들은 그런 비음악적인 동물이 아니라 오로지 나이팅게일, 종달새 그리고 그 밖에 봄의 새들을 연상시킨다.

금년에도 연주회를 한 피아니스트들은 빠지지 않았다. 이와 관련해서 특히 3월 15일이 몹시 심상치 않은 날이었다. 모두가 피아노 건반을 내리갈기고, 모두가 청중이 들어주기를 바란다. 비록 그것이 단지 겉모습에 불과한 것이라 할지라도. 그래야 이들은 파리라는 도시의 울타리 저편에서는 저명인사인 양 폼을 잡을 수 있는 것이다. 이 예술 초년병들은 구걸해서 얻은, 아니면 슬쩍 사취한 신문 문예란의 한 조각 찬양문을, 특히 독일에서, 그럴듯하게 이용해먹을 줄 안다. 그래서 그곳의 신문 광고에는

---

13) Ferdinand Hiller(1811~1885): 독일 프랑크푸르트 출신의 작곡가, 지휘자, 음악 교육자.

위대한 천재 루돌프 W.[14]가 내방했다고, 리스트와 탈베르크[15]의 경쟁자인 이 피아노의 영웅이, 파리에서 큰 센세이션을 일으키고 심지어 비평가인 쥘 자냉[16]에게서 칭찬을 받은 W.가 왔다는 말들이 실린다. 하느님 맙소사! 파리에서 이런 불쌍한 파리 한 마리를 본 사람에게는, 그리고 어떤 경로를 통해서든 이자가 이곳에서 아주 중요한 인사들로부터는 거의 주목을 받지 못한다는 것을 알고 있는 사람에게는, 독자들의 경솔한 믿음은 매우 재미있고 이른바 거장들의 야비한 뻔뻔스러움이 매우 혐오스럽다. 그러나 결함은 더 깊은 곳에, 즉 우리 일간지들의 상황에 자리하고 있다. 그리고 이 상황은 다시금 더 치명적인 상황들의 한 결과에 지나지 않는다. 내가 항상 되돌아갈 수밖에 없는 결론은 오직 세 피아니스트들만이 진지한 주목을 받을 만하다는 것이다. 말하자면 쇼팽, 사랑스러운 소리의 시인. 그러나 쇼팽은 유감스럽게도 올 겨울에 심하게 병을 앓아서 거의 볼 수가 없었다. 다음으로는 음악의 젠틀맨 탈베르크가 있다. 그는 결국에는 피아노를 연주할 필요도 없을 것이다. 그래도 그는 도처에서 아름다운 현상으로 환영받을 것이다. 실제로도 그는 자신의 재능을 그저 귀족 연금으로 생각하는 듯이 보이기도 한다. 그다음에는 우리의 리스트가 있다. 모든 부조리에도 불구하고 그리고 남에게 상처를 입히는 모난 날카로움에도 불구하고 우리의 소중한 사람으로 남아 있는 리스트가.[17] 그는

---

14) 암시된 음악가는 덴마크의 피아니스트이자 작곡가인 Rudolph Willmers(1821~1878)로 보인다.

15) Sigismund Thalberg(1812~1871): 빈Wien의 피아니스트. 빈에서 '황제의 궁정 피아니스트' 칭호를 획득했다.

16) Jules Gabriel Janin(1804~1874): 프랑스의 작가이자 저널리스트이며 다방면에 걸친 예술비평가.

17) 하이네는 프란츠 리스트(Franz List, 1811~1886)를 음악가로서는 높이 평가했으나 리스트의 복고주의적 성향에 대해서는 매우 비판적이었다.

이 순간 파리의 아름다운 세계를 흥분 속에 몰아넣고 있다. 그렇다, 우리의 프란츠 리스트, 그는 위대한 선동가이고, 생각해볼 수 있는 모든 훈장을 수여받은(프랑스의 레종 도뇌르 훈장은 예외다. 루이 필리프 왕은 이 훈장을 어떤 음악계의 거장에게도 수여하려고 하지 않는다) 방황하는 기사다. 그는 이곳에서 호엔촐레른헤힝겐의 추밀 고문관이고,[18] 철학박사이며[19] 음악계의 만능 의사이고, 다시 부활한 하멜른의 쥐 잡는 사람,[20] 아직도 푸들 한 마리가 벨로니의 형상을 하고 뒤따르는 새로운 파우스트,[21] 귀족 작위를 받았으나 그럼에도 불구하고 고귀한 리스트이다![22] 그는 이곳에서 현대의 암피온이다. 쾰른 대성당의 건축을 위해 그는 피아노 연주 소리로 돌덩이를 움직이게 해서 이 돌덩이들이 서로서로 짜 맞춰지도록 했다. 언젠가 테베의 성벽이 그랬던 것처럼![23] 그는 이곳에서 현대의 호메로스이다. 그런데 『일리아드』의 시인은 그저 작은 일곱 개의 지방 도시들만이 그가 그곳 출생이라고 주장했던 반면에, 리스트의 경우

---

18) 호엔촐레른헤힝겐Hohenzollern-Hechingen의 영주인 프리드리히 빌헬름 콘스탄틴 Friedrich Wilhelm Kostantin은 1843년 11월 리스트를 '추밀 고문관'이라는 명예직에 임명했다.

19) 쾨니히스베르크 대학교Universitat Königsberg는 1842년 3월 14일 리스트에게 명예 음악박사 학위를 수여했다.

20) 쥐 떼가 들끓어 고통 받던 하멜른에서 계약을 하고 쥐 떼를 피리로 유혹해 익사시킨 쥐 잡는 사람이 약속한 보수를 받지 못하자 이 도시의 어린이들을 피리로 유혹해 함께 사라져버렸다는 독일의 유명한 설화.

21) 괴테의 『파우스트』에서 악마 메피스토펠레스는 푸들 형상을 하고 파우스트에게 접근했다. 벨로니Gaetano Belloni는 1841년부터 리스트의 비서로 일했다.

22) 자유민주주의자인 하이네에게는 평민이 귀족 작위를 받는다는 것은 도덕적 타락을 의미한다. "작위를 받았으나 그럼에도 불구하고 고귀한"은 이런 맥락에서 이해할 수 있다. 리스트는 1840년 1월 헝가리 왕국에서 작위증을 받았다.

23) 그리스 신화에서 암피온은 제우스 신과 안티오페의 아들로, 그의 현금 소리가 너무 아름다워서 돌들이 저절로 움직여 테베의 성벽이 쌓였다 한다.

에는 유럽의 가장 큰 세 국가인 독일과 헝가리 그리고 프랑스가 서로 그를 자기의 아들이라고 선언하고 있다! 그는 이곳에서 아틸라다. 모든 에라르 피아노에 대한 신의 채찍이다.[24] 에라르의 피아노들은 그가 온다는 소식만으로도 벌벌 떨며, 다시금 그의 손 밑에서 경련하고 피를 흘리며 신음해야 하기에, 동물학대 반대협회에서 이 피아노들을 돌봐주어야 할 지경이다! 그는 이곳에서 멋진, 아름다운, 추악한, 수수께끼 같은, 파멸적인, 가끔은 치기(稚氣) 어린 그의 시대의 아들이다. 그는 거대한 난쟁이, 헝가리의 명예의 검을 휘두르는 광포한 롤랑,[25] 천재적인 어릿광대 한스, 그의 광기가 우리 자신의 의식까지도 혼란스럽게 만드는 어릿광대 한스이다. 이 광대에게 우리는 어떤 경우에도 충성스럽게 봉사해야 하기에, 그가 이곳에서 불러일으키는 거대한 열광을 공개 보도하는 바이다. 우리는 이 거대한 성공의 사실을 감추는 것 없이 있는 그대로 확인하려 한다. 우리가 이 사실을 우리의 개인적 생각에 따라 어떻게 해석하는가 하는 것은, 그리고 우리가 이 높이 칭송받는 거장에게 갈채를 보내는가 아니면 거부하는가는 그에게는 틀림없이 중요하지 않을 것이다. 그럴 것이 우리의 소리는 그저 한 개인의 것일 뿐이고, 음악에서 우리의 권위는 별

---

24) 피에르 에라르(Pierre Erard, 1796~1855)는 당시 유명한 피아노 제조업자이며, 그의 회사에서 만든 피아노는 뛰어난 품질을 자랑했다. "신의 채찍"은 훈족의 왕 아틸라(Attila, 406~453)의 별명이다. 아틸라는 유럽 훈족 가운데 가장 강력한 왕이었으며 당시 서로마 제국과 동로마 제국 최대의 적이었다. 신의 채찍이라는 별명은 그의 행위가 상상할 수 없을 정도로 잔인한 데서 유래하며, 그 의미는 '신과 같은 높은 존재가 내리는 형벌'을 뜻한다고 한다.

25) 리스트가 헝가리 왕국에서 귀족 작위증을 받을 때 '명예의 검'도 같이 수여되었다. 롤랑Roland은 샤를 대제를 따른 열두 용사 중의 한 명이다. 서기 778년에 롤랑이 지휘한 샤를 대제 군의 후위 부대가 피레네 산맥의 롱스발Roncevalles 계곡에서 바스크 부족의 습격을 받고 전멸했다. 그러나 이 역사적 사실은 반역자 가넬론의 협력을 받은 사라센군의 습격으로 롤랑이 용감한 전투 끝에 장렬히 전사했다는 설화로 변질되었다.

로 특별한 의미를 갖지 못하기 때문이다.

리스트가 모습을 보이자 독일에서, 특히 베를린에서 현기증 현상이 돌발했다는 소식을 들었을 때,[26] 나는 연민의 마음으로 어깨를 으쓱하고는 생각했다. 조용한, 안식일 같은 독일은 약간 허용된 움직일 기회를 놓치려고 하지 않는구나, 독일은 잠에 취한 사지를 약간 흔들어보려고 하는구나,[27] 슈프레 강변의 내 압데라인[28]들은 주어진 열광 속으로 기꺼이 뛰어들고 싶어 하는구나, 그러고는 한 사람이 다른 사람을 따라 낭송하는구나, "사랑의 신이여, 인간과 신의 지배자시여!"[29]라고. 나는 생각했다. 그들에게 스펙터클은 스펙터클 그 자체로서, 그저 스펙터클로서 중요할 뿐이다, 그 동기가 게오르크 헤르베크이건,[30] 프란츠 리스트이건, 아니면 파니 엘슬러[31]이건 상관없이 말이다. 헤르베크가 금지당하면[32] 사람들은 교활하지 않고 타협하지 않는 리스트에게 달라붙을 것이

---

26) 리스트는 1841년 12월 27일부터 1842년 3월 3일까지 베를린에서 피아노 연주회를 21번 열고, 엄청난 열광적 반향을 불러일으켰다. 리스트에 대한 많은 문헌이 이 베를린 공연을 피아니스트로서 그의 경력의 정점으로 인정하고 있다.

27) '역사의 흐름에서 벗어나 정체된 나라' '어떤 개혁이나 변혁의 움직임도 보여주지 못하고 잠들어 있는 나라'는 하이네가 독일에 대해 갖고 있는 기본적인 생각이다. 그의 『독일. 어느 겨울 동화』는 이러한 독일의 실상에 대한 고발적 서사시다.

28) 압데라(또는 아브데라)는 그리스 북부에 있었다는 고대 도시국가이다. 이 도시의 주민은 매우 우매한 사람들로 알려졌으며, 그래서 압데라인은 우매한 자와 동의어로 쓰인다.

29) 인용된 말은 소포클레스의 비극 「안티고네」 3막 2장에서 '합창'의 대사 중 한 구절이다. 전체적인 문맥은 언론의 자유와 정치적 자유가 극도로 제한된 독일의 현상에 대한 풍자로 이해된다. 독일에서 사람들이 떠들어댈 수 있는 대상은 음악회나 연극뿐이라는 것이다.

30) Georg Herweg(1817~1875): '3월 혁명 전기 시대'의 사회주의적이고 혁명적인 성향의 독일 작가. 그의 과격한 언사와 실질적인 혁명적 상황에서 그의 무능력은 많은 비판적 평가를 야기했다.

31) Fanny Elßler(1810~1884): 당대의 유명한 오스트리아 출신의 발레리나.

32) 1842년 헤르베크는 망명지인 스위스를 떠나 독일 전국을 돌며 여행했는데, 이 여행은

다. 그렇게 나는 생각했고, 그렇게 나는 리스트 열풍을 자신에게 설명하려 했다. 그리고 나는 이 리스트 열광을 라인 강 저편의 자유롭지 못한 정치적 상황의 한 표식으로 해석했다. 그러나 나는 잘못 생각했다. 그것을 나는 지난주 리스트가 첫번째 연주회를 연 이탈리아 오페라 하우스에서 알아차렸다. 그의 연주회 청중은 이곳 사회의 정화라고 불러도 좋을 사람들이었다. 어쨌든 청중은 깨어 있는 파리 사람들이었다. 당대의 가장 지고한 현상들에 익숙해진 사람들, 시대의 거대한 드라마를 다소 길게 혹은 다소 짧게 실제로 체험한 사람들이었다. 그중에는 모든 예술적 향락의 부상병들이 많이 있었다. 행동으로 해서 지칠 대로 지친 남자들, 겨울 내내 폴카 춤을 추어 마찬가지로 매우 지친 여자들, 바쁘면서도 둔감해진 정서를 지닌 무수히 많은 사람들——정말로 이들은 독일적-감상적인, 베를린적으로 따라 느껴 감격하는 그런 청중이 아니었다. 이들 앞에서 리스트는 연주한 것이다. 오로지 홀로, 아니면 아마도 단지 그의 천재성을 동반하고서. 그러나 그의 모습이 그저 나타난 것만으로도 얼마나 강력하고 얼마나 뒤흔드는 듯한 작용을 불러일으켰는가! 얼마나 폭풍 같은 갈채가 그를 향해 울렸던가! 사람들은 그의 발아래로 꽃다발도 던졌다! 이 개선장군이, 꽃다발이 그에게 비처럼 쏟아지는 와중에서도 침착하고 조용한 모습을 견지하고, 마침내 우아하게 미소 지으며 붉은 동백꽃 한 송이를 꽃다발 하나에서 뽑아서는 가슴에 꽃는 모습은 정말 숭고한 광경이었다. 그런데 그는 이 행위를 막 아프리카에서 돌아온 몇몇 병사들 면전에서 행했다. 이 병사들은 아프리카에서 꽃다발이 아니라 납탄환이 그들을 향해 쏟아져 오는 것을 보았고, 그들의 가슴은 붉은 동

<hr>

큰 반향을 불러일으켰다. 프로이센의 프리드리히 빌헬름 4세는 그를 몸소 접견하기도 했다. 그러나 그 후 왕에게 보내는 공개서한을 발표하자 독일에서 추방되었다.

백꽃이 아니라 자신의 영웅적인 피로 치장되었다. 그러나 사람들은 여기나 그곳에서도 그것에 별로 주의를 기울이지 않았다. 기이하기도 하구나! 나는 생각했다. 이 파리 사람들은 그들의 주의를 자신에게 묶어두기 위해 연달아 격전을 치러야 했던 나폴레옹을 보았다. 그런데 이 사람들이 이제는 우리의 리스트를 향해 환호한다니! 더욱이 어떤 환호인가! 광적 갈채의 연감에서도 찾아볼 수 없는 진짜 미친 짓이로다. 그러나 이런 현상의 원인은 무엇인가? 이 의문의 해소는 아마 미학이 아니라 병리학 분야에 속할 것이다. 부인병을 전문으로 하는 한 의사는 청중에게 작용하는 우리 리스트의 마법적 매력에 대해 묻자 아주 이상하게 웃고서는, 자기 요법(磁氣療法), 전기 요법(電氣療法),[33] 전기에 대해, 그리고 무수히 많은 밀랍 초와 향수를 뿌리고 땀을 흘리는 사람들 수백 명으로 가득 찬 무더운 홀에서의 전염에 대해, 광대 간질병적 발작에 대해, 가려움의 현상들에 대해, 음악적 가뢰[34]들과 또 다른 추잡하고 외설적인 것들에 대해 온갖 말들을 늘어놓았다. 이것들은, 내 생각으로는, **보나 데아**[35] 여신의 미스터리와 관련이 있을 것이다. 때로는 이 마술이 온통 다음 사실을 통해 설명될 수 있지 않을까 생각이 든다. 즉 이 세상의 그 누구도 우리의 리스트만큼 자신의 성공을, 더 정확하게 말하자면 그것의 상연(上演)을 조직할 수 없다는 사실 말이다. 이 재주 면에서 리스트는 천재다, 필라

---

33) 전기 생리학의 창시자인 루이지 갈바니(Luigi Galvani, 1737~1798)의 주도로 18세기 말엽부터 전기가 병 치료의 목적으로 사용되기 시작했다.

34) 가뢰는 딱정벌레목 가룃과에 속한 곤충류이다. 이 가뢰들 중 '스페인 파리'라고 불리는 물집청가리에서 얻은 칸타리딘은 피부병의 치료제로, 또 성욕을 일으키는 미약(媚藥)의 주요 성분으로 쓰였다.

35) Bona Dea, 로마 신화에 등장하는 '신비로운 존재의 여신'. 땅의 풍요와 여인의 다산(多産)을 관장하는 것으로 알려져 있다. 봉헌일인 5월 1일의 축제는 후에 '아주 방탕한 향연의 장'이 되었다 한다.

델피아[36]고 보스코[37]다. 그렇다, 마이어베어다. 아주 고귀한 인물들이 대부(代父)로서 리스트에게 봉사하고, 그에게 열광하는 무리는 모범적으로 훈련되었다. 샴페인 터트리는 소리와 낭비적일 정도로 돈에 관대하다는 명성을 가장 신뢰받는 신문들이 요란하게 떠들어대서, 모든 도시로 풋내기 신병(新兵)들을 유인해냈다. 그러나 실제로 우리의 리스트가 천성적으로 기부하기 좋아하고 돈 욕심에서 자유롭다는 것은 사실일 수도 있다. 이 돈 욕심은, 이 천박한 악덕은 아주 많은 음악계의 대가들에게 달라붙어 있는바, 특히 이탈리아인들이 그러하다. 이 악덕을 우리는 심지어는 피리 소리처럼 달콤한 루비니에게서도 발견할 수 있다. 그의 인색함에 대해서는 어떤 관점에서도 매우 재미있는 일화가 전해진다. 자세히 말하자면 이 유명한 가수는 리스트와 같이 공동 경비로 합동 공연 여행을 시작했다.[38] 그들이 여러 도시에서 펼칠 공연의 이익금은 분배하기로 했다. 리스트 이 위대한 피아니스트는 그의 명성의 총감독인 앞에서 이미 언급된 벨로니 씨를 어디든지 이끌고 다니는데, 이 벨로니 씨에게 이번 공연 여행의 모든 업무를 맡겼다. 그러나 벨로니 씨가 업무 집행을 마친 후 계산서를 제출했을 때, 루비니는 공동 지출 항목에 월계관, 꽃다발, 찬양의 시(詩) 그리고 그 밖의 환영, 갈채 경비로 거액이 사용된 것을 보고는 기겁을 했다. 이 순진한 가수는 사람들이 자신의 아름다운 음성 때문에 그런 갈채의 표시들을 무대로 던졌다고 생각한 것이다. 이제 그는 몹시 격노했고, 꽃다발 경비를, 아마도 아주 비싼 동백꽃이 들

---

36) Jakob Philadelphia: 18세기 초 뉴잉글랜드 출생, 유명한 요술쟁이이자 마법사.

37) Bartolommeo Bosco(1793~1862): 이탈리아 출신의 유명한 마법사이자 사기꾼.

38) 1842년 10월부터 다음 해 2월까지 리스트와 루비니는 독일과 네덜란드의 여러 도시를 순회하며 합동 공연을 했다.

어 있을 꽃다발 경비를 절대로 지불하지 않겠다고 했다. 내가 음악가라면 이 같은 다툼은 한 코믹 오페라를 위한 최고의 주제가 되어주었을 터이다.

아, 그러나! 이 유명한 음악의 거장들이 거둬들인 충성의 맹세를 지나치게 자세히 파헤치지는 맙시다. 그들의 화려한 명성의 날은 매우 짧을 것이고, 소리 예술의 거인이 아마도 매우 땅딸막한 체구의 도시 음악가로 오그라지는 날이 곧 닥칠 것이다. 그때 그는 그가 연주하는 카페에서 단골손님들에게 이야기나 늘어놓으며 자신의 명예를 걸고 확언할 것이다. 지난날 언젠가 사람들이 그를 향해 최고로 아름다운 동백꽃이 든 꽃다발을 던졌다고, 그리고 심지어 언젠가는 헝가리 백작 부인 두 명이 자신의 손수건을 날쌔게 붙잡기 위해 맨땅 위로 몸을 내던지고는 피를 흘리며 싸우기까지 했다고! 거장들의 하루살이 명성은 증발하고 사라질 것이다. 처량하게, 흔적도 없이, 사막에서 낙타 한 마리가 일으키는 바람처럼.

사자를 말하다가 토끼로 넘어가는 것은 약간 급격하다. 그러나 나는 여기에서 올해 음악 시즌에 뛰어났던 좀더 온순한 피아노 연주자들을 무시할 수는 없다. 우리 모두 위대한 예언자일 수는 없다. 작은 예언자들도 있어야 한다. 그들 열둘이면 한 다스가 되지 않는가.[39] 이 작은 예언자들 중 가장 큰 자는 테오도르 될러[40]이다. 그의 연주는 산뜻하고 예쁘고 우아하며 감상적이다. 그는 아주 독특한 연주 방법을 갖고 있다. 손은 평평하게 쭉 뻗고 구부린 손가락 끝으로만 건반을 뚜들기는 것

---

39) 구약 성서에는 위대한 네 예언자(이사야, 예레미야, 에스겔 혹은 에제키엘, 다니엘)와 요나, 하박국 등 작은 예언자 열두 명의 예언을 적은 성경들이 들어 있다.
40) Theodor Döhler(1814~1856): 당시 독일의 작곡가이자 피아니스트.

이다. 될러 다음으로는 할레를 작은 예언자들 중에서 특별히 언급할 만하다. 그는 그리 크지 않은, 그러나 동시에 진실한 공적을 쌓은 하박국[41] 같다. 여기서 나는 샤트[42] 씨를 언급하지 않을 수 없다. 아마도 그는 피아노 연주자들 중 우리가 예언자들 사이에서 요나에게 인정한 것과 같은 등급을 갖고 있을 것이다. 고래가 결단코 그를 삼켜버리지 않기를![43]

단순히 새로운 오페라나 연주회에 대해서뿐 아니라, 음악 세계의 다른 큰 사건들을 모두 보고해야 하는 양심적인 보도자로서 나는 음악계에서 돌연히 생겨난, 또는 돌연히 생겨나려고 하는 많은 결혼에 대해서도 말해야 하겠다. 내가 말하는 것은 실제의, 일생에 걸친, 그리고 지고의 품위 있는 결혼이다. 삼색 현장(懸章)을 어깨에 걸친 시장님, 그리고 교회의 축복이 필요하지 않은 아마추어적 결혼은 아니다. 지금 모든 **남자**가 **제 짝**을 찾고 있다. 미스터 예술가들은 구애자의 발로 이리저리 강중강중 뛰어다니며 결혼 찬가들을 흥얼거리고 있다. 바이올린은 플루트와 인척 관계를 맺는다. 관악(管樂)도 머무적거리지 않을 것이다. 가장 유명한 세 피아니스트 중 하나는 얼마 전에 모든 관점에서 아주 위대한 이탈리아 오페라의 베이스 가수 딸과 결혼했다.[44] 부인은 아름답고 우아하며 재치가 있다. 며칠 전에 우리는 바르샤바 출신의 또 다른 뛰어난 피아니스트[45]가 성스러운 기혼 상태에 들어섰다는, 그 또한 대양을 향해 모

---

41) 하박국 또는 하박꾹Habakuk. 구약 성서에 등장하는 예언자로서 그의 예언을 적은 「하박국서」는 구약 성서의 하나이다.

42) Joseph Schad(1812~1879): 독일 바이에른 출신의 피아니스트이자 음악 교사.

43) Jonas, 구약 성서 중 「요나서」를 쓴 예언자. 하나님의 말씀에 불순종한 요나는 그 벌로 큰 물고기 뱃속에 사흘 동안 갇혀서 회개를 했다고 전해진다.

44) 피아니스트 탈베르크와 코믹한 연기로 유명한 베이스 가수 라블라슈(Luigi Lablache, 1794~1858)의 딸의 결혼.

45) 피아니스트 에두아르트 볼프Eduard Wolff.

험의 항해를 떠났다는 소식을 들었다. 그 큰 바다를 항해하기 위한 나침반도 아직 발명되지 못했는데 말이다. 어쨌든 이 대담한 항해자는 육지를 박차고 떠났다. 어떤 폭풍도 그의 키를 부러트리지 않기를! 지금 들리는 소문에 의하면 브레슬라우가 파리로 보낸 아주 위대한 바이올리니스트까지도 여기에서 결혼한다고 한다. 이 현악기의 명수 역시 그의 평온한 독신자 신분이 지켜져서 그 무섭고 알려지지 않은 저 세계를 시험해보려 한단다. 우리는 영웅적 시대에 살고 있다. 최근에 다른, 역시 유명한 대가가 약혼했다. 그는 테세우스처럼 그의 아름다운 아리아드네를 발견했고, 그녀는 삶의 미로를 뚫고서 그를 이끌어줄 것이다. 그녀는 실타래도 갖고 있다. 그럴 것이 그녀는 재봉사이다.[46]

바이올리니스트들은 아메리카에 있다. 그리고 우리는 올레 불의, 자화자찬 광고의 라파예트이며 두 세계의 광고 영웅인 올레 불의 개선 행진에 대해 아주 재미있는 소식들을 받았다.[47] 불의 성공을 제조해준 사업가는, 그에게 청구된 환영과 갈채 비용의 결제를 강요하기 위해 필라델피아에서 그를 구금했다. 이 높이 칭송받는 분께서는 그 경비를 지불했다. 그러니 이제 사람들은 이 금발의 노르만인이, 이 천재적인 바이올리니스트가, 그의 명성을 다른 사람에게 빚지고 있다고 말할 수 없게 되었다. 그동안에 우리는 이곳 파리에서 시보리[48]의 연주도 들었는데, 포르치아 같으면 이렇게 말할 것이다. 신께서 그를 인간이라고 부르셨기에 나도

---

46) 그리스의 영웅 테세우스는 크레타의 미궁(迷宮, Labyrinth)에 사는 괴물 미노타우로스를 죽이려 했다. 크레타의 왕 미노스의 딸 아리아드네는 테세우스에게 반해 사랑에 빠져서 그에게 실타래를 주며 미궁에서 빠져나오는 법을 가르쳐주었다.
47) 라파예트는 유럽과 아메리카 양 대륙에서 활약했기 때문에 '두 세계의 영웅'으로 불리기도 한다.
48) 이탈리아 출신의 저명한 바이올리니스트. 파가니니의 제자이기도 하다. 55장 참조.

그를 인간으로 생각하리라.[49] 언젠가 한번 혹시 내가 불쾌감을 극복하게 되면, 이 바이올린을 연주하는 분말 구토제에 대해 자세히 말하겠다. 알렉산더 바타도 금년 아름다운 콘서트를 열었다. 그는 여전히 흐느끼며 큰 비올론첼로 위에 그의 작은 아이 눈물을 흘렸다. 이번 기회에 나는 제멜만[50] 씨도 칭찬할 수 있으리라. 그는 이런 칭찬을 필요로 한다.

에른스트[51]가 이곳에 와 있다. 그러나 그는 무슨 변덕인지 연주회를 열려고 하지 않았다. 그저 친구들 집에서 연주하는 것만을 즐긴다. 이 예술가는 이곳에서 사랑과 존경을 받고 있으며, 또 그럴 만한 자격이 있다. 그는 파가니니의 진정한 후계자다. 그 제노바 사람이 연주해서 돌, 심지어는 통나무까지도 감동시킬 수 있었던 그 마법의 바이올린을 에른스트는 물려받았다. 바이올린의 활을 조용히 움직임으로써 한 번은 우리를 햇빛 가득한 허공으로 이끌어 올리고, 한 번은 소름 끼치는 심연을 바라보게 했던 파가니니는 물론 훨씬 더 초인적인 힘을 소유했다. 그러나 그의 빛과 그늘은 때로는 너무나 뚜렷했고, 그 대비는 너무나 날카로웠다. 그리고 그의 더없이 압도적인 자연의 소리는 자주 예술적 오류로 간주되어야만 했다. 에른스트의 연주는 좀더 조화롭고, 부드러운 음조가 우세하다. 그럼에도 불구하고 그는 환상적인 것을 애호한다. 그는 또한, 기이한 것까지는 아니더라도, 바로크적인 것에 대한 호감도 갖고 있다. 그래서인지 그

---

49) 셰익스피어의 「베니스의 상인」 1막 2장에서의 인용문. "신이 그를 창조하셨다. 그러니 그를 인간으로 인정해주자."

50) 제멜만Semmelmann은 첼리스트인 H. P. Seligmann의 이름을 유머러스하게 변형한 것이다.

51) 하이네는 그를 55장에서 "아마도 우리 시대의 가장 위대한 바이올린 연주자"라고 평가한 바 있다.

의 많은 작곡은 항상 내게 고치[52]의 동화 희극을, 아주 모험적인 가면극을, "베네치아의 사육제"를 생각나게 한다. 이 이름으로 유명해진, 그리고 뻔뻔스러운 방법으로 시보리에게 약탈당한 음악 작품은 에른스트가 가장 좋아하는 카프리치오다. 이 환상적인 것의 애호자는 또한, 그가 원하면 순수하게 시적일 수도 있다. 나는 최근에 그의 야상곡 하나를 들었는데, 그 곡은 마치 아름다움 속에 용해된 것 같았다. 사람들은 그들이 이탈리아의 달밤으로 옮겨졌다고 믿었다. 고요한 실측백나무 가로수 길, 희미하게 빛나는 하얀 조각상과 꿈꾸듯이 첨벙거리는 분수가 있는 이탈리아의 달밤으로. 에른스트는, 알려진 바와 같이 하노버에서 해직되었고, 더는 하노버 왕국의 콘서트마이스터가 아니다. 또 이 직위는 그에게 알맞은 자리도 아니었다. 그에게는, 예를 들면 모르가네[53] 같은, 그 어떤 요정 여왕의 궁전에서 실내악을 지휘하는 것이 훨씬 더 적합할 것이다. 그곳에서는 그를 가장 잘 이해하는 청중을 발견할 수 있을 것이다. 그 청중 중에는, 예를 들면 아서 왕, 디트리히 폰 베른, 덴마크인 오기어 등과 같이 예술적 감각이 뛰어나면서 동시에 설화적인 드높은 지배자들도 많이 있을 것이다.[54] 그리고 그곳에서는 어떤 귀부인들이 그에게 박수갈채를 보낼 것인가! 금발의 하노버 여자들은 아마도 예쁠 것이다. 그러나 그녀들은 요정 멜리오르, 귀부인 아본데, 왕비 귀네비어, 아름다운 멜루지네, 그리

---

52) Carlo Gozzi(1720~1806): 이탈리아의 극작가. 대표적인 작품으로는 「투란도트 Turandot」를 들 수 있다.

53) 모르가네Morgane는 북구 신화에 등장하는 요정으로서 덴마크 왕자인 용감한 전사 오기어Ogier der Däne와 함께 요정의 섬 아발론Avalon에서 행복하고 즐거운 불사의 삶을 살았다고 한다.

54) 아서Arthur 왕은 6세기경의 전설적인 영국 왕이며, 원탁의 기사 전설로 유명한 인물이다. 디트리히 폰 베른Dietrich von Bern은 중세의 독일 여러 설화와 전설 및 영웅 서사시에 등장하는 용감한 전사다.

고 아발론의 모르가네 여왕 궁전에 머물고 있는 다른 유명한 귀부인들과 비교하면 그저 황야의 어린 양들일 따름이다.[55] 우리는 어떤 다른 궁전이 아니라 이 궁전에서만 언젠가 이 훌륭한 예술가를 만나기를 희망한다. 그럴 것이 우리에게도 그곳에서 좋은 지위가 약속되어 있기 때문이다.[56]

두번째 보도

파리, 1844년 5월 1일

아카데미 로얄 드 뮈지크, 이른바 그랑 오페라는 잘 알려진 바와 같이 레펠레티에르로(路)에 있다, 대략 거리 중간쯤, 레스토랑 파올로 브로기 맞은편에. 브로기는 한때 로시니의 요리사였던 한 이탈리아인의 이름이다. 로시니는 작년에 파리로 왔을 때,[57] 자신의 전 하인의 식당도 방문했다. 그곳에서 식사를 마친 후 그는 식당 문 앞에서 오랫동안 서 있었다. 그랑 오페라 건물을 바라보며 깊은 생각에 잠겨서. 눈물 한 방울이 그

---

55) 멜리오르Melior, 아본데Avonde, 멜루지네Melusine 등은 모두 유럽 신화와 전설에 등장하는 요정들의 이름이다. 귀네비어Guinevere는 아서 왕 전설에 등장하는 아서 왕의 왕비이다. 아발론은 전설상의 요정의 섬으로서, 전설에 따르면 이 섬에서는 용감한 전사들이 사후에 영원한 젊음의 삶을 살아간다 한다.

56) 하이네는 자신이 아름다운 시를 쓰는 시인이며 예술가이므로 사후에 낭만적인 전설의 요정의 나라(아발론)로 갈 수 있다고 암시한다.

57) 로시니는 1843년 5월에 신장 결석 제거 수술을 받기 위해 파리로 왔다.

의 눈가에 맺혔다. 누군가가 그에게 왜 그렇게 슬픈 감정에 사로잡힌 것처럼 보이느냐고 묻자, 이 위대한 마에스트로는 이렇게 답했다. 파올로가 예전처럼 그에게 좋아하는 요리인 파르마산 치즈를 넣은 라비올리를 요리해 주었다고. 그러나 그는 그 절반도 먹을 수 없었다고, 게다가 그나마 먹은 것도 그를 이제 괴롭힌다고. 그전에는 타조의 위를 가졌던 그가 지금은 사랑에 빠진 잉꼬 비둘기만큼도 소화해내지 못한다고.

늙은 조롱꾼 로시니가 그의 무례한 질문자를 어느 정도나 속여먹었는지는 제쳐두기로 하자. 그리고 오늘은 모든 음악 친구들에게 권유하는 것으로 만족하기로 하자. 로시니처럼 레스토랑 브로기에서 라비올리 일인분을 먹고, 그 후에 마찬가지로 레스토랑의 문 앞에서 잠시 머물면서 그랑 오페라의 건물을 바라보라고. 이 건물은 번쩍이는 화려함으로 해서 눈에 확 띄지는 않는다. 오히려 이 건물은 겉으로 보아서는 매우 단정한 마구간 같다. 지붕도 평평하다. 이 지붕 위에는 뮤즈[58]를 나타내는 입상(立像)이 여덟 개 서 있다. 아홉 번째 입상은 없는데, 아아! 그것은 바로 음악의 뮤즈이다. 이 매우 존경할 만한 뮤즈의 부재에 대해서는 기괴망측한 해석들이 떠돌고 있다. 산문적인 사람들은 태풍이 이 뮤즈 상을 지붕에서 떨어트렸다고 말한다. 반면에 시적 정서를 지닌 사람들은 그 가여운 폴리힘니아[59]가 뒤프레[60] 씨의 형편없는 노래에 대한 절망적 발작으로 스스로 뛰어내렸다고 주장한다. 그럴듯한 이야기다. 뒤프레의 깨진 유리 음성은 아주 귀에 거슬리는 소리가 되었기에 어떤 사람도, 뮤즈는

---

58) Muse, 그리스의 신화에서 학예 · 시가 · 음악 · 무용을 관장하는 아홉 여신.

59) Polyhymnia, 그리스 신화에서 찬가 · 무악 · 웅변을 맡은 아홉째 뮤즈.

60) Gilbert Duprez(1806~1896): 1828년 이탈리아에서 큰 성공을 거둔 후 1836년 그랑 오페라로 옮겨온 테너 가수.

더욱더, 그 불협화음을 듣는 것을 견뎌낼 수 없을 지경이다. 이것이 더 오래 계속되면, 므네모시네[61]의 다른 딸들도 지붕에서 떨어질 것이다. 그러니 저녁에 레펠르티에르로에 가는 것은 곧 위험한 일이 될 것이다. 얼마 전부터 그랑 오페라에 창궐하는 형편없는 음악에 대해서는 언급조차 하지 않으련다. 지금 이 순간에는 도니체티가 아직도 가장 뛰어난 음악가다. 이른바 아킬레우스다.[62] 그러니 더 빈약한 영웅들이 어떨지는 쉽사리 생각할 수 있을 것이다. 내가 듣기로는 이 아킬레우스는 그의 천막으로 물러났다 한다.[63] 그는 토라져 있다. 왜 그런지는 신만이 아실 노릇이다! 도니체티는 휴식을 취하려고 생각하고 있기에, 약속된 25개의 오페라를 교부하지 않을 것이라고 그랑 오페라의 감독에게 통고했다. 도니체티가 쉬겠다니! 이 무슨 허풍인가! 풍차가 그런 말을 했다고 해도 우리는 똑같이 웃을 것이다. 바람을 얻으면 풍차는 돈다. 아니면 바람을 얻지 못하면 풍차는 멈춰 선다. 그런데 도니체티는 이곳에 활동적인 사촌을 두었다. 시뇨르 아쿠르시[64]가 그 사람인데, 그는 도니체티를 위해 끊임없이 바람을 만들어준다.

아카데미 드 뮈지크가 우리에게 준 가장 최근의 예술적 즐거움은 알

---

61) Mnemosyne, 뮤즈 여신들의 어머니.

62) 도니체티의 5막 오페라 「돈 세바스티안. 포르투갈의 왕Dom Sebastian, roi de Portugal」은 1843년 11월에 초연되었다. 청중의 반응은 아주 뜨거웠으나 전문가들의 비평은 아주 신랄했다("도니체티의 예술적 파산"). 이에 도니체티는 빈으로 돌아갔으나, 파리에서 이 오페라에 대한 논의는 지속되었다.

63) 호메로스의 서사시 『일리아드』에서 영웅 아킬레우스는 트로이 원정 중에 아가멤논 왕이 여노예 브리세이즈Briseis를 빼앗아 가자 이에 분노해 전투에 참가하지 않고 자신의 군영 안에 칩거했다.

64) Michele Accursi, 이탈리아 출신의 변호사. 1835년 도니체티가 파리에 거주할 때 그는 이 작곡가의 모든 대외 업무를 맡아 처리했다.

레비의 「나폴리의 천민(賤民)」[65]이다. 그런데 이 작품은 슬픈 운명을 가졌다. 그 말인즉, 이 작품은 무참하게 실패했다. 작품의 가치에 대해서는 어떤 언급도 하지 않겠다. 그저 그 끔찍한 종말을 확인할 따름이다.

아카데미 드 뮈지크 또는 이탈리아 오페라하우스에서 어느 오페라가 인기를 얻지 못하거나 아니면 크게 실패할 때마다, 사람들은 그곳에서 얼굴은 창백하고 머리는 석탄처럼 검은, 섬뜩한 외양의 바짝 마른 인물 하나를 보곤 했다. 일종의 남성 안프라우[66]인바, 이 인물의 나타남은 항상 음악적 불행을 의미한다. 이탈리아 사람들은 이 인물을 보기만 하면 화급하게 집게손가락과 가운데 손가락을 펴고는 "저건 예타토레야"[67]라고 말한다. 그러나 경박한 프랑스인들은 미신이라곤 가져본 적이 없기에 그저 어깨를 으쓱하고는 그 형상을 미스터 스폰티니[68]라고 부른다. 실제로 그 인물은 우리 베를린 오페라의 전 총감독이며 「베스타의 무녀」와 「페르디낭 코르테츠」의 작곡가다. 이 두 편의 훌륭한 작품은 인간의 기억 속에서 오랫동안 계속해서 피어날 것이며, 오랫동안 경탄의 대상이 될 것이다. 그 반면에 작곡가 자신은 모든 찬탄을 상실했고, 질투심에 가득 차서 여기저기 출몰하며 살아 있는 사람들의 삶에 대해 화를 내는 그저 시든 유령이 되었다. 그는 자신이 이미 오래전에 죽었고, 그의 지휘봉이 마이어베어의 손으로 넘어간 사실을 체념하고 받아들이지 못하고

---

65) 「나폴리의 천민」은 2막 오페라로서 파리에서의 초연은 성공을 거두지 못했다.

66) "안프라우Ahnfrau"는 '조상 할머니'란 뜻으로 독일의 민중 설화에서 Ahnfrau의 나타남은 항상 불행을 예고한다. 프란츠 그릴파르처Franz Grillparzer의 「안프라우」는 이러한 설화를 모티프로 한 비극이다.

67) 이탈리아어 "예타토레Jettatore"는 민중 설화에서 '눈빛이 사악하고, 남에게 불행을 가져오는 사람'이다.

68) 12장 참조.

있다.[69] 이 죽은 자는 마이어베어 때문에 그가 항상 그토록 사랑했던 베를린에서 쫓겨났다고 주장한다. 그의 이전의 위대함에 대한 연민에서 인내심을 갖고 그의 말을 들어주는 사람은 누구나, 스폰티니가 마이어베어의 작당 음모를 폭로하기 위해 이미 무수히 많은 서류를 모아놓았음을 상세하게 알 수 있을 것이다.

이 불쌍한 남자의 고정관념은 지금도 그리고 앞으로도 마이어베어이다. 그런데 사람들은 어떻게 그의 적개심이 항상 허영심이 너무 많이 섞이는 바람에 무해한 것으로 되는지에 대해 아주 재미있는 이야기들을 하고 있다. 어느 작가가 마이어베어에 대해 자신이 이미 몇 년 전에 보낸, 예를 들면 시를 아직도 작곡하지 않았다고 불만을 늘어놓으면, 스폰티니는 황급히 그 상처 받은 시인의 손을 잡고는 외친다. **"나도 당신과 같은 문제가 있답니다.** 나는 당신이 마이어베어에게 복수할 방법을 알고 있소. 그 방법인즉 당신이 나에 대해 기사를 하나 크게 쓰는 것이오. 그리고 당신이 내 업적을 더 높이 평가할수록 마이어베어는 더 많이 화가 날 것이오." 언젠가 한번 프랑스의 한 장관이 「위그노 교도들」의 작곡가에 대해, 사람들이 이곳에서 그를 대도시적으로 세련되게 대우함에도 불구하고 베를린에서 굴종적인 궁중 관직을 맡은 이 작곡가에게[70] 화를 낸 적이 있었다. 그러자 우리의 스폰티니는 기뻐하며 그 장관에게 뛰어가서 외쳤다. **"나도 당신과 같은 문제가 있답니다.** 당신은 그 배은망덕한 자를 아주 심하게 징계할 수 있습니다. 그자에게 칼침을 먹일 수 있습니다. 당

---

69) 1820년부터 1840년까지 베를린의 음악 총감독이었던 스폰티니는 1841년 초에 해임되었고, 그의 후임으로 마이어베어가 임명되었다.

70) 마이어베어가 1842년 베를린의 음악 총감독직을 맡은 것을 의미한다.

신이 내게 레종 도뇌르의 대장 훈장[71]을 수여함으로써 말입니다." 극히 최근에 스폰티니는 그랑 오페라의 불행한 감독인 레옹 피예가 마이어베어에 대해서 아주 격분해 있음을 발견했다. 마이어베어가 그에게 질 낮은 가수들 때문에 「예언자」[72]를 아직은 주지 못하겠다고 미스터 구앵[73]을 통해 전해 왔기 때문이다. 이 이탈리아인의 두 눈은 그때 어떻게 번쩍였던가! **"나도 당신과 같은 문제가 있답니다."** 그는 기뻐 날뛰며 외쳤다. "그 공명심 덩어리의 자존심에 죽을 정도로 상처를 입힐 기막힌 방도를 하나 말해주겠소. 나를 실물 크기로 조각하시오. 그 조각상을 그랑 오페라의 현관에 세우시오.[74] 그러면 이 대리석 덩어리는 마치 악몽처럼 마이어베어의 마음을 짓누를 것이오." 스폰티니의 심적 상태는 점차 그의 친척들, 특히 부유한 피아노 공장주인 에라르의 가족에게 큰 우려를 주기 시작했다. 스폰티니는 에라르의 가족과 그의 부인을 통해 인척 관계를 맺었다. 극히 최근에 누군가가 이집트의 고대 유물이 전시된 루브르 박물관의 2층 홀에서 스폰티니를 보았다. 기사 스폰티니는 팔짱을 낀 채 마치 입상처럼 거의 한 시간 동안 커다란 미라 앞에 서 있었다. 그 미라의 화려한 황금 가면은 그것이 왕임을 나타내주었다. 그 미라는 자신의 통치 시에 이스라엘의 자손들을 이집트의 땅에서 떠나게 했던 바로 그 아멘호테프였다.[75] 스폰티니는 마침내 침묵을 깨고 그의 고귀한 미라 동

---

71) 레종 도뇌르 대장 훈장Légion d'Honneur Grand Officier은 레종 도뇌르의 2등급 훈장이다.

72) 마이어베어의 오페라 「예언자」는 1848년에야 비로소 파리에서 공연되었고 대성공을 거두었다.

73) Louis Gouin(1780~1856): 마이어베어의 에이전트.

74) 1846년 그랑 오페라의 입구에 로시니의 조각상이 세워졌다.

75) 아멘호테프(Amenhotep 혹은 Amenophis)는 고대 이집트 18대 왕조 파라오들의 칭호이다. 하이네는 성서에 의거해 이 왕조 때에 이른바 '출애굽', 즉 이스라엘 민족의 이집

포에게 이렇게 말했다. "불운의 파라오여! 그대가 나의 불행에 책임이 있도다. 그대가 이스라엘의 자손을 이집트 땅에서 떠나게 하지 않았다면, 아니면 그들을 모조리 나일 강에서 익사하게 만들었다면, 그랬던들 나는 마이어베어나 멘델스존으로 인해 베를린에서 쫓겨나지 않았을 테고, 나는 아직도 여전히 그곳에서 그랜드 오페라와 궁중 콘서트를 지휘하고 있을 것이다. 불운의 파라오여, 허약한 악어의 왕이여, 그대의 미숙한 조처로 인해서 나는 지금 몰락한 사람이 되었고, 모세와 알레비와 멘델스존과 마이어베어가 승리했도다!" 그 불행한 남자는 이런 연설을 했고, 우리는 그에게 동정을 금할 수 없다.

마이어베어에 관련해 말하자면, 위에서 시사되었듯이, 그의 「예언자」 공연은 오랫동안 지체될 것이다. 그 자신은 그러나, 신문들이 최근 보도한 것과는 달리, 베를린에 영원히 거처를 정하지는 않을 것이다. 그는 지금까지 그랬던 것처럼, 1년의 절반은 이곳 파리에서 그리고 나머지 절반은 베를린에서 번갈아 보낼 것이다. 이런 교차 거주를 할 계약상의 의무를 그는 지니고 있다. 그의 상황은 프로세르피나[76]를 많이 연상시킨다. 다만 이 불쌍한 마에스트로는 여기서나 저기서나 그의 지옥과 지옥의 고통을 발견할 따름이다. 우리는 이번 여름에도 그가 이곳, 아름다운 저승에 오리라고 기대하고 있다. 음악적 남자 악마들과 여자 악마들의 몇몇 무리가 이미, 그의 귀청이 찢어지도록 울부짖기 위해 그를 고대

트 탈출이 이루어졌다고 말하고 있다. 그러나 최근의 연구에 의하면 이 탈출은 19대 왕조에 이르러서 이루어졌다.

76) 로마 신화에서는 프로세르피나Proserpina, 그리스 신화에서는 페르세포네Persephone 로 불리는 저승의 여왕. 제우스와 데메테르의 딸로서 저승의 왕 하데스에게 유괴되어 그의 왕비가 되었다. 딸을 보고 싶어 하는 어머니의 간청을 받아들여 제우스는 그녀가 1년의 반은 이승에서, 나머지 반년은 저승에서 보내도록 허용했다.

하고 있는 이곳으로. 아침부터 저녁까지 그는 이곳에서 데뷔하려는 남녀 가수들의 노래를 들어야 하는 것이다. 그리고 자유 시간에는 여행 중인 영국 여인들의 기념첩에 서명하느라고 바삐 지내야 한다.

금년 겨울에 그랑 오페라에 데뷔한 신인들은 아주 많았다. 한 독일 동포 남성이 「위그노 교도들」의 마르셀 역으로 데뷔했다. 그는 아마도 독일에서 그저 거친 촌사람, 곰이 으르렁대는 듯한 깊은 저음의 음성을 가진 촌사람이었고, 그래서 파리에서 베이스 가수로 나설 수 있다고 믿었을 것이다. 그 친구는 마치 야생 나귀처럼 소리 질렀다. 독일 여자로 의심되는 숙녀 한 분도 레펠레티에르로(路)의 무대에 등장했다. 그녀는 덕성이 아주 높은 사람임이 틀림없는 듯한데, 노래는 매우 엉망으로 불렀다. 사람들의 주장으로는, 노래만이 아니라 그녀의 모든 것이, 머리도, 치아의 3분의 2도, 허리도, 엉덩이도, 모든 것이 엉망인데, 다만 그녀의 숨결만은 진짜란다. 그리고 그 때문에 뻔뻔한 프랑스인들도 공손하게 그녀에게서 멀리 떨어져 있어야만 했단다. 우리의 프리마 돈나 마담 스톨츠[77]는 오래는 버티지 못할 듯하다. 지반이 무너졌고, 비록 그녀가 여성 특유의 모든 술책을 맘대로 사용할 수 있다 해도, 결국에는 위대한 자코모 마키아벨리[78]를 당해내지 못할 것이다. 그는 그의 「예언자」에서 주인공 역을 맡아 노래를 부를 가수로서 마담 스톨츠 대신에 비아르도-가르시아[79]와

---

[77] Rosine Stoltz(1815~1903): 당시 프랑스의 유명한 메조소프라노 가수로 파리의 오페라에서 활동했다.

[78] 자코모 마이어베어를 가리킨다. 하이네는 그가 마키아벨리처럼 술책의 능수임을 간접적으로 암시하고 있다.

[79] Pauline Viardot-Garcia(1821~1910): 19세기 초반 유럽을 풍미한 전설적인 메조소프라노 가수. 1839년 5월 9일 런던의 이탈리아 극장에서 「오셀로」의 데스데모나 역을 맡아 데뷔한 이후 선풍적 인기를 끌었다.

계약을 맺고 싶어 한다. 마담 스톨츠는 그녀의 운명을 예견하고 있다. 그녀는 그랑 오페라의 감독이 그녀에게 바치는 끔찍한 사랑조차도, 소리 예술의 그 위대한 대가가 교묘한 술책을 동원하면, 그녀를 도울 수 없음을 예감하고 있다. 그래서 그녀는 자유 의지로 파리를 떠나기로, 결코 다시 돌아오지 않기로, 그리고 낯선 땅에서 그녀의 생을 마감하기로 결심했다. **배은망덕한 조국이여,** 하고 그녀는 최근에 말했다. **내 유골도 너는 가질 수 없다.** 사실 얼마 전부터 그녀는 실제로 그저 가죽과 뼈로만 구성되어 있다.

오페라 부파[80]의 이탈리아인들에게도 지난겨울에는 그랑 오페라와 마찬가지로 빛나는 실패들이 있었다. 그곳에서도 가수들에 대해 불만이 많이 제기되었다. 다른 점이라면 이탈리아인들은 때로는 노래 부르려고 하지 않는 데 비해 가엾은 프랑스 가수들은 노래를 부를 수 없다는 것이다. 뛰어난 나이팅게일 쌍인 시뇨르 마리오와 시뇨라 그리시[81]만이 늘 정시에 살 방타두르[82]의 그들에게 정해진 자리에 섰고, 그곳에서 우리에게 활짝 핀 봄을 노래해주었다. 밖에는 눈과 바람이, 그리고 피아노 콘서트들이, 그리고 하원에서의 논쟁이, 그리고 폴카 광풍이 휩쓸고 있는 반면에 말이다. 그렇다, 그들은 사랑스럽고 매력적인 나이팅게일이다. 그리고 이탈리아 오페라 하우스는 영원히 꽃 피고 노래하는 숲이다. 겨울의 우울함이 안개처럼 나를 감쌀 때면, 또는 삶의 스산함이 견디기 어려울 때면,

---

80) Opera buffa, 영어로는 comic opera. 오페라의 한 장르의 명칭이자 동시에 파리에서 주로 이탈리아의 희가극을 공연했던 오페라 하우스를 뜻한다.

81) 테너 마리오(Giuseppe Mario Cavaliere di Candia, 1810~1883)와 소프라노 그리시(Giulia Grisi, 1811~1869)는 1839년 런던에서의 합동 출연 이후 늘 공동으로 오페라에 출연했다. 두 사람이 실제로 부부가 된 것은 1856년이었다.

82) 파리의 이탈리아 오페라 하우스는 1841년부터 살 방타두르Salle Ventadour에 위치했다.

그곳으로 나는 자주 피신한다. 그곳, 약간 숨겨진 칸막이 관람석의 달콤한 구석에서 나는 다시금 기분 좋게 몸이 따뜻해진다. 최소한 추위 속에서 피를 흘리지는 않는다. 멜로디의 마법은 직전까지 답답한 현실이었던 것을 시로 변화시킨다. 고통은 꽃의 아라베스크 속에서 소멸되고, 가슴은 곧 다시 웃는다. 마리오가 노래 부르면, 그리고 이 사랑하는 울새의 노랫소리가 마치 눈에 보이는 메아리같이 그리시의 두 눈에 반영될 때면, 이 무슨 희열이 이는가! 그리시가 노래하면, 그리고 그녀의 음성에 마리오의 애정 어린 시선과 행복한 미소가 멜로디처럼 울려 퍼질 때면, 이 무슨 환희가 용솟음치는가! 그들은 사랑스러운 한 쌍이다. 나이팅게일을 새들 중의 장미라고, 그리고 장미를 꽃들 중의 나이팅게일이라고 부른 페르시아의 시인[83]은 이들에게서 처음으로 혼란에 빠질 것이다. 그럴 것이 마리오와 그리시 이 둘은 노래뿐 아니라 아름다움에서도 뛰어났기 때문이다.

이 매력적인 한 쌍에도 불구하고 우리는 이 오페라 극장의 희가극 가수들에 폴랭 비아르도, 또는 우리가 즐겨 부르는 이름으로 가르시아가 빠진 것을 무척 아쉬워한다. 그녀는 대체되지 않았다. 그리고 아무도 그녀를 대신할 수 없다. 그녀는 그저 종족 특유의 재능을 가진, 그래서 봄의 노래들이나 흐느끼고 지저귀는 나이팅게일이 아니다. 그녀는 장미도 아니다. 못생겼기 때문이다. 그러나 그녀의 추함은 고귀한 추함이다. 아름답다고까지 말하고 싶은 추함이다. 그 위대한 사자의 화가 라크루[84]를 여러 번 열광하도록 매혹한 추함인 것이다! 실제로 가르시아는 우리 유럽 고향의 문명화된 아름다움이나 온순한 우아함은 별로 연상시키지 않

---

83) 페르시아의 시인 하피츠(Hafiz, 또는 Hafis).
84) 라크루Lacroix는 프랑스의 대표적인 낭만주의 화가 외젠 들라크루아(Ferdinand Victor Eugène Delacroix, 1798~1863)의 애칭이자 별명이다.

는다. 오히려 반대로 이국적이고 거친 황야의 소름 끼치는 화려함을 생각나게 한다. 그녀가 열창(熱唱)하는 많은 순간에는, 특히 그녀가 눈부시게 하얀 치아를 가진 큰 입을 아주 크게 벌리고서 잔혹할 정도로 달콤하고 우아하게 이를 보이면서 웃을 때면, 그럴 때 사람들은 힌도스탄[85]이나 아프리카의 어마어마한 식물과 동물 종류까지도 나타날 것만 같은 기분이 든다. 사람들 마음에는 이제 수천 송이의 꽃이 핀 덩굴들에 휘감긴 거대한 종려나무가 솟아오를 것만 같은 생각이 든다. 이제 갑자기 표범 한 마리가, 또는 기린 한 마리가, 또는 어린 코끼리 한 떼가 무대 위를 달려가도 사람들은 놀라지 않을 것이다. 이 여가수가 다시 파리로 오는 여정에 올랐다는 소식을 우린 아주 만족해서 듣는다.

아카데미 드 뮈지크가 아주 비참하게 넘어져 있던 반면에, 그리고 이탈리아인들도 마찬가지로 비통하게 몸을 질질 끌며 가고 있던 반면에, 세번째의 서정적 무대, 즉 오페라 코미크가 더없이 기쁜 정점에 올랐다. 여기서는 하나의 성공이 다른 성공을 추월했고, 돈궤에서는 항상 기분 좋게 짤랑거리는 소리가 났다. 그렇다, 월계관보다는 돈이 더 많이 거둬들여졌고, 이는 오페라 극장의 감독에게는 틀림없이 불행은 아닐 터이다. 오페라 코미크가 공연한 새로운 오페라들의 텍스트는 항상 스크리브의 작품이었다. 스크리브는 언젠가 "돈이란 환상이다!"라는 위대한 말을 한 사람이다. 그러나 그는 이 환상을 계속해서 쫓아다녔다. 그는 돈의 사람, 짤랑거리는 사실주의의 사람이다. 쓸모없는 저 구름 위 세계의 낭만에는 빠져들지 않는다. 그는 타산적 결혼의, 산업 부르주아지의, 그리고 이익 배당의 세속적 현실에 달라붙어 있다. 오베르[86]가 음악을 맡

---

85) 힌도스탄Hindostan, 인도와 동인도의 페르시아 이름.
86) Daniel François Esprit Auber(1782~1871): 당시 프랑스의 작곡가.

은 스크리브의 새 오페라 「세이렌」[87)은 엄청난 성공을 거두었다. 작가와 작곡가는 서로서로 아주 잘 어울린다. 그들은 흥미로운 것을 향한 아주 세련된 감각을 갖고 있고, 그래서 우리를 기분 좋고 즐겁게 만들어줄 줄 안다. 그들은 그들 기지의 결정체인 보석의 번쩍이는 다양한 면을 통해 우리를 황홀하게 하고 눈부시게 하기까지 한다. 그들은 아주아주 사랑스러운 조그마한 것들을 조합하는 어떤 세밀 가공의 재능을 갖고 있다. 그래서 사람들은 그들의 작품을 볼 때면 시(詩)란 것이 존재한다는 사실을 잊게 된다.[88) 그들은 일종의 고급 예술 창녀. 과거의 모든 유령 이야기를 우리의 기억에서 미소로써 쫓아내고, 또 교태 부리며 시시덕거림으로써 윙윙거리는 미래에 대한 생각들을, 그 보이지 않는 모기들을 마치 공작의 깃털로 만든 부채처럼 우리에게서 쫓아 날려 보내는 예술 창녀인 것이다. 이 악의 없이 음란한 장르에 아당[89) 또한 속해 있다. 그도 그의 「칼리오스트로」[90)로 역시 오페라 코미크에서 아주 경박한 월계관을 거둬들였다. 아당은 사랑스럽도록 기뻐할 만한 출현이며, 아직도 더 큰 발전이 가능한 탤런트다. 토마 역시 칭찬의 언급을 받을 가치가 있다. 그의 오페레타 「미나」는 큰 성공을 거두었다.[91)

---

87) 오페라 「세이렌La Sirene」은 1844년 3월 26일 오페라 코미크에서 초연되었고 큰 성공을 거두었다. 세이렌은 그리스 신화에 등장하는 반인반조(半人半鳥)의 요정으로서 아름다운 노래로 뱃사공을 유혹했다고 한다.

88) 스크리브의 이른바 "잘 만들어진 희곡piece bien faite"이 오로지 흥미 위주의 작품이며 예술성이 결여되었다는 비판은 당시의 저명한 예술가들에 의해 꾸준히 제기되었다.

89) Adolphe Charles Adam(1803~1856): 프랑스의 발레 음악과 오페라 작곡가이자 음악 평론가. 발레곡 「지젤」, 오페라 「투우사」, 그리고 크리스마스 캐럴 「거룩한 밤」은 그의 대표적 작품으로 알려져 있다.

90) 아당의 오페라 「칼리오스트로」는 이탈리아의 전설적인 모험가이자 사기꾼인 알레산드로 디 칼리오스트로(Alessandro di Cagliostro, 1743~1795)를 소재로 한 작품이다.

91) 토마(Charles Louis Ambroise Thomas, 1811~1896)의 3막 오페레타 「미나Mina」는

그러나 이 모든 성공은 「탈영병」의 인기에, 오페라 코미크가 망각의 낡은 상자에서 끄집어낸 몽시니의 한 오래된 오페라의 인기에 압도되고 있다.[92] 이 작품에는 진짜 프랑스적 음악이, 더없이 밝고 쾌활한 우아함이, 무해한 달콤함이, 숲 속 꽃들의 향기 같은 청량함이, 자연의 진실이, 심지어는 시도 들어 있다. 그렇다, 시도 없지 않다. 그러나 이 시는 무한함의 전율이 없는, 신비에 가득 찬 마법이 없는, 비애가 없는, 아이러니가 없는, 유연함과 부드러움이 없는 시다. 나는 우아하게 농부적인 건강함의 시라 말하고 싶다. 몽시니의 오페라는 내게 그의 동시대인인 화가 그뢰즈[93]를 연상시킨다. 이곳에서 나는 그뢰즈가 그린 시골 풍경화들을 직접 보았는데, 그때 나는 마치 이 풍경에 상응하는 음악 작품을 듣는 것 같았다. 몽시니의 오페라를 듣노라니, 동일한 시대의 조형 예술과 낭송 예술이 항상 하나의 동일한 정신을 호흡하고 있다는 사실이, 그리고 그 예술들의 명작품들이 서로 강한 친화력을 보여주고 있다는 사실이 내게 아주 분명해졌다.

나는 음악 시즌이 아직 끝나지 않았음을, 그리고 올해는, 모든 관습에 반하여, 음악 시즌이 5월까지 계속 울린다는 사실을 언급하지 않고서는 이 보도문을 마칠 수 없다. 아주 중요한 무도회와 콘서트가 이 순간에도 열리고 있다. 그래서 폴카가 아직도 피아노와 경쟁하고 있다. 귀와 발은 모두 지쳤지만, 아직은 쉬러 갈 수가 없다. 이번에 아주 일찍 온

1843년 10월 10일 오페라 코미크에서 초연되었다.
92) 「탈영병Le Déserteur」은 1769년에 초연된 몽시니(Pierre Alexandre de Monsigny, 1729~1817)가 작곡한 오페라이다. 몽시니는 로코코 시대 프랑스 고유의 오페라 코미크를 창시한 작곡가로 인정받는다.
93) Jean-Baptiste Greuze(1725~1805): 프랑스의 풍속 화가. 주로 도덕성을 강조하는 가족의 삶을 소재로 한 작품들을 남겼다.

봄은 악평이 자자하다. 사람들은 녹색 잎사귀나 햇빛을 거의 보지 못했다. 의사들, 아마 특히 정신과 의사들은 곧 매우 할 일이 많아질 것이다. 이 가지각색 도취의 와중에, 이 향락의 광란 속에, 이 노래하고 뜀뛰는 소용돌이 속에 죽음과 광기가 도사리고 있다. 피아노의 해머는 우리의 신경에 무섭게 영향을 미친다. 그리고 폴카 이 커다란 회전병(回轉病)은 우리에게 최후의 일격을 가한다.

추후 기록

나는 우울한 변덕으로, 위의 기사들에 다음 몇 장의 글을 추가한다. 이 글들은 1847년에 속한 것으로 내 마지막 음악 보도문을 이룬다. 그 이후부터 내게는 모든 음악이 종식되었다.[94] 도니체티가 겪는 고통의 모습을 끼적거릴 때 나는 예감하지 못했다. 비슷한 그리고 훨씬 더 고통스러운 불행이 내게 접근해 오고 있음을. 그 짤막한 예술 기사는 다음과 같다.

구스타프 아돌프,[95] 그 영광에 찬 기억 이후 그 어떤 스웨덴 사람의 명성도 예니 린트[96]만큼 세계에서 그렇게 큰 소란을 일으키지 못했다.

---

94) 1847년에 하이네의 병은 극도로 악화되어 거의 외출을 할 수 없었다. 하이네가 완전히 전신 불구가 된 이른바 '침대무덤 시기'는 1848년 초에 시작되었다.

95) 스웨덴의 구스타프 아돌프 2세(Gustav II. Adolf, 1594~1632)를 가리킨다. 스웨덴을 강국으로 만든 왕으로 '북방의 사자'라는 별명으로도 불렸다. 30년 전쟁에 참전해 많은 승전을 기록했으나 뤼첸 전투에서 중상을 입고 전사했다.

96) Jenny Lind(1820~1887): 본명은 Johanna Maria Lind. 스웨덴 출신의 성악가로 19

그녀를 둘러싼 소동에 대해서 영국에서 전해 오는 소식들은 거의 믿을 수 없을 지경에 달한다. 신문들에는 오로지 승리의 나팔 소리와 팡파르만이 울리고 있다. 우리는 오로지 핀다로스 송가(頌歌)만을 들을 뿐이다. 친구 하나가 어느 영국 도시에 대해 내게 이야기해주었는데, 그곳에서는 이 스웨덴의 나이팅게일이 입성하자 도시의 모든 종이 울렸다 한다. 그곳의 주교는 이 사건을 진기한 설교를 통해 축하했단다. 그는 장의사(葬儀社) 주인의 장의 예복과 유사한 성공회 주교의 복장을 하고는 중앙 회당의 설교단에 올라서서 이 도시에 새로 온 예니를 여성의 옷을 입은 구세주라고, 그녀의 노래를 통해 죄악에서 우리의 영혼을 해방해주기 위해서 하늘에서 내려온 여성 구원자라고 환영 인사를 했단다. 반면에 다른 여가수들은 같은 정도로[97] 마녀들이란다. 노래를 불러 우리를 사탄의 목구멍 속으로 몰아넣는 마녀들이란다. 이탈리아 여자인 그리시와 페르시아니[98]는 지금쯤 질투와 분노로 카나리아 새처럼 누렇게 되었을 것임이 틀림없다. 반면에 우리의 예니는, 이 스웨덴의 나이팅게일은, 하나의 성공에서 또 다른 성공으로 훨훨 날아다니고 있다. 나는 '우리의' 예니라고 말하고 있는데, 이는 이 스웨덴의 나이팅게일이 근본적으로는 작은 스웨덴만을 독점적으로 대표하는 것이 아니라 게르만 민족 전체를, 침베르족도 그리고 튜턴족도 마찬가지로[99] 대표하기 때문이다. 그녀는 또한 독

세기 가장 높은 평가를 받는 오페라 가수 중 한 명이다. "스웨덴의 나이팅게일"로 불리기도 했다.

97) "같은 정도로"는 다른 여가수들이 예니 린트의 구원적 행위와 상응할 정도로 악마적 행위를 한다는 뜻이다.

98) Fanny Persiani(1812~1867): 이탈리아 출신의 소프라노 가수로서 1837년부터 파리의 이탈리아 오페라 하우스의 스타 가수들 중의 한 명이었다.

99) 침베르(cimber 또는 Zimber)족이나 튜턴Teutone족은 모든 게르만 민족에 속한다.

일 여자이기도 하다. 엘베 강변과 네카어 강변에 사는 그녀의 야생적이며 식물 잠을 자고 있는[100] 자매들과 마찬가지로 말이다. 그녀는 독일에 속한다. 프란츠 호른의 확언에 따르면, 셰익스피어가 우리에 속하는 것과 마찬가지로.[101] 그리고 스피노자 역시, 그의 가장 내적인 본성에 따르면 오로지 독일 사람일 수밖에 없다. 그러니 우리는 자랑스럽게 예니 린트를 우리 사람이라고 부른다! 환호하라 우커마르크여,[102] 너 또한 이 영광에 참여하고 있으니! 뛰어올라라. 마스만이여, 네 조국의 가장 기쁜 도약을 하라. 그럴 것이 우리의 예니는 로마적 거지 언어가 아니라 고딕적, 스칸디나비아적, 가장 독일적인 독일어를 말하기 때문이다. 그러니 그대는 그녀를 동포로서 환영할 수 있도다. 다만 그녀에게 그대의 독일 손을 내밀기 전에 좀 씻어야 할 것이다. 그렇다, 예니 린트는 독일 여자다. 린트라는 이름이 이미 보리수[103]를 연상시킨다. 그리고 보리수는 독일 참나무의 아주머니다.[104] 그녀는 남유럽 출신의 프리마 돈나처럼 검은 눈을 갖고 있지 않다. 그녀의 푸른 두 눈에는 북구의 정서와 달빛이 유영한다. 그녀의 목에서는 가장 순결한 처녀성이 소리 내어 울린다. 바로 그

---

100) 하이네는 독일이 프랑스나 영국처럼 역사적 발전을 하지 못하고 '정체'된 상황을 흔히 '식물처럼 잠을 자고 있다'는 말로 비유했다.

101) Franz Christoph Horn(1781~1837): 독일 비더마이어 시대의 유명한 문학사가이자 작가로 『셰익스피어의 연극들』이라는 주해서를 편찬하기도 했다. 호른은 이 주해서의 5권 서두에 "많은 독일적인 것을 자신 안에 갖고 있는 이 시인이, 게다가 완전히 독일인처럼 보이기도 하는데, 확실한 정보에 따르면, 영국에서 태어났고 영어로 집필했다"고 유감스러운 듯이 썼다. 하이네는 당시 독일에 만연하기 시작한 설익고 배타적인 독일 민족주의에 대한 야유와 비판을 평생 멈추지 않았다.

102) 우커마르크Uckermark, 독일 북서부에 있는 오랜 역사를 가진 지역. 19세기의 우커마르크는 당시 낙후한 독일에서도 가장 낙후한 지역으로 알려졌다.

103) 독일어로 린데Linde.

104) 하이네는 때로 보리수와 참나무를 독일적인 것의 상징으로 사용했다.

렇다. "**그녀의 음성에는 처녀성이 들어 있다**", 런던의 모든 **노처녀**가 이렇게
말했다. 점잔빼는 숙녀분과 신앙심 깊은 신사분이 모두 새침을 떨며 이
말을 따라 했다. 아직도 생생하게 남아 있는 리처드슨[105]에 대한 **나쁜 집
착**이 여기에 동조하고 있다. 그래서 전 영국이 예니 린트에게서 노래하
는 처녀성을, 노래 불린 순결성을 찬미하는 것이다. 이것이 예니가 영국
에서 찾아낸, 그리고 우리끼리 하는 말이지만, 잘 이용할 줄 알았던 그
이해할 수 없는, 수수께끼처럼 거대한 열광에 대한 열쇠임을 우린 솔직
히 털어놓는 바이다. 그녀가 곧 세속적인 노래를 다시 그만두기 위해서,
그리고 필요한 액수의 지참금을 지니고 젊은 신교 성직자와 결혼하기 위
해서, 오로지 그 때문에 노래 부른다는 소문이 돌기도 했다. 그 성직자
는 목사인 슈벤스케인바, 그는 그동안 고향에서, 웁살라 뒤 모퉁이를 돌
아서 왼편에 있는 그의 목가적 목사관에서 그녀를 고대하고 있단다. 그
이후로 젊은 목사 슈벤스케는 그저 하나의 신화일 따름이며, 그 높으신
처녀의 진짜 약혼자는 스톡홀름 무대의 늙고 김빠진 희극배우인 것처럼
주장하는 소문도 물론 나돌고 있다.[106] 그러나 그것은 물론 비방이다. 이
순결한 프리마 돈나[107]의 정조 의식은 파리에 대한, 이 현대판 소돔에 대
한 그녀의 혐오감에서 가장 아름답게 나타난다.[108] 그녀는 기회 있을 때

---

105) Samuel Richardson(1689~1761): 영국의 소설가. 그가 편지 형식으로 쓴 감상적이
고 시민적-도덕적인 소설들은 유럽의 감상주의 예술 성립에 큰 영향을 미쳤다. 하이네
는 리처드슨 작품의 '산문적 속물 시민성'에 대해 비판적인 입장을 견지했다.

106) 예니 린트는 1847년 스웨덴의 오페라 가수 율리우스 귄터Julius Günther와 약혼했으
나, 1852년 작곡가인 오토 골드슈미트Otto Goldschmidt와 결혼했다.

107) 하이네가 '순결한'의 의미로 사용한 라틴어 immaculata는 가톨릭교회에서 성모 마리
아 앞에 오는 형용사다. 하이네의 풍자적 의도가 엿보이는 대목이다.

108) 예니 린트는 1842년 파리 그랑 오페라의 공개 채용 노래 테스트에서 탈락했다. 하이
네는 이것이 그녀가 파리를 회피하는 원인일 것임을 암시하고 있다.

마다 이 혐오감을 이야기한다. 해협 건너편 도덕의 **여자 수호성인**[109)들을 지고로 교화하기 위해서 말이다. 예니는 더없이 확고하게 자신과 약속했다. 레플레티에르로(路)의 죄악의 무대에서 그녀의 노래하는 처녀성을 프랑스 청중에게 결코 내주지 않겠노라고. 그녀는 레옹 피예[110) 씨가 그녀의 중매인을 통해 제안한 것을 모두 단호하게 거절했다. 늙은 폴릿 같으면 "이 거친 덕성은 나를 놀라게 한다"고 말할 것이다.[111) 지금의 나이팅게일이 과거 몇 년 동안 이미 한 번 파리에 있었고, 다른 노래 새들과 마찬가지로 이곳의 죄악에 찬 콩세르바투아르에서 음악 교육을 받았다는 민중 설화는 근거가 있는 것일까? 다른 노래 새들은 그 후 매우 방탕한 방울새가 되었다. 아니면 예니는 여가수에게서 도덕이 아니라 오로지 목소리만을 홈뜯는, 그리고 교육의 부족을 가장 큰 악덕으로 간주하는 파리의 야비한 비판을 두려워하는 것인가? 그건 그렇다 치고, 우리의 예니는 이곳 파리로 오지 않으며, 프랑스인들을 노래로써 죄악의 늪에서 건져주지 않을 것이다. 프랑스인들은 영원한 저주 속에 빠져 있어야 한다.

　이곳 파리의 음악계는 모든 것이 예전 그대로이다. 아카데미 로얄 드 뮈지크 안은 여전히 음울하고 축축하고 추운 겨울이다. 밖에는 오월의 태양과 제비꽃 향기가 가득하건만. 현관에는 여전히 신적(神的)인 로시니의 입상이 서 있다. 비애에 차 슬퍼하며. 그는 침묵하고 있다. 피예가 진정한 천재 로시니의 입상을 그의 생존 시에 이미 세운 사실은 그에게 큰

---

109) "여자 수호성인"은 도덕이나 순결성만을 요란하게 외치는 여자들에 대한 풍자적 표현이다.

110) 레옹 피예Leon Pillet는 당시 파리 그랑 오페라의 감독이었다.

111) 폴릿Amias Paulet은 프리드리히 실러의 드라마 「마리아 스튜어트Maria Stuart」에서 마리아의 보호자 역을 하는 기사이다. 그러나 앞의 대사는 레싱G. E. Lessing의 드라마 「현자 나탄Nathan der Weise」에서 인용된 것이다.

명예다. 질투와 시기에 가득 차서 이 입상을 바라보는 찡그린 얼굴들보다 더 우스꽝스러운 것은 없을 것이다. 시뇨르 스폰티니가 그곳을 지나갈 때, 그는 매번 이 돌과 부딪힌다. 우리의 위대한 마에스트로 마이어베어는 이 점에서는 훨씬 더 영리하다. 저녁에 그랑 오페라 안으로 갈 때면, 그는 이 대리석과의 맞부딪침을 항상 조심스럽게 피했다. 심지어 그는 이 석상을 보려고도 하지 않았다. 바로 이 방식으로 유대인들은 로마에서, 아주 바쁜 업무상 행차에서도, 그 불길한 티투스의 개선문과 마주치지 않기 위해 아주 먼 길을 돌아서 갔다. 이 개선문이 예루살렘의 멸망을 기념하기 위해서 세워졌으니.[112] 도니체티의 상태에 대한 소식들은 날마다 더 참담해진다.[113] 그의 멜로디들이 요술처럼 기쁨을 일깨워 이 세상을 흥겹고 밝게 만들어주는 반면에, 사람들이 그의 음악을 도처에서 노래하고 흥얼대는 반면에, 그 자신은 파리의 한 병원에 앉아 있다. 백치의 끔찍한 모습을 하고서. 오직 자신의 옷치장에 대해서만 그는 얼마 전까지도 어린아이 같은 의식을 유지하고 있었다. 그래서 사람들은 날마다 조심스럽게 그에게 옷을 입혀주어야만 했다. 완벽한 축제 의상으로, 연미복에는 그가 받은 훈장을 모두 달고. 그렇게 그는 꼼짝 않고 앉아 있었다. 손에는 모자를 들고, 이른 아침부터 늦은 저녁까지. 그러나 그것도 중단되었다. 그는 이제 아무도 알아보지 못한다. 그것이 인간의 운명인 것을.

---

112) 후일 로마의 황제가 된 티투스Titus Vespasianus는 서기 70년에 예루살렘을 파괴했다.
113) 도니체티는 1845년 정신분열증에 걸렸고, 3년 후에 사망했다.

『루테치아』와 예술적 다큐멘터리 문학의 가능성

1

하인리히 하이네(Heinrich Heine, 1797~1856)는 독일의 대표적 서정시인이자 또한 참여 문학 작가이기도 하다. 아름다운 서정시가 주류를 이룬 청년기를 거쳐 점차 문학의 현실 참여를 주창하는 앙가주망의 작가로 변신했다. 1831년 정치적 박해를 피해 프랑스로 망명했고, 그곳에서 삶을 마감했다. 1830년대 후반부터는 편협하고 비예술적인 정치 문학을 배격하고 좀더 높은 차원에서의 현실 참여를 지향하는 순수 예술을 옹호했다. 그는 어떠한 기성 이념도 수긍하지 않았고, 세계의 모든 것을 끊임없이 비판적으로 의문시한 시인이었다. 그가 유대인 출신의 시인이자 독일의 배타적 민족주의를 신랄하게 비판한 저술가이기에, 나치 치하의 독일에서는 그의 작품이 모두 금지되고 책들이 불태워졌다. 대표적 시집으로는 초기의 『노래의 책』과 중기의 『신시집』, 그리고 후기의 『로만체로』를 들 수 있으며, 대표적 운문 서사시로는 『독일—어느 겨울 동화』

와 『아타 트롤―어느 여름밤의 꿈』을, 대표적 산문 작품으로는 『여행 화첩』 『슈나벨레보프스키 씨의 회상』 『낭만주의 학파』 『독일의 종교와 철학의 역사』 『프랑스의 상황』 『루트비히 뵈르네―한 편의 회고록』 『루테치아』 등을 들 수 있다. 멘델스존의 작곡으로 유명해진 『노래의 날개 위에』, 강의 요정과 뱃사공의 비극적 사랑을 노래한 『로렐라이』, 슈만이 작곡한 연가곡 『시인의 사랑』에 실린 시들은 국내에도 잘 알려진 하이네의 초기 서정시들이다.

2

　하이네의 『루테치아*Lutezia*』는 엄격한 의미에서 문학 작품은 아니다. 이 작품은 프랑스 파리에 망명 중이던 하이네가 1840년부터 1848년까지 독일 신문 『아우크스부르크 알게마이네 차이퉁*Augsburger Allgemeine Zeitung*』과 계약을 맺고 독자들을 위해 파리에서의 중요한 정치적·사회적 사건이나 인물, 문화 행사나 주요 흐름, 학문 연구와 그 동향, 그리고 민중의 일상적 삶의 모습을 기사화해서 보낸 글들의 모음이다. 신문 연재가 종결되고 6년 후 1854년에 하이네는 이 기사들을 선별하여 보충과 개정 작업을 한 다음 부록을 몇 개 첨부하여 독립된 책으로 출판했다. 이 책이 '파리'라는 도시와 그 안에서 진행되어가는 다양한 삶의 행태를 조명하고 있기에, 다시 말하면 파리가 실질적으로 이 책의 주인공이기에 하이네는 책의 제목을 『루테치아』로 정했다. 이 라틴어 명칭은 약 6세기까지 통용된 파리의 옛 이름이다.

　『루테치아』는 그러나 단순한 사건 보도 기사들의 종합은 아니다.

"정치, 예술 그리고 민중의 삶에 대한 보고서"라는 부제가 말해주듯 이 책은 '파리'라는 하나의 거대한 종합적 현상의 다양한 모습을 다양한 측면과 다양한 시각으로 묘사한다. 사회적으로는 시장 경제의 대두와 산업 혁명으로 인한 자본주의적 시민 사회의 발전, 그리고 이로 인한 삶의 양식의 변화, 무엇보다도 황금만능의 사고방식이 인간 존재의 모든 것을 결정하는 모습이 때로는 신랄하게 풍자되고 때로는 음울하고 비관적인 탄식의 대상으로 묘사된다. 봉건적 신분 사회에서 현대의 계급 사회로 이행되는 과정에서 사회 최하층으로 전락한 민중, 소외되고 억압받고 착취당하는 이들의 고통과 분노, 그리고 이로 인한 사회적 불안에 대한 깊은 우려는 이 책을 일관하는 주제 중 하나이다. 어떤 의미에서 『루테치아』는 미래의 프롤레타리아트 혁명에 대한 하이네의 예언서이기도 하다. 사회 정의 측면에서 본 이 혁명의 필연성에 대한 공감, 그러나 예견되는 이 혁명의 과격함과 폭력성 및 '절대적 평등'이라는 이름하에 나타날 획일적이며 집단주의적인 공동체에 대한 불안은 공산주의에 대한 하이네의 이중적 평가의 근간을 이룬다.

정치적으로는 당시 불완전한 민주주의 제도의 실상과 모순이 여과 없이 그대로 드러나고 있다. 일정 액수 이상 세금을 내는 사람들에게만 선거권을 주는 불평등 선거, 이 선거의 결과로 정권을 잡은 산업 부르주아지, 이들이 지배하는 의회에서의 권력 투쟁과 이로 인한 상시적 정치 불안, 정치인들의 무책임한 포퓰리즘 행각, 무엇보다도 눈앞의 경제적·정치적 이익 추구에 급급하여 프랑스 혁명의 계승자임을 자처하면서도 이 혁명의 이념과 정신을 내던진 부르주아지 지배층의 추악한 실상이 날카로운 분석과 비판의 대상이 된다. 과거의 낡은 봉건 세력과 미래의 사회주의적 혁명 세력 틈에 끼여 위태위태하게 정권을 유지해가는 부르주아지의 불안한 모습은 하이네가 본 프랑스와 영국, 당시 유럽에서 가장 발전한 두 국가를 특징짓는 정치적 현상이기도 하다. 국제정치적으로는 라인 강을 사이에 두고 벌어진 프랑스와 독일의 각축, 이로 인한 범유럽적 전쟁의 어두운 그림자, 그리고 중동을 둘러싼 유럽 열강의 제국주의적 식민지 쟁탈 정책의 배경과 실상이 하이네 특유의 세계사적 관점과 시각으로 분석되고 있다.

문화·예술적 측면에서 『루테치아』는 당시 활짝 피어난 시민 문화의 이른바 '시민적' 정체성과 특성을 여러 관점에서 조명하고 있다. 왕의 궁중과 귀족의 거성을 중심으로 하여 개화한 과거의 '폐쇄적' 궁중 문화와는 반대로 사회의 상류 계급으로 자리 잡은 부르주아지의 시민 문화는 연극 극장, 오페라 극장, 콘서트 공연을 위한 홀과 살롱, 그림 전시회가 열리는 화랑 등을 중심으로 하여 꽃핀 '개방적' 문화였다. 엄청난 부를 축적한 산업 및 금융 부르주아지는 과거 귀족의 자기 과시적이며 화려한 '대표적 공공성'을 모방하려 했고, 이 과정에서 시민 계급 특유의 합리성을 가미하여 19세기의 독특한 자본주의적 시민 문화를 만들어냈다. 부르주아지는 과거의 왕과 귀족을 대신하여 예술가의 후원자 노릇을 했고, 이들의 부에 이끌려 유럽 각지에서 화가, 건축가, 작곡가, 성악가, 작가, 그리고 학자까지 파리에서 그들의 능력을 발휘할 기회를 찾으려고 했다. 로시니, 멘델스존, 리스트, 쇼팽, 조르주 상드, 빅토르 위고, 레오폴드 로베르, 폴 들라로슈 등이 파리의 매력에 이끌린 예술가 군상의 대표적인 이름들이다. 그러나 하이네는 돈이 모든 것의 척도가 되는 사회에서 예술의 순수성과 자율성이 심각하게 훼손되는 사실도 직시했다. 자본주의 사회에서는 예술도 상품화되는 운명을 피할 수 없음을 날카롭게 꿰뚫어 본 것이다.

하이네는 이렇듯 화려한 '고급' 문화에 가린 민중의 소박한 문화에도 큰 관심을 보였다. 그는 민중의 애환이 서린 소박하고 단순한 문화가 그 건강함과 자연스러움을 통해 도시 문화의 지나친 인위적 기교화와 데카당스적 경향을 치유할 수 있다고 생각했다. 그러나 하이네는 민중의 '소박함'이 가지는 문제도 직시했다. 그는 이 소박함이 '무지함'의 또 다른 표현이며, 이 무지로 해서 민중이 쉽사리 이념적·정치적·종교적 선동의 대상이 되고, 그 결과로 무비판적 집단 광기에 빠져들 수 있음도 인식했다. 배고프고 무지한 민중이 광포하고 파괴적인 폭도로 변하는 것, 그것은 하이네에게 모든 혁명과 결부되는 악몽이기도 하다.

19세기 파리는 정치·사회·경제·문화·예술 등 모든 방면에서 유럽의 중심지였다. 독일의 철학자이자 사회학자인 발터 베냐민Walter Benjamin이 파리를 "19세기의 수도(首都)"로 부른 것은 바로 이러한 맥락에서이다. 이 "19세기의 수도"를, 그것이 가진 다양성을 총체적으로 묘사한 『루테치아』는 따라서 19세기 유럽에 대한, 더 나아가서는 19세기의 세계에 대한 하나의 총체적 보고서이기도 하다.

3

『루테치아』의 가장 큰 가치는 아마도 문화사적 텍스트로서 이 작품이 지닌 의미에서 찾을 수 있을 것이다.

'문화' 또는 '문화사'를 간단하게 정의하기란 무척 복잡하고 지난할 것이다. 그러나 많은 학자들의 문화에 대한 개념 정의를 분석해보면 공통적으로 드러나는 문화의 본성은 이것이 가진 '집단성'과 '총체성'이다.

예를 들면 레이먼드 윌리엄스와 리처드 호가트로 대변되는 영국의 '문화 연구' 학파는 문화를 "삶의 전체 방식a whole way of life"이라고 정의한다. 즉 문화는 사회가 가진 삶의 모든 방법과 형태를 하나로 묶는 추상적 개념으로서 "집단적 단수"라는 것이다. 학술지 『사회사 연감』을 중심으로 해서 형성된 프랑스의 아날Annales학파 역시 문화를 한 사회가 이룩하고 그 결과로서 획득한 모든 것의 총체로서 정의한다. 따라서 문화사는 정치사, 사회사, 경제사, 예술사 등의 특정 분야의 역사가 아니라 이 모든 분야별 역사를 아우르는 "총체적 역사"여야 하는 것이다. 독일의 저명한 인문사회학자들로 이루어진 한 연구팀도 문화를 "인간의 모든 활동과 삶의 형태의 총괄적 개념"으로 정의한다. 인문학 또는 정신과학의 위기를 진단하고 극복할 길을 찾으려는 이 위원회는 '정신과학'을 "현대 사회가 자기 자신에 대한 지식을 학문의 형태로서 만드는 장소"로 규정함으로써 정신과학이 한 사회가 가진 총체성을 관찰 대상으로 하는 '문화학'이 되어야 함을 강조한다. 그것이 인문학 위기 극복의 한 대안이 될 수 있음을 지적한 것이다.

현대 사회는 무수하게 많은 얼굴을 가진 다면체적 존재이다. 그러기에 이것이 가진 총체성을, 그것이 가진 "삶의 전체 방식"을 완전하게 기록하고 그럼으로써 하나의 "총체적 역사"를 완벽하게 서술한다는 것은 실질적으로 불가능한 작업이다. "인간의 모든 활동과 삶의 형태"는, 비록 실지로 존재하는 경험적 현실이지만 너무나 광범위하고 너무나 복잡하고 너무나 다양하기에, 인간의 능력으로는 그대로 포착할 수 없는 추상적 개념일 따름이다. 이러한 추상적인 총괄적 개념을 우리가 포착할 수 있게 하기 위해서는 그 다양성을 선별하고 간추리는 작업이 선행되어야 하며, 이를 통해 추상적인 집단적 총체성을 우리의 인지 능력을 벗어나지 않는 범위 내의 경험적·현실적 총체성으로 만들어야 하는 것이다. 이렇게 선별된 '대표적' 다양성을 조립함으로써 우리는 한 사회의 전체적인 모습을 재구성할 수 있다. 달리 말하자면 우리가 이해하는 한 사회의 총체성으로서 '문화'는 '대표적' 다양성을 기반으로 하여 재구성된 '대표적' 총체성인 것이다.

따라서 문화에 대한 기록은, 그 기록이 선별한 대표적 다양성이 가능한 한 높은 수준의 '대표성'을 가질 때, 그리고 가능한 한 많은 '다양성'을 가질 때, 원래 문화의 본모습에 좀더 가깝게 접근할 수 있을 것이다. 바로 이러한 관점에서 『루테치아』는 19세기 중엽이라는 특정한 시대의, 파리라는 특정한 사회에 대한 뛰어난 문화적 기록으로 인정될 수 있고, 문화학적 텍스트로서 높은 가치를 가진 작품으로 평가될 수 있을 것이다. 작품 소개에서 이미 밝혔듯이 『루테치아』가 파리로 대표되는 프랑스 사회, 더 나아가서는 서유럽 사회의 총체적 모습을, 그것이 가진 다양성을 대표적으로 선별함으로써 인지 가능한 것으로 만들어주기 때문이다. 즉 사회, 정치, 경제, 언론, 국제 관계, 미술, 음악, 무용, 문학, 민중 예술 등 다양한 분야의 다양한 모습이 다양한 측면과 다양한 시각으로 관찰되고 기록되어 있는 것이다. 이 기록들은 마치 여러 색깔의 모자이크 조각에 비교될 수 있는바, 하이네는 특유의 예술적 기법으로 이 조각들을 하나의 완결된 전체로 맞춤으로써 19세기 중엽의 파리라는 총체적 현상에 대한 하나의 선명한 그림을 독자에게 보여주고 있다. 퓌클러-무스카우에게 보낸 헌정 서한에서 하이네는 그가 "모든 보도문을 예술적으로 통합했고, 이 통합을 통해서 하나의 전체를 만들어 내놓았습니다"라고 적고 있다. "이 전체는 매우 중요하고 또 흥미로운 한 시대의 그림입니다."

다양한 조각들이 고립되어 흩어지지 않고 하나의 완성된 모자이크 그림이 되기 위해서는, 이 조각들을 서로 연결하는 원칙이 필요하다. 즉 각각의 기록이 가진 고립된 고유성을 초월하여 이 기록들 사이에 질서를 부여하고 이들을 서로 연결해 완결된 전체를 만드는 근본적 시각이 필요한 것이다. 『루테치아』에서 이 근본적 시각을 구성하는 것은 자본주의적 시민 사회의 발생, 성장, 그리고 예견된 몰락이라는 거대한 사회적 흐름에 대한 하이네의 인식이다. 이 거대한 흐름이 정치적으로는 평등 선거의 도입을 통한 완전한 민주주의의 실현을 둘러싸고 벌어진 당파 간의 투쟁과 알력으로, 사회적으로는 계급의 생성 그리고 이에 따른 부르주아지 계급과 대두하는 프롤레타리아트 혁명 세력 간의 투쟁으로, 국제정치적으로는 유럽 열강의 식민지 쟁탈전으로, 문화-예술적으로는 고급 부르주아지 문화의 생성과 화려한 전개, 또한 동시에 예술의 상품화 등의 현상으로 나타난다. 즉 19세기 파리라는 사회의 모든 현상의 배경에는 자본주의적 사고방식이라는 원칙이 있으며, 따라서 그 문화의 근원과 본성은 '자본주의적'이다. 사회주의, 공산주의, 생시몽주의 등의 반자본주의적 또는 자본주의 비판적 현상들 역시 자본주의 사회의 생성물인 것이다.

미국의 저명한 문화인류학자 클리퍼드 기어츠는 문화 연구가 "법칙을 찾으려는 실험적 학문이 아니라 의미를 찾으려는 해석적 학문"이라고 규정한다. 문화 연구에서 중요한 것은 "우선은 수수께끼처럼 보이는 사회적 표현 형태의 설명과 해석"이라는 것이다. 이러한 문화학 이론에 따르면 『루테치아』는 문화의 기록인 텍스트이자 동시에 문화의 연구서이다. 그럴 것이 일차적으로 『루테치아』는, 하이네 자신의 표현에 따르면, "은판 사진으로 찍은 역사책", 즉 사실적이며 생생한 역사적 현상의 기록들이다. 이 개개의 기록을 하이네는 "돈은 우리 시대의 신(神)이다"라는 자본주의적 원칙에 의거하여 해석하고 있다. 문화의 기록과 해석, 이 두 가지 본성에서 『루테치아』의 문화학적 가치를 찾을 수 있을 것이다.

4

『루테치아』는 높은 수준의 문화사적 텍스트일 뿐 아니라 높은 수준의 예술성을 보여주는 문학 작품이기도 하다. 하이네 자신도 이 책이 "저널리즘적 산문(散文)의 명문집(名文集)"이 될 것이라고 장담했다. 이 말은 이 작품이 시대의 역사에 대한 서술이자 동시에 이 서술이 예술가적 필치로 이루어졌음을, 그래서 전통적인 기록·증언과는 다른 독특한 문체와 형식을 보여줌을 암시하고 있다.

『루테치아』에 수록된 보도문들의 가장 대표적인 형식적 특징은 이들의 예술적 통일성이다. 모든 보도문은 많은 개별적 정보로 이루어져 있다. 그러나 상이한 장소에서, 서로 다른 시간대에서 발생한, 내용상 서로 다른 사건들에 대한 보도는 저자의 인위적인(즉 예술적인) 배합과 조합을 통해 서로 연계되고, 그 결과로서 하나의 완결된 전체로서 통일성을 획득하게 된다. 언뜻 보아서는 서로 이질적인 사건들이 저자의 개입을 통해서 동일한 문제의 다양한 현상들임이 밝혀지는 것이다. 이처럼 개별 보도문에 내적 통일성을 부여하는 저자의 예술가적 개입은 궁극적으로는 보도문 전체를 하나의 통일된 전체로서 나타나게 한다. 위에서 이미 언급했듯이 개개의 모자이크 조각과 같은 보도문들은 전체적으로 모여 하나의 완성된 모자이크 그림을 만드는 것이다. 다시 말하면 『루테치아』는 서로 고립된 보도문들을 그대로 한데 모아놓은 기록·증언은 아니다. 모든 보도문은 제각각 저자에 의해 내적 통일성을 가진 하나의 전체로 재구성되었으며, 통합된 전체로서는 "19세기의 수도"인 파리의 총체적 모습을 보여주는 것이다. 저명한 하이네 연구가인 빈트푸어 교수는 하이네의 이러한 예술가적 개입을 "소설 작가"의 역할과 동일시하기까지 한다. 이러한 관점에서 보면 『루테치아』는 기록·증언의 외양을 지닌 '문학 작품', 또는 문학적 기록·증언이다.

문학 작품으로서 『루테치아』의 두번째 특징은 작품에 나타난 독특한 글쓰기 양식이다. 『루테치아』의 일차적 성격은 물론 신문 보도문이다. 다른 신문 기사들과 마찬가지로 『루테치아』의 보도문들 역시 그때그때 일어난 사건들의 정보를 독자에게 전달하는 것을 일차적 목적으로 한다. 그러나 보도의 대상이 '지금'과 '이곳'이라는 직접적인 현재의 것들이기에 보도문은 필연적으로 현재 살아 있는 인물들, 왕을 필두로 하여 국가의 고위 권력자, 귀족, 신흥 부호, 유력 정치가, 사회 저명인사, 유명한 화가·작곡가·성악가·작가 들과 그들이 관련된 사건들을 다루어야 한다. 따라서 모든 사람의 이름이 실명으로 거론되고, 때로는 그들에 대한 비판과 질책도 피할 수 없게 된다. 신문의 보도문은 때로는 국가 정책도 비판하게 마련이고, 그 경우 권력자들의 불만도 감수해야 하며, 그들의 직접 또는 간접적인 보복의 위협에 노출되기도 한다. 보도문의 작성에서 무척 조심스러워야 하는 이유이다. 더욱이 하이네는 언론의 자유가 보장되고 정치·문화·사회적으로 유럽에서 가장 선진화된 도시 파리의 소식을 언론 통제가 엄격하고 정치·사회적으로 보수적이며 아직 후진 사회인 독일에 알려야 했기에, 그가 보낸 기사들이 검열관에 의해 삭제되어 독자에게 전달되지 않을 경우도 고려해야 했다.

이러한 불리한 조건을 극복하기 위한 수단으로 하이네가 택한 것은 간접 표현의 문학 기법이다. 그래서 『루테치아』는 반어(아이러니), 비유, 은유, 위트, 해학 등 수사학적 기법들의 일대 경연장을 이루고 있다. 반어, 비유, 은유 같은 간접 표현 기법의 공통점은 A를 A로 표현하지 않고 B로 표현한다는 것이다. 그러나 이 기법들은 B로 표현된 것이 사실은 A를 의미한다는 것을 암시하는 어떤 신호를 글 속에 은밀히 숨겨둔다. 따라서 독자들이 글의 참된 의미에 도달하기 위해서는 숨겨진 이 신호를 인지하는 지적 행위의 과정을 거쳐야 한다. 즉 독자들은 성찰적 사유를 행해야 하는 것이다. 이러한 성찰적 자세는 독자로 하여금 기사의 내용을 이루는 사건들을 비판적으로 바라보는 것뿐 아니라, 더 나아가서는 기사 자체도 거리를 두고 비판적으로 검토할 수 있게 한다. 이 문학적 기법들은 하이네의 표현대로 "독자들의 독자적(獨自的) 판단을 촉진하는 최상의 수단"인 것이다. 하이네의 독특한 문체와 양식은 성찰적 독자를 전제한 글쓰기이며 동시에 독자를 성찰적으로 만들어가는 글쓰기이기도 하다. 하이네의 산문을 연구하려면 "내용에 대한 지나치게 강한, 경직된 주시"가 아니라 "특정한 효과를 불러일으키는 수단들에 더 많은 관심을 가져야 한다"는 어느 하이네 연구자의 지적은 이런 맥락에서 이해될 수 있을 것이다.

독자들이 보도의 내용에 함몰되지 않게 만들기 위해 하이네가 취한 수단은 이것만이 아니다. 그의 글쓰기는 '서사적' 산문의 한 전형을 이룬다. 예를 들면 엄중하고 음울한 사건들의 내용은 기지에 찬 해학의 밝은 옷을 입고 전달됨으로써 독자들은 이 사건으로 인해 생겨날 수 있는 분노, 증오, 불안 등의 격한 감정에 빠지지 않을 수 있다. 비판적으로 사유할 수 있는 독자, 더 나아가서는 격정에 사로잡히지 않고 이성적이며 냉정한 판단을 할 수 있는 민중, 이러한 민중의 교육은 참여 작가 하이네의 오랜 꿈이기도 하다. 그럴 것이 이러한 계몽되고 지적인 민중은 정치적·사상적 선동에 사로잡혀 집단 광기에 빠지지 않을 것이기 때문이다. 예술이, 특히 순수 예술이 이러한 민중 교육의 기능을 수행해야 한다는 것은 1840년대 하이네 예술론의 한 축을 이룬다. 『루테치아』는 이러한 예술론이 실지로 구현된 '예술 작품'이기도 하다.

1797	12월 13일, 라인 강변의 뒤셀도르프에서 유대인인 아버지 잠존 하이네Samson Heine와 어머니 베티 하이네Betty Heine의 장남으로 태어남. 본명은 하리 하이네Harry Heine.
1807~14	뒤셀도르프의 리체움(Lyceum, 지금의 김나지움에 해당하는 인문계 고등학교)에 다님.
1811	나폴레옹이 뒤셀도르프에 체류하는 동안 그를 볼 기회를 가짐.
1816	함부르크의 은행가인 숙부 잘로몬 하이네Salomon Heine가 소유한 헥셔Heckscher 은행의 견습생이 됨.
1817	잡지 『함부르크의 파수꾼Hamburgs Wächter』에 첫 시가 실림. 숙부의 딸 아말리에Amalie와 첫사랑에 빠지나 실연의 아픔을 겪음.
1818	숙부의 지원으로 함부르크에 '하리 하이네 상사Kommissionsgeschäft Harry Heine'를 차려 직물 도매상을 했으나 반년 만에 파산.
1819	뒤셀도르프에 돌아와 대학 입학 자격시험을 치름. 숙부의 도움으로 본Bonn 대학에서 법학 공부 시작. 그러나 법학 공부는 등한시하고 낭만주의 문학 이론가 슐레겔, 아른트, 휠만의 문학 강의를 주로 들음.

1820   아버지의 파산으로 뒤셀도르프를 떠나게 됨.

다시 법학 공부를 하기 위해 괴팅겐 대학에 입학. 대학생 조합에 가입했으나 유대인이라는 이유로 쫓겨남. 평론 「낭만주의Romantik」, 드라마 「알만조르Almansor」를 쓰기 시작하여 이듬해 완성.

1821~23   괴팅겐 대학에서 퇴학당한 후 베를린 대학에 입학하여 헤겔의 철학 강의를 들음.

1823   『비극과 서정적 간주곡Tragödien, nebst einem lyrischen Intermezzo』이 베를린에서 출판됨.

1824   법학 공부를 마치기 위해 괴팅겐 대학에 다시 입학. 가을철 하르츠 지방을 여행한 후 『하르츠 기행Harzreise』을 씀.

1825   유대교에서 개신교로 개종. 이름을 '하인리히 하이네'로 바꿈. 괴팅겐 대학에서 법학 박사 학위를 받고 학업을 마침.

1826   하이네의 작품을 출판해준 율리우스 캄페Julius Campe와의 관계를 시작. 『여행 화첩』 1권(「귀향」「하르츠 기행」「북해Die Nordsee」 1부가 포함됨) 출간.

1827   『여행 화첩』 2권(「북해」 2, 3부, 「이념―르 그랑의 책Ideen. Das Buch Le Grand」「베를린에서 온 편지Briefe aus Berlin」가 들어 있음)과 시집 『노래의 책Buch der Lieder』 출간. 이 시집은 하이네 생전에 13쇄가 나온 책으로 시인으로서 그의 명성을 확고히 해줌.

1829   『여행 화첩』 3권(「뮌헨에서 제노바로의 여행Reise von München nach Genua」「루카의 온천Die Bäder von Lucca」등이 들어 있음) 출간.

1831   프랑스로 망명. 5월 1일 함부르크를 출발 5월 19일 파리에 도착.

『여행 화첩』 4권(「루카 시Die Stadt Lucca」「영국 단편Englische Fragmente」 등이 들어 있음) 출간.

「파리의 미술 전람회」라는 시리즈가 『교양 계층을 위한 조간 신문』에 실리기 시작하는데, 나중에 『프랑스의 화가들』이라는 단행

본으로 출간됨.

1832	『프랑스의 상황*Französische Zustände*』 출간.
1833	「독일 최근 문학의 역사에 대하여Zur Geschichte der neueren schönen Literatur in Deutschland」 1, 2부가 파리에서 출간됨. 후일 이 책은 『낭만주의 학파*Die Romantische Schule*』로 개명됨.
	『살롱*Der Salon*』 1권 출간.
1835	12월 10일 독일 연방의회가 하이네를 비롯한 청년 독일파 작가들의 저작을 금지함.
	『살롱』 2권 출간.
1836	『교양 계층을 위한 조간신문』에 연작 「피렌체의 밤Florentinische Nächte」이 실리기 시작함.
1837	『살롱』 3권 출간.
1838	『셰익스피어의 소녀와 부인들*Shakespeares Mädchen und Frauen*』 출간.
1840	『루트비히 뵈르네—한 편의 회고록*Ludwig Börne. Eine Denkschrift*』 출간. 이로 인해 뵈르네 추종자들의 격렬한 비판을 받음.
	『살롱』 4권 출간.
1841	마틸데와 정식 결혼식을 올림.
1844	마지막 독일 방문. 카를 마르크스와 교제를 시작하고 그가 출판하는 『독불 연감』에 기고함.
	『신시집*Neue Gedichte*』과 운문 서사시 『독일—어느 겨울 동화*Deutschland. Ein Wintermärchen*』 출간.
1847	운문 서사시 『아타 트롤—어느 여름밤의 꿈*Atta Troll. Ein Sommernachtstraum*』 출간.
1848	파리에서 2월 혁명이 일어남. 외출했다 쓰러져 이후 8년간 병상 생활을 함.
1851	시집 『로만체로*Romanzero*』 출간.

1854   『잡다한 기록』 1, 2, 3권 출간. 1권에는 「고백」 「시집 1853년과
        1854년」 「망명 중의 신들」 「여신 다이아나」가, 2권과 3권에는
        1840년부터 『알게마이네 차이퉁』에 발표한 기사들을 정리한 『루
        테치아 *Lutezia*』 1, 2부가 들어 있음.

1856   2월 17일 파리의 자택에서 사망하여 20일에 몽마르트르의 묘지에
        묻힘.

'대산세계문학총서'를 펴내며

2010년 12월 대산세계문학총서는 100권의 발간 권수를 기록하게 되었습니다. 대산세계문학총서의 발간은 앞으로도 계속될 것이고, 따라서 100이라는 숫자는 완결이 아니라 연결의 의미를 지니는 것이지만, 그 상징성을 깊이 음미하면서 발전적 전환을 모색해야 하는 계기가 된 것은 분명합니다.

대산세계문학총서를 처음 시작할 때의 기본적인 정신과 목표는 종래의 세계문학전집의 낡은 틀을 깨고 우리의 주체적인 관점과 능력을 바탕으로 세계문학의 외연을 넓힌다는 것, 이를 통해 세계문학을 바라보는 우리의 시각을 전환하고 이해를 깊이 해나갈 수 있도록 한다는 것이었다고 간추려 말할 수 있습니다. 그리고 궁극적으로는 우리의 인문학을 지속적으로 발전시켜나갈 수 있는 동력이 될 수 있기를 희망하는 것이었습니다. 이러한 기본 정신은 앞으로도 조금도 흐트리지 않고 지켜나갈 것입니다.

이 같은 정신을 토대로 대산세계문학총서는 새로운 변화의 물결 또한 외면하지 않고 적극 대응하고자 합니다. 세계화라는 바깥으로부터의 충격과 대한민국의 성장에 힘입은 주체적 위상 강화는 문화나 문학의 분야에서도 많은 성찰과 이를 바탕으로 한 발상의 전환을 요구하고 있습니다. 이제 세계문학이란 더 이상 일방적인 학습과 수용의 대상이 아니라 동등한 대화와 교류의 상대입니다. 이런 점에서 대산세계문학총서가 새롭게 표방하고자 하는 개방성과 대화성은 수동적 수용이 아니라 보다 높은 수준의 문화적 주체성 수립을 지향하는 것이며, 이것이 궁극적으로 한국문학과 문화의 세계화에 이바지하게 되리라고 믿습니다.

또한 안팎에서 밀려오는 변화의 물결에 감춰진 위험에 대해서도 우리는 주의를 게을리하지 말아야 할 것입니다. 표면적인 풍요와 번영의 이면에는 여전히, 아니 이제까지보다 더 위협적인 인간 정신의 황폐화라는 그늘이 짙게 드리워져 있는 것이 사실입니다. 대산세계문학총서는 이에 대항하는 정신의 마르지 않는 샘이 되고자 합니다.

'대산세계문학총서' 기획위원회

대 산 세 계 문 학 총 서